BLT
Mit der Welt
auf Buchfühlung

Von Peter Dempf ist bei BLT lieferbar:

92273 Das Amulett der Fuggerin

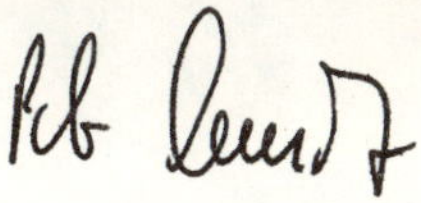

Peter Dempf, geboren 1959, studierte Deutsch, Sozialkunde und Geschichte für das Lehramt am Gymnasium. Neben seiner Tätigkeit als Lehrer schrieb er Theaterstücke und Drehbücher für den Bayerischen Rundfunk. Als Romanautor hat er sich vor allem mit historischen Stoffen einen Namen gemacht. Peter Dempf lebt mit seiner Familie in Stadtbergen bei Augsburg.

»Die Welt
ist in geheimen Knoten verbunden.«

ATHANASIUS KIRCHER, 1631

Peter Dempf

Die Sterndeuterin

Historischer Roman

Mit Illustrationen von
Tina Dreher

BLT

BLT
Band 92307

1. Auflage: Dezember 2008

Vollständige Taschenbuchausgabe
der in editionLübbe erschienenen Hardcoverausgabe

BLT und editionLübbe in der Verlagsgruppe Lübbe

Ein Projekt der AVA international GmbH
Autoren- und Verlagsagentur, Herrsching
Titelbild: © akg-images/Electa
Umschlaggestaltung: Atelier Versen, Bad Aibling
Autorenfoto: © pro event, Andreas Biesenbach
Satz: Kremerdruck GmbH, Lindlar
Gesetzt aus der DTL Documenta
Druck und Verarbeitung: GGP Media GmbH, Pößneck
Printed in Germany
ISBN 978-3-404-92307-6

PROLOG

Die Sonne löschte den Tag in einem See blutroter Wolkenstreifen aus und sank hinter den Horizont. Meister Buschmann, der eben noch sein Astrolab aufgebaut und eine Sanduhr sowie den Jakobsstab neben sein Winkelmessinstrument auf die Brüstung des Turmes gelegt hatte, hielt inne und blickte in die warmen Farben, die im Gegensatz zur beißenden Kälte dieses Spätherbstes standen. Zeugte nicht gerade diese verschwenderische Pracht des Sonnenuntergangs davon, dass der Herr den Menschen dazu anhielt, sich mit den Geheimnissen des Himmels zu beschäftigen? Er suchte mit zusammengekniffenen Augen den Horizont über der Stadtmauer ab, während er in seine Hände blies. Jeden Moment musste sie erscheinen, die Herrin des Himmels, die Schönste unter den Gestirnen.

»Worauf wartet Ihr, Meister Buschmann?«

Die Stimme in seinem Rücken ließ ihn zusammenzucken. Er seufzte, ohne den Blick vom Himmel zu lassen.

»Ihr solltet nicht schleichen wie eine Katze, Pater Eginald. Mein Herz macht jedes Mal einen Sprung, wenn Ihr auftaucht, als wärt Ihr aus dem Boden gewachsen«, knurrte der Instrumentenbauer in seine Fäuste, und leise fügte er hinzu: »Und es ist kein Freudensprung!«

»Es wird Euer schlechtes Gewissen sein, weil Ihr wider die Gebote der heiligen Mutter Kirche verstoßt«, zischte Pater Eginald gehässig.

Der Dominikaner, den Meister Buschmann mit Pater Eginald angeredet hatte, löste sich aus der Öffnung des Turmaufgangs und trat neben den Handwerker.

Einen größeren Gegensatz hätte man sich kaum vorstellen können. Buschmann steckte in einem massigen Körper mit einem feisten, freundlichen Gesicht. Er schwitzte trotz der Kälte, und obwohl er sich nicht bewegte, wischte er sich beständig mit den Ärmeln seines Wamses Schweißperlen von der Stirn und atmete hörbar schwer, sodass ihm eine weiße Fahne vor dem Mund stand. Dabei glitten seine lebhaften Augen über die Stelle, an der sich Firmament und Erde berührten, während er seinen Nachbarn keines Blickes würdigte.

Pater Eginald dagegen war so mager, dass er sich gut und gern hinter dem Handwerker hätte verbergen können. Sein Gesicht wirkte asketisch schmal, was jedoch eher von einer Magenkrankheit herrührte, aufgrund derer sich zudem zwei tiefe Falten links und rechts des Mundes eingegraben hatten. Die Wangenknochen traten energisch hervor, seine schmalen, blutleeren Lippen umspielte ein fanatischer Zug, und seine Hände hatten etwas damenhaft Zartes. Ihn fror in dieser Spätnovemberkälte.

»Ihr wisst, worauf ich warte, Pater Eginald? Die Venus muss jeden Augenblick aufgehen. Die schönste Erscheinung an Gottes Firmament.«

Pater Eginald verzog verärgert den Mund, was seine Falten zu Schnitten vertiefte. Zwei humpelnde Schritte kam er langsam näher.

»Aberglaube, Ketzerei!«, zischte er. »Hätte ich in dieser Stadt etwas zu sagen, Meister Buschmann, würde ich dieses … dieses …«, er deutete auf das Astrolab und auf eine Scheibe, mit der man Aufgangswinkel und Endwinkel des Untergangs messen konnte, und deren Messingoberfläche im letzten Tageslicht wie pures Gold glänzte, »... Ding hier in eine Pflugschar umschmieden lassen ...«

Meister Buschmann grinste, ohne den Blick vom Horizont zu lassen.

»Dann bete ich dafür, dass unserer Stadtregierung ein langes und segensreiches Leben vergönnt ist.« Buschmann senkte die Stimme: »Der Glaube, wie Ihr ihn betreibt, macht Angst, weil er einen Feind braucht: den Ungläubigen, den Ketzer. Blickt in den Sternenhimmel, Pater Eginald, und lernt angesichts der Gewaltigkeit der Erscheinung dort oben etwas Demut!« Er hielt inne, kniff die Augen zusammen, dann deutete er in den Himmel hinein. »Dort, dort ist sie«, flüsterte er und zeigte auf den Horizont.

Ohne weiter auf seinen Zaungast zu achten, richtete er das Astrolab auf den hellen Flecken am Horizont, fixierte es mit einem Auge und fingerte an seiner Winkelscheibe herum, bis er deren Plejadenmuster gefunden hatte. Anhand dieser Markierung konnte er das Messinstrument, ohne hinzusehen, auf den Aufgangspunkt einstellen. Dabei vermied er es, durch den Mund zu atmen, damit der weiße Atemdampf ihm nicht die Sicht nahm. Dann legte er den Jakobsstab auf die Steinbrüstung und justierte die linke Hälfte des Kreuzes auf den Venusstern. Das Metall war eiskalt unter seinen Händen.

»Wundervoll!«, machte sich in ihm die Begeisterung über den Planeten Luft. »Weiß und rein wie die Jungfrau Maria!«

»Versündigt Euch nicht, Meister Buschmann! Solche Vergleiche führen geradewegs auf den Scheiterhaufen ...«, entfuhr es dem Dominikaner hinter ihm.

Der Handwerker ließ sich nicht von der galligen Art des Mönchs stören, sondern vergaß für kurze Zeit alles um sich her. Eine halbe Stunde würde ihm zur Verfügung stehen, eine halbe Stunde, in der er den reinsten aller Planeten studieren konnte. Weil ihm die Kälte ins Gesicht stach und die Beine hinaufkroch, dachte er an die Tabelle, die er für den heutigen Venusstand errechnet hatte. Venus mit Mars in Opposition und Saturn im selben Haus. Das bedeutete nichts Gutes. Die Königin des Himmels würde ihre Kraft nicht ausleben können, und Unheil schwebte in der Luft. Ob damit der unselige Dominikaner gemeint war?

Unablässig redete der auf ihn ein und versuchte, ihn von seinem Untersuchungsgegenstand abzulenken. Doch Meister Buschmann vernahm das Geplapper nur wie das Rauschen des Blutes in seinen Ohren.

Nur einmal, als ihm die Stimme des Mönchs zu nahe am Ohr giftete, richtete er sich kurz auf, wischte sich mit dem Ärmel über das schweißnasse Gesicht und ließ eine Bemerkung fallen:

»Solltet Ihr nicht beim Abendgebet sein, Pater Eginald? Oder habt Ihr Euch von Eurem Prior Dispens erbeten?«

Sofort verstummte das Keifen, und Pater Eginald trat mehrere Schritte zurück, senkte das Haupt und betete leise für sich. Zufrieden wandte sich der Handwerker wieder seinen Beobachtungen zu. Er schlüpfte mit den Händen in die Ärmel und erspürte eine kalte glatte Oberfläche. Eine wohlige Wärme durchströmte ihn. Die Kristalllinse hätte er beinahe vergessen. Er hatte sich eine Tasche in die Innenseite der Ärmel genäht – und dort steckte seit einigen Tagen ein linsenförmig geschliffenes Stück Bergkristall. Zweimal hatte er sich die Linse bereits vors Auge gehalten und so den Mond betrachtet, der dadurch wie vergrößert wirkte. Wenn Pater Eginald das gesehen hätte …

»Vater! Vater!«

Die Stimme riss den Instrumentenbauer erneut aus seinen Betrachtungen. Gleichzeitig mit Pater Eginald drehte er sich zur Turmöffnung um. Dort stand seine Tochter, das Gesicht rot vor Anstrengung, ihr Atem ging stoßweise.

»Vater. Schnell. Ein Bote …«, keuchte das Mädchen, das die

Stufen zum Perlachturm heraufgerannt sein musste, »... aus Venedig. Es sei dringend, sagt er.«

Verstohlen ging Meister Buschmanns Blick hinüber zu dem Dominikaner. Der hob gerade die Augenbrauen. Pater Eginald zitterte vor Kälte, wie der Handwerker mit klammheimlicher Freude feststellte. Sein Besuch hier oben sollte ihm wenigstens nicht zum Vergnügen ausarten und ihm neben den Kosten für die Bestechung des Türmers auch noch eine Erkältung eintragen.

»Wollt Ihr nicht ein Auge auf dieses Wunderwerk Gottes werfen?«, fragte Meister Buschmann spöttisch. »Man sieht die Welt anders, wenn man die Gestirne beobachtet! Aber ich sehe, Euch steht nicht der Sinn danach. Nun denn, der Herr gibt uns die Möglichkeiten, und er nimmt sie uns, Pater Eginald.«

Dann drückte er der Tochter die Winkelscheibe in die Hand und wollte die Leiter ins Turmzimmer hinabsteigen.

Der Dominikaner folgte ihm mit versteinerter Miene.

»Wer besucht Euch zu so später Stunde, Meister Buschmann?«

Die Frage war wie beiläufig gestellt und enthielt doch eine ganze Reihe von Fußangeln, in die Buschmann jetzt nicht geraten wollte. Der Bote aus Venedig verhieß ein neues Manuskript – und das durfte er nicht verpassen. Dafür verlor er lieber einige Beobachtungsdaten.

»Ich will Eure Frage nachher gern beantworten, doch jetzt ... jetzt müsst Ihr mich entschuldigen!«

Er stieg hinter der Tochter her die Leiter hinunter und eilte mit ihr zusammen die Treppe hinab.

»Hat er dir einen Namen gesagt, Katrin? Hatte er etwas bei sich? Wie sah er aus? War es Gaßner?«

Ein Feuerwerk aus Fragen prasselte auf die Tochter ein und prallte von ihr ab.

»Ihr werdet es sehen, Vater, hat er mir zu sagen aufgetragen. Mehr weiß ich nicht«, war alles, was er aus Katrin heraushоlen konnte. Sie hatte etwas vom Dickkopf ihres Vaters geerbt, stellte Buschmann fest.

Der Handwerker war außer Atem, als sie am Ende der Treppe anlangten. Mit seinem massigen Körper drängte er sich an der Tochter vorbei und warf sich gegen die Tür. Sie klemmte seit Jahren von innen, ohne dass es den Türmer störte. Als die Pforte hinter ihnen wieder zufiel, ließ er sich zusätzlich mit dem Rücken dagegen fallen. So klemmte sie stärker. Pater Eginald würde sich mit dem Öffnen schwertun – wenigstens eine kleine Rache für die verpasste Gelegenheit, die vergrößernde Wirkung des Kristalls am Venusaufgang zu versuchen.

Meister Buschmann hastete am Rathaus entlang bis zur Wintergasse und dort zu seiner Werkstatt. Er öffnete das Tor und wartete einige Augenblicke, bis er zu Atem gekommen war. Dann wischte er sich die Augen mit den Ärmeln seines Wamses frei, überquerte den Innenhof und betrat die Stube.

»Katrin, lass uns bitte allein!« Ohne weiter auf das enttäuschte Gesicht seiner Tochter zu achten, schloss er hinter sich die Tür. Erleuchtet wurde der zu dieser Abendstunde beinahe nachtdunkle Raum nur durch zwei einsame Kerzen, die auf dem Fenstersims standen, und durch ein Kaminfeuer, das vor sich hin glühte. Zwei Truhen und ein Tisch füllten den Raum, dazu ein Lesepult und zwei Stühle. Meister Buschmann genoss die Hitze, die ihn wie eine warme Decke umhüllte. Dann sah er den Mann, der lässig gegen das Stehpult lehnte und ihm entgegensah.

»Gaßner!«, entfuhr es dem Handwerker. Er konnte seine Aufregung nicht verhehlen.

»Ich dachte, Ihr würdet gar nicht mehr kommen«, wurde Meister Buschmann in Deutsch mit venezianischem Singsang begrüßt. »Oder musstet Ihr Euch aus dem Abendgebet stehlen?«

»Weder das Eine noch das Andere, Gaßner«, erwiderte der Handwerker und eilte, die ausgestreckte Hand reichend, auf den Patrizier zu. Dessen Gestalt verschmolz beinahe mit der mühsam durch Kerzen und Kaminglut zurückgedrängten Dunkelheit. Nur das Gesicht leuchtete aus der ebenfalls schwarzen Kleidung hervor. »Ein wenig habt Ihr von einem Teufel«, fasste Buschmann seinen Eindruck zusammen. Der dunkle Teint, die schwarze Kleidung, das finstere Gemach, Grund genug, an die Gestalt des Gottseibeiuns zu denken.

»Sind wir nicht über diesen Aberglauben hinaus und können uns unterhalten wie gesittete Menschen?« Gaßner, dessen Kinn- und Mundpartie unter einem lockigen Bart verschwand, verzog keine Miene. Kräftig schüttelte er die dargebotene Hand.

»Was habt Ihr mir mitgebracht, Gaßner?« In Buschmanns Stimme zitterte nicht nur die Anstrengung, sondern auch die Gier nach Neuem.

Der Ratsherr hüstelte. »Fein. Ihr kommt ohne Umschweife zur Sache. Dafür liebe ich Euch. Ihr hättet selbst Kaufmann werden sollen, Buschmann!«

»Heraus mit der Sprache. Was habt Ihr dabei? Einen neuen Plato? Eine Schrift des Aristoteles? Gedichtzeilen des Epikur? Was?«

Stumm zog Gaßner ein Blatt aus dem Revers des Ärmels und wedelte damit vor der Nase des Handwerkers herum. Dieser konnte seine Enttäuschung kaum verbergen.

»Ein einziges Blatt nur?«

»Ein ganz besonderes diesmal. Ihr wisst, dass ich kein Griechisch beherrsche.« Gaßner machte eine Pause, in der Buschmann das Knarren des Gebälks zu hören glaubte. »Eine Zeichnung mit Erklärungen.«

Mit einer hitzigen Bewegung riss der Instrumentenbauer dem Kaufmann das Pergament aus der Hand und legte es auf eines der Lesepulte im Raum. Dann ergriff er die ihm zunächst stehende Kerze und stellte sie ans Kopfende. Erst danach faltete er das Blatt auf und strich es glatt. Es widersetzte sich seinen Bemühungen, wollte immerfort in die alte Form zurückspringen.

»Echtes Pergament«, konstatierte er. Seine Augen leuchteten, als er die Zeichnung überflog. Er ließ die Finger über das Blatt gleiten. »Eine Arbeit aus den Werkstätten Pergamons. Die Schrift«, er zog seine Linse aus dem Ärmel und spähte hindurch, »die Schrift eindeutig ein Griechisch aus der Blütezeit des Ptolemäus. Sogar ein Name am unteren Ende: Aristarchos von Samos. Ich habe noch niemals von ihm gehört. Ein Unikat demnach. Ein wundervolles Blatt, Gaßner. Die Abbildung …« Begeistert sah er von der Handschrift auf und Gaßner ins Gesicht.

Die Augen des Händlers funkelten. »Ein Fund, Meister Buschmann! Umso mehr, wenn Ihr zu hören bekommt, wer sich dafür interessiert.«

Wieder beugte sich der Handwerker über das Blatt. Er roch an der Tinte, leckte die Tierhaut an einer unbeschrifteten Stelle ab, dann griff er erneut nach seinem Kristall und fuhr damit die Schriftzeichen ab.

»Ein wundervoller Text. Schwierig zu übertragen, weil das Griechische ungewohnt klingt, als hätte sein Schreiber es nicht beherrscht«, keuchte er. »Die Zeichnung?« Meister Buschmann machte eine Pause, weil er nicht recht wusste, wie er sie deuten sollte. »Ich weiß nicht, was sie darstellt.«

»Die Regierung Venedigs, die Signoria, interessiert sich für dieses Manuskript, Buschmann. Sie sind ganz verrückt danach, zu wissen, was darauf dargestellt wird. Ich habe das Blatt nur bekommen, weil ich versprechen konnte, dass in meiner Heimatstadt Instrumentenbauer leben, die in der Lage sind, solche Geräte herzustellen. Es ist das beste Geschäft seit langer Zeit.«

Buschmann runzelte die Stirn. »Ich fürchte, Ihr habt Euch von Eurer Begeisterung blenden lassen. Ich selbst kann Euch da wenig weiterhelfen.«

Das Gesicht des Kaufmanns war fahl unter der gebräunten Haut, als Meister Buschmann aufsah.

»Ihr habt keine Ahnung, was Ihr da sagt, Buschmann. Das ist

kein x-beliebiges Manuskript, das wir an Peutinger oder andere Humanisten weitergeben können. Venedig will ein Ergebnis sehen. Ich stehe in der Pflicht Messer Matteos.«
Buschmann drohte spielerisch mit dem Zeigefinger. »Ihr wisst, dass der Schmuggel mit Manuskripten verboten ist!«
Gaßner überhörte den Einwand.
»Nennt einen Preis, die Signoria wird zahlen, glaubt mir. Ich habe mich an Euch gewandt, weil die Zeichnung nämlich in ein Gebiet fällt, das Euch besonders am Herzen liegt.«
Eines war Buschmann klar: Gaßner hatte sicherlich viel Geld für das Manuskript bezahlt. Erneut beugte er sich über das Pergament.
Neben einer Beschreibung enthielt das Blatt eine Zeichnung, ein Durcheinander von Rädchen und Stangen, von Zifferblättern und Zahnkränzen und Schrauben. Er konnte die Stifte und Räder, die er zu sehen glaubte, nicht recht zuordnen. Ein Wirrwarr aus zarten Linien und Kreisen, aus Zacken und Spiralen, aus Zeigern und Ziffern füllte die Blattmitte. Die Begriffe der Beschreibung nahmen ihn jedoch sofort gefangen: Sonne, Mond, Sterne stand dort in griechischen Lettern. Himmelslinie, Tagundnachtgleiche und Sonnenwende, *hora* für Stunde, *sphaira* für das Himmelsgewölbe. Wie diese Begriffe allerdings zueinander in Beziehung standen, das konnte er auf die Schnelle aus der Zeichnung nicht herauslesen.
Der letzte Satz des Manuskripts ließ ihn schlucken. Dort stand, als gehöre der Satz nicht zum restlichen Bild und dennoch in derselben Schrift, in denselben Lettern etwas von einer »Kenntnis der Unsterblichkeit …«
Und brach unvermittelt ab. Wie versteinert blickte der Handwerker für einen flackernden Augenblick darauf, dann stieß er den angehaltenen Atem aus und wandte sich an den Kaufmann.
»Gaßner, Gaßner. Ich denke, der Inhalt ist bedeutend. So etwas denkt sich niemand aus. Lasst es mich studieren. Lasst mir

Zeit.« Buschmanns Stimme zitterte leicht, und er wusste, dass diese Erregung seinem Gegenüber nicht verborgen blieb. Es war kein gewöhnliches Blatt, das er hier in Händen hielt, so viel war sicher. Er durfte es Gaßner nur nicht zu deutlich spüren lassen. Diesem letzten Satz musste eine Bedeutung innewohnen. »Ich werde mich bemühen – wie immer.«

»Ihr werdet mehr als das, Meister Buschmann. Holt Euch einen Übersetzer, der des Griechischen mächtiger ist als Ihr, holt Euch einen Meister der Feinmechanik. Baut das Gerät. Ihr werdet ein Vermögen verdienen. Ein halbes Jahr, dann stehe ich wieder vor Eurer Tür!«

I. TEIL

corona
from
6
7
8
Rota prima de
19 20 21 22 23
AVGVSTA
1509

»Wahr, wahr, ohne Zweifel und gewiss:
Das Untere gleicht dem Oberen, und das Obere dem Unteren,
zur Vollendung der Wunder des Einen.«

HERMES TRISMEGISTOS, 1415

KAPITEL 1 Katrin hatte den jungen Burschen längst bemerkt, der sich in der Märzsonne vor dem Haus ihres Vaters herumdrückte. Sie strich ihr Horoskopblatt glatt, das sie für diese Woche errechnet hatte: Mars und Jupiter standen im Quadranten und verhießen größere Spannungen.

Durch die Lamellen der Fensteröffnung spitzelte sie nach draußen und beobachtete, wie sich der Blondschopf mit den leuchtend blauen Augen dem Haus näherte, am Klingelzug vorbeistrich. Dann fuhr er mit der Hand über dessen Kugelgriff, betrachtete ihn verstohlen und zog doch nicht daran. Als wollte er dessen Temperatur spüren, strich er abermals mit den Fingerspitzen darüber, nachdem er sich vergewissert hatte, dass niemand ihn beobachtete, und richtete sich schließlich auf.

Katrin lächelte. Mit dieser Spannung wäre sie zufrieden. Sie warf einen flüchtigen Blick auf ihre Zeichnung. Venus störte in diesem Bild und brachte eine unbestimmte Unruhe hinein.

Rasch wechselte der Junge die Straßenseite, ging zwei Häuser weiter, blieb stehen, machte kehrt und kam auf der gegenüber liegenden Seite zurück. Er schielte erneut zu ihnen hinüber. Katrin hätte am liebsten laut losgelacht und den Burschen gehänselt, wenn nicht etwas an ihm gewesen wäre, das sie gleichzeitig beunruhigte. Er war kein Augsburger, das war unschwer an der Kleidung zu erkennen. Ein Geselle auf Walz vermutlich, ein Zünftling, der bei ihrem Vater Brot und Übernachtung er-

bitten wollte. Die Unsicherheit des Jungen war dennoch nicht die der üblichen Gesellen, wenn sie vor der Türschwelle standen. Etwas Lauerndes schwang in der Art mit, mit der er wohl zehnmal auf und ab lief und das Haus in Augenschein nahm, als suche er darin etwas.
Katrin beschloss, dem Spiel ein Ende zu bereiten. Dies war kein Haus, das man ausspionierte, sondern die Werkstatt eines ehrbaren Instrumentenbauers. Außerdem konnte Mars im aufsteigenden neunten Haus ja auch bedeuten, dass sie die Dinge in die Hand nehmen musste.
Sie legte die Wäsche, die sie falten musste, aus der Hand und band sich ein Tuch um den Kopf, während sie die Treppe hinabeilte und vor die Tür trat. In der engen Häuserschlucht war es heller als im Haus, sodass sie kurz die Augen schließen musste. Als sie sich an das Licht gewöhnt hatte, das aus Süden direkt in die Zeile einfiel, war der Junge verschwunden.
Sie sah die Straße hinauf und hinunter, konnte den blonden Lockenkopf jedoch nirgends mehr entdecken. Missgestimmt zog Katrin die Stirn kraus. Wo hatte sich der Kerl versteckt? Katrin ging die beiden Stufen zur Straße hinab und wandte sich nach rechts. Sie hätte gern gesehen, ob die Ebenmäßigkeit seiner Gesichtszüge der Wirklichkeit entsprach oder ob die Entfernung täuschte. Wie oft war sie schon vom garstigen Aussehen der Gesellen enttäuscht gewesen.
»Sucht Ihr mich, Jungfer?«
Wie aus dem Boden gewachsen stand der Geselle plötzlich vor ihr. Katrin machte einen Sprung zurück, weil sie sonst unweigerlich mit ihm zusammengestoßen wäre. Dabei knickte sie um und strauchelte. Eine kräftige Hand packte zu und verhinderte, dass sie in die Gosse fiel.
»Äh ja. Nein. Ich meine … Danke. Entschuldigt.«
Katrin stotterte vor sich hin, während der Jüngling weiter ihren Arm gefasst hielt, bis sie wieder ihr Gleichgewicht gefunden hatte. Jetzt erst wurde ihr bewusst, was geschehen war.

»Was fällt Euch ein, so vor mir aufzutauchen, dass ich mich beinahe zu Tode erschrecke?«, fauchte sie. »Lasst endlich los!«
Sie befreite sich mit einer ungestümen Handbewegung von ihm, was ihr sofort leidtat. Schließlich hatte er ihr geholfen. Der Geselle ignorierte ihren Wutausbruch.
»Ihr beobachtet mich schon eine ganze Weile, Jungfer. Und ich frage mich, warum. Weil ich ein Fremder bin?«
Unwillkürlich nickte Katrin. Ihr gefiel die Art, wie der Junge sprach. Es klang weich und melodisch. Allerdings hörte man deutlich, dass er nicht aus der Gegend stammte. Trotzdem verstand sie beinahe alles, was er sagte.
»Fremde sind Feinde. Man kann nicht vorsichtig genug sein, wenn man ihnen begegnet.«
Jetzt lachte der Junge kehlig und wirkte dadurch reifer, als sie gedacht hatte, beinahe erwachsen. In seinem Lachen lagen Erfahrung und Weltklugheit.
»Dann müssen wir die Fremdheit überwinden. Am besten beginne ich damit, denn ich bin hier der Eindringling. Ich bin Florint.« Er streckte ihr seine Hand entgegen, die fein geschnitten und doch kräftig war. »Aus Straßburg. Geselle auf Wanderschaft und Instrumentenbauer.«
»Wie Papa!«, sagte Katrin und hielt sich sofort die Hand vor den Mund. Sie war zu rasch mit ihrem Mundwerk. Vorsichtig, als berührte sie eine Ofenplatte und wollte testen, ob sie heiß sei, schlug sie in die dargebotene Hand ein.
»Jetzt müsst Ihr mir nur noch sagen, wir Ihr heißt. Das gehört sich so«, grinste Florint sie an.
»Ka-Katrin«, stotterte Katrin, die völlig überrascht war und sich für einen Augenblick ganz vom Zauber seiner weichen Stimme einhüllen ließ.
»Gut«, antwortete er. »Damit wäre das geklärt. Jetzt seid ehrlich zu mir: Ist dies die Werkstatt Meister Buschmanns?«
Katrin, der plötzlich bewusst wurde, dass sich der Geselle nicht für sie, sondern für ihren Vater interessierte, öffnete be-

reits den Mund für eine spöttische Erwiderung, doch der Ausdruck auf dem Gesicht des Jungen verhinderte dies. Es war ein gespieltes oberflächliches Interesse, doch dahinter lauerte eine gewisse Spannung.

»Was wollt Ihr von Meister Buschmann?«

Die Frage stellte sie, ohne darüber nachgedacht zu haben. Ihre Gedanken gingen in eine ganz andere Richtung. Sie wollte ihn einen Spionierer heißen, einen Herumschleicher, doch sie brachte die Worte nicht auf die Zunge. Diese war wie gelähmt für ihren Spott.

»Ich will … ich will mich bei ihm verdingen. Als Geselle«, antwortete der Junge. »Wenn er einen braucht.«

Dabei sah er sie auf so eine durchdringende Art an, dass ihr unheimlich zumute wurde. Sein helles Gesicht leuchtete geradezu, und Falschheit und Verschlagenheit konnte sie in seinen Augen auch nicht finden, eher eine Art Schleier, der sich während ihrer Musterung über seinen Blick legte, als verberge er etwas darunter.

»Könnt Ihr für mich ein gutes Wort bei ihm einlegen?«

Katrin zuckte unter dem Satz zusammen. Etwas stimmte nicht mit diesem Gesellen. Er meinte es nicht ehrlich, so viel spürte sie – und doch log er wieder nicht. Er schwindelte oder versuchte zumindest, die Wahrheit hinter seinen Worten zu verbergen, das spürte sie mit aller Macht ihrer weiblichen Intuition. Dabei lehnte er sich betont lässig gegen die Hauswand und spielte mit der Holzkugel des Klingelzugs, ließ seine Hand darübergleiten, als prüfe er sie.

Dennoch nickte sie und sagte: »Das müsst Ihr meinen Vater schon selbst fragen.«

»Dann frage ich ihn«, sagte der Fremde kurz entschlossen, fasste sie bei den Schultern und drehte sie in Richtung Hauseingang. »Weist Ihr mir den Weg, Jungfer Katrin!«

Katrin wollte so nicht behandelt werden, doch das schöne Gesicht und der angenehme fremde Ton in der Stimme des Gesel-

len ließen eine Widerrede nicht zu. Sie griff nach seiner Hand und zog ihn hinter sich her ins Haus.
Katrin ging in den dunklen Flur voraus, der nach hinten zur Werkstatt führte. Die Arbeitsstätte des Vaters lag über dem Hof auf der anderen Seite. So trat Katrin links in den Tordurchgang hinaus, weil sie ihn nicht durch die Wohnstube führen wollte, und sie gelangten in den Innenhof, der von drei Wänden umstanden war und nach hinten in einen Garten hinauslief, an dessen Ende eine mannshohe Mauer das Grundstück zum Nachbarn hin abschloss.
Während sie noch im Halbdunkel der Durchfahrt standen, trat Meister Buschmann mit einem Mann auf den Hof hinaus. Katrin blieb unwillkürlich stehen. Sie wollte nicht, dass der Geselle die Kunden seines Meisters bereits jetzt kennen lernte. Was sie nicht verhindern konnte, war, dass er das Gespräch mithörte.
»Ich sagte es Euch doch, Gaßner, ich habe das Dokument nicht. Der Kerl hat es mitgenommen!«
Der Mann in einem Mantel mit dichtem Pelzbesatz um den Hals und auf der Brust rieb sich mit dem abgewinkelten Zeigefinger die Nase und zuckte schließlich mit den Schultern.
»Wenn ich wüsste, wie weit Ihr seid, Meister Buschmann, wäre mir wohler. Mit dieser Maschine, meine ich ... diesem ... ach, ich weiß nicht was.«
»Oh«, nickte Buschmann und legte den Arm um die Schulter des Mannes. »Ein Ich-weiß-nicht-was ist eine gute Umschreibung dessen, was sich darin an Zahnrädern und Scheiben tummelt, Gaßner.«
Gaßner holte tief Atem und gab sich einen Ruck.
»Ich dachte mir ... nun, Ihr seid ein vorzüglicher Handwerker ...« Er räusperte sich.
»... kurz und gut«, ergänzte Meister Buschmann unbeeindruckt, »Ihr zahlt mir eine erkleckliche Summe dafür, dass ich Euch dieses Gerät baue. Aber ich kann keine Wunder vollbringen.«

Der Handwerker senkte die Stimme. »Vor allem seit dieser Kerl auf und davon ist.«
»Wunder verlange ich nicht. Aber die Signoria wird ungeduldig.«
»Die oder Ihr, Gaßner?«, spottete Meister Buschmann. »Ihr Kaufleute habt keine Ahnung.«
Auf der Stirn des Mannes, den Buschmann Gaßner genannt hatte, hatten sich Schweißperlen gebildet. Mit der flachen Hand wischte er sie fort.
Der Instrumentenbauer hatte den Mann nach hinten in den Garten geführt. Zur Hofgrenze hin tummelten sich drei Ziegen in einem Gatter. Kurz davor lehnte eine Leiter. Jetzt nahm er die Leiter von der Wand und ließ den Kaufmann über sie weg in den Nachbarhof hinüberklettern. Katrin wunderte sich über dieses ungewöhnliche Verhalten nicht, wusste sie doch, dass sich so mancher Kunde allein aus Angst vor der Inquisition nicht gern hier blicken ließ. Bevor der Kopf des Kaufherrn hinter der Mauer verschwunden war, ergriff dieser noch einmal das Wort.
»Noch mehr Geld? Ihr habt doch schon ...«
»Handelt nicht!«, polterte Buschmann. »Es ist schwierig genug, die Dominikanerbrut aus allem herauszuhalten.«
Gaßner räusperte sich, lächelte, wurde wieder ernst und sagte dann: »Das leidige Geld. Nun ja ... Ihr bekommt es.«
Jetzt lachte Meister Buschmann spöttisch. »Ich kenne euch Krämer! Um jeden Pfennig muss man feilschen.«
Mittlerweile war der Kaufmann hinter der Mauer verschwunden. Buschmann wurde ernst und stieg drei Stufen der Leiter empor. »Kein Geld, keine Maschine«, rief er dem Mann nach, der bereits im Nachbarhof verschwunden war.
Meister Buschmann lachte, als er von der Leiter herabstieg und sie wieder zurückstellte.
Jetzt erst trat Katrin, Florint hinter sich her führend, aus der Toreinfahrt heraus.

»Vater«, rief sie. »Ein Geselle aus … aus …«, sie wusste nicht mehr, woher er stammte, und schalt sich eine Närrin.
Mit raschem Schritt trat der Junge hinter ihr hervor und ging auf ihren Vater zu.
»Aus Straßburg, Meister Buschmann! Euer Ruf dringt bis an die Grenzen des Heiligen Römischen Reiches«, sagte er und schmeichelte damit dem Instrumentenbauer. Katrin bemerkte jedoch, wie ihr Vater blass wurde. Rasch blickte er zum Werkstattgebäude hinüber, als wollte er nicht, dass der Junge es betrat.
»Aus Straßburg. So, so.« Ein Schatten legte sich über das Gesicht des Meisters. »Und wie heißt du?«
»Florint«, sagte der Geselle und zögerte.
Der Name schien ihren Vater zu erleichtern. Er nickte nur.
Der Junge ließ ihn nicht aus den Augen. »Ich habe bei Meister Deroubaix gelernt!«, ergänzte er bestimmt.
Die Erwähnung dieses Namens übte auf ihren Vater eine eigenartige Wirkung aus. Zuerst wurde er blass, dann hochrot im Gesicht. Er suchte nach einer Leitersprosse, um sich daran einzuhalten.
»Auf Wanderschaft bin ich, Meister Buschmann«, fuhr Florint fort. »Heute bin ich angekommen und vom Zunftoberen der Stadt an Euch verwiesen worden. Ich möchte bei Euch gern in die Lehre gehen.«
»Ihr seid flott bei der Sache und geradeheraus. In die Lehre also«, wiederholte der Instrumentenbauer leise. Er schüttelte mehrere Male den Kopf und schien in sich hineinzublicken. Dann ließ er den Jungen stehen, eilte zur Werkstatt hinüber, trat ein und machte die Tür hinter sich zu. Katrin hörte den Schlüssel sperren.
Florint drehte sich verwirrt zu Katrin um, die das Verhalten des Vaters ebenfalls verwunderte. Sie zuckte mit den Schultern.
»Er ist manchmal etwas – seltsam. Macht Euch nichts draus.«

Doch da erschien Meister Buschmann bereits wieder in der Tür. Er hielt sich am Rahmen ein und musterte Florint von oben bis unten.

»Geselle also. Nun denn. Und bei Meister Deroubaix in die Lehre gegangen. Wenn Ihr mit dem Arbeiten nur annähernd so schnell seid wie mit dem Reden, soll's mir recht sein. Zeig ihm die Kammer, Katrin. Dann essen wir.«

Mit diesen Worten schloss er erneut die Tür.

Katrin warf Florint einen Blick zu, den dieser mit einem Achselzucken erwiderte. »Wenn's dem Meister recht ist …«

»Dann kommt!«

Sie wandte sich um, ging vor Florint her ins Haus und geleitete ihn bis unters Dach.

»Klein, aber fein!«, sagte sie und warf ihm einen koketten Blick zu, den er gern erwiderte. »In einer Viertelstunde in der Küche unten.«

Florint nickte. Dann schloss Katrin die Tür, und er stand allein im Raum.

Das Zimmer war gerade so hoch, dass er sich nicht bücken musste. Lange starrte er auf die Tür. Schließlich zog Florint sein Wams aus, drehte es um und fingerte aus dem Saum am Rücken ein Stück Papier. Vorsichtig faltete er den Zettel auf und strich ihn glatt. Dreieckig war er und an einer Seite ausgefranst, als hätte man ihn von einem Büttenblatt abgerissen. Nur wenige Worte standen darauf, geschrieben in einer bräunlichen Tinte, die ihn an getrocknetes Blut erinnerte: »Augusta Vindelicum. Pax tibi Marce. Der Himmel bewegt sich nicht. Hilf mir«, las er, und auf der Rückseite hatte eine zittrige Hand »Florint Deroubaix, Straßburg« notiert, und darunter stand das Plejadenzeichen, eingestochen mit einem spitzen Gegenstand: das Zeichen seines Vaters.

Lange starrte Florint darauf, bis Wörter und Zeichen vor seinen Augen verschwammen. »Augusta Vindelicum« verstand er, deshalb war er hier. Augsburg. Sein Vater war hier in der Stadt

gewesen. Doch alle anderen Sätze hüllten sich in ein geheimnisvolles Dunkel.
Vierzehn Tage hatte der Brief bis nach Straßburg gebraucht, so jedenfalls hatte es ihm der Fugger'sche Fuhrmann versichert, der ihm die Nachricht ausgehändigt hatte. Durch wie viele Hände der Wisch noch gegangen war, konnte Florint nicht einmal vermuten, schätzte jedoch, dass weitere zwei Wochen darüber vergangen waren, bis er bei dem Fuhrwerker gelandet war. Zwei Wochen hatte er selbst von Straßburg hierher gebraucht. Alles in allem mochten zwei Monate vergangen sein, seit die Sätze aufs Papier gefunden hatten, geschrieben mit dem Blut seines Vaters. Florint hielt das Papier in der offenen Hand. Er hatte nicht einmal die Hoffnung, dass er noch rechtzeitig kommen würde, um ihm helfen zu können.
Jetzt schloss er die Augen und atmete tief ein und aus. Endlich war er auf eine Spur gestoßen.
Er steckte das Papier zurück in sein Wams und machte sich auf zum Essen. Er würde herausfinden, was mit seinem Vater geschehen war.

KAPITEL 2 Der nächste Tag sah Katrin früh auf den Beinen. Sie legte Holz im Herd nach, damit das Wasser für den Hirsebrei warm war, bis sie vom Brunnen zurückkam. Dann nahm sie die beiden Kübel auf und trat in den Hof hinaus. Die kühle Morgenluft strömte erfrischend in ihre Lungen. Katrin mochte diese Stimmung, wenn die Nacht ihr samtenes Tuch sanft von den Wangen des Morgens zog. Außer ihr stand niemand mit der Sonne auf, Vater schon gar nicht, wenn er bis spät nachts in seiner Werkstatt gearbeitet hatte. Er war ein Mensch der Dunkelheit, sie einer des Tagesanbruchs.
Sie schlüpfte in das Holzhäuschen, um ihre Notdurft zu verrichten. Danach schleppte sie die beiden Zinkeimer zum Hoftor.

Überrascht bemerkte sie, dass das Tor einen Spalt breit offen stand. Hatte Vater gestern vergessen, den Riegel vorzulegen? Er war sicher nicht vor ihr aus dem Haus gegangen. Sie musste nämlich durch das Elternschlafzimmer hindurch, wenn sie aus ihrem Zimmer wollte. Und sie hatte ihn im Bett liegen sehen und schnarchen hören.
Wer hatte das Tor geöffnet? Jetzt ließ die frische Morgenluft sie frösteln, und ein kalter Schauer lief ihr über den Rücken. Es war nicht das erste Mal, dass man bei ihnen eingebrochen hatte. Rasch blickte sie um sich, ob in der Dunkelheit des Tordurchgangs jemand lauerte. Ebenso aufmerksam ließ sie ihren Blick über den Innenhof schweifen, soweit sie ihn übersehen konnte, doch sie entdeckte nichts und niemanden. Sie packte die Eimergriffe fester und drückte mit der Schulter das Tor ganz auf. Auch auf der Gasse befand sich niemand. Alles schien ruhig. Hin und wieder hörte sie Kindergeschrei aus einem der oberen Fenster. Es war Zeit, die Wickelkinder zu stillen und zu säubern. Katrin lief rasch die Gasse entlang und zum Herkulesbrunnen hinüber. Ein eigenartiges Gefühl kitzelte ihr im Nacken, als werde sie beobachtet.
Außer ihr stand noch Sarah Beitel am Brunnen, eine der Mägde aus dem Fuggerhaus. Sie trafen sich beinahe jeden Morgen. Auch die Sarah war solch eine Frühaufsteherin wie sie.
»Einen schönen Morgen, Sarah!«, begrüßte Katrin die dunkeläugige Magd, die mit ihrem vollen Zuber bereits auf sie wartete.
»Wen schleppst du denn mit dir herum?«, grüßte diese zurück und zog die Augenbrauen hoch. »Oder hast du von deinem Verehrer noch nichts bemerkt?«
Katrin runzelte die Stirn.
»Ich habe keinen Verehrer«, protestierte sie.
»Dann solltest du dich umsehen, Jungfer Katrin«, spottete Sarah. »Er ist etwa so groß wie du, hat blonde Haare und ein schmal geschnittenes Gesicht!«

»Florint!«, entfuhr es Katrin unwillkürlich.
»Ach, dann kennt man den jungen Mann doch? Du wirst mir eine beste Freundin sein, wenn du mich in deine Liebeleien nicht einweihst.«
Im Augenblick konnte Katrin nicht an Sarah denken. Warum schlich der neue Geselle um diese Zeit hinter ihr her? Hatte er womöglich das Tor geöffnet?
»Du verstehst gar nichts!«, wischte sie ihrer Freundin über den Mund. Dann füllte sie stumm ihre beiden Eimer bis an den Rand. Nur unter großen Mühen gelang es ihr, die überschwappenden Gefäße über den Brunnenrand zu wuchten.
»Nimmst du dir nicht etwas zu viel vor, Katrin?«, versuchte Sarah die Stimmung aufzulockern.
Katrin lachte sie schelmisch an. Ihr momentaner Ärger war wie weggeblasen. »Die sind nicht für mich, die sind für meinen Verehrer. Wer mir heimlich hinterhergeht, der kann mir auch tragen helfen. Dann muss ich nachmittags kein zweites Mal kommen.«
Jetzt lachte auch Sarah aus vollem Hals.
Katrins Plan ging auf. Kaum hatte sie die beiden übervollen Eimer über den Weinstadel geschleppt und war in die Gasse, die zur Werkstatt führte, eingebogen, vertrat ihr Florint den Weg.
»Kann ich Euch helfen?«
Seine hellen Haare hatte er glatt nach hinten gebürstet. Im fahlen Morgenlicht sah man, dass er noch keine Zeit gefunden hatte, sich zu rasieren. Die Stoppeln ließen seine vollen Lippen deutlich hervortreten. Mit Augen wie ein Sommerhimmel so blau sah er sie an, und Katrin fühlte ein Prickeln auf Hals und Wangen. Männern wie diesem begegnete man in Augsburg nicht alle Tage.
Sie stützte die Fäuste in die Hüfte.
»Eure Spezialität ist es wohl, unverhofft vor mir aufzutauchen und mich zu Tode zu erschrecken.« Ihre wütende Attacke zeigte

Wirkung. Florint blickte sie betroffen an. »Helft mir wenigstens mit den Eimern, damit Ihr zu etwas nütze seid!«
Sofort bückte sich der neue Geselle, und Katrin glitt ein Lächeln über das Gesicht. Florints Eifer tröstete sie ein wenig. Er packte beide Eimer gleichzeitig und schleppte sie die Gasse entlang bis zur Toreinfahrt. Auf dem gesamten Weg sprachen sie kein Wort miteinander.
»Habt Ihr das Tor aufstehen lassen, Florint?«, fragte sie beiläufig, als sie das Tor erreichten.
»Nein. Ihr habt es doch geöffnet. Ich bin Euch nur nachgegangen.«
Jetzt war Katrin ein wenig verblüfft.
»Man geht also einfach den Mädchen nach«, sagte sie spöttisch.
»Und das Tor habt Ihr wirklich nicht aufgemacht?«
»Nein«, erklärte Florint energisch.
Katrin glaubte ihm kein Wort. Dennoch ließ sie den Blick nachdenklich über den Innenhof gleiten. Wer war in der Lage, den Riegel wegzuziehen? Nur jemand, der wusste, dass man den Innenhof durch das Haus gegenüber betreten konnte. Doch Vater hatte die Leiter entfernt, nachdem Gaßner über die Mauer gestiegen war, und sie lehnte noch immer dort, wo er sie hingestellt hatte, an der Werkstatt nämlich. Wenn Florint jedoch die Wahrheit sagte ... Sie mochte gar nicht daran denken, was das bedeutete. Der Dieb war womöglich noch hier.
»Lasst die Eimer stehen und kommt!«, herrschte sie Florint an, packte ihn am Ärmel und zog ihn hinter sich her zur Werkstatt. Als sie auf die Tür zuging, schien ihre schlimmste Befürchtung sich zu bestätigen. Die Tür war nur angelehnt. Ein schwarzer Spalt klaffte zwischen Türblatt und Zarge. Derjenige, der sie geöffnet hatte, hatte sie nicht mehr ganz zugezogen. Weil es zu viel Lärm verursacht hätte?
»Es war jemand im Hof«, sagte Katrin nur und schob den verblüfften Florint vor sich her bis zur Werkstatttür.
»Ihr voran, Geselle«, betonte sie und deutete mit dem Kinn auf

die Öffnung. »Wenn noch jemand im Raum ist, ist es besser, ich verstecke mich hinter Euch.«
»Aber ...«, wollte Florint einwenden, doch Katrin unterbrach ihn.
»Los jetzt! Bis wir Vater wecken, kann der Dieb über alle Berge sein.«
Sie hörte Florint schlucken. Dann jedoch fasste er sich ein Herz, drückte die Tür auf und spähte ins Innere. Durch die Fenster auf allen drei Seiten strömte Licht in den Raum. Tatsächlich stand, mit dem Rücken zu ihnen, eine Gestalt an einem der Tische, beugte sich über irgendwelche Papiere und blätterte rasch darin hin und her, als suche sie etwas. Die Tür glitt lautlos ganz auf. Katrin deutete auf einen Prügel neben der Tür, auf dem ihr Vater sonst Kupfer dengelte. Florint griff danach und betrat den Raum, die Waffe zum Schlag erhoben.
»Was sucht Ihr da?«, rief Katrin hinter ihm in die Werkstatt hinein.
Die Gestalt drehte sich zu ihnen um. Das Gesicht lag im Dunkeln, sodass Katrin einige Augenblicke brauchte, bis sie erkennen konnte, wer dort stand.
»Katrin, Florint!«, rief Meister Buschmann ihnen entgegen. »Was tut ihr beiden hier in der Werkstatt? Und was soll der Knüppel in deiner Hand, Kerl?«

KAPITEL 3

»Herein mit euch!«, sagte Meister Buschmann. »Und schließt die Tür hinter euch.«
Florint betrat den Raum und ließ seinen Blick wandern. Es war eindeutig das Herzstück der Werkstatt, ausgestattet mit drei Arbeitstischen, deren Arbeitsfläche bis auf Schulterhöhe reichte, wenn man davorsaß. Jeder Tisch war nierenförmig ausgeschnitten, sodass man beinahe in ihm saß und nicht vor ihm. Auf einer zweiten Ebene darunter lagen die Werkzeuge. Die Wände waren bedeckt mit Schränken und Halterungen, die

grobe, große Hämmer und Feilen und Bohrer ebenso enthielten wie sauber aufgereihte Werkzeuge in kleinsten Größen, oft so winzig, dass man mit bloßem Auge Schwierigkeiten hatte, ihre Funktion zu erkennen. Feilen so dünn wie ein Haar, Drähte so fein wie ein Faden, Bohrer schlank wie Nähnadeln. An den freien Stellen der Wände hingen Zeichnungen und Aufrisse. Auf einem der Tische stand ein Messinggehäuse, dessen Innereien frei lagen und an dem ein zweiter Mann arbeitete.

»Das ist mein Altgeselle, Wolfhart. Er ist seit einem halben Jahr in meinem Dienst. Ein wenig wortkarg und verschlossen zwar, doch zuverlässig. Zuverlässigkeit schätze ich bei meinen Untergebenen am meisten.«

Florint nickte dem Gesellen zu, der kaum den Kopf bewegte und ihn von unten her misstrauisch musterte. Das Knurren, das er ausstieß, konnte ebenso »Willkommen« heißen wie »Mach, dass du weiterkommst!«.

Florint beschloss, diesen Rotschopf vorerst zu ignorieren. Im Schuppen roch es nach Metall und Schweiß, nach Öl und Kerzenwachs. Auf einem Messtisch vor dem Fenster lag eine Messingscheibe, deren Winkelgravur gerade neu geschnitten wurde. Er suchte die Wände ab, suchte nach einem Zeichen.

»Ich hoffe, der Knüppel hat nichts Schlimmes zu bedeuten«, knurrte Buschmann.

Florint wollte etwas erwidern, legte den Holzstock dann jedoch kommentarlos beiseite. Katrin nahm ihm die Entschuldigung ab.

»Er kann nichts dafür, Vater. Das Tor stand auf. Ich dachte, weil Ihr noch geschlafen habt, als ich aufgestanden bin, und das Tor offen stand, es … es wäre ein Fremder im Hof und in der Werkstatt.«

Die Wörter sprudelten nur so über ihre Lippen und fielen in hellen Kaskaden in den stillen Raum.

»Es war jemand hier«, sagte Meister Buschmann, seiner Tochter den Rücken zugekehrt. »Ich bin eben dabei, zu schauen, was fehlen könnte. Die neue astronomische Uhr jedenfalls hat den Eindringling nicht interessiert.«

Stattdessen fehlt eine der Zeichnungen, hätte Florint beinahe dazwischengeworfen. Ihm war der helle Flecken an der Wand sofort aufgefallen. Bei den Zeichnungen neben einem der Fenster klaffte eine Lücke. Da sie dem Meister nicht auffiel, konnte der das Blatt auch selbst abgenommen haben.

Dann aber wurde Florint auf etwas anderes aufmerksam. In der sonst so peinlich sauberen Hütte war über einer der Werkbänke ein Papier an die Wand geheftet, dem eine Ecke fehlte.

Sein Blick blieb an der Risskante hängen. Der Zettel seines Vaters besaß dieselbe dreieckige Form. An zwei Seiten glatt beschnitten, doch an der dritten so zerfasert, als wäre es in höchster Eile von dem vor ihm hängenden Bogen abgetrennt worden.

Für einen Augenblick rief sich Florint den Papierfetzen in seinem Wams vor Augen: An einigen Stellen war er mit etwas Feuchtem in Berührung gekommen und hatte sich aufgelöst – mit Wasser oder mit Speichel. Florint drehte den Fetzen in Gedanken so, dass er zu dem Büttenblatt an der Wand passte. Plötzlich zitterten ihm die Hände. Er sah deutlich eine Szene vor sich, wie sein Vater sich in aller Hast umsah, weil er etwas zu schreiben brauchte, den Bogen erblickte, eine Ecke davon abriss und sie sich in den Mund stopfte. Dort würde sicherlich niemand das Papier entdecken.

Florint öffnete die Augen wieder. Auch wenn er sich nicht sicher war, ob alles sich so zugetragen hatte, wusste er, dass er auf dem richtigen Weg war.

»Bislang vermisse ich nichts.«

Die Stimme Meister Buschmanns holte Florint in die Werkstatt zurück.

Er lügt, dachte Florint sofort, und war froh, dass der Herrgott es den Menschen verwehrt hatte, sich gegenseitig ins Herz zu schauen.

»Wer sollte ein Interesse haben, die Werkstatt eines Instrumentenbauers zu durchstöbern. Oder arbeitet Ihr auch in Gold und Silber?«, wagte Florint einzuwerfen.

Unwillig schüttelte Buschmann den Kopf, als wolle er nicht darüber reden.

»Neue Gesellen sollten nicht fragen, sondern arbeiten. Ihr wollt heute Abend etwas zu essen? Dann verdient es Euch!«

Buschmann verschwand in einen Raum, den man im Schuppen gar nicht vermutet hätte und der nach hinten hinausführte. Es konnte nur ein schmaler Anbau sein, denn von außen sah man dem Gebäude diese Erweiterung nicht an.

Er brachte einen Filzkorb herein und stellte ihn auf den Gesellentisch, der nächst der Tür lag. Florint spähte hinein. Eine ganze Anzahl von Uhrwerken lag dort.

»Putzt und säubert mir die Werke, macht sie gangbar und ölt und fettet, wo es notwendig erscheint. Nächste Woche fahre ich aufs Land. Mal sehen, wie die Bauern dort auf Eure Arbeit anspringen werden.«

Erst als sich Florint an den Gesellentisch setzte, sah er, dass die Tür zur Werkstatt aufgebrochen worden war. Der Beschlag selbst war zwar heil geblieben, doch die Fassung des Zargen war aufgesplittert. Ein zweites Mal blickte Florint aufmerksam durch den Raum. Was verbarg der neue Meister hier, das für einen Dieb interessant sein könnte? Dann sah er es, das Zeichen, nach dem er gesucht hatte. Über dem gesplitterten Holz der Tür hatte eine sichere Hand das Trapez der Plejaden eingeritzt, mit den drei kaum sichtbaren Nebensternen. Das Siebengestirn. Florint schluckte. Sein Vater war demnach hier gewesen. Florint versuchte sich wieder auf das zu konzentrieren, was im Raum geschah.

»Ihr scheint es gelassen zu nehmen«, sagte er wie beiläufig, als er das erste Werk aus dem Korb nahm, konnte jedoch seine Erregung nur schwer beherrschen. »Habt Ihr Wasser zum Händewaschen?«, setzte er hinzu. »Solche Feinarbeiten fordern fettfreie Finger.«

Wolfhart, der Altgeselle, stand auf, reichte ihm Wasser und Seife und ein kleines Fläschchen mit Branntwein. Sorgfältig säuberte sich Florint die Hände, während er die Umgebung einer genauen Prüfung unterzog, ob er weitere Hinweise fand. Dann beugte er sich über die Arbeit, ohne Katrin weiter zu beachten.

Die stand, seit sie die Werkstatt betreten hatten, direkt hinter ihm. Bis auf die Rechtfertigung hatte sie nichts gesagt. Jetzt trat sie zu ihrem Vater und flüsterte ihm etwas zu. Sosehr Florint auch die Ohren spitzte, um zu verstehen, was die beiden miteinander tuschelten, so wenig gelang es ihm, auch nur Wortfetzen zu erhaschen.

»Soll ich dir Ohrmuscheln dengeln?«, fuhr der Altgeselle dazwischen, mit einem Blick, der Florint durchbohrt hätte, wenn dies möglich gewesen wäre.

Florint bemerkte, wie Meister Buschmann aufschaute, das Gespräch mit Katrin beendete und sie zur Tür hinausschob. Misstrauisch sah er zu Florint herüber.

Als die Tür zuschlug, versank die Werkstatt in Stille.

Florints Augen wanderten durch den Raum. Jedes Werkzeug prüfte er mit seinem Blick, jedes Papier suchte er nach der ihm bekannten Handschrift oder dem vereinbarten Zeichen ab, doch er fand es nirgends mehr.

»Bist du der einzige Geselle?«, begann er endlich ein Gespräch.

Der Altgeselle brummte Unverständliches. Ohne aufzusehen, feilte er an einem Zahnrädchen, das er in einen Fixieramboss eingespannt hatte.

»Ich … ich heiße Florint, Wolfhart«, setzte Florint erneut an. »Aus Straßburg!«

Die Reaktion erfolgte sofort. Der Altgeselle hörte auf zu feilen und ließ die Hände sinken. Unverwandt starrte er Florint an. Dabei verschwamm ihm der Blick und richtete sich nach innen. Florint hätte wetten können, dass er ihn nicht mehr sah.

»Straßburg?« Wolfhart räusperte sich mehrere Male ausführ-

lich, als müsse er die Stimme erst wieder gängig machen. »Aus Straßburg?«
»Ja«, setzte Florint ein. Jetzt durfte er nicht lockerlassen. Die Erwähnung seiner Heimatstadt hatte unverkennbar eine Reaktion ausgelöst. »Ist das ungewöhnlich?«
Wolfhart schien wie aus einem Traum aufzuwachen. Plötzlich sahen seine Augen klar, der mürrische Zug um seinen Mund kehrte zurück, nur mit dem Feilen hielt er immer noch inne.
»Deroubaix!«, sagte er unvermittelt. »Deroubaix.«
Florint musste mehrmals durchatmen, musste seine Aufregung vergessen. Der Geselle kannte seinen Namen, obwohl er dem Meister nur verraten hatte, er habe bei einem Mann dieses Namens gelernt.
»War auf Wanderschaft in Straßburg. Schöne Stadt. Bin bei einem Deroubaix untergekommen. Guter Handwerker, guter Mathematiker und Konstrukteur. Danach ging's weiter, nach Frankreich hinein, nach Paris – und später ins Welschland hinüber, nach Verona, Venedig. Schöne Zeit.«
Als hätte er für den Rest der Woche schon zu viel gesagt, brach Wolfhart einfach ab und konzentrierte sich wieder auf seine Arbeit.
»Deroubaix und Frankreich«, glaubte Florint den Altgesellen mehrmals murmeln hören. Er selbst konnte die Enttäuschung nicht ganz verbergen, dass Wolfhart nur in Straßburg gearbeitet hatte, einen Monat, womöglich zwei, und dann wieder fortgezogen war.
Andererseits fühlte er sich gespannt wie eine Feder. Wolfhart war in Straßburg bei seinem Vater gewesen, hatte ihn gekannt. Womöglich wusste er mehr. Ausfragen musste er ihn, löchern, was ihm bei der Wortkargheit des Mannes schwerfallen dürfte. Er zwang sich vorerst wieder über seine Arbeit, die mehr einem Geduldsspiel glich als einem vernünftigen Auftrag und ihm viel Zeit zum Denken ließ.
Er legte sich einen Plan zurecht, mit dem er aus dem Gesel-

len herauszukitzeln gedachte, was er wissen wollte. Von sich musste er erzählen, warum er hier war, was ihn dazu trieb, sich nach Augsburg zu begeben. Vielleicht sollte er auch sein Geheimnis lüften, die Tatsache …

Noch bevor er das Tuch von seiner Vergangenheit ziehen und den Gesellen weiter ausfragen konnte, betrat Katrin den Raum. Sie blieb auf der Schwelle stehen und winkte ihm nur. Florint wischte sich die Hände an einem Flicken sauber. Als er ihn auf den zweiten Gesellentisch legte, stach ihm erneut das Siebengestirn ins Auge. Mitten auf dem Tisch waren für Halterungen sieben Löcher gebohrt worden. Sieben Löcher in Form eines Trapezes mit drei Ausbuchtungen. Florint schrak auf, als Katrin ihn ansprach.

»Vater will dich sprechen!«, verkündete sie in einem Ton, als habe sie ihm die Entlassung mitzuteilen. »Und das schnell.«

KAPITEL 4 Florint lag mit hinter dem Kopf verschränkten Armen in seiner Kammer und starrte in die Dunkelheit. Ein langer Tag hatte ihn angestrengt, hatte ihn müde gemacht, und zugleich fühlte er sich erregt. In seinem Innern brodelte es. Es war richtig gewesen, dass er seine wahren Beweggründe verschwiegen hatte, die ihn nach Augsburg gelockt hatten. Noch war es nicht an der Zeit, dieses kleine Geheimnis zu lüften. Obwohl seine Augen offen waren, sah er nichts außer dem schmalen Rechteck der Fensterluke, die auf Oberschenkelhöhe direkt unter der Traufe freigelassen worden war und bis zum Boden hinabreichte. Der Rest war Schräge. Doch er wollte sich über die Kammer nicht beklagen. Wenn er den Kopf durch die schmale Öffnung hinausstreckte, konnte er den Hof überblicken. Bis zur Werkstatt sah er hinüber.

Er fühlte, wie der Ärger über das Gespräch mit Meister Buschmann erneut sein Gemüt erhitzte.

Der Meister hatte ihm vorgeworfen, er sei der Einzige, der für diesen Schaden in Frage komme. Als einziger Fremder im Haus hätte er das Tor von innen öffnen können, denn von innen sei es geöffnet worden. Von außen sei das nicht möglich. Auch wenn er vielleicht nicht die Tür zur Werkstatt aufgebrochen habe – so viel Frechheit halte er für unmöglich –, so habe er doch durch seine Unvorsichtigkeit und seinen Übermut, so früh das Haus und den Hof zu verlassen, dem Diebstahl Vorschub geleistet und dem Unheil sozusagen Tür und Tor geöffnet. Meister Buschmann hatte getobt. Er wünsche nicht, dass seine Gesellen die Riegel selbstständig öffneten. Das sei seine Aufgabe – und mit einem Blick zu seiner Tochter hinüber betonte er, auch deren natürlich. Würde er, Florint, sich dieser Gepflogenheit widersetzen, kündigte der Meister an, müsse er ihn außerhalb des Anwesens in einem Zunfthaus unterbringen.

Mit gesenktem Kopf hatte Florint das Donnerwetter über sich ergehen lassen, hatte sich nicht gewehrt, obwohl ihm Unrecht geschehen und jedes Wort eine Beleidigung gewesen war.

Ganz in die Gedanken über seinen Ärger versunken, hätte er das Geräusch beinahe überhört. Ein Schaben und Scharren drang vom Hof herauf. Florint war sofort hellwach und richtete sich auf. Für einen langen Moment lauschte er in die Finsternis, die ihm alle möglichen Geräusche zutrug: das Huschen der Mäuse unter den Dielenbrettern, das Knacken der Balken, das Rascheln schlafender Vögel in den Ecken und Winkeln des Daches. Wieder drang ein Quietschen vom Hof herauf, das er sich nicht erklären konnte. Sein Gehör schien in die Nacht hineinzuwachsen. Er verdrängte seine Gedanken. Dafür war später noch Zeit. Jetzt musste er wissen, was dort unten geschah, umso mehr, als er sich geschworen hatte, die Demütigung Meister Buschmanns nicht auf sich beruhen zu lassen.

Langsam, um selbst keinen Laut von sich zu geben, erhob er sich und glitt zur Fensteröffnung. Auf dem Bauch liegend konnte er hinabschauen.

Schwarz lag der Hof unter ihm. Nicht einmal der Mond beschien die Fläche. Nur die Sterne warfen einen blassen Schimmer über Ziegel und Dächer, doch bis auf den Boden reichte ihre Kraft nicht.

Florint lauschte. Wenn er sich nicht täuschte, drang das Geräusch von der Werkstatt herüber. Ein verhaltenes Kreischen, als würden die Angeln des Holzschuppens aufgedrückt, bestätigte seinen Verdacht.

War es der Dieb, der sich erneut eingeschlichen hatte, um sein Werk zu vollenden? Aus den Läden, die Meister Buschmann am Abend sorgfältig geschlossen hatte, stahl sich Licht in feinen Strahlen auf den Hof. Wie Nadeln durchstachen sie die Schwärze der Nacht. Tatsächlich war jemand in die Werkstatt eingedrungen und hatte eine Kerze entzündet.

Dieser Umstand trieb Florint hoch. Sollte er hinuntergehen und Meister Buschmann wecken? Florint verwarf den Gedanken sofort. Er wusste nicht einmal, wo genau der Meister schlief. Und Wolfhart? Wolfhart war direkt nach dem Abendessen verschwunden, ohne dass Florint gewusst hätte, wohin.

Rasch schlüpfte er in Hose und Wams und öffnete die Tür. Wie ein Höllenschlund gähnte ihm die Stiege entgegen, schwarz und abgrundtief. Kein Kienspan glomm im Halter, keine Kerze bot einen noch so dürftigen Schimmer. Meister Buschmann war ein vorsichtiger Mann. Florint überlegte, ob er sich zu Tode stürzen oder wieder in sein Bett zurückkriechen sollte. Was gingen ihn die Diebstähle im Hause Buschmann an? Dann jedoch siegte seine Eitelkeit. Er war unschuldig und wollte das beweisen. Das konnte er nur, wenn er dem frechen Räuber das Handwerk legte. Jetzt hatte er Gelegenheit dazu.

Mit kleinen Schritten und den Händen an der Wand tastete er sich langsam die Treppe hinab. Jeder Schritt knarzte, jede Stufe krachte, und Florint wunderte sich, dass bislang niemand aus der Tür getreten war und ihn aufzuhalten versuchte. Als er sich im ersten Stock noch den großen Zeh an einer vorstehenden Scheuerleiste aufschlug, verfluchte er sich und seine Idee der Diebeshatz. Humpelnd stieg er weiter abwärts.

Erst an der Tür wurde ihm bewusst, dass er barfuß war. Seine Schuhe hätte er mitnehmen sollen! Florint wischte seinen Ärger beiseite und drückte den Eingang auf, der nur angelehnt war. Er trat auf die Steintreppe hinaus, und das Frühjahr biss mit frostigen Zähnen in seine Zehen.

Beinahe lautlos huschte er über den Hof, vermied die wenigen Stellen, an denen das Sternenlicht bis auf den Grund schien. Über ihm prangten die Plejaden. Kurz sah er zu ihnen empor. Mit dem Sommer würden sie unter den Horizont verschwinden und erst im Herbst wiederkehren. Doch für solche Überlegungen blieb keine Zeit. Er erreichte den Schuppen der Werkstatt von der Mauer her. Dort stahl sich Kerzenschein durch eine größere Ritze. Zuerst musste er sich vergewissern, wer sich in dem Raum aufhielt. Lautlos, um den Eindringling nicht zu warnen, glitt er näher und legte den Kopf an die Öffnung.

Florint überblickte nur einen schmalen Streifen des Innenraums. Niemand war zu sehen. Kein Geräusch drang von innen heraus. Allein das Flackern der Kerze ließ die Werkstatt lebendig erscheinen, als würden sich die Werkzeuge selbstständig bewegen. Florint presste ein Auge so dicht an den Spalt, dass ihm die scharfen Fugenkanten in die Haut stachen. Ein Scheppern ließ ihn zusammenzucken. Der metallische Klang kam bestimmt aus dem Rückraum, aus dem Anbau hinter der Werkstatt. Florint war versucht, seinen Platz zu verlassen und die Tür aufzureißen, um den Dieb zu überraschen, als eine Gestalt in sein Sichtfeld trat. Sie hielt einen Kasten in der Hand, dessen Innereien aus unzähligen Zahnrädern und Scheiben und Federwellen bestanden. Ein mechanischer Apparat, das sah Florint sofort, doch seine Funktion blieb ihm verborgen, denn der Dieb stellte sich so vor das Werk, dass er Florint die Sicht nahm. Nur seine rechte Hand hatte er kurz gesehen und eine schwärzliche Narbe, die sich am Gelenk zum Unterarm abzeichnete. Und dann geschah für Florint das Unfassbare: Der Eindringling setzte sich auf einen der Hocker, holte sich eine Schusterkugel, mit der man das Licht bündeln konnte, stellte sie vor die Kerze, griff sich Werkzeug aus dem Untertisch, eine Feile und einen feinen Schraubendreher, und begann an dem Werk zu arbeiten.

Ein Dieb, der ein mechanisches Instrument bearbeitete? Das war doch unmöglich.

Florint trat einen halben Schritt zurück. So wie der Mann saß, verdunkelte er beinahe den gesamten Raum. Nur die Hände des Eindringlings und die Mechanik selbst waren erleuchtet.

Er konnte die Gestalt nur schwer ausmachen. Ob er von der anderen Seite das Gesicht sehen konnte? Florint schlich um die Werkstatt herum. Er musste sich dort langsam durch eine tintene Schwärze vorantasten, um nicht über einen Gegenstand zu stolpern.

Vor der Eingangstür blieb er stehen und zögerte. Sollte er nicht einfach das Moment der Überraschung ausnützen, die Tür aufreißen, hineinstürmen und den Mann überwältigen? Ein ungutes Gefühl im Magen hielt ihn zurück. Der Kerl dort drinnen sah kräftig aus und war größer als er. Allein würde er verlieren. Er musste jemanden holen, mit dem zusammen er ihn überwältigen konnte.

Mit weit aufgerissenen Augen suchte er die gegenüberliegende Seite der Werkstatt nach einem Spalt ab, durch den Licht fiel, konnte jedoch keinen entdecken. Hatte der Kerl drinnen die Kerze gelöscht? Florint schalt sich einen Dummkopf, weil er nicht darauf geachtet hatte, was um ihn her geschah. Eine innere Glocke warnte ihn davor, auch nur einen Schritt weiter in die Finsternis auf dieser Seite der Werkstatt vorzudringen. Was hatte er sich nur dabei gedacht, hier allein auf Verbrecherjagd zu gehen? Barfuß obendrein, denn er fror erbärmlich an den Zehen. Mit Ohren so groß wie die Frachtschiffsegel der

Rheinschiffer lauschte er in die Schwärze. Atmete dort nicht jemand? Hörte er nicht weiche Sohlen auf dem Kieselboden des Innenhofes umherhuschen? Florint getraute sich nicht, auch nur den Arm zu heben, aus Angst davor, er könne sich verraten.

So stand er eine ganze Weile regungslos, bis er sich wieder einen Verrückten und Närrischen schalt. Er bildete sich das alles nur ein. Wenn der Fremde aus der Werkstatt geschlüpft wäre, dann hätte er die Tür hören müssen. Er hatte sie jedoch nicht gehört. Es war nur die Stille und die Finsternis, die ihm Geräusche vorgaukelte, seinen Kopf mit Schreckbildern und Gruseligkeiten füllte.

Nur langsam gelang es ihm, wieder normal zu denken, normal zu hören. Der Mensch ist doch ein Tagwesen, dachte sich Florint und setzte wieder einen Fuß vor den anderen und versuchte, mit ausgestreckten Händen die Bretterwand zu erreichen.

Plötzlich griff er in Stoff. Ein erschrecktes Einatmen vernahm er, dann das Tappen von Füßen in weichen Ledersohlen. Im nachtschwarzen Dunkel hinter der Werkstatt war er auf den Eindringling gestoßen. Er hatte sich eben doch nicht geirrt.

Bevor Florint einen Laut ausstoßen konnte, fuhr ein Gegenstand auf seinen Schädel nieder. Er hörte es krachen, hörte sich aufstöhnen und fallen. Ein wenig christlicher Fluch folgte. Er vernahm, wie der Knüppel auf den Boden geworfen wurde und klang, wie trockenes Holz klang, das auf einen Steinboden fiel. Sein Gehör schien wegzuschwimmen, sein Kopf schmerzte beim Denken, der Verstand blockierte sich selbst. Einerseits wollte er schreien, andererseits ruhig daliegen und sterben. Dann umfing ihn eine tiefe Schwärze.

KAPITEL 5

Es muss die Hölle sein, sonst würde mein Kopf nicht derart schmerzen, waren Florints erste Gedanken. Sanfte Hände fuhren ihm übers Gesicht und befeuchteten Wangen und Stirn. Er konnte sich auch irren, und dieser pochende Schädel war eine Strafe der Engel für seine Neugier. Im Grunde wollte er es gar nicht wissen, ob er in den Himmel auf- oder in die Hölle abgestiegen war. Vielmehr interessierte er sich dafür, was geschehen war, doch er konnte sich beim besten Willen an nichts erinnern.

Er musste eingeschlafen sein, denn als er wieder dem Schmerz hinter seiner Stirn nachspürte, fühlte er, dass er allein war. Jedenfalls rührte sich nichts um ihn herum. Florint wollte die Augen öffnen, doch allein diese Bewegung mochte ihm nicht gelingen. Für einen Augenblick schwappte eine Welle der Furcht über ihn hinweg, er könnte erblindet sein. Keuchend setzte er sich auf, spürte ein Stechen im Kopf, das ihn schwindeln ließ, und wäre beinahe zur Seite gekippt.

»Florint!«, hörte er eine Stimme sagen, die er zu kennen glaubte. »Florint, Ihr seid ein Tollpatsch ohnegleichen!«

»Katrin?«, fragte er voller Angst und Erwartung.

»Wer sonst?«, kam gedankenschnell die spöttische Antwort.

Florint ließ sich erleichtert in das Kissen zurücksinken. Keine Hölle, kein Himmel. Die Erde hatte ihn wieder. Es war tatsächlich die Stimme der Haustochter.

»Was ist ... ich habe solche Schmerzen ... was ist passiert?«

»Das wüssten wir auch zu gerne. Geht Ihr nachts spazieren, wenn der Mond scheint? Ihr seid offenbar über die Treppe bei der Haustür gestürzt und habt Euch auf einer der Stufen beinahe den Schädel eingeschlagen.«

Vergeblich versuchte sich Florint an das Geschehen zu erinnern. Alles blieb verschwommen. Schlafgewandelt sollte er sein? An den Eingangsstufen sich den Kopf verletzt haben? Das klang ihm alles etwas merkwürdig. Zudem ihm eine innere Stimme sagte, dass es nicht richtig war.

Wieder versuchte er die Augen zu öffnen, doch nichts als Dunkelheit umfing ihn.

»Was ist mit meinen Augen? Ich sehe nichts!«

Wieder griff etwas nach ihm, was er nicht beherrschen konnte. Heiß überlief es ihn und drückte auf seine Kehle.
»Gleich«, beruhigte ihn Katrins Stimme. »Ihr habt einen Verband um die Augen. Und wir haben das Zimmer abgedunkelt.«
Er hörte, wie sie aufstand, schwere Vorhänge beiseiteschob und sich wieder neben ihn setzte. Dann fühlte er ihre Finger auf seinen Wangen, und Helligkeit stach ihm durch Schlitze von unten her in die Augen.
Ein höllischer Schmerz durchfuhr ihn.
»Verflucht!«, schrie er. »Was ist denn das?«
»Soll ich die Binde über den Augen lassen?«, fragte Katrin besorgt.
»Nein, nein«, schimpfte Florint. »Weg damit! Ich kann es nicht ertragen, nichts zu sehen, lieber lass ich mich durch die Schmerzen umbringen.«
Er langte mit der Hand zur Binde und schob sie über seine Augen hinauf. Selbst durch die geschlossenen Lider hindurch fuhr ein heißer Stich.
»Ihr habt Euch den Kopf kräftig angeschlagen!«, stellte Katrin fest.
»Erzählt mir, was geschehen ist, Katrin«, bat Florint und richtete sich auf. In seinem Kopf drehte sich alles, doch er wollte nicht liegen bleiben. Wer krank lag, blieb krank und genas in den seltensten Fällen wieder. Mit geschlossenen Augen saß er da und lauschte.
»Ich bin wie jeden Morgen als Erste zur Tür hinaus, um Wasser zu holen. Da lagt Ihr auf der Treppe. Kopfunter. Als wärt Ihr gestürzt. Blut am Kopf, Blut auf den Stufen. Ich habe Vater geweckt, und zusammen haben wir Euch hierhergebracht. Das ist alles.«
Mit einer Hand tastete Florint an seinem Kopf herum. Die Wunde schien sich an seinem Hinterkopf zu befinden, denn dort tat es sogar weh, wenn er die Stelle nicht berührte.

»Wir glaubten Euch zuerst tot!«, sagte Katrin leise.
»Ich lebe«, murmelte Florint für sich. »Ich fühle es mit all meinen Sinnen.«
Katrin kicherte ein wenig, doch er hörte aus diesem feinen Lachen ihre Besorgnis heraus.
Als würde von einem steilen Dach eine ganze Wehe Schnee abrutschen und den Blick auf die Schindeln freigeben, erinnerte er sich genau. Kerzengerade richtete er sich auf, drehte den Kopf der Stimme zu und versuchte unter den Wimpern hindurchzublinzeln.
»Vater wollte Euch schon im Lagerschuppen unterbringen, weil er befürchtete, Ihr könntet Euch beim nächsten Mal auf der Stiege zu Tode stürzen. Euer neues Zuhause wäre ebenerdig. Ihr würdet allenfalls zwei Stufen hinabfallen.«
Florint erkannte Katrins Umrisse. Sie saß auf einem Schemel. Im Hintergrund lag eine dunkle Öffnung, vermutlich die Tür, nachdem er das Fenster seitlich im Rücken hatte.
»Sind wir allein, Katrin?«, flüsterte Florint und folgte einem Impuls.
»Wie darf ich das verstehen?«, fragte Katrin zurück, ein wenig pikiert und dennoch amüsiert.
All seinen Mut musste Florint zusammennehmen, bevor er sich zu Katrin hinüberbeugte, um nicht laut reden zu müssen. Nur langsam schälte sich das Gesicht des Mädchens aus dem Nebel seines Blicks.
»Ich bin nicht gestürzt. Jedenfalls nicht über die Treppe am Haus.«
»Was erzählt Ihr da?«
Ihre Reaktion ließ Florint sofort verstummen. Was tat er da? Er kannte das Mädchen nicht, kannte ihren Vater nicht. Die Stadt, die Umstände, die Werkstatt, alles war ihm fremd, und er wollte sich einem Menschen anvertrauen, dem er vorgestern erst begegnet war? Er musste sich den Schädel gehörig angeschlagen haben, wenn er solchen Unsinn trieb.

»Ich kann nur sagen, ich bin nicht gestürzt«, versuchte er seine kurzzeitige Schwäche wiedergutzumachen. »Mehr weiß ich nicht.«
»Wer 's glaubt, wird selig, und wer 's nicht glaubt, kommt auch in den Himmel!«, spottete Katrin.
»Glaubt, was Ihr wollt«, murrte Florint, glücklich darüber, dass er rechtzeitig zur Besinnung gekommen war.
Er hätte behaupten müssen, niedergeschlagen worden zu sein. Doch wer sollte das getan haben? Der Obergeselle? Der Meister selbst? Katrin? Oder der unbekannte Eindringling, den er gesehen zu haben glaubte? Weder für die eine noch für die andere Behauptung gäbe es den geringsten Beweis – und der einzige augenscheinliche Beweis zählte nicht. Sein Loch im Kopf.
Langsam ließ er sich ins Bett zurücksinken.
»Ich muss an den Uhrwerken arbeiten«, flüsterte er.
»Müsst Ihr nicht. Vater lässt Euch sagen, dass Ihr für zwei Tage im Bett bleiben sollt. Erst danach will er Euch wieder in der Werkstatt sehen. Keine Minute früher, hat er gesagt.«
Florint wollte nicken. Der Schwindel warf ihn jedoch zurück aufs Bett und hinein in eine kreißende Welt des Schmerzes, die ihm die Sinne nahm.
Was war geschehen? Dieser Gedanke wirbelte durch seinen Geist wie ein vom Wind losgerissenes Blatt. Es gab keine Antwort darauf. Er wusste es nicht, er wusste nichts.

KAPITEL 6 Katrin ließ den neuen Gesellen allein. Sie war verwirrt. Was hatte er gesagt? Er sei nicht gestürzt? Für einen Augenblick hatte es so ausgesehen, als wolle er ihr etwas Wichtiges mitteilen, doch der Schmerz hatte ihn fest im Griff.
Sie holte ihr Tageshoroskop aus der Schürzentasche: Mars regierte das Sternzeichen Widder, was viel bedeuten konnte, vor allem jedoch männliche und feurige Elemente ins Spiel brachte. Beides waren sie Feuerzeichen und damit mit Vor-

sicht zu genießen. Ihr Vater hatte ihr beigebracht, bei den Tierkreiszeichen und den Planeten auf die Elemente Feuer, Luft, Wasser und Erde und auf die Temperamente zu achten. Beides konnte ausschlaggebend sein für eine Horoskopbetrachtung. Sie packte den Zettel wieder weg. Solange Vater die Tabellen brauchte, war es mit ihren Tagesvorhersagen nicht weit her. Sie konzentrierte sich wieder auf Florint.

Vermutlich lag es an seinem Unfall, dass er etwas unsicher und nicht ganz bei sich war. Sie hatte ihn doch selbst am Fuß der Treppe gefunden, die Beine noch auf den Stufen. Schließlich war sie weder blind noch dumm. Sie schüttelte den Zweifel von sich ab wie Schnee, der auf Haare und Schultern fällt.

Im Haus gab es ausreichend zu tun. Vaters Wäsche musste gewaschen und geplättet werden, die Küche galt es zu reinigen, Feuer im Herd zu machen und das Abendessen vorzubereiten, dem neuen Gesellen sollte sie eine Suppe aufs Zimmer bringen, und lesen, lesen wollte sie heute auch wieder. Das bereitete ihr am meisten Vergnügen.

Katrin nahm sich die Hucke und ging über den Hof, um Feuerholz zu holen, das unter einem Dach nahe des Schuppens aufbewahrt wurde. Sie gähnte und sah sich um, ob Vater sie dabei beobachtet hatte, denn er mochte es nicht, wenn man den Eindruck erweckte, die Arbeit könnte langweilen. Sie trat an den Holzstapel, setzte die Steige ab und füllte Scheite ein. Sie rochen nach frisch geschlagener Fichte. Katrin sog den würzigen Duft ein; er schmeckte leicht bitter. Als sie sich bückte, um die Holztrage auf den Rücken zu heben, stutzte sie. Vor ihr zwischen den Kieseln, mit denen der Innenhof ausgelegt war, war der Boden mit großen und kleinen Flecken einer bräunlichen Flüssigkeit verunreinigt. Sie setzte die Hucke wieder ab und kniete sich nieder. Mit den Fingern berührte sie die Flecken und richtete sich erstaunt auf. Das war Blut. Zweifellos. Sofort bohrte der Zweifel in ihr. Woher kam das Blut? Hatte Florint womöglich Recht, wenn er behauptete, er sei nicht gestürzt?

Jetzt war ihre Neugier geweckt.
Katrin lief zur Treppe hinüber und betrachtete die Flecken dort. Sie fand kaum Blut, obwohl Florint über und über damit besudelt gewesen war. Seine Platzwunde musste heftig geblutet haben. Schließlich betrachtete sie den Weg zwischen Treppe und dem Flecken vor dem Holzstapel. Tatsächlich konnte sie, wenn sie genau hinsah, in unregelmäßigen Abständen Spritzer und verwischte Blutstropfen erkennen. Wenn sie darüber nachdachte, dann konnte es sein, dass Florint …
»Ihr seid so nachdenklich, Jungfer Buschmann. Bedrückt Euch etwas?«
Katrin hatte den Dominikaner erst im letzten Moment kommen hören. Er schlich umher, als würde es ihm Freude bereiten, die Menschen mit seinem unerwarteten Auftauchen zu erschrecken.
»In der Tat, Pater Eginald«, antwortete sie mit einer Unschuld in der Stimme, die sie selbst beinahe zum Lachen verführt hätte. »Ich grüble darüber nach, warum meine arme Mutter hat sterben müssen, obwohl Ihr sie Tag für Tag in Euer Gebet eingeschlossen habt.«
Pater Eginald verstand die Spitze sofort. Er räusperte sich, sah sie zornig an, und die steile Falte, die seine Stirn in Längsrichtung teilte, vertiefte sich.
Katrin wusste sehr wohl, dass den Pater die welsche Herkunft ihrer Mutter seit jeher gestört hatte. Wer aus Verona kam, hatte in Augsburg nichts zu suchen, war die Meinung des Paters zur Ehe des Vaters mit Diana Cataldo gewesen. Katrin erinnerte sich an den sanften welschen Ton ihrer Stimme, bis der Pater dazwischenschnarrte.
»Ist der Meister zu sprechen?«
Doch Katrin war nicht in der Stimmung, das Thema zu wechseln. »Nun, fällt Euch keine passende Antwort ein? Oder war es vielleicht so, dass Euer Gebet kein Gehör fand? Das Klingeln von Goldstücken, so heißt es, übertönt jegliches Gebet.

Und wenn ich mich recht erinnere, habt Ihr Euer Gebet teuer verkauft. Oder war es, weil sie uns ihre welsche Sprache beigebracht hat, meinem Vater und mir?«
Damit ließ sie ihn stehen. Ihr war dieser Mönch widerwärtig. Sein scheeler Blick, seine immer miteinander ringenden Hände, die unvorstellbaren Verrenkungen, die er dabei machte, hinderten sie am Denken. Und das Problem, dem sie sich gegenübersah, war nur durch Nachdenken zu lösen.
Sie ging zurück zu der Stelle, wo noch immer die Hucke stand, hob sie sich auf die Schultern und trat den Weg zurück ins Haus an. Dabei lief sie die feinen Blutspuren entlang.
Florint war geschleift worden oder war selbst bis vor die Treppe gekrochen. Nur so konnte es gewesen sein. Geschehen war es – was immer es gewesen sein mochte – beim Holzstapel. Dort hatte er sich den Kopf aufgeschlagen, und nicht bei der Treppe.
Damit stellte sich gleich die nächste Frage: War Florint draußen im Hof gestürzt? Und was hatte er dort zu tun gehabt?
Hoch erhobenen Hauptes rauschte Katrin an dem Dominikaner vorbei, drehte sich dabei so, dass sie mit der Hucke seinen Arm streifte, und lief in die Waschküche, um den Kessel anzuheizen. Dort stellte sie die Hucke ab, spreißelte die Scheite, legte Zunder auf und ließ einen Funken in die Öffnung fallen. Sie starrte lange in die Flammen, bis sie bemerkte, dass sie nachlegen musste.
Der neue Geselle war ihr unheimlich. Etwas stimmte nicht mit ihm.
Sie konnte ihre Gedanken nicht weiter verfolgen, denn plötzlich verdunkelte sich der Raum. Ihr Herz macht einen Sprung. Katrin schoss hoch und drehte sich um. In der Türöffnung lehnte Pater Eginald und sah an ihr vorbei ins Feuer.
»Ihr solltet Acht geben, Jungfer Buschmann, und den Zug schließen. Wie leicht könnte ein Funke herausspringen und Eure Kleidung in Brand setzen.«

Darin habt ihr Brüder ja Übung, dachte Katrin, wagte es jedoch nicht, den Gedanken laut zu äußern. Die Dominikaner als Vertreter der Inquisition hatten schon die Flamme an manchen Scheiterhaufen gelegt.

»Was führt Euch her? Oder wolltet Ihr nur eine biedere Magd erschrecken?«

Mit ausdruckslosem Gesicht starrte der Mönch weiter in die Flammen, bis Katrin den Schub schloss und Pater Eginald damit das Flackern aus den Augen nahm.

»Ihr habt einen neuen Gesellen?«

Es war mehr eine Feststellung denn eine Frage. Der Mönch spitzte die Lippen.

»Ja, seit gestern. Warum fragt Ihr?«

Die Neugier des Kirchenmannes erstaunte Katrin. Wolfhart war seit einem halben Jahr hier, und kein Kuttenträger hatte sich je nach ihm erkundigt.

»Wie heißt er gleich?«, versuchte sie der Dominikaner auszuforschen, traf damit jedoch auf die falsche Person.

»Fragt ihn ruhig selber. Er liegt zurzeit in der Stube.«

Halb belustigt, halb interessiert horchte der Mönch auf. »Ein Geselle, der seine Zeit in der Stube zubringt, während der Meister und sein Helfer in der Werkstatt fronen? Erstaunlich.«

Katrin begann die Weißwäsche in den Trog über dem Feuer zu werfen. Das Wasser begann zu wallen. Sie gab Schmierseife hinzu und rührte mit einem schweren Holzpaddel um, damit die Wäsche nicht an der Wandung verbrannte. Es würde dauern, bis es kochte.

»Was geht's Euch an?«, knurrte sie vor Anstrengung.

Der Mönch wollte in den Raum treten, doch Katrin hielt sofort inne und blaffte ihn an.

»Wenn Ihr auch nur einen Schritt weitergeht, werde ich schreien. Glaubt mir, mein Schrei bringt Euch zumindest in den Turm.«

Um die Mundwinkel des Dominikaners zuckte es wild. Katrin

sah ihm an, wie sehr er an sich halten musste. Dann drehte er auf dem Absatz um und eilte über den Hof. Katrin trat an die kleine Fensteröffnung und blickte ihm hinterher. Er überquerte den Hof und trat, ohne anzuklopfen, in das Zimmer des Hausherrn.
Was kommen musste, kam. Es dauerte keine zwei Atemzüge, bis das Mönchlein Hals über Kopf daraus hervorstürzte. Hinter ihm her flog ein Holzklöppel, der den Dominikaner zwischen den Schultern traf. Katrin musste sich das Lachen verbeißen. Der Vater fand noch immer die besten Antworten auf Glaubensfragen. Wie eine Katze, hinter der man den Hund herjagte, schoss der Mönch über den Hof und zum Tor hinaus.
Meister Buschmann blieb kurz vor der Hütte stehen und sprach über die Schulter weg mit jemandem, der hinter ihm stand. Katrin konnte nicht sehen, mit wem. Dass es Wolfhart nicht war, vermutete sie nur, denn dieser hätte keine zwei Worte mit dem Vater getauscht. Erst als der Vater zurückwich und die Tür wieder hinter sich schloss, gewahrte Katrin den Pelz des Kaufherrn. Gaßner stand in der Werkstatt. Was der mit dem Vater Wichtiges zu besprechen hatte?

KAPITEL 7 Florint verkroch sich regelrecht hinter seiner Arbeit. Nur zum Schlafen und Essen kam er aus der Werkstatt heraus. Nicht einmal ins Wirtshaus ging er, obwohl ihn das Wetter zu Anfang des Aprils lockte. Kein wetterwendischer Beginn, sondern Sonne und Wärme, die Durst machte. Er wusste, dass Katrin dieses Verhalten gar nicht gefiel. Überhaupt hatte sich ihre liebevolle Zuwendung, die sie die ersten Tage nach seinem Unfall gezeigt hatte, in schroffe Ablehnung verwandelt. Selbst Meister Buschmann hob hin und wieder die Augenbrauen, wenn er sah, mit welcher Krätzigkeit sie ihn am Mittags- oder Abendbrottisch behandelte.
Florint fand die Entwicklung bedauerlich, sie störte ihn jedoch

nicht. Er war hier, um anderen Dingen nachzuforschen als den Verstimmungen und Befindlichkeiten eines halbwüchsigen Mädchens.

Florint schliff, schmiedete und dengelte eine Feder. Selbst sein Meister beugte sich immer wieder über die Arbeit und begutachtete deren Fortschritt neugierig. Sogar Wolfhart, der ihn sonst nur mit spitzen Worten bedachte, schielte besorgt zu ihm herüber. Der Altgeselle ließ sogar häufig seine Arbeit sinken und starrte ihn an, wie Florint aus den Augenwinkeln heraus wahrnahm. Als es ihm einmal zu bunt wurde, hob Florint rasch den Kopf und blickte Wolfhart in die Augen.

»Du hast nichts zu befürchten«, wandte er sich an den Altgesellen, der ihn lange mit einer flackernden Unsicherheit musterte. Doch von einer Sekunde auf die andere verwandelte sich Wolfharts Miene in eine Fratze des Hasses.

»Verschwinde aus der Stadt!«, zischte er nur. »Am besten heute noch!«

Danach beugte er sich wieder über seine Arbeit, als wäre nichts geschehen, und hörte und sah und sprach nichts mehr.

Doch Florints Interesse galt nicht dem Altgesellen, und er ließ sich von dessen Verhalten auch nicht irremachen. Er wartete auf seine Gelegenheit. Irgendwann würde sie kommen. Seit seinem ersten Besuch in der Werkstatt wollte er wissen, was sich hinter der Tür zum Nebenraum verbarg.

Seit er nämlich in der Werkstatt arbeitete, war ihm aufgefallen, dass weitere Zeichnungen, die er vorher nur flüchtig wahrgenommen hatte, abgenommen worden waren. Entweder hatte Wolfhart sie entfernt, oder Meister Buschmann hatte sie, was er eher vermutete, vorsorglich beiseitegeschafft. Wie gern hätte Florint in einem unbewachten Augenblick einen kurzen Blick in das Hinterzimmer geworfen. Doch es schien eine geheime Vereinbarung zwischen dem Altgesellen und dem Meister zu geben. Einer war immer anwesend, und wenn der Meister und Wolfhart gemeinsam einen Termin wahrzunehmen hatten,

nahmen sie ihn entweder mit oder stellten ihm Katrin in die Werkstatt. Beglückend war keine dieser Lösungen.
Florint zögerte die Herstellung der Feder hinaus, schmolz sogar eine schon funktionierende wieder ein, weil er Zeit herausschinden wollte, bis sich ihm eine Gelegenheit bot, der Spur nachzugehen.
»Musst du so genau arbeiten?«, fragte ihn Katrin an einem Samstag, als die Bewachung für die Werkstatt wieder einmal in ihre Hände übergegangen war. »Ist die Zeit nicht ohnehin flüchtig wie der Wind? Niemand kann sie anhalten, niemand kann sie fassen. Warum sollte man sie in die Schwingung einer Feder sperren können?«
Florint sah von seiner Arbeit hoch. Er verband eben zwei gleich starke Metallstreifen durch Erhitzen und Dengeln zu einem Metall, das sich durch die Verbindung wie von selbst rundete. Er konnte Katrin schlecht erklären, dass er bereits zwei fertige Federn in der Schublade liegen hatte, mit einem Stück gekneteten Brot an die Stirnseite der Holzlade geklebt.
»Die Zeit verläuft keineswegs flüchtig«, antwortete er. »Stellt Euch vor, Jungfer Katrin, Ihr wartetet auf Euren Freier. Dann würden die Körner der Sanduhr schwerfällig wie Murmeln durch die Öffnung fallen. Euch käme die Zeit gedehnt vor, als müsste sie bei der leichtesten Berührung zerreißen, während andererseits, wenn Ihr in seinen Armen liegt, die Sanduhr rieselte, als wäre Wasser im Glaskolben. Zwei unterschiedliche Zeitgefühle – und doch dieselbe Zeitspanne.«
In Katrin, das beobachtete Florint sehr genau, stritten sich die Gefühle. Sollte sie ihn für seine Frechheit schelten, einen nicht vorhandenen Geliebten aus dem Ärmel zu zaubern, oder sollte sie sich auf dieses Spiel einlassen.
Keck lehnte sie sich mit dem Rücken gegen Wolfharts Arbeitstisch und sah ihn mit Bittermiene an.
»Und Ihr glaubt, mit Eurem Instrument seid Ihr in der Lage, der Zeit Einhalt zu gebieten?«

Florint lächelte. »Das natürlich nicht. Doch ich kann genau sagen, wie viel Zeit verflossen ist, und ich kann beweisen, dass sie nicht schneller oder langsamer läuft, auch wenn wir das Gefühl haben, es sei so.«

»Und wem sollte es nützen, die Dinge in genau gleiche Teile zu unterteilen? Legt man den Geist des Menschen damit nicht an die Kette?«

Florint wollte Katrin etwas erwidern, öffnete jedoch nur den Mund und schloss ihn. Wenn er jetzt redete, befürchtete er, sich zu verplappern. Messungen waren niemals zweckfrei. Niemand maß, ohne das Ergebnis verwenden zu wollen. Natürlich wusste er das. Was ihn jedoch faszinierte, war, dass selbst ein Phänomen wie die Zeit, deren Existenz niemals bewiesen werden konnte, durch eine einfache Feder geteilt, in überschaubare Stücke zerlegt und so greifbar gemacht werden konnte. Wenn der Zeiger einer Uhr mit einer vorhersagbaren Genauigkeit vorrückte, war Zeit nichts Willkürliches mehr, sondern eine genau abgemessene Einheit. Dies schuf Sicherheit. Man konnte sich darauf verlassen. Oder vielmehr arbeitete er daran, dass man sich darauf verlassen konnte, weil nur eine ordentlich und mit viel Geschick gefertigte Feder es möglich machte, gleichmäßige Stücke aus dem Fluss der Zeit herauszuschöpfen.

»Mein Vater hat mir einmal gesagt …«, begann Florint und wusste, dass er bereits mehr verraten hatte, als er hatte sagen wollen. Er stockte. Schluckte.

»Was ist? Wollt Ihr es mir nicht sagen?«

Florint blickte auf den Biegebock vor ihm, mit dem die Feder ihre Spannung erhalten sollte.

»… er hat einmal gesagt, er komme um Weihnachten wieder von einer Reise. Das ist jetzt über ein halbes Jahr her – eine lange Zeit. Drei Monate sollte sie dauern. Wir haben nichts mehr von ihm gehört. Dabei war er ein Künstler seines Faches. Überall wohlgelitten und geschätzt. Wir vermuten, er ist tot. Auf seiner Reise verstorben.«

Katrin sah ihn mit einem merkwürdigen Blick an, als träfen sie die Worte tief.

»Ich verstehe«, sagte sie nur.

Eine Stille entstand, in die nur das Klacken einer Uhr mit Holzwerk fiel. Regelmäßig und klar, obwohl das Werk jeden Tag mindestens eine Stunde hinterherhinkte.

»Ihr habt Eure Mutter ...« Florint fiel es schwer, weiterzureden. Er lächelte verschämt. »... ich meine ... es geht Euch ... wie mir ...«

Katrin drehte sich von ihm weg und sah hinaus auf den Innenhof. Obwohl sie sich von ihm abwandte, glaubte Florint ein Band geknüpft zu haben, zart und zerbrechlich, wie es sein mochte. Dennoch war es spürbar, spürbar am Ton, den Katrin anschlug, als sie fortfuhr.

»Meine Mutter ist am Kindbettfieber gestorben. Vor nicht ganz zwei Jahren. Sie brachte einen Jungen zur Welt. Doch mein Bruder ... er ist vom Herrn geholt worden, kaum dass er sich ins Leben geschrien hatte.«

Katrin schluckte. Am liebsten wäre Florint jetzt aufgestanden und hätte den Arm um sie gelegt. Am liebsten hätte er ihr erzählt, warum er wirklich hier war, warum er in Augsburg um eine Stelle gebeten hatte. Doch das Mädchen hatte sich schnell wieder in der Gewalt, und Florint wusste, dass man gerade in Städten wie dieser nicht das gesamte Geheimnis seiner Person lüften durfte. Auch wenn man sich zu jemandem hingezogen fühlte. Niemand sollte erfahren, dass es ihm nicht ums Handwerk ging, sondern vor allem um seinen Vater.

»Florint! Schaut!«, flüsterte Katrin und riss Florint aus seinen Gedanken. Mit zitternder Hand deutete sie hinaus auf den Hof.

Florint erhob sich langsam und trat neben sie. Zuerst sah er nichts, sondern roch nur ihr Haar, das sie mit Thymian eingerieben hatte und das verlockend duftete. Dann erst konnte er sich auf den Hof draußen konzentrieren. Im Schatten der

Hauswände schob sich eine Gestalt durch den Hof, eng am Mauerwerk entlang. Zuerst überprüfte sie die Tür zum Anwesen selbst, rüttelte daran und machte sich offenbar am Schloss zu schaffen. Es gelang ihr jedoch nicht, die schwere Pforte zu öffnen.

»Dem Vater sei Dank«, kommentierte Katrin den Misserfolg des Eindringlings. In ihrer Stimme schwangen Furcht und Sorge gleichermaßen mit.

Sich umzudrehen, zum Dengelhammer zu greifen, die Tür aufzureißen und hinüber zum Haus zu stürmen war eins. Die Gestalt fuhr zu Florint um, sah ihn kommen. Unter der weiten Kapuze blickte ihm ein Gesicht entgegen, dessen spitze Nase weiß aus dem Dunkel des Stoffs hervorstach. Die Augen dunkel, vielleicht blau, die Haare hell. Als würde sie mit dem Wind in Verbindung stehen, wehte die Gestalt zurück zur Toreinfahrt, verschwand um die Ecke. Florint versuchte, ihr den Weg abzuschneiden; bis er jedoch beim Tordurchgang angelangt war, hatte sie sich in Luft aufgelöst. Er starrte in den nur spärlich ausgeleuchteten Gang. Nichts war mehr von ihr zu sehen.

»Das dürft Ihr nie wieder tun!«, sagte die Stimme Katrins neben ihm.

»Kanntet Ihr den Kerl, Jungfer Katrin?«

Die Tochter des Instrumentenbauers legte ihm die Hand auf die Schulter. Florint spürte ihre Wärme.

»Ich stelle Horoskope und beobachte die Sterne. Da muss man genau hinsehen. Ich glaube schon.«

Die Antwort verblüffte ihn. Florint drehte sich zu Katrin um, fand eine besorgte Miene. Sie beließ ihre Hand auf seiner Schulter.

»Dann müsst Ihr etwas unternehmen. Sofort. Geht zum Büttel. Holt die Schergen. Ich werde alles bezeugen.«

Katrin lachte ein feines, silbernes Lachen, das die Kehle nicht recht verlassen wollte. »Glaubt mir, Florint. Es ist besser, wenn wir nichts gesehen haben.«

Mit dieser Äußerung drehte sie sich um und lief auf das Haus zu.

»Aber, Ihr könnt doch nicht …?«

Kurz blieb Katrin stehen und sah ihn über die Schulter hinweg ernst an.

»Es ist besser, Ihr wisst nichts davon.« Sie rannte regelrecht die letzte Strecke bis zur Tür. Dort zog sie einen Schlüssel aus der Tasche ihres Rockes. Florint, der sich vor Schreck und Erstaunen nicht zu rühren wagte, hörte das Sperren des Schlüssels, das Aufschwingen und Zufallen des Eingangs. Dann herrschte Stille.

KAPITEL 8

Die Tage schlichen träge dahin, erwärmten sich langsam und erreichten bereits Mitte April die matte Weichheit von Samt, in die sich alle Bewohner der Werkstatt fallen zu lassen schienen. Meister Buschmann schlief am Nachmittag und arbeitete bis spät in die Nacht hinein, wie Florint mittlerweile herausgefunden hatte. Ein Nachtmensch, der mehr Kerzen verbrauchte als der Opferstock von St. Moritz. Katrin hantierte und werkelte den lieben langen Tag und ersetzte dem Meister offenbar die Hausfrau. Sie wusch, kochte und stopfte, säuberte das Haus und fegte regelmäßig die Werkstatt. Wolfhart versah mit der Genauigkeit eines Uhrwerks seine Zuarbeiten für den Meister, dengelte Zug- und Druckfedern, fräste aus Metallscheiben Zahnräder unterschiedlichster Größe und verschwand gegen Abend in einem Holzverschlag über dem Tor. Es war ein ehemaliger Stapelraum, den er sich heimelig eingerichtet hatte und den er eifersüchtig bewachte.

Florint fühlte ganz im Gegensatz zur Trägheit der Tage eine innere Unruhe, die ihn oft des Nachts nicht schlafen ließ. Doch seit dem Vorfall mit seiner Platzwunde hatte der Meister die Werkstattfenster von innen mit Tüchern verhängt. Kein Lichtstrahl drang mehr nach draußen, und kein Blick gelangte mehr

ins Innere. Wenn Florint tagsüber frei hatte, trieb er sich meist in der Stadt herum.
Dieses Augsburg war eine stolze Perle im Kollier des Reiches. Die Oberstadt atmete geradezu Reichtum und Vornehmheit aus. Gern schlenderte Florint durch die Wintergasse, über den Salzstadel und den Weinmarkt entlang, vorbei an den prächtigen Häusern der Welser und Fugger. Am Samstag kaufte er sich manchmal eines der süßen Brote, die vor St. Moritz feilgeboten wurden. Heute kam er von St. Ulrich und Afra herunter, einer gewaltigen Kathedrale, deren Turm Ehrfurcht gebietend in den Himmel wuchs, und wollte sich noch vor dem Brotmarkt nach etwas zu essen umsehen. Außerdem wollte er Katrin etwas mitbringen, einen Honigkringel oder anderes Zuckerwerk. Zwar behandelte sie ihn, als wäre er Luft, doch konnte ein wenig Aufmerksamkeit nicht schaden.
Florint hätte nicht bemerkt, dass er verfolgt wurde, wenn nicht der unverkennbare Schatten einer Kapuze zum dritten Mal durch sein Gesichtsfeld geglitten wäre. Mönche waren nicht sehr gelitten in der Stadt, und insbesondere Dominikanern musste man mit Vorsicht begegnen. Auf Höhe des Kaffeegässchens beschloss Florint, die Nagelprobe zu machen. Unschlüssig blieb er vor einer Auslage stehen, spähte hinter sich, ob sein Verfolger sich zu erkennen gab, und als er niemanden entdecken konnte, machte er einen raschen Schritt in eine der Einfahrten und wartete atemlos, bis sein Schatten herangekommen war.
Tatsächlich blieb geraume Zeit später ein Mönch im schwarzweißen Habit vor seiner schmalen Lücke stehen. Mit sorgenvoller Miene spähte der Mann umher und legte die Hand an die Augen gegen die tief stehende Sonne.
Florint überlegte, ob er ihn ansprechen und fragen sollte, warum er hinter ihm herschleiche. Doch etwas hielt ihn zurück. Er nannte es die Vernunft der Notwendigkeit. Würde er sich zu erkennen geben, würde sich der Mönch bedroht fühlen. Dann

musste Florint mit dem Schlimmsten rechnen, bis hin zur Ausweisung aus der Stadt. Dieser Gefahr wollte er sich nicht aussetzen.

Florint wagte in seiner Lücke zwischen den Häusern kaum zu atmen. Endlich machte der Dominikaner zwei Schritte vorwärts, und Florint stieß einen Seufzer des Erschreckens aus, als der Verfolger innehielt und sich langsam nach ihm umdrehte. Florint erstarrte. Am liebsten hätte er sich ganz ins Dunkel der Häuserlücke zurückgezogen, doch das war ihm unmöglich.

Für einen kurzen Moment standen sie sich gegenüber und blickten sich in die Augen.

»Ihr seid ja bleich wie der Tod!«, sagte der Dominikaner in einer Stimmlage, die auch das Donnergrollen des herannahenden Jüngsten Gerichts hätte verkünden können. Dann fixierte er ihn genauer, kniff die Augen zusammen. »Dieses Gesicht, die Nase, alles kommt mir bekannt vor!« Ein feines Lächeln umspielte die Lippen des Paters, bevor er sich wieder umdrehte und langsam davonglitt, als würde er den Boden nur mit den Zehenspitzen berühren.

Florint musste mehrmals schlucken, so stark war ihm in diesen wenigen Augenblicken die Kehle ausgetrocknet. Er hatte dem Dominikaner verschwiegen, dass es ihm ebenso ging. Auch er hatte den Mönch wiedererkannt. Es war der Schleicher in Buschmanns Hof gewesen.

Als hätte das Ereignis die Zeit selbst durcheinandergebracht, erwachte Florint aus seiner Erstarrung erst, als eine helle Lichtzunge in die Lücke fiel und den Schatten ausleckte, und er hätte nicht sagen können, ob er jetzt nur eine Minute, eine Stunde oder einen ganzen Tag in seinem Versteck verbracht hatte.

Fieberhaft arbeitete es in seinem Kopf. Was hatte dieses Wesen geknurrt? Hatte es wirklich mit ihm geredet? Oder hatte es ihn womöglich gar nicht gemeint?

Er musste sich mit der Schulter gegen die Hauswand lehnen, bis er fähig war, aus der Lücke zu treten. Mit weichen Knien setzte er seinen Weg fort. Die Leichtigkeit des Tages war dahin. Ein Gewicht hatte sich auf seine Schultern gelegt, dem er nicht gewachsen war. Wem sollte er ähnlich sehen? Dem Dominikaner war er selbst jedenfalls noch niemals bewusst begegnet.

Florints Hand zitterte leicht, und er musste sich fortwährend räuspern. In seinem Kopf purzelten die Gedanken übereinander, sodass er keinen rechten Faden darin finden, geschweige denn festhalten konnte. Er bog in die Wintergasse ein – und lief dem Mönch direkt in die Arme.

Mit eiserner Hand hielt ihn der Kuttenträger fest, als Florint an ihm vorüberschlüpfen wollte.

»Wohin so eilig?«

Diesmal erschrak Florint bis ins Mark.

Der Mönch hob den Kopf und fixierte Florint genau. Weiße, spitze Nase, dunkle, womöglich blaue Augen. Es bestand kein Zweifel: Dieses Gesicht würde er nicht vergessen. Florint sah sich nach einer Fluchtmöglichkeit um. Wer sich als Handwerker zu lange mit diesem Mönchsgesindel herumtrieb, der geriet in Verdacht, mit ihnen gemeinsame Sache zu machen. Das war in allen Städten so, das würde in Augsburg nicht anders sein.

»Ihr seid der neue Geselle bei Meister Buschmann, nicht?«, zischelte der Dominikaner, als wäre das ein Geheimnis.

»Ja, der bin ich«, stotterte Florint.

»Und seid christlich getauft worden und habt dabei einen Christennamen erhalten!«, stellte der Mönch mehr fest, als er fragte.

»Florint«, antwortete Florint wahrheitsgetreu, verschwieg jedoch seinen Familiennamen.

Der Mönch packte ihn am Kragen seines Wamses und zog ihn zu sich her.

»Nehmt Euch in Acht, Florint! Euer Meister ist bewandert in den schwarzen Künsten. Und sollte er dereinst dem Scheiterhaufen überantwortet werden, dann brennen seine Gehilfen und alle, die seine Nähe gesucht haben.« Der Mönch machte eine Pause, als habe er es darauf angelegt, die Wirkung seiner Worte zu steigern. »Ich will Euch nur warnen. Weder kennt Ihr den Mann, noch wisst Ihr, was er treibt. Oder habt Ihr bereits erfahren, dass er jede Nacht in seiner Werkstatt zubringt und dem Gottlosen Opfer darbringt?«

Florint musste sich räuspern. Trotz Überraschung und Furcht, die ihn beschlichen, gewahrte er doch aus den Augenwinkeln heraus, wie die Passanten einen Bogen um sie machten, wie manche sogar umkehrten und einen anderen Weg gingen, als hätte der Dominikaner eine ansteckende Krankheit.

»Solche Dinge habe ich niemals bemerkt, Pater ... wie war gleich Euer Name?«

Der Griff um sein Wams wurde fester.

»Ihr habt mich nicht verstanden, Geselle. Was Ihr auch glauben mögt, was auch geschehen wird: mitgefangen, mitgehangen.«

Florint schüttelte sich heftig und versuchte sich loszureißen. Doch die Faust des Mönchs umschloss seine Kleidung wie ein Schraubstock. Unerbittlich zog ihn der Mönch näher zu sich. Florint roch den fauligen Atem eines Eiferers, das Käsige mangelnder Sauberkeit. Am liebsten hätte er sich in den Kragen der Kutte übergeben. Doch die Anschuldigung wischte sein Unbehagen beiseite wie feinen Schaum.

»Meister Buschmann ist ein Hexer – und seine Tochter ebenso. Eine Hexe. Ein Weibsstück, das nachts auf ihrem Besen ausreitet, um es mit dem Succubus, dem Teufel, zu treiben ...«

Mit letzter Kraft riss sich Florint los. Das ging entschieden zu weit.

»Wenn du dein Schandmaul nicht hältst, Mönch«, schrie er, »stopfe ich dir die Kutte in den Hals, damit du dran erstickst!«

Ein böses Lächeln schob sich in die Miene des Dominikaners wie der die Sonne verdunkelnde Mond.

»Deroubaix«, flüsterte er. »Er war ebenso uneinsichtig wie Ihr.

Er ist verschwunden. Euch wird es ähnlich ergehen, wenn Ihr Euch nicht an Gott, unsern Herrn, haltet. Untergehen werdet Ihr wie das Winterbild der Plejaden, wenn der Sommer anbricht.«

Florint erstarrte. Der Mönch hatte den Namen seines Vaters genannt, hatte das Siebengestirn erwähnt. Woher kannte er das alles? Doch der Klosterbruder drehte sich um und war verschwunden, bevor Florint reagieren konnte. Zurück blieb nur das Echo eines heiseren Lachens.

KAPITEL 9

»Ihr habt mir nie erzählt, woher Ihr kommt und was Euch hierher verschlagen hat.«

Katrin saß mit Florint vor dem Haus. Die Sonne sank unter die Häuserzeilen und füllte die Höfe mit dem dunklen Samt des Schattens. Maienluft erfüllte die Gassen. Eine sanfte Hand legte sich über den Himmel. Aus Blau wurde Violett, bis die ersten Sterne sich abzeichneten. Einzeln und verschämt blinzelten sie von oben herab.

Katrin überlegte, ob es nicht schicklicher wäre, ins Haus zu gehen, statt sich mit dem Gesellen seines Meisters hier vor der Tür zu unterhalten. Doch die Bank stand unter einem hohen Birnbaum, der sich die Wand entlang hochrankte, noch unbelaubt und von Vater letztens erst beschnitten.

»Wollt Ihr die Wahrheit hören?«

»Wahrheiten sind selten geworden. Lügen bekomme ich überall vorgesetzt«, meinte Katrin spöttisch.

Sie zog die Beine hoch, schlug den Rock unter und legte ihr Kinn auf die Knie. So blickte sie hinaus auf den Hof und lauschte.

»Wahrheiten sind wie Dornen der Rosen. Sie sind nicht vom Stängel wegzudenken, doch sie stechen und können uns verletzen«, antwortete Florint.

»Ihr könntet es ja versuchen. Ich werde laut schreien, wenn es weh tut«, lachte Katrin, die jedoch seine Sorge verstand. Womöglich lag hinter seiner Reise nicht nur der Wunsch, Neues zu lernen, sondern auch eine Liebelei oder gar eine handfeste Flucht. Wandernde Gesellen beherbergte man nicht in allen Städten gleichermaßen gern.

»Habt Ihr von den Plejaden gehört, Katrin?«

Überrascht hob Katrin den Kopf.

»Natürlich. Die sieben Töchter des Atlas. Wer kennt sie nicht? Alkyone, Merope, Kelaino, Elektra, Sterope, Taygete und Maia.«

»Schon gut, schon gut.« Florint blickte sie verwundert an. »Für eine Jungfer seid Ihr erstaunlich …«

»… gebildet?«, fuhr Katrin ihn an, doch sie ließ ihre Stimme nicht wirklich verärgert klingen. »Ihr Mannsbilder! Kaum kann ein Frauenzimmer mehr herbeten als das Ave Maria, überkommt euch die Angst. Mein Vater glaubt, dass selbst Frauen über so etwas wie Verstand verfügen. Erstaunlich, nicht?« Sie ließ eine kleine Pause, in der nur ihr kurzer, schneller Atem zu hören war.

»Was hat es nun mit den Plejaden auf sich?«, forderte sie nachdrücklich eine Erklärung.

»Es ist das Meisterzeichen meines Vaters. Ein Trapez aus vier Sternen, über dessen rechtem oberen Stern zwei Sterne stehen, während sich über dem linken nur ein weiterer Stern befindet. Für Vater verkörperten die Plejaden die Weisheit. Sie haben sieben Säulen, sagte er immer.«

Katrin sah den neuen Gesellen von der Seite her an. Im Abendlicht sah er älter aus, erfahrener. Seine Augen blickten so ernst. Wieder überlegte sie, ob sie nicht ins Haus gehen sollte.

»Man sieht sie bis in den Frühling hinein am Himmel. Sie sind wundervoll. Vater hat dieses Zeichen auf alles gemalt oder gepunzt, mit dem er zu tun hatte. Jedem Instrument, jeder Uhr, jeder Messingscheibe, die unter seinen Händen entstanden ist, hat er sein Signum aufgedrückt.«

Florint stockte. Katrin drehte den Kopf und sah ihn von der Seite her an.

»Ihr mögt ihn sehr, Euren Vater?«

Florint zuckte mit den Schultern. Dann nickte er zögernd, als müsse er sich diese Tatsache erst eingestehen.

»Und Ihr, Jungfer Katrin, woher kennt Ihr das Siebengestirn?«

Katrin hatte das Gefühl, als sei diese Frage nicht allein aus Neugier gestellt worden, als beherberge sie etwas Unbenanntes.

»Warum interessiert Euch das?«, bohrte sie nach.

Jetzt drehte sich Florint zu ihr um. In der matten Helligkeit konnte sie seine Augen nicht mehr erkennen. Sein Gesicht verschwamm und löste sich im Dunkeln beinahe gänzlich auf. Nur die Stimme blieb zurück, eine Stimme, die sie nicht ungern hörte.

Weil er zögerte, ermutigte sie ihn: »Warum also?«

»Es ist ... es interessiert mich eben. Meine Familie hat – sagen wir – eine enge Beziehung zu diesem Zeichen!«

Sie erkannte die Lüge an seiner Stimmlage. Falsch und bemüht klangen die Worte. Doch Katrin machte sich keine weiteren Gedanken darüber. Sie würde schon noch herausfinden, was er vor ihr zu verbergen suchte.

»Das Sternbild beherbergt die wundervolle Zahl sieben. Die göttliche Drei, wie sie die Dreifaltigkeit verkörpert, und die irdische Vier mit ihren vier Elementen sind darin miteinander verbunden. Viermal sieben Tage ergeben die Mondtage. Das sind 28 Tage. Zähle die Zahlen von eins bis sieben zusammen – und du wirst 28 erhalten. Sieben Planeten stehen am Himmel, sieben Töne unserer Musik verkörpern die sieben Spährenklänge.« Katrin geriet zuerst ins Schwärmen, dann wurde sie ernst. »Doch steht das Siebengestirn auch für Blindheit und Augentrübung – im übertragenen Sinne. Die Töchter des Atlas und der Pleione flohen blindlings, verfolgt vom Jäger Orion. Von Zeus an den Himmel versetzt, haben sie nie das Glück der Liebe gekostet.« Katrin schwieg für einen Moment. »Selbst wenn Glück und Unglück sichtbar vor einem Menschen liegen, erkennt der sie nicht.«

»Wer hat Euch ... davon erzählt, Jungfer Katrin?«

»Warum? Beunruhigt es Euch, dass ich keine dumme Gans bin?«

»Kennt Ihr den Dominikaner? Den Kerl, der hier herumgeschlichen ist?«

Jetzt musste sie lachen. Herzhaft, doch mit so viel Bitternis, dass Florint gänzlich verstummte.

»Er hat Euch erzählt, ich sei eine Hexe und mein Vater ein Hexenmeister.« Mehr sagte sie nicht, doch seine Verlegenheit, die durch die Nacht spürbar war wie zähe Gallerte, bestätigte ihre Vermutung. »Und? Glaubt Ihr ihm?«

Er schnaufte geräuschvoll durch die Nase.

Die Nacht war in den Hof gesickert wie Flüssigkeit. Sie erkannte Florints Gesicht nicht mehr, und seine Umrisse deutete sie mehr, als sie sah. Was sie jedoch mehr störte als die Tatsache, dass sie in seinem Mienenspiel nicht mehr lesen konnte, war das lange Schweigen.

»Woher kennt Ihr die Gestirne? Woher wisst Ihr vom griechischen Götterhimmel? Ich wundere mich.«

Jetzt wurde Katrin ärgerlich. Sie stellte sich hin und beugte sich zu ihm hinunter, jedenfalls in die Richtung, in der sie ihn vermutete.

»Ist das wichtig? Viele waren es. Sternkundige. Meine Mutter, mein Vater, der ...« Sie stockte und fuhr dann ärgerlich fort: »So hat Euch der Dominikaner überzeugt! Nun gut. Ich halte ihn für den Teufel persönlich, Florint. Durch sein Wirken sind mehr Menschen den Feuertod gestorben, als ich zählen kann. In der Hölle soll er schmoren, dieser hinkende S...« Das Wort mochte sie nicht laut aussprechen, sondern senkte nur ihre Stimme. »Ich sage Euch etwas, Florint.« Katrin redete sich in Rage. Sie fühlte, wie der Zorn in ihr aufstieg, wie sie eine Lust empfand, ihren Unmut über dieses christliche Gesindel in die

Nacht hinauszubrüllen. Katrin überließ sich jedoch nicht dieser Aufwallung. Die Dunkelheit hatte Ohren. Dennoch konnte sie nicht hinterm Berg damit halten und flüsterte:
»Ich kann lesen. Ja. Ich kann rechnen. Mein Vater hat mich in den Septem Artes Liberales, den Sieben Freien Künsten, unterrichtet, weil er glaubte, er müsste mir die Möglichkeit geben, mit diesem Leben zurechtzukommen. Ich kenne die Gestirne, und ich kann die Berechnungen anstellen, die dazu nötig sind, daraus Horoskope zu erstellen. Dafür bin ich ihm unendlich dankbar. Dumme und ungebildete Menschen trägt diese Erde genug. Vielleicht will mein Vater an mir etwas gutmachen. Als Mutter gestorben ist, war er nicht da. Er baute eine Uhr ein bei einem der Grafen der Umgebung, der nicht einmal imstande war, zwischen den zwölf Stunden des Tages und denen der Nacht zu unterscheiden. Trotzdem schlägt ihm kein Unmut entgegen, und er wird nicht mit dem Teufel in Verbindung gebracht. Das geschieht nur, wenn eine Frau über Herd und Waschtrog hinaussehen will.« Katrin schwieg, und sie fühlte, wie der Druck von ihr wich. »Ich will mich nicht ständig dafür rechtfertigen müssen.«
Katrin stand auf und stellte sich vor Florint, die Hände in die Hüften gestützt. Ihr Gesicht glühte vor Erregung, was nur sie fühlen konnte und der neue Geselle Gott sei Dank nicht sah. Ihre Stimme zitterte, und ihr Atem ging so flach und schnell, dass sie das Gefühl beschlich, sie atme Florint die Luft weg. Sie hatte sich leer geredet, fühlte sich jetzt leichter und wäre gern ins Haus zurückgegangen.
»Meine Mutter las gern und half dem Vater bei den Berechnungen der Zahnräder«, sagte sie wie nebenbei. »Von ihr habe ich gelernt, was ich weiß. Vater hat mir das Handwerk beigebracht. Sie hätte gerne studiert, meine Mutter. Doch das war unmöglich.«
Jetzt verstummte Katrin. Hatte sie den Jungen unterschätzt? Ihre Fäuste rutschten aus den Hüften. Langsam setzte sie sich

wieder. Ihrer beider Schenkel berührten sich, und Katrin fühlte, wie Florint kurz zuckte, als wäre er gestochen worden, doch sie zog ihr Bein nicht zurück, und Florint hielt es ebenso.

»Gebt mir Eure Hand«, sagte sie endlich und griff in die Dunkelheit hinein.

»Warum?«

Sie hörte das Erschrecken aus diesen Worten heraus. Sie musste lachen.

»Ich weiß nichts von Euch«, flüsterte sie. »Ich werde Euch auf keinen Besen ziehen und auch nicht mit Euch zum Blocksberg reiten. Ich will die Linien Eurer Hand fühlen. Ich kann Euch die Zukunft aus der Hand lesen. Dazu muss ich sie nicht sehen.«

»Nein!« Florints Stimme klang bestimmt und energisch. »Keine Hexerei, keine Zauberei.«

»Dann erzählt mir etwas«, drängte sie leicht verstimmt.

Florint stockte, doch dann entschied er sich für die Wahrheit. »Der Meister der Plejaden, er hat in dieser Werkstatt gearbeitet. Ich habe sein Zeichen hier gefunden.«

Plötzlich wurde Katrin ernst. Sie strich sich mit beiden Händen verlegen das Kleid glatt. Sie schnaufte durch die Nase, als pressten sich ihre Lippen fest aneinander.

»Ich hatte es mir gedacht. Deswegen habt Ihr bei meinem Vater um Arbeit nachgesucht, Florint. Nicht wahr?«, sagte sie ernst. »Nur deshalb. Ihr sucht – Euren Vater.«

Sie stand auf und wollte losgehen, ohne ein Wort zu sagen. Worte waren überflüssig geworden. Doch Florints Hand schloss sich um ihren Arm.

»Still. Bleib hier!«, zischte er. Als sie sich von ihm losreißen wollte, zog er sie auf die Bank herab. »Horch!«

Katrin erstarrte. Zwei Geräusche waren es, die sie innehalten ließen. Vom Haus her hörte sie jemanden die Treppen herabeilen, die Tür öffnen und über den Hof gehen.

»Das ist Vater«, hauchte Katrin.

Der Meister lief zur Werkstatt, überquerte den Hof, öffnete die

Tür und verschwand darin. Man hörte ihn hantieren und sah für einen kurzen Moment Licht wie einen feinen Wasserfaden aus dem Fenster auslaufen. Dann wurde von innen ein Vorhang zugezogen, und die Finsternis war wieder absolut.

Neben diesem Geräusch, das Katrin allzu gut kannte, vernahm sie ein zweites.

»Was ist das?«, flüsterte Florint ebenso leise zurück.

Die vorsichtigen, doch keineswegs heimlichen Bewegungen Meister Buschmanns wurden von einem Schaben und Gleiten begleitet, das von der Mauer her zu kommen schien.

»Als wollte jemand über die Mauer klettern«, zischte Katrin. »Es könnte ein Marder sein oder auch nur eine Katze«, versuchte sie sich zu beruhigen. Nervös starrte sie in die Finsternis.

»Da hat jemand eine Leiter gegen die Mauer gestellt und besteigt sie gerade«, sagte Florint. Er erhob sich langsam. »Wir sollten uns den Kerl ansehen.«

Wenn Katrin ihm jetzt hätte ins Gesicht blicken können, wäre sie glücklich gewesen. Entschlossen musste er aussehen, mutig. Sie hörte kein Zittern in der Stimme, kein Zögern. Florint hatte das Heft des Handelns in die Hand genommen, und sie war bereit, ihm zu folgen.

KAPITEL 10

Florint fluchte leise vor sich hin. Wenn es so weiterging, dann würde er nach einem halben Jahr in dieser vermaledeiten Stadt nicht mehr zu erkennen sein. Über seine linke Wange verlief ein tiefer Kratzer, der höllisch brannte. Gott sei Dank war der Haken nur am Knochen entlanggeschrammt und nicht ins Auge gegangen. Florint kämpfte gegen das Bedürfnis an, die Hand auf die Wunde zu pressen. Er wollte sie nur der Luft aussetzen, kein Tuch, keine Salbe.

Katrin war entsetzt darüber gewesen, weil ihn die schlechten Miasmen der Luft, vor allem die des Frühlings und des anbrechenden Sommers, von denen man wusste, dass sie mit dem

Äther alle möglichen Krankheiten heranschleppten, vergiften konnten. Die Wunde werde sich entzünden, er würde fiebrig daniederliegen und sie hätte dann den Ärger mit der Pflege, ganz zu schweigen davon, dass er in dieser Zeit für ihren Vater ausfalle, hatte sie prophezeit.

Florint wusste es besser. Luft heilte. Die Gewohnheit, Fenster und Türen verschlossen zu halten, um keine Frischluft in die Häuser und Wohnungen zu lassen, würde er niemals verstehen. Ein schmutziges Tuch auf einer offenen Wunde bedeutete oftmals den baldigen Tod. Lieber ging er da die Gefahr ein, sich den Miasmen der Frühlingsluft auszusetzen, an die er ohnehin nicht glaubte.

Zügig stapfte er den Afraberg hinauf zum Kloster. In seinem Ränzel lag das Winkelmessgerät aus Messing, das er einem der Mönche von St. Ulrich, Bruder Veit Bilt, zurückbringen sollte. Der Meister hatte ihm eingeschärft, sich nicht übers Ohr hauen zu lassen und die Messingscheibe nur aus der einen Hand zu geben, wenn in die andere bares Geld hineingelegt würde. Mönche seien Taugenichtse, Hungerleider, Halsabschneider und salbadernde Frömmler ohne jeden Nutzen für diese Welt, hatte er ihm eingeschärft, doch Bruder Veit sei ein rechtschaffener Mann, wenn auch außergewöhnlich geizig. Vorsicht sei deshalb angebracht, und bevor er bei ihm in der Werkstatt mit leeren Händen aufkreuzen sollte, wäre es besser für ihn, er würde die Stadt gleich verlassen.

Solcherart vorbereitet schlenderte Florint zur Pforte und ließ sich melden.

Der Bruder Pförtner murrte unterdrückt, warum dieser Bruder Veit ständig irgendwelches Gesindel aus der Stadt um sich versammle, er solle beten und nicht ketzerisches Unwesen treiben, doch er schickte einen Novizen, der den Bruder holen sollte. So lange stand Florint vor der Pforte, ging auf und ab und betrachtete das Treiben auf der Gasse.

Händler von außerhalb strömten hinter die Mauern. Vieh wurde

hereingetrieben, Schweine wühlten sich an den Ecken durch knöcheltiefen Schlamm, Karren sackten in tiefe Löcher und spritzten den Kot der Straße in hohen Bögen gegen die Wände.
»Was will ein Bote von Meister Buschmann bei mir?« Florint fuhr herum und erkannte sofort den fülligen Mönch, mit dem Meister Buschmann vor einigen Tagen geredet hatte.
»Euer Winkelmessgerät ist fertig, Bruder Veit.«
Mit gerunzelter Stirn musterte ihn der Mönch, und sein Blick blieb missbilligend auf der Narbe ruhen.
»Da schickt er mir einen Schläger und Tunichtgut, um es mir auszuhändigen?«
Florint schluckte. Dieser Mönch machte wenig Umschweife. Er spitzte die Lippen.
»Meister Buschmann hat mich beauftragt …«
»… lass sehen, Kerl, ob die Arbeit von kundiger Hand ausgeführt worden ist oder wie dieser Schmiss, den du im Gesicht mit dir herumträgst.«
Mit einem Fingerschnippen forderte er derart heftig nach dem Instrument, dass Florint beinahe nachgegeben und ihm die Scheibe ausgehändigt hätte. Doch die spöttische Art des Mönchs schürte seinen Widerstand. So ließ er nicht mit sich umspringen.
»Es tut mir leid«, zögerte er und stotterte er vor sich hin, um ein wenig den Verunsicherten zu spielen, der er keineswegs war. »Meister Buschmann hat gesagt …«
Die feisten Wangen des Mönchs begannen sich aufzublähen, als hätte er eine Schweinsblase verschluckt. Mit einer Stimme, die leicht den Vorplatz mit ihrem Schall ausgefüllt hätte, wetterte er gegen die Handwerker und ihre neunmalklugen Gesellen.
»Was ist mir das, was dein Meister sagt? Egal ist mir das! Zeig die Scheibe her, und ich sage dir, was ich tun werde.«
Innerlich grinste Florint. Bald würde ihm der Klosterbruder aus der Hand fressen.

»Kein Geld, keine Scheibe«, beharrte Florint. »Ihr werdet sie nicht einmal zu Gesicht bekommen!«
Langsam amüsierte ihn der Versuch des dicken Mönchs, sich vor der Bezahlung zu drücken.
Bruder Veit knurrte unmutig, während Florint hartnäckig mit dem Kopf schüttelte. Endlich zog ein Lächeln wie der Sonnenaufgang am Morgen über das Gesicht des Mönchs.
»Du bist mir ein Früchtchen. Also gut, wie viel?«
»Dreißig Kreuzer!«
Veit Bilt murmelte etwas von Wucherern und Zinsteufeln, doch dann langte er unter seine Kutte und holte einen Beutel hervor. Langsam zählte er zwanzig Kreuzer in Florints ausgestreckte Hand.
»Zuerst die Scheibe, danach den Rest.« Doch Florint ließ sich nicht beirren. Er hielt ihm weiter die ausgestreckte Hand entgegen. »Du bist ein sturer Kopf, mein Sohn«, hakte der Geistliche seine Versuche endgültig ab und vervollständigte die Summe.
»Jetzt aber her damit!«, maulte er. »Du hattest deinen Spaß.«
Florint nahm seinen Ranzen ab und kramte die Scheibe hervor. Im Licht des Tages verbreitete sie den Glanz einer überirdischen Erscheinung. Die Augen des Mönchs leuchteten. Er lächelte verträumt und griff nach dem Gerät. Doch Florint zog die Hand zurück. Wie bei einem schweren Gewitter verdüsterte sich die Miene des Benediktiners.
»Was soll das?«, fauchte er und langte nach. Wieder war Florint schneller, und der Mönch maulte ihn an: »Bist du nicht recht bei Verstand? Ich habe bezahlt. Also her damit!«
Florint trat einen Schritt zurück, öffnete die Tür und stahl sich nach draußen.
»He, du Bengel«, fluchte der Mönch und kam ihm behände hinterher.
Am Fuß der Pfortentreppe blieb Florint stehen.
»Nur eine Frage, Herr. Kennt Ihr dieses Zeichen?« Florint hob

die Scheibe hoch und deutete auf die Unterseite. »Habt Ihr den Mann irgendwann gesehen, der es dort angebracht hat? Wisst Ihr, wo er sich aufhält? Das Zeichen der Plejaden! Was wisst Ihr davon?«
Veit Bilt war jetzt bei ihm angelangt und riss ihm die Scheibe regelrecht aus der Hand. Florint senkte die Augen, wartete auf eine Ohrfeige oder lautes Gezeter.
»Zu viele Fragen für eine einfache Antwort«, hörte Florint und sah auf. Der Benediktiner musterte ihn. »Die Welt ist neugierig. Zu neugierig.« Er blickte hinter sich, suchte die Klostermauer ab. »Stell dir vor, Junge, ein hirnverbranntes Exemplar dieser Menschheit hat dieses Winkelmessgerät vom Turm hinabgeworfen. Gut, dass niemand dabei verletzt wurde, sonst müsste man einen Schuldigen suchen und hängen lassen.« Wieder musterte er die Umgebung. »Komm mit. Klostermauern sind wie Hörrohre. Sie verstärken den Schall des gesprochenen Wortes auf eine unerklärliche Weise.«
Er nahm die letzte Stufe, legte seine Hand auf Florints Schulter und führte ihn so durch den Vorhof des Klosters, hinaus auf den Kitzenmarkt und dann an der Kathedrale vorbei und am Salzstadel entlang zu den Bäckerkarren hinunter. Der Weg zum Brotmarkt sagte Florint, dass das Abendessen längst vorüber war. Nur noch wenige Händler mit ihren Brotkarren warteten noch auf Kunden und würden sich bald ebenfalls davonmachen. Ihm knurrte der Magen. Im letzten Schein der untergehenden Sonne musterte er ebenso wie der Mönch die verbliebenen Bäckergesellen. Bruder Veit steuerte auf den zu, der das zufriedenste Lächeln zur Schau trug.
»Sieh zu!«, zischte der Mönch. »Du kannst etwas lernen.«
Bruder Veit setzte sein unschuldigstes Gesicht auf, sog die Wangen ein, um sie wie eingefallen wirken zu lassen, was ihm trotz seiner Leibesfülle irgendwie gelang, und blickte mit einem vor Hunger matten Augenaufschlag zu den letzten beiden Brotstücken auf dem Karren.

»Gesegnet sei der Herr ...!«, fing Veit Bilt an.
»... und gebenedeit die Jungfer Maria!«, setzte der Geselle die Begrüßung fort.
»Waren die Geschäfte heute erfolgreich?«, erkundigte sich der Mönch. Florint vernahm ein Lauern in der Stimme, das ihn unangenehm berührte.
Vielleicht war es die Sorglosigkeit oder die Jugend oder beides. Der Fisch ging dem Mönch beim ersten Versuch ins Netz.
»Für heute sehr gut. Mein Meister wird sich freuen.«
»Auch der Herr, unser Gott, ist für das Glück der Menschen verantwortlich. Willst du nicht ein wenig von deinem Reichtum an die Armen und Bedürftigen geben, damit auch diese der Wohltaten unseres Herrn teilhaftig werden, da sie nicht derart gesegnet sind ...«
Veit Bilt hielt inne, denn der Geselle kramte bereits nach einigen Kupfermünzen. Doch der Benediktiner winkte ab. »Nicht die schwer verdienten Münzen. Es genügt, wenn Ihr Euch der Armen mit ein wenig Essbarem annehmt!«, beeilte er zu versichern und blickte auf das halbe Roggenbrot in der Ecke. Es war missraten in der Form und womöglich im Gewicht, denn der Geselle griff danach, ohne zu zögern, und reichte es dem Mönch.
Mit einem demütigen Kopfnicken verbarg Veit Bilt das Brot unter seinem Habit. Unter dem Gemurmel eines Vaterunsers verabschiedete er sich, schob Florint an St. Moritz vorbei und schlüpfte in die Gasse zum Zeughaus. Auf halber Höhe blieb er stehen, zog den Laib unter seiner Kutte hervor. »Mindestens das Doppelte der Kupfermünze wert.« Er brach das Brot in zwei Teile, reichte das kleinere Stück Florint und biss herzhaft in seinen Anteil. »Warum interessierst du dich für das Plejadenzeichen?«, quetschte er mit vollem Mund zwischen den Zähnen hervor.
»Es ist das Zeichen meines Vaters.«
Veit Bilt griff dem Gesellen unters Kinn und drehte dessen Ge-

sicht so ins Profil, dass er es genau mustern konnte, einmal von links, dann von rechts. Endlich ließ der Benediktiner los und nickte, nickte erneut, setzte zum Sprechen an, räusperte sich, stockte, hüstelte zweimal, bis es endlich aus ihm herausbrach: »Ich habe ihn gekannt. Ein guter Handwerker. Er arbeitete hier in Augsburg.«

»Bei Meister Buschmann«, sagte Florint rasch.

»Eben dort«, bestätigte Veit Bilt und sah Florint merkwürdig an. »Bis vor nicht allzu langer Zeit. Letzten Herbst ist er ... verschwunden. Er hatte sich auf einen Handel eingelassen, der ihm nicht bekommen ist.«

»Was meint Ihr damit?«, fragte Florint, doch Veit Bilt wandte sich ab.

»Fragt nicht. Jede unpassende Frage kann den Tod nach sich ziehen.«

Sprach's, wandte sich um und schritt von dannen. Entgeistert blickte Florint dem Mönch nach, der sich rasch entfernte. Wovon sprach der Benediktiner?

KAPITEL 11 »Meister Deroubaix?« Florint stand vor Meister Buschmanns Werkstatt. Der Kistler hatte eben die Hand auf seinen Arm gelegt und ihn kurz aufgehalten. Als er Florint ins Gesicht blickte, zuckten seine Mundwinkel enttäuscht und er wandte sich wieder ab. »Entschuldigt. Ich habe ... Ein Irrtum. Verzeiht.«

Florint war zu überrascht, um sofort reagieren zu können. Als er begriff, dass ihn der Mann eben mit seinem Vater verwechselt hatte, bog der Besucher bereits um die nächste Ecke und verschwand.

»Halt!«, rief er ihm hinterher. »So wartet doch!« Hastig sprang er dem Kistler nach, der durch seine schwarze Kluft leicht von den übrigen Passanten zu unterscheiden war. In der nächsten Gasse holte er ihn ein. »Ihr kanntet Meister Deroubaix?«

Der Kistler blieb stehen und drehte sich nach Florint um.
»Schreit Ihr immer so durch die Gegend?« Mit abschätzendem Blick musterte er die Umgebung, dann Florint. »Wer seid Ihr?«
»Ein ... ein Freund!«
»Freund oder Sohn?« Der Kistler runzelte die Stirn. »Außerdem kenne ich ihn nicht, den Meister Deroubaix. Schluss also.« Abrupt drehte sich der Handwerker weg und wollte weiter. Doch dann verhielt er den Schritt. Langsam drehte er sich zu Florint um. »Oder hat er Euch geschickt, um seine Schulden zu begleichen?«
»Er hatte Schulden bei Euch?« Florint wusste, wenn er jetzt »Ja« sagte, dann musste er für die Verbindlichkeiten geradestehen. »Wo können wir uns unterhalten?«
Der Kistler lachte böse auf.
»In diesem Pfaffenloch? Nirgends!« Doch er deutete mit dem Kinn auf die Schankstube in ihrer Nähe. »Dort. Dann sind wir von der Straße.«
»Also lasst uns in die Schankstube gehen!«, bot Florint an, der dem Blick des Mannes gefolgt war.
»Ihr zahlt?«
»Ich lade Euch ein.«
Sie betraten den Ausschank durch eine schmale Tür und setzten sich ganz in die Nähe des Eingangs. Florint achtete nicht darauf, wer in der Stube saß, sondern bestellte zwei Krüge Bier.
»Warum interessiert Euch, ob ich diesen Meister Deroubaix kenne?«, fragte der Kistler misstrauisch und amüsiert zugleich. »Es muss wichtig sein, wenn es Euch ein Bier wert ist.«
Florint musterte den Mann, der ihm breitschultrig und mit Händen wie Schraubzwingen gegenübersaß. Sein Gesicht war von einem wilden Bart umwuchert, seine Augen, die ungewöhnlich klein darin lagen, musterten ihn scharf.
»Es ist mir wichtig«, bestätigte Florint, der beschlossen hatte, dem ehrlichen Ausdruck seines Gegenübers zu trauen. »Er ist mein Vater.«

Jetzt pfiff der Kistler leise durch seine Zähne und musterte Florint genauer.
Bevor er jedoch zu einer Frage ansetzen konnte, kam Florint ihm zuvor: »Bei welcher Gelegenheit habt Ihr meinen Vater kennen gelernt?«
»Er hat mir ein Senkblei gedreht. So genau, so präzise und mittig wie seine Arbeit habe ich noch niemals eines gesehen.«
Florint nickte.
»Mein Vater war so. Entweder fertigte er ein Werkstück an, das den strengsten Prüfungen trotzen konnte, oder er nahm eine Arbeit erst gar nicht an.«
Das Bier kam. Beide nickten sich stumm zu, stießen mit den vollen Krügen an und tranken. Dabei fiel Florints Blick in den Hintergrund der Schankstube. Dort saß, beide Arme aufgestützt, Wolfhart und starrte zu ihnen herüber. Ihre Blicke kreuzten sich kurz. Jetzt wusste Florint, wohin der Geselle verschwand, wenn er zur Mittagszeit unauffindbar war.
Unwillkürlich senkte Florint die Stimme.
»Warum hatte er Schulden bei Euch?«, wollte Florint wissen.
Der Kistler beugte sich zu Florint vor.
»Ich habe ihm einen kleinen Schrank gebaut, für eine Maschine. Seine Maße waren exakt. Ich habe pünktlich geliefert. Er hat alles bezahlt, bis auf die letzte Rate. Und dann … von einem Tag auf den anderen …« Der Kistler ließ offen, was er darunter verstand, sondern warf nur die Arme in die Luft. »Einen Viertelgulden.« Dann setzte er beiläufig hinzu: »Ich habe es verschmerzt!«
»Ihr sollt das Geld haben. Wenn Ihr mir helft herauszufinden, wohin mein Vater verschwunden ist. Ich suche ihn.«
Er wollte nicht lange um den heißen Brei herumreden. Handwerker dachten gradlinig, also sollte er nicht um die Ecke fragen.
Von einem Augenblick auf den andern sackte die selbstbewusste, vor Kraft strotzende Gestalt des Kistlers in sich zusammen.

»Ich weiß nichts. Nichts weiß ich mehr«, sagte der Kistler hastig.

Florint nickte, trank noch einmal.

Plötzlich flüsterte der Handwerker beiläufig: »Instrumentenbauer sind nicht gern gesehen. Man munkelt, er sei der Inquisition ...« Der Mann beendete seine Ausführung nicht. Räusperte sich, griff verlegen zum Krug und trank mit einem langen Zug, als sei er am Verdursten. »Sie lassen Menschen verschwinden, die ihnen unliebsam sind. Einfach so. Niemand erfährt mehr etwas von ihnen.«

»Mein Vater hatte nichts mit den schwarzen Künsten zu tun. Er war Handwerker wie Ihr.«

Der Kistler beugte sich erneut zu ihm herüber.

»Ich weiß das, mein Junge, der Zunftobere womöglich auch noch, doch die Dominikaner sind Bluthunde, die, einmal losgelassen, jeden verbellen, der auch nur ängstlich mit den Lidern zuckt oder seine Zunge zu heftig spazieren führt. Man verliert sein Leben rascher, als man in diese Welt geworfen wird.«

Wolfhart war aufgestanden und ging gemächlich an ihnen vorüber, als wolle er mit halbem Ohr mithören, was die beiden sprachen.

»Euren Namen, ich kenne Euren Namen nicht. Es soll nicht heißen, dass die Familie Deroubaix Schulden hinterlässt, wo sie in einer Stadt auftaucht.«

»Lasst, Jungelchen«, sagte der Kistler und bohrte mit seinen dicken, rissigen Fingernägeln in der Holzplatte des Tisches. »Und mein Name tut nichts zur Sache. Besser, er wird nicht genannt. Wenn ich an Eurer Stelle wäre«, sagte er bestimmt, »würde ich meine Sachen zusammenklauben und aus der Stadt verschwinden. Und zwar schneller, als Ihr bei vollem Mund ›Bap‹ sagen könnt.«

Florint konnte beobachten, dass Wolfhart zwar die Schankstube verlassen hatte, die Tür jedoch einen Spalt offen stand.

Jetzt verwünschte er seinen Entschluss, sich in die Nähe des Eingangs zu setzen.
»Eine letzte Frage, Meister«, flüsterte Florint. »Was hatte es mit dem Schränkchen auf sich?«
Die Miene des Meisters wurde dunkler, als hätte Florint mit seiner Frage eine Kerze ausgeblasen.
»Die Ähnlichkeit mit Eurem Vater ist unverkennbar«, sagte der Kistler. Mit seiner rissigen Rechten fuhr er sich ein ums andere Mal übers Kinn. »Nur deshalb ... wirklich nur deshalb ... Also, ich sollte sie bemalen lassen. Mit Sternen. Den Plejaden natürlich. Doch auch mit den Sternen, die wir am Firmament sehen. Auch den Wandelsternen.«
Der Kistler räusperte sich und schien verlegen. Seine Augen wanderten durch den Schankraum. Erst als er sich vergewissert hatte, dass sie die einzigen Gäste waren, beugte er sich zu Florint vor und griff nach dessen Hand.
Florint fühlte die schwielige Haut, fühlte den harten Griff, die sehnigen Finger, wie sie sich an ihn klammerten, als sei sein Arm eine Planke, die in tiefem Wasser vor dem Untergehen schützte. »Die Wandelsterne waren so ... so merkwürdig angeordnet. Unchristlich. Als hätte der Teufel selbst ihre Form diktiert. Deshalb musste Euer Vater verschwinden. Wenn ihn dafür nicht Satan selbst geholt hat, dann ...«
Im selben Moment schlug die Tür zu, und der Kistler schreckte hoch. Florint sah in seinen Augen Furcht aufflackern. Der Mann hatte Angst.
»Lasst das Geld stecken, Deroubaix. Lasst es. Ich will keine Kupfermünze sehen. Jetzt verzeiht ...«
Mit einem Sprung war er auf und durch die Tür nach draußen verschwunden. Florint legte eine Kupfermünze für das Bier auf den Tisch und folgte ihm nach. Sein Herz schlug einen wilden Takt. Gern hätte er den Kistler weiter ausgefragt, doch der eilte im Laufschritt die Gasse hinauf. Florint wandte sich in die entgegengesetzte Richtung, bemerkte jedoch im Augenwinkel,

wie eine Gestalt aus einem Häusereingang heraustrat und dem Kistler folgte.
Er hätte es nicht beschwören können, doch er glaubte die Person zu kennen.

KAPITEL 12 Katrin hatte Florint die ganze Woche über heimlich beobachtet. Bei dem Gedanken daran, dass der Meister, der letzten Herbst über Nacht verschwunden war, Florints Vater war, wurde ihr ganz heiß. Ihr selber war die Geschichte jedenfalls unheimlich.
Vielleicht sollte sie ihm einfach erzählen, was geschehen war, vielleicht sollte sie einfach mit der Wahrheit beginnen. Womöglich wartete er nur darauf, dass er von einem der Hausbewohner etwas erfuhr, um weiterziehen zu können.
Wollte sie das? Wollte sie ihn weiterziehen sehen?
Katrin saß in der Küche und wusch Gemüse, das sie über den Winter in einem Kar mit Sand vergraben hatte, damit es nicht austrieb. Jetzt schälte sie die Wurzeln, die verschrumpelt und weich in der Hand lagen. Sie freute sich auf den Frühling, wenn der Boden im kleinen Garten vor den Mauern wieder Frucht abwarf. Wie sie das ewige Einerlei von Hirsebrei und mit Mehl aufgerührter Wassersuppe, die gedünsteten Rüben, das Sauerkraut und die Roten Beete gegen Ende des Winters hasste! Kein Obst mehr, kein frisches Gemüse, nur eine Hand voll Erbsen und Linsen jede Woche, die man über Nacht einweichen musste, damit sie überhaupt genießbar waren, und die ihren Geschmack im Frost verloren hatten. Katrin seufzte und sah aus dem Fenster.
Florint hockte am offenen Fenster in der Werkstatt und spähte in Abständen zu ihr herüber. Offenbar ging sie ihm ebenso wenig aus dem Kopf wie er ihr. Vom Turm der St.-Moritz-Kirche herüber schlug es Glock neun. Wolfhart trat aus der Tür und schlenderte über den Hof. Er machte Brotzeit. Vater würde

ebenfalls gleich herauskommen und zur Zunftstube hinübergehen, um sich mit den Meistern zu treffen. Und tatsächlich verließ er kurz darauf die Werkstatt.
Katrin stand auf und lief zur Tür. Sie wollte dem Vater nur die Schaube reichen, damit er sich nicht erkältete. Im Schatten wärmte die Sonne noch nicht.
Ein Schrei gellte zwischen den Wänden des Innenhofs wider. Katrin ließ die Schaube fallen und stürzte zur Tür. In Stößen traf sie das Schreien, das in ein Fluchen und Stöhnen überging. Es war Wolfharts Stimme.
Sie sah den Vater zum Torüberbau hinüberrennen. Auch Florint erschien auf der Schwelle zur Werkstatt und blickte zuerst zu ihr, dann zum Tor. Katrin, die loslaufen wollte, besann sich, drehte auf der Schwelle um und holte ein sauberes Tuch aus der Küche. Dann begann auch sie zu laufen, sah jedoch im Augenwinkel, wie Florint erneut aus der Werkstatt trat, als wäre er dorthin zurückgekehrt, als sie ins Haus geeilt war. Gern wäre sie stehen geblieben, um zu kontrollieren, warum er nicht sofort zu Wolfhart hinübergegangen war, doch da ließ Florint bereits die Tür zufallen und sperrte ab. Erst dann folgte er ihr.
Was Katrin zu sehen bekam, ließ sie würgen. Wolfhart war wie immer die Leiter zu seinem Heim über dem Tor hochgeklettert. Diesmal war jedoch eine der Sprossen durchgebrochen. Die Wucht des Durchtritts hatte die nächste ebenfalls zerstört – und einer der Splitter war dem Altgesellen dabei in den Unterschenkel gefahren und hatte den durchbohrt. Jetzt hing er in der Leiter, konnte weder vor- noch rückwärts, weil die Sprosse noch an der Leiter festhing, und stöhnte vor Schmerzen. Unter seinem aufgeschlitzten Hosenbein sammelte sich das Blut in einer Lache.
»Florint, halt du ihn, ich brech das Holz ab. Dann tragen wir ihn zur Werkstatt«, lautete der Befehl des Vaters.
Ohne zu zögern, stieg Florint unter die Leiter und fasste den Altgesellen unter der Schulter. Der krallte sich um seinen Hals

und hielt sich fest. Meister Buschmann zog ein Messer aus seinem Gürtel. Dann ging alles sehr schnell. Mit zwei kräftigen Hieben durchtrennte er das Holz dort, wo es noch mit der Sprosse verbunden war. Wolfhart sackte mit einem Schrei nach vorne, ließ die Leiter los, und sein Körper wurde jetzt nur noch von Florint allein gestützt. Buschmann griff ebenfalls zu. Zuerst legten sie den Altgesellen zu Boden. Katrins Vater nahm wieder das Messer, trennte mit zwei schnellen Schnitten das Hosenbein auf und legte die Wunde frei. Der Splitter stak tief im Fleisch. Wolfhart hatte die Augen geschlossen und biss auf die Zähne. Der Meister blickte kurz zu Florint hin, der daraufhin Wolfharts Arme festhielt. Mit einer raschen Bewegung zog er das Holz aus Wolfharts Bein. Der schrie kurz auf, dann sackte er in sich zusammen. In einem starken Strahl schoss Blut aus der Wunde.

»Es hat eine Ader erwischt«, keuchte der Vater.

Katrin ging mit ausgestreckten Händen auf den Vater zu, in einer Hand das Tuch. Der Vater riss es ihr vom Arm und drückte es dem Altgesellen auf die Wunde.

»Verdammt«, fluchte er. »Wenn die Blutung nicht aufhört, wird er sterben.«

Katrin versuchte, nicht auf die Wunde und auf das viele Blut zu achten, sondern suchte Florints Blick. Der hatte unterdessen Augen für ganz etwas anderes.

»Hier«, sagte er und deutete auf die Sprosse. »Der Tritt war nicht morsch.«

Überrascht hob Katrins Vater den Kopf.

»Erzähl keinen Unsinn, Kerl. Mit solchen Dingen bringt man die Menschen aufs Rad.«

Florint zuckte nur mit den Schultern, strich mit den Fingern über die Stelle, von der er glaubte, sie sei angesägt gewesen, und kniete sich dann auf den Boden. Mit den Fingern wischte er Sägemehl zusammen, soviel Katrin sehen konnte.

»Hilf mir lieber, den Kerl hinüberzutragen. Wir können ihn

unmöglich im Torbogen liegen lassen. Katrin!« Ihr Vater fuhr sie an. »Drück das Tuch auf die Wunde … und keine Widerrede! Verdammt noch eins.«
Mit zitternden Händen drückte Katrin das Tuch gegen Wolfharts Bein. Langsam begann es sich mit dem Blut des Gesellen vollzusaugen. Ihr Vater bückte sich und packte Wolfhart unter den Schultern. Florint griff nach den Beinen. So zerrten sie den Gesellen mehr, als sie ihn trugen, hinüber ins Wohnhaus. Dort legten sie ihn in der Waschküche auf das hölzerne Walkbrett. Wolfhart keuchte nur. Seine Stimme schien aus weiter Ferne zu kommen, wirkte eigenartig blass. Das Leben verließ ihn.
Meister Buschmann schnitt das Hosenbein ganz ab, knotete daraus einen Strick und band den Oberschenkel ab. Langsam ließ die Blutung nach. Bislang hatte keiner von ihnen ein Wort gesprochen, dennoch wussten sie alle, welche Gedanken zwischen ihnen schwebten: Wer hatte die Sprossen durchgesägt, wenn Florints Vermutung der Wahrheit entsprach? Was bezweckte der Täter damit? Was hieß das für alle anderen Bewohner der Werkstatt? Niemand konnte eine befriedigende Antwort darauf geben.
»Soll ich den Medicus rufen?«, unterbrach Florint die Stille, in der jeder seinen Gedanken nachgehangen war.
Der Meister schüttelte den Kopf.
»Zu viele Neugierige. Außerdem ist er zu schwer verletzt, als dass er die Rosskur eines Salbaders überleben würde.«
Katrin eilte ins Haus zurück, holte aus der Küche zwei neue Tücher, die das alte, gänzlich mit Blut durchtränkte Stück Stoff ersetzten.
Auch Florint entschuldigte sich für einen Moment und verließ das Haus.
Im Zwiespalt darüber, ob sie das Haus verlassen durfte oder ob sie ihrem Vater helfen musste, blieb Katrin stehen, wo sie war.
»Die Blutung hat aufgehört«, flüsterte ihr Vater. »Gott sei's

gedankt. Es ist nur halb so schlimm. Hol etwas Schnaps, Kind. Vom scharfen!«

Der Vater schickte sie in die Wohnstube. Von dort aus konnte sie den Hof überblicken und bis zur Werkstatt hinübersehen. Florint sperrte eben die Tür auf und schloss sie sorgfältig hinter sich. Dann erkannte sie am Rütteln der Tür, dass er von innen den Riegel vorgeschoben hatte, wie Vater es nächtens hin und wieder tat.

»Wo bleibt das Zeug, Herrgott noch mal«, drängte der Vater von der Waschküche aus. Rasch holte Katrin den klaren Obstler aus dem in die Wand eingelassenen Schränkchen und lief zurück in die Waschstube.

»Wurde auch Zeit«, begrüßte sie der Vater und entriss ihr mit einem Ruck die Flasche. Er entkorkte sie mit den Zähnen und goss großzügig die halbe Flasche über das verletzte Bein. Wolfhart schrie ein letztes Mal, dann sackte er zusammen und lag da wie leblos.

»Er wird schlafen. Wenn er aufwacht, Kind, gibst du ihm bitte aus der Flasche zu trinken. Je klarer seine Gedanken werden, desto schlechter für ihn. Dann spürt er den Schmerz.«

Erst jetzt stand er auf und strich sich über die lederne Hose, die voller Flecken geronnenen Blutes war.

»Wo ist Florint?«, wollte er wissen.

Katrin zuckte zusammen. Sollte sie die Wahrheit sagen? Nein. Diesmal nicht. Sie würde Florint hinterher zur Rede stellen. Dennoch fühlte sie eine gewisse Unruhe. Wenn Vater erfuhr, dass Florint sich allein in der Werkstatt aufhielt, würde er ihn entlassen. Was suchte der törichte Kerl nur dort drinnen?

»Ich weiß es nicht«, schwindelte sie und senkte den Blick zu Boden.

KAPITEL 13 Florint schloss die Werkstatttür, legte den Riegel vor und lehnte sich kurz dagegen. Wolfhart konnte er nicht mehr helfen, redete er sich ein. Jetzt musste er an sich denken. Die Tür zum hinteren Raum stand einen Spalt offen. Langsam ging Florint um die Bänke herum, trat vor die Öffnung und spähte hinein. Er wusste nicht, was er erwartet hatte, doch die Finsternis, die ihm von dort entgegenschlug, überraschte ihn. Licht! Er hatte das Licht vergessen. Mit der flachen Hand schlug er sich gegen die Stirn. Plötzlich hatte er es eilig, drehte sich mehrmals um sich selbst und ließ seinen Blick suchend über die Tische gleiten.

In einer der Schubladen seines Meisters musste eine Kerze liegen. Doch wo sollte er Feuer herbekommen? Er schalt sich einen Narren, weil er nicht daran gedacht hatte. Folglich musste es so gehen.

Er trat wieder vor die Tür zum Nebenraum und zog sie so weit auf, bis das Türblatt gegen die Wand schlug. So fiel ein spärliches Licht in die Kammer.

Der Raum war doppelt ausgekleidet, so viel konnte er von seinem Platz aus erkennen, und mit Metallbändern verstärkt. Niemand, der von außen hineinwollte, konnte durch die Wände gelangen.

Florint betrat den Raum und verharrte darin einen Moment mit geschlossenen Augen, um sie an die Dunkelheit zu gewöhnen. Ihm war, als griffe ihm die Finsternis mit einer kalten Hand an den Hals, sodass er erschrocken die Augen wieder aufriss, doch er befand sich allein im Raum. Nur ein Luftzug fuhr an seiner Wange entlang und lenkte seinen Blick auf die Rückseite des Verschlags: Dort führte eine Art Kamin in die Höhe, ein Abzug. In diesem Raum wurde Metall geschmolzen. Ähnliches hatte er bereits vermutet. Auch Instrumentenbauer verarbeiteten Gold und Silber und schmolzen diese Materialien am liebsten selber. Langsam drehte Florint den Kopf von links nach rechts und wieder zurück.

An der Mauerwand standen Regale, in denen sich bis unter die Decke Schriftrollen stapelten. In manchen Fächern standen oder lagen dicke Bücher: die Bibliothek und der Ort, die Konstruktionszeichnungen aufzubewahren. Gegenüber, zum Abzug hin, gewahrte er einen niederen Ofen, über dem auf einem Holzbrett kleinere Barren Edelmetall lagerten: die Gold- und Silberschmelze. Direkt vor sich jedoch stach Florint etwas ins Auge, das ihn mehr interessierte als alles andere. Ein samtenes Tuch umhüllte einen Kubus. Er stand auf einem Arbeitstisch, der denen in der Werkstatt ähnelte. Ging Meister Buschmann hierher, wenn er nachts arbeitete?

Florint streckte die Hand aus und wollte das Tuch abziehen, als er neben dem Kubus ein Blatt entdeckte. In der Finsternis nahm er nur verschwommene Buchstaben und den Charakter einer Schrift wahr, die ihn sofort das Interesse an dem Kubus verlieren ließ. Rasch nahm er das Papier an sich. Er musste es sich dicht vor die Augen halten. Das Papier trug die Handschrift seines Vaters.

Zahnradübersetzungen sah er, die Beschreibung eines Federmechanismus und rechts unten die Plejaden als Punkte, das Signum des Vaters, gemalt mit einem Silberstift. Florint blickte um sich, sah weitere Blätter aus einem Schub unter dem Tisch ragen, nahm sie ebenfalls an sich. Überall die Handschrift des Vaters. Die Manuskripte gehörten nicht Meister Buschmann!

Rasch überprüfte er, ob weitere Papiere herumlagen. An der Wand vor ihm hing eine Konstruktionszeichnung, die das Plejadenzeichen trug. Auch die riss Florint von der Wand. Soviel er im Dämmerlicht erkennen konnte, zeigte sie einen Federmechanismus. Er hörte sich selbst schwer atmen, fluchte leise und wollte gerade das Samttuch anheben, als vom Abzug her ein Geräusch zu ihm drang. Es klang wie das Schlagen einer Tür. Leise und dennoch gut vernehmbar. Er kannte den Ton, wusste jedoch für den Augenblick nicht, wo er ihn schon einmal gehört hatte, bis es ihm siedend heiß einfiel. Die Tür zum Haus. Man hörte durch den Kamin die Tür des Hauses schlagen.

Sofort wirbelte Florint herum, trat aus der Kammer, stopfte sich die Blätter unters Wams, lehnte die Tür zum hinteren Raum vorsichtig an, stürzte zum Eingang, hob sanft den Riegel und ließ sich auf seinen Stuhl hinter der Werkbank an der Tür fallen. Im selben Augenblick, als er nach seinem Werkstück griff, wurde die Tür aufgestoßen, und Meister Buschmann stand im Rahmen. Mit finster zusammengezogenen Brauen starrte er in die Werkstatt, bis er die Tür zum geheimen Raum sah und Florint hinter seinem Arbeitstisch über sein Werkstück gebeugt wahrnahm.

Florint blickte auf. Er bemühte sich flach zu atmen, ruhig zu wirken. Mit dem unschuldigsten Blick, den er zustande brachte, lächelte er Meister Buschmann an.

»Wie geht es Wolfhart, Meister?«

Der musterte ihn forschend, und Florint hoffte inständig, dass keines der Papiere aus seinem Wams hervorstach.

»Was hockt Ihr hier, statt mir zur Hand zu gehen?«

Florint kämpfte mit seinem beschleunigten Atem, glaubte keine Luft mehr zu bekommen. Schweiß trat ihm auf die Stirn. Unter einem vorgetäuschten Husten versuchte er seine Atemnot zu verstecken. Meister Buschmann lief unterdessen zielstrebig auf die Hintertür zu, zog sie einen Spalt auf und schaute hinein. Florints Puls schoss in die Höhe, riss ihm die Sprache von der Zunge. Er fühlte, wie seine Wangen heiß wurden, wie der Schweiß ihm den Rücken hinabrann. Jetzt musste der Meister entdecken, dass die Blätter fehlten, dass die Zeichnung hinter dem Kubus nicht mehr an der Wand hing. Er hätte die Papiere lassen sollen, wo sie waren.

Behutsam drückte Meister Buschmann die Tür wieder zu, nahm einen Schlüssel vom Bund, den er am Gürtel trug, und schloss ab.

Überrascht sah Florint den Meister an, bis er begriff, dass dieser ebenso wenig gesehen haben konnte wie er selbst bei seinem ersten Blick zuvor. Das gab ihm die Sprache wieder.

»Die Feder wird kalt und verliert ihre Spannung, wenn sie nicht rechtzeitig gebogen wird. Und wobei hätte ich Wolfhart und Euch helfen können? Wenn der Fuß blutet, ist er nicht mehr zu retten. Und wenn die Blutung aufhört, bin ich nicht von Nutzen.«

Er versuchte, ruhig zu klingen.

Meister Buschmann trat an die Werkbank heran und musterte ihn von oben.

»Ihr denkt mir als Geselle zu viel«, sagte er.

Florint hob den Kopf und sah dem Meister direkt in die Augen. Jetzt musste er fragen, jetzt war die Gelegenheit. Sein Vater hatte wie er an dieser Werkbank gesessen.

Florint räusperte sich. Der erste Satz wollte und wollte ihm nicht aus der Kehle und über die Zunge.

»Warum habt Ihr mir verschwiegen«, begann er zaghaft, »dass mein Vater hier gearbeitet hat?«

Jetzt war es heraus, und sofort fühlte er sich erleichtert.

Einen Lidschlag lang sah Meister Buschmann an ihm vorbei und musterte die Wand hinter Florint. Dann kehrte der Blick zurück.

»Von wem redet Ihr?«

Florint wusste, dass der Augenblick eben die Wahl zwischen Wahrheit und Lüge gewesen war, und Meister Buschmann hatte sich für die Unwahrheit entschieden.

»Seit Jahren hat hier niemand mehr gesessen, bis Ihr aufgetaucht seid. Die Geschäfte gehen schleppend, wenn man nicht mit den Fuggern und Welsern zusammenarbeitet. Das wissen schon die Herren im Dominikanerhabit zu verhindern, die hinter jedem Gedanken her sind, der sich nicht aus der Bibel abschreiben lässt. Ich könnte niemanden zusätzlich einstellen – und schon gar keinen neuen Meister!«

Die Sätze sollten spöttisch klingen, bewiesen in Florints Au-

gen aber nur, dass Meister Buschmann ein Lügner war. Woher hatte er gewusst, dass Vater den Meisterbrief besessen hatte? Er selbst hatte nichts dergleichen gesagt. Das konnte nur jemand wissen, der ihm begegnet war.
Florint wollte aufstehen, um auf derselben Höhe mit dem Instrumentenbauer zu reden, als es gegen das Tor hämmerte. Beide drehten sie die Köpfe und horchten.
»Wer will um diese Zeit etwas von uns?«, murmelte Meister Buschmann mehr zu sich selbst als zu Florint. Stirnrunzelnd ging er zur Tür, öffnete und trat hinaus. Das Wummern hallte über den gesamten Hof. Sogar Katrin hatte das Fenster geöffnet und sah aus dem ersten Stock.
»Hast du jemanden bestellt?«, fuhr ihr Vater sie an.
Katrin schüttelte den Kopf, und Florint bemerkte erstmals, wie schwer ihr die Haare über die Schultern fielen. Wie gern hätte er sie berührt, in diese Fülle gegriffen und sie mitsamt dem restlichen Mädchen zu sich hergezogen. Doch da schloss sich das Fenster wieder. Hinter der hauchdünnen Schweinsblase, die, in einen Rahmen gespannt und in die Öffnung gestellt, den Wind abhielt, konnte man Katrins Schatten erkennen.
»Raus jetzt«, blaffte ihn der Meister an und zog ihn am Arm aus der Werkstatt. Sorgfältig schloss er ab. Dann schob er Florint, ihn kräftig an der Schulter packend, vor: »Schau nach, wer es ist!«
Florint eilte auf das Tor zu. Jetzt erst fragte er sich, warum es geschlossen war, mitten am helllichten Tag? Erst als er an der Blutlache vorübermusste, ahnte er den Grund hierfür. Das Blut musste entfernt werden. Meister Buschmann wollte nicht, dass Fuhrwerke oder Esel das klebrige Zeug über den Hof verteilten. Dass womöglich nachgefragt wurde, was hier geschehen war. Buschmann hatte deshalb das Tor geschlossen.
Florint öffnete, und bevor er etwas sehen konnte, hatte der Fremde bereits den Fuß in der Tür.
»Öffnet, Buschmann! Es ist wichtig. Na, los schon!«

Es war Gaßner. Florint konnte ihn zwar nicht sehen, dafür riechen. Er roch wie ein ganzes Warenlager voller fremder Gewürze. Sicher hatte er in den Taschen und Täschelchen seiner Kleidung lauter Proben von Koriander, Pfeffer, Kardamom, Nelken und Süßholz stecken.

»Herr!«, rief er über die Schulter. »Der Kaufmann Gaßner. Er will offenbar zu Euch.«

»Junger Spund«, bürstete ihn Gaßner ab. »Ich brauche keine Einladung und keine Ankündigung.«

Gleichzeitig schob er die Tür auf. Florint konnte den schweren Flügel nicht halten. Er stieß gegen seine Brust und nahm ihm für einen Augenblick den Atem.

Gaßner polterte in den Hof, trat in die Blutlache und fluchte leise, als er das Missgeschick bemerkte, wandte sich zur Leiter und schließlich zu Florint um und bemerkte eisig: »Häufen sich bei Euch nicht die Unglücke in letzter Zeit?« Mit langen Schritten ging er auf seinen Meister zu. »Buschmann! Buschmann, ich habe mit Euch zu reden …«

»Still!«, zischte Meister Buschmann und warf Florint einen wütenden Blick zu. »Herein in die Stube. Plärrt Euer Wissen nicht in die vier Winde. In Augsburg könnten diese Ohren enthalten.«

Gaßner lachte.

»Ihr seid ein Hasenfuß, Buschmann. Niemand spuckt einem Gaßner in die Suppe.«

Zwar redete er weiter, doch leiser, als es Florint lieb war. Der verstand nur »Maschine« und »Geld« und »Pergament« und versuchte, sich darauf einen Reim zu machen.

KAPITEL 14 Der Herr würde ihm den Frevel sicherlich verzeihen.

Er war bei St. Ulrich und Afra gewesen und hatte sich von den Benediktinern, die vor dem Kloster einen Stand unterhielten, drei Unschlittkerzen gekauft. Zwar sollte man diese am Eingang zur Kirche wieder abgeben, damit sie von den Brüdern aufbewahrt und zu gegebener Zeit entzündet werden konnten; sie befürchteten bei der Menge der Kerzen eine Feuersbrunst. Doch Florint hatte mehr als einmal gesehen, wie die Kerzen zwar gesammelt, dann jedoch wieder zum Verkauf angeboten wurden, statt vor dem Altar zu leuchten. So verdienten die Herren Mönche zwei- und dreimal an einem Licht. Jedenfalls hatte er seine drei unter dem Stirnrunzeln und der Ermahnung des Paters eingesteckt und behalten.

Jetzt kniete er in seiner Kammer, hatte eine der Kerzen entzündet und breitete die Papiere aus, die er aus der Werkstatt entwendet hatte. Daneben hatte er sein Gesellenbuch gelegt, in dem er alle Neuerungen und Kenntnisse notierte, die ihm auf seinem Weg begegneten. Er nahm einen Stift in den Mund und glättete das erste Papier. Es war eine Konstruktionszeichnung mit Bemerkungen in der Handschrift seines Vaters. Schon der erste Blick vertrieb alle Zweifel: Sein Vater hatte an einer astronomischen Maschine gebaut. Ein Teil war deutlich beschrieben, der Rest in der Sonderschrift des Vaters verfasst.

Mit langen Tabellen und Beobachtungen hatte Florints Vater Laufberechnungen der Gestirne angestellt, hatte Kreise und Bögen berechnet und in Anzahlen von Zahnrädern umgesetzt. Hatte Gaßner nicht von einem Pergament geredet, das als Vorlage gedient hatte? Florint blätterte die Papiere mehrmals durch, konnte jedoch kein Pergament finden. Vermutlich lag es noch in der Werkstatt. Vater hatte versucht, hinter das Geheimnis des Pergaments zu gelangen, war jedoch anscheinend zu keinem Ergebnis gekommen. Immer wieder schweiften Florints Blicke über die Zeichnungen. Darüber schmerzten die Knie. Er wechselte zwischen Hocke und Schneidersitz, doch die enge Kammer und seine Körpergröße verhinderten ein bequemes Sitzen.

Als die zweite Kerze ihrem Ende zuging, entzündete er das

dritte Licht. Beim Flackern der Lampe, deren Schattenlicht über das Pergament hinzuckte, erkannte Florint plötzlich, worin der Fehler der Konstruktionszeichnung lag. Es verwirrte Florint jedoch. Vater hatte die Maschine anders gebaut, als er sie bauen würde. Florint hätte natürlich die Erde in den Mittelpunkt gerückt. Doch Vaters Ausführungen enthielten gerade hier einen Fehler. Nicht die Erde bildete den Mittelpunkt des Systems, sondern die Sonne. Alle Planeten umkreisten sie.
Was für ein Unsinn! Oder etwa nicht? Hatte man je davon gehört, dass die Planeten um die Sonne kreisen sollten? Wenn es sich so darstellte, war es Ketzerei!
Florint wollte gerade die Maschine in Gedanken laufen lassen, als er eine Luftbewegung wahrnahm. Das Licht der Unschlittkerze flackerte unruhig.
»Was tut Ihr da?«, hauchte es.
Florint schrak auf. Auf der Türschwelle stand Katrin.
Er versuchte erst gar nicht, die Papiere zusammenzuraffen, sondern sah das Mädchen nur an, das seine kohlendunklen Hände an einem Tuch sauber wischte.
»Was tut Ihr?«, fragte sie ihn erneut.
»Dasselbe wollte ich Euch fragen«, antwortete er. »Was treibt Ihr mitten in der Nacht in meiner Kammer?«
»Es ist nicht mehr mitten in der Nacht«, sagte sie und trat einen Schritt näher. Mit den Fußspitzen stieß sie gegen die Papiere. »Die Sonne geht gleich auf. Ich mache Feuer. Und Ihr? Ihr … Ihr …« Sie senkte die Stimme und starrte auf die Zeichnungen.
Florint konnte ihr nicht antworten. Die Enttäuschung in Katrins Stimme schnürte ihm die Kehle zu. Sie wusste sehr genau, was er tat, oder ahnte es zumindest.
»Es ist nicht, wie Ihr denkt, Katrin.«
Sie verzog den Mund, als schmecke sie Bitteres.
»Wenn es nicht aussieht, wie ich es mir denke, wonach sieht es dann aus? Erklärt es mir, Florint.«

Florint stand auf, versuchte es jedenfalls. Doch die Schräge zwang ihn, krumm zu stehen. Ihm war das Lächerliche seiner Haltung nur zu bewusst.
»Ich studiere Zeichnungen ...«
»... die meinem Vater gehören«, zischte ihn Katrin an und drehte sich um. »Ich werde ihn holen. Ihn und die Stadtschergen.«
»Tut, was Ihr nicht lassen könnte«, presste Florint zwischen seinen Zähnen hervor. Ganz wohl war ihm dabei nicht. Nur zu gut wusste er, wie das Rechtssystem in den Reichsstädten funktionierte und dass niemand einem dahergelaufenen Gesellen aus dem Straßburgischen Glauben schenken würde. Fieberhaft überlegte er, was er sagen sollte, doch ihm fiel nur eine Gemeinheit ein. »Euer Vater muss dann vor den Schergen erklären, was das Zeichen meines Vaters und seine Handschrift auf den Zeichnungen soll. Das kommt mir gelegen. Als ich ihn nach meinem Vater gefragt habe, hat er mich angelogen. Er sei niemals hier gewesen, hat er mir versichert. Niemals. Und doch sind Haus und Werkstatt voll von seinen Signaturen.« Katrin rührte sich keinen Schritt. Also fuhr Florint fort. Jetzt war es ihm egal, wie tief er Katrin den Splitter der Wahrheit unter die Haut trieb. »Die Zeichnungen sind die meines Vaters. Die Schrift ist die meines Vaters. Die Tinte mit dem Hauch Rötel darin ist die meines Vaters. Sogar das Federwerk, das hier auf dem zweiten Blatt dargestellt ist, ist von meinem Vater und mir selbst erfunden worden. Vor nicht mehr als einem Jahr. Die Originalzeichnung liegt in Straßburg.«
Katrin sagte nichts, rührte sich nicht. Kehrte ihm weiter den Rücken zu. »Was ist?«, ließ er nicht locker. »Hat es Euch die Sprache verschlagen? Ach ja – eines noch. Ich wäre vorsichtig. Die Papiere sind die reinste Ketzerei.«
Jetzt erst wandte sich Katrin ihm zu. Über ihre Wangen liefen Tränen, ihre Lippen zitterten. Ein Schluckauf quälte sie in demselben Maße, wie sie ihr Weinen zu unterdrücken suchte. Verblüfft trat Florint einen Schritt vor. Er verstand die Welt

nicht mehr. Man könnte doch wie ein vernünftiger Mensch über die Zeichnungen reden. »Das wollte ich nicht«, stammelte er.

»Lügner!«, herrschte ihn das Mädchen an. »Genau das wolltet Ihr. Genau das!«

Dann sprang sie die Treppen hinab. Ihr hartes Aufschlucken tönte noch eine ganze Weile aus der Treppenschlucht herauf. Florint blieb betreten unter der Tür stehen. Ihre Worte klangen in ihm nach, bis er sich umdrehte, bückte und die Papiere zusammensammelte, um sie hinter seinem Bett zu verbergen.

Sie hatte Recht, dachte Florint, ich wollte sie verletzen.

KAPITEL 15 Katrin eilte die Treppen hinunter, huschte an Vaters Schlafzimmer vorüber, hinter dem das ihre lag, und verschwand in der Küche. Sie tauchte ihr Gesicht in die Waschschüssel, die noch auf dem Dreifuß stand. Beinahe sofort verstummte ihr Schluckauf. Als sie den Kopf aus dem Wasser hob, lief die Nässe an ihr hinunter. Sie wollte ihr Gesicht nicht abtrocknen. Dann stampfte sie mit dem Fuß auf. Sie hasste diesen Florint. Wie eingebildet er war, wie selbstsicher. Ein Pfau und Tauberich, der vor lauter Federgepluster die Welt um sich herum vergaß. Wen wollte er damit beeindrucken? Wieder wollte sie mit dem Fuß ... doch sie konnte sich zurückhalten. Wolfhart schlief tief, und sie hörte ihn schnarchen. Vater hatte die Nacht hindurch gearbeitet und war noch nicht wieder zurück.

Sie nahm den Eimer und trug ihn hinaus auf den Hof. Zuerst ging sie zu den Ziegen an die Mauer und warf ihnen etwas Heu übers Gatter. Ihr schmerzte der Rücken.

Seit Wolfhart im Haus schlief, weil er wegen seiner Verletzung nicht in seinen Unterschlupf hinaufkonnte, musste sie in der Küche nächtigen. Auf der Holzpritsche für das Feuerholz. Bequem war das nicht. Jetzt war sie froh, ein paar Schritte hinaus-

gehen und vom Brunnen Wasser holen zu können. Außerdem konnte sie sich so beruhigen. Ihre Augen brannten wegen dieses Grobians. Was er ihr alles an den Kopf geworfen hatte!
Sie blickte zur Werkstatt hinüber und sah, wie innen die Blenden weggenommen wurden. Vater würde wohl bald ins Bett gehen. Dass er ständig über dieser Maschine sitzen musste! Langsam wurde dieses Ding zum Ärgernis. Das Wort »Ketzerei« klang ihr noch im Ohr.
Sie liebte es, den Menschen Horoskope zu erstellen, die richtige Mischung zu finden zwischen dem, was die Menschen hören wollten, und dem, was sich in ihren Sternen verbarg. Berechnungen und der Umgang mit Lineal und Zirkel machten sie zufrieden. Wie gern hätte sie öfter komplizierte Horoskope bearbeitet. Manchmal wünschte sie sich, ganz weit fort von hier zu sein. Sie hatte einmal davon geträumt, mit den Horoskopen, die sie erstellte, berühmt zu werden. Dass der Kaiser sie als Hofastrologin zu sich nahm. Kaiser Maximilian liebte die Astrologie, und mit der Maschine ihres Vaters …
Sie schüttelte den Kopf, um den Gedanken zu vertreiben, lief über den Hof und ging aufs Tor zu. Auf halbem Weg hielt sie inne und blickte zurück. Sie hatte das Gefühl, beobachtet zu werden. Aufmerksam ließ sie ihren Blick über die Gebäudefenster gleiten, doch nirgends stand eine Füllung auf oder streckte jemand seinen Kopf durch die Öffnung. Kopfschüttelnd wandte sie sich ab, holte ihren Schlüssel hervor und zog das Tor auf.
Dahinter begann eine andere Welt, gänzlich von der Werkstattwelt verschieden. Dort gab es Geistliche und Laien, Handwerker und Kaufleute, Adlige und Bettler. Die Gassen brummten regelrecht vor Leben. Nicht in den frühen Morgenstunden, doch sobald die Tore geöffnet worden waren. Katrin schlüpfte aus der schmalen Pforte und huschte die Gasse entlang.
Niemand war auf der Straße. Noch nicht einmal die Fuggerschen Mägde, die von allen am frühesten aufstehen mussten.

Sie füllte den Eimer, wartete eine ganze Weile auf Gesellschaft oder auf einen kleinen Plausch – doch niemand kam.
Endlich wurde es ihr zu bunt. Enttäuscht hob sie den schweren Eimer über die Brüstung.
»Darf ich der Jungfer zur Hand gehen?«
Katrin wäre beinahe der Eimer aus der Hand gerutscht. Florint stand vor ihr und hatte nach dem Wassereimer gegriffen und ihn sicher abgestellt.
»Was fällt Euch ein?«
»Immer das Beste«, antwortete der Kerl mit leisem Spott. Doch Katrin bemerkte sofort, dass er nicht verletzen wollte.
»Geht!«, giftete Katrin den Gesellen an. »Ich will Euch nicht sehen und nicht mit Euch reden.«
»Ich will aber. Ihr habt bei allen Erzengeln und Cherubinen und Seraphinen die Pflicht, mit mir zu reden. Es geht schließlich um meinen Vater.«
Wieder war die Scham da, die sie ergriffen hatte, als Florint von seinem Vater erzählt hatte.
Der Geselle umschlang mit beiden Händen den Griff und wollte den Eimer wieder zurück nach Hause tragen. Doch Katrin berührte leicht seinen Arm.
»Wartet«, sagte sie und fühlte ihren Mund trocken werden. »Ich wollte es Euch sagen«, flüsterte sie. »Ich wollte es wirklich. Vater hatte es mir verboten.«
Florint richtete sich auf und deutete zum Brunnenrand. Beide setzten sie sich darauf und ließen die Beine baumeln. Es war zwar nicht schicklich, dass sie als Meisterstochter mit dem Gesellen ihres Vaters allein hier beim Stadtbrunnen hockte, doch das störte sie jetzt nicht.
»Erzählt«, drängte er.
Katrin patschte in eine Pfütze, die sie mit der Spitze ihres Holzschuhs erreichen konnte. Wieder kämpfte sich der Schluckauf in ihrem Hals nach oben und brachte einen ganzen Sack voller Tränen mit.

»Ich weiß nichts«, begann Katrin und schlug die Hände vors Gesicht. »Wirklich. Nichts!«

»Ihr wusstet zumindest, dass mein Vater bei Euch gearbeitet hat«, sagte Florint. Seine Bemerkung ließ sie aufschluchzen.

»Er kam zu uns, kurz nachdem Vater diesen Auftrag erhielt. Auf dem Weg nach Süden sei er, hatte er erzählt, doch dann blieb er bei uns und arbeitete mit Vater an dieser ... dieser ...«

»Maschine?«, half ihr Florint weiter.

Katrin nickte. »Vater wusste nicht, wie er das Problem der Planetenbewegung lösen sollte. Da hat er Meister Deroubaix hinzugezogen. Sie kannten sich. Waren sich schon einmal begegnet. Ich habe nie erfahren, wo das war. Vielleicht auf der Walz.« Florint drängte sie nicht. Womöglich war er doch nicht der Grobian, für den sie ihn gehalten hatte. Jetzt fand sie ihn sogar einfühlsam und nett. »Sie haben eine Lösung gefunden, eine Lösung, die alles auf den Kopf gestellt hat, was bislang gedacht worden war. Das jedenfalls hat Vater so gesagt. Doch dann wollte er nicht mehr daran weiterarbeiten. Alles sei ein Werk des Teufels und Ketzerei, hat Vater plötzlich verkündet. Ich glaube aber, er hat Angst bekommen. Vielleicht ist er bedroht worden. Meister Deroubaix dagegen war weiter von der Idee fasziniert. Er hat sogar versucht, mich gegen meinen Vater auszuspielen.«

»Euch?«

Florint klang eine Spur zu ungläubig. Trotzig wischte sich Katrin die Tränen von den Wangen und fuhr fort.

»Ich kann aus der Hand lesen. Ich habe Kenntnisse in der Erstellung von Horoskopen. Er sagte mir, mit der neuen Maschine könne man bessere Horoskope anfertigen, könne man genauer arbeiten als mit den alten Tabellen der Planetenbahnen. Nur er allein wisse, wie man die Maschine baue und sie in Bewegung halte. Nur er allein. Doch dafür müsse er ungestört daran arbeiten dürfen.«

Florint nickte und presste die Lippen aufeinander.

»Etwas Ähnliches habe ich auf den Zeichnungen gesehen«, betonte Florint. »Eine eher unscheinbare Federwicklung sollte aufgezogen werden und irgendwelche Sphären über einen ausgeklügelten Mechanismus in Bewegung halten, lange in Bewegung. Wohl über zwölf Stunden Drehung sollten dabei herauskommen.«

»Ich weiß nicht, ob es der Wahrheit entsprach, doch ich habe ihm gezeigt, wo die Maschine nachts steht.«

»Die Maschine habe ich gesehen!«, rutschte es Florint heraus, was er sofort bereute, denn er schlug eine Hand vor den Mund, als müsse er das Plappermaul eigens festhalten.

Ein Seitenblick und ein Stirnrunzeln Katrins verrieten ihm, dass er das Falsche gesagt hatte.

»Den Samtkasten? In der hinteren Werkstatt? Du hast ihn gesehen?«

»Zufällig stand die Tür auf.«

Katrin sah ihn ernst an. »Du hättest es nicht tun dürfen. Du hast das Vertrauen meines Vaters und meines missbraucht.« Ein wenig spöttisch fügte sie hinzu: »Für den Herrn Dieb werde ich sie an einem anderen Ort verbergen müssen …«

Florint sprang auf, verhakte sich in einer Bodenritze und schlug flach hin. Katrin grinste. Als sich Florint aufgerappelt hatte, trat er nahe an sie heran, so nahe, dass sie die Pickel auf seiner Nase sehen konnte.

»Ich bin kein Dieb! Meinem Vater haben die Zeichnungen und Beschreibungen gehört. Ihm, nicht Meister Buschmann!«

Katrin zuckte die Achseln und hüpfte jetzt ebenfalls vom Beckenrand herab.

»Spielt das eine Rolle? Er hat sie hiergelassen. Bringt die Papiere zurück! Sofort!«

»Wenn Ihr mir sagt, was mit meinem Vater geschehen ist!«

Florint nahm den Eimer auf. Katrin ging zwei Schritte voraus. Sie wollte ihn nicht kränken, wusste jedoch nicht, was sie sagen sollte. Sie drehte sich nach einigen Schritten zu ihm um und sah ihm in die Augen, ohne ein Wort zu sagen. Ihre Wangen flammten hitzig, was Katrin der Erregung zuschrieb, mit der sie die Rückgabe der Papiere verlangte.

»Ich weiß es nicht«, sagte sie leise. »Eines Tages war er verschwunden. Einfach so.« Sie wandte sich zum Gehen. Bevor Florint den Eimer erneut absetzte, ergänzte sie: »Vater weiß sicher mehr darüber.«

»Hat er den Mechanismus in Gang gebracht?«, keuchte Florint, der den vollen Eimer mehr zog als schob, so schwer war er.

Katrin schüttelte den Kopf. Was durfte sie verraten, was nicht? Durfte sie ihm sagen, dass ihr Vater seither beinahe jede Nacht über dem Problem saß, wie die Maschine zum Laufen gebracht werden könnte?

»Sie funktioniert nicht, hat sich bislang keinen Zentimeter gerührt. Niemand kann sie in Bewegung setzen.«

Katrin lauschte in Richtung Werkhof. Dann beschleunigte sie ihren Schritt und lief auf das Tor zu, das nur einen Spalt breit offen stand. Florint beeilte sich. Bereits am Tor empfingen sie Lärm und Geschrei.

KAPITEL 16 Florint stellte ihr den Eimer vor die Beine und rannte an ihr vorbei durch das Tor in den Innenhof. Unschlüssig trat auch Katrin näher, blieb jedoch vor der Toröffnung stehen. Plötzlich schraubte sich die Stimme ihres Vaters in eine Höhe, die ihr selbst bei seinem cholerischen Charakter ungewöhnlich vorkam. Schrill klang sie in ihren Ohren, zu hoch, als wäre ihr Vater nur verärgert.

Katrin wollte eben das Tor ganz öffnen und in den Innenhof spähen, um zu erkunden, was sich dort abspielte, als die Tür aufgerissen wurde und Gaßner herausgestürmt kam. Ein Schwall Verwünschungen jagte hinter ihm drein. »Teufelsbrut und Satansdiener!«, schrie eine Stimme, in der sie die des Vaters zu erkennen glaubte. »Ihr Wegbereiter des Antichristen, ihr Teufelsschwänze!« Unchristliches, Höllisches scholl ihr entgegen. Vor diesen Verwünschungen wäre sie auch geflohen. Gaßner stieß mit ihr zusammen, stockte kurz und jagte dann an ihr vorüber, zornrot im Gesicht. Erst als er einige Fuß von ihr entfernt war, schien er ihre Gegenwart wahrzunehmen, sich zu besinnen und kehrte um.

»Sagt Eurem Vater, dass ich mir das nicht bieten lasse. Ich habe für diesen Auftrag bezahlt. Ich will Ergebnisse sehen. Sagt ihm, er wird von mir hören. So springt man nicht mit einem Kaufherrn dieser Stadt um! So nicht! Dieses Scheusal wird nicht die Oberhand gewinnen.«

Gaßner war ganz außer Atem. Irritiert reagierte Katrin auf die Wortwahl.

»Mein Vater ist kein Scheusal«, begehrte sie auf, doch Gaßner winkte einfach ab, drehte sich um und lief mit großen Schritten die Gasse hinauf in Richtung Oberstadt. Seine Arme bewegten sich wie Windmühlenflügel, seine Schaube spreizte sich, sodass er aussah wie eine Krähe, die auf einem Feld landete.

Die Stimme ihres Vaters klang weiter überlaut, doch unverständlich. Für Katrin schien es besser, ein wenig zu warten, bis der Zorn verflogen war und sich das Blut wieder beruhigt hatte.

Sie lief zum Wassereimer, der mitten auf der Straße stand, und schleppte ihn bis vors Tor. Jetzt ärgerte sie sich darüber, dass sie ihn bis oben gefüllt hatte. Sie wartete noch eine Weile, bis zwischen den Mauern Ruhe herrschte, dann drückte sie den Flügel nach innen und betrat langsam den Innenhof.

Die Stille irritierte sie. Wie ein Leichentuch lag sie über dem Hof. Ihr Vater war verstummt, Florint nirgends zu sehen. Sie wuchtete den Eimer bis vors Haus. Dort setzte sie ihn ab, atmete schwer. Dann sah sie sich um. Alles war wie immer.

Die Tür zur Werkstatt war angelehnt und aus der Tür … Sie musste zweimal hinsehen, um es glauben zu können. Die Sinne täuschten, das wusste sie sehr wohl. Die Augen logen, ließen die Dinge größer oder kleiner erscheinen, gaukelten Kurven vor, wo mit dem Maßstock gezogene Linien lagen, doch dass sie einen Arm sehen ließen, wo keiner sein durfte, war ihr neu. Katrin raffte den Rock und sprang über den Hof zur Werkstatt. Dort ragte im Spalt zwischen Tür und Zargen der Arm in den Hof hinaus, der sie verstörte, so unnatürlich verrenkt und krumm, dass ihr das Herz bis in den Hals schlug. Florint, dachte sie kurz. Hoffentlich war ihm nichts geschehen.

Je näher sie kam, desto deutlicher wurde ihr, dass dieser Arm nicht von Florint stammen konnte.

Als sie an der Werkstatttür angelangt war und diese aufriss, erstarrte sie mitten in der Bewegung. Florint kniete am Boden. Mit der einen Hand stützte er den Nacken ihres Vaters, aus dessen Mundwinkel ein feiner Faden Blut floss. Mit der anderen hielt er ein Messer am Griff fest, das im Bauch des Vaters steckte.

»Papa! Papa!«

Katrin stieß einen schrillen Schrei aus, wiederholte ihn wieder und wieder, konnte gar nicht mehr aufhören, während Florint den Messergriff festhielt. Sein Hemdsärmel war dunkel vor Blut. Mit einem flehenden Blick, der alles bedeuten konnte, sah Florint zu ihr auf und schüttelte kurz den Kopf.

Meister Buschmanns Lippen bewegten sich. Katrin kniete nieder, legte ihr Ohr an den Mund des Vaters und versuchte dem Blubbern, das von Blutbläschen und einem feinen Gerinnsel begleitet wurde, Worte zu entnehmen. Doch sie hörte nur noch ein Röcheln und blickte in erlöschende Augen.

Plötzlich fuhr Katrin auf, wankend, als hätte sie keinen festen Boden mehr unter den Beinen, taumelte gegen die Tür.

»Mörder!«, sagte sie zuerst leise, dann immer lauter werdend, »Mörder! Mörder! *Mörder!*«, bis hinauf in die höchsten Tonlagen.

Florint legte den Kopf seines Meisters, der wie ein loses Pendel nach unten wegkippte, auf die Dielenbretter. Mit einem Flehen in den Augen sah er zu ihr hoch.

»Ich habe ihn so gefunden!«, beteuerte er. »Es war noch jemand hier!«
Er deutete auf einen Fetzen Stoff, den ihr Vater in der Hand hielt. Grober Stoff. Gräulich und schmutzig.
Katrin sah nur rot. Die Welt war rot. Ihr Herz pumpte rote Flüssigkeit in ihre Augen, die wie Regenwasser an den Innenseiten ihrer Augen hinablief und alles mit einem rötlichen Schleier vernebelte. Sie fühlte sich wie in einen Ballen Wollstoff gepackt und weit von dieser Welt entfernt. Erst die Hände, die sie an der Schulter berührten, brachten sie wieder zu sich.
Florint stand neben ihr, und sie bemerkte, wie ihre Stirn gegen seine Schulter drückte, wie er ihre Schultern hielt und wie sie weinte.
Wie vom Teufel gepackt, stieß sie Florint von sich.
»Wag es nicht!«, keuchte sie. »Lass mich los.«
Ihr Blick konnte diese Welt nicht recht fassen. Sie verschwamm vor ihren Augen und löste sich in Schlieren und Schleier auf. Ihr Vater, der ihr zu Füßen lag, war nicht mehr als ein Fleck in Rot. Katrin fühlte, wie der Schmerz ihr den Magen zusammenpresste, wie sich ihr Ekel vor diesem Gesellen mit dem süßlichen Geruch des Blutes mischte, der vor ihr aufstieg, und dann konnte sie sich nur noch umdrehen, und es brach unvermittelt aus ihr heraus.
Florint strich ihr über den Rücken, so viel fühlte sie, doch sie war nicht in der Lage, sich zu wehren.
Doch plötzlich ließ er sie stehen und sprang davon. Katrin hinderte das Würgen und Krampfen in ihrem Magen, ihm nachzusehen oder zu folgen.
Florint floh – und sie war nicht in der Lage, dem Mörder ihres Vaters nachzusetzen. Es war das Einzige, was sie denken konnte. Ihr Magen zwang sie, sich zu beugen.
Als sich ihr Körper beruhigt hatte, fiel ihr Blick auf ihren Vater. Die Wangen bleich, blutleer. Eine Hand hatte er um das Messer gelegt, das bis ans Heft in seinem Bauch verschwunden

war. Seine Augen sanken in die Höhlen zurück und bildeten merkwürdige Vertiefungen. Sein Herz schlug noch, denn aus dem Mund pumpte es einen dünnen rötlichen Speichelfaden, doch der Blick richtete sich leer in die Wolken über dem Hof, als hoffe er, dort etwas zu finden.

Katrin kniete sich wieder neben ihren Vater, nahm die freie Hand, die sich um einen dieser Lumpen schloss, mit denen ihr Vater sich in der Werkstatt die Hände säuberte.

»Vater«, flüsterte sie, doch der Mensch, der neben ihr lag, antwortete nicht mehr. »Vater!«

Sie unterdrückte die Tränen, die sich erneut in ihren Augen sammelten. Sie wollte das Bild in sich aufnehmen, es nicht durch einen Tränenschleier verwischen. »War es Florint, Vater? Sag es mir, bitte, sag mir, wer das getan hat!«

Doch die Hand des Vaters lag kraftlos und leblos in der ihren. Kein Druck, keine Bewegung war darin mehr zu spüren. Achtlos nahm Katrin den Stofffetzen an sich, der sich jetzt mühelos aus den Fingern Meister Buschmanns lösen ließ, und steckte ihn in ihren Ausschnitt. Es war die letzte Botschaft des Vaters.

Ihre Lippen zitterten.

»Wo ist Florint?«, entfuhr es ihr. »Wo ist der Kerl?«

Ein Rascheln und Stampfen hinter ihr ließ sie herumfahren.

»Er ist geflohen, was sonst?« Das harte Lachen und die kehlige, wortungewohnte Sprache gehörten Wolfhart. Er hatte sich auf einen Besen gestützt und war, weiß wie der Schnee des scheidenden Winters, auf den Hof hinausgehumpelt. Sein Gesicht war von Schmerz und Hass ganz zerstört.

Katrin setzte sich neben ihren Vater auf die Dielen, hielt weiter diese Hand, die nur noch ein Klumpen totes Fleisch war und dennoch ihrem Vater gehörte.

»Warum? Warum flieht er?«

Ihr schien die Frage selbst unsäglich, denn die Antwort musste sich hier finden, neben ihr, doch sie fühlte, dass das Denken in ihrem Kopf derart durcheinanderlief, dass sie sich nicht zu konzentrieren vermochte.

»I hab ihn g'sehen!«, sagte Wolfhart. »Er war's.«

Katrin glaubte, eine Faust schiebe sich in ihre Kehle und drücke ihr die Luft ab. Florint war der Mörder. Florint hatte den Vater ... warum Florint? Warum gerade er?

Ein Geräusch ließ sie aufhorchen. Ein Schleichen, Tappen, Rascheln. Alles konnte sie im Augenblick gebrauchen, nur keine Heimlichkeiten. Sie fuhr herum und sah in das von Sorge und Mitleid wie verzerrt wirkende Gesicht eines Mönchs.

»Ich werde den Unhold suchen lassen und seiner gerechten Strafe zuführen!«

Jetzt erst erkannte sie ihn. Die Worte stammten von Pater Eginald, dem Dominikaner, der sich angeschlichen hatte wie ein Dieb. Sein Habit aus weißem und schwarzem Stoff bauschte sich, als er niederkniete, dem Sterbenden die Hand auf die Stirn legte, Gebete murmelte und dem Toten endlich die Augen schloss.

»Gehe hin in Frieden!«, murmelte er und schloss für einen Moment des Innehaltens die Augen.

Katrin war sprachlos. Wo kam der Mönch her? Was wollte er hier?

Doch sie bekam nicht die Zeit, darüber nachzudenken, denn abrupt wandte sich Pater Eginald an sie und sah sie durchdringend an.

»Ich verständige die Stadtschergen!«, sagte er nur, erhob sich und eilte zum Tor. Katrin blickte hinter ihm her und streifte dabei den fiebrigen Blick Wolfharts, der im Gesicht wie mit Kalk beworfen aussah, kreidebleich und mit Schweißperlen bedeckt. Seine Wangenmuskeln zuckten, als er wie sie hinter dem Mönch hersah. »Er wär besser hiergeblieben, der Dummkopf!«

Der Stofffetzen zwischen ihren Brüsten kratzte scheußlich.

KAPITEL 17 Während Florint hinauf zu St. Ulrich und Afra lief, versuchte er sich zu erinnern, was genau geschehen war. Er war in den Innenhof gelaufen, hatte das Geschrei gehört, hatte drei Männerstimmen vernommen, die ihm aus der Werkstatt entgegenschallten. Drei waren es gewesen. Da war er sich ganz sicher. Drei.

Doch wer war die dritte Stimme? Sie war ihm zu wenig vertraut und dennoch nicht unbekannt gewesen. So glaubte er jedenfalls.

Als er vor der Tür gestanden hatte, hatte er seinen ersten Fehler begangen. Er war stehen geblieben und hatte dem Streit gelauscht, statt in den Raum zu treten und sich zu zeigen. Die Stimme Gaßners war ihm sofort aufgefallen, dieser kollernde Bass, der durch die Werkstatt rollte.

Er sei keine Milchkuh, hatte dieser gewettert. Wo das Manuskript sei, hatte er gefragt, schließlich wäre dies der wertvollste Teil der Maschine. Wenn er, Meister Buschmann, nicht fähig sei, wenn es seine Künste übersteige, aus diesem Blatt ein wirkungsvolles Instrument zu bauen, müsse er, der Kaufmann, der auf das Geld ebenso zu schauen habe wie auf den Gewinn für die Wissenschaft, eben die Konsequenzen ziehen und alles, Maschine und Manuskript und Meister, nach Italien schaffen, genau genommen nach Venedig. Dort werde man dem Geheimnis schon auf die Spur kommen.

Die dritte Stimme hatte sich nur einmal eingemischt. Das Manuskript müsse verbrannt werden, forderte sie, die Maschine dürfe niemals gebaut, geschweige denn öffentlich gezeigt werden. Wer solches unternehme, begebe sich auf ein gefährliches Seil und drohe abzustürzen. Wenn Meister Buschmann das eigene Leben und das seiner Tochter lieb sei, dann gebe er dieses Unterfangen auf und händige das Manuskript aus. Am besten sofort. Und am besten an ihn. Er sei der einzig sichere Gewährsmann dafür. Auf Ketzerei stehe der Tod – und der habe ihm bereits die Hände auf die Schultern gelegt, zur Mahnung.

Florint verbot sich den Gedanken, der sich ihm aufdrängte. Obwohl er die Person niemals gesehen hatte, ahnte er, wer es gewesen sein konnte. Aber das war unmöglich. Geistliche mordeten nicht, sie ließen morden. Und dann war da noch der zweite Teil des Gesprächs, der dagegenstand.

Sein Meister hatte dazwischengewettert, das sei eine Unverschämtheit, was sich hier alle herausnähmen. Schließlich habe er den Auftrag von der Signoria erhalten, und er gedenke ihn auszuführen. »Und wer glaubt, ich werde das Eigentum eines guten Freundes auf dem Markt verscherbeln, der irrt sich.«

Damit, hatte Florint geglaubt, sei der Streit beendet gewesen. Womöglich hatte Meister Buschmann danach den hinteren Raum geöffnet und nach dem Manuskript gesehen. Die Ruhe hatte ihn jedenfalls dazu veranlasst, weiter zu warten. Urplötzlich hatte sich ein wütendes Geschrei erhoben, und Gaßner war wutentbrannt herausgestürmt und hatte ihn beinahe umgerannt.

»Euch pack ich mir!«, hatte er wütend über die Schulter in die Werkstatt hineingeschrien und war zum Tor hinaus. Danach gab es nicht einmal mehr Lärm. Kein Stuhl, der zerbarst, kein Schrei, kein Stöhnen, kein weiterer Wutausbruch. Als hätte sich der Inhaber der dritten Stimme verflüchtigt.

Als Florint dann zur Tür gelaufen war, um nach dem Meister zu rufen, war er über den Verletzten gestolpert. Sein Erstaunen war grenzenlos, denn niemand befand sich mehr im Raum. Kein dritter Mann. Nur der Instrumentenbauer lag am Boden und hielt sich das Messer, das ihm bis ans Heft in den Unterleib gedrungen war.

Er hatte versucht, es aus dem Körper herauszuziehen, doch sein Meister hatte nur den Kopf geschüttelt und dafür versucht, ihm etwas mitzuteilen. Florint hatte ihn nicht mehr verstanden, und so war sein Meister vor seinen Augen verblutet, gerade als Katrin hinzugetreten war …

Florint blieb stehen und horchte auf den Glockenschlag der

Kathedrale. Kurz vor sieben Uhr. Wenn er sich beeilte, dann würde er Bruder Veit noch vor dem Choralamt erreichen. Beichten wollte er, beichten, dass er unschuldig war und nichts getan hatte, was zum Tod seines Meisters beigetragen hatte. Zumindest ein ehrlicher Mönch sollte es wissen, bevor die Häscher ihn von der Straße holten.

Wer war noch im Raum gewesen? Wer nur? Wer?

Völlig außer Atem erreichte er die Klosterpforte und hämmerte wie wild dagegen. Doch er hätte es wissen müssen. Selbst irdische Drangsal hatte sich dem Zeitplan des Konvents unterzuordnen. Statt dass jemand aus der Pforte stürzte, um ihn in den Schutz der Kirche aufzunehmen und seine Sorgen und Nöte anzuhören, rührte sich gar nichts. Verzweifelt hämmerte Florint gegen das altersgraue Holz. Doch hinter der Tür blieb es totenstill. Niemand nahm sich seiner an. Verzweifelt ließ er sich auf der Schwelle nieder, um zu warten. Doch lange hielt es ihn dort nicht.

Bestimmt hatte Katrin inzwischen bereits die Schergen auf ihn gehetzt. Seine Schuld war von ihren Augen so deutlich abzulesen gewesen, als wäre sie dort eingraviert worden. Florint sprang auf, ließ von der Pforte ab und eilte hinüber zur Kirche. Dort war er vorerst sicher. Niemand würde ihn in einem Gotteshaus verhaften. Er versuchte, nicht gehetzt zu wirken, als er sich in den Strom der Gläubigen einreihte, die in den Kirchenraum strömten.

Weihrauchduft empfing ihn, der Geruch herabgebrannter Kerzen, heißes Wachs und der Gestank ungewaschener Leiber. Er zwängte sich an den Honoratioren vorbei, beobachtete die pelzverbrämten Mäntel der Fugger, die weichen Samtstoffe, die den Welsern über die Schultern hingen, oder die dunklen Farben, in die sich die Langenmantel wickelten. All das vermischte sich mit dem Dunst der Andacht zu einem beinahe körperlich fühlbaren Gemenge. Florint drückte sich hinter einen der Pfeiler, die schlank und hoch die mächtig aufragende Kuppe trugen.

Selbst die Wände und Pfeiler strömten etwas wie Schweiß aus, die Feuchtigkeit des Baus, der selbst nach mehreren Jahrzehnten der Fertigstellung in den Mauern saß und sich in die Menge hineinverströmte.
Eben verstummten die Glocken, und die Mönche zogen mit Gesang in die Kathedrale ein. Zwar hörte er sie, doch den Altarbereich konnte er nicht einsehen. Der Lettner versperrte ihm den Blick nach vorn. Das hatte er nicht bedacht. So konnte er Bruder Veit weder sehen noch erreichen. Verzweiflung schlug über ihm zusammen.
Florint verschränkte die Hände vor seinem Körper, senkte den Kopf und ließ sich von den Melodien mittragen, ließ sich erheben vom Klang der Männerstimmen, ließ sich durch Raum und Zeit tragen, wollte im Augenblick nicht darüber nachdenken, was geschehen war, wollte nicht wissen, was geschehen würde. Er wollte in der Gegenwart verbleiben, ohne einen Gedanken an die Vergangenheit, ohne einen Gedanken an die Zukunft.
In dieser Sphäre aus Zeitlosigkeit wäre Florint gern verblieben, doch seine Muße wurde abrupt gestört, als sich ein Mönch neben ihn drängte. Allein der Weihrauchgeruch, der dem Habit entströmte, sagte ihm, wer es war.
»Habt Ihr mir etwas zu beichten, mein Sohn?«, flüsterte der Dominikaner.
Wie habt Ihr mich gefunden, wollte Florint fragen. Woher wisst Ihr, dass ich Schuld auf mich geladen habe und nach einer Absolution verlange? Ihm entfuhr jedoch eine ganz andere Frage.
»Was wollt Ihr von mir?«
»Folgt mir«, sagte der Mönch nur und winkte ihm mit dem Kopf. Dann wandte er sich um und schritt auf einen der Beichtstühle zu, die in die Rückwand eingelassen waren.
Florint folgte ihm. Wenn er in den letzten Wochen etwas gelernt hatte, dann den Respekt, den man den Dominikanern

zu schulden hatte. Wer sich ihnen gegenüber widerspenstig zeigte, verschwand in den Hexenlöchern.
Der Mönch betrat den Beichtstuhl und zog den Samtvorhang zu. Florint kniete sich auf das Bänkchen davor.
Die Beichtformel war schnell gesprochen.
»Erzählt!«, forderte ihn der Mönch auf.
»Was wollt Ihr denn hören?«, bohrte Florint nach. »Ich habe nichts zu verbergen.«
»Oh, wirklich nicht? Man sagt, Meister Buschmann wäre mit einem Messer erstochen worden. Und seine Tochter beschuldigt Euch, den tödlichen Stoß ausgeführt zu haben. Ich habe mit ihr gesprochen, und sie hat mich beauftragt.«
»Sie hat was?«
Florint musste erst einmal tief einatmen und versuchte, durch das Gitter des Beichtstuhls hindurch das Gesicht Pater Eginalds zu erkennen. Doch der blickte nur geradeaus.
Florints Mund war plötzlich so trocken, dass er kein Wort mehr hervorbrachte. Langsam drückte er sich aus dem Beichtstuhl. Auf geweihtem Boden würde der Dominikaner nichts gegen ihn unternehmen. Doch er wollte es nicht darauf ankommen lassen. Er durfte nicht hierbleiben.
»Sie hat Euch des Mordes beschuldigt«, sagte der Dominikaner mit einer Stimme, als würde er nach einem Buch verlangen, gleichgültig und ohne das geringste Gefühl zu zeigen.

KAPITEL 18

Katrin saß in der Wohnstube und starrte gegen die leere Wand, bis ihr die Augen tränten. Wenn sie die Lider schloss, sah sie Florint vor sich, wie er ihrem Vater das Messer in den Bauch trieb. Ihre Lippen zitterten. Eigentlich konnte sie nicht glauben, was sie gesehen hatte, dennoch konnte sie das, was sie gesehen hatte, nicht leugnen.
Vor dem Leichnam des Vaters brannten zwei Kerzen, am Kopfende stand das Kreuz. Sie hatten den Vater gewaschen und mit

Hilfe des Dominikaners aufgebahrt. Er lag auf einem einfachen Holzbrett. Zwei Tage würde Vater im Haus liegen, damit die Verwandten und Freunde von ihm Abschied nehmen konnten, dann würde er zu Grabe getragen werden.

Niemand wusste, wo sich Florint aufhielt. Nur Pater Eginald, der wie ein Gespenst aufgetaucht war und ihr seine geistliche Hilfe angeboten hatte, hatte gespottet: »Der Junge wird früher oder später verhaftet und in die Hexenlöcher hinterm Rathaus gesperrt werden.« Doch wann dies sein würde, ließ er offen.

Sie mochte diesen schmierigen Menschen zwar nicht, der sie nie ansah, sondern immer nur an ihr vorbei, als suche er hinter ihr etwas, doch im Augenblick war ihr jegliche Unterstützung recht. Vater hatte zwar Geschwister in der Stadt, doch die Brüder waren seit Jahren untereinander zerstritten. Von ihnen war keine Hilfe zu erwarten. Die Zunft werde Leich und Festschmaus übernehmen, hatte ihr der Dominikaner versichert; er sorge dafür.

Nächste Woche, hatte er ebenfalls erzählt, würde der Stadtvogt kommen und Halsgericht halten. Wenn sie wolle, würde er gegen Florint aussagen. Er habe ihn längst im Verdacht gehabt, so wie der Kerl durch die Stadt geschlichen sei. Ein Verbrecher, das habe er auf den ersten Blick gesehen, ein unehrliches Subjekt, ein Herumtreiber und Ketzer.

Katrin hatte ihn aus dem Haus geschickt und beobachtet, wie der Dominikaner beim Weggehen die Tür zur Werkstatt geprüft hatte, als wollte er sich vergewissern, ob sie tatsächlich verschlossen war.

Katrin stützte das Gesicht in die Hände. Sie verstand das alles nicht. Was konnte Florint nur dazu veranlasst haben, ihrem Vater das anzutun? Warum bemühte sich der Dominikaner so um sie? Das Interesse des Menschen am Menschen sei durch zweierlei begründet, hatte Vater einmal gesagt. Einmal durch das Interesse an der Person selbst. Sei es durch Zuneigung wie bei Mann und Frau, Mutter und Kind, Arzt und Patient. Zum

anderen jedoch durch den Vorteil, den man sich vom anderen erhofft. Diese beiden Möglichkeiten gäbe es, nichts sonst.
Da sie am Verhalten des Dominikaners ihr gegenüber keine Zuneigung erkennen konnte, musste sie annehmen, dass er sich einen Vorteil von ihr erhoffte. Natürlich.
Katrin hielt es nicht mehr auf ihrem Stuhl. Sie trat neben ihren Vater, dem sie die Totenwache hielt, flüsterte »Verzeih!« und schlüpfte dann aus der Tür und hastete die Treppe hoch in Florints Zimmer unterm Dach.
Als sie den Raum betrat, wusste sie, dass sie Recht behalten hatte. Die Papiere, die Florint aus der hinteren Werkstatt entwendet hatte, lagen noch verstreut auf dem Boden. Sie bückte sich und betrachtete die Blätter genau. Es waren allesamt Konstruktionen der Horoskopmaschine, an der ihr Vater gearbeitet hatte. Doch die Schrift der fünf Bögen war unleserlich, geheim.
»Jungfer Katrin?«
Katrin schrak auf. Das war Wolfhart. Er stand unten an der Treppe und rief zu ihr hoch. Sie wollte bereits antworten, ließ es dann jedoch. Er sollte nicht glauben, sie stöbere in fremden Sachen herum.
»Seid Ihr oben, Jungfer Katrin?«
Der Altgeselle ließ nicht locker. Hatte er sie gehört? Sie stand starr wie eine Statue. Wagte nicht auch nur einen Schritt aus Furcht, die Dielenbretter könnten knarren.
Wolfhart räusperte sich unten, dann begann er sich langsam und unter größten Mühen die Treppe hochzuziehen. Er kam nur langsam vorwärts. Jeder Schritt musste ihm unerträgliche Schmerzen bereiten.
Katrin schlug das Herz an den Schläfen so stark, dass sie für einen Moment glaubte, taub zu werden. Wenn Wolfhart sie hier oben sah, konnte es Gerüchte geben. Sie traute ihm nicht. Unsicher sah sie sich im Raum um. Wohin könnte sie schlüpfen, wo sich verstecken? Das Bett war so niedrig, dass sie nicht

darunterpasste. Einen Schrank gab es nicht, die Truhe war zu klein. Katrin fühlte, wie Furcht ihr die Luft abschnitt und bis in die Schläfen hinein pochte. Wie huschende Lichter durchzuckten ihre Blicke den Raum, bis sie die einzige Möglichkeit entdeckte, die es hier oben gab. Zwischen dem Kaminabzug und der Schindeldeckung war ein Spalt frei geblieben. Breit genug, um dazwischenzuschlüpfen. Florint hatte ihn mit einem Tuch verhängt, das bis zum Boden reichte.

Wolfhart schnaufte bereits hörbar auf der Treppenmitte, eilte sich jedoch nicht. Sie konnte sich den schwitzenden, das Gesicht vor Schmerz verziehenden Altgesellen gut vorstellen.

Einer Eingebung folgend huschte sie von ihrem Platz weg in Richtung Bett, schob die Blätter zusammen, presste sie an sich und lief zum Kaminspalt. Die Diele knarzte unter ihrem Gewicht.

»Jungfer? Seid Ihr doch hier oben?«, knurrte Wolfhart. Es klang nicht freundlich, eher wie eine Drohung.

Katrin trat an den Spalt und versuchte, sich eine Hand voraus hineinzuzwängen. Die Papiere störten, doch sie wollte keines davon zurücklassen. Es war das Vermächtnis ihres Vaters. Er hatte sie vor fremden Blicken verborgen gehalten. Niemand sollte sie sehen dürfen. Gerade Wolfhart nicht. Sie drückte sich in den Winkel, schob sich Handbreit für Handbreit tiefer und blieb erst ruhig liegen, als die Tür durch Wolfharts Krücke aufgestoßen wurde und gegen die Rückwand flog.

»Jemand hier?«

Aus dem Augenwinkel heraus konnte Katrin das schweißnasse Gesicht des Gesellen erkennen. Blass und erschöpft und doch mit dem Anflug einer verschlagenen Gier, die sie noch niemals an ihm bemerkt hatte. Mit letzter Kraft zog er sich in den Raum, blieb stehen und lauschte in das Zimmer hinein. Katrin wagte es nicht, sich zu rühren, geschweige denn zu atmen. Wolfhart drehte sich um und schloss die Tür hinter sich.

»So, beim heiligen Markus, jetzt wollen wir doch mal sehen,

was der Deroubaix-Bankert hier wirklich gewollt hat«, murmelte er leise vor sich hin.
Katrin, die in ihrem Versteck auf dem Rücken lag und den Kopf nicht ganz drehen konnte, hörte, wie er die Truhe mit einem Dietrich öffnete. Er schlug den Deckel zurück und kramte in ihrem Inneren. Leise fluchte er und schloss sie wieder. Dann sah sie ihn sich setzen. Neugierig spähte er umher, stand auf, wanderte durch den Raum, blieb auch einmal ganz in ihrer Nähe stehen und steckte seinen Arm in die Lücke, in die sie gekrochen war. Doch bis zu ihr reichten seine kurzen Arme nicht, die zudem von der Krücke behindert wurden.
»Du bist ein schlauerer Fuchs, als ich mir gedacht hab«, sagte er. »Irgendwo muss das Pergament sein, verdammt.«
Wieder humpelte er durch den Raum.
Spelzen hatten sich vom Ried gelöst und rieselten auf sie herab. Ein feiner Regen aus kaum sichtbaren Strohfetzen schwebte durch die Luft und setzte sich auf ihrer Nase und in ihrem Gesicht ab. Unerträglich juckten die Fasern und bissen sie in die Nase. Katrin versuchte, nicht an das Kitzeln und Jucken zu denken, sondern beobachtete den Gesellen weiter. In ihrem Kopf rumorte es. Woher kannte er Florints Namen?
Wolfhart stöberte in jedem Winkel, drehte jedes Kleidungsstück um, durchwühlte das Bettzeug und hob sogar mühsam die Truhe an, um darunterzuschauen. Schließlich ließ er sich auf das Bett fallen.
»Ich weiß, dass du die Pläne hast, Kerl. Ich werde sie finden.«
Das Papier auf Katrins Brust wurde regelrecht heiß, als Katrin bewusst wurde, was der Geselle suchte.
»Erschlagen hätte er dich sollen!«, fauchte Wolfhart unwillig, und Katrin durchzuckte es heiß, weil ihr die Bedeutung dieses Satzes erst langsam bewusst wurde.
»Jemand im Haus?«, polterte von unten eine Stimme.
Gaßner!, durchzuckte es Katrin.
Wieder hörte sie Wolfhart fluchen.

»Warte, Kerl, ich werde herausfinden, was du hier wirklich gewollt hast«, knurrte er für sich.

Katrin sah von ihrem Versteck aus, wie er einen letzten Blick über das Zimmer wandern ließ, dann humpelte er zur Tür, öffnete sie mit seinem Stock und schleppte sich hinaus.

»Ich komme!«, rief er die Treppe hinunter. »Einen Moment.« Dann humpelte er hinunter.

Katrin zwängte sich aus dem Spalt. Sie war mit feinem Spelzenstaub bedeckt. Aus ihrem Haar stob der Schmutz, wenn sie es schüttelte. So konnte sie Gaßner unmöglich entgegentreten. Sie schüttelte ihr Haar aus, strich sich das Überkleid glatt, wischte und klopfte so leise wie möglich und hoffte, dass niemand bemerkte, wie schmutzig sie sich gemacht hatte. Zuletzt faltete sie die fünf Bögen zusammen und steckte sie sich von oben in ihren Schnürleib. Dass die Blätter leicht auftrugen, sah nur, wer es wusste.

Katrin schlich zur Tür und spähte hinaus. Wolfhart war bereits auf der zweiten Treppe angekommen. Der Weg hinab gelang ihm mit seiner Verletzung besser. Er unterhielt sich schon mit Gaßner.

»Niemand da?«, fragte der, und Wolfhart antwortete ihm in seiner trockenen, kaum das Maul öffnenden Art, dass der Hausherr in der Küche sei. Wo die Tochter sei, wisse er nicht, doch mit Meister Buschmann würde Gaßner wohl wenig anfangen können.

Das solle er getrost ihm, Gaßner, überlassen, blaffte der Kaufmann ihn an, doch Wolfhart ließ sich nicht beirren und forderte den Kaufmann auf, ihm zu folgen. Jedenfalls, so der Geselle, sei es angebracht, die Dröhnstimme etwas zu mäßigen.

Gaßner verbat sich die freche Art, verstummte jedoch, als sie die Wohnküche betraten.

Ein »Mein Gott!« entfuhr ihm.

Katrin huschte die Treppe hinab und eilte, so schnell sie konnte, hinter den Männern her.

»Wo ist Jungfer Katrin?«

»Hier bin ich, wo sonst?«, sagte sie gelassen, als sie über die Türschwelle trat.

Gaßner drehte sich zu ihr um, und selbst Wolfhart fuhr herum, als hätte ihn der Teufel persönlich von hinten berührt. Katrin lächelte den beiden Männern schmerzlich entgegen.

»Gut, dass ich Euch sehe, Jungfer Buschmann«, säuselte Gaßner sofort. »Mein Beileid. Ich wusste nicht …«. Er deutete auf den Leichnam des Vaters. »Heute früh …«, murmelte er nur, vervollständigte den Satz jedoch nicht. »Was ist geschehen?«

Katrin hatte geglaubt, all ihr Leid bereits ausgeweint zu haben, doch die Bemerkung Gaßners machte ihr bewusst, dass sie keine Familie mehr besaß. Ihre Mutter war zusammen mit dem neugeborenen Brüderchen gestorben – und jetzt war auch noch ihr Vater tot. Ihre Lippen zitterten, als sie Gaßner ins Gesicht sah und reden wollte. Die Augen füllten sich mit Tränen, die sie nicht zurückhalten konnte.

Durch den Wasserschleier hindurch bemerkte sie, wie Wolfhart sie misstrauisch von oben bis unten musterte.

»Vater ist …«, sie stockte, schluckte, musste sich räuspern, »Vater ist ermordet worden. Kurz nachdem Ihr gegangen wart!«

KAPITEL 19 »Ihr werdet Geld nötig haben, Jungfer Buschmann.« Gaßner saß Katrin gegenüber. Er hatte die Beine übereinandergeschlagen, was eher merkwürdig aussah. Die schlanken Stecken seiner Schenkel ragten aus der pelzbesetzten Schaube wie Hopfenstangen. Sein Oberkörper floss über den Stuhl hinaus, während neben seinen Beinen noch ein zweiter Kaufmann hätte Platz nehmen können. »Die Zunft wird Euch dazu drängen, einen geeigneten Gesellen zu heiraten. Wolfhart vermutlich, wenn Ihr die Werkstatt weiterführen wollt. Euch bleibt nur die Möglichkeit«, er stand auf und trat ans Fenster. Dann zeigte er hinaus und ließ den Blick über den Hof schweifen, »das alles zu verkaufen und ins Seelhaus zu gehen – oder zu heiraten.«

Katrin blieb stumm. Nebenan lag die Leiche ihres Vaters aufgebahrt, und Gaßner hatte nichts anderes im Sinn, als über Geschäfte zu reden.

»Schämt Ihr Euch nicht, Gaßner?«, flüsterte sie. »Er ist noch nicht einmal begraben ...«

Weiter kam Katrin nicht, da sich Gaßner direkt vor sie hinstellte. Von oben blickte er auf sie herab.

»Ihr werdet bald feststellen, dass der Tod für manche Menschen kein Hindernis ist. Je länger Ihr wartet, desto geringer wird der Preis. Ich biete Euch für das Anwesen eine stattliche Summe.«

Katrin erwiderte den Blick kühl. Sie wusste genau, was Gaßner wollte. Um ihr Wohl ging es ihm nicht.

»Ich werde die Werkstatt behalten. Mein Vater hat sie nicht deshalb aufgebaut, damit Ihr sie aufkauft und schließen lasst. Ihr wisst, dass ich mich auf das Erstellen von Horoskopen verstehe. Damit kann ich mir selbst ein bescheidenes Einkommen sichern.«

Gaßner spielte mit den Fingern. Katrin beobachtete, wie er seine Finger nach hinten überdehnte, und befürchtete bereits, dass er sich vor lauter Nervosität und Heimlichkeit die Finger brechen würde. Zwar knackten die Fingergelenke, doch weiter geschah nichts.

»Verkauft mir etwas. Uhren, Räderwerke, was Ihr findet. Es soll Euer Schaden nicht sein. Ich mache Euch einen guten Preis.«

Jetzt ließ der Kaufmann langsam die Katze aus dem Sack. Katrin stand ebenfalls auf und drehte dem Kaufherrn den Rücken zu. Es widerstrebte ihr, mit ihm zu verhandeln.

»Das ist sicher überlegenswert. Ich werde Euch einige der Maschinen und Uhren verkaufen. Und ich erstelle Euch ein Horoskop. Ihr werdet es nötig haben für die nächste Reise nach Süden.«

Gaßner lachte dröhnend.

»An Euch ist eine Kauffrau verloren gegangen, Jungfer Buschmann. Wärt Ihr keine Frau, würde ich Euch in mein Geschäft aufnehmen.« Doch dann beugte er sich vor und stieß wie ein Habicht mit seinem Kinn in ihre Richtung. »Ihr wisst, dass mich nach der Maschine verlangt. Euer Vater hat daran gebaut – in meinem Auftrag.«

Jetzt drehte sich Katrin um. Sie blieb ernst, obwohl ihr nach Heulen zumute war, wenn sie daran dachte, dass um den Nachlass des Vaters gefeilscht wurde.

»Im Auftrag der Signoria Venedigs, Gaßner. Nicht in Eurem!«

»Verda...!«, fluchte der Kaufmann und setzte einen unflätigen Satz in Italienisch dazu, den Katrin nicht verstand. »Und wie wollt Ihr Euch an die Signoria wenden außer durch mich? Wollt Ihr etwa selbst über die Alpen reisen?«

»Dennoch hat Venedig den Auftrag erteilt.« Katrin versuchte ruhig zu bleiben, obwohl ihr die Knie weich wurden und ihr Herz so schnell schlug, dass die Stimme flatterte.

Gaßner ließ sich wieder in den Sessel fallen, legte die Hände flach aufeinander und presste die Spitzen der Finger gegen seine Stirn.

»Ihr seid hartnäckiger, als ich dachte. Ich weiß nicht, warum ich mit Euch feilsche. Also«, er öffnete die Hände, als wolle er sie in die Arme nehmen, »was wollt Ihr? Es kann nicht um Geld gehen. Ein Angebot wie das meine schlägt man nicht einfach aus.«

Katrin stand Gaßner gegenüber und wunderte sich, dass sie im Stehen beinahe so groß war wie der Kaufmann im Sitzen. Er war ein Sitzriese mit langem Oberkörper und kurzen Beinen. Beinahe hätte sie lauthals aufgelacht. Doch das Lachen machte einer grenzenlosen Trauer Platz, die sie über die Kante dieser Welt spülte und urplötzlich in eine dunkle Tiefe zog.

»Ich will ...«, konnte sie noch sagen, dann schwand der Boden unter ihren Beinen.

»Was ist, Jungfer Buschmann? Jungfer!«, hörte sie Gaßners

Stimme dröhnen, dann hatte sie sich wieder gefangen. Langsam wurde die Welt um sie her wieder hell. Aus dem Dämmerlicht schälten sich der Raum, das Gesicht des Kaufherrn, der sich sorgenvoll über sie gebeugt hatte, der Sessel. »Ihr seid plötzlich fahl wie der Tod geworden. Geht es Euch gut?«

»Ich habe nur …«, antwortete Katrin schwach, »… seit Vater … Ich sollte etwas essen«, sagte sie nur.

»Soll mir ein Befehl sein, Jungfer. Ich hole etwas zu essen, und Ihr überlegt Euch, wie wir uns hinsichtlich der Maschine einigen können.«

Noch bevor Katrin etwas erwidern konnte, verschwand Gaßner aus der Tür. Katrin schloss die Augen und wäre am liebsten eingeschlafen vor Müdigkeit und Erschöpfung. Doch die Gedanken wirbelten in ihrem Kopf herum und verwirrten sie nur noch mehr.

Durfte sie die Horoskopmaschine verkaufen? An Gaßner verkaufen? Musste sie nicht vielmehr gerade jetzt an sich denken, an ihre Zukunft? Mit der Horoskopmaschine konnte man Horoskope noch genauer erstellen als zuvor, hatte Meister Deroubaix gesagt. Völlig neuartig sei sie. Wenn sie funktionierte, dann, hatte er geheimnisvoll hinzugesetzt, dann könnte man sogar einen Blick in die Zukunft werfen. Was würde sie im Augenblick dafür geben, auch nur eine Woche in die Zukunft blicken zu können.

Ein Stock klackte auf der Treppe. Wolfhart. Er war von Gaßner hinausgeschickt worden und nach oben gegangen, nachdem der Kaufmann ihr kondoliert hatte. Jetzt wagte er sich wieder zu ihr ins Zimmer.

Katrin blieb sitzen, öffnete nur die Augen einen Spalt, damit sie erkennen konnte, wann der Geselle den Raum betrat. Sie hatte ihn früher nicht gemocht, doch seit er Florint mit seiner Beschuldigung dem Henker ausgeliefert hatte und sie ihn beim Stöbern in einem fremden Zimmer beobachtet hatte, hasste sie den Gehilfen des Vaters regelrecht.

Durch die Augenschlitze hindurch konnte sie sehen, wie er langsam die Tür öffnete. Glaubte er, sie wäre mit Gaßner zusammen weggegangen? Suchte er etwas hier, im Vorraum zu Vaters Bahre? Offenbar, denn er zuckte zusammen, als sie ihn ansprach.
»Wolfhart! Was gibt es?«
»Ich … äh …«, stotterte er kurz, und Katrin sah, wie er krampfhaft nach einer Erklärung suchte. »Ich wollte mich von meinem Herrn verabschieden.«
Der Kerl hatte sich schneller im Griff, als Katrin lieb war, denn es zeigte ihr, dass er zwar maulfaul, jedoch nicht auf den Kopf gefallen war.
»Da schleicht Ihr Euch herein wie ein Dieb?«
»Den Raum, in dem ein Toter liegt, betritt man nicht polternd.«
Er hatte sie mit den eigenen Waffen geschlagen. Katrin musste ihm das zugestehen. Wieder musterte er sie von oben bis unten. Ob er ahnte, wo sie sich versteckt gehalten hatte?
»Wo wart Ihr, Jungfer Katrin?«, fragte er im unschuldigsten Ton. »Ich hatte Euch im ganzen Haus gesucht!«
»Bei den Ziegen nach Heu schauen!«, fiel Katrin gerade noch ein. Zur Hofgrenze hin stand ein Ziegengatter mit drei Tieren, um das sie sich regelmäßig kümmerte. »Ich bin ausgerutscht und in das Heu gefallen.« Sie strich sich durchs Haar und schüttelte es kurz.
»Ins Heu!«, wiederholte Wolfhart. Er nickte mehrmals, dann setzte er sich in den Sessel, den Gaßner eben erst verlassen hatte.
Katrin fuhr auf. »Was fällt Euch ein, Euch, ohne zu fragen, in Vaters …«
»Habt Euch nicht so, Jungfer Katrin! Ich habe mit Euch zu reden. Bevor Gaßner zurückkehrt.«
Wolfhart, der, seit Katrin denken konnte, keine solch langen Sätze gesprochen hatte, beugte sich vor. Katrin war sprach-

los über sein Verhalten. Galt sie bereits jetzt als vogelfrei, als schutzlos?

»Euer Vater hat an einer Maschine gearbeitet, die das Interesse der Inquisition auf sich gezogen hat. Wenn Ihr nicht wollt, dass auf Euch der Verdacht fällt, mit dem ketzerischen Treiben des Vaters unter einer Decke zu stecken, dann solltet Ihr die Maschine der Inquisition ausliefern. Tut es, bitte!«

Wolfharts Ton klang flehentlich, als stecke ihm die Angst vor dem Scheiterhaufen im Nacken.

»Ich weiß, es fällt Euch schwer, darüber nachzudenken, solange der Vater im Nebenraum liegt. Doch solltet Ihr die Gefahr erkennen, die mit der Maschine verbunden ist. Übergebt sie der Kirche – und niemand wird Euch behelligen.«

Jetzt wurde Katrin hellhörig.

»Verdächtigen? Wessen sollte man mich verdächtigen?« Klang es nicht, als würde der Kerl vor ihr, dessen grobschlächtiges Gesicht sich so sehr verstellen konnte, fremde Gedanken nachplappern? Konnten diese Gedanken, die er ausspuckte wie Rotz, wirklich von ihm sein? Nein, entschied Katrin für sich. Er sprach für jemand anderen. Langsam suchte sie Wolfharts Miene nach einer Regung ab, die ihn verraten hätte, doch seine Miene war wie versteinert.

Noch bevor er antworten konnte, hörten sie die Tür schlagen. Gaßner kam zurück.

»Überlegt es Euch, Jungfer Katrin!«, ließ Wolfhart einen letzten Satz in den Raum fallen wie eine Drohung.

Dann wuchtete er sich aus dem Sessel, stützte sich auf seinen Stock und humpelte hinaus. Auf der Türschwelle traf er auf Gaßner. Wortlos ließ er den Kaufherrn eintreten und verschwand durch die Tür.

Beide, Gaßner und sie, lauschten den Tritten nach, die sich die Treppe hochkämpften, bis Wolfhart im Schlafraum des Vaters verschwunden war. Jetzt, wusste Katrin, legte er sich in das gemachte Bett.

»Was wollte er?«, flüsterte Gaßner und hielt Katrin gleichzeitig Brot, Käse und Zwiebeln hin. »Ich traue ihm nicht. Er steckt zu oft mit den Schwarzröcken zusammen.«
»Eure Maschine.«

KAPITEL 20 Dieses Augsburg. So groß, wie es war, fiel einem seine räumliche Beschränktheit erst auf, wenn man verfolgt wurde.
Florint überlegte, welches Tor als Letztes schloss. Das Gögginger Tor, erinnerte er sich, war bis spätabends auf, doch dort würden ihn die Schergen als Erstes stellen. Also musste er einen anderen Weg suchen. Nach der Messe hatte er sich kurz in einem Beichtstuhl versteckt gehalten, dann war er durch die Stadt gelaufen, bis er sich in den Schutz von St. Moritz geflüchtet hatte. Zweimal waren ihm die Schergen auf den Fersen gewesen, zweimal war er ihnen gerade so entkommen. Jetzt grübelte er nach, wo er sich die Nacht über verbergen konnte. Den sichersten Platz bot die Unterstadt. Dort gingen täglich Pilger aus und ein. Mit einem Pilgerzug nach Santiago de Compostela von St. Jakob aus hätte er am Morgen durch das Vogeltor ins Freie gelangen können. Doch zuerst hätte er dort hinunterkommen müssen. Die Wege in die Unterstadt waren allesamt bewacht. Jeder Versuch, sich an den Wächtern vorbeizustehlen, musste scheitern.
Also hockte er erneut in einem Beichtstuhl, die Beine bis ans Kinn hochgezogen und den Vorhang geschlossen, damit man ihn von außen nicht entdecken konnte. Florint legte den Kopf in den Nacken und schloss die Augen. Seit dem Frühstück hatte er nichts gegessen. Sein Magen knurrte so laut, dass er fast befürchtete, manch frommer Kirchgänger müsste den Kopf nach dem Beichtstuhl umwenden, weil er glaubte, hier knurre die wölfische Seele eines Geistlichen seine Schäfchen an.

Was sein Problem noch verzwickter machte, war der Dominikaner. Pater Eginald schlich seit dem Gespräch in St. Ulrich hinter ihm her, als wäre er Florints eigener Schatten. Obwohl Florint ihn im Augenblick nicht sah, spürte er seine Anwesenheit. Zudem wollte er den sicheren Ort in der Kirche nicht verlassen. Er befürchtete, dass der Mönch ihn an die Häscher der Stadt verraten würde. Die Hungerschmerzen im Magen wurden unerträglich. Früher oder später würde er aus dem Beichtstuhl herausmüssen.
Seine einzige Rettung war im Augenblick Bruder Veit. Wenn er dazu nur nicht den Salzstadel entlang- und über den Weinmarkt hätte hochgehen müssen! Das war ein Nadelöhr, durch das er schlüpfen musste. Er verfluchte seine Idee, sich hierher nach St. Moritz zu flüchten. Wäre er in der Kathedrale des Reichsstifts geblieben, wäre er dem Benediktiner womöglich begegnet.
Florint spähte aus dem Beichtstuhl hinaus. Die Kirche war leer. Kein Mensch ließ sich blicken. Er lauschte auf Atemgeräusche oder das Tappen von Füßen, doch im Kirchenrund herrschte eine beunruhigende Stille. Nichts in dieser Welt war still. Lärm füllte den Erdkreis wie Sand eine Grube. Stille war bedrohlich. Vor allzu großer Stille sollte man sich fürchten. Stille herrschte letztlich nur im Tod.
Florint rutschte vom Stuhl und bewegte kurz die Beine. Sie waren ihm eingeschlafen und kribbelten und zwickten und gaben ihm für kurze Zeit das Gefühl, wie auf weichen Kissen zu laufen. Er ließ sich aus dem Beichtstuhl gleiten und huschte am Seitenschiff entlang. Hinter einer der Säulen verharrte er und ließ sein Ohr durch die Halle wandern. Tatsächlich. Jetzt schabte und rieb etwas aneinander, als würden Kleiderstoffe sich gegeneinander bewegen. Hatte der Dominikaner tatsächlich auf ihn gelauert und schlich jetzt hinter ihm her?
In St. Moritz war Florint häufig gewesen. Er kannte sich aus, wusste, wo die Sakristei lag, wusste, dass man von dort aus auf

die Straße gelangen konnte. Bis zur nächsten Säule huschte er weiter, dann blieb er stehen. Es waren zwei Personen, deren Bewegungen er vernahm. Hatten die Schergen ihn bereits gefunden und warteten nur auf eine Gelegenheit, ihn zu stellen? Ihm blieb keine Zeit für lange Überlegungen, denn die Geräusche kamen näher. Jetzt mischte sich sogar ein drittes Geräusch darunter. Wie ein Dieb schaute er sich um, doch er konnte niemanden in dieser Kirche entdecken. Da sie ihm heimlich folgten, ihn in eine Enge zu treiben versuchten, bestand die einzige geringe Chance für ihn darin, zur Sakristei hinüberzuflitzen. Die stand immer offen. Von dort konnte er hinaus in Freie. Florint schloss kurz die Augen, fasste sich und rannte los.

Schon auf den ersten Schritten stolperte er über einen Besen. Er konnte sich gerade noch fangen, rutschte ein Stück auf den Knien weiter und landete auf den Händen. In ihm schoss eine Furcht auf, wie er sie noch niemals gekannt hatte. Er rollte zur Seite, stieß mit dem Fuß nach dem Besenstiel, sah kurz in das wütende Gesicht einer alten Frau, bevor er aufsprang und weiterhastete.

»Gib Acht. In der Kirche rennt man nicht wie in den Gassen. Lümmel!«, keifte es hinter ihm her.

Florint stolperte vorwärts, wollte einer weiteren Alten ausweichen und erhielt einen Schlag auf den Hintern, dass ihm ganz schwummerig wurde.

»Damit du dir merkst, wie man sich in einer Kirche benimmt, Flegel!«

Der Schlag trieb ihn ganz aus der Richtung. Hastig suchte Florint die Halle der Kirche ab, doch niemand stürzte sich auf ihn, niemand verfolgte ihn, nur drei alte Vetteln stützten sich auf ihre Lappenbesen und schimpften hinter ihm her.

Er musste die Tür erreichen, bevor sie ihn fingen. Da erhielt er einen weiteren Streich auf den Hintern. Die Alte war hinter einer Säule hervorgekommen, an der er vorübersprang. Der

Streich war nicht mehr ganz so fest. Vom heiseren Lachen der Frauen begleitet, die St. Moritz auskehrten, floh er durch den Raum, verlangsamte jedoch seinen Schritt. Langsam wurde ihm bewusst: Außer ihm und den drei Kehrfrauen befand sich niemand in der Kirche! Ihr Schaben war es, das er gehört hatte. Er blieb stehen, stützte sich auf beiden Schenkeln ab und hätte lauthals herauslachen können. Putzweiber! Und er hätte beinahe vor Angst in die Hosen gemacht. Er hatte Fluchtpläne geschmiedet, statt seinem Verstand zu trauen.

Florint holte tief Luft, dann stolperte er mehr dem Ausgang zu, als dass er lief. Vor dem Tor blieb er kurz stehen, unterdrückte erneut ein zwanghaftes Lachen.

Auf dem Weg zur Kirchenpforte reifte in ihm ein Entschluss: Katrin! Er würde zu Katrin gehen und ihr alles erklären. Davonlaufen war keine Lösung. Sie hatte ihm immer noch keinen reinen Wein darüber eingeschenkt, was mit seinem Vater geschehen war. Bevor er die Stadt verließ, musste er Näheres darüber erfahren.

Dennoch durfte er die Gefahr, in der er schwebte, nicht unterschätzen. Das nächste Mal würden ihn nicht die Putzweiber jagen, sondern die Häscher.

KAPITEL 21

Finster war es wie in einem Tintenfass. Vor ihm bewegte sich etwas. Ein Schnüffeln war zu hören wie von einem Hund. Doch es war kein Hund. Es war … ein menschliches Wesen. Das Geräusch von Schritten kam, ohne zu zögern, auf ihn zu, als könnte die Gestalt, die er im Dunklen nicht einmal in Umrissen wahrnahm, sehen wie am helllichten Tag. Florint stellten sich die Haare im Nacken in die Höhe. Das war unmöglich!

Er streckte die Arme aus und wollte das Wesen, das dort im Dunkeln wie ein Hund schnüffelte, von sich halten. Doch plötzlich herrschte eine geisterhafte Stille.

Florint wich langsam zurück. Hinter sich wusste er nur die Gasse. Ob er sich umdrehen und rennen sollte? Keine Handbreit rechts neben ihm setzte das Schnaufen und Schnüffeln wieder ein, diesmal deutlich vernehmbar – und Florint hätte beinahe losgelacht. Natürlich. Ein Marder. Ein Marder jagte dort in der Nacht und trieb sein Spiel mit ihm.
Kein Wunder, seit er aus der Werkstatt davongelaufen war, hörte und sah er überall Verfolger und Feinde. Die Bedrohung, die von allen Seiten auf ihn einstürmte, trieb ihn zum Wahnsinn. Wenn er nicht darauf achtete, landete er noch im Siechenhaus und dort hinter den Stallgittern für die Geistesschwachen. Florint verwünschte seine Ängstlichkeit und gleichzeitig diese tintene Finsternis, mit der die heutige Nacht gestraft war. Wolken hingen am Himmel und sperrten das Mondlicht aus. Eine Laterne getraute er sich nicht zu nehmen, aus Furcht, vom Nachtwächter entdeckt zu werden. So schlich er zur Werkstatt Meister Buschmanns und bewegte sich dabei mit tastenden Schritten vorwärts, um nicht über irgendwelche Gegenstände zu stolpern oder in Straßenlöcher zu fallen.
Er musste Katrin finden. Er musste Katrin erzählen, dass er unschuldig war. Er musste Katrin vor allem von seinem Verdacht erzählen. Gaßner war der Letzte gewesen, der mit Meister Buschmann geredet hatte. Nach ihm hatte niemand mehr die Werkstatt betreten oder verlassen. Das Gemurmel, das er zu hören geglaubt hatte, war bestimmt von Buschmann selbst gekommen. Ein Röcheln. Ein letztes Aufbäumen. Gaßner war der Täter. Je länger er darüber nachdachte, desto klarer stand dieses Bild vor seinen Augen. Gaßner hatte den Stich geführt, der seinen Meister getötet hatte.
Beinahe hätte er die Gestalt nicht wahrgenommen, die ihm auf seiner Seite entgegenkam. Das von einer Laterne beschienene Gesicht leuchtete auf.
»Ist da wer?«, blaffte das blasse, ausdruckslose Wesen in seine Richtung.

Florint war im Vorteil. Ihn blendete das Kerzenlicht der Laterne nicht. So entdeckte er, dass sich unmittelbar vor ihm ein Gebäude befand, dessen Tür leicht in das Mauerwerk zurücksprang. Rasch schlüpfte er dort hinein und verbarg sich im Schatten. Sein Körper verschmolz mit dem Dunkel der Holzbalken.

»Weiter!«, zischte es hinter dem Knecht, und erst jetzt nahm Florint wahr, dass der Hausknecht nur vorausging. Hinter ihm stand eine Gestalt, deren schimmerndes Gewand zeigte, dass sie zu den vornehmen Geschlechtern der Stadt zählte.

Wer wagte sich zu dieser nachtschlafenden Zeit auf die Straße? Räuber, Mörder, Verfolgte, ja, doch kein Patrizier.

»Herr Fugger, mir ist das Eck hier nicht geheuer«, zischte der Knecht nach hinten.

»Herrgott, du mit deiner Hasenfüßigkeit! Hätte ich nur halb so viel Bedenken, wäre ich nicht der geworden, der ich bin.«

Der Fugger trat in den Lichtkegel der Laterne, nahm dem Kerl das Licht ab und leuchtete nach links und rechts. Als er weder auf der einen noch auf der anderen Seite irgendetwas entdeckte, setzte er den Weg fort und ließ seinen Diener einfach zurück. Verblüfft blieb der stehen, bis sich Jakob Fugger umdrehte und ihn anrief: »Willst du hier Wurzeln schlagen, Kerl? Gaßner wartet auf mich. Spute dich!«

Das Licht zitterte noch eine ganze Weile wie ein Spuk durch die Gasse, dann verschwand es hinter einer Biegung und ließ Florint in der Dunkelheit zurück.

Wieder der Name Gaßner, dachte Florint. Was er wohl mitten in der Nacht mit einem wie dem Fugger zu beraten hatte?

Florint lauschte in die Nacht hinaus. Der Marder huschte gerade auf der anderen Seite über die niedrigen Dächer, schnüffelte und schnaubte und hüpfte dann, als wären es menschliche Schritte, die Gasse entlang, fast als wolle er ihn begleiten.

Florint glaubte bereits die ersten Anzeichen der Dämmerung wahrzunehmen, als er endlich die Werkstatt seines ehemali-

gen Meisters gefunden hatte. Doch er erkannte das Anwesen am Plejadenzeichen des Vaters, das in die Handkugel vor der Haustür geritzt worden war.
Drei Treppen führten neben dem Eingangstor zum Haus selbst hinauf. Er erinnerte sich, dass es noch nicht allzu lange her war, als er zuversichtlich diese Treppen hinaufgestiegen war. Jetzt kam er als Bittsteller.
Wie sollte er sich bemerkbar machen? Sollte er an die Tür hämmern? An das Tor klopfen? In einer Nacht wie der heutigen würde das umgehend die Schergen auf den Plan rufen. Diese mattsamtene Finsternis trug die Geräusche über die gesamte Stadt hin.
Mit ausgestreckten Händen und gespreizten Fingern suchte er nach der Tür und fand sie auch zielsicher.
Seine Finger berührten das Holz der Tür, suchten nach dem Eisenbeschlag der Klinke, fanden sie, und dann stand Florint inmitten dieser Höllennacht wie angenagelt. Die Tür, deren Griff er kaum berührt hatte, schwang mit einem leichten Knarren nach innen. Sie stand demnach offen.
Florint wurde die Kehle trocken.
Sofort dachte er an den Tod Meister Buschmanns. Wie war Gaßner ins Haus gekommen? Was bedeutete die offene Tür? War Katrin in Gefahr oder – er zuckte zurück – war das etwa eine Falle?
Hin und her gerissen von seinen Gefühlen verharrte er auf der Stelle. Sein Schlucken wurde zu einem krampfhaften Versuch, der Trockenheit in seinem Mund Herr zu werden. Er schloss die Augen. Sie nützten ihm im Augenblick ohnehin nichts. Er zwang sich zu lauschen, auf die kleinsten Geräusche zu achten, die vor ihm aus dem Haus drangen. Hörte er ein Atmen? Ein Gehen? Das Rascheln von Kleidung oder das leise Knarren von Dielen? Florint, der sich langsam wieder in der Lage fühlte, systematisch zu denken, fragte sich, ob die Tür deshalb offen stand, weil jemand von außen eingedrungen oder weil sie von

innen geöffnet worden war. Traf Letzteres zu, dann konnte es nur bedeuten, dass Katrin ihn erwartete.

Langsam, beseelt von diesem Gedanken, drückte er die Tür ganz auf und trat ein. Das Holz gab kaum Geräusche von sich, als er die Diele betrat. Vorsichtig tastete er sich weiter. Rechter Hand musste der Speiseraum liegen. Tatsächlich drang von dort Kerzenschein in die Diele, der die Finsternis erträglich machte. Umrisse konnte Florint erkennen. Dort war der schmale Schrank, der in der Diele stand und die Hellebarde Meister Buschmanns und dessen Brustharnisch zur Mauerverteidigung aufnahm.

Vorsichtig steuerte er den Wohnraum an und spähte um die Zarge. Der Raum war leer – bis auf Meister Buschmanns aufgebahrten Leichnam. Je zwei Kerzen brannten links und rechts seines Kopfes. Dazwischen stand ein Kreuz. Es war das Versehrbesteck, das er in der Werkstatt Meister Buschmanns gesehen hatte. Ansonsten befand sich niemand im Raum.

Florint trat näher, bekreuzigte sich, senkte den Kopf und betete ein Vaterunser und ein Ave Maria für den Toten.

»Was willst du hier?«, kam es plötzlich aus einer Ecke heraus. »Haben sie dich noch nicht gefangen?«

Florint fuhr herum. In der Ecke, in einen Sessel gekauert, dessen hohe Backen den Körper beinahe ganz verborgen hatten, saß Katrin und deutete ein Horoskop.

»Hast du nicht genügend Unheil angerichtet?« Ihre Stimme klang bitter.

»Ich habe ihn nicht getötet«, sagte er, doch es klang nicht überzeugend. Er rang nach Worten. So viel hatte er sagen wollen, so viel klären. Jetzt war sein Kopf wie ein leer geblasenes Ei. »Ich ...«, stotterte er. »Ich ... ich weiß, wer ...«

»Hau ab, bevor ich Zeter und Mordio schreie, Deroubaix! Hau einfach ab.«

Katrins Stimme wurde lauter.

Wenn sie so fortfuhr, dann weckte sie noch den Toten, dachte

Florint und verbot sich zugleich diesen schlechten Spaß. Erklären wollte er, berichtigen.
»Gaßner …«, würgte es aus ihm heraus. »Wolfhart … Herrgott …«, fluchte er und griff sich sogleich an den Mund. In Gegenwart von Toten fluchte man nicht.
»Aus den Augen! Verschwinde! Hau ab! Weg! Fort!«, kreischte Katrin, zog die Decke über ihren Kopf und fing an, hemmungslos zu schluchzen.
Aus seinem Wams zog er einen Zettel heraus und hielt ihn Katrin hin.
»Mein Vater hat … er wollte, dass ich ihm helfe … so hör mir doch zu!«, flehte er und versuchte etwas zu erklären, was in drei Sätzen nicht erklärbar war.
Katrin hielt die Hände vors Gesicht gedrückt und schluchzte unaufhörlich.
»Hau ab!«, brach es aus ihr heraus, als er mit ausgestrecktem Arm, den Hilferuf des Vaters in seiner Hand, auf sie zuging. »Hau ab. Hau endlich ab!«
Wenn Florint gewusst hätte, was man in einem solchen Fall tat, hätte er es liebend gern getan, doch er stand nur hilflos im Raum, drehte sich abrupt um und stürzte durch die Diele hinaus.
Doch etwas versperrte ihm in der Finsternis den Weg zur Außentür, etwas Dunkles, Drohendes. Florint stockte. Vor ihm stand der Tod. Bleich und mager, ein Knochenskelett in einem flatternden Habit, der aus der Unterwelt herauszuwachsen schien. Florint erschrak bis ins Mark. Eine eiskalte Hand griff nach ihm und schnürte seine Kehle zu. Der Arm des Schnitters hob sich und sauste auf ihn herab, als wolle er ihm den Schädel spalten. Schmerz durchzuckte ihn, dann wurde es weiß um ihn her. Das Licht platzte gleich darauf in einem Feuerregen, wie ihn Florint so noch nie gesehen hatte, und hinterließ eine alles umfassende Dunkelheit, in die er sich staunend zurückfallen ließ.

Florint wunderte sich noch, zu welch primitiven Mitteln der Tod griff, um ein Menschenwesen zu sich zu holen. Dann versank er in dieser abgrundtiefen Schwärze.

KAPITEL 22 Wolfhart hatte sich im Haus regelrecht eingenistet. Am liebsten hätte er es gesehen, wenn sie in ihrer Mädchenkammer geschlafen hätte, während er es sich in Vaters Bett gemütlich gemacht hätte. Katrin widerte dieser Bastard an. Keine Gelegenheit ließ er aus, ihr unter die Röcke zu sehen. Hätte sie sich nicht so störrisch gegen ihn gewehrt, wäre sie längst in seiner Schlafstatt gelandet.

An die Tür gelehnt beobachtete er, wie sie ihre Arbeit verrichtete.

»Ihr seid eine brauchbare Hausfrau, Jungfer Katrin. Ihr solltet bald wählen, wen Ihr zu ehelichen gedenkt. Bevor die Zunft Euch einen Mann bestimmt.«

»Was geht es Euch an, wen ich erwähle? Wenn Ihr dabei an Euch selbst gedacht habt, dann will ich Euch sagen, dass ich mich lieber vom Perlachturm stürze, als Euch die Hand zur Ehe zu reichen. Schon deshalb nicht, weil Euch nicht in den Sinn gekommen ist, die Beerdigung des eigenen Meisters zu besuchen. Schande über Euch, Wolfhart! Ihr seid es nicht würdig, diese Werkstatt zu übernehmen.«

Wolfhart lachte, trat einen Schritt in die Küche, setzte sich auf das Dreibein neben dem Herd und legte sein verletztes Bein hoch. Er krempelte die Hose nach oben und betrachtete es. Seine Wunde begann zu verschorfen und heilte gut. Katrin wunderte sich ein wenig über die robuste Gesundheit des Gesellen; schließlich konnte sie ihm kein Geld für den Arzt bezahlen, und Medizin war teuer. Doch Wolfhart half sich selbst. Er wusch die Wunde täglich am Brunnen mit frischem Wasser aus und legte einen sauberen Lappen auf.

»Die Zunft wird entscheiden, Jungfer.«

»Die Zunft kann mich kreuzweise über den Rücken …«
»Was kann die Zunft?«, beschied eine Stimme im Türrahmen. Gaßner stand im Raum.
Katrin verdrehte die Augen.
»Ich habe das Gefühl, als gehörten Haus und Grund, die Werkstatt und ich selbst nicht mehr mir, sondern bereits der Zunft oder noch besser Euch Mannsbildern. Ein jeder marschiert hier aus und ein, wie es ihm beliebt.« Katrin dachte an die Stundentafel, die sie zum Tod des Vaters angefertigt hatte und die eindeutig belegte, dass Florint keine Schuld trug am Tod, die jedoch ankündigte, dass sie Unannehmlichkeiten würde erleiden müssen und dass sich ihr Lebensweg völlig verändern würde. Sie gedachte sich so teuer wie möglich zu verkaufen.
Weder Wolfhart noch Gaßner lachten. Beide musterten sich gegenseitig mit unverhohlener Abneigung. Katrin beobachtete es aus den Augenwinkeln. Zwar gönnte sie Wolfhart die Behandlung durch Gaßner, doch wusste sie, dass Wolfharts Anwesenheit sie vor den Begehrlichkeiten anderer Gesellen und Meister oder gar einem schlimmeren Schicksal schützte. Sich in die Obhut der Seelhäuser für Witwen und Waisen zu begeben, um sich für die Krankenpflege in einem der Spitäler zu verpflichten, danach stand ihr, weiß Gott, nicht der Sinn.
»Verschwindet, Wolfhart, ich habe mit der Frau des Hauses zu reden«, brummte Gaßner nicht unfreundlich, doch bestimmt.
»Wo seht Ihr eine Frau des Hauses?«, murrte Wolfhart, erhob sich jedoch umständlich wieder, klemmte sich die Krücken unter den Arm und humpelte nach draußen.
»Er ist lästig«, stellte Gaßner fest, als Wolfhart allenfalls noch im Raum zu riechen war. »Doch er sagt Wahrheiten, denen man sich nicht verschließen sollte. Die Zunft wird eine Werkstatt wie die Meister Buschmanns nicht einfach so ohne Weiteres brachliegen lassen, nur weil eine Tochter da ist und um den Vater trauert.«
Katrin, die einen Topf Hirsebrei auf dem Feuer stehen hatte,

ließ den Rührbesen fahren und stemmte die Hände in die Hüften.
»Mein wird mein bleiben. Ich erbe, niemand sonst.«
Gaßner lächelte unverbindlich. Katrin ahnte, dass der Kaufmann nicht der netten Unterhaltung wegen vorbeigekommen war.
»Ihr seid unmündig, Jungfer Buschmann.« Seine beflissene Stimme machte die Worte nicht freundlicher. »Was die Hinterlassenschaft anbelangt: Euer Erbe ist zuvorderst das Erbe Eures Vormunds. Denn der wird das Geld verwalten, bis Ihr verheiratet oder volljährig seid oder beides.«
Katrin wandte sich dem Brei zu. Der eine Augenblick hatte genügt, ihn anbrennen zu lassen. Gestank und ein beißender Rauch stiegen vom Topf auf und füllten die Küche. Katrin sprang zum Fenster und riss es auf. Ihr Blick fiel auf Wolfhart, der an der Tür zur Werkstatt rüttelte.
»Was, zum Kuckuck ...«, setzte sie zu einem Fluch an, unterdrückte ihn jedoch. Beinahe hätte sie den Topf vergessen – und Gaßner obendrein, wenn sie nicht der Geruch in die Gegenwart zurückgeholt hätte. Aus dem Breitopf qualmte es regelrecht.
»Mehr Milch oder Wasser!« Gaßner schien die Situation zu genießen. »Ich glaube, Ihr solltet Euch mit dem Gedanken vertraut machen, einem Ehemann aufzukochen, denn der Zunftvorstand hat mich zum vorläufigen Vormund Eurer werten Person ernannt, Jungfer Buschmann. Ist das nicht ein Glücksfall für Euch? Ach ja, ehe ich 's vergesse. Der Zunftoberste hat zu einer Festivität geladen. Ihr sollt erscheinen. Nicht Eurer Schönheit wegen, die unbestritten ist, sondern weil Ihr im heiratsfähigen Alter seid. Er will Euch an diesem Abend verloben.«
Katrin sah den Kaufherrn mit offenem Mund an. Waren denn jetzt alle verrückt geworden?
»Den Teufel werd ich tun!«, zischte sie.
»Als Euer von Rechts wegen bestellter Vormund weise ich Euch darauf hin, dass Ihr verpflichtet seid, dort zu erscheinen.«

Gaßner wandte sich zum Gehen. Unter dem Türstock wandte er sich um. Auf seinem Gesicht schnitt sein Lächeln eine tiefe Falte ein. »Bevor ich 's vergesse«, sagte er und streckte die Hand nach Katrin aus, »die Schlüssel zu Eurem Anwesen. Als Vormund ...«
Katrin verstummte zuerst. Sie glaubte sich verhört zu haben. Doch Gaßner streckte die Hand aus und winkte dabei mit dem Zeigefinger.
»Seid Ihr denn von allen Sinnen verlassen, Gaßner?«, fauchte sie ihn an wie eine Wildkatze, die ihr Revier verteidigte. »Daher weht also der Wind! Ihr wollt Euch in Ruhe hier umsehen und die besten Stücke und Pläne Vaters verhökern. So wird das nicht geschehen, das verspreche ich Euch. Was die Zunft sagen mag, was der Zunftobere beschließt, was Ihr Euch einbildet, all das geht mich nichts an«, hörte sie sich fauchen. »Ich sitze auf Haus, Hof und Werkstatt, und ich werde gegen den Willen aller zünftischen Mannsbilder diesen Platz hier und mein Recht darauf verteidigen.«
Am liebsten hätte sie Krallen ausgefahren und sie dem Kaufherrn durchs Gesicht gezogen, doch sie hielt sich zurück. Katrin dachte kurz an Wolfhart und dessen Versuch, die Werkstatt zu öffnen. Nur Ordnung und Disziplin würden verhindern können, dass der Geselle und Gaßner die Werkstatt ausräumten. Wolfhart war vermutlich nur an deren Werkzeugen interessiert. Gaßner jedoch, Gaßner wollte die Horoskopmaschine.
»Ich weiß, was Ihr im Schilde führt«, fauchte Katrin. »Aber Ihr habt die Rechnung ohne mich gemacht.«
»Ich hätte einen Tausch anzubieten. Stellt Euch vor, Ihr wärt krank und könntet nicht auf dem Tanz erscheinen, der zu Euren Ehren abgehalten wird. Unpässlich. Frauen haben so ihre Zeiten. Niemand wäre Euch gram – doch Ihr könntet Eure Unschuld behalten. Die Verlobung wäre hinausgeschoben.« Gaßner grinste unverschämt.

»Selbst für mich gibt es eine Zeit der Trauer, Gaßner! Das wisst Ihr genau – und die Zunftoberen ebenso.«
Katrin fühlte sich elend. Ihr Gesicht glühte. Diesem Kaufherrn, diesem Gaßner, diesem Hundsfott musste man auf die Füße treten. Doch dafür war sie zu leicht. Vater hätte sich das niemals bieten lassen. Florint auch nicht. Sie zuckte, als sich der Name Florint in ihren Kopf stahl.
»Für Jungfern wie Euch, die ein Erbe anzutreten haben und damit höchst attraktiv sind, gab es noch nie eine Zeit der Trauer. Nur eine Schonfrist. Die läuft für Euch nächste Woche ab.«
Katrin musste sich festhalten. Sie hasste die Männer. Ohne auf sie und ihren Schmerz zu achten, trampelten sie über ihren Körper hinweg. Einem hatte sie es zu verdanken, dass ihr Vater tot war, einem anderen, dass sie verheiratet wurde, und vor dem dritten Kerl musste sie die Tür zu ihrer Schlafkammer verschließen und dafür dankbar sein, dass er sie seiner Verletzung wegen nicht aufdrücken konnte.
Sie lehnte sich gegen den Tisch. »Ihr wollt einen Handel, Gaßner? Was? Sagt es.«
Gaßner verbeugte sich vor ihr.
»Ich wusste, dass Ihr eine lebenstüchtige Person seid«, flötete er unvermittelt, um sofort darauf in einen harten Ton umzuschlagen. »Die Maschine und die Handschrift, Jungfer Buschmann. Sonst seid Ihr Mitte nächster Woche verheiratet.«
Katrin presste die Lippen aufeinander.
»Musste mein Vater deshalb sterben? Weil alle Welt diese Maschine will?«
»Ich weiß nicht, wer sonst ein Interesse haben könnte«, sagte Gaßner. Seine Stimme wurde heiser. »Ich weiß nur, dass ich sie brauche, um sie aus der Stadt zu schaffen, bevor die Inquisition sich ihrer bemächtigt.«
Katrin ließ eine ganze Zeit verstreichen, bevor sie antwortete. Gaßner und sie standen sich gegenüber, beide suchten sie im Gesicht des anderen nach etwas, was Katrin nicht recht benen-

nen konnte: Wahrheit, Unsicherheit, ein Zögern? Erst langsam mündeten ihre Gedanken, die ausschweiften wie ein Schwarm Tauben, die man aufgescheucht hatte und die langsam und in scharfen Windungen wieder auf die Dächer zurückkehrten, von denen man sie verjagt hatte, in den Satz, der ihr über die Lippen kam.

»Glaubt Ihr, Florint hat meinen Vater deshalb ...?« Sie konnte den Satz nicht beenden.

»Als ich ihn verlassen habe, lebte Euer Vater noch«, sagte Gaßner. »Ansonsten habe ich niemanden gesehen.«

Seine Augen schauten so gleichgültig, als sprächen sie über ein entlaufenes Pferd oder ein Geschäft, das ihm entgangen war. Ihr war, als verberge er hinter seinen starren Zügen etwas Wichtiges, doch sie konnte nicht hinter die Fassade sehen.

»Wozu hätte er sie haben wollen?«, fragte sie sich selbst.

»Das fragt Ihr Euch, Jungfer Buschmann? Das fragt Ihr? Ihr seid ein einfältiges Geschöpf.« Gaßner schüttelte mitleidig den Kopf. »Eine Frau eben!«

Eine Welle des Widerspruchs schwappte in ihr hoch. Wenn Ihr Euch da nicht wundert, dachte Katrin, kniff die Augen zusammen, wich jedoch seinem Blick nicht aus.

KAPITEL 23 Auf ein Geräusch dieser Art hatte Katrin gewartet. Etwas vor ihr kratzte, stocherte und schnaubte in der Dunkelheit. Sie hatte sich in den Innenhof gesetzt, direkt neben die Werkstatt, dorthin, wo der Bau an die Mauer stieß. Das Mondlicht drang nicht bis hierher, denn sowohl der Schatten der Mauer als auch des Gebäudes dahinter tauchten den Ort nachts in eine immerwährende Finsternis.

Etwas schabte, Metall klingelte leise: Dickes Tuch dämpfte Bewegungen und Geräusche ab. Jemand machte sich an der Werkstatt zu schaffen. Katrin, die in der Dunkelheit nichts Genaueres sehen konnte, versuchte aus den kleinen Geräuschen zu schließen, was vor ihr an der Werkstatt geschah. Was ihr jedoch wichtiger erschien, war, zu erfahren, wer sich dort zu schaffen machte. Am Abend hatte sie das Tor eigenhändig verschlossen und eben noch nachgesehen, ob es nicht heimlich geöffnet worden war. Also blieben eigentlich nur sie und Wolfhart übrig. Niemand sonst konnte in den Innenhof gelangen, ohne an ihr vorbeisteigen zu müssen. Doch sie hatte niemanden bemerkt. Also blieb nur Wolfhart, dieser Hundsfott.

Katrin duckte sich in die Schwärze und kniff die Augen zusammen. Zwar stand der Mond bereits am Himmel, doch leichte Schleier, die in dieser Nebelstadt im Frühjahr und Herbst von Lech und Wertach aufstiegen, schwächten das Licht und trübten den Himmel ein. Sie erkannte nur eine gebückte Gestalt, die sich am Schloss der Werkstatt zu schaffen machte.

Tatsächlich knirschte es mit einem Mal – und die Tür sprang auf. Der Unbekannte hatte es geschafft; humpelnd betrat er den Raum, und die Nacht in der Werkstatt verschlang den Menschen. Hatte sie zuvor Zweifel gehabt, waren diese ausgeräumt. Wolfhart hinkte. Die Gestalt vor ihr humpelte ebenfalls. Der Altgeselle streunte demnach durch die Räume.

Mit einer Handbewegung fuhr sie an ihr Mieder und berührte dort die Papiere, die sie aus Florints Kammer mitgenommen hatte. Sie trug die Zeichnungen in einer Tasche aus weichem Leder an ihrem Körper. Nachmittags hatte sie alles heimlich eingenäht.

Katrin erhob sich, nachdem Wolfhart in der Werkstatt verschwunden war, und schlich sich zum Tor der Werkstatt. Der Eingang stand sperrangelweit auf. Der Kerl macht sich nicht einmal mehr die Mühe, sich zu verbergen, durchzuckte es sie. Deshalb kroch sie so vorsichtig wie möglich zur Tür und spähte ins Innere. Ihr war sehr wohl bewusst, dass sie gegen den helleren Nachthimmel hin von innen sichtbar war.

Im Inneren herrschte eine Grabesstille. Katrin verwunderte das, denn sie hatte vermutet, Wolfhart wollte in den hinteren

Raum gelangen. Doch sie vernahm kein Geräusch, das darauf schließen ließ. Katrin zog den Kopf rasch zurück und überlegte. Was mochte den Altgesellen daran hindern, sich an der inneren Tür zu schaffen zu machen?

Noch bevor sie den Gedanken, der in ihrem Kopf herumspukte, recht fassen konnte, wusste sie es. Im gleichen Augenblick sprang sie auf und hastete davon. Keine Sekunde zu früh. Die Stille bedeutete nämlich nichts anderes, als dass der Eindringling sie gehört hatte und hinter der Tür auf sie lauerte. Sie sah noch im Augenwinkel, wie ein metallener Gegenstand im schwachen Licht des Mondes aufblitzte und in den hölzernen Türrahmen fuhr, eben dorthin, wo zuvor ihr Kopf gewesen war.

Katrin rannte auf das Haus zu. Sich umzudrehen, dafür fehlte es ihr an Zeit und ein wenig an Mut. Hinter ihr her humpelte der Geselle in einem raschen Schritt. Katrin, die von ihrer ruhigen Sicherheit selbst überrascht war, wunderte sich über die Geschwindigkeit, die Wolfhart trotz seiner Verletzung an den Tag legte. Katrin glaubte den heißen Atem ihres Verfolgers im Nacken zu spüren. Nur noch wenige Schritte bis zur Haustür. Ihr Verstand arbeitete klar und schnell. Sie wich nach links aus, schwenkte danach wieder in die Richtung auf die Haustür ein. Hinter ihr schepperte es. Ein Fluch durchschnitt die Stille. Sie hörte ihren Verfolger stolpern, hörte einen Körper stürzen, hörte einen Schmerzensschrei.

Wäre sie nicht angespannt gewesen bis in ihre Zehenspitzen hinunter, wäre ihr ein Lächeln entkommen. Bevor sie sich nämlich zu ihrer Nachtwache entschlossen hatte, hatte sie den Hof ein wenig hergerichtet, hatte Kübel und Besen ausgelegt, über die ein Mensch, der die Hindernisse nicht kannte, unweigerlich stolpern musste. Und es hatte funktioniert, besser als sie erhofft hatte.

Katrin erreichte die Tür, drückte sie nach innen und ließ sich, nachdem sie im Flur verschwunden war, einfach mit dem Rü-

cken gegen das Türblatt fallen. Gleichzeitig fiel der Hebel. Sie war in Sicherheit.
Jetzt erst bemerkte sie, wie sehr ihre Lungen schmerzten. Obwohl ihr Körper nach Luft verlangte und ihr Herz pochte, lauschte sie hinaus auf den Hof. Dort rappelte sich ihr Verfolger auf und rannte gegen eine bereits verschlossene Tür. Wütend schlug Wolfhart mit Händen und Füßen gegen die eichene Füllung, dass es im Haus hallte. Doch der Eingang hielt stand. Vater hatte ihn auf ganz andere Angriffe ausgerichtet, was Katrin ein spöttisches Lächeln auf die Lippen zwang. Sollte dieser Geselle draußen doch verschimmeln!
Katrin lief in die Wohnküche, wo sie ihr Bett aufgeschlagen hatte. Aus dem Kasten unter dem Spülstein zog sie ein Holzgehäuse hervor, stellte es auf den Tisch. Dann öffnete sie den Kasten. Alle vier Seitenteile ließen sich problemlos wegklappen. Vor ihr stand die Horoskopmaschine, ein unheimlicher Kubus, aus dem sie nicht recht schlau wurde. Aus Angst davor, Gaßner oder Wolfhart würden sie stehlen, hatte sie diese gestern noch aus der Werkstatt entfernt und hierhergeschleppt. Sie lachte in sich hinein. Nichts war so schwer, wie der erste Gedanke daran, dass etwas möglich war. Wenn der Gedanke jedoch einmal das Licht der Welt erblickt hatte, bildete seine Umsetzung nur noch technische Probleme. Diese Mannsbilder sollten sie kennen lernen! Die Maschine, von der sie geglaubt hatte, sie würde sie niemals allein bewegen können, hatte sie mit Anstrengung zwar, doch ohne viel Aufwand hier herübergetragen.
Lange betrachtete sie den viereckigen Würfel, dessen Oberfläche durch einige herausragende Stifte und eingesenkte Öffnungen durchbrochen wurde. Sonst war nichts daran zu erkennen. Woran hatte ihr Vater nächtelang gearbeitet? Zwar hatte Meister Deroubaix ihr einmal erzählt, wie die Maschine aussehen sollte, wenn sie fertig wäre, doch davon sah sie nichts. Weder kreisten die Wandelsterne um die Erde, noch

lief die Maschine mehrere Stunden selbstständig. Sie drückte mal hier und mal dort, aber nichts bewegte sich. Und solange sich nichts bewegte, konnte sie auch kein Horoskop daraus ableiten. Den Zeitpunkt der Geburt zu bestimmen und die Einflusssterne darauf exakt einzustellen wäre mit dieser Maschine ein Leichtes, hatte er behauptet. So jedoch war das Ding unbrauchbar.

Katrin kniete lange vor der Maschine und dachte nach. Das Knarren der Treppenstufen ließ sie hochschrecken. Rasch klappte sie die Seitenteile zurück, nahm die schwere Kiste und schloss sie unter dem Spülstein weg.

Kaum stand sie wieder aufrecht und hatte die Wasserkelle in die Hand genommen, als die Tür zur Wohnküche aufschwang und eine Gestalt hereingehumpelt kam.

»Ihr?«, entfuhr es Katrin, und beinahe wäre ihr die Kelle aus der Hand gefallen.

Mitten im Zimmer stand Wolfhart, eine Kerze in der Hand, die ein vom Schlafen verquollenes Gesicht beschien. In der anderen hielt er einen Dolch.

»Was ist das für ein Lärm gewesen?«, murmelte er gähnend und doch mit wachen, misstrauischen Augen.

Katrin starrte den Altgesellen an. Das war unmöglich. Wie war er ins Haus gelangt? Oder hatte er es gar nicht erst verlassen? Wer aber war dann der Einbrecher in der Werkstatt gewesen? Und woher war er gekommen?

KAPITEL 24

Um ihn her stank es bestialisch nach Urin und Fäkalien.

»Ich bin in der Hölle«, murmelte Florint immer wieder vor sich hin. »Das ist die Hölle.«

Als er versuchte, die Augen aufzuschlagen, fuhr ihm ein Schmerz hinter die Augäpfel, dass es ihm das Hirn zu zerreißen drohte. Er sah buchstäblich nichts. Sein Schädelinneres

pulsierte, als wäre die Schale zerborsten und hielte nur durch die Haut zusammen, die sich darüberspannte.
»Verfluchte Teufelei!«, wetterte er. Der Gestank ließ ihn würgen. »Mir ist schlecht.«
»Halt's Maul da hinten!«, fauchte eine Stimme aus der Nachtschwärze. »Kotz mir ja nicht über das Hemd, Kerl, sonst beiß ich dir alles ab, was übersteht.«
»Gottverdammtes Pack!«, knurrte es direkt neben ihm. »Ich schlag euch die Schädel ein, wenn ihr nicht eure Schandmäuler halten könnt. Dann brauchen sie euch nicht mehr zu hängen.«
Florint hörte nur mit halbem Ohr zu. Ihn interessierten die Höllengespräche nicht. Dennoch wunderte er sich, dass in der Hölle vom Erhängen gesprochen wurde.
Durch halb geschlossene Lider hindurch versuchte er seine Umgebung zu erkennen – und musste feststellen, dass die Annahme, in der Hölle gelandet zu sein, durchaus richtig war. Allerdings lag er in einem irdischen Inferno, oder dieses sah der irdischen Unterwelt der Hexenlöcher hinter dem Rathaus ziemlich ähnlich. Man hatte ihn im hintersten und dunkelsten Winkel abgelegt, direkt neben dem Fäkalienkübel.
Florint wollte sich trotz seiner Schmerzen erheben und nach vorne krabbeln, um ein wenig frische Luft zu erhaschen, doch eine Pranke schloss sich um seine Schulter und riss ihn rüde zurück. Die Stimme von eben fauchte ihn an:
»Du bist zuletzt dazugekommen. Du hast den besten Platz. Wenn sie übermorgen den Mattheis hier hängen und du bleibst am Leben, dann darfst du weiter nach vorne rutschen. In der Zwischenzeit hältst du einfach dein Maul.«
Erschöpft ließ sich Florint zurückfallen. Man hatte ihn gefasst. Man hatte ihn eingesperrt. Man hatte ihn ins Verlies geworfen. Keine Hölle. Oder vielmehr doch eine Hölle. Mühsam versuchte sich Florint daran zu erinnern, was geschehen und warum er hierhergebracht worden war. Doch das rasende Pochen

in seinem Schädel ließ ein Nachdenken nicht zu. Außerdem quälte ihn Durst.

»Wasser«, flüsterte er. »Wasser, bitte!«

Florint glaubte nicht mehr daran, dass ihn irgendjemand in diesem Loch gehört haben könnte, geschweige denn ihm helfen würde, doch plötzlich fühlte er Metall an seinen Lippen. Jemand hielt ihm eine Schöpfkelle an den Mund. Flüssigkeit rann die Kehle hinunter. Das Nass schmeckte brackig und abgestanden, aber es war Wasser.

»Danke«, flüsterte er, erhielt jedoch außer einem Knurren keine Antwort.

So lag er lange wie erstarrt, blickte hinauf an eine Decke, die im Dämmer des Kerkers verschwand, und versuchte nachzudenken. Ständig kreisten seine Gedanken um einen einzigen Namen, Buschmann, und er wusste nicht, wer das war und warum ihm dieser Name wie eine lästige Fliege durch den Sinn brummte. Bruchstückhaft wie die Tonscherben eines zerschlagenen Gefäßes kehrten die Erinnerungen zurück: der Besuch bei Katrin, ihr Weinen, seine Flucht, die Horoskopmaschine. Mühsam setzte er alles zusammen, bis ein beinahe vollständiges Gefäß aus Vergangenheit die Erinnerungen aufnahm. Zuletzt rissen ihn die Bilder vom Tod Meister Buschmanns und von der Gestalt des Sensenmannes von seinem Strohlager.

»Ich muss hier heraus!«, schrie er und versuchte wieder nach vorne zu kommen. Erneut griff die Pranke nach ihm und drückte ihn zurück an seinen Platz.

»Sei froh, Kerl, dass ich gestern Abend zu essen hatte. Sonst wärst du meine Vorspeise geworden«, zischte ihn sein Nachbar an, den er nur undeutlich erkennen konnte.

»Ich muss hier heraus. Dort draußen läuft ein Mörder frei herum. Ich bin unschuldig! Und der Tod … der Tod!«

Jetzt lachte der Mann neben ihm laut auf, ließ jedoch seine Hand auf Florints Schulter liegen und drückte ihn damit nieder.

»Du suchst nach einem Mörder?«, fragte die Stimme neben

ihm. Jetzt stimmten andere Männer in das Lachen ein. »Schau dich um. Der Schwarze Fleck hier«, er deutete auf einen junggesichtigen Mann, den Florint gerade so erkennen konnte, »hat zwei Fuhrleute überfallen und getötet. Leider ist er erwischt worden, als er völlig besoffen von Liebe und Alkohol in den Armen der Schankmagd aus dem Kranz in Göggingen lag. Dort haben sie ihn sich gegriffen. – Oder der am Gitter!« Der Mann mit der hölzernen Stimme deutete dorthin, wo Florint nur eine helle Wand aus Licht in seine Augen stach. »Der Mattheis. Beim Zwanzigsten hat er aufgehört zu zählen. Das war sein Fehler, denn weil er nicht weiterzählen konnte, hat er wohl auch die Zahl der Häscher unterschätzt. Womöglich wäre er gar nicht in das Räuberhandwerk abgerutscht, hätte er neben dem Rechnen auch das Schreiben und Lesen gelernt. Denn der Mattheis ist ein schlauer Kopf. Nur, nächste Woche wird dem Hals darunter ein Strick umgelegt werden, und dann ist's vorbei mit dem Kopf.«

Florint blieb sitzen. Ihm war klar, was der Mann ihm sagen wollte.

»Wie heißt Ihr?«, fragte er und sammelte dafür aus allen Winkeln seines Schädels die Wörter zusammen.

»Tut das etwas zur Sache? Bereits nächste Woche wird sich niemand mehr an uns erinnern.«

»Was ist mit nächster Woche?«, fragte Florint.

»Stadtvogt. Gerichtsverhandlung. Halsgericht. Die meisten von uns werden gehängt werden. Einigen schlägt man die Hand, anderen schneidet man Ohren und Nase ab.«

Die Stimme neben Florint klang keineswegs bestürzt oder verzweifelt. In ihr schwang eher ein kräftiger Lebensmut mit, der für den Tag dachte, nicht für die Zukunft.

Florint schluckte.

»Dennoch. Ich heiße Florint und bin Instrumentenbauer.«

Einer im Haufen pfiff durch die Zähne. »Ein Zünftiger also. Hohe Gesellschaft.«

Gehört hatte Florint davon, dass unter den Mitgliedern der Strauchdiebe und Räuber eigene Rangfolgen galten. Gehört hatte er auch davon, dass diese Rangfolgen immer wieder Anlass zu Streitigkeiten, Mord und Totschlag gaben. Welchen Stellenwert darin allerdings Handwerker einnahmen, wusste er nicht.

»Denk dir nichts dabei, Instrumentenbauer. Sie sind nur neidisch, weil du was gelernt hast und sie nicht«, flüsterte die Stimme neben ihm. »Unter den Sackschneidern und Langfingern gibt es solche und solche, wie überall. Lass dich nicht zu Unachtsamkeiten hinreißen.«

Die Hand auf seiner Schulter drückte ihn ein letztes Mal, dann nahm der Fremde sie weg. Florint drehte sich erstaunt zu seinem Nachbarn um. In der Dunkelheit konnte er ihn nicht erkennen. Eine große schwere Masse hockte, mit dem Rücken gegen die Mauer gelehnt, neben ihm.

»Wie heißt Ihr?«

»Sie nennen mich den Rottfleck!«

»Und wie heißt Ihr wirklich?«

Ein kurzes heiseres Lachen keimte neben ihm auf. Dann trat eine Pause ein, als müsste der Kerl erst überlegen, was er antworten sollte.

»Das hab ich vergessen.«

Florint wollte nicht wissen, warum der Rottfleck hier saß. Dennoch fragte er. Unter diesen Gesellen musste man Gewissheit haben.

»Warum seid Ihr hier?«

»Hör zu, Jüngelchen«, flüsterte der Rottfleck. »Zwei Dinge solltest du beachten. Wir Ihrzen uns nicht. Wenn du nicht nachts ein Messer zwischen die Rippen haben willst, hältst du dich dran. Ein zweites ungeschriebenes Gesetz lautet: Mich interessiert nicht, was du getan hast, aber wir sitzen im selben Boot. Also helf ich dir, wenn es mir nützt. Hast du verstanden?«

Des Rottflecks fauliger Atemgeruch verschwand wieder. Florint sagte nichts darauf, sondern schloss die Augen und legte

sich zurück. Mit geschlossenen Augen ließ sich der Schwindel im Kopf eher ertragen.
Er wusste nicht, ob er eingenickt war oder nur erschrak, weil er an anderes dachte. Plötzlich wurde er aus seinen Überlegungen gerissen, die allesamt um Buschmann und seine Flucht kreisten und in denen Katrin vorkam.
»Florint Deroubaix!«, schnarrte eine Stimme, und eine Eisenstange schlug gegen die Gitter. »Raus mit dir, oder wir holen dich.«
Die Pranke stieß ihm in die Seite.
»Instrumentenbauer, sie wollen was von dir. Ich wünsch dir viel Glück. Sag, was sie wissen und hören wollen, aber nicht mehr, hörst du? Ja nicht mehr.«
Florint, dessen Kopf noch immer in einer nebligen Brühe schwamm, fuhr hoch und kletterte über Beine und Körper nach vorn, begleitet vom Fluchen und Schulterklopfen seiner Leidensgenossen.
Vor ihm tauchte eine breitschultrige Gestalt auf, der Kerkermeister, der eine Fackel in der Hand trug. Neben ihm stand ein Mönch, ein Dominikaner. Er hatte die Kapuze übers Gesicht gezogen und die Hände in den weiten Ärmeln seines Habits verborgen. Nur die nackten Zehen sahen aus den verschmutzten Kuhmäulern hervor.
»Pater Eginald!«, entfuhr es Florint, als das Gitter aufgeschlossen wurde und er aus der niedrigen Zelle kroch. »Was tut Ihr hier?«
»Mir wurde die Aufgabe übertragen, Euch zu verhören. Schließlich habt Ihr Euch am Eigentum der Kirche vergangen.«
»Ich habe was?«, keuchte Florint. Als er sich aufrichtete, erfasste ihn ein Schwindel. Er stolperte und stürzte dem Dominikaner vor die Füße. Der zuckte nicht einmal zurück, sondern drehte nur auf dem Absatz um und befahl dem Kerkermeister mit schneidender Stimme:
»Bringt ihn in die Kammer.«

KAPITEL 25 »Er liegt in Ketten in den Hexenlöchern? Seid Ihr sicher?« Man konnte Gaßner nicht trauen. Katrin ging um den Kaufherrn herum. Jemand, der sich so um sie bemühte, war ihr verdächtig. »Und Ihr habt ihn gesehen? Ihr habt mit ihm gesprochen?«

Gaßner räusperte sich.

»Gesprochen nicht. Gesehen ja.«

»Ihr lügt!«, fuhr Katrin ihn an. Sie wusste nicht, wie sie den Kaufmann sonst aus der Reserve locken sollte. Florint hatte sie doch noch besucht, auch wenn ihr die Begegnung inzwischen wie ein böser Traum vorkam.

»Warum sollte ich lügen? Pater Eginald hat mir berichtet, Florint hätte die Tat gestanden, nachdem ihn die Stadtschergen aufgegriffen hatten. Mich geht der Junge nichts an. Ich will mein Manuskript und meine Maschine.«

Jetzt lachte Katrin, kurz und hart.

»Eure Maschine? Die Maschine meines Vaters, meint Ihr! Sie wurde nur nach einer Vorlage gebaut, von der Ihr nicht einmal wusstet, wie man sie liest. Haltet mich nicht für beschränkt.«

»Die Inquisition hat sich des Falles angenommen.«

Katrin juckte es plötzlich am ganzen Körper. Sie versuchte, nach außen hin ruhig zu wirken und sich nicht willkürlich überall zu kratzen. Nur ihre Hände begannen feucht zu werden. Die Inquisition. Ein lähmender Gedanke.

»Was will sie von ihm?«

Gaßner seufzte, dann begann er durch den Raum zu wandern. Katrin ließ ihn nicht aus den Augen.

»Ihr wisst also nicht, wo der Bursche das Manuskript verborgen hat?«

Katrin schüttelte den Kopf.

»Ich wüsste es zu gern selbst. Der Einzige, der darüber Bescheid wusste, war mein Vater – und womöglich Florint.« Leiser, beinahe flüsternd fügte sie hinzu: »Und bald die Inquisition und damit dieser Pater Eginald.«

Jetzt hatte sie den Stachel gesetzt. Jetzt musste sie nur noch warten, bis das Gift wirkte.
Gaßner fuhr sich mit der Hand unter seinem Kragen den Hals entlang. Die Tatsache, dass sich die Inquisition der Sache angenommen hatte, behagte ihm nicht.
Katrin trat rasch zur Tür, öffnete sie einen Spalt, überprüfte, ob draußen jemand lauschte, dann trat sie dicht an Gaßner heran. Sie flüsterte.
»Ihr wisst, dass Wolfhart bereits nach dem Manuskript gesucht hat?«
Katrin musterte das Gesicht Gaßners genau, doch es zeigte keinerlei Erkennen oder Erschrecken. Er hatte sich im Griff. Einem Kaufmann wie diesem Gaßner konnte man keine Regung entlocken, wenn er sie nicht zeigen wollte. Venezianische Schule: versteinerte Mimik, kalte Herzen, gierige Hände.
»Das ganze Haus hat Wolfhart danach abgesucht. Nichts. Ich habe ihn dabei beobachtet. Auch ich habe alle Zimmer einmal von oben bis unten durchstöbert.«
Gaßner blieb ruhig.
»Für wen arbeitet Wolfhart? Hätte er nicht Rückendeckung, würde er nicht so forsch auftreten. Für den Dominikaner, vermute ich«, dachte Gaßner laut.
Katrin nickte leicht. Dieser Gaßner war mit allen Wassern gewaschen. Er versuchte, ihre Überlegungen und Gedanken auf eine falsche Fährte zu lenken. Katrin fiel darauf nicht herein. Sie wusste sehr wohl, in wessen Auftrag der Altgeselle herumschnüffelte. Schließlich war sie nicht auf den Kopf gefallen. Für Gaßner selbst.
»Was sollen wir tun? Wenn Florint von Pater Eginald in den Folterkeller geschickt wird, dann ist das Manuskript für Euch verloren. Das wisst Ihr genau.«
Gaßner stand gedankenverloren am Fenster und blickte nach draußen. Katrin folgte seinem Blick. Dort regnete es in feinen

Schlieren, die nur die Luft befeuchteten, nicht jedoch den Gassenboden.

»Was interessiert die Inquisition an dem Manuskript, Gaßner?«

Gaßner rührte sich nicht vom Fleck, wippte nur nervös auf den Fußballen vor und zurück.

»Es enthält Gedanken, die ketzerisch sind. Wer die Welt aus dem Mittelpunkt des Universums verdrängt und sie dafür an einen noch so schönen Ort platziert, verstößt gegen die Lehre der Kirche. Ketzerei. Aufruhr. Die Menschen könnten unruhig werden, wenn sie erfahren, dass der Herr, unser Gott, ein wenig mit der Geometrie gepfuscht und den Menschen und seine Welt, in der er wohnt, nicht als die Mitte allen Seins betrachtet hat.«

Ketzerei. Der Begriff hing ihr zum Halse heraus. Alles, was nicht durch eine Erwähnung in der heiligen Schrift abgesichert war, stand unter dem Verdacht der Ketzerei. Ihr Vater hatte fortwährend dagegen angekämpft, dass den Prälaten, Bischöfen und Äbten dieser Stadt, dass den Mönchen und Pfarrern, den Predikanten und Bigotten die Welt zu neu, zu unbekannt, zu fremd war und damit voller Teufeleien steckte.

»Dafür soll ein Mensch sterben?«

Gaßner schüttelte den Kopf.

»Florint wird sterben, weil er Euren Vater ermordet hat, um an das Manuskript zu kommen.«

»Seid Ihr sicher, dass es so war?«

Jetzt drehte sich Gaßner zu ihr um.

»Seid Ihr es nicht, Jungfer Buschmann? In den nächsten Tagen werdet Ihr vor das Gericht zitiert werden, um Eure Aussage zu machen. Der Vogt wird Euch die Bibel vorlegen, und Ihr müsst darauf schwören.« Sein Blick bohrte sich in ihre Augen.

»Ich werde dem Vogt erzählen, dass ich Florint gesehen habe, wie er das Heft des Messers in der Hand hielt. Ich werde ihm jedoch auch erzählen, dass Ihr der Letzte wart, der ihn lebend gesehen hat.«

Stumm fluchte Gaßner vor sich hin.
»Was wollt Ihr?«
»Keine Zwangsheirat. Kein Fest der Zunft, auf dem ich Handelsware bin. Dafür dürft Ihr die Horoskopmaschine *erwerben*. Von irgendetwas muss ich leben. Und Ihr kauft mir meine ersten Horoskope ab und lobt mich öffentlich.«
Gaßner sah sie unbewegt an. Dann zuckte ein Lächeln um seine Mundwinkel.
»Ihr hättet eine Kauffrau abgegeben. Wäre ich nicht bereits verheiratet, ich glaube, ich würde Euch einen Antrag machen. Wo ist die Maschine?«
»Wollt Ihr bezahlen?«
»Wie viel?«
»Fünfhundert Gulden, rheinisch.«
Gaßner durchmaß mit langsamen Schritten den Raum. Dann sah er sie von der Seite an.
»Ihr nehmt es von den Lebenden ...«
»... weil von den Toten nichts mehr zu erwarten ist, Gaßner. Schlagt ein, und sie gehört Euch noch heute.«
Gaßner blieb in der Mitte des Raumes stehen.
»Vierhundert. Ich werde Euch das Geld gegen Abend vorbeibringen. Morgen schon soll ein Zug nach Venedig abgehen. Der erste in diesem Jahr. Bei den Fuggern weilt soeben ein Kaufmann aus der Lagunenstadt. Er wird mich mitnehmen.«
»Vierhundertfünfzig«, versuchte Katrin es noch einmal.
Gaßner sah sie einen Moment kalt an.
»Ihr seid nicht in der Lage zu handeln, Jungfer Buschmann. Es bleibt dabei. Vierhundert.«
Die letzten Worte hatte er mehr zu sich als zu Katrin gesprochen. Er streckte die Hand aus, und Katrin schlug ein. Sie wusste wohl, dass sie als Frau, noch dazu als unverheiratete, keine Geschäfte tätigen durfte, doch die Umstände drängten.
»Heute Abend!«, sagte sie und löste sich aus der Hand.

KAPITEL 26 Florint zitterte am gesamten Leib. Zwar hatte ihm der Henker nur die Werkzeuge gezeigt und deren Gebrauch erläutert, doch das genügte, um ihn mit einer schwarzen Furcht zu erfüllen. Wenn er nur Daumenschrauben angelegt bekommen würde, wäre seine Zukunft als Instrumentenbauer beendet. Niemals mehr würde er in der Lage sein, eine Feder zu biegen oder eine Unruhe einzustellen. Jetzt lag er zu einer Kugel zusammengekauert in den Hexenlöchern und fror, obwohl es verhältnismäßig warm war. Schlafen wollte er, nur schlafen. Wie lange hatte er dem Dominikaner gegenüber gesessen? Vier Stunden, fünf, sechs? Bis zur Erschöpfung hatte der Mönch ihm immer wieder dieselben Fragen gestellt: Wo befindet sich das Manuskript? Was steht in dem Manuskript? Wo befindet sich Meister Buschmanns Teufelsmaschine? Wie funktioniert sie? Florint konnte immer nur beteuern, dass er es nicht wusste, schließlich hatte er nichts davon zu Gesicht bekommen, oder – wie bei der Maschine selbst – kaum etwas davon begriffen. Als Pater Eginald von ihm abgelassen hatte, mussten ihn die Henkersgehilfen in das Hexenloch zurückschleppen, so schwach hatte er sich gefühlt.

Der Rottfleck hatte ihn begrüßt, als er vom Verhör zurückkam, doch er war nicht in der Lage gewesen, den Gruß zu erwidern. Alles war so unwirklich.

Der Dominikaner interessierte sich für Manuskript und Maschine, als wäre beides Teufelswerk.

Eines war ihm allerdings aufgefallen, als die Knechte ihn durch die Zellenöffnung geworfen hatten: Alle waren von ihm abgerückt.

»Warum tun sie das?«, fragte er nach einer geraumen Weile, als seine Zähne nicht mehr aufeinanderschlugen, als das innere Zittern nachgelassen hatte, in die Dunkelheit hinein.

»Was?«, fragte der Rottfleck zurück. »Was tun sie?« Dann lachte er auf, als habe er begriffen, was Florint sagen wollte. »Sie rücken von dir ab, weil sich die Inquisition für dich interessiert,

Hochwohlgeboren. Sie haben Angst, du könntest sie unter der Folter beschuldigen. Jeder Name, der auch nur geflüstert wird, ist verbranntes Fleisch. Du bist ein Fall für den Scheiterhaufen – und sie gönnen ihn dir allein.« Wieder lachte der Rottfleck bitter und spuckte gegen die Wand. »Der bevorstehende Tod im Feuer macht einsam.«

Florint nickte und brütete über seinem Schicksal.

»Kann man aus diesen Löchern hier entkommen? Kann man fliehen, Rottfleck?« Der Gedanke daran brandete wild in ihm auf.

»Wie kommst du darauf? Glaubst du, dann säße noch irgendein Mensch hier? Wo hast du bislang gelebt?«

Es war ein unbändiger Schrei, der ihn hochriss, der ihn auf die Beine stellte. Er stolperte über die Beine seiner Nachbarn und Zellengenossen hinweg zum Gitter, rüttelte daran, schrie, brüllte, keifte, stöhnte. Es tobte in ihm und aus ihm heraus, ohne dass er es kontrollieren konnte – bis dicht bei seinen Fingern eine Eisenstange gegen das Gitter krachte und sie nur knapp verfehlte. Sofort verstummte er und ließ los. Nicht zu früh, denn die Stange schlug erneut gegen die Stäbe, diesmal dort, wo sich noch vor einem Lidschlag die Finger um das Eisen gespannt hatten. Unwillkürlich zuckte Florint zurück. Ein drittes Mal schepperte die Stange gegen das Gitter, und dann erschien das grinsende Gesicht des Schergen.

Er sagte nichts, stierte nur durch die Stäbe hindurch auf Florint, der langsam rückwärts zurück ins Dunkel kroch und sich neben dem Rottfleck niederließ.

»Einen Tag kein Wasser, zwei Tage kein Brot!«, sagte der nur halblaut. »Mehr hast du nicht erreicht. Selbst als Todgeweihter empfiehlt es sich, manchmal etwas umsichtiger zu sein.«

Florint rieb sich die Handgelenke, die er sich durch den Schlag verprellt hatte. Allein der Gedanke daran, dass der Wärter auch seine Finger hätte erwischen können, ernüchterte ihn. Alle Furcht, alle Zweifel waren ausgeräumt. Es interessierte niemanden, ob er getan hatte, was man ihm vorwarf. Er saß hier – das genügte als Schuldbekenntnis.

»War es draußen Tag oder Nacht, als man dich hergebracht hat?«

Florint musste erst eine Zeit nachdenken, bevor er begriff, dass der Rottfleck ihm eine Frage gestellt hatte.

»Es hat gedämmert zur Nacht. Warum?«

»Ich hab lange kein Sonnenlicht mehr gesehen«, sagte der nur. »Man verliert ein wenig die Zeit, wenn man die Sonne weder auf- noch untergehen sieht.« Er stockte kurz. »Frühling müsste es jetzt werden!«

Florint schloss die Augen und lehnte sich gegen die kühle Wand. Sie war feucht von den Ausdünstungen der Körper.

»Die ersten Märzenbecher und Schneeglöckchen sind bereits verblüht«, sagte er. »Alles atmet. Alles wirkt so frisch und jung. Der April neigt sich beinahe dem Ende zu.« An Katrin musste er dabei denken, an ihre weißen Arme und ihr Lächeln, das so zuversichtlich und spitzbübisch in die Welt hinausstrahlte.

»Weck die anderen nicht auf«, flüsterte Rottfleck. »Sie haben es nicht gern, wenn man von den schönen Dingen der Welt redet. Sie mögen es nicht mal, wenn man daran denkt. Wer sich mehr in seinem Gesicht anmerken lässt als die übliche Leere, gilt als verdächtig und steckt mit der Obrigkeit unter einer Decke. Merk es dir, Instrumentenbauer. Wer dumm schaut, lebt länger.« Er hüstelte ein Lachen. »Ende April!«, hörte Florint ihn noch einmal flüstern. »Dann muss es sich bald zeigen, wer die Wahrheit gesagt hat.«

Florint ließ das Kinn auf die Brust sinken und stützte seinen Kopf in die Arme.

»Was nützen mir deine Verhaltensregeln, wenn ich mich in wenigen Tagen als Rauch in der Luft verteile?«

»Man weiß nie, wozu was gut ist.«

Das Klirren von Schlüsseln drang in die Hexenlöcher hinunter. Schwere Schritte stapften die feuchten Steintreppen hinab.

Florint richtete sich auf. Auch der Rottfleck neben ihm regte sich. Vor ihnen erhoben sich im Schimmer der Fackeln die Männer und krochen bis ans Gitter vor.

»Bleib zurück«, zischte der Rottfleck Florint an, als dieser sich anschickte, ebenfalls nach vorne zu kriechen. »Bist du verrückt? Sie suchen womöglich ein paar Burschen, um ein wenig Spaß zu haben. Womöglich ist das Blutgerüst bereits aufgeschlagen, und man will es austesten.«

Florint bezähmte seine Neugier und kroch wieder zurück an die Wand.

Von seinem Platz aus konnte er nichts erkennen, nur das Verlesen der Namensliste drang bis zu ihm. Die Stimme des Gerichtsschreibers hallte im Gewölbe, sodass die Namen nur undeutlich zu verstehen waren. Das Ende der Liste ließ ihn auffahren: »… Rotta Enrico, Deroubaix Florint, Kaas Otto, … heraustreten!«

»Scheiße«, zischte es neben ihm.

Florint begriff sofort.

»Rotta Enrico! Bist du das?«

»Halt's Maul, komm!«, sagte der Kerl neben ihm nur und kroch bis ans Gitter. »He, macht auf, wenn Ihr uns schon ruft.«

»Pass auf, Bursche. Ich werd dir zeigen, ob es sich lohnt, eine solche Lippe zu riskieren.«

Eine Eisenstange krachte gegen das Gitter. Doch statt eines zweiten Schlags folgte eine Schimpftirade in einer fremden Sprache, und ein dröhnender Bass fauchte den Wärter an: »Verfluchter Kerl! Willst du dem Rat das Geschäft verderben? Zahlst du ihm die Verluste aus der eigenen Tasche?«

»Verzeiht, Herr. Aber das Gesindel versteht nur diese Sprache …«

Man hörte den Wärter geradezu einen Bückling machen und den Kopf einziehen.

»Dann hoffe ich inständig für dich, dass du die meine verstehst. Fünf Kreuzer für jeden, der ohne eine Blessur, ohne einen blauen Flecken oder eine Schramme den Raum hier verlässt – und einen Gulden von euch für jede Verletzung, die einer der Gefangenen durch eure Tölpelhaftigkeit erleidet.«

Florint kannte die Stimme. Gaßners Stimme. Vom Gitter aus konnte er den Raum vor der Zelle gut überblicken. Durch vier Fackeln beleuchtet wirkte er wie mit rotem Samt ausgeschlagen. In der Mitte standen der Beschließer mit den Schlüsseln in den Händen, der Wärter mit seiner Stange und einer Fackel sowie, vornehmer mit einer Laterne bestückt, Gaßner und ein Fremder, der sich mit der freien Hand ein Tuch vor die Nase hielt, das mit einer Essenz beträufelt war, deren Wohlgeruch bis zu ihnen herüberwehte.

Das Tor wurde aufgezogen, und der Rottfleck und Florint krochen aus ihrem Verlies. Der Rottfleck, den Florint zum ersten Mal ganz sehen konnte, vorneweg. Er trug buchstäblich nichts mehr auf dem Leib als einen Lendenschurz aus Stofffetzen. Sein Körper war schmächtig und knochig. Doch selbst vor einigen Monaten war er sicherlich kein muskulöser Mann gewesen. Seine kahle, hohe Stirn zeugte davon, dass er eher zum Denken als zum Arbeiten geschaffen war.

Der Fremde musterte die beiden und auch den Rest der Männer, die aus ihren Löchern hervorkrochen, nachdem die Gitter aufgeschlossen worden waren. Der Beschließer hielt neben seiner Fackel und dem Schlüsselring eine kurze Lederpeitsche in der Hand, an deren Ende kleine Bleikugeln klackten.

»Alles Mörder und Unverbesserliche. Körperlich kräftig und weitgehend gesund. Sie werden den Transport überleben«, erläuterte Gaßner. Der Fremde neben ihm winkte jeden der Männer heran, musterte ihn von oben bis unten und nickte. Daraufhin trieb der Beschließer die Gefangenen auf die andere Seite des Raumes, wo sie sich auf den Boden zu hocken hatten. Nur beim Rottfleck zögerte der Fremde. Doch dann zuckte er mit den Achseln und schickte ihn weiter. Florint war der Letzte in der Reihe.

Florint musterte den Mann ebenso sorgfältig, wie er von diesem beschaut wurde. Südländisch wirkte der Fremde, reich. Florint erkannte Merkmale venezianischer Tracht, vor allem einen aufgestickten Löwen an den Aufschlägen des Wamses. Die Augen wirkten wegen der hängenden Lider etwas müde, der Blick trieb über die Männer hinweg, doch der Eindruck täuschte. In den klaren Pupillen glänzte ein wacher Verstand.
»Einen Gulden als Verpflegungsentschädigung, zwei Gulden je Mann als Ausgleich für den Henker, der an den Toten verdient hätte, und je drei Gulden für den Rat. Ihr könnt Euch über das Geschäft nicht beklagen.«
Gaßner trat ganz an den fremden Kaufmann heran und flüsterte ihm etwas zu. Der Venezianer verzog keine Miene. Er nickte und reichte Gaßner einen Lederbeutel. Dann antwortete er im weichen venezianischen Dialekt, den Florint von seinem Vater gelernt hatte und aus seiner Gesellenzeit noch kannte.
»Sowie einen Bonus für Euch, Gaßner. Ich hatte nicht erwartet, so schnell eine Lösung für mein Problem zu finden.«
Gaßner wandte sich bereits wieder zum Gehen. Auch der Venezianer drehte sich weg. Florint, der sich nicht zu der Gruppe Hockender hatte begeben müssen, schloss auf, nachdem ihm der Beschließer mit der Peitsche einen Wink gegeben hatte.
»Ihr müsst nur bis Ende dieser Woche die Stadt verlassen. Der Vogt sieht es nicht gern, wenn man ihm die Delinquenten wegkauft. Versprecht mir das.«
Der Venezianer nickte.
»Natürlich, Gaßner. Mich drängt es selbst nach Süden. Die Pässe sind frei. Je schneller wir ins Arsenale kommen, desto weniger kosten mich die Kerle.«
Florint glaubte, seine Ohren müssten um mehrere Fingerbreit gewachsen sein, so sehr bemühte er sich zu lauschen. Doch er konnte in das Gespräch keinen Sinn bekommen. Sie waren verkauft worden, sollten nach Venedig? Wozu?
Der Weg der Männer führte nach oben, doch nicht auf den

Platz hinterm Rathaus hinaus, sondern in die Schmiedekammer. Dort wurde jedem Häftling ein Ring um die Handgelenke geschmiedet, der mit einer Kette verbunden wurde. Auch die Beine bekamen den Ring. Florint schrie, als sich das heiße Eisen an seiner Haut abkühlte und sich die Fessel einbrannte.

Als der Schmied seine Arbeit beendet hatte, wurden Kettenteile hereingeschleppt und je zwei Männern durch die Fesselringe gezogen und festgeschraubt. Der Rottfleck schob sich zwischen die Männer, und es gelang ihm, mit Florint zusammengebunden zu werden. Danach wurden sie zu je sechs Mann aneinandergekettet. Erst jetzt ging es im Gänsemarsch hinauf an die Oberfläche. Vierundzwanzig Männer hatte Florint gezählt. Vierundzwanzig Kettensträflinge.

»Wohin bringen sie uns?«, flüsterte Florint, als sie, je zwei und zwei nebeneinander, die Treppen ans Licht stiegen.

»Hast du 's noch immer nicht kapiert?«, zischte der Rottfleck zurück. »Venedig. Arsenale. Wir sind Galeerensträflinge. Vom Rat der Stadt verschachert, weil es billiger ist, uns nach Venedig zu schaffen, als uns hier durchzufüttern.«

Langsam verstand Florint und fühlte, wie sich ihm die Nackenhaare aufstellten. Der Tod war nicht aufgehoben, sondern nur aufgeschoben worden. Jetzt würde er nicht plötzlich über ihn kommen, sondern ihn langsam auffressen.

KAPITEL 27 Katrin sah sofort, dass Sarah Beitel etwas auf die Seele drückte. Die Magd aus dem Fuggerhaus hielt nach ihr Ausschau und konnte es nicht erwarten, bis sie den Krug zum Brunnen geschleppt hatte, sondern lief ihr entgegen.

»Gut, dass ich dich treffe. Weißt du schon das Neueste, Katrin?«, sagte sie, während sie sich zu ihr herbeugte und ihre Stimme senkte. Sie griff den Henkel des Kruges. Zu zweit schleppten sie den Tonkrug bis zum Brunnenrand.

Katrin schüttelte den Kopf. Sie lachte verlegen. Was sollte Sarah ihr schon mitzuteilen haben.
»Seit gestern Abend hocken sie bei uns im Innenhof!«
Erwartungsvoll sah Sarah Katrin an. Die blickte nur mit gerunzelter Stirn zurück.
»Sarah«, sagte Katrin sanft, »ich habe keine Ahnung, wovon du redest. Erzähl von Anfang an. Bitte.«
Katrin stellte den Krug unter den Wasserstrahl und ließ das klare Wasser des Brunnenlechs hineinfließen.
Mit raschen Bewegungen blickte Sarah sich um, dann trat sie nahe an Katrin heran. Das Plätschern des Einlaufs übertönte ihre Stimme. Niemand, der nicht Katrins Ohr so nahe kam wie sie, würde sie hören können.
»Unser Hof ist voller Gefangener. Sie sind mit Ketten zwei und zwei zusammengeschlossen.«
Teilnahmslos hörte Katrin zu.
»Warum sollte mich das etwas angehen?«
»Florint ist darunter!«, warf Sarah plötzlich ein. »Euer Geselle. Dein Geselle. Der Junge, der dir nachgestiegen ist!«
Katrin ließ den Krug los, und der glitt langsam in den Brunnentrog hinab. Mit leeren Augen sah sie ihm nach, wie er versank. An Florint hatte sie nicht mehr gedacht, obwohl sie den Zettel gefunden hatte, den ihr Florint an dem Abend hatte zeigen wollen, als man ihn verhaftet hatte. Er hatte die Wahrheit gesagt und in ihr Zweifel an seiner Schuld gesät.
»Erstens ist er nicht mein Geselle, und zweitens ist er mir nicht nachgestiegen. Für seine Taten ist er selbst verantwortlich.«
Mit einem dumpfen Schlag landete der Steinkrug am Grund des Beckens. Jetzt würde sie beinahe in den Brunnen hineinsteigen müssen, um ihn wieder herauszuholen. Ob Florint wirklich nur hatte wissen wollen, was mit seinem Vater geschehen war? Dann war es möglich, dass man ihm den Mord an ihrem Vater in die Schuhe geschoben hatte. Sie dachte an das Tagesblatt, das sie errechnet hatte. Florint war unschuldig. Oder?

»Sie werden als Galeerenruderer nach Venedig gebracht.«
Jetzt horchte Katrin auf.
»Sie werden nicht dem Henker vorgeführt? Dem Vogt?«
Sarah schüttelte kurz den Kopf.
»Deshalb will ich es dir ja sagen. Es geht ab nach Venedig. Übermorgen. In aller Herrgottsfrühe.«
Katrin war verwirrt. Was hatte das wieder zu bedeuten?
»Das geht doch nicht.«
»Wir hatten einen Sopracomito bei uns im Haus. Einen Galeerenführer aus Venedig«, erklärte Sarah, als sie den fragenden Blick ihrer Freundin sah. »Er hat dem Rat zwei Dutzend Männer abgekauft. Allesamt Mörder oder Totschläger und Diebe. Damit sie für ihn rudern.«
Noch immer verstand Katrin nicht recht. Ein Venezianer, der hier in der Handelsstadt Augsburg Galeerenruderer kaufte?
»Du willst mir einen Bären aufbinden, Sarah. Das kann doch nicht sein!«
Sarah wurde ärgerlich. »Was kann nicht sein? Ich soll sie begleiten. Ihnen das Essen kochen und sie versorgen. Da wird es wohl so sein, meine liebe Katrin«, platzte es aus ihr heraus.
Langsam begriff Katrin, dass ihr die Fuggermagd die Wahrheit sagte. Das bedeutete, dass Florint nicht gehängt werden würde, nicht für eine Tat zu büßen hatte, die er womöglich nicht begangen hatte. Plötzlich ahnte sie auch, was Gaßner gemeint haben könnte mit seiner Möglichkeit, die er besaß. Natürlich. Er war Ratsmitglied – und als solches hatte er Einfluss auf solche Entscheidungen.
»Der Sopracomito hat jede Menge Männer eingekauft und in Ketten schmieden lassen. Heimlich natürlich, denn der Vogt darf davon nichts wissen. Offiziell jedenfalls«, erzählte Sarah.
»Warum kommen sie von Venedig, um hier Männer einzukaufen? Und warum Mörder?«
»Das hab ich auch gefragt. Den Hauptbuchhalter bei unserem Herrn. Der hat gesagt, dass die Männer ihr Leben ohnehin ver-

wirkt haben, doch von der Stadt durchgefüttert werden müssten. Da sei es sogar besser, man könne das Geld, das man für ihre Verpflegung ausgegeben habe, wieder hereinbekommen und sogar einen kleinen Gewinn machen. Außerdem fällt ein Dieb, dem man die Hand abschlägt, der städtischen Fürsorge zur Last und kostet. Das will man vermeiden.
Nur der Sopracomito könnte Ärger kriegen. Denn die Männer dürften eigentlich nicht rudern. Die venezianischen Galeotti, die Ruderer, stellt eigentlich die Stadt Venedig selbst. Doch die Galeotti seien in den letzten Jahren immer unverschämter geworden, vor allem, wenn es sich um heikle Missionen handle. Da helfe man sich eben mit Fremden, die ohnehin nichts zu verlieren hätten.« Das habe ihr der Hauptbuchhalter so erzählt, berichtete Sarah.
Langsam begriff Katrin. Man entledigte sich in der Stadt der schwierigen Fälle. Kein Hahn krähte den so Verschwundenen nach – und dem Vogt oder dem Henker würde mit Geld das Maul gestopft werden. Eine feine Regelung, auch wenn sie vermutlich nicht legal war. Doch wen interessierte das schon. Die Politik fand immer Wege, sich aus der Verantwortung zu stehlen.
Sie musste schlucken, wenn sie daran dachte, dass Florint nach Süden gebracht wurde. Lebend würde sie ihn nicht mehr sehen. Jetzt wurde ihr plötzlich klar, wie sehr ihr immer noch an dem Jungen lag. Einerseits war sie erleichtert darüber, dass er nicht am Galgen endete, andererseits verfolgte sie ein wenig das Schuldgefühl, die wahren Umstände des Todes ihres Vaters nicht weiterverfolgen zu können. Was, wenn Florint tatsächlich unschuldig war?
Sie lächelte Sarah an.
»Du sollst den Tross nach Venedig begleiten?«
»Leider!«, seufzte Sarah.
»Freu dich. Wer kommt als Frauenzimmer schon nach Venedig?«

»Letztens erst hat mir der Altgeselle der Handschuhmacher aus der Wintergasse den Hof gemacht und mich gebeten, seine Frau zu werden. Er werde bald den Meisterbrief als Weißgerber in Händen halten.« Sie rückte wieder näher an Katrin heran. »Solche Gelegenheiten bekommt ein Weib wie ich nicht alle Tage. Da pfeif ich auf die Lagunenstadt.«
Katrin musste grinsen. Das sah Sarah ähnlich. Doch mit ihrem Zweifel wollte sie sich jetzt nicht abgeben. Sie musste sich den Krug angeln und nach Hause, musste zu Gaßner und ihn fragen, ob er das alles eingefädelt hatte.
»Morgen ziehen sie los nach Venedig. Gaßner ist dabei und der Dominikaner vermutlich auch«, murmelte Sarah. Katrin, die sich bereits zum Gehen gewandt hatte, drehte sich wieder um.
»Morgen schon?« Gaßners Geschäftigkeit, sein Bemühen, so schnell wie irgend möglich die Stadt zu verlassen, machten ihn tatsächlich mehr als verdächtig. Und dass Pater Eginald sich dem Zug anschloss, erstaunte sie noch mehr.
In Katrins Kopf überstürzten sich die Gedanken. Wenn Gaßner in diese Sache verwickelt war, wenn er selbst jetzt versuchte, an das Manuskript zu gelangen, dann war Florint eindeutig unschuldig. Er würde unschuldig auf den Ruderbänken der Galeeren zugrunde gehen. Sie musste ihn sprechen, musste ihm helfen …
»Wann ziehen sie los?« Sie stellte die Frage, obwohl sie den Zeitpunkt bereits kannte, wollte sich nur der Richtigkeit versichern.
»Morgen, wenn die Stadttore aufgehen. In aller Herrgottsfrühe! Hinaus zum Haunstetter Tor über den Wagenhals nach Süden.«
»Florint ist sicher dabei!«
Sarah zuckte mit den Schultern. »Ich habe ihn jedenfalls unter den Gefangenen gesehen.«
Katrin zupfte gedankenverloren an ihren Haaren.
Sie musste Wolfhart mit der Beaufsichtigung der Werkstatt

betrauen. Sie musste sich womöglich einen Platz in diesem Tross erkaufen. Sie musste Sarah bitten, ob sie nicht die Plätze tauschten. Sie durfte Florint nicht aus den Augen lassen. Sie musste ein Auge haben auf diesen Gaßner und womöglich auf den Dominikaner.

Unwillkürlich fasste sie an ihren Bauch, wo sie sich das Pergament und die Pläne wie einen inneren Gürtel umgeschnürt hatte. Womöglich gab es eine Gelegenheit, das Manuskript gegen den Gesellen auszutauschen.

Am Grund des Wasserbeckens lag ihr Krug. So weit entfernt wie ihr altes Leben, das sie soeben abzustreifen begann wie eine Libelle ihre Wasserlarve. Hatte ihr Tageshoroskop nicht angedeutet, sie würde eine besondere Erfahrung machen und die gedrängte Sonne-Mond-Venus-Merkur-Konjunktion im 10. Haus zwar Entbehrungen und Zeiten des Verzichts vorhergesagt, aber eine Lebenschance eröffnet? Ergreifen musste sie diese, nützen. Sie drehte den Kopf und lächelte Sarah kurz an, dann fasste sie deren Arm.

»Ich hab mir dir zu reden, Sarah.«

II. TEIL

Canale Della Giudecca

»Ich sah Dich, als du irrtest …
Darum habe ich Dich zu Dir selbst gebracht
und in Dein eigenes Herz geführt.«

AMOS COMENIUS, 1631

KAPITEL 1 Die Ketten klirrten leise, als sich der Rottfleck im Schlaf drehte. Florint war sofort wach. Er blieb ruhig liegen. Eiseskälte kroch ihm die Glieder hoch und ließ Finger und Lippen zittern. Dieser Frühling hatte noch den Winter in den Knochen.

Einen Augenblick überlegte er, wo er sich befand, bis er die schmerzende Wunde der Metallschelle um sein Handgelenk spürte. Trotz der eisigen Temperatur dieses Morgens.

Natürlich, der Fuggerhof, dachte er und versuchte sich aufzusetzen, doch die Kettenspannung hielt ihn nieder. Langsam holte er sich die Ereignisse der letzten Zeit in sein Gedächtnis zurück: Der Rottfleck und er waren mit glühenden Nieten in Ketten zusammengespannt worden; sein Mitgefangener hatte aufbegehrt, weil er mit dem rechten Handgelenk in die Kette wollte statt mit dem linken; der Transport bei Nacht und Nebel hierher in den Fuggerhof; das Warten. Dieses endlose, zermürbende Warten.

Florint zog an der Kette an seiner linken Hand. Ihm war das durchaus nicht unangenehm. So hatte er seinen rechten Arm frei, während der Rottfleck rechts bei vielen Verrichtungen behindert war.

Vierundzwanzig Gefangene hatte der Venezianer aus den Hexenlöchern freigekauft. Vierundzwanzig junge Männer, die noch nicht lange in den Strohschütten gelegen hatten und frei von Schwären und dem grauen Gesicht der langen Haft waren.

Sehen konnte Florint kaum etwas von seinen Schicksalsgefährten, da die Dämmerung noch schwer im nächtlichen Dunkel lastete. Nur die Umrisse der Körper waren zu erkennen.
Neben seiner Hand raschelte es. Ein wischendes, kaum wahrnehmbares Geräusch, begleitet von einem kurzen, stoßartigen Atmen. Florint bewegte den Arm, da ertönte ein heller Pfiff, und er zog die Hand sofort zurück: Ratten!
Selbst in den Mauern der Kaufleute herrschten diese eigentlichen Bewohner der Stadt. Ob ihn das eher beruhigte oder verstörte, konnte er nicht mehr nachfühlen, denn über ihm wurde ein Fenster geöffnet. Sofort horchte er auf.
»Müssen sie ausgerechnet hier im Hof hocken?«
Die Stimme klang ruhig und eher sanft, als wäre sie es gewohnt, die Dinge beim Namen zu nennen und festzuhalten.
»Wenn der Vogt erfahren hätte, dass wir die Gefangenen aus den Löchern heraus verkaufen, wäre er womöglich … sagen wir … unruhig geworden und hätte uns das Geschäft verdorben.«
Die zweite Stimme erkannte Florint sofort. Sie gehörte Gaßner.
»Morgen schafft Ihr sie mir aus den Augen, oder ich kann für nichts mehr garantieren.« Wieder blieb die Stimme gänzlich unaufgeregt. »Riecht Ihr diese herrliche Frühlingsluft? Ich kann nicht verstehen, warum die Menschen diesen Duft aus ihren Häusern ausschließen, nur weil sie glauben, sie holten sich damit schlechte Miasmen in die Wohnungen. Aberglaube. Sie haben keine Ahnung und verkaufen ihre Unwissenheit als Gewissheit. Dabei müsste man nur einmal über die Dinge nachdenken.« Die letzten Sätze hatte die Stimme offenbar zu sich selbst gesprochen, da Gaßner nichts darauf erwiderte oder eine Erwiderung nicht für nötig hielt.
Die beiden Männer entfernten sich vom Fenster, das offen stehen blieb.
Florint überlegte, wem die Stimme gehört haben könnte.

»Der Fugger«, hörte er es neben sich flüstern. »Jakob Fugger!«
»Das war der Fugger, Rottfleck?«
»Eben der. Wo Geld fließt, hält er seine Hand in den Strom und befeuchtet sie.«
»Ich verstehe nicht, was er an uns verdienen will.«
»Er denkt anders. Es geht ihm nicht um den momentanen Gewinn, Florint. Der Fugger denkt einfach anders. Er denkt auf Jahre hinaus. Vermutlich verdient er nichts an uns, vielleicht zahlt er sogar drauf. Doch das Geld, das er für uns eingesetzt hat, wird ihm ein Mehrfaches an Zinsen einbringen. Worauf du dich verlassen kannst.«
Jetzt konnte sich Florint aufsetzen. Vorsichtig stützte er sich ab, um nicht eine der Ratten zu erschrecken, die geradezu furchtlos zwischen den Gefangenen herumschwänzelten. Vermutlich wussten sie, dass dieser Haufe von Männern ihnen nicht gefährlich werden konnte.
Florint hörte Stimmen, dann schlug das schwere Außentor zu, und Pferdegetrappel hallte im Innenhof wider. Gaßner war davongeritten.
Jetzt, nachdem Rottfleck wach geworden war, konnte Florint die Stellung wechseln. So legte er sich auf den eisigen Boden, dessen Kälte nur durch ein wenig Stroh gemildert wurde.
»Wir werden nach Venedig laufen müssen, Handwerksprinz!«, spottete der Rottfleck neben ihm halblaut. »Ich hoffe, sie haben dir die Nagelschuhe gelassen.«
Florint war barfuß wie alle Gefangenen. Laufen? Bis nach Venedig laufen? Ihn schauderte bei diesem Gedanken, er dachte an all die Steine und Wurzeln, an die Dornen und Stoppeln und Disteln, die diesen Weg zu einem Martyrium machen würden.
»Dennoch haben sie für uns bezahlt und werden uns am Leben lassen«, konterte er.
Der Rottfleck lachte kurz und hart.
»Wunder gibt es nur in der Bibel und nur für …«

Er unterbrach sich mitten im Satz und stieß Florint in die Seite. Mit dem Kinn deutete er zu einem der Tore hinüber. Florint folgte seinem Blick. Dort drüben stand, ganz in der Nähe der Stallungen, aus denen das Stroh für ihre Schütte herangeschafft worden war, Pater Eginald, der Dominikaner. Rasch und erregt sprach er in der aufkeimenden Helligkeit auf einen Mann ein, dessen aufrechte Körperhaltung jeden Zweifel über seinen Stand beseitigte. Er war der Hausherr dieses Anwesens. Jakob Fugger.

»Verstehst du, was sie reden?«, flüsterte Florint.

»Kein Wort.«

Warum steckten die beiden ihre Köpfe zusammen? Wenn Florint den Gesprächen glaubte, die überall um Jakob Fuggers Reichtum und Beziehungen, über seine Geschäfte und Handlungen, über seine Haltung und seinen Glauben im Umlauf waren, dann konnte er mit dem Dominikaner keine Gemeinsamkeiten besitzen. Der Fugger molk die Menschen aus, presste aus ihnen den letzten Kupferpfennig heraus, doch er tötete seine Milchkühe nicht. Im Gegenteil. Der Fugger, so redeten die Leute, hatte begriffen, dass man geben musste, wenn man nehmen wollte.

Dieser Pater Eginald jedoch gehörte einer anderen Sorte Mensch an. Frei von moralischen Skrupeln verfolgte er, um auszurotten: Glaubensfeinde, Ketzer, Heuchler, Freigeister und wie sie sonst noch im Namen der heiligen katholischen Kirche genannt wurden.

Mit weit ausholenden Gesten deutete der Mönch zu den Stallungen, dann auf die Männer, die im hintersten Winkel des Hofes kauerten, dann wieder auf seinen Gesprächspartner. Schließlich gab der nach. Doch nicht resigniert, nicht kapitulierend, sondern mit einem überlegten Kopfnicken, als hätte ihn das Argument überzeugt, das der Klosterbruder mit so viel Einsatz vorgebracht hatte.

Ein Wink mit dem Arm ließ aus dem Schatten der Tordurchfahrt einen Knecht treten, den Jakob Fugger mit einer kurzen Information wegschickte. Dann übergab ihm der Dominikaner ein Schriftstück.

»Was wohl in der Hülle steckt?«, fragte er den Rottfleck, der ebenso gespannt die Szenerie beobachtet hatte wie er selbst.

»Eine Teufelei. Wenn der Dominikaner dahintersteckt, eine ausgemachte Teufelei.«

Ein Fluch folgte dieser Äußerung, und Florint nahm sich vor, den Gefährten in einer ruhigen Stunde zu seinen Erfahrungen mit dem Mönch zu befragen.

Jakob Fugger und der Dominikaner schwiegen sich in der Zwischenzeit an. Alles schien besprochen, ausgetauscht, beredet. Seit der Umschlag den Besitzer gewechselt hatte, herrschte eine beklemmende Stille.

Nach einiger Zeit kam der Knecht mit einem Mann zurück, der die Botschaft entgegennahm, in eine Umhängetasche steckte, sich auf Fuggers Wink hin zu dem Mönch hinabbeugte und eine mündliche Instruktion entgegennahm. Erst als er diese zur Zufriedenstellung Pater Eginalds wiederholt hatte, durfte er sich entfernen. Er wandte sich den Ställen zu. Der Knecht ging mit einer Laterne vorneweg. Man hörte ein Knirschen und Schlagen, dann trat der Mann mit einem gesattelten Gaul heraus.

»Ein Bote«, flüsterte der Rottfleck, jedoch so laut, dass sich der Dominikaner zur Gruppe der Männer umdrehte und in die Dämmerung spähte. Er konnte sie nicht sehen, weil sie im Hausschatten lagerten. »Ein Fuggerbote. Mit diesen Reitern überzieht der Fugger sein gesamtes Imperium. Wer wichtige Botschaften zu senden hat, der benützt diesen Dienst. Er verschafft ihm einen immensen Vorsprung an Informationen. Während sich andere noch in Sicherheit wiegen, verkauft der Fugger bereits Kupfer, weil er vom Ausbruch eines Krieges gehört hat.« Der Rottfleck schnaufte hörbar durch die Nase aus.

»Was mag das für eine wichtige Botschaft sein, die der Dominikaner hier wegschicken lässt? An wen mag sie gerichtet sein?«
»Ich gäbe ein Ohr darum, wenn ich es wüsste«, antwortete ihm der Rottfleck.

KAPITEL 2 Jetzt würde sich der Erfolg ihres Plans entscheiden. Katrin betrat den Fuggerhof, in dem eine umtriebige Geschäftigkeit herrschte. Männer riefen einander Befehle zu, Pferde wieherten, brummten und schnaubten. Es stank nach Mist und Urin und dem Schweiß der Fuhrwerker. Katrin zählte zwölf Wagen mit Warenballen, an die eben Zugtiere angehängt wurden, hochschultrige Kaltblüter, deren hellbraune Körper dampften, mächtige Gäule mit starken Beinen. Bewaffnete Söldner bewachten das Laden und Zurren und Heben.
Katrin suchte die Gefangenen, konnte sie jedoch nirgends entdecken. Ein wenig verwirrte sie dieser Umstand; schließlich sollten sie mit diesem Transport mitgehen. Doch im Hof stapelten sich nur Waren. Sie wollte niemanden nach den Häftlingen fragen oder darauf ansprechen. Ihre Neugier wäre sicherlich aufgefallen. Alles und jeder ließ sich von der Unruhe anstecken, die in der Luft lag. Nur in der Mitte des Hofes stand, eine geflochtene Lederpeitsche in der Hand und die Arme in die Hüften gestemmt, mit stoischer Ruhe eine Gestalt, die ebenso gut von einem Steinmetz hätte gemeißelt sein können, wenn sie nicht unablässig Befehle gebrüllt und in unregelmäßigen Abständen die Lederpeitsche gebraucht hätte.
Das also war Jörg Holtz. Sarah hatte sie vor diesem Kerl gewarnt.
»Ein Tier, kein Mensch!«, hörte sie an ihrem inneren Ohr Sarah flüstern. Selbst hier verbreitete er Furcht und Schrecken und wurde von Stimmen angefeuert, die aus dem ersten Stock herabfielen. Katrin sah hinauf. Aus den Fenstern über dem Hof

blickte Gesinde herab, und die Frauen der Fugger oder deren Kinder schrien dem Mann im Hof Worte zu, die dieser mit drohenden Fäusten, einem harten Lachen und dem Schnalzen der Peitsche beantwortete.

Am Eingang zum Lager, ebenfalls inmitten des Gedränges und Geschiebes, stand ein Mann, der zum Trossführer Holtz das genaue Gegenteil bildete. Mit ruhigen Anweisungen und klarem Blick für die Notwendigkeiten leitete er den Aufbruch: Jakob Fugger. Mit leichten Handbewegungen dirigierte er die Abläufe und schien mit schlafwandlerischer Sicherheit alles zu überblicken und zu kontrollieren, während Holtz wahllos die Peitsche schnalzen ließ. Jakob Fugger schien das Verhalten seines Trossführers seltsamerweise nicht zu stören. Es verriet ein gewisses Einverständnis mit dieser Art des Umgangs.

Einer der Wagen schien Fugger besonders am Herzen zu liegen, denn über dessen Bord schielte er ins Innere und nickte, als ihm ein Kistler Vorrichtungen und Einbauten zeigte, die für Katrins spähenden Blick nicht einsehbar waren.

»Verguck dich nicht!«, sprach Katrin eine Stimme von der Seite her an. Katrin zuckte zusammen, doch es war nur Sarah.

»Hast du mich erschreckt!«, schimpfte sie ruhig.

»In solchen Karren verbirgt er sein Gold«, kommentierte Sarah, als sie Katrins Blick folgte. »In einem doppelten Boden. Komm jetzt«, drängte Sarah und zog Katrin hinüber zu einer Tür.

Das Lärmen des Hofes erstarb, als sie das Treppenhaus betraten. Katrin folgte Sarah durch einen Raum hindurch, der nach Gewürzen duftete, doch jetzt leer war.

»Nun machen wir aus dir eine Fuggermagd.«

»Du bist dir sicher, dass es niemand bemerken wird?« Katrin klang skeptisch. Mindestens zwei Nächte hatte sie nicht schlafen können, weil ihr die möglichen Probleme durch den Kopf gegangen waren, die sich aus der Entdeckung ihrer Maskerade ergeben konnten.

»Du wirst sehen, wenn sie weit genug von Augsburg weg sind,

ist es ihnen egal, wer für sie kocht. Hauptsache, sie haben eine Küchenmagd. Die allermeisten Männer kennen weder mich noch dich.«
»Gaßner kennt mich«, warf Katrin ein.
Sarah lachte. »Er wird dich nicht wiedererkennen!«
Von einem bereitliegenden Stapel holte Sarah ein helles, grobes Hemd, einen dunkleren Unterrock und einen ebenso dunklen groben Oberrock, in dessen Ausschnitt das Hemd sichtbar blieb. Katrin betrachtete die Kleidungsstücke misstrauisch. Sie wirkten bäuerlich, widersprachen so ganz ihrer eigenen Kleidung. Gerade in den Stoffen und Schnitten wurde ihr der Unterschied bewusst, der zwischen einer Handwerkerstochter und einer Magd bestand.
»Hilf mir bitte beim Umkleiden«, sagte sie leise und begann ihr Gewand abzulegen. Dabei drehte sie sich so, dass das Futteral mit den Manuskripten auf ihrer Brust unsichtbar blieb.
Keinen Glockenschlag später stand eine Dienstmagd vor Sarah. Mit einem letzten Handgriff band sich Katrin die Haube um, deren Kinnbinde ihr Gesicht anfänglich verdecken sollte. Während der Reise würde sie das lästige Stück Stoff ablegen.
»Jetzt wirst du dich bewähren müssen!«, sagte Sarah spöttisch, als sie ihre Verwandlung beendet hatten. »Der Küchenwagen muss noch eingeräumt werden. Ich helfe dir, doch du musst die Dinge selbst vor Ort verstauen, sonst kennst du dich nicht aus.«
Noch ein wenig unsicher in ihrer neuen Tracht schlüpfte Katrin hinter Sarah her aus dem Raum.
Der Lärm schlug ihnen entgegen wie ein Peitschenschlag. Seit sie sich zum Umkleiden zurückgezogen hatte, hatten Hektik und Geschrei beträchtlich zugenommen. Selbst die Tiere stellten mit wildem Schnauben und Stampfen und dem Zerren an den Zugriemen ihren Anteil am Durcheinander und am Getöse im Innenhof.
Sarah ging voran. Sie hielt vor einem der Wagen, die noch ohne

Zugtiere in der Nähe der Küchenzeile standen. Katrin kletterte hinter ihr auf die Pritsche und spähte ins Innere. Töpfe und Pfannen hingen an den Spanten der Wagenwände. Tief reichte der Boden als Stauraum auf die Achsen hinunter. Darin lagen bereits lose Zwiebeln und Karotten bereit und einige Säcke mit Hirse. Hartes Fladenbrot hatte man in der Mitte durchbohrt und mit einem Strick an die Wagendecke gehängt. Abwechslungsreich würde das Essen nicht werden.

»Wein wird auf einem gesonderten Wagen mitgenommen«, sagte Sarah und sah sich im Wagen um. »Du schläfst auf dem Boden zwischen den Säcken. Das ist zwar nicht sonderlich bequem, aber sicher«, bemerkte sie. »Lass niemanden hier herein. Du brauchst einen Raum für dich. Die Kerle da draußen«, Sarah deutete hinter sich, »müssen nicht immer einen Weiberrock sehen. Sie werden sonst allzu brünstig.«

Katrin schluckte, sagte jedoch nichts. Ihr neues Reich, das im hinteren Teil auch einen kleinen gemauerten Herd enthielt, flößte ihr ein wenig Angst ein. Wie sollte sie mit diesen Gerätschaften und diesem kleinen Herd dreißig Männer und mehr jeden Tag satt bekommen? Und wie sie sich gleichzeitig vom Leibe halten? Doch sie hatte sich entschlossen, also nickte sie nur.

»Mit den Fuhrknechten hast du nichts zu schaffen. Sie kochen ihr Essen selbst. Zu versorgen hast du nur die hohen Herrschaften und die Gefangenen. Den einen kannst du das Essen nicht gut genug zubereiten, die anderen sind froh, wenn sie überhaupt was zu fressen kriegen. An die Arbeit!«

Unablässig redete und plapperte die Magd vor sich hin und Katrin versuchte zu verstehen, was hinter Sarahs Andeutungen und spöttischen Bemerkungen steckte.

»Wo sind die Gefangenen, Sarah?«, unterbrach Katrin endlich die Ausführungen der Magd. »Ich habe Florint nicht gesehen.«

»Du willst ihn so auch nicht sehen, glaub mir«, sagte Sarah. »Man hat sie in der Dämmerung bereits weggeschafft. Sie haben mit dem ersten Hahnenschrei Augsburg verlassen.« Sie drehte sich zu Katrin um. »Ihr werdet bald auf sie treffen. Wenn auch wohl noch nicht heute.«

Der Tag schritt voran, die Glocke schlug zu Mittag, als der erste Wagen anruckte. Das Tor der Faktorei öffnete sich und entließ den ersten Karren. Schwer holperte er über die Pflasterung und steuerte das Rote Tor an. Vor dem Tor hatten bewaffnete Landsknechte gewartet, die jetzt aufsaßen und an der Spitze vorneweg schritten.

Katrin und Sarah standen eine ganze Weile eng umschlungen, bis der Fuhrwerker, der ihren Wagen fuhr, sich räusperte und die Gäule anrucken ließ.

»Danke, Katrin«, flüsterte Sarah, dann entließ sie Katrin und half ihr auf den Kutschbock. Katrin verschwand im Inneren des Wagens. Der Fuhrwerker zwinkerte ihr zu. Er war Sarahs Vater, Gero Beitel; er war Katrin ebenfalls dankbar dafür, dass sie die beschwerliche Reise für Sarah angetreten hatte.

Katrin setzte sich auf eines der Bretter, die über dem Fehlboden lagen, und plötzlich erfüllte sie so etwas wie Lust am Abenteuer und Vorfreude auf den Weg, den sie nun nehmen würden.

Den Weg kannte sie auswendig. Sie fuhren auf der alten Via Claudia Augusta den Predigerberg hinab und dann die Gasse der Bäcker entlang bis zum Tor. Die unterschiedlichsten Gerüche folgten ihr, angefangen vom Duft frischer Brotwaren bis zum Gestank der Siechen aus dem Heilig-Geist-Spital.

Beim Auslass hörte sie die Männer mit den Torwachen ein letztes Mal verhandeln, dann ruckten die Karren an und polterten über die hölzerne Zugbrücke hinüber in Richtung Wagenhals und Haunstetten.

Kaum hatte der Küchenwagen die Brückenbohlen verlassen und war auf festen Untergrund geraten, stockte der Zug erstmals. Katrin, die einen zügigen Fortgang erwartet hatte, stutzte. Sie schlug das Tuch zurück und streckte ihren Kopf mit der weißen Haube aus dem Wageninneren. Vor ihr duckten sich die Häuser

des Wagenhalses links und rechts der Straße in das Gesträuch, dahinter ragte der Buschwald des Gries auf.
Der Anlass für den Halt war nicht zu übersehen. Mitten auf dem Weg stand im mönchischen Habit, die Arme wie bei einer Kreuzigung ausgestreckt, Pater Eginald. Katrin zog den Kopf zurück. Was wollte er?
Nur durch einen Spalt des Vorhängetuches hindurch beobachtete sie, wie der Dominikaner mit dem Hauptmann des Zugs redete, wie dieser den Kopf schüttelte und ihn schließlich zwischen die Schultern einzog, als der Dominikaner ein Schriftstück vorwies, das mit dem Wappen der Fugger gesiegelt war, wie selbst Katrin von ihrem Standort aus erkennen konnte. Der Dominikaner kletterte auf einen der ersten Wagen – und der Zug ruckte wieder an. Es dauerte eine ganze Weile, bis auch der Küchenwagen anzog und seine langsame Fahrt aufnahm.
Der Mönch änderte alles. Durfte sie den Transport als Magd begleiten, wenn einer der Inquisitoren Augsburgs den Wagentross begleitete?
Das Schaukeln und Wiegen des Karrens verhinderte, dass sie sich lange über diesen Umstand Gedanken machte. Der Zustand der Straße schüttelte ihr die Zweifel regelrecht aus dem Kopf, bis sie erneut bei der Frage hängen blieb, was den Dominikaner wohl dazu veranlasst hatte, sich dem Zug anzuschließen, und wie weit er sie begleiten würde.
Trotz Sarahs Warnung kletterte Katrin auf den Kutschbock und setzte sich neben Sarahs Vater.
»Was haltet Ihr davon, Meister Beitel? Ein Hund des Herrn als Begleiter.«
Der Fuhrwerker knurrte nur unverständlich, blickte nach oben, als wäre die Antwort aus dem bleigrauen Himmel über ihnen abzulesen, und antwortete schließlich:
»Ein schlechtes Omen, wenn man mich fragt. Dennoch, jeder Tross braucht einen Geistlichen. Es wird gestorben auf diesen Reisen, mein Kind. Mehr als uns lieb ist. Wir ergehen uns nicht

in einem der Fuggergärten, wir riskieren unser Leben.« Er lachte kurz und hart.
Katrin biss sich auf die Lippen.

KAPITEL 3 Florint stolperte mehr die Straße entlang, als dass er ging. Gehofft hatte er, dass man ihnen wenigstens die Fußschellen abnehmen würde, doch niemand dachte daran, den Sträflingen den Marsch zu erleichtern. Je zwei und zwei waren sie zusammengekettet, und je sechs waren mit einem Seil miteinander zu einer Gruppe verbunden. Es gab keine Pause, keine Rast, kein Halten, wenn einer aus der Gruppe stolperte. Unerbittlich trieben die sie begleitenden Landsknechte die Gefangenen an.
Als sie mitten in der Nacht den Fuggerhof verlassen hatten und, mit Sondergenehmigung, zum Roten Tor hinaus waren, hatte man jedem von ihnen ein Stück Brot in die Hand gedrückt und einen Wasserbeutel um den Hals gehängt. Danach waren sie losmarschiert. Zuerst war es die alte Römerstraße entlanggegangen, die seit Jahrhunderten von Augsburg aus ins Welschland führte, die Alpen hinauf und hinab nach Venedig. Vor Haunstetten waren sie in den Wald abgebogen und hatten auf einen Wildwechsel oder Schmugglerpfad gewechselt, um den Ort zu umgehen.
»Warum rennen wir durchs Dickicht?«, flüsterte Florint dem Rottfleck zu. Sie brauchten sich momentan keine Sorgen darüber zu machen, von einem der sie begleitenden Soldaten gehört zu werden, denn die mussten selbst zu Fuß gehen und ihre Pferde führen und befanden sich nur am Kopf des Zugs oder an dessen Ende.
»Sie wollen nicht, dass uns die Bewohner sehen und dem Vogt davon berichten können«, sagte der Rottfleck schlicht.
»Wenn wir so weiterrennen, sind wir morgen in Landsberg.«
»Oder noch weiter. Bis Venedig brauchen wir insgesamt aller-

höchstens vier oder fünf Wochen, mein Freund. Ich bin gespannt, wann uns der Tross einholt. Bei diesem Tempo dürfte ihm das schwerfallen.«

Plötzlich erhob sich vor ihnen ein Rufen. Florint sah, wie die Vordergruppe seitwärts ins Dickicht ausbrach, wie sie hintereinander her springend den Weg verließen und sich durchs Unterholz wühlten. Die Truppe stockte. Hinter ihnen fluchten die Landsknechte, vor ihnen herrschte einige Verwirrung.

»Zur Seite«, fauchte ihn der Rottfleck an, und tatsächlich stürmten zwei Landsknechte mit gezogenen Schwertern an ihnen vorüber. »Das ist Irrsinn!«, kommentierte der Rottfleck die Situation. »Es wird keine Stunde dauern, dann haben sie die Kerle wieder eingefangen. Kein Brot, kein Wasser. Spätestens nach zwei Tagen hat unser Gruppenführer sie wieder, wo er sie haben will. Am Boden. Danach winseln sie. Wer in Venedig rudern soll, der muss kräftig sein. Man wird wohl darauf verzichten, sie zu schlagen. Hunger kann schlimmer sein als die Pferdepeitsche.«

Der Rottfleck setzte sich auf den Trampelpfad und lehnte sich gegen einen der Stämme. Florint tat es ihm gleich, soweit es ihm die Ketten erlaubten.

»Sie haben es jedenfalls versucht«, warf Florint ein.

Verächtlich schnaubte der Rottfleck. Seine grauen Augen musterten Florint eindringlich.

»Es wird ihnen leidtun. Wenn man flieht, müssen die Aussichten günstig sein. Wohin wollen sie hier? Zum Lech hinab? Sie werden nicht weit kommen.«

Florint bemerkte, dass sein Kamerad mit der Kettenschelle spielte, dass er sie sich bis an den Daumenballen vorzog und immer weiter hinaufrutschte, bis es nicht mehr weiterging. Dann ließ er sie zurückgleiten. Er selbst hatte das auch schon versucht, doch seine Hand war zu groß, der Daumenballen zu mächtig, sodass sie sich nicht abstreifen ließ.

»Wie lange werden wir brauchen?«, fragte Florint in die Runde.

Neben ihnen hatten sich die vier anderen ebenfalls auf den Boden gesetzt.
»Bis Venedig? Drei Wochen, vielleicht vier. Wenn der Weg offen ist und wir keine Zwischenaufenthalte einlegen müssen. Wenn wir rennen wie bisher, dann schaffen wir es in nur zehn Tagen. Allerdings nicht alle.«
Der Rottfleck hatte leise gesprochen, kaum hörbar und mit geschlossenen Augen.
Florint verspürte Hunger und wollte sein Stück Brot in den Mund schieben.
»Lass das. Was du spürst, ist noch kein Hunger. Es grummelt ein wenig in den Gedärmen. In zwei Tagen wird dich der Hunger auffressen. Dann bist du froh, wenn noch ein Kanten übrig ist. Glaub mir.«
Es war ein anderer Mann neben Florint, der ihn gewarnt hatte. Ausgemergelt sah der aus, nur noch aus Haut und Knochen bestand er. Die Augen lagen tief in den Höhlen, die Haut im Gesicht spannte sich über die Backen und bildete tiefe Krater an den Wangenhöhlen, was Florint den Gedanken eingab, dem Mann könnten alle Backenzähne fehlen.
»Was macht dich so sicher, Fiedler?«
Der Rottfleck war auf das Gespenst aufmerksam geworden und hatte ihn eine Zeit lang scharf angesehen.
Der Angesprochene hustete und spuckte dann einen rötlichen Schleim in die Büsche.
»Ich geh den Weg zum zweiten Mal.«
Dabei sah er etwas verlegen aus, als wäre ihm diese Mitteilung unangenehm.
Sofort richtete sich der Rottfleck auf.
»Wie das, Fiedler? Niemand kommt aus Venedig zurück.«
»Wenige kommen zurück«, antwortete der Kerl und kaute auf seiner Unterlippe, die wie ein loses Stück Stoff an seinem Kinn zu hängen schien. »Wir sind damals überfallen worden. Kurz vor Bozen. Sie haben mich am Leben gelassen. Ich bin zurück-

gekommen. Wenn man im Welschland nicht deren Sprache spricht ...« Er ließ den Satz offen, doch Florint konnte sich denken, was der Kerl meinte, den der Rottfleck Fiedler nannte.
»Wann ist es am günstigsten, die Truppe hier zu verlassen?«
Jetzt war auch der Fiedler hellhörig geworden.
»Warum willst du das wissen, Rottfleck? Wer solche Fragen stellt, der führt was im Schilde.«
Verächtlich schnaubte der Rottfleck durch die Nase. »Wer auf die Galeeren soll und sich keine Gedanken darüber macht, wie er ihnen entkommen kann, ist entweder dumm oder tot.«
Damit lehnte sich der Rottfleck wieder an seinen Stamm zurück und schloss die Augen. Keiner sagte mehr ein Wort, denn alle dachten offenbar dasselbe: Er hat Recht.
Die Ruhe wurde durch das Fluchen und Zetern der Landsknechte unterbrochen. Sie brachten die Ausreißer zurück. Florint stand mit den anderen auf. Neugierig beobachteten sie, wie die sechs Flüchtigen mit gesenkten Köpfen wieder in die Marschordnung eingegliedert wurden. Ihre Hemden waren zerrissen, die Haut war zerschunden und rotfleckig vor Striemen; dem Mann, der Florint zunächst stand, schienen sogar ganze Haarbüschel zu fehlen. Blut tropfte aus der Kopfhaut und rann den Rücken hinab.
»Vorwärts!«, befahl der Landsknechthauptmann, und der Zug setzte sich wieder in Bewegung. Florint und seine Gruppe marschierten an den Landsknechten vorüber, die sie mit unbewegten Mienen musterten.
Wir sind nichts als eine Ware, für deren Sicherheit sie verantwortlich sind, las Florint aus ihren Mienen heraus. Zur Not schnürten sie diese zu Bündeln und legten sie sich als Packen über die Sättel ihrer Pferde. Für einen kurzen Augenblick überlegte er, ob die Männer wohl einen Bonus erhielten, je mehr Sträflinge sie ans Ziel brachten. Zu Jakob Fuggers Geschäftsgebaren würde ein solches Vorgehen durchaus passen.
Sie liefen bis in die Dämmerung hinein und ruhten erst, als

es stockfinster wurde, für eine gute Stunde aus. Sie bekamen weder Decken noch ein Dach über dem Kopf. Frierend und zähneklappernd saßen sie eng aneinandergedrückt, um sich gegenseitig zu wärmen. Als sich der Mond am Horizont zeigte und die Straße wie ein bläuliches Bachbett aus dem Dunkel heraus leuchtete, scheuchten die Landsknechte sie wieder auf und trieben sie vorwärts. Florint stolperte neben dem Rottfleck her.

»Halt dich vom Fiedler fern«, warnte ihn sein Kamerad, als sie eine kurze Zwangspause einlegten. »Er hat die Weberkrankheit.«

So kurz diese wenigen Sätze waren, so sehr lösten sie in Florint die Furcht aus, sich anzustecken. Die Weberkrankheit, das Weberfieber, war hochansteckend. Er hatte den roten Speichel bereits gesehen, den der Fiedler heimlich in die Büsche spuckte. Sein Husten war ihm auch schon aufgefallen; er hatte sich jedoch nichts dabei gedacht. Wer in den schimmligen und feuchten Hexenlöchern gelegen hatte, der hustete. Durch die Bemerkung des Rottflecks hatte dieses Husten einen anderen Stellenwert erhalten, einen tödlichen.

Florint zweifelte daran, dass der Fiedler Venedig je lebend erreichen würde.

KAPITEL 4 »Am besten, du verschwindest im Wagen. Mit diesem ungehobelten Kerl ist als Jungfer nicht gut Kirschen essen«, forderte Meister Beitel Katrin auf. »Jörg Holtz holt sich, was er will.«

Sie hatte zusammen mit Meister Beitel beobachtet, wie der Trossführer aus der Reihe geschert war und sich am Straßenrand platziert hatte. Er war ein kräftiger Mann mit eckigen Gesichtszügen, was seinem Aussehen etwas Brutales gab. Sein schwerer Haflinger tänzelte, als wollte er die langsameren Gäule dadurch zu einem schnelleren Trab animieren. Jeden der Karren mus-

terte Jörg Holtz von oben bis unten, als suche er nach etwas. Mit allen Fuhrwerkern wechselte er ein paar Worte, die mehr einem Anblaffen glichen als einem vernünftigen Gespräch.
Katrin ließ sich die Warnung nicht zweimal sagen. Den Trossführer hatte sie bereits kennen gelernt, persönlich begegnen wollte sie ihm nicht. Sie schlüpfte also ins Wageninnere zurück, ließ aber den Filzvorhang, der das Wageninnere vor Regen schützte, einen Spalt aufstehen. Gespannt spähte sie nach draußen und betrachtete den Mann, der langsam näher kam.
Auch Jörg Holtz musterte den Wagen genau, maß Größe und Form des Karrens, als könne er durch die Plane hindurchsehen. Kurz glaubte Katrin, Holtz habe sie hinter dem Filz entdeckt, doch dann schalt sie sich selbst eine Närrin. Kein Mensch besaß so scharfe Augen, dass er sie im Dunkel des Wageninneren hätte erkennen können.
»Meister Beitel, wieder dabei?«, rief er Sarahs Vater an.
Katrin beobachtete vom Wagen aus, wie der Trossführer seinem Pferd kurz die Sporen gab und neben dem Fuhrmann herritt. Sie waren der letzte Wagen. Hinter ihnen gab es nichts mehr zu kontrollieren.
»Von etwas muss der Mensch leben, Holtz. Fugger zahlt für die erste Fuhre am meisten.«
»Und fordert dafür die höchste Aufmerksamkeit. Ihr habt unsere hohen Herren gesehen.«
»Ihr meint Gaßner und den Venezianer?«
»Genau. Und den Dominikaner. Dass Ihr mir ordentliches Essen liefert!«
Meister Beitel knurrte.
»Ihr habt Euch hoffentlich mit einer Magd versehen, die das Handwerk versteht?«
Meister Beitel lachte gezwungen. »Ein Muttchen, das wir in Venedig lassen können, wenn sie bis dorthin durchhält. Ansonsten muss ich selbst kochen.«
»Verflucht, Mann! Getraut Euch. Sollte die Vettel nicht bis

Venedig durchhalten, werdet Ihr im Kochtopf landen. Das versprach ich Euch.«

Jörg Holtz hatte gesprochen, als glaube er dem Fuhrwerker. Doch plötzlich beugte er sich vor, schob mit dem Griff seiner Peitsche, die er in der linken Hand hielt, den Filz beiseite und sah Katrin mitten ins Gesicht.

»Ahnt ich 's doch«, sagte er mit einer Ruhe, die mehr einer Drohung glich. »Eure Vettel hat einen Jungbrunnen gefunden, Meister Beitel. Ich könnt schwören, dass sie sich in ein hübsches Reh verwandelt hat.« Dabei lachte er, ohne den Mund zu verziehen. Frech starrte er Katrin an. »Solche Schätze darf man nicht verbergen. Man muss sie in die Hand nehmen.«

Katrin schob den Peitschengriff beiseite und zog den Filz wieder vor. Sie fühlte, wie ihr Halsansatz vor Aufregung glühte. Dieser eine Blick in Holtz' Augen hatte ihr gezeigt, wozu dieser Mann fähig war. Die Gier auf ihren Körper war so deutlich daraus zu lesen gewesen, dass es sie nicht gewundert hätte, wenn ihm der Geifer aus dem Maul getropft hätte. Laut und brutal hörte sie ihn lachen.

»Ich liebe es, wenn sie sich ein wenig zieren!«, rief er Meister Beitel zu. Katrin hörte, wie er mit der Zunge schnalzte und seinem Haflinger die Sporen gab, ihn steigen ließ und dann an die Spitze des Zuges zurückkehrte. Erst danach wagte sie sich wieder aus ihrem Versteck.

»Jetzt hast du ein Problem«, flüsterte ihr der Fuhrwerker zu, als sie neben ihn auf den Kutschbock kletterte.

»Warum glaubt Ihr das?«

»Hast du den Namen unseres Trossführers schon einmal gehört? Nicht? Man nennt ihn ›die Peitsche‹. Niemand getraut sich, ihm ein Widerwort entgegenzusetzen. Er bricht jeden Willen – und wenn ihm eine der Mägde gefällt, nimmt er sie sich.«

Beitel musste sich räuspern. Er wagte nicht, Katrin dabei anzusehen.

»Ich glaube, diesmal hat er seine Meisterin gefunden. Er weiß es nur noch nicht. Männer wie er sind abergläubisch. Dafür habe ich ein Mittel.«

»Wenn es nur so einfach wäre, Katrin«, sagte Meister Beitel zweifelnd.

»Eine widerliche Kreatur«, spie Katrin aus und spuckte ihren bitteren Speichel in den Staub neben der Straße.

»Du wirst ihn kennen lernen. Glaub mir.«

Katrin starrte düster den Tross entlang. Winterliche Restfeuchte saß noch im Boden und verwandelte ihn in einen Morast. Jedes Wagenrad, das in eine Vertiefung sackte, vergrößerte sie, und irgendwann im Laufe dieses Sommers würde aus der harmlosen Pfütze ein gefräßiges Ungeheuer werden, das Karren umwarf, Kutscher fraß oder ganze Wagenladungen einfach in sich hineinsog. Sie musste sich die Hände vor die Augen halten, weil ihr die Vision plötzlich so plastisch vor Augen stand, als könne sie danach greifen.

»Genügte es nicht, dass ich als Waise durch diese Welt irren muss?«, fragte sie mehr sich selbst als Meister Beitel.

»Jeder hat sein Kreuz zu tragen. In meinem Alter die Alpen zu überqueren, um mit einem Gewinn nach Hause zu kommen, der gerade das Nötigste an Essen und Kleidung deckt, habe ich mir als Junge weder ausgesucht noch vorgestellt.«

Katrin dachte nach. Jörg Holtz würde wiederkommen. Dann würde er ihren Widerstand nicht als einen Spaß betrachten, sondern gewalttätig werden. Sie musste ihm etwas entgegensetzen, das ihn einschüchterte und ihn davon abhielt, sich an ihr zu vergreifen. Aber was?

»Männer wie ›die Peitsche‹ versuchen etwas zu verbergen. Ruhten sie in sich selbst, würden sie sich nicht an Gegenstände klammern wie ihre Fiesel.« Katrin dachte an Jakob Fugger, der ganz das Gegenteil von Jörg Holtz war, an dessen überlegene Sanftheit im Umgang mit der Welt, die dennoch ein Maximum an Willenskraft ausübte. »Wovor fürchtet sich unser Trossführer? Vor der Vergangenheit oder vor der Zukunft?«

Verblüfft zog Meister Beitel an seinem Riemenwerk. Die Gäule wären beinahe ausgeschert, nur die Geistesgegenwart Meister Beitels rettete sie davor, in den Graben zu kippen und womöglich umzuschlagen.

Solange er damit zu tun hatte, die Kaltblüter wieder in die Linie zu führen, blieb er stumm. Erst als sich diese wieder beruhigt hatten, als der Wagen wieder gerade lag, drehte er sich zu Katrin.

»Männer wie er haben mehr Menschen auf dem Gewissen, als wir Pfaffen in Augsburg auf der Straße gesehen haben. Das schürt die Furcht, ohne Absolution vor seinen Richter treten zu müssen. Er lässt sich deshalb für jede Fahrt ein neues Horoskop erstellen. Schließlich will er wissen, ob ihm die Reise Glück bringt.«

»Ein Horoskop, sagt Ihr?« Eine Welle der Fröhlichkeit durchflutete sie. »Ich kann Horoskope erstellen. Ich kann …« Weiter kam sie nicht. In ihrem Kopf begann sich eine Idee zu formen. »Meister Beitel, rasten wir heute noch? Wenn ja, wann wird das wohl sein?«

Beitel blickte prüfend nach vorne. Er suchte bekannte Wegmarken, die ihm verrieten, wo sie sich gerade befanden.

»Die Pferde brauchen Futter und zu saufen. Wir werden in gut einer Stunde eine Pause einlegen. Warum fragt Ihr?«

Jetzt war es an ihr, laut aufzulachen. Papier lag im Wagen. Ihre Planetentabellen hatte sie mitgenommen, das Einzige aus dem Haus ihres Vaters, das ihr von praktischer Nützlichkeit erschienen war. Jetzt brauchte sie nur noch Tinte.

Vorsichtig kletterte sie vom Kutschbock aus nach hinten, suchte in den Regalen des Karrens nach Mörser und Stößel. Holzkohle lag in Säcken herum, das nötige Eiweiß entnahm sie einem Ei. Die Eier hingen in einem mit Gras und Stroh ausgepolsterten Bastkörbchen mitten im Raum. Das Eigelb trank sie. Rasch füllte sie, was sie brauchte, in den Mörser und begann einen Brei anzurühren, der langsam die Konsistenz schwerer

Malfarbe bekam. Immer wieder spuckte sie in die Masse, bis sie gleichmäßig flüssig und klumpenfrei war. Wenn sie jetzt Wasser aufgoss, konnte sie mit dieser Tinte notdürftig schreiben. Zufrieden lehnte sie sich zurück.

»Meister Beitel!«, rief sie nach draußen. »Seit wann wohnt Ihr in Augsburg?«

»Lange genug, um mich darin auszukennen.«

»Wann werden wir auf die Galeerensträflinge treffen?«

Meister Beitel schwieg. Katrin hörte ihn aufziehen und auf die Straße spucken.

»Wenn es so gehandhabt wird, wie bei den beiden letzten Transporten, müssen wir vor Landsberg auf sie treffen. Versprechen kann ich nichts.«

Katrin schloss die Augen. Bis Landsberg würde sie ausharren. Zuvor sollte der Trossführer noch eine Lektion erteilt bekommen, an die er denken würde.

KAPITEL 5 Florint erwachte, weil ihm die Füße brannten. Seine Sohlen waren die steinigen Wege nicht gewohnt. Er hatte sich blutig gelaufen. Die Sonne schien durch die Ritzen der Schindeln. Er streckte sich und versuchte das Gewirr der Ketten so zu ordnen, dass ihn nichts drückte.

Im frühen Morgengrauen waren seine Kameraden und er in einer Scheune vor Landsberg untergekrochen und auf einer Strohschütte in den Schlaf gesunken. Seinem Hunger nach musste es um die Mittagszeit sein, doch der Sonnenstand und seine Mattigkeit sagten das Gegenteil. Kaum zwei oder drei Stunden hatte er geschlafen.

»Warum bist du schon wieder da?«

Florint sah sich um, weil er glaubte, eine Stimme gehört zu haben. Doch er sah nur seine Kameraden, die wie tot um ihn herumlagen. Er wollte sich gerade wieder zurücklegen, als er erneut dieses dünne Stimmchen vernahm.

»Warum bist du schon wieder da?«
Diesmal konnte er erkennen, dass sie von oben kam. Über ihnen war mit Brettern ein Zwischengeschoss eingezogen, auf dem ein Teil der Heuernte lag. Tatsächlich schaute ihm von dort durch eine Bretterlücke das Gesicht eines Mädchens entgegen.
»Ich bin das erste Mal hier«, sagte Florint. Doch er war neugierig geworden.
»Ich kenn dich!« Trotzig schoben sich die Lippen der Kleinen vor. »Und den kenn ich auch!« Ihr Blick ging hinüber zu dem Mann, den der Rottfleck Fiedler genannt hatte. Der lag mit seitlich überstrecktem Kopf im Stroh. Ein dünner Blutfaden sickerte aus seinem Mundwinkel und tropfte in die quittengelbe Unterlage.
»Woher kennst du mich?«, fragte Florint, dem ein Verdacht kam. Sofort war er hellwach, und seine Stimme zitterte, als er diese Nachfrage stellte.
»Du musst mir wieder Strohfiguren basteln, wenn ich es dir sagen soll. Zwei!«
Die Antwort der Kleinen ließ Florint endgültig aufhorchen. Er erinnerte sich, dass er als Kind ebenfalls mit Strohfiguren gespielt hatte, die von seinem Vater kunstvoll geflochten und gesteckt worden waren. Er hatte sie geliebt, weil sie so lebendig, so warm gewesen waren, und nachts konnte man mit ihnen, wenn eine Kerze die Stube erleuchtete, Schattenfiguren an die Wand werfen. Niemanden hatte er auf seinen Gesellenwanderungen je Strohfiguren flechten sehen. Sein Vater war der Einzige gewesen.
»War der Mann nicht etwas älter als ich?«, fragte Florint nach. Doch da verschwand der Kopf über ihm.
»Du solltest tun, was sie dir geraten hat«, flüsterte der Rottfleck neben ihm.
Florint wusste nicht, ob er das gesamte Gespräch über wach gewesen war.
»Du bist mir ein schöner Kamerad, der so unbeholfen und

unschuldig tut und dann bereits einmal mit dem Transport in Richtung Venedig unterwegs gewesen ist. Schäm dich!«

Für einen Moment stieg Wut in Florint hoch, doch dann beherrschte er sich. Woher sollte der Rottfleck wissen, dass er nach seinem Vater suchte.

»Nicht mich hat sie hier gesehen, sondern jemanden, der mir sehr ähnlich sieht.«

»Auch von mir laufen jede Menge Zwillingsbrüder herum!«, spottete der Rottfleck.

»Es war mein Vater!«

Das Grinsen des Rottfleck zerfiel in eine Geste des Bedauerns.

»He«, sagte er, »das konnte ich nicht wissen.«

»Woher solltest du auch?«, erwiderte Florint. »Ich wusste es selbst nicht. Aber ich werde es herausfinden«, setzte er lauter hinzu.

Er griff unter sich und begann lange Strohhalme aus der Schütte herauszuklauben und damit ein Pferd und einen Reiter zu flechten. Dafür, dass er seit Jahren nichts mehr geflochten hatte, gelangen ihm die Figuren ganz passabel. Er stellte sie neben sich. Jetzt musste er nur warteten, bis sich das Mädchen wieder sehen ließ, und hoffen, dass sie in der Zwischenzeit nicht weiterzogen.

»Die sind schön«, flüsterte eine Stimme neben ihm plötzlich.

Florint fuhr herum. Hinter ihm, gerade so weit entfernt, dass er sie nicht greifen konnte, stand das Mädchen. Es war gut zehn Jahre alt und trug ein löchriges Überkleid. Sein Gesicht war rotzverschmiert, das Hemd strotzte vor Dreck, doch seine Augen glänzten hellblau und klar. Nur das Gesicht wirkte ernst und ein wenig wie versteinert.

Er musste sich räuspern, bevor er antworten konnte.

»Sie sind ... sind für dich.«

Ein Strahlen lief über ihre Augenpartie.

Florint nahm das Strohpferd und ließ es auf seinem Unterarm zu dem Mädchen hinüberreiten.

»Ich heiße Brunellus. Wie heißt du?«
Das Mädchen kicherte, ohne den Mund zu verziehen. Nur in seiner Brust vibrierte dieses Lachen. Es ließ das Tier keinen Augenblick aus den Augen.
»Magda«, flüsterte das Mädchen. Das Pferd ritt über die Eisenschelle hinweg, an der Florints Kette hing, und landete in Magdas offener Hand.
»Woher kennst du mich?«, fragte Florint und nahm den Reiter in die Hand. Unbeholfen begann die Figur zu laufen. Gebannt sah das Mädchen zu. »Wo ist mein Pferd?«, begann Florint zu schimpfen. »Wo ist mein Schlachtross? Ohne Schlachtross ist ein Ritter kein Ritter, sondern ein Trapper!«
Jetzt lachte das Mädchen laut auf. Doch nur für einen einzigen hellen Ton. Es erschrak selbst derart, dass es vor der eigenen Stimme Reißaus nahm und hinter einem Strohhaufen verschwand.
Florint stellte den Strohritter vor sich hin und lehnte sich zurück, doch Magda ließ sich nicht blicken.
»Der Handwerksprinz ist wohl an Frischfleisch interessiert?«, presste einer der Gefangenen zwischen den Zähnen hervor, den sie den Gerber hießen. »Wenn du mit ihm fertig bist, gib es an mich weiter, hörst du?«
»Halt's Maul, Gerber, du widerliche Visage!«, gab Florint zurück. »Es geht dich nichts an, was ich will.«
Der Kerl aus der Gruppe, die am gestrigen Morgen ausgerissen war, ließ sich nicht abwimmeln: »Halt die Kleine fest und drück zu. Sie wird alles für dich tun, alles …«
Florint fuhr herum. »Wenn du das Kind auch nur scheel ansiehst, wird es das Letzte sein, was du gesehen hast. Ich hoffe, ich habe mich klar ausgedrückt.«
Sein Gegenüber verstummte und zog sich zurück. Er schloss die Augen und tat, als ob er schliefe. Florint wandte sich an den Rottfleck.
»Was glaubst du?«, wisperte er dem zu.

»Was ich glaube? Dass du dich hinlegen und schlafen solltest. Dein Reißen an der Kette macht mich wahnsinnig.«
Florint ließ den Kopf sinken.
»Tut mir leid.«
»Schon gut. Nach allem, was das Mädchen gesagt hat, kennt es einen, der wie du hier vorübergekommen ist.«
»Als Galeerensklave?«
»Was weiß ich?«, knurrte der Rottfleck. »Frag den Fiedler. Der ist ihnen entlaufen.«
Florint wollte zu seinem Kameraden hinüberkriechen und ihn wecken, doch der lag wie tot im Stroh. Außerdem meldete sich die kleine Stimme wieder.
»Hat der Ritter einen Namen?«
Florint, der Magda erst jetzt wieder wahrnahm, stotterte.
»Ja, natürlich. Moment. He, Ritter, wie heißt Ihr?«, versuchte er seine Verlegenheit zu überspielen. Für einen Augenblick hatte er nicht mehr an das Mädchen gedacht. »Seid Ihr vielleicht so höflich! Die hübsche Prinzessin hier will wissen, wie Ihr heißt. Sie hat sich unsterblich in Euch verliebt – und Ihr solltet sie nicht enttäuschen.«
»Ritter Kuno vom Allerwertesten!«, hörte sich Florint sagen.
Wieder lachte das Kind hell, und diesmal erschrak es nicht. Es setzte sich vor Florints Füße und nahm sich den Ritter. Er passte auf den Strohsattel – und dann ritt es mit ihm zusammen in die wildesten Abenteuer hinein. Florint beobachtete, wie es beinahe gänzlich in seinem Spiel versank, die Welt verlor und sich eine eigene aufbaute, die nur im Kopf zu existieren schien. Es dauerte eine ganze Weile, bis es sich wieder in der Scheune einfand.
Mit einem langen Blick sah es auf und Florint geradewegs in die Augen.
»Du bist jünger«, sagte es plötzlich. »War der Mann dein Vater?«
Florint stockte der Atem.

»Mein Vater? Ja doch, es war mein Vater.«
»Dann soll ich etwas weitergeben«, lachte es wieder und lief zum Tor. Doch es hatte nicht mit dem Gerber gerechnet. Als Magda an der Gruppe vorüberschlüpfen wollte, schnellte der Gerber hoch und griff zu. Bevor das Kind schreien konnte, hatte er es in seinen Fängen.
Florint wollte hochfahren, doch der Rottfleck riss ihn zurück.
»Lass es bleiben, wenn dir das Leben lieb ist.«
Mit dem Kinn deutete er zum Gerber hinüber. Zwei der Kerle neben ihm hielten Stöcke in der Hand.
Das Kind strampelte und wehrte sich, doch der Gerber drückte es mit aller Gewalt gegen den Boden und hielt ihm den Mund zu. Dann schob er ihm den Rock hoch.
Florints Lippen zitterten. Er konnte den Blick nicht von der Kleinen abwenden.
»Man kann doch nicht einfach sitzen bleiben.«
»Man kann«, sagte der Rottfleck kühl.

KAPITEL 6 Katrin wickelte sich in ihre Decke, zog sie bis ans Kinn hoch und sah durch einen Spalt in den Vorhängen, die den Wagen nach hinten verschlossen, hinauf in den Sternenhimmel. Das Firmament spannte sich gewaltig über ihrem Kopf, tief und dunkelblau. Ihr war, als atmeten die Sterne über ihr, als wären sie mit dem regelmäßigen Heben und Senken ihrer Brust und ihrem Herzschlag verbunden. Ob Florint ebenfalls hinaufsah in das Licht der Sterne? Sie hatte eine Hoffnung in seinen Augen gesehen und wollte sie wahrhaben an einem samtenen Abend wie dem heutigen.
Katrin suchte nach den Sternbildern, die ihr der Vater gezeigt hatte: das »W« der Kassiopeia; den Schwan; Orion, den großen Jäger mit dem leuchtenden Gürtel, der langsam unter den Horizont zu sinken begann; die beiden Bären. So wie das Sternenmeer in ihren Atemwellen wogte, so spiegelte sich in

ihm das Schicksal der Menschen. Auf und nieder schwankte es, hob den Menschen einmal mit sich empor und schleuderte ihn dann wieder hinab in die Klüfte des Lebens. Sie suchte nach einem Stern, der für den nächsten Tag ihr Wegweiser hätte sein können, doch das Geräusch von Schritten lenkte sie ab. Sie näherten sich dem Karren.

Katrin wusste sofort, wer sich hier anschlich. Ihre Hand griff tiefer, bis sie das Heft eines Messers erspürte. Fest umklammerte sie den Griff und lockerte die Decke, damit sie jederzeit zustoßen konnte.

Am schweren Schritt, an einem leichten Hinken erkannte Katrin den Trossführer. Seine Absicht war unschwer zu erraten. Katrin rutschte lautlos bis an die Außenwand des Karrens und drehte sich so, dass sie gegen das Licht der Sterne jegliche Bewegung erkennen konnte, jegliche Gestalt, die zu ihr in den Wagen wollte. Wer den Vorhang beiseiteschob, der würde von ihr erkannt werden.

Die Schritte verharrten. Ein weinschweres Schnaufen löste sie ab. Durch die hölzerne Wand hindurch roch Katrin den süßlich fauligen Dunst eines Alkoholatems. Der Kerl wartete eine ganze Weile, dann schob sich eine Hand in den Spalt des Vorhangs. Langsam wurde er aufgeschoben. Katrin hatte ihr Messer aus der Scheide gezogen und verharrte regungslos. Sie hielt sogar den Atem an, damit er nicht feststellen konnte, wo sie sich befand.

Dann ging alles sehr schnell. Die Hand hielt sich am unteren Holm des Einstiegs fest, ein Schwanken deutete an, dass die Gestalt einen Fuß auf das Trittbrett gesetzt hatte und einsteigen wollte. In diesem Augenblick wurde der Körper nur von der einen Hand gehalten und schwebte über der Erde. Jetzt stieß Katrin zu und schrie aus Leibeskräften: »Diebe. Mörder. Räuber. Gesindel.«

Das Lager fuhr hoch. Stimmen wurden laut. Katrin hörte noch den Körper des Mannes, der bei ihr hatte einsteigen wollen, auf den Boden schlagen, begleitet von heftigen Flüchen und einem Schmerzensschrei. Das Lager erwachte, während sie weiterbrüllte und keifte und kreischte und den Eindringling zu verscheuchen versuchte. Auch Meister Beitel, der sich unter den Wagen gelegt hatte, war aufgesprungen und schlug jetzt den Vorhangfilz zurück.

»Katrin. Was ist los?«

Katrin, die sich aufgerichtet hatte, spähte hinaus in die Dunkelheit, ob sie den Trossführer irgendwo erblickte, doch der schien sich beiseitegeschlichen zuhaben.

»Ungebetenen Besuch hatte ich«, brummte sie. »Ich glaube, dass er die erste Lektion gelernt hat.«

Während sich das halbe Lager auf den Beinen befand, wickelte sich Katrin erneut in ihre Decke. Für heute Nacht glaubte sie sich sicher. Jörg Holtz würde sich nicht mehr zu ihr vorwagen. Sie schloss die Augen und versuchte ein wenig Schlaf zu bekommen.

Doch daran war nicht zu denken. Der Aufruhr im Lager ebbte nicht ab. Befehle wurden gebrüllt. Sie hörte Holtz heraus, der schrie, bis ihm die Stimme überkippte. Offenbar musste er sich für seine Niederlage an anderen rächen. Schließlich wurde beschlossen weiterzuziehen. Der Mond stand am Himmel, die Wegstrecke führte geradeaus die Via Claudia Augusta entlang. Man konnte den Weg kaum verfehlen.

»Wir ziehen bis Landsberg«, verkündete Meister Beitel, als er in den Wagen stieg, um die Pferdegeschirre von der Seitenkiste zu holen.

»Hab ich ihn erwischt?«

»Wen erwischt?«, fragte Beitel zurück. Dann begriff er. »Ihr wart das also. Nun. So wie es aussieht, könnt Ihr Euch einen Finger als Trophäe um den Hals hängen. Er blutet wie ein abgestochenes Wild.«

»Umso besser«, flüsterte Katrin. »Möge ihn der Wundbrand ereilen!«

Jörg Holtz scheuchte die Männer mit seiner überlauten Stimme auf. Die Gäule schrien dazwischen, weil sie in der Dunkelheit nicht losziehen wollten. Die Männer fluchten. Nur der Mond stand stumm und ernst am Firmament und besah sich den Tumult unter seinem Licht.

Katrin kroch nach vorne, um aus der sicheren Deckung des Wagens heraus den allgemeinen Aufbruch zu beobachten. Sie hoffte, einen Blick auf den Trossführer zu erhaschen. Doch Holtz ließ sich nicht blicken. Sie konnte ihn nur aus den verschiedensten Richtungen hören.

Der Mond schien sich, je höher er am Firmament aufstieg, desto weiter von der Erde zu entfernen, bis er bei anbrechendem Tag nur noch als kleine Scheibe dort stand und wie sich entschuldigend auf sie herabblickte. Orion beugte sich zur Erde. Bald würde er hinter dem Horizont verschwunden sein und erst wieder im Herbst seine Runden ziehen.

Um die erste Stunde kam ein Weiler in Sicht, um den herum einige Wirtschaftsgebäude lagen. Jörg Holtz ließ seinen Tross von der Via Claudia abschwenken und steuerte einen der Heuschober an. Müde trotteten die Kaltblüter auf das Gebäude zu. Heuduft tränkte die Morgenluft. Die Tiere blähten ihre Nüstern und sogen den Geruch ein.

Katrin, die hinter dem Kutschbock eingenickt war, wurde von Meister Beitel geweckt.

»Jungfer Katrin! Oder soll ich besser Sarah sagen? Wir haben sie erreicht.«

Katrin blickte aus dem Wageninneren auf ein Gebäude, von dem sie glaubte, es müsse jeden Augenblick zusammenbrechen. Schief lehnte es sich gegen den Tag, als sei es müde und abgekämpft. Aus den Ritzen des Holzverschlags quoll Heu, wie die letzten Haarbüschel eines alten Mannes, die ihm den Kopf bekränzten.

Davor standen vier Männer. Etwas abseits schaufelten eben zwei weitere Soldaten ein Erdloch.

»Sie heben ein Grab aus!«, informierte Meister Beitel seine Begleiterin.
»Für wen? Seht Ihr es? Wer wird hineingelegt?«
Dem Fuhrwerker schien es die Sprache zu verschlagen. Er musste sich mehrmals räuspern.
»Es sieht aus …« Er unterbrach sich. »Die Grube ist so klein. Als wäre sie für ein Kind.«
Langsam kroch Katrin aus dem Verschlag und sah ebenfalls zur Grabstätte hinüber. Neben dem Loch lag der mit einem schmutzigen Leintuch abgedeckte Leichnam.
Katrin biss sich auf die Lippen. Doch sie musste ihre Neugier zügeln. Wenn sie jetzt auffiel, dann bestand die Gefahr, dass ihre tatsächlichen Absichten entdeckt wurden. Das wollte sie nicht.
»Ihr werdet sehen, jetzt kommt erstmals der Dominikaner zum Zug. Schließt Euch ihm an. Er wird den Leichnam segnen, ihn möglicherweise noch einmal abdecken.«
Genau davor schreckte Katrin zurück. Weder durfte sie der Dominikaner noch Gaßner sehen. Womöglich würde sie zurückgeschickt.
Hinter ihr schnaubte ein Pferd. Katrin fuhr herum und sah in Jörg Holtz' Gesicht. Es war verzerrt vor Wut und Schmerzen.
»Dich hol ich mir!«, zischte der Trossführer. »Und wenn es das Letzte ist, was ich tue.«

KAPITEL 7 »… aber man muss nicht.«

Was jetzt geschah, daran sollte sich Florint später wie an einen Albtraum erinnern. Der Rottfleck schnellte auf. Seine Ketten fielen von ihm ab, als wären sie ihm lästig. Dann lief er die fünf Schritte auf den Gerber zu. Der sah ihn an, als wäre er dem Totenreich entstiegen. Einem der Männer, die mit Messern bewaffnet waren, entglitt der Dolch und kollerte über den Lehmboden. Mit einem kräftigen Schlag ins Gesicht stieß der Rottfleck den Gerber von dem Mädchen herunter und war wieder an seinem Platz zurück, das Mädchen im Arm, bevor der Kerl oder einer seiner Kumpane begriffen hatte, was geschehen war. Als er dem Kind mit der rechten Hand beruhigend über den Rücken strich, klirrte dort bereits wieder die Kette.

Niemand hatte sich geregt. Nur ganz hinten, an der Wand des Verschlags, begann eine Stimme leise ein Vaterunser zu beten.

»Wie ...?«, stotterte der Gerber. »Er kann gar nicht ...«

Der Rottfleck achtete nicht auf das Gestammel. Er fuhr dem Mädchen mit der flachen Hand übers Gesicht, wischte Rotz und Tränenfeuchtigkeit in seine Hand. Das Kind zitterte am ganzen Körper.

»Wie hast du das gemacht?«, bohrte Florint nach. Er beugte sich zum Rottfleck hinüber und flüsterte: »Du hattest keine Kette am Arm. Du warst frei.«

Doch der Rottfleck lächelte nur wissend und wandte sich wieder dem Mädchen zu, das wie starr in seinen Armen lag, die Augen geschlossen und die Lippen zu einem feinen Strich zusammengepresst.

Plötzlich tuschelte es in allen Reihen. Die Männer hatten sehr wohl gesehen, was der Rottfleck getan hatte. Florint versuchte aus dem Tuscheln herauszuhören, was sie sprachen, doch sie waren zu leise. Allerdings rückten die Gruppen von ihnen beiden ab, als fürchteten sie, sich bei ihnen anzustecken.

Der Rottfleck hatte das Mädchen auf die Beine gestellt und es mit einem Klaps auf den Po wieder in die Wirklichkeit zurückgeholt. »Kommst du jetzt allein klar?«, fragte er besorgt. Die Kleine nickte. Dann packte sie sich Strohpferd und -reiter und verschwand.

Der Rottfleck setzte sich mit dem Rücken zu den anderen Männern. Florint, der mit ihm verbunden war, blieb nichts anderes übrig, als sich neben ihn zu kauern.

»Wie hast du das geschafft?«, flüsterte er wieder, doch sein Nachbar schüttelte nur den Kopf.

»Du solltest dich um den Fiedler kümmern. Er macht es nicht mehr lange.«
Florint nickte. Mit dem Rottfleck im Schlepp kroch er zum Fiedler hinüber. Die Männer wichen den beiden aus. Selbst den Kerlen, die eben noch Messer in Händen gehalten hatten, flackerten die Augen.
Florint setzte sich neben den Fiedler und berührte dessen Stirn. Sie glühte. Der Alte hatte hohes Fieber.
»Ich habe viele an dieser Weberkrankheit sterben sehen«, warf der Rottfleck ein. »Zuerst husten sie Blut, dann verzehrt das Fieber die Kräfte, bis die Körper aussehen wie lebende Leichname, und schließlich ...« Er beendete den Satz nicht.
Florint berührte den Alten an der Schulter, versuchte ihn zu wecken, schüttelte ihn.
»Fiedler, hörst du mich? Fiedler!«
Der Alte stöhnte in seinem Fieber, dann hoben sich schwere Lider. Aus Augen, die aussahen, als würde ein zehrendes Feuer in ihnen lodern und das Augenweiß langsam bräunlich versengen, sah er sie an.
»Hast du mich schon einmal gesehen? Oder jemanden, der mir ähnlich sah?«
Leer blickten Fiedlers Augen. Sie sahen an Florint vorbei und fixierten einen Punkt, der weit hinter dem Horizont zu liegen schien, in einer Welt, die mit dieser nichts mehr gemein hatte. Zuerst schüttelte Fiedler den Kopf, dann ging dieses Kopfschütteln in ein heftiges Nicken über.
»Du bist es!«, flüsterte er. »Der Teufel. Du bist dieser Teufel!«, schrie er plötzlich und versuchte wegzurobben, doch seine Handschelle hinderte ihn daran. Er zerrte an ihr, als fürchte er, sein Gegenüber wolle ihm ans Leben.
»Fiedler! So hör doch«, versuchte Florint den Alten zu beschwichtigen. »Wo hast du ihn kennen gelernt? Sag es mir bitte! Erzähl!«
Ob ihn das Fieber schüttelte oder die Furcht packte, dem Alten

schlugen die wenigen verbliebenen Zähne aufeinander, dass Florint fürchtete, sie werden ihm ausfallen. Der Rottfleck beendete das Schauspiel. Er ließ sich vor dem Alten auf die Knie nieder und schlug ihm mit dem Handrücken ins Gesicht. Sofort beruhigte sich der Fiedler und starrte sie beide aus leeren Augen an, in die das Leben wieder langsam wie in einen Brunnentrog einfloss.

Jetzt erst wurde sich Florint der Stille um sie her bewusst. Als hielten alle Männer gleichzeitig den Atem an. Kein Rascheln, kein Hüsteln, kein Knicken eines Zweiges, kein Spuckgeräusch – Totenstille herrschte um sie her.

»Er war der Erste im Zug«, flüsterte der Fiedler in diese Stille hinein. »Sie haben ihn als Ersten erwischt. Meinem Kameraden haben sie die Hand abgeschlagen, sodass ich nur noch die Kette zu tragen hatte. Ich bin in den Fluss gesprungen. Sie glaubten, ich sei ertrunken. Alle sind sie umgekommen. Alle.«

»Bist du dir sicher?«, hakte Florint nach. »Hast du ihn gesehen, meinen Vater? Hast du seinen Leichnam gesehen?«

Er hatte nicht bemerkt, dass er Fiedler an der Schulter gepackt und geschüttelt hatte. Jetzt lag er kraftlos in seinen Armen, und der Rottfleck zog ihn von dem Alten weg.

»Mehr wird er dir nicht sagen können, wenn es überhaupt stimmt, was der Kerl gefaselt hat.«

Widerwillig ließ sich Florint von dem Mann wegziehen. Dann saß er da, mit gesenktem Kopf. Die Aussage hatte ihm den Mut genommen. Langsam kramte er in seinem Wams.

»Sieh her!«, sagte er nur. »Das hat mir mein Vater vor über einem halben Jahr geschickt.«

Er zeigte dem Rottfleck das Papier.

Der Rottfleck nahm das Papier achtlos an sich. Nicht einen einzigen Blick warf er darauf. Er blickte nur den Leichnam an und schüttelte dabei den Kopf, als könne er diesen Tod nicht begreifen.

»Warum hat er ihn einen Teufel genannt?«, fragte der zurück.

Florint zuckte mit den Schultern. »Ich weiß es nicht. Instrumentenbauer waren noch nie beliebt. Wer die Zeit misst, galt seit jeher als Zauberer.«
Der Rottfleck musterte ihn mit einem eigenartig verschleierten Blick, der sich erst aufklarte, als am Tor gerüttelt wurde.
»Komm näher, hierher!«, flüsterte der Rottfleck und zog Florint neben den Alten. »Sie müssen zwar nicht wissen, dass wir mit dem Fiedler zu tun hatten. Doch jetzt kann er uns nützlich sein.«
Sie rutschten in seine Nähe und legten den Alten so, dass er von ihnen halb verdeckt wurde. Dann wurde das Tor ganz aufgezogen und einer der Wärter betrat den Raum, einen Beutel über der Schulter.
»Essen!«, brummte er nur und stellte den Sack auf den Boden. Ihm folgte ein weiterer Wärter mit gezogener Waffe. Der Wärter leerte Brot auf den Boden. Es roch feucht, und doch begann Florint der Magen zu knurren, als er die Brocken sah.
»Wie bei Fuggers!«, murmelte der Rottfleck neben ihm. »Nur das Beste.«
Niemand rührte sich, obwohl das Grummeln der Mägen immer lauter tönte. Endlich bückte sich der Wärter, ein grobschlächtiger Kerl mit schwarzen, ungewaschenen Fingern, griff nach den Brotstücken und warf sie den Einzelnen zu. Als die Reihe an den Fiedler kam, griff Florint rasch zu und steckte sich das Stück unter sein Wams.
»Wir teilen, Kerl!«, knurrte der Rottfleck hinter ihm. Florint nickte unmerklich.
»Müssen wir mit den Toten zusammen essen?«, hörte Florint den Rottfleck sagen, nachdem der letzte Brocken ausgegeben war. Jetzt erst rutschten sie von dem Leichnam ab.
Fluchend stapfte der Wärter näher.
»Steht auf, Kerl!«, schrie der Wärter und stieß mit seinen Nagelstiefeln dem Alten in die Seite. Doch der gab sich unbeeindruckt und kippte nur ein wenig zur Seite. »Was hat er?«

»Er ist tot«, murmelte der Rottfleck, ohne den Wärter anzusehen.

»Tot? Was, tot!«

»Er hatte die Weberkrankheit.« Der Gerber warf die Antwort in den Raum.

»Warum hat mir das niemand gesagt? Ihr wusstet es alle. Ihr Schweine. Ihr Gesindel. Ihr Lumpen!«

Mit einem stieren Blick sah sich der Wärter um. Florint wusste genau, was in seinem Kopf vor sich ging. Wie er schon vermutet hatte, wurden die Wächter dafür bezahlt, die Galeerensklaven so vollzählig wie möglich nach Venedig zu schaffen. Jeder Tote schmälerte daher ihren Gewinn.

»Der Tag fängt ja gut an!«, bellte der Wärter. »Raus mit ihm. He. Einer der Jungspunde her.«

Durch die offene Tür kam ein weiterer Wärter angelaufen, von dem Florint noch nicht einmal gewusst hatte, dass er zu ihrem Tross gehörte. »Bringt ihn unter die Erde!«, befahl ihr Wärter barsch.

Wortlos griff der Junge nach dem Fiedler. Doch der hing mit der Kette an seinem Kumpanen. Als der Wärter begriff, welche Probleme den Abtransport behinderten, nickte er nur ihrem Wächter zu. Mit einer Bewegung, die so blitzschnell erfolgte, dass Florint sie nur ahnte, hackte der mit einem Schwerthieb den Arm des Alten am Handgelenk ab. Jetzt erst konnte er ins Freie gezogen werden.

Florint, der bereits in sein Stück gammeliges Brot gebissen hatte, war der Hunger vergangen. Das Graubrot lag wie ein Kloß in seinem Mund, und der Speichelsaft schmeckte gallig.

Das Tor blieb offen. Sie konnten durch das Tor hindurch einen kleinen Obstgarten erspähen. Dorthin wurde der Leichnam geschafft, und zwei Männer begannen eine kleine Grube auszuheben.

»Zum Ende eines Lebens bleibt nicht einmal mehr Platz für ein

ordentliches Grab. Man könnte auch ein Kind darin unterbringen«, murmelte er.
Unter die knirschenden Geräusche der Spaten mischten sich weitere: ein Schlagen, Schreien, Schnauben. Florint hob den Kopf. Karren waren zu hören und das Wiehern und Schnaufen schwerer Pferde sowie das Gebrüll der Lenker.
»Der Tross kommt!«, sagte Florint und war erleichtert. »Gut so.«
»Es wird sich noch erweisen müssen, ob das für uns gut oder schlecht ist!«, murmelte der Rottfleck.

KAPITEL 8 Der Dominikaner hatte alle rufen lassen. Aus der Grablegung hatte sich ein Gottesdienst geformt, obwohl Messer Matteo zur Eile gedrängt hatte. Neben den Wächtern und Soldaten standen die Galeerenhäftlinge und davor der welsche Führer, der nervös von einem Fuß auf den anderen trat. Dennoch verteilte der Mönch die Hostien, als hätte er alle Zeit der Welt.
Katrin stand in der hintersten Reihe. Sie hörte den Kaufmann in der Nähe knurren.
»Würde den Pfaffen jedes Wort aus ihrem Mund wie Ziegelsteine auf die Zehen fallen, hätte das Geschwätz alsbald ein Ende.«
Katrin hatte sich ihren Mantel um die Schultern gelegt und die Kapuze über den Kopf gezogen. Niemand würde sie so erkennen, wenn man ihr nicht aus nächster Nähe direkt ins Gesicht blickte.
Sie hatte Florint unter den Sträflingen gesucht – und ihn beinahe nicht mehr erkannt. Abgemagert war er und verschmutzt. Seine Kleidung war dunkel und starrte vor Dreck. Er war mit einem Kerl zusammengekettet, dem Katrin nicht einen Schritt über die Straße getraut hätte. Dessen verschlagenes Gesicht, dessen falsche Augen stießen sie ab. Sie beschloss, vorsichtig zu sein.

»Christenmenschen seid ihr alle«, schloss der Mönch seine Andacht, »und damit fähig des Heils. Geht in euch und tut Buße, solange ihr könnt! *In nomine Patris, et Filii, et Spiritus Sancti. Amen!*« Mit erhobener Hand segnete er selbst die Gefangenen. Dabei schien Katrin sein Blick einen Augenblick zu lang auf Florint zu ruhen, bevor er den Segen weiterreichte.

Als der Dominikaner abtrat, begannen die Menschen sich zu verlaufen. Die Wärter scheuchten die Sträflinge zurück in den Schober. Katrin folgte Florint mit ihren Blicken. Sie beschloss, sich ihm vorerst nicht zu zeigen.

Das Paket unter ihrer Kleidung begann zu jucken. Sie rückte es zurecht und drehte sich um. Beinahe wäre sie gegen einen Mann gestoßen, der dicht hinter ihr stand.

»Warum habt Ihr die Hostie verweigert? Ihr wart die Einzige.«
Katrin wollte ausweichen.

Der Dominikaner vertrat ihr mit diesem Satz den Weg. Katrin senkte den Kopf.

»Sollte man nicht nüchtern sein, um den Leib des Herrn zu empfangen? Ich hatte schon gegessen«, versuchte sie sich zu rechtfertigen, froh darüber, dass ihr so schnell eine Ausrede eingefallen war. Katrin versuchte, ihre Stimme etwas zu verstellen. Hinter ihrem Rücken ging die Sonne auf, sodass der Dominikaner gegen das Licht blinzelte. »Das nächste Mal werde ich die Kommunion empfangen, Vater«, sagte sie demütig und hoffte gleichzeitig, er möge weder sie noch ihre Stimme wiedererkennen. »Jetzt lasst mich vorbei. Die Männer sind hungrig.«

»Ach, die Küchenmagd!«, hörte sie den Geistlichen hinter sich murmeln.

Mit schnellem Schritt ging sie zum Wagen und begann ein Feuer im Herd zu entzünden. Sie musste an Florint denken, der so kränklich ausgesehen hatte, so blass.

Sie saß und beobachtete die Flamme, die langsam emporzüngelte und weiterfraß, an den feinen Haarspänen leckte, sie mit ihren Feuerzungen umspielte und schließlich gierig verschlang.

Wie das Leben, murmelte sie, ebenso unersättlich und gefräßig und maßlos. Nur gezügelt durch die Enge der Herdstelle und die Menge des Holzes konnte es gebändigt werden. Vorsicht war nötig, Umsicht notwendig.

»Na, Jungfer. Jetzt, da wir den Leib des Herrn genossen haben, verspüre ich einen Hunger auf den Leib der Natur!« Katrin fuhr herum. Sie hatte nicht Acht gegeben und schalt sich eine Närrin. Breit grinsend lehnte der Trossführer über der Blende des Einstiegs. »Du wirst dich doch nicht etwa weigern. Man sollte mich nicht verärgern. Und ich hab was gut bei dir.«

Mit einem kräftigen Anstoß schwang er sich ins Innere des Wagens.

»Wagt es nicht, mich auch nur zu berühren!«, fauchte Katrin und rutschte in den hintersten Winkel des Wagens. »Denkt daran, was geschieht, wenn man mich besuchen will, ohne mich vorher zu fragen.«

Jörg Holtz schnaubte nur und setzte sich auf das Bänkchen beim Einstieg.

»Zuvor verbindest du mir die Hand, Jungfer. Ich will deinen makellosen Leib nicht besudeln. Du verstehst.«

Er streckte ihr seinen Arm hin, um dessen Hand eine schmutzige Binde geschlungen war, die durchtränkt war von Blut. Katrin rutschte näher und betrachtete sich den Verband. Er war durchgeblutet und hatte sich auf dem Handrücken verkrustet. Es würde den Trossführer höllisch schmerzen, wenn sie ihn entfernte.

»Ich versorge Euch, und Ihr lasst mich dafür in Frieden«, versuchte sie zu handeln. Doch im selben Augenblick hatte Jörg Holtz zugepackt, und seine Finger schlossen sich wie eine eiserne Schelle um ihr Handgelenk.

»Den Teufel werde ich tun, Jungfer«, sagte er und grinste breit. Langsam zog er Katrin zu sich heran.

Geistesgegenwärtig griff Katrin eine der Tassen, die links von ihr aufgereiht waren, mit ihrer freien Hand und schlug sie auf die Verwundung. Mit einem Schmerzensschrei ließ Jörg Holtz los. Er krümmte sich, hielt sich die Hand und biss sich auf die Zähne, bis Blut floss. Offenbar hatte er die Zunge erwischt.

»Hört zu, Jörg Holtz«, sagte Katrin ruhiger, als sie es sich selbst zugetraut hätte, »wenn Ihr mich noch einmal anrührt, ohne dass ich Euch die Erlaubnis dafür gebe, solltet Ihr Euch in Zukunft von Wasser und Rinde ernähren. Denn irgendwann werdet Ihr in Eurem Essen eine Essenz finden, die Euch so schnell den Garaus macht, dass Ihr nicht einmal mehr meinen Namen denken könnt. Jetzt schleicht Euch aus diesem Wagen. Ihr habt hier nichts verloren.« Katrin packte den massigen Mann, der sich jetzt bewegen ließ wie ein Lämmchen, und schob ihn von der Pritsche.

Jörg Holtz stolperte vom Wagen weg. Er hielt sich die Hand, die unter seinem Verband wie Feuer brennen musste. Nicht einen Blick warf er zurück.

»Ihr habt Euch einen Feind geschaffen, Jungfer Katrin!«, wurde sie von der Seite her angesprochen. Gaßner stand neben ihr.

»Habt Ihr mich erschreckt. Es scheint bei Euch Mannsbildern Mode zu sein, uns Weibern eine Gänsehaut über den Rücken zu jagen, Gaßner.«

»Weiß der Dominikaner von Euch?« Gaßner musterte sie neugierig. »Ihr seid, verzeiht, wenn ich das so sage, etwas fülliger geworden. Ihr werdet doch nicht in anderen Umständen sein und deshalb diesem … diesem Lümmel von Gesellen nachziehen wollen?«

Katrin stampfte auf, dass es im Karren dröhnte und die irdenen Schüsseln aneinanderklackten.

»Gaßner, Ihr seid ein Scheusal.« Katrin versuchte, ihr aufflammendes Gesichtsrot hinter einer Maske der Missachtung zu verbergen. Das Bündel unter ihrem Rock trug auf. Sie drehte sich einmal um sich selbst, soweit dies im engen Küchenwagen Figur machte. »Die Kleidung einer Küchenmagd ist wenig vorteilhaft.« Da ihr nicht verborgen blieb, dass Gaßner sich seinen

Teil bei ihrer Vorstellung dachte, versuchte sie jetzt, den Kaufmann in Verlegenheit zu bringen. »Was macht Ihr eigentlich hier bei diesem Transport?«

»Geschäfte«, sagte Gaßner ausweichend. »Ich bin Händler, wie Ihr wisst.«

»Und was für Geschäfte?«

Gaßner blickte geradeaus. Wie Katrin sah er Jörg Holtz nach, der mühsam auf seinen Gaul kletterte und wieder den Aufbruch der Kolonne überwachte.

»In Euer Köpfchen möchte ich hineinblicken dürfen, Jungfer«, sagte er nur. »Es ist sicherlich ein interessantes Universum, wenn auch für uns Mannsbilder ein für allemal verschlossen.«

KAPITEL 9 Die Tage flossen dahin wie beständiger Regen, gleichmäßig, ohne Höhepunkte, aber auch ohne Störungen. Man zog den Kopf ein, um durch die Trübsal, die sie verursachten, nicht melancholisch zu werden.

Katrin stampfte das Getreide für den Brei, der tagtäglich auf den Tisch kam, morgens, mittags und abends in der monotonen Regelmäßigkeit der Regentage. Dazu gab es Wasser für die Gefangenen und mit Wasser vermischten Wein für die Herren. Reichte Katrin Jörg Holtz die Schüssel, zuckte dieser zusammen, wenn sich ihr spöttisches Lächeln mit seinem finsteren Blick traf. Nur Gaßner und Messer Matteo erhielten Trockenfleisch oder andere Besonderheiten, die beschafft wurden, wenn sie ein Dorf durchquerten. Die Gefangenen mussten die Siedlungen umgehen. Die Wächter kannten sich aus, wussten um Schleichpfade und heimliche Wege und waren häufig schneller als der Wagentross, der sich durch die engen Gassen quälen und Wegegeld bezahlen musste. Oft warteten die Männer für die Galeeren bereits am Rand der Via Claudia, bis sich die Pferdekarren rumpelnd ihren Weg gebahnt hatten.

Katrin sah das Elend der Männer. Zu Sechsergruppen zusammengeschlossen konnten sie alles nur gemeinsam machen: essen, ihre Notdurft verrichten, laufen. Ihr zog es die Eingeweide zusammen, wenn sie sah, wie sie morgens in Zweierreihen voreinander hockten, so eng, dass sie sich gegenseitig mit den Schultern stützten.

Vor Landsberg wurden sie auf der Pferdeschwemme ins eisige Wasser getrieben, um sich zu säubern, weil die Brückenwächter sich aus Furcht vor Krankheiten weigerten, den verdreckten Transport so in die Stadt zu lassen.

In Landsberg hatte sie Brot eingekauft, und durch ihr Verhandlungsgeschick war es Katrin gelungen, mehr Brotstücke zu erhalten, als sie für das Geld hätte bekommen dürfen. Lange hatte sie mit sich gerungen, doch dann hatte sie damit begonnen, Florint alle paar Tage eine zusätzliche Ration zuzustecken.

Die Sträflinge magerten sichtlich ab, sodass sich die Haut über den Knochen spannte. Wenn Katrin richtig zählte, waren neben dem, der am Fieber gestorben war, bereits zwei weitere Männer elend verreckt.

Sie saß auf dem Kutschbock bei Meister Beitel und beobachtete die wellenförmigen Gebirgshügel, die immer gewaltiger vor ihnen aufstiegen und sie langsam einzuschließen begannen. Höher und höher wurden die Hänge, und mit jeder zurückgelegten Meile grub sich die Straße tiefer in das Fleisch der Landschaft. Wie mit einem Messer geschnitten öffneten sich die Täler, auf deren Grund die Wege entlangschlichen, als duckten sie sich unter der dräuenden Last der bewaldeten Felsen.

»Langsam geht es den Berg hinauf. Merkst du es, Sarah? Wenn nur nicht überall diese Brückengelder wären, die Wegegelder, die Pflasterzölle und Niederlagspfennige und wie sie alle noch heißen mögen, diese Instrumente der Blutsauger. Sie werden irgendwann den Handel verderben, Sarah, weil niemand mehr die Waren bezahlen kann, die durch diese Abgaben belastet werden.«

Meister Beitel hatte beschlossen, sie mit dem Namen der Tochter anzureden. Manchmal glaubte sie sogar, dass er seine Tochter in ihr sah, wenn er einen Tag hindurch auf den Weg gestarrt hatte, den die Kaltblüter unablässig mit Gleichmut entlangpflügten, und kein Wort geredet worden war. Wenn Meister Beitel dann bei seiner Schale Brei zu erzählen begann, leuchtete sein Gesicht vor Freude über Katrins Gesellschaft.

Heute war alles ein wenig anders. Sie hatten oberhalb von Zirl übernachtet, und jetzt fuhren sie auf eine der gefährlichsten Strecken ihrer Reise zu: den Berg ins Inntal hinab und die Straße weiter bis Innsbruck.

»Hast du Jörg Holtz' Augen gesehen, Sarah? Die Furcht sitzt bereits in ihnen. Seine Wunde hat sich entzündet. Wenn er nichts dagegen unternimmt, wird man ihm noch vor Ende der Reise den Arm abnehmen müssen.«

Katrin schrak auf. Den Trossführer hatte sie völlig aus ihren Gedanken verbannt. »Die Wunde wird brandig? Das wollte ich nicht.« Dabei erinnerte sie sich beschämt an ihre Verwünschung.

»Deine Zuneigung hat wohl einiges dazu beigetragen. Die Wunde muss erneut aufgebrochen sein, als du daraufgeschlagen hast. Mach dir keine Gedanken. Holtz kann mit links wie mit rechts fechten.«

Katrin suchte den Tross ab, ob sie den Führer entdecken konnte, und tatsächlich ritt er, von der Spitze zurückgefallen, zwischen den Wagen, hatte sein Pferd in einem leichten Griff und saß vornübergebeugt auf seinem Gaul. Mit jedem Tritt des Rappen schwankte er hin und her, als wolle er vom Pferd fallen.

In ihr stritten die Gefühle. Sollte sie sich seiner annehmen oder ihn für seinen Übergriff büßen lassen? Schließlich siegte ihr Herz. Katrin stand auf, um einen der Reiter zu sich herzuwinken. Sie hatte noch nie so aufrecht auf dem Wagen gestanden und schwankte. Von hier oben hatte man einen weiten Blick, den nur die Wälder links und rechts begrenzten.

Katrin wollte sich eben wieder setzen, satt vom Schwarz der Bäume und dem Dunkel der Wolkenbänke, als sie vor sich am Waldrand einen Atemnebel bemerkte, der sich rasch verflüchtigte. Katrin glaubte schon sich getäuscht zu haben, als er erneut auftauchte. Jetzt konnte Katrin auch die Ursache ausmachen. Zwischen den Bäumen verborgen stand ein Pferd, das durch die Nüstern schnaubte. Seinen Reiter konnte sie kaum ausmachen, da er in dasselbe Braungrün gekleidet war, wie es die umliegenden Bäume auswiesen. Wurden sie beobachtet? Katrin hatte vom Räuberunwesen auf der Brennerstrecke gehört, doch geglaubt, Jakob Fugger und die Augsburger Kaufleute hätten dem mit ihren Säuberungen ein Ende gemacht.
Bevor sie noch Meister Beitel auf den Fremden aufmerksam machen konnte, zwang der Wegelagerer sein Pferd tiefer ins Dickicht hinein und wurde unsichtbar. Dabei wurde sein Gesicht noch kurz von einem der Lichtstrahlen getroffen, die breit durch die ersten Meter der Bäume fingerten. Das Rot der Haare leuchtete auf, und Katrin hatte für einen Moment das unbehagliche Gefühl, ins Gesicht des Altgesellen ihres Vaters gesehen zu haben. Wolfhart hatte dort gestanden, bevor ihn die Schwärze des Waldes verschluckte.
Katrin setzte sich etwas verstört und dachte nach. Womöglich tat sie dem Menschen Unrecht. Wäre sie auf dieser Strecke unterwegs und träfe auf eine Gruppe wie die ihre, würde sie gewiss nicht anders handeln und sich gleichfalls verbergen. Der Gedanke beruhigte sie derart, dass sie einem der Wärter, die an ihr vorüberritten, auftrug, Jörg Holtz mitzuteilen, sie würde seine Wunde verbinden, und ihm gleichzeitig zu sagen, dass er ihr Angebot annehmen solle, wolle er die Hand nicht verlieren.
Die Gelegenheit kam schneller, als sie gedacht hatte. Keine fünfhundert Schritte weiter ließ Holtz den Tross anhalten. Die Galeerenruderer wurden in Gruppen aufgeteilt und so an die Karren gekettet, dass sie bremsen helfen konnten. Ihre Fuß-

fesseln wurden nur weiter geschlossen, nicht jedoch abgenommen. Die Fuhrknechte wie Meister Beitel sprangen von ihren Wagen und verstärkten die Deichseln und legten den Gäulen Halteseile über ihre flachen Gesäße. Während all dieser Vorbereitungen ritt Jörg Holtz heran.

»Ihr habt es Euch überlegt, Jungfer? Gut so. Doch glaubt nicht, ich würde etwas vergessen. Ihr gehört mir.«

Seine Augen wirkten müde. Katrin erkannte sofort, dass er fieberte, was sie nicht verwunderte, denn seine Hand war noch in denselben Lappen gewickelt, mit dem er am ersten Tag seine Wunde verbunden hatte.

»Ich verbinde Eure Hand, Jörg Holtz, mehr nicht. Alles andere schlagt Euch aus dem Kopf. Ihr kennt die Bedingungen.«

Der Mundwinkel des Trossführers zuckte nervös. »Woher weiß ich …«

»… dass ich Euch nicht schade? Ihr wisst es gar nicht. Entweder Ihr vertraut mir, oder Ihr seid bis zum Brenner tot.«

Katrin sah ihn einfach an, ohne Mitleid, ohne Abneigung. In Jörg Holtz' Augen brannte der blanke Hass, jedoch auch die Furcht vor dem Tod. Schließlich kletterte er von seinem Pferd und folgte ihr zum hinteren Wagen. Katrin klappte das Bord aus und zog eine Kiste heraus. Darin lagen sauber verpackt und gestapelt Fläschchen mit Alkohol und Kräuter sowie frische Binden.

»Schaut weg!«, sagte sie schroff, als sie ihren Rock hob und das Messer vom Unterschenkel nahm. »Ich schneide Euch jetzt die Binde von der Hand. Das wird wehtun. Solltet Ihr Euch nicht anständig betragen, Holtz, ist der nächste Schritt der Wundarzt, der Euren Arm amputiert. Wir verstehen uns?«

Ein widerlicher Geruch stieg von der Wunde auf, als Katrin begann, die Binden abzutrennen. Jörg Holtz, der die Hand auf das Bord gelegt hatte, sah mit ausdruckslosem Gesicht zu. Nur die Schweißperlen auf der Stirn zeigten ihr, dass er höllische Schmerzen leiden musste.

Die Wunde sah weniger schlimm aus, als sie vermutet hatte. Jörg Holtz musste eine Rossnatur besitzen. Zwar hatten sich die Wundränder entzündet, doch an manchen Stellen trockneten sie bereits ab. Am meisten brannte sicher eine Stelle am Daumen, dort, wo der Zügel über den Handrücken lief. Unter frischem Hautgewebe hatte sich eine Eiterblase gebildet. Sicherlich würde sie bald aufbrechen, und dann würde sich der Heilungsprozess beschleunigen.

»Es wird kurz wehtun, doch dann fühlt Ihr Euch besser«, sagte sie nur, hob das Messer und trennte mit einem kurzen Schnitt die Blase auf. Eiter lief aus der frischen Wunde. Katrin drückte an den Rändern und wischte das gelbliche Sekret mit einem in Alkohol getränkten Tuch ab. »Ich reibe Euch die Hand mit Kräuteressenz ab und verbinde sie Euch danach. Es wird noch einmal brennen.«

Als sie mit der Arbeit fertig war, drehte sie sich zum ersten Mal wieder zu ihrem Patienten um. Auch Jörg Holtz hatte ein Messer in der linken Hand.

»Ich hätte Euch ins Jenseits geschickt, wenn Ihr auch nur eine ungeschickte Bewegung gemacht hättet.« Mit diesen Worten steckte er seinen Dolch ins Wams zurück und bestieg sein Pferd. »Denkt nicht, dass ich meine Versprechen Euch gegenüber vergessen hätte, Jungfer. Womöglich war's ein Fehler, mir zu helfen«, zischte er sie an, als er davonritt.

Katrin sah ihn schwanken und erst nach wenigen Sprüngen sicher im Sattel sitzen.

»Sarah«, rief Meister Beitel sie an. »Du läufst am besten nebenher. Das ist sicherer. Achte darauf, dass du aus der Fallrichtung der Karren wegbleibst.«

Jetzt erst bemerkte Katrin, dass auch für ihren Wagen Gefangene darauf warteten, festgekettet zu werden. Sie kannte keinen davon. Also beschloss Katrin, sich auf die Suche nach Florint zu machen.

KAPITEL 10 Der Abstieg auf der Hangstrecke begann gegen den späten Vormittag. Friedlich erstreckte sich vor ihnen der Hang unter dem endlosen Himmel.

»Als hätte die Jungfrau Maria ihr blaues Überkleid ausgebreitet«, meinte Florint, der mit dem Rottfleck zusammen an einen der hinteren Wagen gekettet worden war. Auf der linken Seite des Fuhrwerks standen der Gerber und einer seiner Kumpane. Seit dem Geschehen im Heuschober hatten sie nicht mehr miteinander gesprochen und gingen sich aus dem Weg.

»Wirst sehen, wir lernen die Hölle heute noch kennen!«, antwortete dieser ihm spöttisch mit einem Seitenblick hinüber zum Gerber und dem zweiten Mann, den alle nur den Loher nannten.

Der Hang neigte sich anfänglich nur langsam, dennoch gewannen die Wagen beträchtlich an Fahrt. Bei den vorausfahrenden Fuhrwerken, die weder Florint noch der Rottfleck sehen konnten, weil sich der Weg nach links am Hang entlangzog und dann in einer langen Gerade hinabfiel, begannen Gäule wie Menschen zu brüllen.

Der Rottfleck und Florint sahen sich an und spannten die Ketten und Seile, mit denen sie den Karren halten sollten. Allein die Vorahnung über die kommende Plackerei trieb ihnen Schweißperlen auf die Stirn. Zwar hatte man alle Personen, die in den Wagen fuhren, geheißen, zu Fuß hinabzugehen, doch wogen Karren und Warenballen genug, um die Gefährte gegen die breiten Rücken der Pferde zu schieben und diese den Hang hinabzutreiben.

Die Schinderei begann nach einem kurzen Anstieg. Der Wagen lehnte sich nach vorne, beschrieb eine leichte Linkskurve und sackte dann in die Seile. Gleichzeitig stießen die Pferde ihren Unmut durch die Nüstern. Florint sah, wie der Fuhrwerker sich erhob und in die Bremsen stieg. Die Eisen quietschten, die gegen die Achse drückten. Dennoch begann der Karren zu beschleunigen.

»Mein Gott«, keuchte Florint.

»Ihr Herrgottsacker!«, schrie der Fuhrwerker vor ihnen. »Haltet's Maul und stemmt Euch in die Ketten. Wenn wir fallen, fallt Ihr auch!«

Florint ließ sich das nicht zweimal sagen, denn auch er sah, welche Gefahr darin bestand, wenn der Wagen an Geschwindigkeit zunahm. Auf halber Höhe musste man wenden und eine Serpentine befahren. Wer dort zu rasch ankam, der stürzte über den Wegrand hinaus. Und der erwies sich von ihrer Warte aus gesehen als grundlos. Doch sosehr sie sich ins Zeug stemmten, so stark sie dagegenhielten, die Fahrt wurde schneller. Der Wegschotter riss ihnen die Haut von den Füßen. Die scharfkantigen Brocken schnitten in die Hornhaut und fraßen die Füße regelrecht auf. In kurzer Zeit bluteten sie, als wären sie nach einer Geißelung auf dem Weg nach Golgatha.

Florint hatte keine Zeit, nach links oder rechts zu sehen. Er war damit beschäftigt, das Seil zu spannen, das sich immer wieder ruckartig löste, wenn der Karren an einem Stein hängen blieb, um darauf mit doppelter Gewalt anzuziehen. Außerdem riss ihn die holprige Fahrt des Karrens mehrmals von den Beinen, und er hatte Mühe, sich wieder aufzurappeln, sonst wäre er den Weg hinabgeschleift worden.

Den drei anderen Männern ging es ebenso. Ihre Rivalität schien vergessen zu sein. Sie kämpften gemeinsam gegen den drohenden Tod, denn nichts anderes erwartete sie auf der Strecke den Berg hinab, wenn sie losließen und sich nicht weiter gegen den Abtrieb stemmten.

Florint war der Erste, der das Unglück kommen sah. Die eiserne Bremse war heißgelaufen. Er sah die Manschette glühen, die über die Achse gelegt worden war.

»Ihr müsst die Bremse kühlen«, schrie er dem Fuhrwerker zu, der versuchte, seine Kaltblüter zu bändigen.

Der sah am Wagen hinab und begann nach einem der Begleiter zu schreien, die nebenherliefen. Doch an dieser Stelle, kurz vor der Kehre, war der Weg zu schmal, als dass eine der Personen mit einem Wassereimer hätte zu Hilfe eilen können. Brandgeruch stieg Florint in die Nase, dann schlug auch schon Feuer aus dem Holz des Wagens.

»Bei allen Teufelsschwänzen!«, entfuhr es dem Rottfleck neben ihm. »Der Karren brennt. Her mit dem Wasser!«

Das Feuer ließ die Manschette endgültig wertlos werden. Sie brach. Ein Ruck lief durch das Fuhrwerk, dann begann es zu beschleunigen. Es fuhr auf die brüllenden Kaltblüter auf, die einen ungestümen Satz nach vorne machten und die vier Männer am Ende von den Beinen rissen.

Dann ging alles sehr schnell. Der Wagen nahm Fahrt auf. Er stürzte regelrecht abwärts. Keinem der Männer gelang es mehr, sich aufzurichten. Sie wurden über die Steine geschleift. Florint bekam seine Kette zu fassen und hielt sie umklammert, damit sie ihm nicht die Gliedmaßen ausriss. Der Wind der Schussfahrt fachte den Brand an. Lange Flammenzungen stachen aus dem Karren, leckten über die Seile, die Ketten. Mit jedem Augenblick erwartete Florint, dass sie über den Fahrbahnrand hinausschießen, senkrecht in die Tiefe fallen würden. Erde und Steine spritzten ihm ins Gesicht. Dann drehte sich die Welt und wirbelte durcheinander. Er schloss die Augen und stieß mit dem Kopf gegen einen Gegenstand, spürte noch den Schlag und danach nichts mehr.

Die Gäule schrien, doch ihre brüllenden Stimmen verebbten, wurden leiser und erstarben schließlich ganz. Eine Ruhe breitete sich aus, die ganz erfüllt wurde von einem Prasseln, das weder von Feuer noch von Wasser herrühren und dessen Herkunft Florint auch nicht bestimmen konnte. Er lag nur, versuchte seine Gliedmaßen zu bewegen und erkannte zu seiner Erleichterung, dass sie offenbar alle beweglich waren.

Ein Schaukeln setzte ein, ein Wiegen, das er genoss. Männer fluchten, dann tauchte der Klang von Schritten in seinem Gehör auf. Florint versuchte die Augen zu öffnen, doch sie waren verklebt und brannten ebenso wie sein Gesicht. Die Hände spürte er nicht, ebenso wenig seine Arme.

»Seid Ihr wach, Florint?« Florint musste darüber nachdenken, wem die Stimme gehören könnte. »Ihr hattet Glück im Unglück. Der Wagen ist schräg den Hang hochgelaufen und hat sich überschlagen.«

Florint fuhr sich mit der Zunge über die Lippen. Er wollte etwas sagen, doch die Stimme gehorchte ihm nicht. Nur ein unverständliches Krächzen entwich seiner Kehle. Wo war der Rottfleck? Wo waren der Gerber, der Loher und seine Kumpane?

Seine Sinne konnten die Gedanken nicht halten und verflochten sich mit den Erinnerungen. Er fiel erneut, stürzte in eine endlose Tiefe und erwachte, als ihn die Männer absetzten.

Das Wiehern der Gäule, der Männer, das Fluchen und Schreien, das Stöhnen und Keuchen, das ihn empfing, ließen ihn hellwach werden.

Hände beschäftigten sich mit ihm, säuberten ihn mit sanften Strichen. Nicht die harten schwieligen Finger der Männer, sondern sanfte, beruhigende Frauenhände, denen er sich willenlos überließ. Auch wenn sie brandheiße Körperstellen berührten, schienen sie diese zu kühlen, zu besänftigen. Er ging auf in diesem Streicheln und Befühlen, ließ sich fallen und versank wieder in ein waberndes Nichts aus Lichtflecken und Tönen und Gerüchen.

Als er zum dritten Mal aufdämmerte, musste er die Augen regelrecht aufreißen. Sein gesamter Körper fühlte sich an wie eine offene Wunde. Diesmal gelang es ihm wach zu bleiben. Er versuchte, sich aufzustützen.

Sein Gesicht fühlte sich heiß an, als wäre er zu lange in der Sonne gelaufen. Auch die Unterarme brannten. Als er auf sie hinabblickte, bemerkte er sofort, dass kein einziges Haar mehr daran zu finden war.

»Abgesengt!«, sagte neben ihm eine Stimme. »Am Kopf übri-

gens auch. Du siehst aus wie ein Schwein kurz vor dem Marktfest. Kahl und ein wenig rosig. Aber du hattest Glück.«
Florint langte sich mit seiner rechten Hand auf den Kopf. Seine Haare waren kurz und irgendwie brüchig. Als er an seinen Händen roch, stanken sie nach verschmortem Horn.
Dann drehte er sich um. »Der Rottfleck«, entfuhr es ihm. Als er seine linke Hand hob, klirrte daran die Kette.
Der Rottfleck lachte bitter. »Noch immer in Liebe vereint!«, sagte er und hob seine Rechte.
»Wo sind wir?«, fragte Florint und blickte sich um.
»Am Fuß des Zirler Bergs. Messer Matteo hat offenbar beschlossen, dass wir zwei Tage rasten. Sie hatten wohl eine wertvolle Fracht im Wagen, die beinahe verbrannt wäre. Jetzt müssen sie einen der freien Wagen dafür herrichten, und das dauert.«
»Ich fühle mich, als hätte man mich gesteinigt«, flüsterte Florint, als er sich zu bewegen versuchte.
»Genau das ist passiert. Du bist über einen Steinweg geschleift worden. Und das nicht zu knapp.«
Florint richtete sich auf. Sein Körper sagte ihm, dass zwar nichts gebrochen, der Rest jedoch ziemlich durchgeprügelt worden war. Jede Bewegung bereitete ihm Schmerzen, und die Haut war an vielen Stellen aufgeschürft. Schräg gegenüber bauten zwei Zimmerleute einen Wagen um. Ganz in ihrer Nähe stand eine Kiste aus dunklem Holz, die vom Feuer angekohlt worden, jedoch nicht verbrannt war, bewacht von einem der Soldaten.
»Wofür betreiben sie so einen Aufwand, Rottfleck?«
»Keine Ahnung«, kam die lapidare Antwort. »Aber der Zirler Berg war offensichtlich zu viel dafür.«

KAPITEL 11

Katrin trat sofort wieder in den Baumschatten zurück. Mit dem Rücken zu ihr saßen Gaßner und Messer Matteo, beide vertieft in ein Gespräch. Sie flüsterten miteinander, was Katrins Neugier anstachelte.

»Warum habt Ihr nicht den Finstermünz-Pass gewählt, Messer Matteo? Er wäre sicherer gewesen. Das Gerät ist empfindlich. Ich weiß nicht, ob es Sturz und Brand überlebt hat.«
»Das ist Euer Problem, Gaßner. Die Signoria ist nur an einem funktionierenden Apparat interessiert. Seht Ihr zu, wie Ihr ihn heil transportiert.«
Katrin konnte hören, dass Gaßner wütend war, sich jedoch bezähmte. »Ich dachte, wir sind Geschäftspartner. Wenn es nach mir gegangen wäre, dann wäre ich dieses Risiko, über Zirl zu reisen, nicht eingegangen.«
Messer Matteo räusperte sich und strich sich amüsiert über den Bart.
»Es ging nicht nach Euch. Die Ware muss frisch in Venedig eintreffen. Die Strecke über den Brenner bietet eine Woche Verkürzung. Zeit ist Geld. Außerdem kommen wir so schneller auf venezianisches Gebiet.«
Unverständliche Worte fielen aus Gaßners Mund.
Katrin konnte den Topf nicht mehr halten. Er war heiß. Die Lappen, mit denen sie sich vor der Hitze geschützt hatte, hielten die Wärme nicht mehr ab. Sie lief einige Schritte zurück, dann rief sie die Namen der beiden Herren.
»Meine Herren, darf ich Euch das Essen auftragen?«
Die beiden Männer erhoben sich und gingen hinüber zu einem provisorischen Tisch unter einem kleineren Zelt.
Katrin hob den Topf auf den Tisch, teilte die Teller aus, die sie in der Schürzentasche getragen hatte, legte Löffel dazu. »Das Brot bringe ich noch«, sagte sie, füllte die Teller und ging weg. Die beiden Männer beachteten sie nicht mehr.
Auch Katrin war die Kiste aufgefallen, die aus dem zerstörten Wagen geborgen worden war. Sie hatte Gaßner dabei beobachtet, wie er sogar seine Trinkwasserflasche ausgegossen hatte, um die Flammen zu löschen, wie er mitgeholfen hatte, den Kasten zu bergen, mit erhitztem Gesicht und rußgeschwärzten Armen. Kastengröße und Form hatten sofort eine Ahnung in

ihr wachgerufen: die Horoskopmaschine! Gaßner hatte sie zwar gekauft, doch dass er sie nach Venedig schaffen würde, davon hatte sie keine Ahnung gehabt. Was sollte sie dort? Hoffte man dort, sie fertig stellen zu können, was ihrem Vater vor seinem Tode nicht mehr gelungen war? Oder was sollte die Signoria, die Stadtregierung Venedigs, sonst mit einem Haufen Metall und Sprungfedern anfangen?
Sie holte das Brot und schnitt es in drei Teile. Den Rückweg wählte sie über den Ort, an dem die Galeerenhäftlinge angekettet waren. Man hatte es sich einfach gemacht und eine Fichte ausgesucht, deren Stamm stark genug war, durch die Ketten ein Seil geschlungen, dieses um den Baum gebunden und die Männer so einfach festgeschlossen.
Kurz davor blieb sie stehen und versuchte in der abnehmenden Helligkeit auszumachen, wo Florint lag. Sie hatte ihn nach seinem Unfall gesehen und war im ersten Augenblick über seine Verletzungen erschrocken gewesen. Doch sie waren allesamt harmloser Natur. Er würde die Abschürfungen und Prellungen und Schmerzen überleben, er war stark. Sie hörte ihn im Schlaf stöhnen und sah die Binden, mit denen er beinahe gänzlich umwickelt war, in der Dämmerung weißlich schimmern. Dicht daneben musste der Rottfleck liegen, mit dem er zusammengeschmiedet worden war, doch sie sah niemanden. Sie schlenderte an den Häftlingen vorüber, die alle erschöpft auf dem Boden lagen, und ließ auf Florints Höhe das Drittel Stück Brot fallen. Erneut wunderte sie sich, wo Florints Kettenzwilling war, doch ihr blieb nicht viel Zeit zum Nachdenken.
Ein Moment der Unachtsamkeit hatte genügt. Eine hochgewachsene, massige Gestalt vertrat ihr den Weg und hielt sie am Arm fest.
»Jungfer Sarah. Ihr, unterwegs in dieser stimmungsvollen Nacht? Womöglich zu mir? Es würde mich nicht wundern.« Er lachte roh.

Katrin zuckte und biss sich auf die Lippen. Sie schmeckte das Blut im Mund, und das brachte sie zur Besinnung. Sie versuchte ihre Stimme so normal klingen zu lassen wie möglich.
»Jörg Holtz. Habt Ihr zu Abend gegessen? Fühlt Ihr Euch wohl?«, konterte Katrin, die sich nur langsam daran gewöhnte, von den anderen Sarah genannt zu werden. Sie sah, wie der Blick des Trossführers unstet wurde, wie er gezwungen lächelte.
»Wenn ich Euch ...«, setzte er an, als er durch eine Stimme von unten unterbrochen wurde.
»Ihr solltet vorsichtig sein, Sarah. Dieser Mann geht über Leichen. Eine Jungfer wie Ihr ist ihm kein Nachdenken wert.«
Überrascht drehte sich Katrin um. Neben Florint, der weiter schlief, lag der Rottfleck und hatte sich halb aufgestützt. Katrin war sich sicher, dass dieser Platz vor kurzem leer gewesen war.
»Wie ...?«, fragte sie verblüfft. »Was geht es Euch an?«
Doch der Rottfleck antwortete nicht. Katrin schwor sich, diesen Menschen im Auge zu behalten. Nur Jörg Holtz knurrte, dann trat er kurz neben sie, hob die Hand, und Katrin hörte eine Peitsche schnalzen und den Gefangenen aufstöhnen.
Das war ihre Gelegenheit. Rasch schlüpfte sie an dem Trossführer vorbei, der erneut nach ihr zu greifen versuchte. Auf leisen Sohlen huschte sie durch die Dunkelheit und hoffte, dass dieser sie nicht hören konnte.
Wie oft würde sie ihm noch ausweichen können? Sie fürchtete seine brutale Gewalt, seine Verachtung gegenüber den Menschen. Sie entschloss sich, seine Gier ein wenig mit den Künsten zu bremsen, die ihr zu Gebote standen. Jörg Holtz würde sich wundern. Der morgige Rasttag sollte ihm die Haare zu Berge stehen lassen.
Die beiden Brotstücke hielt sie an sich gepresst und erinnerte sich ihrer erst, als sie fühlte, wie die Krume zerbröselte. Eiligen Schritts lief sie in Richtung der beiden Männer, die ihre Suppe ohne Brot löffelten, als die Stimme des Venezianers sie innehalten ließ.

»Warum habt Ihr den Dominikaner vorausgehen lassen? Ich traue dem Kerl nicht über den Weg. Er wird uns noch Probleme bereiten.« Messer Matteo senkte die Stimme. »Zudem würde mich interessieren, was er in Venedig zu tun hat.« Dem Venezianer holperte das Deutsch über die Zunge, dass es selbst Katrin schmerzte.

»Der Kerl ist harmlos, glaubt mir. Ein Fanatiker, ja. Doch in einer Zeit, da der Glaube nur noch dazu dient, Geldgeschäften ein christliches Mäntelchen umzulegen, sind mir Fanatiker lieber als Frömmler. Sie leben für eine Überzeugung. Man kann sie daher einschätzen. Im Übrigen hat er Schwestern; sie leben in einem Frauenkloster der Lagunenstadt. Er reist regelmäßig über die Alpen dorthin. Manchmal begleitet er mich.«

»Vergesst nicht, Gaßner, Fanatiker sterben auch für ihre Ansichten. Ihnen ist die Überzeugung wichtiger als das Leben. Sie haben keine Moral, sie haben eine Gewissheit. Venedig leidet seit Jahrhunderten darunter.«

Sie hörte Gaßner schmatzen. Er brummte mit vollem Mund Zustimmung.

Katrin überlegte kurz. Wenn der Dominikaner sich nicht mehr im Zug befand, würde sie den Umstand für sich nutzen. Sie kam nicht weiter zum Nachdenken. Das Gespräch forderte ihre gesamte Aufmerksamkeit.

»Es verdient eben an diesem Umstand. Erinnert Ihr Euch an den Kreuzzug, den der Doge Enrico Dandolo gegen Konstantinopel umgelenkt hat? Fanatiker des Glaubens im Dienste kühl kalkulierender Kaufleute eroberten 1204 den einzigen ernst zu nehmenden Konkurrenten Venedigs im Osthandel. Sie plünderten und annektierten große Teile des goldenen Byzanz – und nachher war nichts mehr wie vorher. Die Waage im Osten war zu Gunsten der Serenissima ausgeschlagen.«

Man konnte hören, wie Messer Matteo schmunzelte.

»Wahrlich, ein gelungenes Stück Politik. Nur ist es bereits dreihundert Jahre her. Eben deshalb braucht die Signoria Eure Maschine. Nur wer die Augen nicht vor den Entwicklungen der Zeit verschließt, sondern sie sich dienstbar macht, findet den Weg in die Zukunft, Gaßner. Die Zonta delle spezie, die das Geld hierfür gegeben hat, braucht einen Erfolg. Das Gremium zur Untersuchung aller Auswirkungen der Politik Spaniens und Portugals im Westen auf Venedig droht ins Nichts zu versinken, wenn es keinen sichtbaren Erfolg vorweist.«

Katrin verhielt den Schritt. Wovon sprachen die beiden Männer da. Die Signoria wollte die Maschine? Damit konnte nur die Horoskopmaschine gemeint sein. Doch wozu sollte sie dienen?

»Ihr wisst«, setzte Gaßner die Unterredung fort, nachdem er seine Stimme gesenkt hatte, »wir sind ein Geschäft eingegangen. Ich werde das Bistum Bozen nicht verlassen, bevor Ihr mir nicht die Zusicherung des freien Geleits ausgehändigt habt. Keinen Schritt setze ich auf venezianisches Gebiet ohne dieses Schriftstück.«

Messer Matteo sagte nichts, sodass Katrin glaubte, sie könne sich zu erkennen geben, doch dann räusperte er sich, und Katrin, die bereits zum nächsten Schritt angesetzt hatte, hielt erneut inne.

»Der Doge hat zugestimmt. Ihm sind alte Dokumente wie das Pergament, das er Euch gegeben hat, im Augenblick weniger wert, als zu wissen, woran man ist. Die Handelswege verlagern sich – und da muss man über die Entwicklungen Bescheid wissen. Er erwartet jedoch, dass Eure Maschine, die auf diesem Pergament beruht, funktioniert. Wir werden sie an der Grenze einer Probe unterziehen, die Ihr kaum werdet verweigern können. Dort wartet eine Eskorte. Sie bringt uns entweder nach Venedig, oder Ihr könnt meinetwegen mit den nächsten Fuggerfuhrwerken zurückkehren. – Bis dahin wäre es nicht übel, wenn diese Magd ihren Dienst verrichten und uns endlich das nötige Brot reichen würde!«

Katrin ließ sich nicht zweimal dazu auffordern. Mit gespielter

Eile trat sie vor die Männer, reichte das zerdrückte Brot mit einem Knicks und einem Schluchzen in der Stimme.
»Verzeiht, die Herren, doch ... nicht meine Schuld ... Jörg Holtz, der Trossführer ...«
Mehr brauchte sie nicht zu sagen. Die beiden Männer sahen sich an und schmunzelten. Mit einer Handbewegung scheuchte Messer Matteo Katrin aus seinem Blick.

KAPITEL 12 »Jörg Holtz«, lockte Katrin mit dem unschuldigsten Ton in ihrer Stimme. »Kommt. Nicht so schüchtern, oder wollt Ihr Eure Zukunft nicht kennen lernen? Ihr wärt der erste Mann, den sie unbeeindruckt ließe.«
Katrin strahlte. Sie hatte sich ein Tuch über die Haare gelegt, hatte ihre Wangen gerötet und ihr bestes Kleid angezogen. Zwar war ihr durchaus bewusst, dass sie damit ein Risiko einging. Männer, die eine so lange Zeit allein unterwegs waren, berauschten sich gern an Frauen. Noch dazu, wenn sie sich herausputzten.
Dem Trossführer tropfte beinahe der Speichel aus den Mundwinkeln, als sie ihn anrief.
»Ich brauche Euch.« Katrin spielte mit den Tabellen und den Bestimmungskreisen, die vor ihr lagen. Daneben hatte sie Zirkel und Lineal gelegt, eine Feder in ihr Reiseschreibzeug gesteckt und Tinte angerührt. »Wann seid Ihr geboren? Oder wisst Ihr 's nicht. Das macht nichts. Dann gebt mir Eure Hand. Nun macht schon. Wer das Schwert führt wie Ihr, der wird sich vor ein paar Zahlen und Gestirnen nicht fürchten.«
Sie sah die Furcht in den Augen des Trossführers. Doch die Männer, die ihn umstanden, ließen kein Rückweichen zu. Hätte er jetzt gekniffen, wäre sein Ruf als unerschrockener Haudegen beschädigt worden. Neben seiner Angst spürte sie auch seinen nur mühsam gebändigten Hass gegen sie.
Katrin hatte sich am selben Ort niedergelassen, wo am Tag zu-

vor Gaßner und Messer Matteo gesessen und gespeist hatten. Ein blaues Tuch lag über den Tisch gebreitet, damit die messingfarbenen Schalen besser zur Geltung kamen. Neben ihrer Hand standen Tintenfass und Streusand, vor ihr lag Papier, auf das sie bereits den Tierkreis eingezeichnet hatte. Etwas grob vielleicht, ein wenig linkisch, doch sie wollte kein exaktes Horoskop anfertigen, sondern mit dem Aberglauben des Trossführers spielen.

Von ihrem Zelt aus konnte Katrin über den Inn hinübersehen, der zu ihrer Rechten dahineilte und dessen weiß schäumender Lauf sie an ihre eigenen Empfindungen erinnerte, die sie gestern noch bedrängt hatten. Wie dieses Wasser war ihr Unmut hochgesprudelt und hatte sie bis tief in die Nacht hinein wach gehalten. Jetzt empfand sie die Wildheit des Wassers wohltuend. Während sie auf das Wasser starrte, wurde sie auf eine Bewegung am Ufer aufmerksam. Ein Mann schien im Ufergebüsch zu stecken und zu ihnen herüberzusehen, sie zu beobachten.

»Nun, Jungfer? Hier bin ich. Träumt Ihr oder seid Ihr bereits zu den Sphären aufgestiegen, aus denen Ihr mir die Zukunft lesen wollt?«

Katrin konnte sich nicht mehr um die Erscheinung am jenseitigen Ufer kümmern, sondern musste sich Jörg Holtz widmen.

»Weit gefehlt. Doch ist ein Kontakt zu diesen Regionen durchaus hilfreich. So manches Datum, das fehlt oder ungenau ist, lässt sich so ein wenig eingrenzen, und die Aussagen werden sicherer. Dort oben, Jörg Holtz, das solltet Ihr wissen, ist versammelt, was den Menschen in der Vergangenheit, in seiner Gegenwart und in der Zukunft bewegt hat, bewegt oder bewegen wird. Seht den Himmel über uns als Weinfass, das wir anzapfen und aus dem wir unser Wissen in einen Krug Wein, unser Horoskopblatt, ablassen.«

Jörg Holtz beugte sich zu ihr hinunter. Sie roch seinen schlechten Atem und sah in seiner Mundhöhle zwei blaue Schneide-

zähne. Sie waren abgestorben und mussten Schmerzen verursachen. Zwischen den Zähnen hing eine weißliche Schicht aus Essensresten und Zahnkalk, die man mit Essig und ein wenig Willen hätte entfernen können. Katrin roch auch die scharfen Ausdünstungen seiner aus Leder bestehenden Kleidung. Nichts unterschied ihn von den Haflingern, die die Karren zogen. Sein Kinn war schlecht rasiert. Stoppeln stachen in Büscheln aus der Haut. Diese Büschel zogen sich über das gesamte Gesicht, das leicht rötlich verfärbt war. Nur die Augen, die zuerst matt und ein wenig trübe auf sie geblickt hatten, funkelten jetzt scharf und gefährlich.
»Da ich vermute, dass Ihr geboren wurdet, darf ich fragen, an welches Datum Ihr dabei gedacht habt? Oder soll ich raten?«
Mit einer Geste deutete Jörg Holtz zu seinen Männern zurück, die hinter ihm einen Halbkreis gebildet hatten.
»Keiner von denen hat auch nur eine Ahnung, wann sein Geburtstag gefeiert wird, geschweige denn sein Namenstag. Ich weiß es, denn solch ein Datum vergisst man nicht...«
»Ihr habt Recht. Es war nämlich das Weihnachtsfest im Jahr des Herrn 1480. Nicht wahr? Gegen Morgen, wenn ich mich nicht täusche?«
Katrin weidete sich am Gesicht des Trossführers. Jörg Holtz war Ende zwanzig. Dabei sah er beinahe doppelt so alt aus. Ihm fehlten Zähne, sein graues Gesicht war wie ein Spinnennetz von unzähligen Runzeln überzogen, und die Narben ließen ihn um weitere fünf Jahre altern. Hätte sie einfach nur schätzen müssen, hätte sie danebengelegen. Doch sie hatte Helfer. Meister Beitel hatte häufiger unter Jörg Holtz gedient, und der prahlte immer mit seinem Christkind. Dass sie von ihm die Mitteilung bekommen hatte, daran dachte er sicherlich nicht. Seine Gesichtshaut bleichte noch eine Idee fahler aus.
»Ihr habt eine gute Ausgangsposition für Euer Horoskop. Dennoch, Jörg Holtz, bedenkt eines. Wer sich von mir einen Blick in die Zukunft wünscht, der muss Mut aufbringen. Mir sind

die guten dasselbe wie die schlechten Nachrichten. Zieht jetzt zurück – wenn es Euch an Schneid mangelt.«
Katrin hätte gern lauthals aufgelacht. In Holtz' Augen flackerte eine Unruhe, doch wusste sie, dass er nicht weichen würde. Mit ihren letzten Sätzen hatte sie ihn festgenagelt, wie ein Schuster die Sohle mit vielen kleinen Nägeln befestigte.
Sie tauchte die Feder in das Tintenfass und begann zu zeichnen. Dabei war es ihr völlig egal, ob in diesem Fall das stimmte, was sie in das Tierkreiszeichen eintrug. Sie arbeitete eine ganze Zeit stumm und ließ den Kerl vor sich zappeln. Nur ab und zu brummte sie unheilvoll oder sie schüttelte den Kopf.
»Eine interessante Konstellation zur Stunde Eurer Geburt. Mars steht dabei im Widder. Ihr hättet nach diesen Anzeichen eine kämpferische, eine männliche Zukunft vor Euch, voller Abenteuer, voller Bewährung ...«
Aus den Augenwinkeln heraus beobachtete Katrin, wie Jörg Holtz sich zu seinen Mannen umwandte und sie triumphierend anblickte. Ein Gockel war er, weiter nichts, dem sie gleich den Kamm stutzen würde.
»... wenn da nicht diese unheilvolle Venus im Wege wäre. Glaubt mir, dieser Planet hier gefällt mir ganz und gar nicht. Kann es sein, Jörg Holtz, dass Ihr bereits einmal eine Begegnung mit dem weiblichen Geschlecht hattet, aus der Ihr eindeutig als Verlierer hervorgegangen seid, ja sogar –«, jetzt stand Katrin auf, »sie steht im Zwilling, eindeutig im Zwilling – doppelt dabei verloren habt?«
Wie sehr es ihr Vergnügen bereitete, den Holzkopf vor ihr zu demütigen. Meister Beitel hatte ihr erzählt, dass die Narbe im Gesicht des Trossführers nicht von einer bestandenen Schwertprüfung herrührte.
Jörg Holtz knurrte lautstark.
»War nicht Euer Eheweib darin verwickelt?«, fragte sie beiläufig und gab vor, dieses Wissen aus dem Blatt vor ihr abzulesen. Sie drehte die Sternenscheibe, schrieb Werte ab, trug Linien

und Zahlen auf ihrer Skizze ein, und streute wieder von dem ihr zu Ohren Gekommenen aus, um den Trossführer zu verunsichern. »Wurden Euch nicht … ich sehe Mars ins Haus des Steinbocks wandern … Hörner aufgesetzt? Und habt Ihr nicht dabei …«

»Schluss jetzt«, zischte Jörg Holtz.

Katrin sah auf und legte die unschuldigste Miene an den Tag, über die sie verfügte.

»Wollt Ihr die Wahrheit über Eure Zukunft hören? Das kann ich nur leisten, wenn Ihr mir bestätigt, ob mein Wissen über Eure Vergangenheit der Wahrheit entspricht. Wenn sie Euch unangenehm ist – das wusste ich nicht, Herr, dann flüstre ich sie Euch ins Ohr.«

Wie sie seinen Gesichtsausdruck genoss, wie er schwankte zwischen Scham und Hass.

»Fahrt fort, Dirne«, spie er die Worte aus. »Doch glaubt nicht, dass ich Euer Hexenwerk nicht genau beobachte.«

Jetzt war es an Katrin, aufzuspringen. Viel durfte sie sich gefallen lassen, doch Hexenwerk war ein zu schlimmer Vorwurf, als dass er so im Raum stehen durfte.

»Seht Euch vor! Was ich betreibe, ist kein Hexenwerk. Weiber, die es mit dem Gottseibeiuns halten, verfügen über andere Möglichkeiten. Sie müssten Euch nicht die Zukunft aus den Sternen lesen. Sie würden sie Euch am eigenen Leib fühlen lassen.«

»Ich kann der Jungfer nur zustimmen, Holtz«, mischte sich eine Person ein, die sich bislang hinter den Männern des Trossführers verborgen gehalten hatte, dessen Stimme jedoch so unzweifelhaft Gaßner gehörte, dass Katrin tief durchatmete. »Sie hat ein ehrbares Handwerk erlernt. Vom Vater. Auch er war in der Lage, Horoskope zu erstellen. Sie sind keine Zauberei, kein Hexenwerk. Sie sind Wissenschaft. Dazu muss man lesen und schreiben und rechnen können. Künste, die nicht allzu verbreitet sind im Kriegshandwerk.«

»Das ohne diese Künste gut über die Runden kommt.« Finster blickte Jörg Holtz auf Katrins Kartentisch. »Fahrt fort.«

Katrin beugte sich wieder über ihre Berechnungen und drehte die Scheibe des Jahreskreises. Sie stellte die Konstellationen um, tat, als zeichne sie Winkel und Neigungen und warf plötzlich alles von sich, als sei es heiß. Erschrocken sah sie auf.

Selbst Jörg Holtz zuckte unwillkürlich zurück, als er den Schrecken in ihren Augen las.

»Was ... was ... ist, Jungfer?«, stotterte er.

»Ich sehe ... den Tod«, flüsterte Katrin. »Euren Tod!«

KAPITEL 13

»Kommt beiseite, Jungfer, hierher.«

Gaßner zerrte Katrin am Arm hinter den Wagen. Nur widerwillig folgte Katrin. Dennoch wollte sie nicht unter den Männern des Trosses zurückbleiben. Aus ihren Gesichtern hatte Mordlust gesprochen. Der Trossführer selbst hatte sein Schwert gezogen und ihr Manuskript in der Mitte durchgeschlagen. Wenn sie nicht geistesgegenwärtig ihre Hand weggezogen hätte, wären ihr einige Finger abgetrennt worden. Gaßners Gegenwart und seine schnelle Reaktion hatten sie gerettet.

»Teufelswerk!«, hatte Jörg Holtz gerufen und ein zweites Mal auf das Manuskript eingehauen. Aber da war sie bereits außer Reichweite gewesen.

Sie verbargen sich hinter einem der Rottwagen, deren Warenballen mit einer Leinenplane derart festgezurrt waren, dass man glaubte, sie wären aus Stein. Übermannshoch ragte das Warengut über ihnen auf und verbarg sie sicher vor den Augen der tobenden Trossbegleiter.

»Seid Ihr vom Teufel besessen, Jungfer? Den Trossführer derart zu reizen?« Gaßner setzte sich auf die Radnabe und verschnaufte. »Sein Jähzorn ist bekannt. Jetzt werdet Ihr keine ruhige Minute mehr haben.«

Das befürchtete Katrin auch. So gut ihr dieses Wahrsagen getan hatte, so dumm war es gewesen. Sie hatte Jörg Holtz erschrecken wollen, nicht jedoch diese Reaktion erwartet. Sie blickte über den Fluss hin, dessen Rauschen und Wühlen ihr guttat. Wenn man genau zuhörte, konnte man das Rollen der Kiesel, die er zu Tal schob, von seinem Grund hören. Ein dumpfer Klang, der sich in der Magengegend festsetzte.

Sie wollte sich bereits wieder Gaßner zuwenden, als ihr Blick dem eines Menschen begegnete, der ganz offenbar im Schilf der gegenüberliegenden Seite steckte. Rasch ließ sie ihre Augen weiterwandern.

»Gaßner, dort drüben«, flüsterte sie, ohne den Mund zu bewegen. »Seht nicht so offensichtlich hin. Ein blonder Haarschopf zwischen den Schilfhalmen. Der Kerl scheint uns zu beobachten.«

Aus dem Augenwinkel heraus konnte Katrin den Kopf weiter ausmachen. Gaßner spähte ebenfalls unauffällig in diese Richtung.

»Ich sehe nichts!«

»Seid Ihr blind, Gaßner? Direkt neben der Birke, die sich gegen das Wasser neigt.«

In diesem Augenblick zog sich der Blondschopf zurück und verschwand zwischen den Halmen. Wer den Ort wusste, konnte am Wippen der mannshohen Gräser erkennen, dass sich etwas durchs Schilf schob.

»Eure Fantasie lässt Euch Dinge sehen, die anderen verborgen bleiben müssen, Jungfer.« Gaßner schüttelte den Kopf. »Ihr habt das Horoskop-Erstellen von Eurem Vater gelernt, nicht? Wie geschickt seid Ihr darin?«

»Wie Ihr wisst, hat Vater die Maschine auch für mich gebaut. Ich sollte sie bedienen lernen, hat er gesagt, und mit ihr arbeiten. Meine Horoskope …«

Weiter kam Katrin nicht, denn wieder wurde ihre Aufmerksamkeit von einer Gestalt gefesselt, die sich ihnen näherte. Das

wehende Habit glich einem Segel, das sich im Wind blähte. Doch die Person segelte gegen den Wind. Der Stoff drückte sich gegen den Körper, zeichnete dessen magere Gestalt ab.
»Pater Eginald kehrt zurück«, sagte Gaßner und fügte hinzu: »Ich mag ihn nicht. Ihr solltet besonders auf der Hut sein. Jörg Holtz' Gerede könnte bei diesem Menschen auf offene Ohren stoßen.«
»Warum hat er den Fluss nicht unten an der Brücke überquert?«, fragte Katrin.
Jetzt lachte Gaßner.
»Ihr kennt die Männer der Kirche nicht. Ein Menschenleben zählt ihnen nichts, zwei Kreuzer Brückengeld alles.«
Der Dominikaner hielt oberhalb der Stelle inne, an der eben noch der Kopf aus dem Schilf geragt hatte. Katrin erkannte einen Pfad, der von der Straße aus hinab ans Ufer auf einen der glatt geschliffenen Felsen führte. Kurz blieb der Mönch stehen und sah hinüber zu ihnen und schien sich der Szene zu vergewissern, die sich ihm bot. Katrin glaubte sogar, er lausche zu ihnen herüber, weil er den Kopf leicht schräg neigte, doch dann zwängte er sich durchs Dickicht hindurch und tauchte alsbald am Ufer auf.
»Wir sollten ihm helfen«, sagte Gaßner. »Über Euer Geschick im Erstellen von Horoskopen reden wir später noch, Jungfer. Das könnte Euch und mir nützlich werden.«
Gaßner erhob sich und lief um den Wagen herum. Pfiff und Wink des Kaufmanns holten zwei Männer herbei, die er nach einem Seil schickte. Dann ging alles recht rasch. Einer der Männer warf das Seil, an das er einen Stein gebunden hatte, ans andere Ufer. Der Mönch ergriff es, knotete sich das Ende um den Leib und sprang dann von Stein zu Stein übers Wasser. Eisig musste es sein, denn Katrin beobachtete, wie das Gesicht des Dominikaners mit jedem Schritt fahler wurde, bis er sich erschöpft ans Ufer zog und sich dort auf einer grünen Matte niedersetzte. Er zitterte am gesamten Leib. Sein Habit war bis

zur Hüfte nass, doch er zog es nicht aus, sondern breitete es um sich herum aus und ließ es am Leib trocknen.
Katrin begab sich hinter den Karren, da sie nicht erkannt werden wollte. Dennoch lauschte sie auf das Gespräch und beobachtete unwillkürlich die gegenüber liegende Uferseite; denn im Schilfdickicht hatte sie erneut eine Bewegung wahrgenommen, als hocke dort weiter der Träger dieses Blondschopfs, den sie bereits erspäht gehabt hatte.
»Gaßner, ich danke Euch«, hörte sie den Mönch sagen. »Ohne Euer Zutun wäre ich wohl im Wasser umgekommen.«
»Oder, so der Herr es wollte, errettet worden«, entgegnete der Kaufmann. Katrin konnte ihn vor ihrem inneren Auge bis über beide Backen grinsen sehen. »Zumindest kann das ersparte Brückengeld jetzt in einen Ablass fließen, der Euch und Eure Seele vor ein paar Jahren Fegefeuer bewahrt.«
Stille herrschte für eine kurze Weile, sodass Katrin den Kopf über die Brüstung des Karrens hob, um zu sehen, ob die beiden Männer noch immer am Ufer standen. Der Mönch sah auf das Wasser hinaus, während Gaßner um ihn herumschlich.
»Was wolltet Ihr in Innsbruck? Konntet Ihr nicht warten, bis der Zug dort anlangt?«
Gaßners Frage klang scharf. Was der Mönch antwortete, hörte Katrin nicht mehr, denn sie wurde von einer Bewegung am anderen Ufer aufgeschreckt. In etwa dort, wo sie zuvor den blonden Schopf beobachtet hatte, bewegte sich das Dickicht erneut. Doch diesmal schob sich ein Stab aus dem Schilf, an dem links und rechts eine Art Bogen befestigt war. Katrin wunderte sich zuerst und sah dem merkwürdigen Treiben zu, ohne sich viele Gedanken darüber zu machen. Doch dann stutzte sie, erkannte die Kuhle im Stab und den darin liegenden Pfeil.
»Duckt Euch!«, schrie sie. »Sie schießen!«
Zwei Dinge geschahen gleichzeitig. Gaßner fuhr herum, sah Katrin gestikulieren und rufen, und im selben Moment schnellte der Bolzen von der Armbrust, querte den Flusslauf,

traf Gaßner, der sich nur zur Seite gedreht hatte, durchstieß dessen Brusttuch und riss es vollständig auf, bevor er mit einem Klingen gegen die Holzwand des Karrens schlug, sich wie ein Windrad drehte, einen klirrenden Ton von sich gab und zu Boden fiel.

»Alle dreischwänzigen Teufel«, rief Gaßner erschreckt und langte sich an die Brust. Der Bolzen war von rechts eingedrungen, hatte ihm das Hemd vor der Brust aufgerissen und war auf der linken Seite wieder ausgetreten. Er brauchte offenbar eine Weile, bis er begriff, dass ihm nur die Drehung durch Katrins Anruf das Leben gerettet hatte. Zweimal, dreimal fuhr er sich über die Brust, die leicht geritzt war unter dem aufgerissenen Wams. »Hölle und Schwefel!«, entfuhr es ihm noch einmal.

Selbst der Dominikaner war aufgesprungen und bekreuzigte sich.

Katrin konnte erkennen, wie sich das Schilf gegenüber erneut bewegte, wie sich etwas durch das Dickicht drückte, was man aufgrund der Bewuchshöhe nicht erkennen konnte.

»Wo kam das Teufelsding her?«, fragte Gaßner, noch immer verstört.

Katrin deutete ans andere Ufer hinüber. »Dort, dort läuft er!«

Doch das Dickicht lag mittlerweile ruhig und unbewegt und still.

»Holtz«, schrie Gaßner plötzlich. »Jörg Holtz! Verfluchter Kerl. Statt hinter Weiberröcken herzuschleichen, solltet Ihr Euren Arsch bewegen und uns vor solchem Gesindel schützen. Oder glaubt Ihr vielleicht, wir bezahlen Euch fürs Scharwenzeln?«

Gaßner stapfte hochrot im Gesicht und schwer schnaufend an Katrin vorbei und schrie und brüllte nach dem Trossführer, der angelaufen kam. Jörg Holtz' Gesicht war ebenfalls gerötet, was weniger dem Zorn als vielmehr dem Wein zuzuschreiben war.

»Was ist?«

»Packt den Kerl! Schwimmt auf die andere Seite und holt ihn mir! Weit kann er nicht sein. Ich bin keine Schützenscheibe, auf die jeder Beliebige zielen kann. Er hat eine Armbrust und mir das teure Wams zerfetzt. Ich sage Euch, Holtz, sputet Euch und fangt den Mann, sonst lasse ich Euch meinen Zorn spüren, elender Weiberheld und Weinsack!«

Holtz rannte mit seinen Mannen zu den Pferden und lenkte diese ans Ufer, doch keines der Tiere ließ sich ins Wasser treiben. Sie bäumten sich und wehrten sich und blieben stur. Holtz blieb nichts weiter übrig, als abzusitzen und erneut das Seil zu Hilfe zu nehmen. Doch Katrin war sich sicher, bis die Truppe ans andere Ufer gelangt wäre, war der Mann mit der Armbrust über alle Berge.

Sie wunderte sich nur, warum sich der Mann Gaßner ausgesucht hatte.

KAPITEL 14 Im Lager herrschte helle Aufregung. Die Fuhrwerker schrien durcheinander, die Pferde stampften, die Galeerensklaven wurden aufgescheucht und in Zweierreihen zusammengetrieben. Die provisorischen Unterkünfte brach man in aller Eile ab, und Holtz' Reiter sicherten den Aufbruch in vollem Harnisch, mit gezogenen Schwertern und gespannten Armbüsten, indem sie den Zug umkreisten und beim geringsten Verdacht zu allen möglichen Punkten ausbrachen, um die Umgebung zu durchstöbern.

Florint war mitsamt seinem Kettengenossen auf einen der Karren geladen worden und musste die erste Zeit nicht mitlaufen. Messer Matteo wollte keinen der Männer mehr verlieren.

Innerhalb von zwei Stunden war der Zug abmarschbereit und setzte sich in Richtung Innsbruck und Brücke in Bewegung. Der Aufbruch glich weniger einem geordneten Abzug denn einer Flucht. Gaßner und Messer Matteo hatten sich in den Küchenwagen Meister Beitels zurückgezogen, da dessen Wände höher aufragten und so einen sicheren Schutz vor den Bolzen der Wegelagerer boten. Katrin, die neben Beitel auf dem

Kutschbock saß, konnte das Gespräch der beiden Männer verfolgen.

»Was glaubt Ihr, Messer Matteo, wollte der Kerl von mir?«

»Nun«, antwortete der Venezianer lapidar, »ich denke, er wollte Euch töten.«

»Verflucht, Matteo, das weiß ich auch. Aber warum?« Gaßner schlug eine Faust in die offene andere Hand.

»Ihr gebt ein gutes Ziel ab. Schließlich stand der Schütze mehr als dreihundert Fuß entfernt. Ein Wunder, dass er Euch überhaupt getroffen hat.«

»Ihr seid mir ja ein feiner Herr! Es hätte Euch wohl gefreut, wenn ich an den Ufern des Inn mein Leben ausgehaucht hätte. Mit einem Bolzen in der Brust.«

Messer Matteo rutschte auf seinem Sitz zurecht. »Das seht Ihr falsch. Seine Schießkünste waren außerordentlich. Das beweist, dass wir es hier nicht mit einem Anfänger zu tun haben, sondern mit einem Menschen, der es gewohnt ist, mit der Armbrust umzugehen. Das sollte uns eine Warnung sein.«

Katrin spitzte die Ohren und dachte an den Reiter, den sie gesehen und der sich in das Dickicht des Wegrands zurückgezogen hatte. War das ein Beobachter gewesen, der den Zug ausspionierte? Berichte über Wegelagerer und anderes Gesindel waren in den Gasthöfen und an den Rastorten allenthalben verbreitet. Doch so stark bewaffnete Warentransporte wie der ihre galten als sicher. Niemand würde es wagen, die schwer bewachten Karren eines Jakob Fugger anzugreifen.

»Wisst Ihr, was ich vermute, Gaßner?« Katrin durfte sich nicht umdrehen und nachsehen, wie der Kaufmann reagierte, denn Gaßners Antwort hören konnte sie nicht. »Der Angriff galt nicht Euch, sondern mir. Die Nachricht, dass ich Gefangene nach Süden führe, hat die Galeotti auf den Plan gerufen. Sie wollen keine billige Konkurrenz, sie wollen keine Fremden auf den Galeeren. Dabei müssen auch sie sich der Zeit beugen. Dass die Warenströme aus dem Osten versiegen und Gold und

Gewürze über die Neue Welt ihren Weg nach Europa finden, spüren gerade wir Venezianer. Die Frage ist nur, wird es in Zukunft so weitergehen, oder werden sich die Zeiten bessern? Im Augenblick verschlechtern sie sich. Die Liga von Cambrai mit dem Papst und dem Franzosenkönig an der Spitze macht uns Sorgen. Sie will Venedig in die Knie zwingen. Solange diese Verwicklungen nicht geklärt sind, müssen wir uns anpassen und dort Kosten einsparen, wo sie sich sparen lassen.«

»Zum Beispiel bei den Ruderern für die Galeeren.«

Sein Gesprächspartner schien zu nicken, denn Messer Matteo wechselte völlig unvorbereitet das Thema. Dabei senkte er die Stimme ein wenig.

»Gaßner, diese Jungfer, die Küchenmagd, die Ihr mitgenommen habt, erinnert Ihr Euch an sie?«

Gaßner schien zu schmunzeln, denn seine Antwort kam beschwingt daher wie auf hüpfenden Beinen.

»Natürlich. Die Dirn, die sich Jörg Holtz widersetzt. Eine patente Person.«

»Sie hat ihm ein Horoskop berechnet. Kann sie das denn? Sie ist eine Frau!«

Katrin wäre in diesem Augenblick gern ins Innere des Wagens geschlüpft und hätte sich neben die beiden Männer gesetzt, doch das verbot sich von selbst. Zwar hörte sie die beiden Herren noch flüstern, doch verstehen konnte sie nichts von dem, was sie sagten. Nur einzelne Worte hörte sie heraus und vermutete, dass Gaßner dem Venezianer mitteilte, dass sie dem Haus eines Instrumentenbauers entstammte.

»Wir werden sehen!«, endete das Getuschel, und Katrin konnte geradezu spüren, wie sich die massigen Körper der Männer zurücklehnten und sie sich gegenseitig abschätzend betrachteten. Zwei Geschäftsmänner, die eben einen Pakt geschlossen hatten.

Die Fahrt verlief ruhig. Die Fläche der Innebene breitete sich aus wie ein grün gefärbtes Laken und empfing sie mit einem milden und sonnigen Talwetter. Innsbruck kam in Sicht. Die

Stadtmauer streckte sich ihnen in einem Spitz entgegen, als wolle sie wie ein Speer den Feind abhalten. Es war nicht vorgesehen, in Innsbruck lange Halt zu machen. Doch die Waren mussten umgeladen, ein Teil der Fuhrwerker ausgetauscht, die Pferde gewechselt und die Frachtgebühren bezahlt werden. Zwar hatte Fugger seine eigenen Karren und seine eigenen Frächter, doch zahlte er die üblichen Gebühren und Steuern. Die Unruhe unter den Fuhrwerkern und den Sträflingen ließ erst in Sichtweite der Stadtbefestigung nach. Die Pferde dampften, weil sie zu erhöhter Eile angetrieben worden waren. Jeder wollte so schnell wie möglich in den Schutz der Mauern gelangen.

Vor dem Tor gab es eine Stockung. Gaßner und Messer Matteo wurden an die Spitze des Zuges gerufen. Katrin stand auf und versuchte über die Karren hinweg zu sehen, was den Stillstand verursachte.

»Sie wollen die Sträflinge nicht in der Stadt haben!«, brummte Meister Beitel. »Entweder wir führen sie geschlossen durch die Stadt, oder aber sie werden vor der Stadt übergesetzt und müssen außerhalb übernachten.«

»Das können sie nicht tun«, flüsterte Katrin. »Florint müsste sonst laufen.« Sie spürte einen Stich, wenn sie an Florint dachte und daran, wie er behandelt wurde.

»Du sorgst dich zu sehr um den Gesellen. Achte lieber auf dich.«

»Ich werde die Galeerensklaven begleiten und nicht in die Stadt gehen!«, bestimmte Katrin und stampfte mit dem Fuß auf. »In Innsbruck sollen sich die Herren Kaufleute und Kapitäne ihren Wanst im Gasthaus vollschlagen.«

Behände schwang sie sich vom Wagen und lief die Schlange entlang bis vors Tor. Tatsächlich verhandelten die beiden Kaufleute lautstark über die Sträflinge, und Katrin hörte heraus, dass eine Fähre zur Verfügung gestellt werden sollte, die alle unerwünschten Personen über den Inn hinüberführen würde.

»Wie lange wird das Umladen dauern?«, fragte Gaßner einen der städtischen Beamten, der gerade zu den Torwachen trat und sich einen Überblick verschaffte.
»Zwei Tage«, lautete die Antwort. »Und keine Gefangenen in die Stadt!«
Gaßner fluchte leise, musste sich dennoch in das Unvermeidliche fügen. Er winkte Jörg Holtz heran und gab ihm den Befehl, alle Gefangenen die Mauer entlang zum Wasser zu führen. Dort würde sie eine Fähre erwarten. Dann solle er mit der Hälfte der Männer die Sträflinge begleiten. Die andere Hälfte habe das Absetzen und Umspannen der Waren zu beaufsichtigen.
»Ich begleite die Männer!« Katrin trat vor und stellte sich neben Gaßner. »Sie brauchen etwas zu essen. Ihr könnt derweil in den Gasthäusern speisen!«, sagte sie bestimmt und stemmte die Arme in die Hüften, um anzudeuten, dass sie diesbezüglich keinen Widerspruch duldete.
»Wollt Ihr nicht lieber in den sicheren Mauern ...«, versuchte Gaßner sie zu überreden.
»Nein«, unterbrach Katrin ihn. »Ich werde die Männer begleiten. Meister Beitel kann ja mit dem Küchenwagen so lange bei uns bleiben, bis die Fähre uns übersetzt.«
Gaßner seufzte, gab sich jedoch geschlagen.
»Wie Ihr wollt, Jungfer.«
Die Galeerensklaven wurden von den Wagen abgehängt. Katrin beobachtete, wie man Meister Beitel, in dessen Wagen nun Florint und der Rottfleck stiegen, die Richtung anwies und er die Gäule einen schmalen Pfad nach Süden einlenkte, die Mauer entlang bis zu einer Schwemme am Inn. Humpelnd folgte die Truppe dem Wagen. Dort ließen sie sich nieder.
Begleitet wurden sie von einem halben Dutzend Reiter, an der Spitze Jörg Holtz. Der ließ der kleinen Gruppe einen leichten Vorsprung, bevor er sich mit letzten Anweisungen versehen hinter den Männern hermachte, zwei Packpferde mit Lebensmitteln im Schlepp.

Betont langsam näherte er sich von hinten. Katrin, die als Letzte lief, spürte seine bohrenden Blicke im Rücken und wartete darauf, dass er etwas zu ihr sagen würde. Tatsächlich dauerte es nicht allzu lange, bis er ganz aufschloss und neben ihr herritt.

»Ich freue mich auf heute Nacht, Jungfer. Ihr werdet Euren Spaß finden, glaubt mir!«

»Habt Ihr gewartet, bis Euch niemand mehr hören konnte, weil Ihr Angst vor Gaßner und Messer Matteo hattet?«, konterte Katrin und blickte ihn spöttisch an.

»Eure schnippische Art wird Euch vergehen!«, brummte der Trossführer und gab seinem Pferd die Sporen.

Katrin überlegte, ob es nicht ein Fehler gewesen war, die Gefangenen zu begleiten, doch dann sah sie vor sich Florint, der sich humpelnd und gebeugt auf den Rottfleck stützte. Sein Körper unter den zerrissenen Kleidungsstücken war grün und blau angelaufen. In diesem Zustand konnte sie ihn unmöglich allein lassen. Er brauchte ihre Hilfe.

KAPITEL 15

»Florint!« Der Rottfleck stieß ihn in die Seite. »Wenn wir den Inn überquert haben, sollten wir uns um unsere Flucht kümmern!«

Erstaunt hob Florint den Kopf. Sie hockten am Ufer und warteten auf den Fährkahn, der sie als Letzte der Gruppe ans andere Ufer tragen sollte. Langsam begann es zu nieseln. Durch die Luft zog ein eisiger Windhauch, der sich wie ein Laken gegen Fieber auf Florints Wunden legte und diese kühlte.

»Spinnst du?«, fuhr Florint auf. »Hast du nicht gesehen, wie unsere Begleiter die letzte Gruppe zurückgeholt haben? Niemals würde ich das überleben.«

Der Rottfleck hustete ein spöttisches Lachen. »Weil sie dumm waren und sich nicht auskannten.« Er rückte näher an Florint heran, senkte die Stimme weiter. »Ich habe lange in Tirol gelebt. War Rottmeister für die Fugger und habe Waren über den Brennerpass bis Innsbruck gebracht und auf demselben Weg wieder zurück nach Venedig. Ich kenne die Gegend wie meine Westentasche.«

Das Nieseln glättete die Wasser des Inns und formte aus ihm einen grauen Bleistrom, der in seinem Bett lag wie eingegossen. Langsam verschwamm die gegenüber liegende Seite im Wasserschleier. Ein Vorhang wurde zugezogen. Sie saßen im Schutz des Küchenwagens, einigermaßen sicher vor den immer kräftiger rauschenden Regenböen, die aus den Bergen über ihnen herabrollten.

»Ich kann kaum laufen, geschweige denn rennen.«

»Du wirst nicht rennen müssen. Es wird genügen, ein wenig zu klettern. Niemand von diesen Kerlen kann uns auf den Pfaden folgen, auf denen wir uns absetzen.«

»Wo bist du geboren, Rottfleck?«, fragte Florint nach, dem die Vorstellung unheimlich wurde. Zwar versanken die Bergwände um sie her im Regendunst, doch hatte er sie lange genug vor Augen gehabt, um zu ahnen, wie weit es dort hinaufging. Allein davon wurde ihm schwindlig.

»Mein Vater stammte aus Schwaz. Aus der Stadt, die sich dem Fugger verkauft hat. Mit Haut und Haaren.« Sie schwiegen sich an, starrten auf den Regenfluss hinaus, der sein Wasser dem Gebirgsstrom anvertraute und sich mit ihm vermählte.

Florint bemerkte, dass sich der Rottfleck um eine Antwort drückte. Er würde ihn bei Gelegenheit noch einmal befragen. Der Rottfleck deutete auf das Bleigrau des Flusses. »So fließt aus diesem Land das Silber hinaus in die Welt«, murmelte der Rottfleck. »Nur reißt er dabei alles Leben mit. Nicht einmal seine Ufer begrünt der Silberstrom aus dem Tirol. Zurück bleibt eine wüste Leere.«

Florint nickte nur. Was sollte er auch dazu sagen? Erstickten nicht alle Anhäufungen von Reichtum gleichzeitig die lebendige Natur? Dort, wo der Reichtum wuchs, wo seine Gold- und

Silberlasten den Boden drückten, verkümmerten die Wurzeln alles Lebens, blühten Armut und Bettlerei.
»Wir sind aneinandergekettet. Vergiss das nicht, Rottfleck.«
Der Rottfleck wandte ihm den Kopf zu und verzog das Gesicht zu einem Grinsen.
»Du bist an mich gekettet. Nicht ich an dich.«
Er spähte vorsichtig umher, dann schlüpfte er mit seiner rechten Hand aus der Kette. Florint bemerkte, dass der Rottfleck in der Lage war, seinen Daumen so weit in die Handfläche hineinzubiegen, dass Handgelenk und Hand denselben Durchmesser annahmen. »Ich vergaß zu erwähnen, dass ich eine Zeit bei Gauklern zugebracht habe. Man lernt so einiges von diesen Menschen. Manchmal ist es sogar nützlich.« Mit einer Bewegung streifte er die Kette wieder um.
Florint schloss die Augen. Hatte er sich also nicht getäuscht, als er in den letzten Tagen das Gefühl gehabt hatte, der Rottfleck habe nicht immer neben ihm gelegen. Jetzt konnte er sich auch den Auftritt bei ihrer Rast vor Landsberg erklären.
»Was nichts hilft. Dann muss ich die Kette allein tragen«, erwiderte er auf die Demonstration hin.
»Wir werden einen Ausweg finden, glaub mir. Die Schellen sind nicht allzu kräftig. Ein guter Schmied – und die gibt's hier zuhauf – wird damit fertig.«
»Und wird mich sofort der Obrigkeit ausliefern.«
Aus dem Nebel vor ihnen tauchte die Fähre auf. Florint wunderte sich, wie genau der Fährmann das Ufer gefunden und angesteuert hatte, obwohl es durch den immer heftiger niederströmenden Regen vom anderen Ufer aus nicht mehr zu sehen war.
»Wir sprechen morgen darüber!«, flüsterte ihm der Rottfleck noch zu, dann trieb sie das Knallen einer Peitsche aus ihrem Unterschlupf.
Gebückt hasteten sie auf das Boot zu, das sich knirschend in den Uferkies bohrte, und sprangen humpelnd in das Fährboot. Hinter ihnen schlüpfte die Küchenmagd aus dem Karren, ge-

hüllt in einen Regenfilz, den sie weit über ihr Gesicht herabgezogen hatte. Auch sie sprang an Bord wie zwei weitere Männer mit ihren Ketten. Als sie an Florint und dem Rottfleck vorüberkam, streifte ihr weiter Mantel über Florints Schenkel und verdeckte sie kurz. Florint spürte, wie zwei Gegenstände in seinen Schoß fielen. Die Küchenmagd nahm im Bug des Bootes Platz, und Florint gab eines der Brote, die die Magd ihm heimlich zugesteckt hatte, an den Rottfleck weiter. Zwar wunderte er sich über die Großzügigkeit der Jungfer, doch gleichzeitig freute ihn die Barmherzigkeit dieser Tat.

Der Kahn glitt durch den sonst reißenden Fluss wie das Boot des Fährmanns Charon, leicht und sicher inmitten der Wassermassen. Als weder das eine noch das andere Ufer zu sehen waren, überkam Florint kurz das Gefühl, aus dieser Welt gefallen zu sein und sich einen neuen Ort suchen zu müssen. Am liebsten hätte er dem Fährmann zugerufen, er solle das Boot treiben lassen, wohin das Schicksal es führen würde.

Doch dann tauchte das Ufer auf, schälten sich die Männer aus dem Dunst, die gegen den Wind gedreht im Regen standen wie das Vieh auf der Weide, und sie mussten aus dem Kahn springen und sich einreihen.

Ohne aufzusehen, trotteten sie hintereinander her. Florint verlor dabei jegliches Zeitgefühl. Er starrte nur auf die sumpfige Straße, auf der sich bereits knöcheltief das Wasser sammelte, horchte auf das Schnaufen und Husten der Männer und zuckte zusammen, wenn die Peitsche sie antrieb und er befürchtete, sie würde ihn treffen. Er konzentrierte sich ganz auf die Schmerzen, die ihm seine Fußsohlen bereiteten. Sie waren auf dem kurzen Marsch wieder aufgebrochen und bluteten.

In solchen Momenten half ihm der Gedanke an die Horoskopmaschine. In seiner Fantasie ließ er die Konstruktion vor seinem inneren Auge entstehen und überlegte, woran die Funktionsweise wohl gescheitert war. Sein Gedächtnis bildete die Konstruktionszeichnungen des Vaters ab und rechnete die möglichen Bewegungsabläufe durch. Immer wieder verhakte sich die Mechanik. Er schalt sich einen Narren, dass er den Apparat nur flüchtig untersucht und nicht genauer begutachtet hatte. In seinen Gedanken blitzte beständig das Gefühl auf, dass der Schlüssel zum Geheimnis der Horoskopmaschine zum Greifen nahe liegen musste.

Florint murmelte vor sich hin und hätte beinahe nicht bemerkt, dass jemand neben ihm lief.

Überrascht schaute er zuerst auf die nackten Füße, die in Ledersandalen steckten. Dann fiel ihm das Schwarzweiß der Kutte auf. Pater Eginald.

»Ein Wetter, das selbst die Apostel das Fürchten lehren könnte!«, begann dieser in einem Tonfall, als wolle er eine Beichte einleiten.

Florint spürte, wie der Rottfleck, der ebenso stumm neben ihm hertrottete, warnend an seiner Kette zog. Sei auf der Hut, sollte das wohl heißen.

»Was wollt Ihr?«, fragte Florint, dem der Mönch schon seit ihrer ersten Begegnung unheimlich war.

»Über Ähnlichkeiten reden. Ähnlichkeiten in Gesicht und Haltung, Ähnlichkeiten in Namen und Schicksal.«

Überrascht sah Florint auf, doch kam er nicht dazu, weiter in den Dominikaner zu dringen. Sie hatten einen Unterschlupf erreicht. Ein niedriger Holzschuppen, der kaum Platz für alle bot, war rechts von ihnen aufgetaucht. Dorthin trieben die Wärter ihre Fracht. Einer nach dem anderen kroch gebückt durch die Öffnung ins Innere. Kaum dass man darin stehen konnte, schützte die Hütte dennoch vor dem feinen Regen, der bis unter die Haut zu dringen schien.

Florint hockte sich in eine Ecke, direkt neben den Rottfleck.

»Vorsicht. Dieser Mönch ist schlimmer als ein Skorpion. Man kann sich an ihm vergiften«, raunte er ihm zu.

Pater Eginald, der hinter Florint in den Schuppen gekrochen kam, setzte sich zu ihm. Sie saßen ein wenig abseits, denn neben dem Mönch ragte ein Holzbalken auf, der, etwas schief, das Dach stützte. Es schien eine Schafhürde zu sein, die Wanderschäfer mehrmals im Jahr aufsuchten. Wenngleich eng, blieb das Innere zumindest trocken.

»Habt Ihr Euch Gedanken gemacht, Florint Deroubaix, über meine Worte? Über die Ähnlichkeiten?«

»Welche Ähnlichkeiten seht Ihr denn, Pater Eginald?«

Florint hatte keine Lust, sich mit dem Mönch zu unterhalten und dessen Spitzfindigkeiten zu lauschen. Er hatte auch keine Lust nachzudenken.

»Ich will Euch davon erzählen, wenn Ihr mir etwas erzählt.« Der Mönch schwieg, als erwarte er eine Bestätigung, dass die Abmachung gelte, doch Florint hütete sich davor, sich auf irgendetwas einzulassen. »Was wolltet Ihr in Augsburg, Florint? Was hat Euch in diese Stadt getrieben?«

Florint überlegte, wieweit er den Mönch in die Suche nach seinem Vater einweihen durfte.

Der Dominikaner beugte sich zu ihm hin.

»Euer Schicksal ist besiegelt, Florint Deroubaix. Habt Ihr eine Ahnung, was Euch auf einer Galeere erwartet?« Pater Eginald stieß ein verächtliches Husten aus. »Ich kann Euch retten. Ich kann Euch vor diesem Schicksal bewahren. Überlegt es Euch, bevor es zu spät ist. Euer Vater hat auch versäumt, auf mich zu hören.«

Damit rappelte sich der Mönch auf und kroch nach draußen.

KAPITEL 16 Florint war nervös, seit der Mönch von seinem Vater gesprochen hatte. Doch Pater Eginald machte sich rar. Er kümmerte sich um die Gefangenen, nahm Beichten ab und las gegen Abend die Messe. Das wenige Brot, das ihnen zustand, verwendete er für die Wandlung und zweigte offenbar für sich einen nicht unerheblichen Teil ab, denn die Ration für die Gefangenen fiel kleiner aus als gewöhnlich. Erst als es dämmrig zu werden begann, kroch der Mönch näher zu ihnen heran. Seine Kutte roch streng nach nasser Wolle, wie der gesamte Unterstand mit dem anhaltenden Regen mehr und mehr Schafsdünste ausströmte, beißend und scharf.

»Nun? Habt Ihr es Euch überlegt?« Pater Eginald versuchte sich bequem auszustrecken, was schwierig war, weil in dem Winkel, in dem Florint und der Rottfleck hockten, der Platz begrenzt war. »Ich komme Euch etwas entgegen, Florint. Ich kannte Euren Vater, wenn er es denn war. Pieter Deroubaix. Bei Meister Buschmann hat er gearbeitet.«

Es war das erste Mal, dass neben Katrin jemand offen zugab, sein Vater habe sich in Augsburg aufgehalten. Rottflecks Stoß in die Seite erinnerte Florint daran, vorsichtig zu sein. Mönchen konnte man begegnen, man durfte ihnen beichten, vertrauen sollte man ihnen jedoch nicht. Das war einer der Sätze, die der Rottfleck ihm eingetrichtert hatte.

»Woher kanntet Ihr den Mann, wenn es denn mein Vater gewesen ist?«, fragte Florint und versuchte seine Stimme so klingen zu lassen, als ginge ihn das alles nichts an. Dabei fühlte er, wie seine Handinnenflächen feucht wurden.

Der Dominikaner lachte leise.

»Ich hatte ihn gewarnt.«

»Wovor gewarnt?« Florints Sinne waren plötzlich hellwach. Er glaubte sogar, dass er in der Düsternis des Unterschlupfes besser sehen konnte.

»Vor Meister Buschmann und Gaßner. Diesen gottlosen Gesellen, denen nichts in dieser Welt heilig ist und schon gar nicht die Heilige Schrift.«

Florint kannte diese Anschuldigungen. Als Instrumentenbauer hatte man sich dieser Anfeindungen permanent zu erwehren.

»Die Inquisition interessierte sich für eine Maschine, die Meister Buschmann mit der Hilfe Eures Vaters …«, sofort korrigierte sich der Mönch, wobei Florint das Gefühl hatte, als beobachte dieser seine Reaktion, »… mit Pieter Deroubaix' Hilfe, entwickelte. Sie hat …«, wieder zögerte er, bis er schließlich entschlossen fortfuhr, »… Euren Vater zweimal ins Gefängnis gesteckt. Beim zweiten Mal ist er nicht wieder zurückgekommen. Es heißt, dass Gaßner sich mit dem Inquisitor getroffen hat und dass daraufhin über Pieter Deroubaix kein Wort mehr verloren wurde.«

Florint blieb stumm. Wenn auch nur ein Teil davon stimmte, dann hatten Buschmann und Gaßner seinen Vater auf dem Gewissen. Um ihre eigene Haut vor der Inquisition zu retten, hatten sie ihn ans Messer geliefert.

»Ich möchte betonen«, fuhr der Mönch fort, »dass ich das alles nur gehört und über Dritte erfahren habe.«

»Das glaube, wer will«, erwiderte Florint ein wenig heiser. In seinem Kopf arbeitete es, als wäre dort eine der Walkmühlen untergebracht, deren Räderwerk er schon konstruiert hatte. »Wohin hat man Pieter Deroubaix gebracht?«

»Das weiß niemand. Ich kann allerdings vermuten, dass er dasselbe Schicksal teilte wie Ihr. Er hat den Weg der Galeeren beschritten.« Pater Eginald rückte wieder ab von den beiden Gefangenen. »Weil er sich der Ketzerei schuldig gemacht hat.«

»Unmöglich. Wenn es wirklich mein Vater gewesen ist, dann war er unmöglich ein Ketzer. Mein Vater ist ein frommer Mann und ein guter Handwerker.«

Der Mönch wiegte den Kopf hin und her.

»Die Versuchungen sind groß. Das Wort Gottes besitzt heutzutage schnell einen hässlichen Zungenschlag.«

»Wenn es das Wort Gottes ist«, entgegnete Florint scharf, »dann ist es das Wort Gottes, egal wer es ausspricht. Es gibt allerdings Menschen, die von sich behaupten, nur sie allein könnten die Heilige Schrift deuten. Eine Vermessenheit für einen fehlbaren Menschen.«

Der Mönch schwieg eine ganze Zeit, als müsse er sich eine Antwort überlegen – oder sich beherrschen. Erst nach einer längeren Pause fuhr er fort.

»Ihr seid ein scharfer Kopf, Florint. Zu schade für die Galeerenbank. Glaubt mir, meine Verbindungen reichen weit, und ich könnte Euch helfen.«

»Wie könnt Ihr mir helfen?«, fragte Florint hastig. Ein wenig hatte er das Gefühl, als grinse der Mönch über beide Wangen, doch sehen konnte er es nicht. Nur seine Antwort besaß einen eigenartigen Unterton, als würde er sich über ihn lustig machen.

»Nicht so hastig, mein Sohn. Der Weg ist lang und steinig. Es wird sich eine Gelegenheit finden.« Mit dieser Antwort verschwand Pater Eginald.

Langsam legte Florint sich zurück und starrte in die Dunkelheit.

»Du hättest ihn fragen sollen, wer der Inquisitor gewesen ist, der deinen Vater sowie Meister Buschmann oder Gaßner verfolgt hat. Dann hätte er dir was von Ähnlichkeiten erzählen können«, stichelte der Rottfleck, nachdem sich der Mönch verabschiedet hatte.

»Ich weiß selbst, dass ich ihm nicht trauen kann«, antwortete Florint ein wenig gereizt.

Florint konnte nicht einschlafen. Er lauschte auf die Geräusche ringsum, die ihm eine Ahnung vom Leben gaben. Überall raschelte und tappte es, überall fiepte und gurgelte und atmete die Nacht mit tausend Mündern und tausend Gliedmaßen. Der Regen ließ nach. Aus dem Auslaufen der Welt wurde ein Tropfen und Patschen, das sich verlangsamte, als falle die Natur selbst in einen Dämmerzustand zwischen Schlafen und Wachen.

Gegen Morgen erspähte Florint, der durch eine Lücke in der Lattung nach draußen sehen konnte, einzelne Sterne, die durch die aufreißende Wolkendecke brachen. Er hoffte, die Venus möchte dabei sein, und dachte erstmals, seit er von Augsburg weg war, wieder an Katrin. Wie es ihr wohl erging? Als Waise? Womöglich hatte man sie verheiratet. Die Zunft würde dafür sorgen, da unterschied sich Augsburg in nichts von Straßburg. Allein der Gedanke an diese Heirat gab ihm einen Stich ins Herz. Doch er durfte dem keinen Raum geben. Augsburg würde er nicht wiedersehen und Katrin auch nicht. Florint rutschte zu dem Spalt hin und versuchte die Sterne zu bestimmen, doch die geringe Breite der Lücke ließ ihn nur einzelne helle Punkte ohne Zusammenhang erkennen.

Er wollte gerade zurückrobben und sich schlafen legen, als er gegen den Horizont eine Gestalt wahrnahm: Gaßner! Es musste Gaßner sein. Unverwechselbar mit Hut und Bart und dem hoch aufragenden Körper. Was tat Gaßner in dieser Morgenstunde vor der Stadt? Hätte er nicht in Innsbruck in einem weichen Bett liegen müssen, die Decke bis übers Kinn hochgezogen? Florint schaute sich die Augen aus dem Kopf. Nach einiger Zeit wuchs wie aus dem Nichts der Umgebung eine schwarze Gestalt, die Florint völlig unbekannt war. Die beiden Männer schienen sich angeregt zu unterhalten. Gaßner warf, seiner Art nach, die Hände in die Höhe und untermalte seine Rede mit lebhafter Gestik, während der andere nur ruhig dastand.

Als sich der Fremde umdrehte, erkannte Florint gegen das aufkeimende Licht des Tages ein Schwert, das dieser mit sich führte.

Er stieß dem Rottfleck in die Seite und weckte ihn.

»Gaßner ist draußen und unterhält sich mit einem bewaffneten Fremden«, informierte er seinen Kameraden. Der kroch ebenfalls heran und verdrängte Florint von seinem Platz.

»Verflucht, treibst du deine Späße mit mir?«, knurrte der Rottfleck. »Ich sehe niemanden.«

Tatsächlich waren die beiden Männer verschwunden, als Florint wieder durch den Spalt sah.

»Ich könnte schwören, dass es Gaßner gewesen ist.«

KAPITEL 17 Im ersten Morgengrauen wurden sie aufgejagt und weitergetrieben. Die Peitschen scheuchten auch den Letzten hinaus in die morgendliche Frische. Der Regen hatte die Luft abgekühlt. Sie sammelten sich in Zweierreihen hintereinander. Bevor sie losmarschierten, wurde von Pater Eginald die Messe gelesen und die Kommunion ausgeteilt. Als Florint an die Reihe kam, suchte er im Blick des Mönchs nach einem Zeichen der Verständigung. Doch die Miene des Dominikaners blieb unbewegt, und die Augen blickten verschleiert.

Die Karren waren noch nicht aus der Stadt angelangt, dennoch trabten die Gefangenen langsam an. Ganz am Ende lief die Küchenmagd, die Florint das Brot zugesteckt hatte.

»Irgendwas stimmt nicht«, murmelte der Rottfleck und sah sich um.

Die Männer, die sie begleiteten, wirkten unruhig. Sie blickten ständig über die Schultern, musterten den Wegrand und rückten zusammen, sobald sich die Straße absenkte und die Landschaft um sie her verschwand. Das Besondere war, dass Jörg Holtz erschienen war und mit dem Pferd unermüdlich seine Runden drehte. Nur bei der Magd blieb er häufiger stehen und wechselte einige Worte mit ihr.

»Sie befürchten etwas. Siehst du, wie sie ihre Degen tragen?«, murmelte der Rottfleck.

Florint musterte die Kleidung der Wachen. Manche hatten ihre Brustpanzer festgeschnallt, die sonst nur lose am Körper hingen. Die Degen an ihren Hüften waren nicht mehr mit Lederschlaufen fixiert, sondern so gehängt, dass sie sofort gezogen werden konnten. »Sie haben Angst. Wenn ich nur wüsste, wovor. Wir sollten unsere Flucht vorbereiten, mein Lieber.«

Als der Zug durch einen leichten Hohlweg musste, ließ der Trossführer ihn zuerst ausspähen und sichern, bevor er die Männer hindurchschickte.

»Der Zwischenfall am Inn hat sie nervös gemacht«, behauptete Florint. »Sie fürchten sich vor dem Schützen.«

»Sie befürchten etwas anderes«, flüsterte der Rottfleck. »Wir haben keine Wagen dabei. Gaßner wollte sie nicht gefährden. Oder die Bedrohung gilt nicht den Karren, sondern …«

Florint pfiff durch die Zähne. »Du meinst, sie gilt uns?«

»Ich vermute es. Sonst wären die Karren bei uns.«

Die Schmerzen an den Sohlen wurden langsam unerträglich. Florint glaubte, auf rohem Fleisch zu gehen. Gegen Mittag hielten sie in einer Senke Rast, die nur von hüfthohem Gras bewachsen war. Die Magd teilte Brot aus und goss Wasser in die Schalen, die an ihren Gürteln baumelten. Florint interessierte sich für das Mädchen, das sich so heftig gegen den Trossführer wehrte. Wenn er nur ihr Gesicht hätte sehen können!

Er griff nach ihrem Arm, als sie bei ihm war, doch bekam dadurch nur einen Schwall aus dem Wasserkrug über seine Hose. Er sprang zur Seite und fluchte, während sie sich rasch entfernte. Dabei rutschte ihr die Kapuze vom Kopf, die ihr Gesicht fortwährend verschattete. Das blonde Haar, das darunter zum Vorschein kam, erinnerte ihn an Katrin, die Tochter Meister Buschmanns.

Florints Herz krampfte sich zusammen, als er daran dachte, dass die Handwerkerstochter jetzt in Augsburg saß und ihn für den Schuldigen am Tod ihres Vaters hielt. Noch nicht einmal die Genugtuung seiner öffentlichen Hinrichtung hatte sie erhalten. Wer wusste schon, dass er und viele andere nach Venedig unterwegs waren? Für die Augsburger Justiz war er verschwunden, hatte sich der irdischen Gerechtigkeit entzogen. Ein Kloß drückte ihm auf den Magen und ließ das Hungergefühl vergehen.

»Heute Nacht hauen wir ab«, flüsterte ihm der Rottfleck zu und legte sich ins Gras. »Schlaf, wenn du kannst.«

»Behäng dich nicht mit mir.« Florint zweifelte daran, dass er die richtige Begleitung für den Rottfleck war. »Ich hindere dich nur am Fortkommen.«

Er legte sich ins Gras zurück und horchte auf das Zirpen der

Grashüpfer und das Singen der Grillen. Darüber musste er eingeschlafen sein, denn er wurde mit einem Fußtritt in die Seite geweckt.
»Auf, ihr elenden Faulpelze!«, fuhr ihn einer der Wächter an. Als er die Augen öffnete, blickte er in das zornige Gesicht des Rottflecks. Der wischte sich grauen Speichel aus dem Gesicht.
»Das wird er mir büßen!«, zischte der.
»Was ist denn passiert?«, fragte Florint, doch eine Antwort erwartete er nicht. Er wusste, was geschehen war, denn ringsum regten sich die Gefangenen oder wurden weiter unsanft aus dem Schlaf geweckt.
»Die Karren sind da«, sagte der Rottfleck, der bereits aufgestanden war und den Wagen entgegenblickte. »Wir waren als Lockmittel zu uninteressant.«
»Als Lockmittel?« Überrascht erhob sich jetzt auch Florint. Seine Kleidung war gelb vor Blütenstaub. Die Grillen waren verstummt, ebenso Heuhüpfer und Lerchen. Es war, als hielte die Welt den Atem an, weil ein Fuggertransport über die Wiesen zog.
Florint sah, wie die Magd einen der Wagen bestieg. Dabei lüftete sich kurz ihre Kapuze, und darunter kam ein schmales, von Entbehrungen gezeichnetes Gesicht zum Vorschein, das tatsächlich Katrin zum Verwechseln ähnelte. Er beschloss, die Jungfer irgendwann in ein Gespräch zu ziehen, musste dann jedoch daran denken, dass der Rottfleck für diese Nacht die Flucht vorgeplant hatte.
»Wir steigen das Inntal entlang hoch zum Brennerpass. Auf dem Weg gibt es Möglichkeiten, dem Galeerendasein Lebewohl zu sagen«, brummte der Rottfleck neben ihm.
Sie wurden weitergetrieben. Einzig die langsamere Gangart der Pferde brachte eine Erleichterung. Dennoch fühlte Florint seine Füße nicht mehr. Die Sohlen schwollen an, und mehrfach wollte er sich einfach fallen lassen, nur um den Schmerz beim Auftreten nicht zu spüren.

»Du machst mir nicht schlapp«, versuchte ihn sein Kettengenosse aufzurichten. »Wir schaffen es. Wir zeigen es der Brut.«

Florint nickte in den milchigen Nebel hinein, der sich mit jedem Schritt dichter um sein Bewusstsein legte. Als der Tross hielt und sein Nachtlager aufschlug, sackte er in sich zusammen und war zu keinem Schritt mehr zu bewegen.

Der Abend brachte wirklichen Nebel, was den Rottfleck zu abenteuerlichen Flüchen veranlasste. Wäre es nach ihm gegangen, hätte er die Welt, alle Heiligen und die gesamte christlich-abendländische Kirche in Grund und Boden geflucht.

»Bei diesem Wetter kommen wir nicht weit«, murrte er.

Florint, der sich ohnehin bewusst war, dass er keinen Fuß mehr vor den anderen setzen konnte, nickte nur. Er versuchte die Taubheit aus seinen Beinen zu schütteln, fürchtete jedoch andererseits das Brennen, das einsetzte, wenn das Gefühl wiederkam. Zu allem Überfluss zerrten die Prellungen und drückten die Blutergüsse.

»Ihr seht erschöpft aus«, vernahm Florint wie durch einen Schleier hindurch die Stimme des Dominikaners. »Nehmt einen Schluck von diesem Saft, er wird Eure Schmerzen lindern.«

Florint spürte, wie ihm ein Gefäß an die Lippen gehalten wurde. Gierig trank er zwei Schlucke einer Flüssigkeit, die süß und bitter zugleich schmeckte. Tatsächlich kehrte das Gefühl in die Beine zurück, und die Schmerzen ließen nach. Seine Betäubung wich einer Wachheit, wie er sie nur von dem Zeitpunkt her kannte, in der ein erster Schluck Wein seine Wirkung tat: berauschend und klarsichtig.

»Erinnert Ihr Euch, Florint Deroubaix? Erinnert Ihr Euch an Meister Buschmann? Habt Ihr je die Zeichnungen gesehen, die für die Maschine angefertigt wurden, an der dieser Meister gearbeitet hat?«, begann der Mönch.

Deutlich hörte Florint diese Fragen. Doch wollte er eigentlich nicht antworten. Seine Zunge schien sich jedoch selbstständig gemacht zu haben. Sie wollte reden, wollte dem Mönch mitteilen, wie er die Zeichnungen in seinem Zimmer studiert hatte, wie er die vermutlich wichtigste davon achtlos unters Bett geschoben hatte. All das lag ihm buchstäblich auf der Zunge. Er nahm sie zwischen die Zähne und biss darauf, damit sie nicht losplapperte, damit sie ihn nicht verriet, bis er Blut schmeckte.

»Gibt es das Pergament noch? Wo liegt es, oder wer hat es verborgen? Ihr wisst es doch!«

Die Fragen des Mönchs drängten eigenartig. Florint wunderte sich, woher der Dominikaner alle diese Einzelheiten kannte, erinnerte sich jedoch daran, wie oft er bei Meister Buschmann vorbeigesehen hatte, wie häufig er allein in der Werkstatt anzutreffen gewesen war.

»Konntet Ihr einen Blick in das geheime Zimmer tun? Was habt Ihr gesehen? Von welchen ketzerischen Gedanken war Meister Buschmann beseelt? So redet doch, Kerl. Redet endlich.«

Kein Wort schwappte über Florints Lippen. Alle Begriffe stauten sich hinter den Zähnen, versetzten der Zunge kleine Schläge. Florint schluckte sie regelrecht hinunter in den Magen. Der Mönch hatte offenbar anderes erwartet. Mürrisch zog er ab.

Die Wirkung hielt nicht allzu lange an. Wie eine Decke, die langsam von einem Körper gezogen wird, wich die Betäubung, und der Vogel Schmerz begann zu flattern und flog bedächtig den Körper entlang hinunter bis in die Zehenspitzen. Dort gipfelte er in einem heiseren Schrei und entließ seinen Verstand aus seinen Krallen. Florint sackte nach hinten über und fiel augenblicklich in eine Art traumlosen Schlaf.

Dennoch hörte er, wie der Rottfleck auf diese Zeckenplage der Dominikaner schimpfte, wie er ihre Skrupellosigkeit geißelte, die Menschen für ihre Zwecke zu missbrauchen, und wie er ihm ganz nahe kam und ins Ohr flüsterte: »Komm wieder,

Freund. Wir brauchen Menschen wie dich in dieser Zeit. Ich und die Serenissima.«

Florint beschloss, Rottflecks Wunsch nachzukommen.

KAPITEL 18 Messer Matteo hatte getobt, als er Florints Füße gesehen hatte, und sofort Gaßner herbeizitiert. Florint und der Rottfleck durften aufsteigen und auf einen der Warenballen klettern, was nicht viel gemütlicher war, denn das Schaukeln und Überlehnen, das Schlagen und Wanken kostete sie alle Kraft, und Florint wusste bald nicht mehr, was ihn schlimmer quälte, die Schmerzen in den Sohlen oder die Angst, von den Rottfuhrballen zu fallen.

Zudem stieg der Weg an. Aus den Wiesen wurden schmale Wege, die sich längs der Berghänge hinzogen, und Hohlwege, die Hügelkuppen durchschnitten. Die Unruhe unter den Männern legte sich. Der Trossführer schnallte das Lederband um seinen Degen und trabte neben dem Wagen an der Spitze her. An geeigneten Stellen blieb er stehen, ließ die Karren und die Gefangenen an sich vorbeiziehen, wechselte spöttische Worte mit der Küchenmagd und schloss sich dem Zug hinten wieder an, bis er an breiteren Stellen erneut vorritt und das Spiel von vorne begann.

An einem der letzten Anstiege, als sie erneut durch einen eher flachen Hohlweg drängten, stand Jörg Holtz wieder am Wegrand. Florint beobachtete den Trossführer, wie er den Blick über die Kolonne schweifen ließ, wie er die Küchenmagd musterte, plötzlich zuckte und im Sattel nach vorne rutschte.

»Hast du das gesehen?«, machte er seinen Kettenfreund auf die Szene aufmerksam. »Jörg Holtz. Er verhält sich so eigenartig.«

Sie lagen in einer Kuhle des Warenballens, die sich im Laufe des Vormittags durch das Gewicht ihrer Körper eingedrückt hatte. Der Rottfleck hob den Kopf und spähte zum Trossführer hinüber.

»Verflucht«, zischte er. »Er kippt gerade aus dem Sattel. Duck dich.«
Er zog Florint hinunter. Dann brach die Hölle über sie herein. Ein dumpfer Fall bestätigte ihnen, dass der Trossführer aus dem Sattel gefallen war. Florint hatte noch den gefiederten Bolzen in seinem Arm stecken sehen. Die Wärter schrien. Die Pferde stampften unruhig und wieherten. Bolzen aus Armbrüsten zischten über ihre Köpfe hinweg. Unterdrückte Schreie waren zu vernehmen.
Der Rottfleck hatte bereits seine Hand aus der Kette gezogen und spähte über den Warenballen hinaus. Ihr Wagen befand sich in der Mitte des Zuges.
»Was siehst du?«, fragte Florint.
»Vor allem Tote. Die Begleitsoldaten werden stark bedrängt. Es sind jedoch nicht allzu viele Angreifer. Wenn wir uns davonmachen wollen, dann jetzt. Links von uns schneidet der Wald in den Hohlweg ein. Wir müssten nicht weit laufen. Ich lass mich hinuntergleiten, du kommst nach.«
Bevor Florint einwenden konnte, dass er kaum zu laufen vermochte, hatte sich der Rottfleck hinausgeschwungen und plumpste auf den Hohlweg hinunter. Florint, der sich halb aufrichtete, sah ihn in einen Spalt am Weghang hineinhasten und darin verschwinden.
An der Zugspitze entwickelte sich ein heftiger Kampf. Mehrere Begleitsoldaten setzten sich gegen eine ebenso starke Zahl von Angreifern zur Wehr. Die Räuber machten einen gediegenen Eindruck. Kein zerlumptes, zerrissenes Pack, sondern gut ausgestattete und trainierte Kämpfer. Söldner, dachte Florint. Gekaufte Landsknechte. In wessen Diensten mochten sie stehen?
»Florint Deroubaix? Geht es Euch gut? Hierher. Kommt hierher«, hörte er von der anderen Seite des Wagens rufen.
Überrascht lugte er zur anderen Seite hinunter. Dort stand, eng an den Wagen gedrückt, der Dominikaner.

»Runter mit Euch, wenn Euch das Leben lieb ist«, hörte er ihn sagen. »Wir werden den Tross kaum verteidigen können. Sie sind in der Überzahl.« Zwar hatte Florint nicht den Eindruck, doch die Tatsache, dass sich der Rottfleck einfach ohne ihn aus dem Staub gemacht hatte, ließ den Dominikaner in einem helleren Licht erscheinen. »Bei mir steht Ihr unter dem Schutz der Kirche. Sie werden uns nichts antun.«

»Hoffentlich«, murmelte Florint, als er sich über den Ballenrand hinauswälzte. Allein der Sprung vom Karren brachte ihn beinahe um. Er fühlte die Haut an seinen Sohlen reißen; Blut sickerte in die Binden. Der Dominikaner fasste ihn unter den Achseln und zog ihn hoch.

Ein Reiter preschte an ihnen vorüber. Der Dominikaner warf sich unter den Wagen, zog Florint mit. Ein Säbel zischte über sie hinweg, dann war der Angreifer vorüber.

»Das war knapp«, murmelte der Mönch und half Florint erneut auf die Beine. »Nichts wie weg.«

Sie mühten sich den Hang hinauf und drückten sich oben zwischen Latschen in das dichte Untergesträuch. Der Wald öffnete sich nach einigen Metern zu einem felsigen Anstieg.

»Kennt Ihr Euch aus?«, flüsterte Florint, der hinter dem Mönch herhumpelte.

»Wir müssen vor allem weg von hier«, drängte Pater Eginald. »Jedes Zögern kann uns das Leben kosten.«

»Es kostet mich jetzt bereits das Leben«, stöhnte Florint, der sich seine Kette über die Schulter geworfen hatte und den Anstieg vor sich sah. Den würde er unmöglich bewältigen.

»Beißt die Zähne zusammen, Florint. Nur noch wenige Fuß, und wir können uns unter eine Latsche setzen und abwarten.«

Ein Gedanke durchzuckte Florint, der bislang durch die Brisanz des Überfalls verdeckt worden war. Warum hatte sich der Mönch ausgerechnet seiner angenommen? Er musste an den gestrigen Abend denken. Welche Ziele verfolgte der Mönch mit ihm?

Sie umrundeten eben einen schweren Felsblock, der offenbar

in grauer Vorzeit von einem höher gelegenen Teil des Hanges herabgerollt war, als unter ihnen ein schrilles Kreischen einsetzte, dann unvermittelt abbrach und wieder von vorne begann. Florint erstarrte. Das war eine Frauenstimme.

»Die Küchenmagd!«, fuhr es aus ihm heraus.

»Was bleibt Ihr stehen? Lasst die Magd. Sie ist nicht zu retten. Kommt weiter!«

Florint, der auf seinen brennenden Sohlen kaum stehen, geschweige denn weiterklettern konnte, fuhr diese Stimme durch Mark und Bein.

»Wir müssen zurück«, drängte er.

»Seid Ihr verrückt? Euch wieder in die Hitze des Gefechts zu begeben!«

Florint sah dem Dominikaner ins Gesicht. Über dessen asketische Gesichtszüge flackerte eine fanatische Wildheit, die ihn beunruhigte.

»Was seid Ihr für ein Mensch?«, fuhr er den Mönch an. »Hilf dort, wo Hilfe nötig, heißt es, Pater Eginald.« Wieder fuhr das Kreischen der Frau dazwischen, die ihre Hilflosigkeit in die Bergwelt hinausschrie.

»Ihr könnt nicht umkehren! Sie bringen Euch um.«

Kopfschüttelnd blieb Florint stehen und besah sich den Rücken des Mönchs, der sich vom Leid abgewandt hatte und mit verbissenem Ernst den Hang hinaufstrebte.

»Besser als ein Leben lang mit der Schmach herumzulaufen, im rechten Augenblick die Hand nicht gereicht zu haben.«

Florint drehte um, ohne sich weiter um den Dominikaner zu scheren, und jagte den Hang hinab. Erst jetzt wurde ihm bewusst, wie gering die Strecke war, die sie bis hierher zurückgelegt hatten. Er horchte auf die Richtung, aus der die Schreie kamen, und brach durch das dichte Gebüsch der Latschenkiefern. Er fühlte weder Schmerzen noch Stiche. Er stürzte den Hohlweg hinunter und traf auf eine Szene, wie sie ihm widerlicher nicht entgegentreten konnte.

Zwei Männer hielten die Küchenmagd fest. Einer hatte sich zwischen ihre Beine gehockt und begonnen, ihr das Kleid vom Unterleib zu reißen, der andere hielt ihr die Arme fest. Über ihrem Herzen ragte ein Messer aus der Brust, doch Blut war nirgends zu sehen.

Mit seiner Kette schlug Florint zu und traf den Hockenden mitten ins Gesicht. Er sah dessen Schädel aufplatzen. Der Schwung riss ihn von den Beinen. Der zweite Kerl, sichtlich überrascht von der Entwicklung, sprang auf, doch da trafen ihn die Kettenglieder, die Florint schwang, bereits in den Kniekehlen und warfen ihn zu Boden. Noch bevor Florint wieder auf die Beine kam, zerschlug dem Räuber ein Steinbrocken den Kopf. Er war vom Wagen herabgeworfen worden. Florint sah hoch und erkannte den Rottfleck.

»Ich dachte, ich schau mal, wo du bleibst!«, sagte der und grinste.

»Zur rechten Zeit«, sagte Florint. Dann forderte das Schluchzen der Küchenmagd seine Aufmerksamkeit. Sie lag zur Seite gedreht neben ihm. Mit einer raschen Handbewegung deckte er ihre Blöße zu und zog ihr den Rock über die Schenkel.

»Ich hätte früher …«, stotterte er, brachte jedoch kein Wort der Entschuldigung über die Lippen. Es gab keine Entschuldigung für sein Versäumnis. »Das Messer, Jungfer. Rührt Euch nicht, ich will versuchen …«

Die Magd wischte sich mit dem Ärmel übers Gesicht, dann drehte sie sich zu Florint um. Das Messer beachtete sie gar nicht. Trotz der rot unterlaufenen Augen, trotz des spitzen Gesichts, das ihr die Reise beschert hatte, trotz der ärmlichen Kleidung wusste Florint sofort, wen er vor sich hatte.

»Jungfer Buschmann!«, entfuhr es ihm. »Was tut Ihr hier?«

Katrin versuchte, ein schwaches Lächeln auf ihr von der Furcht noch gezeichnetes Gesicht zu holen. »Dasselbe wie Ihr, Florint. Nach Venedig ziehen. Was hätte mich in Augsburg halten sollen?«

Florint gelang keine Antwort. Verlegen betrachtete er die Frau, die vor ihm lag und sich langsam aufrappelte, sich setzte, ihre Kleider richtete. Zwischendurch unterbrach ein harter Schluchzer ihr Tun. Sie sah an sich hinunter und entdeckte das Messer. Verlegen zog sie es sich aus der Brust. Erstaunt sah Florint, dass kein Blut floss, dass sich das Messer herausnehmen ließ, als wäre ihr Körper aus Wachs.

»Sind die Räuber weg?«, fragte Katrin zaghaft.

Florint deutete auf das Messer.

»Ihr ... Ihr müsstet tot sein.«

Katrin winkte mit der Hand ab. »Es ist im Mieder stecken geblieben. Ich habe nicht einmal die Spitze gespürt. Sind die Räuber weg?«, fragte sie erneut.

Florint kannte sich mit weiblichen Miedern nicht aus, doch ahnte er, dass Katrins Antwort nur die halbe Wahrheit war. Er lauschte in den Hohlweg hinein, konnte jedoch kein Geräusch mehr vernehmen.

»Offenbar«, sagte er nur, immer noch von einem Sturm von Gedanken überwältigt. Was hatte das zu bedeuten, dass sie sich für diesen Tross verdingt hatte?

»Leben von uns noch ...?« Katrin wurde der Satz von einem Schluchzer weggerissen. Unwillkürlich griff sie nach Florints Hand und verkrallte sich in sie.

»Viele sehe ich im Augenblick nicht«, sagte Florint ein wenig verlegen. »Wer noch lebt, hat Glück gehabt.« Warum hatte sie sich vor ihm versteckt? Warum sich nicht zu erkennen gegeben?

»Wir leben jedenfalls«, feixte der Rottfleck. »Mir persönlich würde so viel Glück genügen.«

Florint erhob sich und reichte Katrin die andere Hand. Sie ließ sich von ihm aufziehen. Rau und schwielig fühlte sich ihre Haut an. Nicht mehr die samtweichen und trockenen Frauenhände der Meisterstochter. Hier legte sich das Leben selbst in seine Hand.

»Da kommt wer!«, flüsterte der Rottfleck vom Wagen herun-

ter. Florint blieb keine Zeit mehr, sich zu wundern. Er nahm Katrin bei den Hüften und drückte sie unter den Karren. Keinen Moment zu spät, denn Schritte knirschten im Kies des Weges. Zwar konnte Florint nur die Füße sehen, doch erkannte er die weichledernen Stiefel sofort. Sie gehörten Gaßner. Jetzt musste nur noch festgestellt werden, ob in diesen Schuhen auch Gaßner steckte.
Die Stiefel verhielten vor dem Toten, dem Florint den Schädel zertrümmert hatte. Gaßner drehte ihn mit dem Fuß um, ohne sich zu bücken. Kurz pfiff er zwischen den Zähnen hindurch. Florint, der ebenfalls das Gesicht zu erkennen suchte, sagte der Tote nichts. Nur seine saubere Kleidung, sein guter Zwirn ließen erahnen, dass man es hier nicht mit gewöhnlichen Wegelagerern zu tun hatte. Gaßner berührte mit der Stiefelspitze ein silbernes Kreuz, das im offenen Hemd sichtbar wurde.
»Schweizermänner!«, murmelte Gaßner. »Was tun Schweizer Landsknechte hier?«
Sein Degen zischte durch die Luft, als vom Hang herab eine kleine Steinlawine auf den Weg niederprasselte.
»Seid Ihr von Sinnen?«, fluchte die Stimme des Dominikaners. »Ihr könnt mir doch nicht die Klinge in den Hals rammen.«
»Es läuft zu viel Gesindel herum!«, konterte Gaßner. Dass er es war, stand für Florint jetzt fest. Dieser Singsang war unnachahmlich. Er wollte sich zu erkennen geben, als der Kaufmann fortfuhr, mit einer Verachtung in der Stimme, die ihn stutzig machte: »Habt Ihr Euren Schützling verloren, Pater? Oder hat es ihn erwischt? Ich sah Euch davonlaufen wie einen Hasen, statt Euch zur Wehr zu setzen.«
»Ihr wisst, dass meine Waffe das Wort ist, nicht das Schwert«, gab der Dominikaner gleichmütig zurück. »Wo sind die Galeerenhäftlinge? Wo ist ...?«
»Wenn Ihr Euren Schützling sucht, dann sucht ihn unter dem Karren. Eben noch habe ich ihn darunter verschwinden sehen«, lachte Gaßner.

Erneut musste Florint seine Verblüffung eingestehen. War er für diese Welt nicht geschaffen? Während er nichts und niemanden sah, entdeckten ihn alle.
Florint und Katrin krochen aus ihrem Versteck. Florint spürte einen Widerstand an der Kette und zog an.
»Nicht so hastig, nicht so hastig«, vernahm er, als er an seinem Arm riss, um die schwere Kette unter dem Karren hervorzuholen. Wenige Augenblick später stand der Rottfleck neben ihm. Er grinste ihn unverschämt an. Die Schelle an seinem Handgelenk schien wie mit ihm verwachsen zu sein. Der Dominikaner staunte misstrauisch.
»Wo kommt Ihr denn her!«, fauchte er den Rottfleck an.
Der deutete unter den Wagen: »Von dort. Woher sonst?«

KAPITEL 19 Ein Stöhnen ließ die Männer aufhorchen. Es kam von der Spitze des Trosses. Florint und der Rottfleck folgten Gaßner, der erneut seinen Degen zog und suchend unter die Wagen und ins nahe Gebüsch schaute. Die Schäden waren gering. Zwar lagen zwei der Wärter tot auf ihrem Weg nach vorn, und sie fanden vier ebenfalls leblose Angreifer, doch die Wagen waren unversehrt, bis auf den Karren an der Spitze. Sein Warenballen war aufgerissen und beinahe gänzlich von der Ladefläche gezerrt worden. Den Boden hatten die Räuber aufgestemmt. Helle Holzbruchstücke lagen über den Weg verstreut. Gaßner beschleunigte seine Schritte, als er das Ausmaß der Verwüstung sah.
»Woher haben sie es gewusst?«, hörte Florint den Kaufmann murmeln, und der Rottfleck gab ihm ein Zeichen, genau auf das zu achten, was der Venezianer sagte. Seine Lippen bildeten unhörbar das Wort »Gold«.
Während sie hinter Gaßner herliefen, tauchten über dem Hohlweg die ersten Männer auf. Galeerensträflinge.
»Sie haben versucht zu fliehen.« Der Rottfleck beugte sich zu

Florint hinüber. »Allein, die Bedingungen lassen es nicht zu. Wer sich nicht auskennt, wird in diesen Bergen umkommen. Um uns her gibt es kaum einen Pfad, den man ohne Gefahr für Leib und Leben begehen kann«, flüsterte er halblaut.

Gaßner war mittlerweile am Karren angekommen. Er schwang sich auf die Ladefläche und bückte sich. Dann tauchte der Kopf Messer Matteos über der Bordwand auf, blutüberströmt und blass. Unter den Augen hatte sich bereits der Tod eingenistet. Der Rottfleck schob Florint näher heran, bis sie beide in das Innere des Karrens blicken konnten. Dort war ein doppelter Boden aufgehebelt und ein Kasten herausgenommen worden. Messer Matteo hielt seine Hand darauf, in der noch immer ein Degen lag. Auch die Hand schwamm im Blut.

»Sie haben ... die Maschine ... nicht bekommen«, sagte Messer Matteo und lächelte verzerrt. Es fiel ihm schwer zu sprechen und sein Atem stockte, nachdem er zwei Wörter gesagt hatte.

»Wo seid Ihr verletzt?«, flüsterte Gaßner, der mit den Augen den Venezianer absuchte, bis er den Blutfleck am Bauch bemerkte. Sein bunt besticktes Wams verdeckte die Wunde.

»Papisten!«, krächzte Messer Matteo. »Es waren die neuen ... die Schweizermänner!«

»Schweizer?« Gaßner verstand nicht recht oder wollte es nicht verstehen, denn unruhig schaute er um sich. Sein Blick blieb Florint nicht verborgen. Der beobachtete, wie sich der Blick des Kaufmanns und der des Dominikaners trafen.

»Ihr habt die Maschine verteidigt. Dank Euch, Messer Matteo, wurde sie nicht gestohlen.«

Der Venezianer wischte die Worte Gaßners beiseite, als seien sie unwichtig geworden.

»Wenn Ihr ... Venedig ... mein Bruder wird ... der Zonta alles erklären ... gebt ihm den Ring ... die Maschine muss der Signoria ... muss ...«, stotterte der Galeerenkapitän. Der Degen rutschte ihm aus der Hand und fiel klirrend zu Boden. Er versuchte den Arm zu heben, was ihm nur unter Mühen gelang.

Dann streifte er sich mit geschlossenen Augen einen Ring ab, als verursache ihm allein das Hinsehen unendliche Mühe, und drückte ihn Gaßner in die Hand. Mit einem letzten Aufschlagen der Augen fasste er den Kaufmann. »Der Doge …«, setzte er an, dann brach der Blick und der Kopf sank ihm auf die Brust. Gaßner kniete wie erstarrt auf der Ladefläche und presste sich den Ring in die Handfläche. So verharrte er, bis ein Zittern im Körper des Venezianers andeutete, dass die Seele den Körper endgültig verlassen hatte. Florint bekreuzigte sich, und Gaßner und Katrin taten es ihm nach.

Gaßner ließ den Oberkörper des Toten, den er bis jetzt gehalten hatte, langsam auf die Holzbretter des Wagenbodens zurücksinken und wandte sich der Kiste zu. Mit raschen und geübten Bewegungen öffnete er den Deckel und untersuchte das Innere. Es war offenbar unversehrt. Florint, der sich auf die Zehenspitzen stellte, entdeckte, dass es sich tatsächlich um die Horoskopmaschine handelte.

»Warum schafft Ihr die Maschine nach Venedig, Gaßner?«, konnte er sich nicht enthalten zu fragen.

Sofort ließ der den Deckel der Kiste zufallen. »Was geht Euch das an?«, fragte Gaßner.

»Was es mich angeht? Eine ganze Menge, Gaßner, und das wisst Ihr. Mein Vater hat daran gebaut. Er kannte die Geheimnisse der Maschine, und er kannte die Konstruktion. Es ist seine Maschine!«

Langsam erhob sich Gaßner und betrachtete Florint, als sähe er ihn zum ersten Mal.

Florint fühlte, wie sich eine Hand von hinten an seinen Oberarm vortastete und diesen drückte. Es war Katrin. Sie warnte ihn.

Gaßner stand eine ganze Weile halb aufgerichtet auf dem Wagen und musterte ihn, ohne ihn wirklich zu sehen. Durch ihn hindurch blickte er in eine ganz andere Welt.

»Was führt Ihr für eine Teufelsmaschine mit Euch, die uns ins

Unglück reißt?« Der Dominikaner durchbrach die Stille. Alle Augen wandten sich ihm zu. »Hätte ich davon gewusst, wäre ich nicht mitgezogen!«, behauptete er.
Gaßner legte den Kopf schief, als könne er nicht recht glauben, was ihm der Mönch da erzählte. »Niemand hat Euch dazu gezwungen!«
Ein heiserer Schrei ließ alle Beteiligten auffahren. Gaßner sprang auf und blickte ans Ende des Zuges. Dort hatte sich der Trossführer erhoben, und er zog eine leblose Gestalt hinter sich her. »Er wollte fliehen!«, schrie er in einem Ton, als wäre ein Dämon in ihn gefahren, heiser, wie irre, in einem für ihn ungewöhnlichen Falsett.
Florint beobachtete, wie sich Pater Eginald rasch bekreuzigte. Der Rottfleck beugte sich zu ihm her und sagte nur ein einziges Wort: »Blutrausch!«
Schleppend, die schwere Last in einem eisernen Griff, trottete der Trosshauptmann auf sie zu.
Zu ihren Füßen ließ er den Körper fallen wie eine Trophäe.
»Er lebt«, keuchte er. »Noch lebt dieses Schwein.« Jörg Holtz blutete aus mehreren Wunden. Aus dem rechten Oberarm ragte der Schaft des gefiederten Bolzens. Florint verwunderte es, dass er überhaupt noch aufrecht stehen konnte. Er musste schreckliche Schmerzen leiden. Der Hauptmann bückte sich und riss dem Mann eine Kette vom Hals und hielt sie in die Höhe. »Er stand im Dienst Seiner Heiligkeit, des Papstes. Oder zumindest eines Bischofs oder Kardinals.« Dabei trat er näher an den Mönch heran, der unbeirrt stehen blieb. »Es könnte auch ein Orden sein, dem er dient. Wir werden es hören, sobald er wieder bei Bewusstsein ist.« Jörg Holtz knurrte diesen Satz dem Dominikaner ins Gesicht.
»Was wollt Ihr damit andeuten?«, fragte dieser.
»Andeuten will ich nichts«, antwortete der Trossführer. Damit verlor er auch schon das Interesse an dem Mönch und stolperte an ihm vorbei, rempelte ihn dabei beinahe zu Boden und

stapfte auf Katrin zu. Mit verzerrten Gesichtszügen blieb er vor ihr stehen. »Verbindet mich, Jungfer. Und macht Euch bereit. Heute Abend werde ich mir meine Belohnung holen.«

Spöttisch betrachtete Katrin den Mann. Dann begann sie ihm das Kettenhemd über den Körper zu streifen und das Wams darunter aufzuknöpfen. Der Armbrustbolzen im Oberarm hatte das metallene Geflecht und das gefütterte Untergewand glatt durchschlagen. An den Unterarmen, am Hals und an der Wange klafften Schnittwunden. Auch war ihm ein Stich durch das Metallgeflecht gedrungen. Zwar hatten die Maschen das meiste abgefangen, doch die Klinge war ihm mindestens einen halben Finger tief in den Bauch gefahren. Blut quoll in einem dunklen Rinnsal aus der Wunde.

»Legt Euch hin, Jörg Holtz. Dann beginnt zu beten, denn wenn Ihr auch nur einen falschen Blick wagt, seid Ihr ein toter Mann.«

Der Trossführer lachte rau. Zwei der Galeerenmänner breiteten das Wachstuch, mit dem der Warenballen zusammengehalten worden war, auf dem Boden aus, auf das sich Holtz niederlegte.

»Ihr anderen helft. Die Karren müssen wieder fahrbereit gemacht werden.«

Florint und der Rottfleck begaben sich ans Ende des Zuges. Sie inspizierten die letzten Wagen, stiegen auf die Kutschböcke und suchten auf den Warenballen nach Rissen oder Schlitzen, durch die Wasser hätte eindringen können und die abgedichtet werden mussten. Die Ketten behinderten sie, sodass die Arbeit nur langsam vorankam. Florint glaubte auf rohem Fleisch zu laufen, so brannten seine Sohlen. Kaum, dass er sich auf etwas anderes konzentrieren konnte.

»Ist dir aufgefallen, was der Trossführer eben Ungeheuerliches gesagt hat?«

Erstaunt sah Florint den Gefährten an, der langsam zu ihm hochkletterte. Er reichte ihm die Hand und schüttelte den Kopf.

»Was meinst du?«
»Die Räuber waren keine gewöhnlichen Verbrecher. Sie waren gedungene Mörder des hiesigen Bistums oder gar des Papstes. Sie hatten den Auftrag, diesen Tross zu überfallen.«
Florint richtete sich auf.
»Du fantasierst. Was hätten sie hier für Schätze mitnehmen sollen?«
»Keine Schätze«, sagte der Rottfleck. »Viel mehr.« Er sah sich um, ob sie nicht belauscht wurden. »Diese Maschine, die Gaßner so am Herzen liegt. Du kennst sie?«
Lange sah Florint dem Rottfleck ins Gesicht. Er wusste nicht, ob er ihm wirklich vertrauen konnte. »Es ist eine Horoskopmaschine. Bestimmt für die venezianische Signoria.«
Der Rottfleck pfiff durch die Zähne. »Das erklärt so manches.«

KAPITEL 20 Florint lag zusammengekrümmt hinten auf dem Wagen.
Katrin saß neben ihm und versuchte das Schaukeln des Wagens mit dem Oberkörper auszugleichen. Meister Beitel lenkte zwar umsichtig, doch war er verletzt. Er hatte im Gefecht einen Degenhieb abbekommen und trug den linken Oberarm verbunden, aber er hatte knurrend jede weitere Hilfe abgelehnt. »Es ist nicht der erste Schnitt in meinem Leben!«, hatte er gebrummt und war auf seinen Karren gestiegen. »Die Gäule interessiert es nicht, ob du Schmerzen hast oder nicht. Kümmere dich lieber um diesen Kerl hinten auf meinem Wagen.«
Das hatte sich Katrin nicht zweimal sagen lassen und war in den Rückraum geklettert. Dort saß sie jetzt etwas unschlüssig, denn Florint schlief erschöpft. Katrin war froh, dass Gaßner es erlaubt hatte, den jungen Straßburger auf den Wagen zu lassen, damit er nicht wie die anderen Häftlinge zu Fuß gehen musste. Auch der Rottfleck schnarchte. Beide waren völlig erschöpft.
Katrin saß einfach nur da und betrachtete Florint, wie sie ihn

damals beobachtet hatte, als er vor dem Haus ihres Vaters herumgelungert und das Zeichen der Plejaden gesucht hatte.
So mager war er geworden, so schmal und abgezehrt sah er aus. Seine Gesichtszüge waren härter geworden. Alles Jugendliche war aus ihnen gewichen. Sie fühlte eine Wärme in ihr aufsteigen, als sie in dieses Gesicht blickte. Wenn sie nur sicher gewusst hätte, ob er am Tod ihres Vaters …
»Was seht Ihr?«, fragte Florint plötzlich.
Katrin erschrak. Sie hatte nicht bemerkt, dass er aufgewacht war und seinerseits sie beobachtet hatte. Sie benetzte mit der Zunge die Lippen, um etwas Zeit zu gewinnen. Außerdem wollte sie auf seine Frage nicht eingehen. Schließlich … wusste sie nicht, was sie antworten sollte.
»Du musst Gaßner dazu bringen, dich freizulassen«, sagte sie stattdessen. »Jetzt, da Messer Matteo tot ist, weiß niemand, wie viele Männer er für die Galeeren gekauft hat.«
Katrin stockte ein wenig verlegen, weil sie zufällig in das persönliche Du verfallen war, wollte jedoch nicht mehr dahinter zurück. Florint schüttelte den Kopf.
»Warum bist du mitgezogen?«, fragte er und versuchte sich dabei auf die Unterarme aufzustützen. »Warum hast du dich mir nicht zu erkennen gegeben?«
Katrin konnte nur mit den Schultern zucken. Wie sollte sie ihm das jetzt erklären?
»Du warst das mit dem Brot. Ich habe mich immer gewundert, warum man uns heimlich zusätzliche Rationen zusteckt. Ich hatte schon den Dominikaner in Verdacht.« Katrin zuckte nur die Schultern. Was sollte sie darauf antworten? »Glaubst du noch immer, ich hätte«, Florint zögerte, dann fasste er sich ein Herz, »deinen Vater …?«
»Nein«, fuhr die Antwort schroffer aus ihr heraus, als Katrin es gewollt hatte. Milder gestimmt, setzte sie mit belegter Stimme hinzu: »Ich wollte Wolfhart nicht heiraten.« Sie musste sich räuspern. Bis jetzt war es ihr nie schwergefallen, zu sprechen.

Jetzt hatte sie das Gefühl, etwas in ihr blockiere ihre Stimme. Außerdem störte sie, dass der Rottfleck neben Florint lag. So würde sich ohnehin kein Gespräch führen lassen, wie sie es wünschte. Dabei musste sie sich erst darüber klar werden, was für Gespräche sie mit Florint eigentlich führen sollte.
Sie schwiegen verlegen. Katrin schalt sich innerlich eine Gans. Was sollte er auf ihre Antwort hin auch sagen? Was ihrem Zögern und Zaudern entnehmen?
Florint hob seinen Oberkörper an. Die Anstrengung bereitete ihm Mühe. Katrin kniete sich neben ihn und versuchte, eine Decke unter seinen Rücken zu schieben. Sie roch den süßlichen Duft von Blut, der leicht ins Ranzige übergeht, wenn es trocknet und alt wird.
Als ihr Ohr nahe genug war, flüsterte Florint ihr zu: »Du bist mir noch eine Antwort schuldig. Was weißt du von meinem Vater? Ist er ebenfalls diesen Weg gegangen?«
Katrin zuckte zusammen. Florints Vater. Den Gedanken an dessen Schicksal hatte sie so lange aus ihren Erinnerungen verbannt, dass sie ihn verschwunden glaubte. Jetzt brach diese Wunde wieder auf.
»Ich weiß nichts. Er war von einem Tag auf den anderen verschwunden.«
»Warum? Was war geschehen?« Diesmal griff er nach ihrem Handgelenk und hielt sie fest.
Katrin starrte gegen die Plane. Sie war dunkel und stockfleckig und verströmte einen scharfen Pfeffergeruch. Eine Erinnerung keimte in ihrem Gedächtnis.
»Es hatte Streit gegeben. Streit zwischen den drei Männern: Gaßner, deinem Vater und dem meinen. Gaßner hatte getobt, hatte allen gedroht, sie der Inquisition ans Messer zu liefern. Schließlich habe er in die Maschine Geld gesteckt, das noch nicht einen einzigen Kreuzer Zins abgeworfen habe.« Als Florints Vater das christliche Zinsverbot erwähnt habe, sei Gaßner in seinem Zorn handgreiflich geworden und er habe dem Meis-

ter nicht nur eine Ohrfeige angedroht, sondern ihm diese auch verabreicht.

Katrins Stimme war immer leiser geworden, bis Florint sie bat, ihm die letzten Worte zu wiederholen, weil der Räderschlag ihre Worte übertöne.

»Was war weiter geschehen? Hat Vater ...«

Katrin schüttelte den Kopf. »Nein, er hat nicht zurückgeschlagen, soviel ich weiß. Er hat die Demütigung hingenommen, doch zwei Tage später hat Vater ihm vorgeworfen, die Horoskopmaschine zerstört zu haben.« Katrin hatte sich ein wenig von Florint gelöst. Sie hockte auf ihren Unterschenkeln, was bei der Schaukelei des Wagens anstrengend war und sie immer wieder gegen Florint drückte. »Du tust mir weh«, sagte sie leise. Verlegen räusperte sich Florint und ließ ihr Handgelenk los. Sie rückte weiter ab und wollte nur etwas aufstehen, um bequemer zu sitzen.

»Geh nicht – bitte!«, sagte Florint rasch. »Es tut mir leid.«

Katrin musterte Florint und sah etwas in seinen Augen, das ihr nicht unangenehm war. Es war ein warmer, dankbarer Blick, der mehr in ihr entdeckte als die Küchenmagd, mehr als eine Frau, die auf dieser Reise mitfuhr.

Sie machte es sich bequem. Es war eng im Küchenwagen. Ihre Beine berührten Florints Beine. Seine fühlten sich kühl und knöchern an. Die Schrunden auf seiner Haut drückten sich durch ihr Kleid.

»Was hat Vater an der Maschine zerstört?«, fragte Florint so leise, als wollte er verhindern, dass der Rottfleck mithören konnte. »Was funktionierte danach nicht mehr? Oder ist sie zuvor schon nicht gelaufen?«

»Mein Vater hat es mir nie gesagt. Er war nur außer sich. Dein Vater dagegen verhielt sich so ruhig und gelassen, als wäre nichts geschehen. Ich glaube, er wollte Meister Buschmann zeigen, wer die Mechanik für die Maschine verstanden und gebaut hatte.«

Mehrmals nickte Florint, als bestätige sie nur, was er ohnehin dachte. Sein Vater war immer so gewesen, ein wenig selbstherrlich, wenn es um seine Arbeit ging.

Mit verzerrtem Gesicht rückte Florint näher, bis sein Mund direkt an ihrem Ohr lag.

»Katrin. Die Pläne habe ich gefunden. Sie müssen in meinem Zimmer unterm Dach liegen. Unter dem Bett vermutlich.«

Jetzt musste Katrin herzhaft lachen. Glaubte Florint wirklich, dass sich niemand nach seinem Verschwinden für sein Zimmer interessiert hatte?

»Warum lachst du?«, fragte er verwundert und ein wenig enttäuscht über ihr unernstes Verhalten.

Katrin wollte gerade zu einer Antwort ansetzen, als der Rottfleck erwachte.

»Sieh an, zwei Turteltäubchen neben meiner Schlafstatt! Ein wundervoller Anblick nach so viel Mühsal und Tod.«

Katrin wusste nicht, was sie sagen sollte. Sie mochte den Kerl neben Florint nicht. Sie wollte auch kein Wort mehr sagen. Für den Rottfleck war nicht bestimmt, was sie hatte erzählen wollen. Mühsam erhob sie sich. Das Rütteln und Schütteln des Karrens hatte sie regelrecht an Florint gedrückt. Beim Aufstehen begegnete sie seinem Blick und wusste, dass er ähnlich dachte. Auch ihm war ihre Nähe nicht unangenehm gewesen, auch er empfand die Anwesenheit des Rottflecks als Störung.

»Wenn Ihr etwas benötigt, ruft mich«, hinterließ sie, dann schlüpfte sie vorn zur Zeltbahn hinaus auf den Kutschbock.

Schweigend saß sie neben Meister Beitel, der seinen verletzten Arm an den Körper presste und so zu schonen versuchte. Seine Miene verriet kaum, ob er Schmerzen empfand. Nur seine Haut über den Wangen wirkte grauer als sonst, und die Falten, die sich überall darin tief eingegraben hatten, waren dunkler.

Er räusperte sich, bevor er etwas sagte, als müsse er seiner Stimme erst befehlen, wieder zum Sprechen benutzt zu werden.

»Pfleg ihn, Kind. Männer wie er sind selten«, brummte er. »Ich wäre nicht zurückgekommen, nur weil ein Frauenzimmer schreit.«

Er sah sie dabei nicht an. Katrin ahnte, dass der Satz des Alten in seiner Bedeutung heftiger ausgefallen war, als er es womöglich gewollt hatte. Gerade er wäre zurückgekehrt. Doch der kurze Satz schwemmte in ihr die Erinnerungen an das hoch, was ihr widerfahren war. Bislang hatte sie kaum Zeit besessen, darüber nachzudenken, doch jetzt brach in ihr ein Damm und flutete ihre Augenwinkel. Die Tränen rannen ihr einfach so über die Wangen. Sie flossen, ohne dass sie wusste, wie ihnen Einhalt zu gebieten wäre.

Meister Beitel sah stur geradeaus. Katrin, die wohl wusste, dass es ihm unangenehm war, ein heulendes Frauenzimmer neben sich sitzen zu haben, lehnte sich dennoch an ihn und drückte ihr Gesicht an seinen Oberarm.

»Das Leben, Kind, ist ein großes Wasser. Mal liegt die Oberfläche ruhig und die Sonne scheint, dann wieder bläst Sturm und schlägt Wellen, und man droht darin unterzugehen. Immer jedoch müssen wir Menschen mit Armen und Füßen strampeln, um nicht zu ertrinken. Dennoch kann ich mir nichts Schöneres vorstellen, als auf dem großen Teich dahinzugleiten und sich in den warmen und kalten Strömungen zu tummeln. Tauch kurz unter und spül ab, was dich bedrückt. Vieles wird an dir und in dir haften bleiben. Das macht dich aus. Das macht dich zum Menschen.«

Die Worte des Alten hatten ihre Tränen versiegen lassen. So lange und so viel hatte er noch niemals mit ihr gesprochen. Katrin wischte mit der Hand über ihr Gesicht und richtete sich auf.

»Meister Beitel, ich habe Geld bei mir. Ich habe es im Wagen unter der losen Planke des Staukastens verborgen. Ihr solltet das wissen. Ich möchte, dass Ihr es für mich bewahrt. Wenn ich die Reise nicht überlebe, behaltet es einfach. Bitte.« Dann erklärte sie ihm genau, wo die Gulden versteckt lagen. Dass sie aus dem Verkauf der Maschine an Gaßner stammten, verschwieg sie.

Vor ihnen im Dämmerlicht sahen sie, wie der Trossführer vom Pferd stieg und im Gebüsch verschwand. Man sah ihm an, dass es ihm Mühe kostete – und dass er es eilig hatte.

»Da werdet Ihr doch nicht dafür verantwortlich sein, dass es dem geplagten Menschen so schlecht geht. Er kommt ja gar nicht recht auf sein Pferd. Sobald er die Beine spreizen muss ...« Meister Beitel ließ die Bedeutung offen.

»Man holt sich so manches auf einer langen Reise. Durchfall ist eine schlimme Sache.« Katrin versuchte möglichst ruhig zu wirken, konnte sich jedoch kaum beherrschen, als sie am einsam stehenden Pferd des Trossführers vorbeizogen und aus dem Gebüsch ein stöhnendes Pressen vernahmen. In der Nähe saß eine Krähe und schnarrte ihre Warnung vor dem Tross durch den Kiefernwald. So falsch und gleichzeitig mit einem Ernst, dass Katrin plötzlich loslachen musste und das Tier seinen schiefen Gesang unterbrach. Mit schräg gehaltenem Kopf blickte es zu ihnen hinab.

»Kein gutes Omen«, sagte der Fuhrwerker ernst, und auch Katrin verstummte.

KAPITEL 21 »Ihr kennt Euch mit der Maschine aus?«, fragte Gaßner Florint.

Florint nickte nur. Mit Gaßner wollte er nichts zu tun haben. Er sah zu Boden und spürte, wie der Rottfleck vorsichtig an der Kette zog: ihr vereinbartes Zeichen, zurückhaltend zu sein.

Das Feuer, das sie entzündet hatten, brannte unruhig. Kalt war es geworden auf der Passhöhe. Nachts fielen die Temperaturen so weit, dass Bodenfrost einsetzte und am Morgen die Decken von einer weißen Reifschicht überzogen waren. Alles blieb klamm. Selbst das Feuer schien eine milde Feuchtigkeit zu verbreiten.

»Euer Vater ...«, Gaßner stockte, räusperte sich, »er hat daran mitgebaut. Er fand eine Lösung für die Funktion des Apparats. Hat er nicht Pläne hinterlassen? Oder Euch mitgeteilt, wie sich das Gerät in Gang setzen lässt?«
Jetzt sah Florint auf, musterte Gaßner scharf. »Hat es sich je bewegt?«
»Es hat sich bewegt. Eigenartig bewegt.« Gaßner beugte sich zu ihm her und senkte die Stimme. »So eigenartig, dass wir befürchteten, die Inquisition könnte sich dafür interessieren. Buschmann wollte den Apparat zerstören. Doch Euer Vater bestand darauf, dass er die Lösung gefunden habe und nur er selber über die Vernichtung entscheiden dürfe.«
Das feuchte Holz zischte und rauchte und hüllte sie immer wieder in dichte Schwaden, die zum Husten reizten. Wachen streiften am Rand des Lichtscheins durch die Finsternis. Ihre Schritte klangen auf den Wegen wie steinerne Herzschläge.
»Vater hat selten über seine Arbeit gesprochen.«
Das Feuer wärmte Hände und Brust nur unzureichend. Der Rücken fühlte sich eisig an. Florint streckte seine aufgeplatzten Fußsohlen ans Feuer und ließ sie trocknen. Es tat gut. Die Hitze ganz in der Nähe der Glut ließ Krusten entstehen, wo zuvor noch eitrige und feuchte Stellen gewesen waren. Die Hitze heilte.
Gaßner rückte ein Stück näher heran, als wolle er verhindern, dass der Rottfleck mithörte. Der Kaufmann sah sich um, als befürchte er, belauscht zu werden.
»Die Sonne steht im Mittelpunkt, nicht die Erde. Ist es nicht das, was das Manuskript nahelegt? Euer Vater hat diese Idee umgesetzt. Oder sie zumindest umzusetzen versucht.«
Florint schloss die Augen und erinnerte sich an seine erste Begegnung mit den Aufzeichnungen des Vaters. Er hatte dasselbe gedacht: Ketzerei. Der Kaufmann wand sich mit seinen Formulierungen, als müsse er den züngelnden Flammen des Scheiterhaufens entgehen.

»Ihr habt sie nicht … zufällig …?«
Florint schüttelte den Kopf und massierte sich seine Beine und vor allem die Füße.
»Meister Buschmann hat mir keine Manuskripte gezeigt.« Das entsprach sogar der Wahrheit.
Man sah Gaßner die Enttäuschung an. Dann zuckte der mit den Schultern.
Man kann nicht alles im Leben erreichen, schien er sich zu beruhigen. »Hört gut zu, Florint Deroubaix. Solche Angebote mache ich nicht allzu oft.« Gaßner rückte noch eine Handbreit näher. »Wenn Ihr mir zusagen könnt, die Maschine in Gang zu setzen, werde ich Euch in Venedig nicht auf die Galeere schicken.« Bevor Florint zu einer Antwort ansetzen konnte, unterbrach Gaßner ihn mit einer rüden Bewegung. »Überlegt es Euch gut. Morgen oder übermorgen oder erst kurz vor Venedig. Sagt mir, wenn Ihr Euch entschlossen habt.«
Gaßner wollte aufstehen. Er kniete bereits, als Florint ihn am Ärmel festhielt. Hätte er jetzt nur ein wenig kräftiger gezogen, wäre der Kaufmann mit dem Kopf voran in die Glut gefahren. Florint sah in den im Widerschein des Holzfeuers flackernden Augen, dass dieser das ahnte.
»Ich muss die Maschine sehen. Eine Stunde vielleicht, das würde genügen. Nur dann kann ich darüber entscheiden.«
Misstrauisch sah Gaßner ihm ins Gesicht. Dann deutete er mit dem Kinn auf den Rottfleck. »Der hier nicht, Ihr ja.«
Florint hob seinen Arm, der in die Kette geschmiedet war. »Es wird kaum möglich sein, uns zu trennen. Außer Ihr versteht Euch auf Zauberei.«
Erschrocken hob Gaßner den Finger an den Mund. »Kein solches Wort in der Nähe des Dominikaners. Ihr kennt den Kerl nicht. Ein Lamm für seine Freunde, seinen Feinden ein Wolf.« Gaßner erhob sich und wandte sich dem Trossführer zu, der auf der gegenüberliegenden Seite des Feuers saß und durch die Flammen zu ihnen herüberstarrte. Die Verletzungen und der

überraschende Durchfall hatten seinen Geist etwas verwirrt. Er fieberte stark und zitterte manchmal auf seinem Gaul, als würde ihn ein Beben der Erde schütteln. Mit brennendem Blick starrte er ins Feuer.

Florint zog seine Füße zurück und ließ sie abkühlen. Dann breitete er seine Decke im Schatten des Feuers aus, so weit abseits, dass die Funken der knallenden Flammenexplosionen des feuchten Holzes ihn nicht erreichten. Ohne mit dem Rottfleck zu reden, wickelte er sich in seine Decke und schloss die Augen.

Er musste eingeschlafen sein, denn als er abrupt den Kopf hob, waren die Flammen zu einem rot glühenden Haufen zusammengefallen. Ihn fror, und er glaubte, dass ihn dieser Umstand geweckt hatte. Er drehte sich zur anderen Seite, wollte den Rücken wärmen und bemerkte, dass neben ihm eine Person stand. Einer der Wärter konnte es nicht sein, denn die Füße des Wesens staken barfuß in Sandalen.

»Glaubt diesem Menschen nichts«, sagte der Dominikaner und ließ sich neben ihm nieder. Er hockte sich auf die Unterschenkel und wippte leicht mit den Fersen. »Ich habe mit Eurem Vater gesprochen. Lange gesprochen. Die Heilige Inquisition hat ihn nicht verfolgt. Warum auch? Euer Vater dachte richtig, der Geist sei ein göttliches Instrument, das der Herr uns zu benutzen anvertraut habe. Hätte der Herr uns den Verstand nicht zugetraut, er hätte ihn uns nicht zu geben brauchen. Maschinen, die diesem Geist entwachsen, seien Maschinen, keine Wirklichkeit. Reinste Fantasie. Für Ausgeburten einer regen Fantasie muss sich kein Mensch vor der Heiligen Inquisition rechtfertigen, solange sie göttliche Wahrheiten nicht in Frage stellen. Allenfalls tadelt sie, wenn Schindluder mit Leichtgläubigen getrieben wird.«

Florint gefiel diese Rede nicht. Der Dominikaner verharmloste den Einfluss der Inquisition. Sie war ein mordgieriges Instrument. Pater Eginald wusste das sehr genau.

»Gaßner«, fuhr der Mönch fort, »denkt nur in Profiten. Er will Geld verdienen, und sei es mit Humbug und ketzerischen Gedanken. Der Augenschein beweist, dass alles falsch ist, was dieser Manuskriptschreiber aus Griechenland aufgezeichnet hat.«

Jetzt wurde Florint misstrauisch. Woher wusste Pater Eginald von dem Manuskript? Woher überhaupt von der Maschine?

»Mit Eurem Vater habe ich so manches Gespräch geführt. Ein gebildeter und höchst geistreicher Mann. Keiner dieser dumpfen Handwerker, die man allenthalben unter den Feinschmieden und Werkzeugmachern findet.« Er schmunzelte hörbar. »Doch seine Kenntnisse des Griechischen sind eher mangelhaft. Da benötigte er Unterstützung.«

»Ihr habt mit ihm gesprochen?«

»Mehr als einmal. Er hat mich ... wenn ich das sagen darf ... zum Mitwisser des Geheimnisses und zum Beichtvater erwählt. Wir trafen uns regelmäßig.«

Florint setzte sich ganz auf. In der Glut des Feuers leuchtete das Gesicht des Dominikaners in einem feurigen Rot, als zeichne sich darauf ein Widerschein der Hölle ab. Ungläubig sah Florint in diese Fratze und erschrak derart, dass er versucht war, eine Hand an seinen Mund zu nehmen, doch er unterließ es. Die Kette, an deren anderem Ende der Rottfleck hätte hängen müssen, war leer. Sein Begleiter hatte sich davongemacht.

Als er die hellen Augen des Mönchs, die wie poliertes Glas im Schein des Feuers leuchteten, betrachtete, konnte er nicht glauben, dass sie lügen könnten. Sie spiegelten die reinste Unschuld. Und dennoch: Sein Vater bei der Beichte? Sein Vater war immer ein Freidenker gewesen, ein unabhängiger Geist, über dessen Hausschwelle alle durften mit Ausnahme der Schwarzröcke. Lieber hätte er das Gebäude abgebrannt, als einen Pfaffen hereinzubitten. Dieser Vater sollte plötzlich gläubig geworden sein und sich von einem Dominikanermönch die Beichte habe abnehmen lassen?

»Ich habe ihn gesehen, kurz bevor er verschwunden ist«, flüsterte dieser. »Im Streit mit Gaßner.« Er lachte rau. »So viel Unchristliches, so viel Schmutz und Verleumdung. Ich stand im Toreingang, als der Kaufmann aus der Werkstatt trat, mit einer Drohung auf den Lippen. Euer Vater wollte wohl das Originalmanuskript nicht mehr herausgeben.« Der Mönch beugte sich zu Florint hinüber, als wolle er dessen Gesichtszüge und Reaktionen studieren.

Florint schluckte hart. Seine Kehle war ausgedörrt und fühlte sich an wie mit den Stoppeln eines abgeernteten Feldes bedeckt, die ihm die Stimmbänder aufrissen. »Mit Gaßner gestritten? Welche Drohung?« Er packte den Mönch an seinem Habit und zog ihn tiefer zu sich hinab. »Welche Drohung? Sagt schon!«

»Ihn auf die Galeeren zu schicken, wenn er das Blatt nicht erhalten würde.« Pater Eginald löste sich. Sein Gesicht verschwand im Dunkeln. Nur der helle Stoff seiner Kutte warf den Schein des Feuers rötlich zurück. So stand der Dominikaner da wie ein vom Himmel gefallener Engel.

»Er wurde nicht wegen seiner ketzerischen Konstruktion auf die Galeeren geschickt?« Langsam dämmerte Florint, was das bedeutete. Gaßner hatte sich an seinem Vater gerächt. Und jetzt, jetzt hatte er den Sohn an der Angel.

»Habt Ihr das Manuskript?«, flüsterte der Geistliche von oben herab. »In einer der Beichten sagte Euer Vater, er habe alles an Euch adressiert. Die Pläne, das Manuskript, die Skizzen, alles.«

»Nein!«, entfuhr ihm spontan. »Wie sollte ich? Ich war längst nach Augsburg unterwegs gewesen.«

Pater Eginald schwieg. Florint spürte, dass er ihn unter seiner Kapuze musterte. Er fühlte den kalten Blick des Dominikaners auf sich ruhen, als versuche der zu erspüren, was an seiner Antwort wahrhaftig war und was Lüge.

»So kennt Ihr nichts von den Plänen?«

Langsam schüttelte Florint den Kopf.

»Euer Vater hat niemals angedeutet, woran er gearbeitet hat?«
Florint erinnerte sich an die Mitteilung, die ihm der Vater über den Fuhrwerker hatte schicken lassen. An die Erwähnung des Himmels, der nicht funktionieren sollte.
Eine innere Stimme befahl ihm, dem Mönch nichts von seinem Fund zu erzählen. Schon deshalb nicht, weil die Papiere noch immer in seiner Dachwohnung lagen. So hoffte er zumindest.

KAPITEL 22 Katrin hatte nicht einmal mehr die Zeit, zu schreien. Der Stoß warf sie in das flache Uferwasser. Eine Hand drückte ihr den Kopf in die Flut. Ihr entglitten die Töpfe, die sie eben im Bachbett ausgewaschen hatte. Sie fühlte, wie ihr Rock hochgeschoben wurde. Verzweifelt versuchte sie sich zu drehen, doch der Kerl über ihr war zu schwer, zu kräftig. Sie bekam keine Luft mehr. Verzweifelt suchte sie mit den Händen nach einem Halt, bekam einen Stein zu fassen, ergriff ihn und schlug mit ihm nach hinten aus.
Einer kleinen Unsicherheit, einem Schwanken verdankte sie eine Drehung. Katrin konnte sich auf die Seite wälzen, schlug mit dem Stein in der Faust erneut zu. Dann ging alles schnell. Der Körper wurde von ihr herabgerissen, sie tauchte auf, atmete, hustete sich an die Oberfläche, sog Wasser und Luft in die Lungen, würgte, erbrach Wasser und atmete wieder. Haarsträhnen klebten über ihren Augen, Wasser floss aus ihrem Mund. Ihre Lippen zitterten. Die Kleidung klebte ihr am Körper. Sie setzte sich im eisigen Bachbett auf, blickte um sich.
Der Rottfleck stand über ihr, lächelte sie unsicher an, hielt ihr die Hand hin. Sie ergriff sie, ließ sich aufziehen. Jetzt erst sah sie neben sich den massigen Körper eines Mannes: unverkennbar Jörg Holtz. Mit dem Gesicht nach unten lag er im flachen Uferbereich. Eine rote Spur sickerte aus einer Kopfwunde ins Wasser und verdünnte sich dort.
Ein Schluchzen brach aus ihr heraus. »Das Schwein!«, entfuhr

es ihr. Dennoch empfand sie Mitleid mit dem Kerl. »Holt ihn da heraus!«, bat sie.
Der Rottfleck schüttelte nur den Kopf und setzte ein schiefes Lächeln auf. »Zu spät. Er ist tot.«
»Zieht ihn aus dem Wasser«, fuhr Katrin den Rottfleck an.
Der zuckte mit den Schultern und zerrte an den Beinen des Trossführers, bis dessen Gesicht aus dem Wasser glitt. Ein dünnes Rinnsal rieselte aus seinem Mund. Dann hustete auch der Trossführer. Katrin warf dem Rottfleck einen finsteren Blick zu. »Ihr habt ihn ertränkt.«
»Das hätte er Euch auch, Jungfer«, sagte der Rottfleck, »wenn ich nicht zufällig hier gewesen wäre.«
»Entschuldigt«, sagte Katrin und hustete die letzten Tropfen aus ihren Lungen. »Danke für Euren Einsatz. Was macht Ihr hier? Und wieso seid Ihr nicht längst über alle Berge?«
Der Rottfleck sah sich um, ob sie nicht beobachtet wurden. Dann hockte er sich neben Katrin.
»Jungfer, hört zu. Der gesamte Tross hier wird beobachtet. Wie ein Schatten sind sie hinter Euch und vor Euch. Zwanzig Mann mindestens. Ich weiß nicht, was sie von diesem Zug wollen, doch sie passen nur eine weitere Gelegenheit ab, um wieder über ihn herfallen zu können.« Katrin zitterte. Das Wasser des Baches war eiskalt und drang langsam bis auf die Haut durch. »Ihr solltet Gaßner davon informieren und Florint.« Der Rottfleck richtete sich auf, als hätte er etwas zwischen den Felsen am gegenüber liegenden Ufer gehört. »Sagt Florint, er soll abhauen. Er soll einfach weglaufen. Ich finde ihn.« Damit stand der Rottfleck auf. »Und Ihr solltet ihn begleiten, wenn Euch Euer Leben lieb ist«, sagte er noch. Dann setzte er mit mehreren langen Sprüngen über den Bach hinweg. Er benutzte flache Steine, die aus dem Bett herausragten, und verschwand, als würde er sich auflösen, wie ein Nachtmahr zwischen den Felsen am gegenüberliegenden Ufer, ohne einmal einen Spritzer verursacht zu haben.

Erst jetzt begann Katrin zu schreien, in hohen und höchsten Tönen, bis die ersten Wachen angestürzt kamen. Dahinter erschien Gaßner, der stumm die Szene betrachtete. Kein Wort fiel. Drei Männer schleppten den Trossführer, der zwar atmete, sich jedoch nicht rühren konnte, zum Lager.
Gaßner nahm Katrin in den Arm und führte sie hinter ihm her. Sie streifte dabei den Dominikaner, der sie nicht beachtete, sondern an ihnen vorbei in den Geröllwald aus großen Steinblöcken blickte, der wie ein Wall am anderen Ufer aufragte.
Am Rastplatz erwarteten sie die Galeerensträflinge, die allesamt dastanden und neugierig zu ihnen hinüberblickten. Florint, der als Einziger seine Kette allein tragen musste, kam auf Katrin zu.
»Was ist geschehen?«, fragte er.
Doch Katrin zitterte derart vor Kälte, dass sie ihm nicht antworten konnte.
»Lasst die Jungfer sich umziehen. Dann sehen wir weiter«, sagte Gaßner.
Katrin folgte Florints Blick, der über ihren Hals und die Brüste ihren Körper entlang nach unten wanderte. Sie erschrak. Durch das klatschnasse Kleid hindurch sah man, dass sie unter ihrem Hemd eine Tasche umgeschnallt hatte. Rasch zupfte sie den Stoff auf, damit die Ausbuchtung verschwand. Als die Dokumente wieder unsichtbar waren, blickte sie Florint in die Augen. Die Frage, die darin lag, konnte und durfte sie jetzt nicht beantworten. Außerdem würde es ihr kaum gelingen, dazu klapperten ihr viel zu sehr die Zähne.
Katrin ließ sich von Gaßner zum Küchenwagen bringen. Meister Beitel nahm sie in Empfang und half ihr ins Innere. Während sie sich auszog, suchte sie das Gespräch mit dem Fuhrwerker, der draußen auf einer der Radnaben hockte.
»Glaubt Ihr, Meister Beitel, dass der Überfall auf den Tross eine einmalige Sache war? Oder meint Ihr, er wird sich wiederholen?«

Eine Zeit war es ruhig vor dem Wagen. Katrin knüpfte die Lederriemen ab, die den Beutel unter ihrer Brust fixierten. Auch das Leder war dunkel vor Feuchtigkeit. Um die Papiere im Inneren machte sie sich allerdings keine Sorgen. Das Leder war in Wachs getränkt und dicht.
»Möglich«, antwortete er kurz angebunden.
Katrin sah an sich herunter. Die letzten Wochen hatten sie abmagern lassen. Dennoch hatte sie das Gefühl, mehr und mehr Frau zu werden. Sie massierte ihre Haut, die eiskalt war, bis sie ihre Blässe verlor und wieder eine rosige Farbe annahm.
»Warum sollten sie?«, hakte sie nach.
»Weil sie nicht bekommen haben, wonach sie suchten. Warum fragst du, Katrin?«
»Glaubt Ihr, dass sie uns folgen?«
»Ich weiß es. Seit ihrem ersten Überfall stecken sie hinter den Felsen und in den Wäldern. Wie die Wölfe. Sie warten, bis die Gelegenheit günstig ist.«
Beinahe hätte Katrin vergessen, sich weiter anzukleiden. Die Sicherheit, mit der Meister Beitel den letzten Satz gesagt hatte, erstaunte sie.
»Wie könnt Ihr so sicher sein?«
»Ich sehe sie hinter Bäumen und Felsen hocken. Sie beobachten uns und warten nur auf eine günstige Gelegenheit.«
Katrin schlüpfte rasch in trockene Kleider und breitete ihre nassen Sachen im Küchenwagen aus. Sie hatte das Gefühl, als würde sie wieder richtig warm werden.
»Wann wird die Gelegenheit günstig sein?«
»Bald. Wenn wir wieder in die Wälder eintauchen. Dann werden sie über uns kommen.«
Katrin kletterte aus dem Wagen heraus. Neben Meister Beitel stand Gaßner und hatte alles mitgehört.
»Wer hat Euch am Bach geholfen?«, fragte der nach.
»Niemand!«, versuchte Katrin es mit einer Lüge, doch war ihr bewusst, dass Gaßner ihr nicht glaubte.

»Ihr konntet Jörg Holtz unmöglich eine solche Kopfwunde schlagen. Wer also?« Gaßner verschränkte die Arme hinter dem Rücken. »Ihr wollt nicht reden. Dann sage ich es Euch. Hat der Rottfleck Euch auch über unsere Zecken aufgeklärt?« Voller Unverständnis sah Katrin Gaßner an. »Über unsere Verfolger. Wir wissen längst, dass sie hinter uns her sind.«
»Der Rottfleck«, stotterte sie. »Woher wisst Ihr …?«
»Es genügt, dass ich es weiß«, blaffte Gaßner.
»Ja. Er hat gesagt, wir sollten den Tross verlassen. Er würde uns führen.«
Gaßner legte den Kopf schief und kniff die Augen zu Schlitzen zusammen. »Wer ist wir?«
»Florint und mich. Vermute ich.«
»Ich werde Euch begleiten.« Damit wandte er sich an Meister Beitel. »Ihr kennt den Weg und die Formalitäten. Wenn wir weg sind, werdet Ihr nichts mehr zu befürchten haben.«
Der Fuhrwerker schnaubte durch die Nase. »Glaubt Ihr? Sie wollen die Galeerensklaven nicht in Venedig haben. Deshalb sind sie hinter uns her wie der Teufel hinter der armen Seele.«
»Verdammt, dann lasst die Kerle frei, wenn wir den dritten Tag weg sind. Es ist mir einerlei. Fuggers Waren müssen nach Venedig, nicht die Männer. Messer Matteo ist tot. Ich habe mit dem Geschäft ansonsten nichts zu schaffen«, schimpfte Gaßner.
Katrin wunderte sich über jeden einzelnen Satz. Sie wunderte sich auch über Gaßners rasches Handeln.
»Ihr, Jungfer Katrin, geht zu Florint und eröffnet ihm, dass er in dieser Nacht noch mit Euch das Weite suchen wird. Sagt ihm nichts von mir. Er scheint mich nicht gerade ins Herz geschlossen zu haben. Und kein Wort zu dem Dominikaner! Packt ein paar Kleinigkeiten: Trockenfleisch und Käse, ein wenig Brot. Wir gehen nach rechts weg. Vor dem Abend erreichen wir mit dem Tross die Abzweigung in ein Seitental.«
Katrin nickte. Doch Gaßner achtete nicht auf sie, sondern verschwand von der Bildfläche.

»Ihr könnt ihm trauen, Katrin«, sagte der Fuhrwerker in die entstandene Stille hinein. »Er verfolgt seine eigenen Ziele, doch er ist kein schlechter Mensch.«
Katrin zweifelte an Meister Beitels Worten, wollte jedoch nichts erwidern. Sie musste zu Florint. Unauffällig. Das würde sich als schwierig erweisen.

KAPITEL 23 Der restliche Tag versandete im Einerlei der Wegstrecke. Die Begleitsoldaten verströmten einen Geruch der Angst. Links und rechts der Strecke beugten sich die grauen Bergriesen mit einem Stirnrunzeln über die Frachtwagen und ihre Beschützer, als wollten sie prüfen, ob sie sich gegen die Eindringlinge zur Wehr setzen sollten. An einem der Hänge gegenüber brach eine Lawine zu Tal und füllte mit ihrer polternden Stimme die Stille.
Florint hatte Katrins Mitteilung mit einem gewissen Gleichmut aufgenommen, aus der sie nicht herauslesen konnte, ob er zustimmte. Erst nach mehrmaligem Drängen hatte er genickt.
Sie konnte ihn gut verstehen. Durch ihre langsame, von vielen Rasttagen unterbrochene Reise begannen Florints Füße zu verheilen. Er lief bereits wieder selbst, ging neben dem Wagen her und genoss es allabendlich, wenn sie ihm die Füße mit Talg einrieb, damit sich die entzündeten Sohlen beruhigten.
Die Sonne schien nur eine schwache Mittagsstunde lang ins Tal hinein, dann senkte sich der Schatten über den Abstieg vom Brennerpass. Langsam wurde Katrin bewusst, dass es nicht die Aufstiege zu den Passhöhen waren, die Mensch und Tiere schindeten, sondern die schiebenden und ausbrechenden Wagen auf der Talfahrt.
Auf einem kleinen Plateau, von dem aus auf zwei Seiten der Fels abfiel, hielten sie Rast und richteten sich für die Nacht ein. Florint wurde am Abend an den Küchenwagen gekettet. Allein.

Als Katrin ihm die abendliche Suppe vorsetzte und ihm sein Brot in den Schoß warf, sah er sie eine lange Zeit von unten an.
»Die Kette stört. Sie wird mir eine Last werden, wenn wir klettern müssen.«
»Der Rottfleck wird Rat wissen«, antwortete Katrin rasch. »Ich wecke dich. Schlaf ein wenig.«
Die Tagesaufgaben ließen sie kaum zur Ruhe kommen. Der Abend verflog, und bis sie auf den Wagen kletterte, legte sich die Dunkelheit wie Gaze über den Platz. Niemandem hatte sie etwas erzählt. Nur Gaßner, Florint und der Fuhrwerker wussten von den Fluchtplänen. Sie überprüfte zuletzt das Bündel mit ihrem Proviant, legte ihre Regenschaube darüber, zog ihre wärmste Kleidung an und legte sich nieder. So harrte sie mit offenen Augen auf den Anbruch der Stunde nach Mitternacht.
Katrin lag in ihrem Wagen und horchte in die Dunkelheit hinaus. Das knirschende Gehen der Wachen war deutlich zu hören. Das Schnauben und Stampfen der Pferde, die im Stehen schliefen. Von den Bergen kollerten fortwährend Steine und Eisbrocken. Die gesamte Gegend schien die Arme um ihren Körper zu schlagen und sich zusammenzuziehen. Alles fror, und sie glaubte das stille Zittern der Bergflanken zu spüren.
Zwischen die Geräusche, die sie seit ihrer Abfahrt begleitet hatten, mischte sich ein weiteres. Es war ein Schaben und Huschen, als würde Stoff an Stoff gerieben. Katrin richtete sich auf und kletterte zur Sichtöffnung des Wagens.
Sie schlug die Filzdecke einen Spalt auf und spähte hinaus, sah jedoch niemanden. Nur die beiden Wachen standen am Zugang zur Straße. Schon wollte sie sich eine Närrin schelten und den Stoff zurückschlagen, als sie hinter einer der Wachen eine Bewegung wahrnahm. Nur der Umstand, dass der Mond einen Lichtfinger an diese Stelle legte, machte dieses unscheinbare und langsame Schleichen sichtbar. Plötzlich richtete sich hinter der Wache eine Gestalt zu ihrer ganzen Größe auf, hob einen Arm – und die Wache sank lautlos in sich zusammen.

Wie ein Blitz zuckte es in Katrins Gehirn: der Überfall!
Sie griff nach dem Bündel und kletterte behände aus dem Wagen. Florint musste direkt neben dem hinteren Rad liegen, wo man ihn mit einem Strick festgebunden hatte. Bereits am Abend hatten sie die Fesselung mit einem Messer gelöst und die Kette mit einem Stück des Seils zusammengebunden, damit sie nicht klirrte.
»Florint!«, rief Katrin. Neben ihr wuchs die Gestalt des Gesellen aus dem Boden.
»Hier! Du bist zu früh!«, zischte er.
»Nein, hast du gesehen, der Wächter wurde beseitigt. Sie haben ihn gemeuchelt.«
Eine Pause entstand, die Frage genug war.
»Gerade eben, Florint. Ich habe es vom Wagen aus gesehen. Wir müssen weg.«
Ohne ein weiteres Wort zu verlieren, griffen ihre Hände ineinander, und Florint zog Katrin auf die dunkle Seite hinter den Wagen. Dort, wo das Gelände steil abfiel, lag ein Vorsprung, der bis hinunter auf die Straße führte. Von dort konnten sie dann nach Süden weiter, in der Hoffnung, irgendwann auf den Rottfleck zu treffen.
Ohne ein Geräusch zu verursachen, schlüpften sie den schmalen Pfad entlang. In der Dunkelheit konnte Katrin bei den ersten Schritten kein Bein sehen, geschweige denn einen Boden oder gar den Weg. Der Abstieg lag in tiefster Finsternis, und sie tatsteten sich nur vorsichtig voran. Katrin betete, dass sie auf den schlüpfrigen Steinen nicht ausrutschten. Es wäre ein Fall von gut hundert Fuß lotrecht in die Tiefe gewesen. Keiner von ihnen hätte das überlebt.
Im Lager blieb alles merkwürdig still. Katrin hätte Tumult erwartet, Aufruhr, den Warnschrei der zweiten Wache. Doch nichts geschah. Die Karren standen ruhig und still, die Nacht schaukelte die Seelen in aller Friedlichkeit. Dieser Kontrast erschreckte Katrin umso mehr. Wie das Gefühl des Friedens

doch trügen konnte! Wie die Unschuld den Menschen belog!
Eine Zeit führte ihr Schleichweg unterhalb der Straße entlang, dann begann er aufzusteigen und auf den Weg zurückzuführen. Katrin konnte zwei Felsen vor sich sehen, die den Zugang vom Hauptweg her verbargen. Bislang hatte Florint kein Wort gesagt. Jetzt hielt er plötzlich inne und drückte Katrins Hand nach unten, sodass sie sich neben ihm niederkauern musste.
»Wir kommen auf die Straße. Wo, hat der Rottfleck gesagt, würde er uns treffen?«
»Er wird uns finden, hat er gesagt. Nicht mehr«, gestand Katrin.
Florints Erstaunen konnte sie beinahe körperlich spüren.
»Auf gut Glück sind wir hier abgehauen? Katrin! Ich dachte …«
Katrins Aufmerksamkeit wurde von etwas anderem gefesselt. Auf dem Felsen begannen rote Lichter zu tanzen, als würde der Stein Feuer fangen.
»Dort!«, sagte sie und deutete auf den Felsen. »Was ist das?«
Florint erhob sich etwas, um einen besseren Blick zu haben.
»Ein Widerschein«, sagte er. »Auf dem feuchten Felsen spiegelt sich das Geschehen hinter dir.«
Sanft drehte er sie um, und beide erblickten mannshohe Flammen, die aus dem Wagen schlugen, der hinter dem Küchenwagen gestanden hatte. Jetzt erst hallten Rufe zu ihnen herüber. Jetzt wurden die Schlafenden aufgescheucht. Die Pferde stampften und wieherten in ihrer Angst.
»Mein Gott«, murmelte Katrin. »Findet dieser Irrsinn denn kein Ende mehr?«
»Ich fürchte nicht!«, antwortete darauf eine Stimme in ihrem Rücken. Beide fuhren sie herum. Sie hörte Florints Kettenglieder klacken, als dieser sie zum Schlag hob.
»Wer …?«, wollte Katrin zu einer Frage ansetzen, doch Florint presste die Antwort bereits durch seine Lippen.
»Gaßner!«, zischte der.

»Ich höre, es freut Euch, mich zu treffen«, spottete Gaßner. »Dennoch werde ich mit Euch gehen – oder wir gehen zusammen zurück.« Er deutete auf den Feuerschein hinüber, der unruhig in die Nacht hinausleuchtete.
»Ihr werdet es bereuen!«, zischte Florint. Er drehte sich zu Katrin um. »Hast du es gewusst?«, fuhr er sie an.
»Ja«, sagte sie nur und wandte sich vom Lichtschein ab, der sich merkwürdigerweise nicht weiter ausbreitete, sondern auf den einzigen Wagen beschränkt blieb.
»Gehen wir!«, forderte Gaßner. »Hier können wir ohnehin nichts mehr ausrichten.«
Er ließ sie beide vorausgehen und folgte ihnen. Erst jetzt bemerkte Katrin die Kraxe, die Gaßner sich umgelegt hatte. Gegen die Wagenfackel sah sie, wie die Holme über den Kopf des Kaufmanns hinauswuchsen. Auch Florint schien das Tragegestell bemerkt zu haben.
»Was tragt Ihr mit Euch, Gaßner?«, fragte er. »Euren Hausstand? Eure wertvollsten Waren, damit sie kein Raub der Flammen werden?«
»Ihr werdet es früh genug erfahren, Florint«, antwortete ihm Gaßner. Dann schritten sie aus.
Sie umrundeten die Steinblöcke. Jetzt leuchtete der aufgehende Mond ihren Weg aus. Sie getrauten sich schneller zu gehen, obwohl sie selbst jetzt mit den Füßen tasten mussten. Der Stein schluckte das Licht, als wäre er hungrig nach Mond.
Eine gute Stunde mussten sie vorangekommen sein, und Gaßner begann leicht vor sich hin zu fluchen, weil sie längst rechtsab hätten gehen müssen, jedoch nirgends eine Abzweigung gefunden hatten. Hatte sie der Rottfleck genarrt?
Katrins Zweifel wuchsen, und sie suchte Florints Hand, doch der war verstummt und hatte sich gänzlich in sich zurückgezogen. Sie konnte zwar seine Finger greifen, spürte jedoch keinerlei Gegendruck.
»Psst!«, hörten sie von rechts her. »Rennt mir nicht blind durch

die Welt!« Der Rottfleck trat aus dem Steinwald. »Wenn wir ausschreiten, können wir noch gut zwei Stunden laufen, dann müssen wir uns verbergen«, sagte er. »Folgt mir.«
Kein Wort verlor der Rottfleck über Gaßner, der sich der Gruppe angeschlossen hatte. Kein Wort fiel darüber, warum es am Lagerplatz gebrannt hatte. Kein Wort über die Kraxe des Kaufmanns. Der Rottfleck setzte sich wie selbstverständlich an die Spitze des Zugs und führte sie durch ein Labyrinth mannsgroßer Brocken.
»Die sind mit Lawinen hierhergekommen. Im Frühling liegen sie plötzlich da«, sagte er, »wie das Gelege des Gletschers und warten darauf, dass die Sonne sie ausbrütet. Manchmal reißt im Sommer die Schale tatsächlich, und die Felsen zerspringen, oder sie halbieren sich. Der Knall schreckt so machen Schläfer aus seinem Dösen, und ganze Fuhrwerke geraten in Schieflage, wenn die Pferde durchgehen und das Gefährt mit sich reißen. An den Hängen sind die Karren nicht mehr zu halten. Da gilt es Leben oder Tod.«
Der Rottfleck sprach langsam und im Rhythmus seiner Schritte, die gleichmäßig und ruhig waren und so denen seiner Gefährten ebenfalls einen eintönigen Gleichmut aufzwangen.

KAPITEL 24 Der Morgen fand sie auf halber Höhe am Berg. Der Rottfleck hieß sie in einer Kuhle zwischen hohen Felsbrocken Rast machen. Aufmerksam blickte er hinter sich ins Tal hinab, während Florint und Katrin die gröbsten Brocken aus der Mulde entfernten, damit man sich setzen konnte.
Katrin trug eben mit Florint zusammen einen größeren Stein nach oben, um auch von dort einen Blickschutz zu bauen, als dieser sie ansprach.
»Was trägst du unter der Kleidung, Katrin?« Sie legten den Brocken vorsichtig ab. »Barschaft? Oder Papiere?«
Katrin musterte Florint. Sollte sie ihm die Wahrheit sagen?

Seine Augen wirkten wie geschminkt, so dunkel waren sie umrändert. Ernst und erwachsen blickte er mittlerweile. Das Freche seiner Ankunftszeit in Augsburg war gänzlich verschwunden. Mit jedem Blick, der zwischen ihnen hin und her ging, mochte sie den Kerl mehr, ohne sich dagegen wehren zu wollen.
»Die Papiere«, flüsterte sie. »Die Pläne der Maschine. Ich habe sie in deinem Zimmer gefunden! Ich trage sie in einem Lederbeutel bei mir. Er hat mir das Leben gerettet.«
Mit großen Augen sah Florint sie an. Sie hörte ihn regelrecht schlucken.
»Sag nichts davon weiter. Um Gottes willen! Es darf niemand erfahren.«
Abrupt drehte sich Florint um und ließ Katrin stehen. Er ging zu den anderen hinüber, die den Weg kontrollierten.
»Folgen sie uns?«, hörte sie Gaßner fragen.
»Wir sind allein. Niemand hat bemerkt, welchen Weg wir genommen haben. Die meisten sind ortsunkundig«, sagte der Rottfleck.
»Ihr kennt Euch jedoch aus.« Gaßner warf die Bemerkung wie beiläufig ein, doch wollte er ihrem Führer eindeutig zu verstehen geben, dass er an seinen Fähigkeiten zumindest zweifelte.
Der Rottfleck sah sich um.
»Hier bin ich aufgewachsen. Als Schäfersohn bin ich mit dem Vater unzählige Male über diesen Pass geklettert. Nicht mit drei Personen im Schlepp, sondern mit vierhundert oder fünfhundert Schafen. Zweimal. Im Frühjahr und im Herbst. Wir hatten an den Flanken des Etschtals Weidealmen. Mit fünfhundert Schafen die Zollstationen zu umgehen ist schwierig. Dagegen ist es ein Leichtes, drei Menschen die Pfade entlangzutreideln!« Gaßner schwieg dazu. »Doch zu Euch. Ihr wart nicht eingeplant bei dieser Flucht. Warum habt Ihr Euch dazu entschieden, uns zu folgen – und warum sollte ich Euch mitnehmen?«

Die Männer verließen ihren Posten und setzten sich an den abschüssigen Rand der Kuhle. Katrin trat näher heran. Auch sie setzte sich. Ihr fielen vor Müdigkeit die Augen zu.

Gaßner schlüpfte aus seiner Kraxe und stellte sie vor sich ab.

»Deshalb«, sagte er. Er schlug die Wachsdecke zurück, mit der er das Gestell und seinen Inhalt vor Feuchtigkeit geschützt hatte. Darunter kam ein Holzkasten zum Vorschein, der in das Gestell geschnürt war.

»Die Horoskopmaschine!«, entfuhr es Katrin. Sofort war sie wieder hellwach.

»Richtig. Die Maschine für Venedig, für die Zonta delle spezie.«

Jetzt war es am Rottfleck, hellauf zu lachen. Er schlug sich auf die Schenkel, als hätte der Kaufmann einen Spaß gemacht.

»Glaubt Ihr wirklich, dieser Apparat würde mich für Euch einnehmen, Gaßner? Ein Moment der Müdigkeit – und er gehört mir. Ich hole ihn mir, wenn ich ihn brauche.«

Gaßner nickte, als wüsste er Bescheid, als hätte er diese Überlegung bereits mit eingeplant.

»Ich hätte mich Euch nicht angeschlossen, wenn ich nicht vorgesorgt hätte, Rottfleck«, sagte Gaßner ein wenig stimmmüde. »Die Maschine ist gut vierhundert Gulden wert. Mehr als zwei Jahresverdienste eines Instrumentenbauers. Ihr, als Bandit, könntet davon sogar länger leben. Das Geld interessiert mich nicht. Wenn wir in Venedig anlangen, sollt Ihr die Maschine meinetwegen haben und verkaufen. Mich interessiert das Dokument, auf dem diese Maschine beruht. Wir haben den Verdacht, dass …«, er sah zu Katrin hinüber, die den Kopf senkte, »Florints Vater das Dokument mit sich genommen hat, als er den Weg der Galeeren gegangen ist.«

»Auf den Ihr ihn geschickt habt, Gaßner!«, höhnte Florint.

Überrascht sah Gaßner auf, blickte von Florint zu Katrin, von Katrin zu Florint.

»Wer versucht, Euch das weiszumachen?«, fragte er scharf.

»Spielt das eine Rolle?«, zischte Florint mindestens ebenso empört.

»Ich habe Euren Vater nicht auf die Galeeren geschickt. Er hatte Streit mit Meister Buschmann. Der hat ihn beim Rat angezeigt. Er hat ihn in den Kerker werfen lassen. Er war es, der ihm einen Diebstahl angehängt und vor dem Rat bezeugt hat, er habe ein Dokument unrechtmäßig an sich gebracht. Deroubaix habe ihm sogar gedroht, behauptete er, die Dokumente verschwinden zu lassen. Was ja auch geschehen ist. Oder habt Ihr das Originalpergament gesehen? Meister Buschmann hat Euren Vater nach Venedig geschickt, nicht ich!«

Florint war leichenblass geworden. Katrin fühlte, wie Röte in ihr Gesicht stieg. Betreten sah sie zu Boden. Sie hätte es Florint frühzeitig sagen müssen. Sie spürte seinen brennenden Blick auf sich gerichtet, spürte seinen Zorn aufflammen.

»Ist das wahr, Katrin?«, setzte er seine Frage wie einen Kiesel zwischen die Steine, grau und hart. Langsam drehte er sich zu ihr hin. »Ist das wirklich wahr?«

Katrin nickte nur, mehr nicht. Sie schämte sich für ihren fehlenden Mut.

»Bevor wir jetzt in Gefühlsduselei verfallen: Ihr habt mir immer noch nicht begründet, warum es für mich von Nachteil sein sollte, Euch vom nächsten Steilhang zu schubsen«, versuchte der Rottfleck das Thema zu wechseln.

Gaßner, der den Blicktausch zwischen Florint und Katrin beobachtet hatte, schien froh zu sein, wieder auf sicheres Terrain zu gelangen.

»Ich weiß, wem das Gerät zu übergeben ist. Kommt es in die falschen Hände, wird die Signoria den Überbringer ergreifen lassen und in die Bleikammern stecken. Dagegen sind die Räumlichkeiten der Augsburger Hexenlöcher mit den Bequemlichkeiten eines Gasthofs ausgestattet.« Er lächelte verbindlich. »Euch, Florint, habe ich eine besondere Aufgabe zugedacht. Ihr werdet mit Euren Kenntnissen das Gerät reparieren oder jedenfalls zum Laufen bringen. Wenn es Euch gelingt, seid Ihr ein freier Mann. Das schwöre ich. Gebt mir die Hand darauf. Und was Euch anbelangt, Rottfleck: Dafür, dass Ihr uns an den Zollstationen vorbei nach Venedig leitet, werdet Ihr vom Galeerendienst entbunden. Ihr könntet sogar wieder nach Augsburg zurück. Auch dafür sorge ich.« Gaßner lächelte verbindlich. »Ach ja, und sollte das Gerät nicht nach Venedig gelangen, lässt die Signoria danach suchen. Niemand wird glücklich werden, der diese Maschine ohne die Zustimmung des venezianischen Dogen und der Zonta delle spezie erwirbt und besitzt.«

Der Rottfleck nickte. »Ihr habt mich überzeugt!«, sagte er. »Willkommen in unserer Gruppe.« Er machte eine kleine Pause, in der er sich an Florint wandte. »Hast du etwas dagegen?«

Der schüttelte nur mechanisch den Kopf. Florint war in sich zusammengesunken. Katrin, die ein Stück abseits saß, hatte eigenartige Blicke zwischen dem Rottfleck und Gaßner bemerkt, die auf ein geheimes Einvernehmen hinzudeuten schienen. Doch ihre Auseinandersetzung klang durchaus ernsthaft. Sie rutschte an Florint heran und wollte ihn umarmen, doch mit einer heftigen Bewegung wies er sie ab. »Ich brauche dein Mitleid nicht. Was ich gebraucht hätte, wäre die Wahrheit gewesen.« Er stand auf, holte seine Decke aus dem Beutel, den er getragen und in den er seine Kette eingewickelt hatte, und legte sich unter einem der mannshohen Brocken nieder. Florint drehte das Gesicht zum Fels.

»Wir sollten alle ein wenig schlafen«, meinte Gaßner.

»In der Dämmerung gehen wir weiter«, stimmte der Rottfleck zu. »In den nächsten Tagen werden wir vor allem nachts marschieren. Erst ab Bozen können wir sicher sein.«

Katrin gab es einen Stich ins Herz. Diese Ablehnung hatte sie nicht verdient. Sie hatte Florint keine Wahrheit verschwiegen; sie hatte selbst nichts davon gewusst, auch wenn sie es vielleicht geahnt hatte.

Mechanisch steckte sie sich ein Stück Brot in den Mund und

kaute es, ohne wirklich Hunger zu verspüren. Sie konnte sich nicht vorstellen, dass ihr Vater sich derart schäbig verhalten hatte, obwohl sie wusste, dass er alle im Verdacht gehabt hatte, das Manuskript veruntreut zu haben. Es war und blieb verschwunden.

KAPITEL 25 Florint erwachte nicht, sondern sickerte in einen Dämmerzustand hinüber, wie Wasser durch einen rostigen Zuber dringt. Er schlich sich in die Welt, die auf ihm lastete wie ein Stein, und im ersten Moment glaubte er sogar, der Fels, der über ihm aufragte, drücke auf seine Brust.
Sein Ohr kroch zuerst unter dem Gewicht des Tages hervor. Neben ihm unterhielten sich zwei Menschen, so schnell, dass er Probleme hatte, seinen wie Sirup eingedickten Verstand darauf auszurichten. Immer wieder entglitten ihm die Sätze.
»... dort unten. Sie folgen uns. Solange wir hier sitzen, können sie uns nicht sehen. Seid Ihr sicher, Gaßner, dass sie nur der Galeerenruderer wegen hinter uns her sind?«
Sein Verstand musste für einige Sätze abgetropft sein, denn er vernahm keine Antwort, sondern eine erneute Frage.
»... werden wir die Kette los? Er müht sich derart, es ist nicht mit anzusehen.« Es war Katrin, die sich hier sorgte.
»Florint wird sie nicht über die Berge schleppen können«, brummte Gaßner wieder.
»Ich weiß um eine Möglichkeit. Sie wird schmerzen, doch es wird gehen.«
Florint wollte eingreifen, schließlich handelte es sich um seine Kette, doch wieder musste seine Aufmerksamkeit in den Schlaf abgerutscht sein wie ein Schneebrett, denn als er sich endlich aus dem zähen Schleim seiner Erschöpfung geschält hatte und aufrichtete, schlief Gaßner in seiner Nähe. Nur Katrin beobachtete das Tal unten und den schmalen Pfad, der zu ihnen hinaufführte.

»Sie durchforschen das gesamte Tal«, begrüßte das Mädchen Florint, ohne sich umzusehen, wer erwacht war. »Ob sie nach uns suchen? Wenn ja, verstehe ich nur nicht, warum.«
»Was sonst sollten sie suchen?«, antwortete Florint.
Florint hockte sich neben Katrin, immer noch benebelt und mit schmerzenden Gliedern, und sah den Steilhang hinunter. Unter ihnen, gerade so nahe, dass man erkennen konnte, wie Menschen dort unten herumkrochen, durchkämmten mindestens zwanzig Männer das Tal.
»Gott sei Dank fehlt ihnen ein Ortskundiger«, redete Katrin weiter, ohne eine Antwort abzuwarten. »Doch der könnte schnell aus dem nächsten Dorf herbeigeschafft werden, sagt Gaßner. Ich werde daraus nicht schlau«, murmelte sie.
Florint fuhr sich mit der Hand mehrmals übers Gesicht. Es war kalt. Der Himmel war zwar klar, doch eine Kälte hatte Einzug gehalten, als wollte es in dieser Höhe noch einmal schneien. Die Dämmerung drückte wie Rauch auf die Felsen und ließ sie einen nach dem anderen im Nichts verschwinden. Selbst die Gestalten am Talufer verschluckte die hereinbrechende Nacht, hielt sie aber weiter in ihrem Kiefer, bereit, sie wieder auszuspucken.
»Sobald der Mond aufgeht, ziehen wir los«, sagte Katrin bestimmt. Danach kroch sie zu Gaßner und weckte ihn. Dabei legte sie den Finger auf den Mund und zischte leise. »Psst! Im Tal wimmelt es vor Verfolgern.«
Florint, der das langsame Verlöschen der Sicht als wohltuende Strafe für seine grenzenlose Dummheit empfand, war erfüllt von einem Gedanken: Wenn er von Katrin frühzeitig vom Schicksal ihres Vaters erfahren hätte, wäre er längst selbstständig nach Venedig unterwegs gewesen. Er müsste sich nicht als Galeerenhäftling mit einer Kette herumschlagen und hätte sich vermutlich viele Enttäuschungen erspart. Auch vergebliche Hoffnungen und Gefühle, die allesamt im letzten Morgengrauen wie ein Kartenhaus in sich zusammengefallen waren,

drückten seine Stimmung. Er wollte nicht sprechen, er wollte niemanden hören, er wollte vor allem seine Ruhe.

Plötzlich war er hellwach.

»Wo ist der Rottfleck?«

Er sah sich um. Gaßner, der mit dem Rücken zu ihm lag und ins Tal spähte, robbte zurück und setzte sich auf.

»Er hat sich aus dem Staub gemacht.« Gaßner räusperte sich ein wenig. »Er hatte es ohnehin vor. Ohne uns kommt er schneller voran.«

Florint presste die Lippen aufeinander und versank in düsteres Schweigen. Das hatte er seinem Kettengefährten von einst nicht zugetraut. Schließlich hätte er sie führen sollen.

»Kennt Ihr Euch aus, Gaßner?«, fragte Florint.

»Dort, wo ich hinwill, komm ich hin«, antwortete er knapp.

Kaum war die Nacht in das Tal gesackt, schwer und staubig und düster wie ein Haufen Kohle, streckte der Mond sein neugieriges Gesicht über die Bergrücken. Sie brachen auf.

»Wir dürfen keinerlei Geräusche machen«, flüsterte Gaßner. »Jeder Stein, der den Hang hinunterspringt, hallt durch das gesamte Tal. Man könnte uns zwar nicht sehen, doch sie würden uns hören und bei Tagesanbruch folgen. Also achtet darauf, wohin Ihr Eure Füße setzt.«

Sie gingen im Gänsemarsch vorwärts. Gaßner lief mit seiner Kraxe an der Spitze, dahinter folgten Katrin und Florint. Geräuschlos zu laufen war bei der mondbeleuchteten Finsternis unmöglich. Ständig lösten sich Steine und kullerten den Hang hinunter, sprangen größere Brocken aus ihren wenig stabilen Betten und krachten zu Tal. Sie hinterließen eine regelrechte Lärmspur. Zudem schlichen sie geradezu dahin, denn kaum einer von ihnen konnte sicher erkennen, wohin er trat. Das Gestein schluckte das Silber des Mondlichts, als würde es sich davon ernähren.

»Es würde mich wundern«, warf Gaßner bei ihrer ersten Rast ein, »wenn wir morgen allein auf diesem Weg wären.«

Nach zwei weiteren Stunden quälenden Aufstiegs mussten sie innehalten. Der Mond war hinter einen der Gipfel gesackt und ließ das Tal in einer samtenen Schwärze zurück. Man konnte nicht einmal die Hand vor Augen erkennen. Das Sternenlicht erwies sich im Schatten der Bergriesen links und rechts des Weges als zu schwach.

Florint setzte sich neben Gaßner. Seine Kette legte er neben sich.

»Ihr glaubt doch selbst nicht, dass uns die Männer im Tal unten deshalb verfolgen, um zwei entsprungene Galeerensklaven einzufangen, Gaßner«, begann er das Gespräch. Er versuchte leise zu sein. »Sie sind hinter der Horoskopmaschine her.«

»Was sollte sie daran interessieren?«, fragte Gaßner zurück. Doch seiner Stimme war die Unsicherheit anzumerken. Auch er hatte bereits an diese Möglichkeit gedacht.

»Sagt es mir, Gaßner, warum ich sie in Gang bringen soll? Warum sollte ich mich bemühen?«

Gaßner räusperte sich umständlich. Er schien sich vor den anderen beiden zu zieren.

»Denk nach, Florint«, mischte sich jetzt Katrin ein. »Was bedeutet es, wenn eine der größten Handelsmächte des Mittelmeers erfährt, dass im Westen ein Seeweg nach Indien entdeckt wurde und die Gewürze nicht mehr über den Rialto, sondern über Lissabon oder Sevilla ins Heilige Römische Reich transportiert werden. Jeder denkt an den Verlust von Einfluss, von Geld, von Macht, und man erkennt, wie weit abseits dieses Venedig von den neuen Handelsströmen liegen wird. Nicht wahr, Gaßner, das sind die Überlegungen der Signoria. Und jetzt taucht Ihr auf mit einer Maschine, die den Stadtvätern verspricht, mit ihrer Hilfe einen Blick in die Zukunft werfen zu dürfen. Mit der Gier der Männer, die ihren Untergang vor Augen sehen, greifen sie zu.«

Als hätte die Dunkelheit alle Töne verschluckt, herrschte ein Schweigen zwischen den drei Personen, das beängstigte. Doch

Katrin war noch nicht zu Ende. »Also gebt Ihr die Maschine weiter. Was kein Problem ist; schließlich habt Ihr sie in Auftrag gegeben.«

»Die Zonta delle spezie hat sie in Auftrag gegeben«, warf Gaßner leise ein. »Venezianer.«

»Meinetwegen die Venezianer«, gestand Katrin zu. »Doch Ihr habt den Auftrag nach Augsburg gebracht. Vermutlich habt Ihr in der ersten Euphorie über die Möglichkeiten ein wenig den Stolz der Erbauer übersehen. Als die Maschine sich bewegte, hätte deren Stolz in barer Münze vergolten werden müssen. Das habt Ihr verabsäumt. Ein findiger Kopf hat den Mechanismus zerstört, sodass Ihr einen Torso mit Euch herumtragt.«

»Hört auf!«, fuhr Gaßner sie an. »Was Ihr Euch alles zusammenreimt! Der reine Unsinn!«

Die Gespräche verstummten. Aus der Richtung, aus der sie soeben gekommen waren, hörten sie das Rollen von Steinchen. Sofort waren sie auf den Beinen.

Florint lauschte in die Nacht hinaus. Er konnte sich kaum auf die Geräusche konzentrieren, so sehr hallte das in ihm nach, was Katrin erzählt hatte. Alles schien zusammenzupassen.

Das Klackern und Klickern der Steine ließ nach, als wäre das Wesen stehen geblieben, um ebenfalls zu lauschen.

Florint fühlte, wie sich jemand näherte. Kaum wahrnehmbare Bewegungen und Geräusche.

»Es kann ebenso gut ein Bär sein wie eine Gämse«, wisperte Gaßner. »Vielleicht ist es der Rottfleck. Wenn wir angegriffen werden, nehmt um Himmels willen die Kette und schlagt um Euch.« Florint nickte, bis er begriff, dass niemand ihn sehen konnte.

Eine Beklemmung begann ihn am Hals zu würgen, den Herzschlag zu beschleunigen, sodass er schwer atmen musste. Niemals zuvor war ihm die Furcht derart in den Nacken gekrochen.

Wieder begann das Geriesel, als hätte sich das Wesen nur be-

sonnen, wohin es sich wenden sollte. Schließlich konnte man Schritte unterscheiden. Ohne Zweifel näherte sich ein Mensch.
»Gaßner?« Die Stimme, die sie anrief, klang so hoch, so unirdisch, dass es Florint eisig den Rücken hinablief. »Gaßner? Seid Ihr hier irgendwo? Ich suche Euch.« Keiner der Gefährten rührte sich vom Fleck. Sie standen wie erstarrt und hörten auf diesen Ton, der piepsig aus dieser unmenschlichen Kehle fuhr, die nichts von dieser Welt hatte. »Gaßner! Bitte sagt etwas. Ich bin's, Pater Eginald!«
Trotz dieses Bekenntnisses blieb alles still. Das Kollern und Titschen ablaufenden Gerölls drang an Florints Ohr. Das Wesen kam zweifellos näher. Dann gab es einen unterdrückten Aufschrei. Größere Brocken lösten sich, und ein Rutschen und Poltern füllte den sublunaren Raum mit einem widerwärtigen Kreischen, als würden Höllenteufel auf die Erde niederfahren. Das Lärmchaos endete in einem unterdrückten Schluchzen, das in eine flehentliche Bitte auslief:
»So helft mir! Helft mir doch!«
Sogleich kam Bewegung in die Gruppe.
»Wer sagt uns, dass er es wirklich ist?«, stichelte Gaßner leise, doch so laut, dass alle ihn hören konnten. »Antwortet nicht, um Himmels willen!«
»War da jemand?«, fragte der Mönch. »Hallo? Hab ich Euch endlich gefunden? So sagt doch etwas!«
Gaßner durchbrach den Bann, in dem alle zu stehen schienen. »Wir können ihn nicht da draußen liegen lassen.« Er ging dem Mönch entgegen, der sich sofort hörbar aufrappelte, nachdem er Schritte vernommen hatte. Trotz der Warnung sprach Gaßner ihn an.
»Pater Eginald?« Gaßner wirkte erschüttert. »Was wollt Ihr hier? Was ist mit dem Fuggertross?«
»Alle tot. Ermordet. Ich bin ihnen entkommen«, rief ihm der Dominikaner entgegen. »Sie haben alle niedergemacht. Alle.«

Etwas im Tonfall des Mönchs störte Florint, doch er konnte nicht ausmachen, was es war. Vielleicht war es auch nur das zwiespältige Bild, das er von diesem Menschen hatte. Er hielt ihn einerseits für verschlagen und berechnend, doch nur auf seinen Vorteil bedacht; andererseits hatte er ihn als Seelsorger erlebt, dessen Zuwendung ihm gutgetan hatte.

»Wie habt Ihr uns gefunden, Pater?«, fragte Gaßner.

Langsam tastete sich der Mönch näher, bis er endlich im schwachen Licht der Sterne als Silhouette gegen den Sternenhimmel zu sehen war. Er kroch auf allen vieren heran.

Pater Eginald lachte rau. »Ich bin in einem Wegelabyrinth aufgewachsen. Mich täuscht man nicht so leicht. Gott sei Dank, ich habe Euch gefunden.«

Florint schwieg und dachte kurz daran, dass es ihm lieber gewesen wäre, der Rottfleck hätte sie gefunden.

KAPITEL 26 Die nächsten Tage trieben Katrin bis zur Erschöpfung. Ohne auf den Zustand des Mönchs zu achten, ohne auf die schwere Kette Florints oder auf dessen wieder wund gelaufene Füße Rücksicht zu nehmen, überwanden sie Pässe und Höhen, oft zwei am Tag. Ihr Weg schlängelte sich an den Bergflanken entlang und durchquerte manchmal kleine Seitentäler. Von Wanderschäfern, denen sie begegneten, erbaten sie sich Käse und Milch. Wasser floss ihnen ausreichend zu. Am letzten Rastplatz vor Brixen führte Gaßner sie zu einem Schmelzwasserfall.

Eisig stürzte das Wasser aus der Höhe, versprühte sich und sammelte sich in einem kleinen Rinnsal am Ende, um dem Tal der Eisack zuzufließen.

»Es wird Zeit«, murmelte er. »Wir sollten es versuchen.«

Katrin, die es aufgegeben hatte, den Selbstgesprächen Gaßners zu antworten oder nach deren Sinn zu fragen, stutzte diesmal dennoch, denn der Kaufmann nahm Florint zur Seite, der mit seiner schweren Kette über der Schulter nur noch wankte, statt zu gehen.

»Katrin!«, rief Gaßner sie herbei. »Ihr müsst helfen. Die Kette muss herunter. Nach Brixen werden wir wieder auf die Straße treffen. Sie wäre zu auffällig.«

Florint stierte Gaßner mit entzündeten Augen an. Seine Kräfte schwanden sichtlich.

Der Kaufmann zog aus seinem Gürtel einen kleinen Topf mit Salbe und begann damit Florints Handgelenk und den Kettenring einzureiben, bis beide glänzten. Dann nahm er einen Stein, hieß Florint niedersetzen und schlug damit auf den Ring ein. Zuerst tat sich nichts, dann jedoch begann dieser sich leicht zu verformen, flachte ab. Unmerklich nur, doch so, dass er sich an die ovale Form der Hand anpasste.

»Jetzt kommt der schwierigste Teil«, sagte Gaßner und führte Florint, der ihn mit großen Augen ansah, zu dem Rinnsal. »Legt die Hand hinein, am besten den Arm, bis alles schmerzt, bis Ihr glaubt, der Arm gehöre Euch nicht mehr.«

Die Kälte, das sah Katrin deutlich, ließ die Haut einschrumpfen, zog den Arm zusammen. Das Fett gerann zu einer weißen Schmiere.

»Es wird wehtun«, murmelte der Kaufmann. Er nahm den bereits blau angelaufenen Arm aus dem Wasser und legte ihn sich zwischen die Beine. Florints Zähne klapperten. Willenlos ließ er alles mit sich geschehen. Mit den Schuhen stemmte sich Gaßner gegen das Metall und zog. Die Hand rutschte in den Ring. Florint schrie auf. Gaßner beugte sich vor, knetete den Handballen, drückte den Daumen in die Handfläche zurück und zog erneut. Die scharfen Schmiedekanten gruben sich in den Handballen. Über die Schuhe tropfte Blut in den feuchten Uferkies. Mit einem bärenhaften Brüllen und einem Ruck schnellte die Hand aus der Kette.

»Ihr seid frei!«, sagte Gaßner nur und lehnte sich ganz auf den Boden zurück. Auf seiner Stirn hatten sich Wassertropfen ge-

bildet. Florint, dem Tränen in den Augen standen und der unregelmäßig atmete, flatterte die Unterlippe, bis er seinen Satz hervorbrachte.
»Mein linker Arm ist um einen ganzen Fuß länger geworden!«, murmelte er.
Jetzt musste sogar Katrin lachen. Sie kniete sich neben Florint und wollte ihm mit einer wundheilenden Salbe die Daumenwurzel einreiben, als dieser schroff die Hand zurückzog.
Sofort wusste sie Bescheid. Katrin getraute sich nicht, ihn anzusehen. Er verzieh ihr nicht, dass sie ihm nichts über ihren Vater verraten hatte.
»Bitte«, flüsterte sie. »Es wird sich sonst entzünden.«
Ohne zu antworten, stand Florint auf und wankte zu seinem Lager. Dort ließ er sich ins Gras fallen und war auf der Stelle eingeschlafen.
»Lasst ihn ein wenig in Ruhe, Jungfer«, tröstete Gaßner sie. »Morgen wird er sich für sein Verhalten schämen.«
Das würde er nicht. So viel wusste Katrin, so weit kannte sie den Gesellen. Wer seinem Vater durch halb Europa folgte, der vergaß nichts so schnell.
»Wir alle sollten uns ein paar Tage ausruhen«, sagte Pater Eginald. Katrin drehte sich zu dem Dominikaner um. Der stand, die Arme ineinander verschränkt, und begutachtete die schwere Kette.
»Wo sollten wir ausruhen, wenn uns …«, Gaßner stockte und schien sich zu verbessern, »… uns diese Rotte folgt? Überall, wo wir länger bleiben, können sie uns aufspüren.«
Katrin grübelte nach, was Gaßner gemeint haben konnte, doch da schlug der Mönch bereits vor, sich ins Kloster Neustift zu begeben. Er sei mit dem dortigen Prior bekannt, einem Augustiner Chorherrn. Wenn er sich für sie verbürge, dann könnten sie dort Unterschlupf finden. Nur das Frauenzimmer müsse außerhalb der Mauern schlafen. Das Kloster liege auf ihrem Weg. Man müsse nur die Eisack überqueren.

Mit verschränkten Armen blieb er vor Gaßner stehen. Eine ganze Zeit musterten sie sich herausfordernd. Katrin glaubte für einen kurzen Moment, der Kaufmann würde zuschlagen, doch dann schloss er die Augen und nickte.

»Für Florint wäre es das Beste«, murmelte er.

»Einverstanden«, ging Katrin dazwischen. »Zwei Tage Erholung auf Kosten der Schwarzröcke.«

Pater Eginald lächelte gequält.

»Weckt den Jungen auf. Auch auf die Gefahr hin, dass er uns zusammenbricht, wir müssen weiter. Wir sind hier nicht sicher. Florint soll sich zusammenreißen. Ohne Kette wird es ihm leichterfallen.«

Katrin ging hinüber zu Florint und kniete sich neben ihn hin. Er atmete flach. Selbst im Schlaf vibrierten seine Lippen. Die verletzte Hand lag wie ein toter Vogel neben ihm, so still und schlaff. Sie verbiss sich ihr Mitgefühl, obwohl ihr die tiefen Fleischwunden in der Seele wehtaten. Am liebsten hätte sie seinen Kopf auf ihren Schoß gebettet, ihn an sich gedrückt und gewärmt.

»Florint!« Sie versuchte ihre Gefühle nicht in die Stimme zu legen, doch es gelang ihr nur unzureichend. »Wir können hier nicht rasten.«

Unvermittelt schlug er die Augen auf. Sein Blick brauchte eine ganze Zeit, um sich zu klären.

»Was willst du?«, zischte er und richtete sich mühsam auf.

»Wir brechen auf! Soll ich dir helfen?«

»Lass mich in Ruhe«, fauchte er sie an und stieß sie beiseite. »Solche Hilfe brauche ich nicht. Ich finde mich zurecht.« Er rappelte sich mühsam auf und nickte den anderen zu, die ihn erstaunt beobachtet hatten. »Dann los«, sagte er nur. Sein verletzter Arm brannte, und er besaß kaum Kraft darin. »Pater Eginald«, sagte er, als er des Dominikaners ansichtig wurde, »Ihr seid barmherziger als viele hier. Geht an meiner Seite und berichtet mir von den Fährnissen des Lebens und dem besonderen Schutz der Heiligen und der Muttergottes.«

Katrin blieb zurück. Verwundert hatte Florints Verhalten sie nicht, getroffen schon. Florints Stimmung ritzte ihr Kratzer in die Seele, die schmerzten. Zwar hatte er die letzten Tage kaum ein Wort mit ihr gewechselt, doch hatte sie das auf die übermäßige Anstrengung geschoben. Jetzt wusste sie, dass er einen Groll gegen sie hegte, der tiefer saß. Das tat ihr umso mehr weh, als sie sich um seine Verletzungen kümmern wollte.

Sie gesellte sich zu Gaßner, der bislang geführt hatte. So trotteten sie hinter Pater Eginald her, der die Führung nach Kloster Neustift übernahm. Dabei entdeckte sie, dass an der Kutte des Paters ein Stofffetzen fehlte. Ein Fetzen in einer Größe, die ihr Herz schneller schlagen ließ. Sie schob den Gedanken an das Unglück mit ihrem Vater beiseite. Ebenso gut konnte die Kutte des Mönchs bei den Vorkommnissen der letzten Tage Schaden genommen haben.

Am späten Nachmittag kam es, inmitten von Weinbergen gelegen, in Sicht: Eine mächtige Kirche mit Konventsgebäuden, die von einer Mauer umgeben waren.

»Ich weiß nicht, was zwischen Euch vorgefallen ist«, begann Gaßner irgendwann in den letzten Stunden der fallenden Sonne, »Ihr solltet es dennoch kitten, Jungfer Katrin. Mir gefällt Florints Nähe zu diesem Schwarzkittel ganz und gar nicht. Der Mönch sondert Freundlichkeiten ab wie Schweiß. Ebenso klebrig und unangenehm.«

Was sollte Katrin darauf sagen? Sollte sie ihm davon erzählen, dass sie Florint ihr Wissen über das Schicksal seines Vaters verschwiegen hatte?

»Florint sucht seinen Vater, der in der Werkstatt meines Vaters gearbeitet hat.«

Keineswegs überrascht sah der Kaufmann sie an. »Glaubt Ihr, er hat Euren Vater deswegen erschlagen? So war es doch ...«

»Er hat es nicht getan«, verteidigte Katrin den Gesellen und

dachte dabei an das Stück Stoff in der Hand ihres Vaters. »Er war es … wirklich nicht!« Dabei fuhr sie Gaßner ungewollt schroff an. »Auch Euch hatte ich im Verdacht.«
»Ich hatte es fast vermutet«, erwiderte dieser. Doch als Katrin zu ihm hinübersah, verzog er das Gesicht. »Ihr müsst mir nicht an die Kehle gehen, Jungfer. Ich glaube Euch auch so, dass er unschuldig ist. Wie ich selbst.«
Die Glocken des Stifts begleiteten sie auf ihrem restlichen Weg, der durch halbhohe Weinstockwälder führte, aus denen ihnen das Laub frisch und warm entgegenduftete. Die Beine wurden merklich leichter, als die hellen Klostergebäude über den grünen Stauden sichtbar wurden, bis sie höher und höher aufwuchsen und schließlich den Blick auf den Vorbau der Pilgerherberge freigaben.
Pater Eginald versammelte sie unter dem Pfortentor. Florint drehte Katrin demonstrativ den Rücken zu.
»Ich werde versuchen, für uns einen Unterschlupf im Konvent selbst zu erhalten. Nur Jungfer Katrin muss mit der Pilgerherberge vorliebnehmen. Setzt Euch in den Schatten hier. Zuerst muss ich wissen, ob uns meine Verbindungen zum Kloster noch von Nutzen sind. Es ist lange her, dass ich hier vorbeigekommen bin.« Der Dominikaner lächelte verlegen, deutete auf eine Ruhebank an der Sonnenseite des Vorhofs und machte sich auf den Weg zur Klosterpforte.
»Zwei Tage«, gab Gaßner aus, als der Mönch nicht mehr zu sehen war. »Wir werden uns nicht länger als zwei Tage hier aufhalten.«
Herausfordernd blickte er auf Katrin. Sie nickte zustimmend. Florint hatte den Kopf gegen die Mauer gelehnt und schlief mit halb offenem Mund, aus dem Speichel auf sein Wams tropfte. Am liebsten hätte Katrin sich neben ihn gesetzt, ihm den Kopf gehalten, durch sein Haar gestrichen. In seiner Erschöpfung sah er so hilflos, so verletzlich aus, dass es ihr wehtat. Doch eine Berührung durch ihre Hände hätte ihn

zum einen geweckt und zum anderen sicherlich gegen sie aufgebracht.
So widerstand sie ihrem Wunsch, ihn zu trösten, und schlenderte durch den Hof der Pilgerherberge, besah sich die Fuhrwerke, die herumstanden, beobachtete die Männer, lauschte auf deren Gespräche, wenn über die Ereignisse der letzten Woche geredet wurde.
Sie bemerkte die Blicke der Männer sehr wohl, die sie ihr zuwarfen. Lüsterne, hungrige Blicke aus einer Männerwelt. Über Wege wurde gesprochen, über Sicherheit, darüber, wer überfallen worden war und wer die Räuber gewesen sein könnten, was eine Eskorte kostete und welche Kaufleute sich solche Wachen leisten konnten. Der Name Fugger fiel mehrmals, und als Katrin sich zu einer Gruppe von Männern umdrehte, die heftig miteinander sprachen, und nachfragte, umringten diese sie sofort und erzählten vom Segen, mit den Fuggerschen Fuhrleuten unterwegs sein zu dürfen. Schließlich hätten die nur die allerbesten Männer unter Vertrag, richtige Haudegen und Kriegsmänner, die wüssten, wie und wohin man schlagen musste. Was sich mehrmals bereits als Vorteil erwiesen habe. Letztens erst wieder, ganz in der Nähe, wie sie sicher vernommen habe. Dabei musterten sie Katrin von oben bis unten, zogen sie mit ihren Blicken geradezu aus, was sie sich gefallen ließ, denn sie wollte von diesem besonderen Umstand erfahren.
Ein langer Dürrer wusste von dem Überfall zu berichten, keine drei Tagesreisen von hier entfernt, gegen den Brennerpass zu, bei dem sogar einer der Wagen verbrannt sei und drei Personen ihr Leben hätten lassen müssen.
Jetzt war Katrin hellwach und gab dem Fremden mit erstaunten Ausrufen und Nachfragen zu verstehen, wie sehr sie sein Vortrag fesselte, wie sehr sie seine Art zu erzählen bewunderte, nur damit er weiterredete.
Die Landsknechte hätten gefochten wie die Drachentöter und alle Angreifer in die Flucht geschlagen. Und was zähle

schon ein Wagen gegen den Wert des gesamten Trosses. Vorgestern erst sei die Kolonne hier vorübergekommen, ohne einzukehren. Man habe nur kurz Halt gemacht und sei dann sofort weiter, da der Trossführer bereits hinter dem Zeitplan hergehinkt habe. Dabei brauche man die Zeit, die man eben brauche. Das wisse der Fugger zwar auch, doch schiebe und drücke der, wo es nur ginge. Da eile es sogar einem alten und erfahrenen Fuhrwerker, der seinen Arm nicht mehr recht gebrauchen könne. Man müsse sich das nur vorstellen! Allein des Gewinns wegen!

»Ihr seid dessen sicher, dass es ein Fuggertross gewesen ist?«, vergewisserte sich Katrin.

»So sicher, wie ich erkennen kann, wie schön Ihr seid, Jungfer. Habt Ihr schon ein Unterkommen gefunden?«

In Katrins Kopf arbeitete es. Sie musste Gaßner und Florint erzählen, was sie eben gehört hatte.

Katrin, die auf den letzten Satz nicht mehr recht geachtet hatte, schreckte auf, als der Kaufmann ihr seinen Arm um die Hüfte legte und sie an sich drückte. Wie ein Wind fuhr sie herum und klatschte dem Mann die flache Hand ins Gesicht. »Untersteht Euch, Herr!«, fauchte sie. Der lange Dürre sah sie verblüfft an. Seine Kameraden grinsten.

»Ihr habt ja Haare auf den Zähnen!«, entfuhr es dem Geschlagenen.

»Und Krallen an den Fingern. Achtet auf Euer Augenlicht!«, spottete sie und wandte sich ab. Hinter ihr wechselte die Verblüffung der Männer zu einem allgemeinen Gelächter.

Als sie die Gruppe verließ und zum Tor zurückkehrte, um ihre Kameraden zu suchen, fand sie niemanden mehr vor. Verstört lief sie nach draußen, umrundete den Vorhof, aber keiner war mehr zu sehen. Gaßner, der Dominikaner und Florint waren verschwunden. Katrin stützte die Arme in die Hüfte und zitterte vor Wut. Man hatte sie einfach zurückgelassen. Dafür trat ein beleibter Laienbruder an sie heran, einer der Männer, die

für die Augustiner Chorherren die Arbeit verrichteten, damit die Herren studieren konnten.
»Ihr sucht eine Herberge für zwei Tage, sagte mir Pater Eginald. Folgt mir, Jungfer.«
Hilfe suchend spähte Katrin umher. In ihrem Kopf schwirrten die Gedanken. Da stimmte alles nicht recht zusammen, der Bericht des Dominikaners und die Geschichte des Kaufmanns von eben. Beunruhigt folgte sie dem Laienbruder.

KAPITEL 27 Die Frauen bekamen ihr Essen in einem gesonderten Speisesaal, getrennt von den Männern. Katrins Reisebegleiter waren im Konvent verschwunden, den sie nicht betreten durfte. Sie hatte keinen Kontakt mehr zu ihnen. Dass Gaßner dies zuließ oder Florint, trotz seiner Wut, wunderte sie. Resigniert löffelte sie den Eintopf, der ihr in einer irdenen Schale gereicht worden war. Frauen waren eben nur ein Anhängsel. Überflüssig, wenn es um wichtige Entscheidungen ging, und höchst lästig obendrein.
Sie verbrachte den Abend im Vorhof im Schatten der Dachtraufe des Pilgerhauses und beobachtete die Männer, die geschäftig aus und ein gingen. Rompilger waren es und Pilger ins Heilige Land, Wallfahrer auf dem Weg nach Rom oder von Rom und aus der Levante zurück in ihre Heimat. Ausgemergelte Gestalten fanden sich, die von Krankheit und Entbehrung gezeichnet waren, kräftige Fuhrwerker, die nur Station machten, und Handelsleute, die mit dem Kloster Geschäfte abwickelten. Gegen Abend lungerten vor dem Tor einige Hübschlerinnen herum, die ihre Dienste in den Weinbergen zwischen Rebstöcken und Blattgrün anboten. Schnelle Liebe für ein paar Kupfermünzen. Manche wagten sich sogar in den Innenhof, um ihre Kunden anzusprechen. Es waren die hübschesten und jüngsten der Mädchen, die selbst den einen oder anderen Ordensbruder zu einem Seitenblick verlockten,

bis sie vom Zischen des Mönchs vertrieben wurden, der das Pilgerhaus betrieb.
Katrin überlegte, wie sie zu ihren Kameraden Kontakt aufnehmen konnte; ihr fiel jedoch keine Möglichkeit ein. Sie hätten sich selbst melden müssen. »Weiber haben nach Anbruch der Dämmerung in ihrer Unterkunft zu sein!«, war der letzte Satz ihres Führers gewesen. Der Mönch, der sie zu ihrer Schlafstatt geleitet hatte, einem Bett in einer schmalen Zelle, das sie mit zwei anderen Frauen teilen musste, hatte weiter kein Wort mehr mit ihr gewechselt und auf keine ihrer Fragen nach dem Rottfleck oder Gaßner geantwortet.
Sie grübelte noch über die Ereignisse der letzten Tage nach, als vier Reiter ihre Aufmerksamkeit weckten. Sie ritten auf schwarzen Gäulen durch das Tor des Pilgerhofes. Gekleidet waren sie in dunkles Leder, das speckig glänzte und den Pilgerhof mit einem stechenden Schweißgeruch erfüllte. Jeder der Reiter trug ein Schwert an seiner Seite, eine Armbrust am Sattelriemen und einen Gurt mit Bolzen über der Schulter. Einer der Männer, ein Hüne mit blondem Haar und heller Haut, kam Katrin bekannt vor. Sie duckte sich in den Schatten des Gebäudes und hoffte, dass sie der Blick, mit dem die Reiter von oben herab die Menschen im Vorhof musterten, nicht treffen würde. Provozierend langsam saßen die vier Männer ab. Der Hüne pfiff durch die Finger, und sofort erschien ein serviler Laienbruder, der die Pferde am Zügel nahm und in den Stall führte.
»Sie sind dem Kloster demnach bekannt«, murmelte Katrin.
»Sind sie«, antwortete es direkt neben ihr. Mit einem Ruck fuhr Katrin herum. Eine der Hübschlerinnen stand neben ihr, ein junges Ding, kaum zwanzig Jahre alt, mit dunklen Augen und einem fein geschwungenen Mund. »Ihr solltet den Innenhof verlassen. Die Dämmerung naht. Die Augustiner Chorherren schätzen es nicht, wenn sich Frauen im Vorhof herumtreiben. Die Fantasie dieser Brüder ist oft – einseitig.« Sie lachte und zeigte dabei ein Gebiss, dem zwei Zähne fehlten.

Katrins Herz schlug ihr bis in den Hals hinauf, und eine Schweißwelle überlief ihren Körper. So erschreckt hatte sie sich schon lange nicht mehr.

»Woher kennt Ihr die Männer?«

»Sagen wir, ich kenne sie nicht, sondern habe mit dem einen oder anderen … zu tun gehabt.« Wieder gluckste sie in einer sympathischen Art, die Katrin für sie einnahm. »Sie stehen im Dienste des Papstes und sorgen dafür, dass die Pilger auf dieser kurzen Strecke sicher bis zum Brenner gelangen.«

Plötzlich wusste Katrin, wo sie den Blonden bereits gesehen hatte: vor Innsbruck, im Schilfdickicht des Inns. Das Kinn, die wuschligen Schopfhaare, die Armbrust. Alles passte zusammen. Wenn sie eins und eins zusammenzählte, kam sie zu einem fürchterlichen Schluss. Sie musste mit Florint reden oder mit Gaßner.

Katrin beobachtete, wie die Reiter sich langsam über den Vorhof verteilten.

»Es wird Zeit, kommt mit«, drängte die Dirne. »Ich gehe davon aus, dass Ihr den Herren nicht begegnen möchtet. Habt keine Angst. Ich weiß, dass Ihr nicht meiner Arbeit nachgeht. Ich habe Euch gesehen, wie Ihr mit zwei Männern hier angekommen seid. Zusammen mit diesem Dominikaner.«

Sie fasste Katrin am Arm und zog sie mit sich. Katrin wehrte sich nicht. Aus dem Augenwinkel heraus sah sie, wie sich der Blondschopf mit einem der Chorherren unterhielt, der auf ihn zugetreten war. Der nickte und deutete hinüber zum Konventsgebäude.

Dann schlüpfte sie mit der Hübschlerin gegenüber dem Pilgerhaus in eine Tür.

»Sollten wir nicht zu den Frauenräumen?«, warf Katrin zaghaft ein.

Doch das Mädchen führte sie nicht die Treppe hinauf, die vor ihnen lag, sondern hinter die Treppe und durch einen Durchschlupf hindurch, der von vorne kaum sichtbar gewesen war.

Von dort gelangten sie durch einen schmalen Gang in einen Raum, den Katrin bislang nicht gesehen hatte.
»Hier dürftet Ihr Euch eigentlich nicht aufhalten«, sagte die Hübschlerin. »Aber man kann hier ungestört reden.«
»Warum darf ich hier nicht sein?«, fragte Katrin und sah sich um. Der Raum war kahl bis auf einen mächtigen Schrank, der bis unter die Decke reichte. Durch keine der Türen, durch keines der Fenster hätte das Möbel gepasst. Es musste vor Ort geschreinert worden sein. Dem schmalen Gang gegenüber lag eine schwere, eisenbeschlagene Eichenholztür mit mächtigen Angeln, die so gar nicht in den Raum passte. Als würde sie zwei Welten voneinander trennen wollen.
»Es ist ein besonderer Raum«, sagte das Mädchen geheimnisvoll. »Warum habt Ihr Euch vor den Männern verborgen?«
Katrin drehte sich zu der jungen Schönheit um. Wenn sie den Mund geschlossen hielt, versprühte sie einen ganz eigenen Zauber. Ihr Haar schimmerte hier im Halbdunkel beinahe bläulich.
»Weil ich mir sicher bin, dass er auf einen meiner Freunde mit der Armbrust geschossen hat.«
Das Mädchen legte den Kopf schief und sah sie mit zusammengekniffenen Augen an.
»Ja«, bestätigte sie ernst, »ich glaube, so sind sie. Der Blondschopf ist besonders böse. Er will uns immer Schmerzen zufügen.«
Panisch sah Katrin um sich. »Du meinst, er kommt hierher?«
»Nein«, sagte das Mädchen. »Hier holen uns die Mönche ab.« Sie deutete auf die Tür ihr gegenüber. »Dort geht es in den Konvent hinein. Nicht direkt in die Zellen, aber in Räumlichkeiten, die wir benutzen können. Die Mönche sind schüchtern, aber unersättlich wie die Böcke.« Sie lachte und strahlte dabei wie eine Blume.
»Ich muss meine Reisegefährten warnen«, sagte Katrin. »Vor dem Blondschopf.« Dass er ihnen womöglich ans Leben wollte,

dass er sie womöglich suchte, verschwieg sie. »Wie heißt du?«, fuhr sie fort. »Warum hilfst du mir?«
»Viele Fragen für unsere kurze Bekanntschaft«, sagte das Mädchen. »Ich heiße Isabella …« Sie zögerte. »Ihr seid allein. Das ist nie gut. Wo sind Eure Freunde hin? Oder sind dies nicht Eure Freunde gewesen?«
Katrin musste das Mädchen bewundern. Obwohl sie ein einfaches Ding war, beobachtete sie genau und versuchte, sich einen Reim auf alles zu machen.
»Es sind meine Freunde. Bis auf den Dominikaner. Er hat uns hierhergeführt. Ihm traue ich nicht.«
»Ihr tut gut daran«, sagte Isabella. »Ich kenne ihn. Mindestens zweimal im Jahr kommt er hierher. Er ist ein frommer Mann, solange es Tag ist, solange die Menschen ihn sehen. Nachts verwandelt er sich. Nachts ist er ein Ungeheuer.«
Katrin runzelte die Stirn. »Wie meinst du das?«
»Wie ich es sage!« Das Mädchen blickte zu Boden. »Keine von uns geht mehr mit ihm mit.«
Jetzt war Katrin verblüfft. Der Asket und Mädchen? »Du meinst, er holt Mädchen zu sich ins Bett? Und warum verweigert ihr euch?«
Die Hübschlerin zuckte mit den Schultern. »Ich weiß es nicht. Drei Mädchen hat er schon zu sich geholt. Keines ist je wieder aufgetaucht.«
Katrin fuhr sich mit der Hand an den Mund, doch Isabella beruhigte sie.
»Wir können ihm nichts beweisen. Wer glaubt schon einer Hure? Alle wissen, dass wir lügen und betrügen, um unseren Unterhalt zu verdienen. Wir verkaufen unseren Körper und damit nicht nur unsere Seligkeit, sondern auch unseren Leumund. Niemand vermisst uns.« Isabella sagte das ohne Bedauern, ohne Anklage in der Stimme. Sie stellte fest.
In Katrins Gedanken tauchte ein Bild auf, an das sie sich nur ungern erinnerte: ihr Vater, wie er in seinem Blut lag und ein

Wort flüsterte, wie sich die Lippen dabei bewegten und sie ansahen, als läge darin der Schrecken des Höllenreiches.
»Diese Tür hier führt in den Konvent?«, fragte sie und deutete auf die Eichenholzpforte.
Isabella nickte. »Sie kommen, wenn es dunkel wird und sie ihr Complet gebetet haben.«
»Durch die Tür?«
Isabella nickte.
»Du musst mir helfen, Isabella. Ich glaube, meine Freunde schweben in Lebensgefahr.«

KAPITEL 28 Florint saß mit den Brüdern des Konvents am Tisch und nahm sein Essen ein. Gaßner und er waren zusammen mit dem Dominikaner an den Tisch des Abtes geladen worden. Die Augustiner Chorherren lebten nicht gerade in Armut. Es gab eine Gemüsesuppe zur Vorspeise, danach sechserlei Hauptgerichte zur Auswahl, davon je einmal gebratenen Fisch, Kapaun und gesottene Würste. Schaumomeletts und mit Kichererbsenpaste bestrichene Brote vervollständigten den Abendbrottisch.
Der Abt, der sich ungeachtet des im Hintergrund erklingenden Textes aus der Heiligen Schrift keineswegs des Schweigens befleißigte, bedauerte, im Frühjahr kein Gemüse auflegen zu können, doch dazu sei es noch zu früh. Allenfalls Löwenzahnsalat könne man bieten, denn Löwenzahn gebe es derzeit üppig. Man koche ihn kurz und verwende ihn mit ein wenig Muskat aus dem Orient wie Spinat. Zu Fleischgerichten eine geschmackliche Wohltat und für die Verdauung unabdingbar, verursache doch Fleisch, wie man wisse, einen harten Stuhlgang, was mit den Bitterstoffen des Löwenzahns beinahe völlig aufgehoben werde.
Dazu reichte man Bier oder – in Maßen – Wein.
»Wer Gemüse anbaut, braucht nicht aus der Rauchkammer zu

leben«, ergänzte Gaßner und griff sich ein Stück Räucherspeck, das in saure Weinblätter eingelegt war und vor Öl triefte.
»Vergesst nicht die eingelegten Zucchini und Gurken. Ein Genuss in dieser obstarmen Zeit«, riet der Abt, bevor er zu den Vorteilen des Kürbis überging, der in Honig eingelegt und mit Käse bestreut den Magen vortrefflich verschließe.
Florint interessierten die geschmacklichen Feinheiten wenig. Er aß, weil er hungrig war und sie die letzten Tage beinahe nichts zu essen bekommen hatten.
Gaßner dagegen unterhielt sich lebhaft mit dem Abt darüber, ob man bestimmte Gemüsearten in Öl braten oder nur in Wasser garen solle, ob das Fleisch eines Huhns ausgelöst werden sollte, um eine Hühnerbrühe zu kochen, oder ob man das gesamte Huhn mit Knochen in die Brühe geben müsse. Die beiden ereiferten sich derart, dass sie darüber beinahe das Essen vergaßen.
»Was wohl mit Katrin geschehen ist?« Die Frage stellte Florint an den Dominikaner, der neben ihm saß und im gedünsteten Löwenzahn stocherte. »Wir konnten uns nicht einmal von ihr verabschieden.«
»Sie wird sich schon zurechtfinden«, antwortete der Mönch schroff.
Florint machte sich Sorgen. Alles erschien ihm etwas unheimlich. Die Aufnahme im Konvent selbst, die Freundlichkeit der Brüder, die Tatsache, dass sie in einem eigenen Flügel untergebracht waren. Im Gegensatz zu dem, was sie die letzten Tage auf dem Weg hierher erlebt und an Entbehrungen mitgemacht hatten, wirkte alles, als wären sie im Paradies angekommen. Die Umgebung betäubte regelrecht, und das behagte ihm nicht.
Florint strich mit der Handfläche über den Gästetisch, um so sein Unbehagen ein wenig loszuwerden, als sein Blick auf eine Anzahl Löcher fiel, die mit einem spitzen Gegenstand, einer Ahle oder einem Stilett, in die Eichenplatte der Tischbohle

eingebohrt worden waren. Die Löcher bildeten ein Muster, das er nur allzu gut kannte: das Zeichen der Plejaden.

Zuerst musste Florint schlucken. Niemand sonst kannte das Zeichen seines Vaters. Zufällig war es nicht in die Platte gekommen, denn die Löcher waren gleichmäßig und damit bewusst eingestochen worden. Es gab keinen Zweifel: Sein Vater war hier gewesen, hatte an diesem Tisch gesessen und womöglich wie er gegessen und getrunken und sich das Geschwätz des Abtes über Kapaune und Honigkürbisse anhören müssen. Er musste Gaßner davon erzählen. Mit dem Ellenbogen stieß er ihn an.

»Seht Ihr das?«, fragte er leise und deutete auf das Plejadenzeichen auf dem Tisch des Refektoriums.

Gaßner, der sich nur ungern vom Abt abwandte, verschwendete keinen halben Blick auf das Zeichen. »Und?«

»Es ist das Zeichen meines Vaters«, flüsterte Florint. »Er war hier.« Dabei blickte er nicht auf die Punkte, sondern auf den Dominikaner, der neben ihm saß und gerade in ein Gespräch mit einem der Chorherren vertieft war. Offenbar spürte er die Unruhe, mit der Florint kämpfte. Ihrer beider Blicke begegneten sich, und Florint glaubte in den Augen des Mönchs einen stillen Triumph zu erspähen; doch bevor er sich sicher war, wandte Pater Eginald sich wieder ab und ließ den Blick über den Saal schweifen.

»Wie konnte er dann am Tisch des Abtes sitzen?«, murmelte Florint.

Gaßner zuckte mit den Schultern und wandte sich wieder den Kapaunen zu. Der Dominikaner versenkte sich erneut in das Gespräch mit seinem Nachbarn.

»Das Kloster ist auch Hospiz für Pilger«, versuchte er sich den Umstand zu erklären. »Wenn er krank war … wenn er gepflegt werden musste … Unsinn«, unterbrach sich Florint selbst. »Die Chorherren hätten ihn niemals hierhergeholt. Nicht einen Galeerensklaven.«

»Die Augustiner sind keine Mönche im eigentlichen Sinne«, sagte Gaßner zwischen den Bissen. »Sie sind Gelehrte. Ein Mann vom Schlage Eures Vaters, ein Instrumentenbauer, wäre eine Bereicherung für das Tischgespräch gewesen.«
»Wenn sie davon erfahren hätten«, knurrte Florint.
Sie mussten ihre Unterhaltung unterbrechen. Der Abendbrottisch wurde mit einem gemeinsamen Gebet aufgehoben. Ein kleiner feister Laienbruder winkte die Gruppe um Gaßner zu sich heran und führte sie in ihre Schlafräume.
Florints Zelle lag von der Gaßners beinahe eine Flügellänge entfernt. Warum hatte man sie nicht nebeneinander untergebracht? Doch solche Gedanken blieben im Augenblick Randüberlegungen. Ihn beschäftigte das Plejadenzeichen. Hieß es, dass sein Vater nicht als Galeerensklave nach Venedig unterwegs gewesen war? Hieß es, dass er selbstständig gereist oder gar geflohen war? Warum hatte er sich dann hier im Kloster Neustift aufgehalten und war nicht nach Augsburg zurückgekehrt? Wie war ihm die Flucht gelungen? Oder verhielt sich alles ganz anders?
Florint legte sich auf das spartanische Bett, eine strohgedeckte Holzpritsche, die auf vier wackeligen Beinen stand. Mehr hatte das Zimmer nicht zu bieten, außer einem Holzkreuz und einem kleinen Stehpult darunter. Durch das Fenster fiel Licht, das mit abnehmendem Tag schwächer wurde, bis es in den bläulichen Schein des Mondlichts überging. Die Geräusche erstarben, als würde man langsam ertauben. Übrig blieben nur die Lebenszeichen des Gebäudes selber. Das Ächzen der Dielen, das Wimmern der Balken und das Knacken der sich in der Kühle der Nacht verwindenden Hölzer. Ein heimliches Zischen und Ziehen durchwisperte die Nacht, das Florint wachhielt. Als hielte das Kloster Zwiesprache mit dem Himmel.
Dann schweiften seine Gedanken zum Rottfleck ab. Seit sein Mitgefangener verschwunden war, hatte Florint noch keine Zeit besessen, über die Gründe seines Verschwindens nach-

zudenken. Warum war er nicht bei ihnen geblieben, bis sie in Sicherheit waren? Oder hatte der Rottfleck das Kommen des Dominikaners vorausgeahnt und wollte den Kontakt mit ihm vermeiden? Wo befand sich der Rottfleck jetzt? In Sicherheit?

Ein Klopfen riss ihn aus seinen Überlegungen, von denen er nicht sagen konnte, worin sie sich erschöpft hatten. Über den Vater hatte er nachgedacht, soviel wusste er, über das Plejadenzeichen, über Gaßner, den Rottfleck und ... Wieder klopfte es. Diesmal energisch. Florint schluckte. Wie spät war es? Der Dunkelheit in der Zelle nach war der Mond bereits untergegangen. Es musste also eine geraume Zeit verstrichen sein. Vermutlich hatte er geschlafen oder doch schlafend gewacht.

Geräuschlos stand er auf und trat an die Tür. Erneut klopfte es – tock, tock, tock –, als würde jemand mit einem Holzstock dagegenhämmern. Florint schluckte, bevor er den Riegel hob, mit dem er die Tür verschlossen hatte. Sie öffnete sich nach außen; also musste er den Griff, mit dem man das Türblatt zuzog, festhalten, damit sie nicht aufgerissen werden konnte. Florint stellte sich so, dass er im Notfall sein Körpergewicht nach innen hätte fallen lassen können.

»Florint, endlich«, begrüßte ihn eine Stimme, deren Klang ihm bekannt vorkam. »Lass mich bitte ein!«

Florint war zu überrascht, als dass er widerstand. Die Tür wurde aufgezogen, und die Gestalt schlüpfte in seine Zelle. »Zieh die Tür zu!«, befahl sie ihm.

Jetzt erst wurde Florint richtig bewusst, wer der nächtliche Störenfried war. »Katrin? Du?«

»Leise!«, flüsterte Katrin. »Wir müssen schnell machen. Ihr müsst aus dem Kloster fliehen!«

Im ersten Moment war Florint wie vor den Kopf geschlagen. »Was?«

Katrin legte einen Finger an die Lippen und zischte leise.

»Die Männer, die den Treck überfallen haben, sind im Kloster. Sie haben bereits mit den Augustiner Chorherren gesprochen, und ich befürchte, sie werden euch gefangen nehmen.«
Jetzt setzte sich Florint. »Warum sollte ich dir glauben? Du hast mich schon einmal belogen.«
Katrin schnaubte durch die Nase.
»Hör zu, Florint, es ist mir egal, ob du mir glaubst oder nicht. Ich habe die Männer gesehen. Obwohl ich weiß, was mich erwartet, wenn sie mich erwischen, habe ich mich in den Konvent eingeschlichen, um dich zu warnen. Von Kaufleuten, die hier unterkommen, habe ich erfahren, dass unser Tross unter Führung Meister Beitels vor wenigen Tagen hier durchgezogen ist, und zwar unbeschadet. Niemand ist getötet worden, keiner hat den Tross ausgeraubt, alle leben. Der Dominikaner hat uns demnach belogen oder wusste es selbst nicht genau. Wenn du mich jetzt bitte zu Gaßner führen würdest, damit ich zumindest diesen warnen kann! Womöglich glaubt er mir ja!«
Sie hatte sich in Rage geredet, hatte gezischt und gespuckt, sodass es Florint nur so wunderte. Ihre Angst war nicht gespielt, das erkannte er sofort.
»Also gut. Gehen wir.«
Er nahm Katrin an der Hand und zog sie hinter sich her auf den Flur und den Gang hinab zu Gaßner hinüber. Als sie an dessen Tür klopften, fanden sie diese offen. Niemand war mehr in der Zelle.
»Verflucht«, zischte Florint. Hatte man sie deshalb so weit voneinander untergebracht, um sie lautlos einen nach dem anderen zu beseitigen? »Wohin jetzt?«, flüsterte er und rannte den steinernen Flur entlang. Als sie an einer fremden Zellentür vorüberkamen, hörten sie dahinter die laute Stimme des Kaufmanns.
Sofort klopfte Florint.
»Ich bin's, Florint. Öffnet, Gaßner, um Himmel willen.«

Die Tür schwang nach außen auf. Im schmalen Licht einer Kerze erkannte Florint Gaßner und ein Mädchen. Beide blickten sie überrascht an.
»Da wären wir ja wieder in Eintracht zusammen!«, sagte Katrin.
Gaßner ließ von dem Mädchen ab. Das zog sein Oberteil hoch. Der Kaufmann ordnete seine Kleidung und musterte gleichzeitig die ineinander verschränkten Hände Florints und Katrins. Sofort ließ Florint los.
»Erzähl, was du entdeckt hast!«, beschwor Florint Katrin, und diese begann rasch in kurzen Sätzen zu berichten. Als sie geendet hatte, drängte Gaßner bereits aus dem Raum. »Ich hole nur meine Kraxe«, flüsterte er. Wie nebenbei drückte er der Hübschlerin eine Münze in die Hand und verschwand.
Katrin trat auf das Mädchen zu, das bislang ruhig und gelassen die Aufregung hingenommen hatte, als wäre es das Natürlichste der Welt.
»Isabella wird dir alles erklären«, flüsterte Katrin. Das Mädchen sah überrascht auf, dann nickte es.
»Ich gehe mit Euch!«, sagte es nur. »Sonst verlauft Ihr Euch nur. Das Kloster ist ein Labyrinth.«
»Dann weg hier, das Leben ist zu kurz, um es mit Warten zu vergeuden. Wer weiß, wann die Herren auftauchen«, drängte Florint.
»Sollen wir den Dominikaner einweihen?«, fragte Gaßner, der mit seiner Kraxe zur Gruppe stieß, als diese die Klause verließ.
Florint schüttelte den Kopf. »Nein. Seine Rolle in diesem Spiel ist mir zu unklar. Wir kehren hier ein, und unsere Verfolger wissen, wo wir sind. Das ist kein Zufall.«
»Dieser Mönch! Ein rechter Teufel! Er hat auch bei dem Tod Meister Buschmanns eine undurchsichtige Rolle gespielt. Es würde mich nicht wundern, wenn er …« Gaßner redete nicht weiter.
Florint verschwieg, dass er Gaßner ebenso wenig vertraute. Er

hätte den Dominikaner lieber an seiner Seite gesehen als den Kaufmann. Gaßners Einverständnis mit dem Abt hätte das Auftauchen der päpstlichen Jäger ebenso gut erklären können wie ein doppeltes Spiel Pater Eginalds.

»Kennst du den Weg nach draußen?«, fragte Gaßner Katrin.

Diese nickte. »Wir müssen durch die Hurenpforte. Es ist der einzige Weg. Er führt über das Frauenhaus auf den Vorplatz hinaus und durch ein unbewachtes Tor. Beeilt Euch.«

KAPITEL 29 Sie waren noch nicht am Ende des Gebäudeflügels angelangt, als hinter ihnen Türen schlugen und lautes Fluchen die dunklen Flure entlanggellte.

Katrin hatte mit Isabella vereinbart, dass sie am Ende des Ganges warten sollte, weil das Mädchen sich besser im Gebäude auskannte als sie. Doch niemand stand dort. Nach rechts oder nach links? Katrin hielt einen Augenblick inne, wusste nicht, wohin sie sich wenden sollte. In ihrem Rücken vernahm sie das Klacken, das genagelte Sohlen auf steinernen Fußböden verursachten.

»Worauf wartet Ihr noch, Katrin?«, fragte Gaßner. »Wo geht's lang?«

Wenn ich das wüsste, dachte Katrin. Sie versuchte sich zu erinnern, welchen Weg Isabella mit ihr genommen hatte.

Plötzlich öffnete sich links von ihr eine Tür. Ein Frauenkopf erschien. »Katrin?«, hörte sie rufen.

»Isabella!«

»Hierher!«, forderte die Hübschlerin und winkte sie zu sich in eine Zelle hinein.

Alle vier huschten sie durch die Tür, die Isabella vorsichtig ins Schloss zog. Sie machte kaum ein Geräusch. Katrin stieß als Erste auf den Mönch, einen kleinen, dicklichen Mann, der im hintersten Winkel der Zelle auf seiner Pritsche hockte und sie ängstlich anstarrte. Beleuchtet wurde er von einer

schwachen Kerzenflamme, die gegen die Tür hin abgedunkelt war.
Isabella legte ihr Ohr gegen die Tür und lauschte hinaus. Mit einer Handbewegung an den Mund brachte sie alle zum Verstummen. Man hörte gedämpft Schritte, vernahm ein Keuchen und ein kurzes, rasches Bellen von Befehlen.
Katrin horchte mit Florint zusammen an der Tür auf die Stimmen draußen im Gang.
»... Ihr habt sie mit Eurem Handeln misstrauisch gemacht, Pater. Ihr hättet den Meister leben lassen können.«
Die Stimmen wurden lauter, als sie an ihrer Klause vorüberhuschten, und versandeten im Labyrinth des Klosters.
»Was geht Euch das an? Der Kerl war nicht mehr zu gebrauchen und hätte alles zerstört. Er musste weg ...«
Die Stimme des Dominikaners verebbte. Florint und Katrin sahen sich an. War das soeben ein Geständnis gewesen?
In Katrins Augen schossen die Tränen. Für sie konnte das nur eines bedeuten: Pater Eginald hatte ihren Vater auf dem Gewissen.
Danach wurde alles wieder still. Eine kleine Weile lauschte Isabella noch, ob sich Katrin durch ihr Schluchzen verraten hatte. Florint legte ihr die Hand auf die Schulter und zog sie zu sich her.
»Verzeih«, murmelte er. Katrin drückte ihre Stirn an seine Brust.
Dann schnippte Isabella mit den Fingern.
»Im allerletzten Moment, Mädchen«, sagte sie, zu Katrin gewandt. Danach musterte sie die Männer von oben bis unten, während sie sich an jedem Einzelnen vorbeizwängte. »Ich hatte von ihm hier gehört, dass die Häscher des Heiligen Vaters bereits im Konvent sind.« Sie deutete auf den Laienbruder im Hintergrund. »Die Hurenpforte wird bewacht. Niemand kommt dort mehr durch. Deshalb habe ich den Plan ein wenig verändert. Darf ich vorstellen: Bruder Remigius. Er wird Euch

unbeschadet hier aus dem Kloster herausbringen. Nicht wahr, mein Kleiner?« Sie zwickte ihn spielerisch in die Wange. »Er wartet den Chorherren hier auf.«
Der Mönch nickte eifrig, ohne die Furcht aus seinem Blick zu verlieren.
»Woher wissen wir, dass wir ihm trauen können?«
»Weil er, wie soll ich das sagen, ganz in meiner Gunst steht.« Sie trat vor ihn hin und küsste ihn auf die Lippen, bis sich seine Augen verdrehten, dann drückte sie seinen Kopf zwischen ihre Brüste. Katrin sah weg. »Er hat etwas gut bei mir, was er ungern verspielen würde«, lächelte Isabella.
Der Kuttenträger machte sich von ihr los. »Wir müssen warten, bis sie sich beruhigt haben.« Er nestelte an seinem Gürtel und zog eine Anzahl Schlüssel hervor. »Ich bringe Euch in den Obstgarten und von dort aus über die Mauerpforte hinaus in die Weinberge. Ob Ihr danach den Weg nach Bozen oder nach Innsbruck nehmt, bleibt Euch überlassen. Ich … ich will davon nichts wissen«, stotterte er ein wenig. Bruder Remigius sprach so leise, dass sich alle Köpfe zu ihm vorbeugten.
»Wie lange werden wir warten müssen?«, fragte Florint.
Ohne auf Florints Frage einzugehen, hüpfte der Laienbruder von seiner Pritsche und trat an die Tür. Er öffnete sie einen Spalt und spähte hinaus. Dann winkte er.
Katrin und die anderen folgten ihm den Gang entlang bis zu einer getäfelten Wand. Bruder Remigius ließ den Schlüssel in einem beinahe unsichtbaren Spalt verschwinden, und sofort öffnete sich eine Tür, die auf einen Treppenabgang hinausführte.
Er lächelte, als er allen den Vortritt ließ. Als der Letzte an ihm vorüber war, schlüpfte er selbst hinein und schloss hinter sich sorgfältig die Tür. Katrin ahnte, dass dies die Wandelgänge waren, auf denen Frauen und Mädchen wie Isabella unsichtbar durchs Haus geleitet wurden.
»Abwärts!«, rief er ihnen gedämpft zu, und sofort setzte sich

die Truppe in Bewegung. Vor einer weiteren Pforte blieben sie stehen. Umständlich zwängte sich Bruder Remigius an ihnen vorüber und öffnete wieder. Allein am Luftzug konnten sie spüren, dass sie das Gebäude verließen.
»Duckt euch!«, flüsterte der Mönch. »Und keinen Laut! Man kann aus diesem Garten jedes einzelne Wort von jedem Fenster des Konvents aus hören.«
Hintereinander schlichen sie sich durch den Obstgarten, dessen Gras den ersten Schnitt vertragen hätte. Am nächsten Morgen, dachte Katrin, würde ein aufmerksamer Beobachter ihre Spuren darin entdecken können. Lautlos wie Gespenster huschten sie einer hinter dem anderen her über die Wiese und unter den Obstbäumen hindurch, bis sie auf die Mauer trafen. Diese entlang führte sie Bruder Remigius bis zu einer niedrigen Pforte, von der man glauben konnte, sie wäre seit Jahrhunderten nicht geöffnet worden, so morsch und verfallen erschien sie selbst im Schein des halben Mondes. Doch der Schlüssel des Klosterbruders passte, und ebenso lautlos wie die anderen Türen ließ auch diese sich öffnen.
»Hier trennen sich unsere Wege!«, erklärte Isabella. »Wenn Ihr Euch die Mauer entlang haltet, dann werdet Ihr auf einen Weg treffen. Geht den hinauf. Am obersten Ende der Weinberge findet Ihr einen Pfad, der nach Süden zu bis Bozen führt. Es ist die alte Straße. Sie wird von Schmugglern und Wilddieben benutzt. Niemand wird Euch dort vermuten.« Auf Katrin ging sie zu und umarmte sie kurz. »Ich muss zurück zu meinem Mönchlein. Er fordert zu Recht seine Belohnung.«
»Danke!«, flüsterte Katrin. »Wie kann ich dir das je wieder vergelten?«
Die Hübschlerin zog Katrin zu sich her und hielt ihren Mund dicht an ihr Ohr: »Bete für mich und – heirate den Kerl!«
Mit einem stillen Lachen drehte sie sich um und verschwand wieder hinter den Klostermauern. Die Tür schloss sich, der Schlüssel wurde gedreht, und während sich die Kameraden

noch überlegten, ob sie das alles geträumt oder wirklich erlebt hatten, begannen die Geräusche von der anderen Seite der Mauer her immer eindeutiger zu werden.
»Gehen wir«, drängte Katrin verlegen. Sie ahnte, was das rhythmische Stöhnen und Ächzen zu bedeuten hatte.
Gaßner lief vorneweg. Darauf folgte Florint. Er ließ Katrin nach wenigen Metern den Vortritt, und als sie an ihm vorüberging, berührte er ihren Arm und sagte: »Danke!«
Ein heißes Gefühl durchzuckte Katrin. »Schon gut«, sagte sie und ging weiter.
Das Bündel mit Unterlagen, das sie unter der Brust trug, drückte sie für einen Augenblick. Sie war froh, dass sich ihre Beine vorwärtsbewegten und sie die Richtung nicht angeben musste. Sie folgte den beiden Männern und spürte die Blicke, die Florint durch die Dunkelheit hindurch auf sie richtete.
Für einen Augenblick dachte sie darüber nach, ob sie es als unangenehm empfinden sollte, doch dann gewann die Konzentration auf den Weg die Oberhand und löschte alles Nachdenken in ihr aus. Florint hatte sich bei ihr bedankt. Das genügte ihr.

III. TEIL

SAGITTARIVS
CAPRICORNVS
DECEMBER
IANVARIVS
FEBRVARIVS
OCTOBER

»Wir wünschen uns, dass die Natur auch nicht weiter gehe
und ebenso wie unser Verstand begrenzt sei.
Aber dies hieße, nichts von der Großartigkeit
und Herrlichkeit des Urhebers der Welt zu wissen.«

GOTTFRIED WILHELM LEIBNIZ, 1715

KAPITEL 1 Florint hob den Deckel des Kästchens. Blauer Samt, dunkel und schwer, deckte die Horoskopmaschine. Auf der Unterseite des Deckels tauchte das Zeichen der Plejaden auf: die Raute aus sieben schwarzen Punkten. Er hob das Tuch und betrachtete es lange. In das Nachthimmelblau war ebenfalls das silberne Zeichen des Meisters der Plejaden eingestickt. Ungläubig schüttelte Florint den Kopf. Eine Inflation der Plejaden! Was sein Vater wohl damit bezweckt hatte?

Ein Schatten verdunkelte das Licht. Vorsichtig legte Florint die Samtdecke beiseite und blickte auf.

»Geht mir aus dem Licht, Gaßner!«, sagte er schroff. Der Kaufmann humpelte beiseite.

Zum ersten Mal sah Florint die Horoskopmaschine im Licht – und war enttäuscht. Sie entpuppte sich als simpler Kubus aus Messing, in dessen Oberfläche einige Öffnungen eingelassen waren und aus deren Deckplatte eine ganze Reihe von Zapfen hervorragte, deren Sinn sich Florint nicht erschlossen. Wurden daran die Sphären angeklemmt? Wurde ein ganzes Oberteil aufgesteckt? Die Mechanik wirkte, als fehle etwas, als bestünde sie aus mehreren Teilen und er halte nur die Mechanik in der Hand, das Uhrwerk sozusagen. Doch wo befand sich der Rest? Wenn er an die komplizierten Uhrwerke dachte, die sein Vater bereits geschaffen hatte, dann empfand er dieses Gehäuse als Spielzeug. Beinahe hätte er gelacht. Damit wollte Gaßner bei der Signoria Eindruck schinden? Sie würden ihn sofort in die

Bleikammern sperren und dort verrecken lassen! Er atmete tief ein und drehte und wendete den schweren Metallwürfel nach allen Seiten.

Die Mechanik wirkte weitgehend unbeschädigt. »Wenn Eure verfluchte Eile nicht gewesen wäre, müsste ich nicht versuchen, die Maschine ohne Werkzeug zu öffnen.« Er tastete die Seitenplatten ab. »Sie sind ein wenig eingedrückt. Wenn sich die Zahnräder nicht an der Innenseite befinden, haben wir Glück gehabt.« Florint hob das Gehäuse hoch. Kaum dass er es bewegen konnte. Er schüttelte es vorsichtig. Im Inneren klapperte es metallisch. Florint verzog das Gesicht. »Da ist ein Stück abgebrochen, oder etwas hat sich aus der Verankerung gelöst. Man muss es wohl wieder einpassen, wenn das überhaupt noch möglich ist!«

Gaßner hinkte zum Tisch und betrachtete das Gebilde mit Misstrauen. »Verdammt, verdammt, verdammt«, fluchte er vor sich hin. Sein Kopf war noch mit einem weißen Tuch verbunden, sein Arm lag in einer Schlinge. »Es ging so plötzlich. Der Stein ist unter mir weggerutscht und ich ihm nach. Weiter weiß ich nichts mehr.«

Florint beachtete ihn nicht. Er suchte mit zitternden Fingern nach den kleinen Häkchen, mit denen die vier Seiten des Holzkastens weggeklappt werden konnten. So jedenfalls baute sein Vater Gehäuse. Er fand sie einfach nicht und musste ganz nahe an die Konstruktion herangehen, um den Mechanismus zu suchen. Doch das Metallgehäuse steckte fugenlos ineinander, als wäre es aus einem einzigen Stück gemacht. Das konnte nicht sein. Womöglich hatte sein Vater eine besondere Art des Öffnens benutzt. Er suchte vergeblich danach. Die Seiten ließen sich nicht abnehmen oder auseinanderziehen.

Schließlich unternahm er einen letzten Versuch. Er kippte das Gehäuse und wollte versuchen, das Gerät seitlich herauszuheben, doch die Maschine rührte sich nicht um die Breite eines

Haares. Sie war fest eingebaut. Im Augenblick sah er nicht, wie er sie ausbauen sollte, ohne das Gehäuse zu zerstören.

»Ihr hattet Glück im Unglück. Die Maschine ist unverrückbar eingepasst. Wäre sie beweglich gewesen, hätte der Sturz das Innere vermutlich zerschlagen. Aber ohne entsprechendes Werkzeug vermag ich sie nicht zu öffnen.«

Gaßner schlug mit der Faust in die Hand. Florint beobachtete ihn misstrauisch. War das nun Freude, weil die Maschine weitgehend unbeschädigt war, oder ärgerte er sich darüber, dass sie sich nicht ohne Weiteres in Gang setzen ließ? Wäre Gaßner nicht den Hang hinuntergerutscht, hätte er sie nicht zuvor zur Eile gemahnt, hätte er nicht den beschwerlicheren Weg über das Brentatal gewählt, sie säßen alle nicht hier in dieser Hütte zusammen und begutachteten die Schäden. Womöglich säßen sie gar nicht zusammen und schon zweimal nicht in Freiheit. Das Brentatal war ein geschickter Schachzug gewesen, der selbst einem Schmuggler zur Ehre gereicht hätte. Während ihre Verfolger die Etsch entlang nach ihnen suchten, hatten sie den beschwerlicheren, doch kürzeren Weg in Richtung Venedig genommen.

»Ob sie uns folgen?«, fragte Katrin leise. Sie stand mit dem Rücken zum Tisch und blickte hinaus auf den Fluss, der sich durch das Tal wand und tief in das rötliche Gestein eingegraben hatte.

»Jetzt hätten sie die Möglichkeit, uns einzuholen«, antwortete Gaßner.

»Ich brauche Werkzeug, Gaßner«, brummte Florint. »Allein mit meinen Fingern kann ich nichts ausrichten. Nur so viel: Wenn im Inneren nicht gerade Zahnräder zerschlagen worden sind, könnte die Maschine funktionieren. Ich kann sie jedoch nicht einmal öffnen. Sie hat einen verborgenen Mechanismus. Es kann Tage dauern, bis ich den entdeckt habe. So nützt sie niemandem.« Kurz entschlossen drehte Florint das Gehäuse ganz um, doch auf der Unterseite entdeckte er ebenfalls nichts,

keine Schraube, keine Öse, keinen Riegel. Wie um alles in der Welt hatte sein Vater dieses Gehäuse ineinandergefügt?
»Die Zeit drängt«, sagte Gaßner.
Katrin sah ihn an. »Wie weit ist es bis Venedig?«
Gaßner hatte sich auf die Ofenbank niedergelassen und hielt sich das Bein. Blass sah er aus und leidend. »Wir sind kurz vor der Grenze ins Veneto. Bis Venedig selbst haben wir noch gut zwei Wochen. Wenn wir auf ...« Gaßner hielt inne und horchte in den Regen hinaus, der sich als Teppich aus Rauschen und feinem Nieseln über die Landschaft legte. Alle sahen auf.
»Was gibt es?« Katrin stand auf und trat ans Fenster.
Als Florint etwas fragen wollte, schnitt sie ihm mit einer schroffen Handbewegung das Wort ab.
»Hunde!«, sagte sie.
Gaßner pfiff durch die Zähne. »Das war's dann, meine Freunde. Ich werde nicht mehr davonlaufen können. Und ihr womöglich auch nicht.«
Florint spuckte unauffällig aus. Das Wort »Freunde« aus Gaßners Mund klang wie Hohn.
Gaßner nahm seinen Stock von der Hüttenwand, den er sich aus einer Latsche geschnitten hatte, und trat humpelnd vor die Tür. Katrin folgte ihm.
»Was sind das für Hunde?«, hörte Florint sie fragen. Eben hatte er dasselbe gedacht.
»Ich weiß es nicht«, antwortete Gaßner und lief dem Bellen entgegen, das aus der Senke zu ihnen heraufdrang.
Florint wandte sich wieder dem Kubus zu, den er vor sich hatte. Er versuchte, die Anordnung der Spalten und Löcher in der Oberfläche zu deuten. Acht waren es von der Zahl her, was bedeutete, dass hier womöglich Sphärenbänder eingepasst wurden, für jeden Wandelstern eine Öffnung des Bewegungsapparats. Die Erde, um die sich Merkur, Venus und Sonne drehten. Außerhalb deren Bahnen kreisten, bereits weiter entfernt, Mars, Jupiter und Saturn. Auch sie wander-

ten kreisförmig um das Mittelgestirn Erde. Ganz außen um die Planeten herum drängten sich in einer Kugelschale die Fixsterne. Doch all diese Bänder fehlten. Von ihnen waren nur die Fixierungen geblieben. Merkwürdig fand er die Anordnung der Führungsöffnungen, denn sie waren mit Symbolen versehen, doch die von Sonne und Erde waren nicht beschriftet.

Florint überlegte, ob darin das Geheimnis lag, das den Dominikaner so sehr beschäftigt hatte. Er verstand zu wenig davon. Vermutlich war es so, denn Katrin hatte gesagt, ihr Vater habe Ähnliches berichtet. Und dann erinnerte er sich an die Mitteilung des Vaters: »Der Himmel bewegt sich nicht«, hieß es dort. Waren damit die Sphären der Maschine gemeint?

Das Gebell der Hunde war jetzt nicht mehr zu überhören. Als verfolgten sie eine Fährte, jagten sie auf die Hütte zu. Katrin, die mit Gaßner nach draußen gegangen war, stieß einen Schrei aus. Sofort war Florint auf den Beinen und stürzte zur Tür hinaus.

Zuerst sah er niemanden. Er musste sich orientieren, von wo die Hundemeute anrückte. Vier, fünf Tiere konnte er unterscheiden. Dann sah er sie. Gaßner hielt ihnen seinen Stock entgegen. Katrin hatte sich hinter seinen Rücken gestellt. Die Hunde, zottelige Köter mit breiten Schnauzen, jagten direkt auf sie zu. Gaßner wollte eben zum Schlag ausholen, als ihn der erste Köter bereits überlaufen hatte. Ohne sich um den Mann und die Frau hinter seinem Rücken zu kümmern, stob das Tier weiter den Hang hinauf. Die Meute folgte ihm.

Hatten sie es auf ihn abgesehen? Nun gut. Sollten sie ihn haben. Jetzt noch wegzulaufen ergab keinen Sinn. Florint ging zwei Schritte auf die Hunde zu, als er hinter sich ein ärgerliches Brummen vernahm. Griffen sie von beiden Seiten her an? Als er sich umdrehte, wusste er, dass sie alle in die falsche Richtung gedacht hatten. Hinter ihm grub sich aus dem Gebüsch neben der Hütte ein Bär und richtete sich auf seine Hinterbeine auf.

Offenbar fühlte er sich in seiner Mittagsruhe gestört. Unwillig schnaufte er durch seine Nase.

Auch an Florint rasten die Hunde vorüber. Sie stellten den Bären, allerdings in sicherem Abstand. Florint wusste nicht, ob er lachen oder sich fürchten sollte. Er mochte sich nicht vorstellen, was geschehen wäre, wenn sie beim Abendessen von diesem gewaltigen Tier gestört worden wären. Aufgerichtet maß der Bär sicherlich über achteinhalb Augsburger Schuh. Ein beachtliches Argument, wenn es um die Aufteilung des Abendbrots ging. Der Bär fletschte die Zähne. Jetzt schlug er sogar nach seinen Widersachern, ohne auch nur einen einzigen Hund zu treffen. Es waren zu viele, zu wendige und zu vorsichtige Hunde. Florint zählte insgesamt fünf.

»Schäferhunde!«, lachte Gaßner, der an Florints Seite getreten war. »Harmlose Schäferhunde. Die Wanderschäfer müssen bald nachkommen. Es ist sicher nur ein Teil der Treiberhunde. Die Schäfer ziehen jetzt im Frühjahr mit ihren Tieren von Alm zu Alm.«

»Wenn Ihr nur Recht habt«, murmelte Florint.

Lange beobachtete er das verzweifelte Angehen des Bären gegen die Kläffer. Wie er in die Luft schlug, wie er gegen die entblößten Lefzen der Köter biss, wie er sich aufrichtete und ein dunkles Brummen vernehmen ließ. All das half nichts. Die Meute ließ sich nicht beruhigen. Endlich verdrückte sich der Bär mit einem verärgerten Schnaufen in die Schonung hinter der Hütte. Die Hunde wurden wild, drängten ebenfalls hinter ihm her ins Dickicht, konnten dem Bären jedoch nicht folgen. Sie kehrten um und umrundeten das Gehölz und hätten dem Meister Petz sicherlich auf der anderen Seite aufgelauert, wenn sie nicht ein Pfiff zurückgehalten hätte.

Florint sah auf und ging zurück in die Hütte. Sie mussten das Gerät wegräumen. Sollten die Schäfer das Instrument entdecken, könnten sie misstrauisch werden. Aberglaube war ein fester Bestandteil dieses wandernden Volks, schließlich lebten sie oft länger als ein halbes Jahr weitab der üblichen Zentren inmitten der Natur und mussten sich mit ihr verstehen. Wer einmal eine Nacht von hungrigen Wölfen belauert worden war und deren Geheul aus der Finsternis vernommen hatte, für den war die Natur von Mächten erfüllt, die es zu bezwingen oder zu besänftigen galt.

Als er den Raum betrat, sah er Gaßner sich über das Gerät beugen. Einen Augenblick lang verspürte er den Drang, den Mann von der Horoskopmaschine wegzustoßen. Sie gehörte seinem Vater. Aber er musste die Gelegenheit nutzen. Jetzt war Gaßner von ihm abhängig.

»Warum habt Ihr mir den Tod Meister Buschmanns in die Schuhe geschoben?«, fragte er. Lange schon hatte er die Frage stellen wollen. Jetzt war der richtige Zeitpunkt.

Langsam drehte sich Gaßner zu Florint um.

»Hat Euch die Angst vor den Hunden den Verstand getrübt? Warum sollte ich Euch beim Rat anzeigen? Ich weiß nicht, wer Euch beschuldigt hat. Ich jedenfalls nicht. Im Gegenteil. Ohne mich wärt Ihr längst ein Schmaus für die Raben, und Eure Knochen würden auf dem Rad bleichen.«

Wie vom Donner gerührt stand Florint da. »Ihr habt nicht …?«

»Nein. Warum sollte ich? Ich vermute, Ihr seid erst dazugekommen, als er das Messer bereits im Leib hatte.« Gaßner wirkte ärgerlich. »Und ich war es ebenfalls nicht.«

»Wer dann?«, flüsterte Florint und begann die Maschine wieder einzupacken. Er deckte das Samttuch über die Sphärenringe, stellte die Deckelhaube darüber und legte die äußeren Riegel vor. Dann hob er die Maschine mit Gaßners Hilfe zurück in den Rupfen, in den sie eingewickelt gewesen war, und packte sie in den Rucksack. Stumm verrichteten sie ihr Werk.

Das Jaulen der Hunde in ihren Rücken verriet ihnen, dass die Schäfer nicht mehr weit sein konnten.

»Ich höre keine Glocken, kein Blöken!«, sagte Gaßner plötzlich und richtete sich auf. Wie gebannt sah er auf die offene Tür.

Schnelle Schritte näherten sich. Katrin stand auf der Schwelle. Ihr fehlte die Luft. Sie deutete hinter sich, stotterte, bis sie sich fing und endlich ein Wort herausbrachte:
»Das sind keine Schäfer. Es sind Soldaten!«
»Herrgott«, entfuhr es Florint. Er stürzte zur Tür und wollte an Katrin vorbei. »Wir hätten verschwinden sollen, verdammt. Der Bär hätte uns ein gutes Alibi gegeben. Jetzt ist es zu spät«, fluchte er.
Gaßner, der sich an den Tisch gesetzt hatte, blieb stumm.
»Wessen Soldaten?«, fragte Florint.

KAPITEL 2 »Heraus, sonst zünden wir euch die Hütte über den Köpfen an!«, bellte eine Stimme in Welsch. Katrin zuckte, weil sie im ersten Augenblick glaubte, den Tonfall des Trossführers zu erkennen. Doch sie wurde eines Besseren belehrt, als sie vor der Hütte stand. Tote kamen nicht einfach so zurück ins Leben.
Sechs Gestalten hielten Armbrüste auf sie gerichtet und nötigten sie, sich hinzuknien. Als Florint und Katrin der Aufforderung Folge leisteten, kam es zu einer Überraschung. Gaßner trat aus der Hütte und ging auf einen der Reiter zu.
»Ihr habt uns lange warten lassen, Hauptmann«, begrüßte Gaßner den Landsknecht in seiner bunten Uniform. Er reichte dem Reiter die Hand hinauf, die dieser ergriff.
»Messer Gaßner, wir glaubten bereits, wir hätten Euch verfehlt.«
»Ich dachte immer, die Hunde seien zuverlässig, Salvatore.«
»Wenn sie von Beginn an eine Witterung besitzen. Ihr seid zu überraschend aus Kloster Neustift geflohen.« Der Mann lachte herzhaft. »Wir ritten zweimal zurück. Gestern habt Ihr uns überlaufen. Wir haben Euch bereits eine ganze Weile beobachtet.«
Katrin wunderte sich. Offenbar hatte Gaßner die Männer be-

nachrichtigt. Doch wann sollte das geschehen sein? Oder waren die Räuber, die sie überfallen hatten, gar keine Papsttreuen gewesen, sondern von Gaßner beauftragt worden? Aber wieso hatten sie dann auf Gaßner geschossen? Sie warf Florint einen Blick zu. Der kniff die Augen zusammen, als versuche er etwas zu erkennen.

»Kennt Ihr die?«, zischte sie leise.

»Einer von denen war mit Gaßner zusammen«, gab er ebenso leise zurück, ohne den Blick zu wenden. »Nachts, in …«

Eine Handbewegung eines der Armbrustschützen ließ ihn verstummen.

Sie hatte den Männern, denen sie im Kloster Neustift begegnet war und vor denen sie geflohen waren, Unrecht getan! Ihre Flucht hatte Gaßner nur in die Hände gearbeitet. Am liebsten wäre sie dem Kaufmann an die Kehle gegangen, doch die Anwesenheit der Männer verhinderte dies.

Gaßner deutete in die Hütte. »Die Kraxe nehmt mit, Hauptmann. Habt Ihr die Pferde?«

Der Landsknecht schnippte mit dem Finger, und sofort stürmte der Mann neben ihm im gestreckten Galopp den Weg hinab. Kurze Zeit später kam er mit drei Gäulen zurück. Einer trug einen Reitsattel. Auf den humpelte Gaßner zu und stieg auf.

»Ach ja, nehmt den Gesellen mit. Ihn müssen wir nach Venedig bringen. Er ist Gold wert.«

Zwei Männer traten an Florint heran, der mit einem überraschten Gesichtsausdruck auf Gaßners Befehl reagiert hatte. Sie halfen ihm auf die Beine und führten ihn zu einem der Pferde, das er unter Mühen bestieg. Katrin wurde von einem der stärkeren Kerle kurzerhand an der Hüfte gepackt und auf ein kleineres Pferd gehoben.

Dann setzte sich der merkwürdige Zug langsam in Gang. Es ging so rasch, wirkte so unwirklich, dass Katrin keine Zeit fand nachzufragen. Jetzt, nachdem die Gruppe einer hinter dem

anderen hertrottete, drängte sich die Frage regelrecht aus ihr heraus.
»Findet Ihr nicht, Gaßner, Ihr seid uns eine Erklärung schuldig?« Katrin versuchte, mit Gaßners Pferd Schritt zu halten. »Was bezweckt Ihr damit?«, fauchte sie ihn mit Wut in der Stimme an.
»Was? Galeerensklaven einzufangen und nach Venedig zu bringen?«, antwortete er ihr, ohne sich ihr zuzuwenden. Er blickte auf den Rücken des Landsknechtshauptmanns, als stünde dort sein Text zum Ablesen. »Ihr solltet mir dankbar sein. Venedig braucht jeden Mann. Die Lagunenstadt verliert ihre Festlandsherrschaft.«
»Habe ich Euch richtig verstanden, Gaßner? Wir stecken zwar nicht in Ketten – und doch sind wir Eure Gefangenen.«
»Ihr missversteht mich gründlich, Jungfer Katrin. Niemand ist mein Gefangener.«
Katrin schüttelte verärgert den Kopf und ließ sich zurückfallen. Wütend hieb sie auf die Schulter ihres Schimmels. Der machte einen harten Sprung nach vorn und warf sie beinahe von seinem Rücken. Sie misstraute dem Kaufmann.
Gaßner vor ihr richtete sich im Sattel auf. »Florint, reitet an meine Seite.«
Unwillig trieb Florint seinen Gaul an, bis er auf gleicher Höhe neben Gaßner hertrabte.
»Ihr sucht Euren Vater? Ihr sucht ihn in Venedig? Ich werde Euch zu ihm führen.«
Katrin sah sofort, wie sich Florints Haltung straffte, wie seine düstere Stimmung der Neugier wich, wie er sich misstrauisch zu Gaßner hinüberbeugte …
»Woher wisst Ihr, wo er sich aufhält?«
»Jeder Mensch bewahrt Geheimnisse in sich. Sagen wir, ich könnte Euch Dinge über Euren Vater erzählen, die ihn Euch näherbringen würden.«
Sofort sackte Florint wieder in sich zusammen. »Ihr versucht

mit mir zu spielen, Gaßner. Aber ich mache dieses Spiel nicht mehr mit. Nicht mit Euch, nicht mit Venedig.«

Gaßner stieß einen Laut des Unmuts aus. »Ihr seid ein Narr, Florint.«

Mit hängendem Kopf ließ sich Florint zu Katrin zurückfallen. Zwischen ihm und Katrin war bislang kein Wort gefallen. Des steinigen Pfads wegen konnten die Pferde nicht allzu schnell gehen.

»Glaubst du, er hintergeht mich?«, murmelte Florint. »Ich weiß schon lange nicht mehr, wem ich trauen kann und wem nicht.«

»Vertrau mir, Florint!«, flüsterte Katrin, doch so schwach, dass der Geselle sie unmöglich gehört haben konnte. Er reagierte nicht, sondern kaute unentwegt auf seinen Lippen herum.

»Trau niemandem, nicht einmal dir selber«, murmelte Florint. Er machte sich nicht einmal die Mühe aufzusehen, als Katrin neben ihm herritt. »Und einem Kaufherrn gleich zweimal nicht. Sie alle kennen nur ihren Vorteil, und der lässt sie buchstäblich über Leichen gehen.«

Was sollte Katrin darauf antworten? Sie fühlte ebenso. Auch ihr war Gaßners Verhalten rätselhaft, und sie machte sich Vorwürfe. Hätte sie ihn nicht in Kloster Neustift belassen sollen? Warum hatte sie auch ihn gewarnt? Noch ärger bohrte jedoch die Frage in ihr, was Gaßner mit ihnen vorhatte. Was versprach er sich davon, Florint nach Venedig bringen zu lassen?

Die gleichmäßige Bewegung des Pferdes stumpfte sie ab. Das Rauschen der Brenta wusch alle Gedankengänge aus, die sich mit Gaßner und Florint beschäftigten. Durst und Hunger begannen sie zu quälen, doch die Reiter trieben die Pferde vorwärts, bis sie die erste Zollstelle erreichten. Katrin hatte darauf gehofft, am Eingang zum Veneto Rast zu finden, doch die Reiter wurden hindurchgewunken, nachdem der Hauptmann vom Pferd herab einige Worte mit dem Zöllner geredet und diesem ein Papier gezeigt hatte. Sofort knickte dessen Haltung ein und machte einem devoten Katzbuckeln Platz.

Katrin wunderte sich. Wie kam Gaßner zu dieser Machtfülle? Insgesamt erschien ihr die Unruhe an der Grenze ungewöhnlich. Viele Landsknechte lungerten an der Station herum und verbreiteten eine spürbare Unruhe. Einer der Reiter, die sie begleiteten, stieg für kurze Zeit ab, um sich mit einem Hauptmann zu beraten. Danach drängte er zum Aufbruch.
Sie lenkten die Pferde vom Hauptweg weg, überquerten die Brenta und trabten unermüdlich in Richtung Südosten.
Wie viele Meilen sie ohne Rast zurücklegten, konnte sie nur schätzen. Es waren sicherlich dreißig oder mehr. Erst als es zu dunkel für einen sicheren Tritt wurde, stiegen die Männer ab und suchten sich oberhalb des Weges hinter Bäumen und Buschwerk einen Rastplatz.
Katrin ließ sich auf den Boden gleiten. Das Reiten strengte an. Ihr Körper glich einer zerschlagenen Rute, die weich und unbrauchbar geworden war und von der Fetzen abstanden. Florint schien es ähnlich zu gehen. Sie krochen mehr, als sie gingen, auf eine Felsformation zu, die auf drei Seiten eine geschützte Fläche umstand. Florint und sie legten sich in den hinteren Teil. Kaum hatte sich Florint niedergelegt, schlief er auch schon.
»Verzeiht, Jungfer Katrin«, trat Gaßner auf sie zu. »Ich muss Euch bitten, ein wenig auf Euren Begleiter zu achten.« Er lächelte sie schief an, als er das sagte. »Nicht dass wir ihm misstrauen. Doch er könnte auf den Gedanken kommen, sich nachts davonzustehlen. Das wollen wir beide nicht.«
Katrin suchte in der Dämmerung nach Florints Gesicht. Sie wunderte sich ohnehin, warum er nicht längst unter den Strapazen zusammengebrochen war. Außerdem war an Flucht nicht zu denken. Darum nickte sie unmerklich.
»Ich achte auf ihn.« Sie ließ eine kurze Pause, dann fragte sie Gaßner. »Wie lange brauchen wir noch bis Venedig?«
»Drei Tage, vielleicht vier.«
Gaßner entfernte sich, und sie streckte sich neben Florint im Gras unter einem Felsen aus und starrte hinauf an den Him-

mel, auf dessen blauer Seidentapete sich immer deutlicher die hellen Sterne abzuzeichnen begannen. Wie weit sie wohl entfernt waren, diese Lichtpunkte, die den Himmel in der Nacht übersäten? Sie suchte nach den Sternbildern, achtete darauf, wie sie in den Himmel geschrieben waren, entdeckte Mars und Jupiter und machte sich ihren Reim darauf. Kampf und Verirrung, flüsterten die Sterne in ihr Ohr, würden sie begleiten. Am liebsten hätte sie die Hände danach ausgestreckt, doch diese fühlten sich an, als seien sie aus Blei.

»Wir müssen vorsichtig sein«, flüsterte Florint neben ihr. »Gaßner hat vor Innsbruck mit einem Unbekannten gesprochen. Mitten in der Nacht. Ich weiß nicht, was er vorhat.«

»Was haben sie miteinander gesprochen?« Katrins Neugier war angestachelt.

»Ich weiß es nicht. Ich weiß nur, dass der Reiter eine Ähnlichkeit mit dem Schatten hat, den der Kaufmann damals getroffen hat.«

Katrin sah noch einmal zu den Sternen hoch. Alles stand miteinander in Verbindung. Alles beeinflusste alles.

»Was beabsichtigt er? Glaubst du, wir sind noch immer Gefangene?« Es kam keine Antwort mehr, Florint schnarchte bereits, erschöpft von der Hast und den Strapazen des Tages.

Katrin konnte nicht schlafen. Die Reiter und Gaßner lagerten etwas abseits, doch so, dass sie und Florint an ihnen hätten vorübermüssen, wollten sie auf den Weg hinaus. Hinter und neben ihnen stieg der Fels beinahe senkrecht in die Dunkelheit wie eine Drohung. Die Landsknechte saßen um ein niedriges Feuer, das gerade einen Kessel mit einer kargen Mahlzeit erhitzte, ansonsten jedoch keine Wärme und kaum Licht gab. Leise, um den Gefährten nicht zu wecken und die Reiter nicht auf sie aufmerksam zu machen, erhob sie sich. Ihr Stoff raschelte in ihren Ohren laut, doch Florint schlief wie bewusstlos. Sie musste näher zum Feuer rücken. Vielleicht konnte sie aus den Gesprächsfetzen erlauschen, was die Männer mit ihnen vorhatten?

Wie eine Wand stand die Finsternis zwischen ihr und dem Feuer. Blind musste sie sich vorantasten, so dunkel war es inzwischen geworden. Nur in kleinen Schritten kam sie vorwärts.

»Wir vertrauen Euch, Gaßner. Ihr sagt, er ist es?« Es war die Stimme des Hauptmanns. Sie klang drohend, als wäre er wenig von dem überzeugt, was der Kaufmann ihm erzählt hatte.

»Er beherrscht die Maschine. Er ist der Sohn des Erbauers. Der Meister der Plejaden hat Recht behalten.« Gaßner schnaubte durch die Nase.

»Und das Weibsbild? Wozu schleppen wir die Kleine mit? Sie hält uns nur auf! Wir sollten unseren Spaß an ihr haben und sie dann der Brenta überantworten.«

»Untersteht Euch! Wenn Ihr Kriegsleute immer nur mit dem Schwanz denkt, wundert es mich nicht, dass Ihr Kriege verliert und wir Kaufherren dabei gewinnen. Ihr werdet sehen, sie ist uns mehr als nützlich.«

»Erinnert mich nicht an den Krieg gegen diese unheilige Allianz. Wie die Heuschrecken sind die Spanier, Franzosen, der Kaiser und der Heilige Vater über uns hergefallen. Gierig nach Venedigs Macht. Die Niederlage bei Agnadello …« Der Mann schnaubte durch die Nase. »Die Truppen strömen nach Venedig zurück. Wir haben kein Heer mehr, das sie aufhalten könnte. Kaum etwas von unserem Festlandsbesitz wird übrig bleiben, wenn der Feind weiter so wütet. Venedig kämpft auf verlorenem Posten. Wir müssen uns beeilen.«

Verstand sie das recht? Gaßner setzte sich gegenüber den Landsknechten für sie ein? Katrin schmiegte sich an einen Felsbock. Sie roch die Kerle vor sich, die nach Pferd und durchschwitztem Leder stanken. Hätte sie die Männer nicht gesehen, ihr Geruchssinn hätte sie unweigerlich zu ihnen geführt.

»Der Junge, Gaßner, ist er nicht für einen Meister ein wenig jung? Oder schiebt Ihr uns hier wieder jemanden unter, der nicht ist, was er vorgibt?«

Katrin hielt die Luft an. Mit dem Jungen konnte nur Florint gemeint sein. Bislang war er für Katrin der Geselle ihres Vaters gewesen. Was sollte das Gerede vom Meister? Und was bedeutete das »wieder jemanden«? Wen hatte der Augsburger bereits an die Venezianer verschachert?

»Wie alt muss ein Meister sein, damit Ihr ihn als solchen erkennt? In Eurem Metier, werter Hauptmann, sind die Männer meist tot, wenn sie das Alter erreicht haben, in dem sie sich fragen, was sie mit ihrem Leben sonst beginnen sollen. Meister Buschmann wusste es früh genug. Ihr wisst, dass er sich freiwillig zur Verfügung gestellt hat.«

Katrin hätte beinahe einen Schreckenslaut von sich gegeben. Hatte Gaßner gerade eben »Meister Buschmann« gesagt? Doch Meister Buschmann, ihr Vater, war tot. Wofür hatte er sich zur Verfügung gestellt?

Am liebsten wäre sie aufgestanden und auf die Männer zugetreten und hätte nachgefragt, was das alles sollte. Doch sie erinnerte sich an die Äußerung des Hauptmanns bezüglich ihrer Person und unterließ es. Über ihr auf einem der Felsen raschelte es, als ob sich dort eine Person befände, deren Kleidungsstoff gegen den Stein scheuerte. Katrin erstarrte und versuchte nach oben zu sehen. Aus dem Lichterteppich der Sterne wurde eine beinahe runde Form herausgestanzt, als strecke jemand seinen Kopf über den Felsen hinaus. Sie wollte rufen, wollte die Männer warnen, doch ein Blinzeln später war die schwarze Stelle verschwunden. Hatte sie sich getäuscht?

Es blieb keine Zeit mehr, darüber nachzudenken, denn von der gegenüber liegenden Seite trat einer der Landsknechte mitten unter die Männer.

»Lichter, Hauptmann. Direkt hinter uns am Eingang zum Tal.«

Sofort sprangen die Männer auf und eilten nach vorn. Einer von ihnen trat das Feuer aus.

»Glaubt Ihr, sie sind es?«, fragte Gaßner.

»Möglich ist alles. Seit die Schlacht verloren gegangen ist, haben die Schweizer Selbstbewusstsein bekommen, und die Papisten glauben, ihnen gehöre die Welt.«

»Ihr habt Recht«, nickte Gaßner. »Wir sollten es nicht darauf ankommen lassen. Wir brechen auf!«

Katrin kam nicht mehr dazu, sich weitere Gedanken zu machen, aber die allgemeine Unruhe, die diese Mitteilung ausgelöst hatte, gab ihr die Gelegenheit, sich zurückzuziehen. Jetzt konnte sie sich schneller bewegen, denn in der Geräuschkulisse des allgemeinen Aufbruchs verhallten ihre Schritte und das Rascheln der Kleider ungehört. Beinahe hätte sie sich verraten, als sie mit dem Fuß gegen einen Körper stieß. Sie tastete nach unten und erkannte Florints Kleidung. Katrin hatte sich kaum niedergelegt, als eine abgedeckte Laterne auf sie zuschwankte.

»Aufstehen, wir müssen weiter!«, befahl Gaßner.

»Bei dieser Dunkelheit?« Katrin erschrak. In dieser Finsternis mussten sie sich zwangsläufig den Hals brechen.

»In einer guten halben Stunde geht eine schwache Mondsichel auf. Das muss uns genügen. So lange werden wir brauchen, bis wir die Pferde beladen haben.« Mit dem Fuß stieß er gegen den Körper, der neben Katrin lag. »Auf. Helft packen, Florint!«, knurrte Gaßner.

Florint regte sich und stieß einen Fluch aus.

KAPITEL 3 Der dichte Bewuchs entlang des Wegs erleichterte das Vorwärtskommen, da er die allergrößte Hitze abhielt und für Schatten sorgte. Sie mieden die Dörfer und Städte und bewegten sich mit einer Umsicht, als gelte es, einen Staatsschatz sicher nach Venedig zu bringen. Florint und Katrin wurden nicht geschont. Es war eine Flucht, ohne dass Katrin recht wusste, vor wem sie flohen. Oft ließ sich einer der Männer zurückfallen und wartete. Wenn er wieder auftauchte, schüttelte er meist den Kopf; was alles bedeuten konnte.

Die Tage verzählten sich im Auf und Ab des Wegs, krochen in

den Schmerz des ungewohnten Reitens, der sich den Rücken entlang- und die Beine hinaufzog. Ihr Körper war geschunden und schrie nach Ruhe. Doch daran war nicht zu denken. Florint ging es ebenso. Mehr als einmal dachte sie, er kippe vom Pferd, doch dann schien er aus einer Art Lethargie zu erwachen und sich wieder zu fangen. Nur die Hoffung, seinen Vater bald wiederzusehen, hielt ihn im Sattel aufrecht. Auch der Duft nach jungen Kräutern, nach Thymian und Rosmarin, der in der Talsenke hing wie ein vergessenes Versprechen, linderte die Qual ein wenig. Und in Katrin nagte der Zweifel, ob es richtig gewesen war, mit nach Venedig zu gehen.

Zur größten Tageshitze gönnten die Soldaten den Reisenden eine Pause. Katrin und Florint lagen unter einem Zitronenbaum, dessen herbes Aroma schwer in der Luft stand und sich wie ein belebendes Tuch über Stirn und Wangen legte. Gaßner saß aufrecht an den Stamm gelehnt und beobachtete die Männer. In der schweren Luft der Mittagszeit summten Schwebfliegen, und die Zikaden unterhielten sich in ununterbrochenem Zirpen miteinander. In einem ewigen Auf und Ab schwappten die Gesänge der Insekten ans Ohr wie das Wasser ans Ufer.

Hufschlag brach in diese lärmende Stille. Aufgeregt jagte einer der Reiter heran, sprang noch im Galopp ab, trat zu dem Kaufmann und sprach auf ihn ein. Dieser schüttelte zuerst den Kopf, dann jedoch nickte er.

Gaßner, offenbar zufrieden, erhob sich und trat auf sie zu. In der Hand hielt er einen Schlauch mit Wasser und reichte ihn an Florint und Katrin weiter.

»Wir werden heute noch eine interessante Begegnung haben«, begann er das Gespräch.

Er setzte sich zu Florint auf den Boden und beobachtete, wie dieser in langen, gierigen Schlucken trank.

Florint ließ das Wasser über sein Gesicht fließen, wischte sich mit der nassen Hand trocken und reichte den Schlauch weiter an Katrin. Diese trank.

»Für wen wird es interessant werden?«, fragte Katrin spöttisch. »Für uns oder für Euch?«

»Für Euch. Vor allem für Euch, Jungfer Katrin, wenn Ihr mitspielt.«

Katrin richtete sich auf, glättete verlegen den Rock und wandte sich direkt an Gaßner. »Wobei soll ich mitspielen? Haben wir nicht alle lange genug bei allem mitgespielt?«

»Ich verstehe zwar nicht, was Ihr damit meint, Jungfer, doch Ihr müsst mir vertrauen.«

»Euch vertrauen? Mein lieber Gaßner, Ihr vergesst, alle Menschen sind Verbrecher, nur haben nicht alle die Gelegenheit dazu.«

Gaßner beugte sich dabei den zweien ein wenig zu. Es bekam den Anschein einer Verschwörung. Gaßner hob die Augenbrauen. »Katrin! Unterstützt mich! Ihr wisst, dass ich nicht gegen die Menschen arbeite.« Dann wandte er sich an Florint. »Ihr werdet bald verstehen, dass ich handeln musste, wie ich handle.«

»Das verstehe ich auch so«, antwortete Florint düster, ohne dabei die Augen zu öffnen. »Uns wäre allerdings geholfen gewesen, wenn wir Euch in Kloster Neustift zurückgelassen hätten.«

Gaßner stand auf. Ohne ein weiteres Wort zu sagen, schritt er auf das Lager der Reiter zu und befahl aufzubrechen. Die Männer murrten nicht, sondern hoben die Lasten auf die Pferde und stiegen auf.

Zuerst durchschritten sie die Flussaue, querten die Brenta an einer schmalen Furt, die den Reitern kaum die Fesseln der Gäule netzte, dann stiegen sie am gegenüberliegenden Talhang aufwärts, bis sie weit hinab in das Bett des Flusses blicken konnten. Den letzten Anstieg nahmen die Reiter zu Fuß, die Pferde am Zügel, bis auch das nicht mehr ging.

Als die Gruppe die Pferde zurücklassen sollte, weigerte sich Florint, auch nur einen Schritt weiterzugehen.

»Gaßner, Ihr könnt mich nicht zwingen. Weiß der Teufel, was Ihr dort oben wollt. Holt es und kommt zurück. Ich warte hier.«
Ungern willigte Gaßner ein. Vier der Landsknechte blieben mit Florint und den Pferden zurück. Der Kaufmann und vier weitere Soldaten nahmen Katrin in die Mitte und zerrten sie mehr aufwärts, als sie ging. Eine weitere gute Stunde zeigte der Weg aufwärts, dann lief er auf eine schmale Alm hinaus. Völlig erschöpft erreichten sie schließlich eine Hütte, die sich eng an einen Felsüberhang schmiegte. Niedrig duckte sie sich unter dem grauen Überhang, ebenso grau wie das splittrige Holz, das wie mit kleinen weißen Haarflocken übersät war.
»Maria!«, rief Gaßner bereits von weitem. »Maria!«
Aus der Hütte trat eine Person, die Katrin im ersten Augenblick für einen Bären oder für einen Waldschrat gehalten hätte, wenn sie nicht in einer Art gegen das Sonnenlicht geblinzelt und ihre Hand über die Augen gelegt hätte, wie sie Menschen zu eigen war.
»Gaßner?«, hörte man eine Stimme, die für das Aussehen viel zu hoch klang.
Ein dunkler Bart flaumte um die Oberlippe, das Gesicht trat männlich herb aus dem Dämmerlicht der Hütte, und das Kinn war ebenfalls von Haaren umwuchert. Unter einem um den Kopf geschlungenen Tuch standen flachsige Strähnen hervor, die Katrins Eindruck verstärkten, einem Berggeist gegenüberzustehen.
»Was ist das denn?«, murmelte einer der Landsknechte und sprach dabei Katrin aus der Seele.
»Maria!«, tönte Gaßner wieder und öffnete die Arme, in die das Wesen hineinlief. Katrin hörte sie auf Welsch miteinander reden, bis sich deutsche Begriffe dazwischenmischten.
Sie klopften und drückten sich. Gaßner nahm das Bartgesicht in die Hände und drückte ihm zwei Küsse links und rechts auf die Wangen.

»Frau oder Mann?«, murmelte der Landsknecht wieder.

Diesmal fiel Katrin eine Antwort ein. »Beides! Das Gesicht eines Mannes, der Körper eines Weibes!«

Gaßner winkte Katrin heran. Die anderen Landsknechte hielten Abstand und blieben am Rand des Hüttenvorplatzes stehen. Sie schienen die Alte zu kennen – und zu fürchten.

Mit einem kritischen Blick beäugte Maria das Gesicht des Mädchens, dann musterte sie Gaßner, ohne jedoch ein Wort zu verlieren. Für die Söldner schien sie sich nicht zu interessieren.

»Ist sie das?«, fragte Maria und betrachtete Katrin von oben bis unten. Sie sprach das Deutsche hart, mit merkwürdig gurgelnden Lauten.

Gaßner nickte, als habe er dem Mannweib bereits von ihr erzählt. Doch Katrin wusste nichts davon, wo sie sich schon einmal begegnet wären oder wann Gaßner der Fremden etwas über sie hätte erzählen können.

»Ich spreche Eure Sprache«, sagte Katrin auf Welsch zu Maria. »Wenn Ihr langsam sprecht.« Diese nickte und schien sich zu freuen.

Maria drehte sich um und ging voran in die Hütte. Gaßner winkte dem Hauptmann der Truppe, er solle zurückbleiben. Man konnte dem Mann an der Nasenspitze ansehen, dass er froh darüber war, ihnen nicht folgen zu müssen. Ob der Hauptmann diese Maria in Gaßners Auftrag besucht hatte?

Das Innere der Hütte bestand aus zwei Räumen und war denkbar einfach eingerichtet: ein Stuhl, eine lange Bank, ein Tisch. An die Wand lehnten sich zwei Regalschränke. Der zweite Raum war gänzlich fensterlos. Nur die Ecke einer Bettstatt sah aus dem Dämmer hervor. Dennoch strahlte das Innere eine gemütliche Wärme aus.

Auf dem großflächigen, grob gezimmerten Tisch in der Mitte war ein Bogen ausgebreitet, teils Himmelskarte, teils Horoskopquadrat. Maria beugte sich über die Zeichnung und bedeutete Katrin, näher zu treten.

»Was seht Ihr?«, fragte sie.
Zuerst einmal sah Katrin nichts als Zahlen, Linien, Punkte. Langsam erst schälten sich daraus die Tierkreiszeichen der einzelnen Häuser. Sie entdeckte die Wandelsterne, beobachtete Mars und Jupiter in Opposition, Venus schob sich dazwischen, bedrängt von Merkur, dem Schnellen, dem Raschen, Vergänglichen. Bedrohlich stand Jupiter über den Häusern und verstärkte den Einfluss des Mars. Katrin begann zu begreifen, dass es sich um ein Horoskop handelte, mit einer Konstellation, die dem Betroffenen Sorge bereiten würde. Jupiter und Mars würden sich in ihrem Lauf rasch annähern, bis hin zur Kollision. Sie musste schlucken.
»Ich möchte nicht in der Haut dieser Person stecken. Sie wird alles verlieren. Gut und Geld – und wenn sie nicht darauf achtet, auch das Leben.« Je länger sie auf die Konstellationen starrte, desto deutlicher trat die Katastrophe daraus hervor, desto klarer zeichnete sich ein Konkurrent ab, der das Heft in die Hand nehmen, die Initiative übernehmen und alle anderen aus dem Rennen werfen würde. Katrin sprach leise vor sich hin, begann mit den Fingern die Formen abzugreifen, zu deuten, zu besprechen. Eine Hand auf ihrer Schulter holte sie zurück.
»Es genügt, Kind«, hörte Katrin die Stimme Marias. Die Alte wandte sich an Gaßner und nickte ihm zu. »Sie besitzt diese Gabe in einem hervorragenden Maße. Wie Ihr gesehen habt, hat sie meine Prognose bestätigt.«
Katrin brauchte eine Weile, um zu begreifen, was eben geschehen war: Sie war geprüft worden.
»Wie ich es gesagt habe«, lächelte Gaßner.
Katrin verstand nicht ganz, welches Horoskop sie eben betrachtet hatte. Sie wollte fragen, doch Gaßner drängte zum Aufbruch.
»Seid Ihr bereit?«, fragte Gaßner Maria, ohne auf nähere Umstände einzugehen. »Die Söldner haben Euch davon verständigt, dass ich Euch mitnehme, Maria?«

Maria lächelte etwas wehmütig. Dann nickte sie. Sie rollte die Bögen zusammen und scheuchte Katrin und Gaßner aus der Hütte. Dann schloss sie hinter sich die Tür.
»Seid Ihr sicher, Gaßner, dass ich Euch folgen soll? Ihr wisst, die Signoria …«
Gaßner legte ihr nur eine Hand auf die Schulter und nickte. Katrin hätte zu gerne gewusst, was die beiden miteinander verband, dieses Mannweib und den Kaufmann. Warum die Frau sich hier vor der Welt verbarg, das verstand Katrin, doch was sie dazu trieb, mit dem Kaufmann nach Venedig zu gehen, blieb ihr ein Rätsel. Noch interessanter wäre es gewesen, zu erfahren, was es mit dem Horoskop auf sich hatte. Sie getraute sich jedoch nicht zu fragen.
»Ich begleite Euch ja«, seufzte Maria, als sich abzeichnete, dass Gaßner sich nicht erweichen lassen würde. »Ich habe sogar ein eigenes Reittier.« Maria trat neben die Hütte und zerrte aus einem Verschlag unter dem Überhang ein Maultier hervor, das hochbeinig und eselhaft neben ihr herstakste. Es war beladen mit wenigen Habseligkeiten.
»Lasst uns aufbrechen!«
Maria schloss die Tür ihrer Hütte, nahm das Maultier am Zügel und lenkte auf einen Weg ein, der etwas flacher den Berg hinabführte als der, den sie hochgekommen waren. Es zeichnete sich ab, dass sie abwärts genauso lang unterwegs sein würden wie den Berg hinauf. Stumm liefen sie die erste Zeit hintereinander her. Katrin bemerkte, wie sicher und rasch das Mannweib ausschritt, wie sehr sie offenbar an das Leben in diesen Bergen gewöhnt war. Während ihr bei jedem Schritt die Steine in die dünnen Ledersohlen stachen und sie zu einem staksigen Schritt zwangen, lief die Frau auf dickledrigen Sohlen schnell und sicher. Nur das Maultier bremste, sodass sich ihre kleine Prozession weiter und weiter auseinanderzog. Katrin lief vorneweg.
So wanden sie sich in Serpentinen den Hang hinab. Wie ein silbernes Haar lag die Brenta im Grün des Talgrunds. Die Zeit

strich mit einer sanften Hand über den Tag hin und senkte eine innere Ruhe in Katrin. So ließ sie sich vom sanften Atem des Tages wiegen und achtete gar nicht darauf, dass der Abstand zwischen ihr und den Nachfolgenden immer größer wurde.

KAPITEL 4 Der Schrei hallte von den Wänden des Brentatals wider. Langsam schwoll er an und wurde dann in gleichmäßigen Wellen von den Talwänden hin und her geworfen. Katrin stockte. Sie reckte den Hals, doch sie konnte nichts erkennen. Katrin wusste nicht, was sie tun sollte. Der Schrei klang ab, doch jetzt drang Kampflärm an ihr Ohr: das Klirren von Schwertern, das kurze Bellen der Anstrengung, wenn Männer den Waffen anderer auswichen.

Gaßner und Maria kamen eben über einen leichten Anstieg hinüber und liefen auf sie zu. Katrin winkte ihnen, sie sollten sich beeilen. Erneut baute sich ein Schrei auf, zerrte die Stimme in eine schmerzhafte Höhe, bis sie dort oben brach und in ein Gurgeln absackte. Katrin lief es eiskalt den Rücken hinab. Das war ein Todesschrei gewesen.

Sofort fiel ihr Florint ein. Jetzt gab es kein Halten mehr. Zwar sah sie den Ort nicht ein, weil große Blöcke ihr den Blick verwehrten, doch sie ahnte, was sich dahinter abspielte. Sie sah nicht nach, ob Gaßner und Maria mitgehört hatten, ob sie sich daraus einen Reim machten. Sie versuchte, so schnell wie möglich den Weg hinunterzulaufen. Sie stolperte und rutschte, das scharfkantige Geröll stach in ihre Sohlen, und jeder hart aufgesetzte Fuß schickte Schmerzen das Bein hoch bis in ihren Kopf.

Sie erreichte den Ort, an dem sie Florint mit den Pferden und der Hälfte der Söldner zwischen Latschenkiefern und Geröllsteinen zurückgelassen hatten. Zuerst war sie zu betäubt von ihrem Lauf, von ihrer Angst um Florint, als dass sie etwas gesehen hätte, doch dann sah sie zwei der Männer neben einem

Baum sitzen und wunderte sich über ihre sorglose Art. Sie rief die beiden an, trat näher und entdeckte erst da die beiden Bolzen, die ihnen in den Hals gefahren waren und sie regelrecht an den Baum genagelt hatten.

»Florint!«, rief Katrin mit einer Stimme, die sich aufzulösen drohte. »Florint, wo bist du?« Doch niemand antwortete ihr. Ein Würgen stieg in ihr hoch. Vor ihren Augen tanzten plötzlich farbige Punkte. Vor ihr lag ein Körper. Florint! Von einer Klinge durchbohrt, bäuchlings am Boden liegend. Sie stürzte auf den Mann zu und drehte ihn auf den Rücken. Doch es starrte sie nur ein fremdes Gesicht an. Sie sah um sich und entdeckte einen weiteren Mann in einer Blutlache. Sie wagte nicht, sich zu vergewissern. Die Schluchzer drängten sich von selbst in Wellen vom Bauch hoch durch ihren Körper. Sie schluckte zweimal, rang mit der Luft, und dann brachen lautlos Tränen aus ihren Augenwinkeln und rollten die Wangen hinab.

»Florint?«, rief sie nur noch zaghaft. Die Zeit schien einzufrieren. Kein Laut regte sich mehr, kein Geräusch drang an ihr Gehör. Sie erwartete keine Antwort, sondern sank in die Knie und blieb so, bis sich eine Hand auf ihre Schulter legte.

»Er ist nicht unter den Toten!«, sagte Gaßner.

Erst jetzt wischte sich Katrin mit der Hand über die Augen, klarte ihr Blick auf.

»Nicht tot?«

»Wir haben ihn nicht gefunden, Jungfer Katrin. Doch die Soldaten suchen noch.«

In Katrin suchte sich so etwas wie ein Keim Hoffnung den Weg ans Licht, als ein Pfiff ertönte. Gaßner ließ sie stehen und eilte zu einem der Männer, der außerhalb des kleinen Hains, in dem sie die Pferde bei den Wachen zurückgelassen hatten, auf dem Boden kniete.

Katrin rappelte sich auf und stolperte hinter Gaßner her, beinahe blind vor Furcht. Doch der Soldat zeigte auf einen Platz, der aussah, als wäre er von Tritten verwüstet worden.

»Hier hat ein Kampf stattgefunden«, erläuterte der Soldat und deutete in die Runde. »Und hier, hier wurde jemand mitgeschleift.« Auch Katrin erkannte den Übergang von Schritten in eine Schleifspur. »Sie haben jemanden mit dem Pferd mitgezogen. Womöglich nicht freiwillig«, hörte Katrin den Mann sagen und ahnte sofort, was geschehen war.

»Glaubt Ihr, es waren die Schweizer?« Gaßner schürzte mit der Hand die Augen und blickte von der Spur weiter aus ins Tal hinein. »Keine Staubwolke, keine auffliegenden Vögel. Als wäre er von einer Schar Engel entführt worden.«

Katrin trat neben Gaßner.

»Ihr glaubt, sie haben ihn entführt? Wer sind sie?« Katrins Zähne schlugen leicht aufeinander. Sie musste den Mund bewusst schließen und die Lippen zusammenpressen.

»Die Schweizer«, meinte der Soldat. »Das waren die Papisten!«

Langsam kam Katrin zu sich. Was standen die Männer hier herum? Die letzten Soldaten kamen eben zum Hain gelaufen, die Schwerter gezückt, als gelte es, gegen den Feind zu ziehen.

»Hinterher!«, sagte Katrin einfach. »Nehmt Euch die Pferde und dann nichts wie hinter den Kerlen her! Worauf wartet Ihr noch?«

Die letzten Sätze schrie Katrin förmlich. Dann rannte sie auf die Soldaten zu und versuchte sie in Richtung der Pferde zu drängen.

Endlich packte Gaßner sie an den Schultern und schüttelte sie. »Wir können nicht!«, verkündete er ganz lapidar und drückte Katrin an sich.

Diese wütete in Gaßners Armen. »Ihr könnt Florint nicht im Stich lassen. Fort mit Euch!« Sie versuchte sich Gaßners Umklammerung zu entwinden.

»Wir können nicht«, wiederholte dieser. »Sie haben die Pferde mitgenommen. Kein einziges ist mehr da.«

Katrin wehrte sich noch eine Zeit, bis sie begriff, was Gaßner gerade gesagt hatte.

KAPITEL 5 Florint wusste nicht sofort, was geschah, als die beiden Soldaten neben ihm gurgelten, als wollten sie ihn warnen, und dann verstummten. Erschrocken sprang er auf. Gefiederte Bolzen hatten sie an den Baum genagelt. Dann drang aus dem niederen Hain vor ihm der Lärm aufeinandertreffender Schwerter. Er ließ die Toten zurück und eilte hinüber und lief zwei Angreifern direkt in die Hände. Sie hatten ihn offenbar erwartet, denn während sie den dritten Soldaten niederstachen, der bei den Pferden gewartet hatte, packten und fesselten sie ihn, steckten ihm einen Knebel in den Mund, banden das Seil an einen Sattelknauf und gaben dem Pferd die Sporen. Ein Ruck durchlief das Tau, und Florint konnte schon nach wenigen Schritten nicht mehr mithalten, stolperte, wurde zu Boden geworfen und mitgeschleift.

Im Galopp ging es aus dem Hain heraus und auf eine schmale Lichtung hinaus. Dort standen drei weitere Reiter mit einem freien Pferd. Florint wurde von kräftigen Armen auf die Beine gestellt, dann von zwei Männern in einen Sattel gehoben, und sofort ging der Ritt weiter hinunter zum Fluss.

Florint, verdreckt, mit zerrissenen Kleidern und aus zahlreichen Schürfwunden blutend, versuchte sich den Weg einzuprägen, versuchte herauszufinden, wer die Männer waren, und entdeckte endlich das Zeichen der Garde, das weiße Kreuz auf rotem Feld mit dem Wappen Papst Julius II., auf dem Handschuh eines der Reiter.

Sie jagten einen Pfad entlang, und nur die Tatsache, dass man ihn auf den Sattel gebunden hatte, verhinderte, dass ihn sein Gaul abwarf. Florint duckte sich tief auf den Hals des Pferdes hinunter, da dieses rücksichtslos durch Büsche und tief stehende Äste brach.

Keine halbe Stunde später erreichten sie die Brenta an der Stelle, die sie mit den Pferden überquert hatten. Ohne zu zögern, trieben die Schweizer die Gäule ins Wasser und preschten auf die andere Uferseite hinüber. Wenn sie dieses Tempo

beibehielten, sagte sich Florint, müssten sie übermorgen in Venedig eintreffen.
Die Jagd endete auf einer Lichtung vor einem schmalen Zelt aus weißem Wollstoff. Die Reiter sprangen ab, zwei eilten ins Innere des Zeltes, zwei weitere halfen Florint aus dem Sattel und lösten die Fesseln. Florint konnte nicht mehr aus eigener Kraft stehen und sackte haltlos zu Boden. Aus den Augenwinkeln heraus sah er, wie ein weiterer Trupp Männer mit den Packpferden seiner Reisegruppe ankam und die Lasttiere anband. Die Packen wurden ihnen abgenommen und vor dem Zelt auf dem Boden ausgebreitet. Ihn selbst schien man gar nicht zu beachten; anscheinend verließ man sich darauf, dass jeder Versuch einer Flucht sinnlos gewesen wäre. Um ihn her werkelten die Männer geschäftig, schlugen die Wachstuchdecken auf, mit denen das Gepäck vor Feuchtigkeit geschützt wurde, und breiteten den Inhalt vor ihm aus.
»Florint! Endlich. Gott sei Dank lebt Ihr noch, und der Kaufmann hat Euch noch nicht beseitigen lassen. Ich befürchtete bereits das Schlimmste!«
Florint sah auf und blickte in das freudestrahlende Antlitz des Dominikaners.
»Pater Eginald, Ihr? Ihr habt mich entführen lassen?«
Beschwichtigend hob der Dominikaner die Arme.
»Verwendet nicht diese Worte. Ich habe versucht, Euch zu retten, doch dieser Gaßner hat es verstanden, alle Spuren zu verwischen. Ums Haar hätten wir Euch verloren. Ich weiß nicht, welches Schicksal Euch erwartet hätte, wenn es uns nicht gelungen wäre, Euch aus den Klauen dieses … dieses … ach, ich mag das Wort Mörder gar nicht aussprechen … zu retten.«
So nahe trat der Dominikaner an Florint heran, dass ihm dessen käsiger Körpergeruch in die Nase stieg. Er drückte ihn an sich, zeichnete mit Daumen und Zeigefinger ein Kreuz auf dessen Stirn und wandte sich abrupt den ausliegenden Gerätschaften und Habseligkeiten zu. Florint, immer noch sprachlos über

diesen Empfang, bemerkte, wie sich mit jedem Gegenstand, den der Mönch in Augenschein nahm, die Stirn stärker umwölkte.

Abrupt drehte er sich zu Florint um.

»Wo ist die Maschine?«, fragte er scharf.

»Ich weiß nicht, was Ihr meint«, antwortete Florint zögerlich, obwohl er sofort begriffen hatte, was der Dominikaner wollte.

»Gaßner hatte einen Gegenstand dabei, der in dieser Welt nichts zu suchen hat. Ein Teufelswerk, eine Maschine des Satans. Wo ist sie? Ich sehe sie nicht.«

An den Hauptmann der Schweizer wandte er sich und fragte im welschen Dialekt, den er ebenso zügig sprach wie das Deutsche, ob ihm etwas auf dem Weg vom Pferd gefallen sei. Doch der Hauptmann verneinte. Dennoch spürte Florint die Angst, welche die Frage in dem Gardisten auslöste. Florint verstand nur einige Brocken der welschen Sprache.

Der Dominikaner wartete die Antwort nicht ab, sondern schritt vor dem kleinen Haufen persönlicher Gegenstände auf und ab, fetzte mit dem Fuß in Kleidung und Geschirr und verteilte alles über den Vorplatz vor dem Zelt.

»Sie muss hier irgendwo sein. Sie muss hier sein!«, schrie er mehrmals.

Florint trat einen Schritt zurück. Selbst die Gardisten versuchten, sich möglichst unauffällig mit irgendetwas zu beschäftigen, um dem Zorn des Dominikaners zu entgehen. Nur der Hauptmann stand stramm und verfolgte den Tobsuchtsanfall mit den Augen.

»Ihr sucht die Horoskopmaschine, Pater Eginald?«, warf Florint jetzt dazwischen und wartete, bis der Dominikaner die Frage gehört und verstanden hatte.

Langsam drehte sich der Mönch zu ihm um. Mit gesenktem Haupt, mit zu Fäusten geballten Händen stapfte er auf Florint zu.

»Was wisst Ihr davon? Wo ist sie?« Bevor Florint antworten

konnte, bewegte der Dominikaner leicht die Hand, und sofort stürzten sich drei der Schweizer auf Florint und drehten ihm die Hände auf den Rücken. »Ihr werdet reden, das verspreche ich Euch. Ob Ihr wollt oder nicht.«
Das Gesicht des Dominikaners verzog sich zur Fratze eines Höllenwesens.
»Ihr habt tatsächlich gedacht, Ihr bekommt die Maschine, wenn Ihr mich entführt?«
Der Mönch erstarrte zu einer Säule, blickte auf Florint, blickte durch ihn hindurch und sackte dann regelrecht in sich zusammen. Wieder ein Wink und die Soldaten ließen Florint los.
»Es …«, Pater Eginald atmete hörbar ein, »… verzeiht. Ihr müsst meine Erregung verstehen. Bitte«, er deutete auf das Zelt, »nur ein paar Sätze zur Erklärung, danach dürft Ihr diesen Ort sofort verlassen, wenn Ihr wollt.«
Ohne sich umzusehen, verschwand er im Zelt, und Florint zögerte, weil er das Gefühl hatte, soeben etwas von dem Teufel gesehen zu haben, der sich unter der geistlichen Fassade verbarg. Dennoch folgte er dem Mönch.
Das Zelt enthielt nur einen Tisch und zwei Klappstühle. Pater Eginald stand mit dem Rücken zu ihm und hielt einen Krug Wein in der Hand, aus dem er zwei Becher füllte. Ohne Umstände begann er die Unterhaltung.
Florint achtete anfänglich nicht einmal so sehr auf den Inhalt als auf den Ton der Stimme. Sanft klang diese, schmeichelnd und leicht, gefährlich wie eine dünne Leimrute, die kaum sichtbar im Sonnenlicht gaukelt.
»Ja, ich bin hinter der Apparatur Eures Vaters her, mein Sohn. Ihr fragt Euch gewiss, was hat die kirchliche Inquisition mit dieser Himmelsmechanik vor? Nun«, der Mönch drehte sich ihm zu, »es ist nicht eigentlich dieses Wunderwerk, dem ich nachreise, es sind vielmehr die Menschen, die sich um dieses Werk versammelt haben, die mich interessieren. Einem vor allem gilt mein Interesse – und Ihr werdet sicherlich ahnen,

wer diese eine Person ist: Gaßner. Wir haben ihn im Verdacht, den Instrumentenbauer Meister Buschmann getötet und«, der Dominikaner hob die Hand, um ihn zu stoppen, als Florint zu einer Antwort ansetzte, »Euren Vater auf die Galeeren geschickt zu haben. Ich versichere Euch jedoch, dass Euer Vater wohlauf ist und dem grausamen Schicksal, auf Gedeih und Verderb an das Schicksal eines Schiffes gekettet zu sein, entgangen ist.« Mit diesen Sätzen drehte sich der Dominikaner ganz zu Florint um. »Ich gehe recht in der Annahme, dass Gaßner Euch nichts davon erzählt hat. Dass er Euch verschwiegen hat, dass ich trotz seines Widerspruchs bei der Signoria der Stadt Venedig erreicht habe, dass Euer Vater …«, hier stockte er kurz, als müsse er über die nächsten Sätze erst nachdenken, als müsse er sie vorformen und auf ihre Richtigkeit hin überprüfen, »… die Behandlung erhalten hat, die ihm gebührte.«

Der Dominikaner reichte dem verblüfften Florint einen Becher und stieß mit ihm an.

»Ich bringe Euch zu ihm. Ich schwöre es, so wahr mir Gott helfe! *Pax tibi, Marce!* Der Schlachtruf Venedigs«, ergänzte der Dominikaner und setzte seinen Becher an die Lippen. »So, und jetzt dürft Ihr gehen, Florint Deroubaix, wohin es Euch beliebt.«

Florint hatte mit jedem Wort, das Pater Eginald über die Lippen geflossen war, immer stärker das geradezu körperliche Gefühl erlebt, geschnürt und gebunden zu werden. Niemals würde er nachprüfen können, ob der Mensch log. Der Brief seines Vaters, der ihm zugespielt worden war, brannte wie Feuer in der Tasche seines Wamses. Jetzt wusste er, was dieser Satz bedeutete: *Pax tibi, Marce!* Am liebsten hätte er dem Dominikaner dieses Schriftstück gezeigt, doch die Vorsicht ließ ihn die Bewegung in ein Kratzen seines Gesäßes verwandeln, als jucke es ihn eben dort.

»Bringt mich zu meinem Vater«, krächzte Florint. »Nehmt mich mit nach Venedig.«

KAPITEL 6 »Wir können Florint nicht folgen«, hatte Gaßner Katrin mitgeteilt und zum Aufbruch nach dem Überfall gedrängt. »Unser einziges Ziel muss es jetzt sein, schnell und unerkannt nach Venedig zu gelangen.«

Murrend zwar, doch einsichtig hatte Katrin diese Entscheidung des Kaufmanns akzeptiert. Unter Marias Führung entfernten sie sich so schnell wie möglich vom Ort des Überfalls.

Die Soldaten waren zurückgeblieben, um ihre Kameraden zu beerdigen, und würden ihnen folgen. Katrin, Gaßner und Maria vermieden die allgemeinen Pfade, bewegten sich abseits der Dörfer vorwärts. Sie reisten meist gegen Abend, sobald der Mond aufging, und in der Morgendämmerung, während sie tagsüber schliefen und sich verbargen. Marias Maultier erwies sich als erstaunlich zäh, und ihre Kenntnis der umliegenden Gehöfte verschaffte ihnen zwei weitere Reittiere, die sie einem Meierhof abkauften.

Während der Rastzeiten fand Katrin ausreichend Gelegenheit, ihre Neugier zu stillen, was Maria betraf.

Sie fand heraus, dass das Mannweib einer venezianischen Kaufherrenfamilie entstammte, jedoch seit jeher als Außenseiterin betrachtet worden war, weil ihr Äußeres dem Bild widersprach, das man sich von einer Venezianerin machte. Ihr Vater hatte sie für den Benediktinerinnenkonvent San Biagio e Cataldo auf der Insel Giudecca vorgesehen gehabt, doch sie hatte sich seinem Willen widersetzt und war von zu Hause fortgelaufen. Ihr männliches Aussehen hatte ihr dabei geholfen, sich zu verkleiden und den Fischer zu täuschen, der sie übersetzte.

Dort lernte sie bei einer Strega, einer Hexe, ihre Fähigkeiten zu vervollkommnen, wurde in Kräuterkunde, Handlesen und Sternbeobachtung ausgebildet. Sie wurde zu einer Heilkundigen und Seherin. Immer schon hatte sie das Gefühl gehabt, in einem besonderen Verhältnis zur translunaren Natur zu stehen. Schließlich war sie nicht nur an einem Ostersonntag geboren, sie hatte ihren ersten Schrei mit dem Glockenschlag zwölf abgegeben, und ihre Nabelschnur war nicht von der Hebamme durchtrennt worden, sondern von Apollo, dem Jagdhund des Vaters, wie sie lachend erzählte, weil dieser sich während der Geburt unter das Bett verzogen und sie nach ihrem ersten Schrei zu schützen versucht habe. Sie sei damit zwar kein Wolfskind, jedoch ein Jagdhundkind. Geboren unter dem Zeichen Jupiters.

Ihr Vater habe sie zurückgeholt, nachdem er erfahren hatte, dass halb Venedig zu ihren Horoskopen pilgerte, die sie für ein paar Kupfermünzen verkaufte. Er habe mit ihr ein profitables Geschäft gemacht, betonte sie, bis sich die Signoria, die Stadtregierung, für sie und ihre Vorhersagen interessiert hatte. Niemals wollte sie eine Vorhersage für die gesamte Stadt treffen, doch die Ereignisse im Westen, die Entdeckungen von Seefahrern wie Bartolomeo Dias und Cristoforo Colombo, die Verlagerung der Handelsströme nach Spanien und Portugal und die Gefahr im Osten durch die Türken, die schneller heraufzog, als jedermann lieb war, zwangen sie zu einer Stellungnahme. Man ließ sie durch die Stadtwache holen, sperrte sie ein und gab ihr die notwendigen Hilfsmittel sowie eine Reihe Gelehrter an die Hand, die für sie die nötigen Himmelsbeobachtungen und Berechungen anstellten.

»Mit welchem Ergebnis?«, fragte Katrin neugierig.

Sie sei niederschmetternd gewesen, die Prognose, hatte Maria ihr geantwortet. Das Ende Venedigs als Großmacht habe sie vorhergesehen. Doch habe sie nicht gewagt, auch nur ein Wort davon der Signoria mitzuteilen. Nur Bruchstücke habe sie preisgegeben und Recht damit behalten. Zum Beispiel habe sie den Brand des Fondaco dei Tedesci für den Januar 1505 prophezeit und sei dafür ausgelacht worden; allerdings habe man sie nach dem Eintritt des Ereignisses gemieden, weil man sie zu fürchten begann. Schließlich habe sie erneut bei Nacht und Nebel aus der Stadt fliehen müssen, weil sie eine Vorhersage getroffen habe, die nicht mit der Wahrheit übereingestimmt habe, wie sie die Signoria gerne gesehen hätte. Am liebsten hätte man sie dafür umgebracht.

Mehr war aus Maria nicht herauszubringen. Katrin fragte sich, was es für ein Ereignis gewesen sein mochte, und bohrte bei Maria nach, doch die lächelte allenfalls wissend und wandte sich unverfänglicheren Themen zu.

Bereits den dritten Tag waren sie so unterwegs. Das Tal hatte sich inzwischen zu einer Ebene geweitet und das Auge an weite Horizonte gewöhnt, als der Geruch von Salzwasser in der Luft lag. Katrin sog diesen für sie neuen Geruch tief ein. Er schmeckte nach Unendlichkeit und Sehnsucht. Am Abend dieses Tages empfing sie ein Konzert aus Glockentönen, die wie feine Herbstspinnweben durch die Luft wehten, auf und ab schwollen und einander offenbar Rede und Antwort standen.

»Venedig!«, flüsterte Maria und deutete auf den hell flimmernden Horizont, an dem außer wabernder Hitze nichts auszumachen war. Nur die Glockenstimmen riefen und lockten.

Das Meer zeigte sich glatt und freundlich. Wolken spiegelten sich im dunklen Wasser der Lagune. Schiffe mit schwarzem Rumpf glitten vorbei und verschwanden im Dunst. Je näher sie der Stadt kamen, desto deutlicher trat ihre Silhouette über den Horizont, desto mehr Schiffe querten das quecksilbrige Nass, desto stärker roch es nach Tang und Fisch und dem brackigen Tümpelwasser der Lagune.

Gaßner zügelte sein Maultier, und Maria tat es ihm nach. Katrin hielt hinter ihnen.

»Ihr wisst, was Euch erwartet, Maria. Sie werden anfangs nicht freundlich sein.«

»Sie werden mir glauben müssen, Gaßner. Ich werde sie überzeugen, und Katrin wird mir dabei zur Seite stehen!«

Katrin horchte auf. Wobei sollte sie helfen, und was meinte Gaßner mit seiner Bemerkung?

Doch der trieb sein Maultier an, und Katrin blieb nichts weiter übrig, als ihm zu folgen.

In einem Hain aus Pinien, deren hellrote Stämme wie Wunden in der lauen Lagunenluft wirkten, legte Maria Männerkleider an. Sie stieg in Reithosen und stülpte Strümpfe über. Doch ihre Brust schien das Wams sprengen zu wollen. Sie konnte deren Üppigkeit nur verbergen, wenn sie den Mantel darüberschlug. Dann jedoch war sie selbst für Katrin nicht mehr als Frau zu erkennen.

»Wozu ist das nötig?«, fragte Katrin.

Die Frage schien Maria zu beunruhigen, denn sie legte beide Hände auf Katrins Schultern und sah ihr in die Augen.

»Wenn du mich umbringen willst, nenn meinen Namen. Sie werden über mich herfallen wie die Heuschrecken. Allerdings werden sie auch meine Begleiter nicht verschonen. Sie fürchten mich, Kind. Sie fürchten mich mehr als den Galgen, der ihnen droht, wenn sie mich töten.«

Maria ließ Katrin los und holte ihr Reittier herbei. Dann stieg sie auf und ritt davon, ohne sich danach umzusehen, ob Gaßner und Katrin ihr folgten.

Sie ritten auf ein Dorf am Rande der Lagune zu, misstrauisch beäugt von den Bauern, die sich über ihre Feldarbeit beugten. Der Landesteg bestand aus einer befestigten Steinmole, vor die ein Zollhaus gesetzt war. Drei Soldaten traten ihnen daraus entgegen. Gaßner saß ab und reichte einem der Männer ein Schreiben, das er aus der Brusttasche seines Wamses zog. Katrin hatte es schon einmal bei ihm gesehen, als sie die Grenzwache erreicht hatten. Es hatte auch jetzt dieselbe Wirkung. Die Haltung des Soldaten straffte sich sofort. Er salutierte, deutete auf die Lagune hinaus, zeigte auf ein Boot, das dort vor Anker lag und an einer Duckdalbe, einer in den Hafengrund gerammten Pfahlgruppe, im Wasser schwojte.

Zu gern hätte Katrin gewusst, was die Männer miteinander zu reden hatten, doch Gaßner gab sich wenig gesprächig. Er winkte sie nur zu sich.

Katrin stieg ab. Die Beine schmerzten ihr, und sie war froh,

dass sie einige Schritte laufen durfte. Gaßner achtete jedoch nicht darauf, wie staksig sie sich bewegte, sondern schob sie in das nächste Boot, eine schwarz glänzende Gondel mit einem Ruder am Heck, die leicht auf und ab tanzte.
»Wir werden bereits erwartet!«, kommentierte er die Eile. Katrin vermutete allerdings, dass er nur Angst davor hatte, überfallen zu werden, solange sie noch nicht auf dem Wasser waren. Tatsächlich entspannten sich seine Gesichtszüge merklich, als sie mit gleichmäßigen Ruderbewegungen auf die Lagunenstadt selbst zugeschoben wurden. Eine Hand lag auf seinem Rucksack, in dem sich die Horoskopmaschine befand.
Katrins Ahnung wurde durch Maria bestätigt, die Gaßner unvermutet anfuhr: »Ihr habt uns hoffentlich nicht angekündigt! So verrückt kann kein Mensch sein.«
Gaßner schloss die Augen und schwieg, während Katrin die ihren aufriss, als sie sich der Stadt näherten, deren Name allein bereits eine Legende war. Je näher sie den ersten bebauten Inseln kamen, desto dunkler wurde die Lagune, bis das Meer unter dem Kiel des Bootes schwarz wie der Gondellack wirkte und die Fassaden der Gebäude sich darin düster spiegelten.
Maria berührte sie sanft an der Schulter und deutete mit ausgestrecktem Arm nach rechts.
»San Biagio et Cataldo. Dort würde ich jetzt hinter den Klostermauern versauern. Die Frauen dort leben wie in einem Gefängnis. Auffanghäuser für überzählige Töchter aus adligen Familien. Wer keine Mitgift zahlen möchte, schickt seine weiblichen Nachkommen in eines der über dreißig Klöster der Stadt. Kein Wunder, dass die meisten Frauenklöster eher Bordellen ähneln als geistlichen Refugien.« Sie lachte bitter. »Wir sind bald da. Von meinem Haus aus sehen wir das Kloster nicht. Das war meine einzige Bedingung, als mein Vater es mir gekauft hat.«
Katrin war unwohl. Sie klammerte sich mit beiden Händen am Boot fest und glaubte mehrmals, das Schaukeln, das der Gondoliere mit seinem Bewegungen hervorrief, würde ihr Gefährt

umstürzen und sie in die schwarze Flut versenken. Dennoch konnte sie die Augen von diesem Anblick nicht abwenden. Als erhebe sich Poseidon, die Majestät des Meeres selbst, so stieg die auf Tausenden von Eichenpfählen erbaute Stadt aus dem Wasser der Lagune. Der Gondoliere fragte zweimal, in welche Richtung er steuern sollte, und Maria antwortete ihm in einem unverständlichen Dialekt, der ihr dennoch vertraut erschien und an ihre Mutter erinnerte, die aus dem oberen Italien stammte. Wortlos bewegte der Mann die Gondel von San Biagio weg und steuerte auf einen der größeren Kanäle zu.

»Der Canal Grande«, erläuterte Gaßner, als sie die ersten Häuser erreichten und sich links von ihnen Kirchen aufbauten.

Kurz dahinter bog der Bootführer mit schnellen Schlägen in einen Kanal ein, der kaum breiter war als das Gefährt selbst. Hier in dieser engen Wassergasse hatte Katrin das Gefühl, das Meer wehre sich regelrecht dagegen, dass man es befahre. Die befestigten Ufer säumten grau gebleichte Dalbenstangen, einem abgestorbenen Wald gleich. Auf jedem Pfahl saß eine Möwe und musterte sie neugierig. Doch bevor sie glaubte, sich endgültig übergeben zu müssen, hielt der Mann an einer Steintreppe.

»Wir sind da«, verkündete Maria und stieg aus.

Gaßner half Katrin, die froh war, wieder festen Boden unter den Füßen zu spüren, aus der Gondel, und dennoch wurde sie das Gefühl nicht los, als würde die gesamte Stadt im Rhythmus der gegen die Wände schlagenden Wellen atmen und sich bewegen.

KAPITEL 7 Florint traute niemandem mehr, am allerwenigsten dem Dominikaner. In ihm bohrte der Gedanke, woher der Mönch so genau über seinen Vater Bescheid wusste – und vor allem, warum er ihm erst jetzt davon erzählt hatte. Mehr als einmal hätte er dazu Gelegenheit gehabt.

Man hatte ihm erlaubt, sich für seine zerrissene Kleidung ein

Wams und eine Hose aus den erbeuteten Habseligkeiten zu suchen, und auch die Schürfwunden, die er von der Entführung davongetragen hatte, erwiesen sich zum Glück als oberflächlich. Zwar galt er nicht als Gefangener, doch bemerkte er, dass er auf Schritt und Tritt beobachtet wurde. Immer war einer der Schweizer zugegen, keinen Schritt durfte er alleine gehen. Pater Eginald legte offenbar Wert darauf, dass er sicher nach Venedig gebracht wurde.

Bereits am ersten Abend, als sie sich um ein kleines Feuer am Wegrand scharten, an dem etwas Hirse geröstet und Weizenkuchen zu Fladen gebacken worden war, fiel ihm auf, dass sich die Männer um ihn lagerten. Wäre er in der Nacht erwacht und davongelaufen, hätte er über die Leiber der Schweizer steigen müssen und hätte sie so zweifelsohne geweckt. Er war kein freier Mann mehr, so viel stand für ihn fest. Er war der Gefangene des Dominikaners.

Was konnte dieser Mönch für ein Interesse daran haben, ihn lebend nach Venedig zu führen? Gefangene schleppte man nicht mit sich, um freundlich mit ihnen umzuspringen.

Am folgenden Tag beobachtete Florint, wie sie die Dörfer umgingen, als fürchteten sie sich davor, gesehen zu werden. Einer der Schweizer ritt voraus und kündigte Begegnungen an, die sie vermieden, indem sie vom Weg abwichen und sich im Gebüsch des Tals verbargen. Es war ein merkwürdiges Vorwärtskommen, ein heimliches, das im Verborgenen ablief. Dennoch kamen sie voran. Das Gebirge trat zurück, die Landschaft wellte sich wie eine zurückgeschlagene Decke. Pinien wuchsen in den Himmel und begrenzten mit ihren unten roten, oben graubraunen Stämmen die Sicht. Sie ritten zumeist schweigend, außer der Dominikaner lenkte sein Tier an Florints Seite.

»Euer Vater«, begann er eines seiner kurzen Gespräche, »hat einen unverzeihlichen Fehler begangen.« Dabei lächelte der Mönch, als wäre er persönlich von diesem Verhalten enttäuscht worden.

»Menschen begehen Fehler«, antwortete Florint vorsichtig. »Unfehlbar ist nur Gott.«

Überrascht sah der Mönch auf und musterte Florint spöttisch. »Ihr hättet Prediger werden sollen. Oder seid Ihr womöglich aus einem Kloster entflohen? Nun, in einem Kloster in Venedig könnte ich Euch unterbringen, in Santa Croce della Giudecca. Einem Nonnenkloster. Mit Blick auf den Dogenpalast.« Er lachte bei diesem Gedanken in sich hinein.

»Ich versuche nur meinen Verstand zu verwenden.«

Jetzt sah der Dominikaner auf. »Verstand und Glauben haben nichts miteinander zu tun. Verwendet Euren Verstand lieber auf irdische Dinge, wenn Ihr Euren Vater wiedersehen wollt.« Plötzlich wurde er ernst und führte den Gaul so nahe an Florints Seite, dass sich ihre Beine berührten.

»Ich hatte ihm eine Summe Geld dafür geboten, mir das Manuskript auszuhändigen, nachdem er die Maschine gebaut hatte. Im Namen des Allmächtigen und dessen Stellvertreters auf Erden. Er hat mich ausgelacht und behauptet, es gäbe weder eine Maschine noch ein Manuskript. Dabei wusste ich von unserem Mann in Venedig, dass dieses Pergament nach Augsburg gegangen war. Es gehörte der Kirche, es gehörte mir und nicht Meister Buschmann oder der Zonta delle spezie, der Signoria oder sonst einer Person. So mancher hat zu seinem Leidwesen bereits erfahren, dass es vernünftiger gewesen wäre, auf meine Wünsche einzugehen.«

Der Dominikaner hieb seinem Pferd die Fersen in die Seite und preschte davon, doch diesmal wollte sich Florint nicht mit Andeutungen abspeisen lassen. Er folgte dem Mönch und rief ihm nach:

»Was ist mit meinem Vater? Was wisst Ihr von ihm?«

Der Dominikaner zügelte sein Pferd und ließ Florint aufschließen. Spöttisch betrachtete er ihn von der Seite.

»Womöglich ist er doch in Ketten nach Venedig gekommen und verbringt seine Zeit auf einer Galeere. Sie sterben schnell dort, die Menschen. Stellt Euch vor, sie werden angeschmiedet und müssen ihre Notdurft auf den Ruderbänken verrichten. Sie verlassen diesen Ort erst wieder, wenn sie tot sind. Denkt Euch die Fliegen, die Larven. Es kommt zu Entzündungen, zu schwärenden Wunden. Der Tod eilt ihnen mit Riesenschritten entgegen.« Er stockte kurz und wandte sich mit einem Blick zu ihm um, der eigentümlich abwesend wirkte, so als denke er an anderes.

»Aber Ihr sagtet doch, dass er nicht im Arsenale sei ...« Florint war verwirrt. Der Mönch wickelte ihn mit seinen Lügenmärchen ein.

»Selbst wenn es nicht so ist, sollten wir uns sputen.«

Danach verstummte Pater Eginald wieder für diesen Tag, und der Ritt verlief eintönig und in Schweigen. An diesem Abend rasteten sie unter den weit ausladenden Ästen eines Feigenbaums, dessen dichte Belaubung gegen die schräg einfallende Sonne Schutz bot. Florint lag wieder in einem Kreis aus Bewachern. Nur der Dominikaner schlief außerhalb und abseits.

Florint ließen die Bemerkungen über seinen Vater nicht ruhen. Fortwährend versuchte er Schlüsse aus dem Gesagten zu ziehen und machte sich Gedanken über seine eigene Zukunft. War er eine Art Geisel für den Dominikaner? Sein Leben gegen die Maschine, das Manuskript? Nicht anders konnte es sein.

Er vermisste am Himmel Orion, wie er den Plejaden nachjagte. Doch diese hatten sich jetzt gegen Maiende zu längst unter den Horizont geduckt und würden erst wieder Mitte September auftauchen. Vielleicht war es gut so, dass sie sich nicht zeigten. Was hatte Katrin gesagt? Ein Zeichen, das nicht nur von Glück und Heil, sondern auch von Unglück geprägt war.

Wie es wohl Katrin erging? Ihre Gegenwart vermisste er trotz der Meinungsverschiedenheit. Und das lag gewiss nicht an dem Einfluss der Sterne.

Das Geräusch, das er vernahm, war so fein, dass er beim ersten Mal meinte, er habe sich verhört. Als Florint bereits glaubte, es werde sich nicht wiederholen, raschelte es erneut. Unscheinbar, doch so, wie nur ein Lebewesen ein Geräusch hervorbringt. Florint bewegte vorsichtig den Kopf in alle Richtungen, konnte jedoch in der Dunkelheit nur das Glimmen des Feuers wahrnehmen. Ansonsten wirkte die Nacht wie eine Wand vor den Augen. Es fiel ihm schwer, die Richtung des Geräuschs zu bestimmen. Die Männer um ihn her schnarchten. Manchmal drehte sich einer, oder der Hauptmann murmelte im Schlaf und stieß halblaut Zahlen aus, die Florint nicht deuten konnte.

»Da komme ich ja gerade rechtzeitig«, flüsterte es plötzlich dicht an seinem Ohr. Wenn er nicht auf ein Ereignis gewartet hätte, spätestens jetzt hätte er laut geschrien. »Sie halten dich ja wie einen Stallhasen.«

Jetzt erst wurde Florint bewusst, woher das Geraschel gekommen war: von oben. Dicht neben seinem Kopf hing ein Kopf und verdeckte das restliche Sternenlicht. Zwar konnte er ihn nicht sehen, doch die Stimme klang unverwechselbar nach der des Rottflecks.

»Verdammt, Kerl«, zischte er zurück, »du hast mich beinahe zu Tode erschreckt.«

»Gott sei's gedankt, dass das noch geht. Ich hatte dich bereits unter der Erde vermutet.«

»Was willst du hier?«, flüsterte Florint, immer mit einem halben Ohr bei den Schweizern.

»Ich habe das mit dem Überfall auf eure Truppe mitbekommen und bin euch gefolgt. Das war nicht einfach. Was ein rechter Dominikaner ist, der reitet wie der Teufel.«

Etwas regte sich. Sofort war der Rottfleck verschwunden. Der Hauptmann stieß einen leichten Fluch aus, zählte bis sieben und drehte sich dann auf die andere Seite.

Florint wartete, bis sich der Kopf erneut aus dem Geäst herabließ. Der Rottfleck musste mit den Knien an einem Ast hängen. Florint konnte sich nur über die akrobatische Kunst des Gefährten wundern.

»Ich hol dich hier raus. Allerdings erst kurz vor Venedig. Hier ist es zu gefährlich. Wir sind nicht schnell genug. Die Schweizer würden uns kriegen.«

»Nein!« Florints Stimme klang fest. »Der Dominikaner weiß, wo sich mein Vater aufhält. Er wird mich zu ihm führen.«

Der Rottfleck erwiderte nichts. Dann zwickte er Florint unvermittelt in die Wange.

»Bist du so dumm oder tust du nur so? Der Dominikaner weiß gar nichts. Und zwar deshalb, weil die Pfaffen in Venedig nichts zu sagen haben. Nein, er braucht dich für etwas anderes, Florint. Sieh dich vor!«

Bevor Florint etwas erwidern konnte, war der Rottfleck verschwunden.

»Redet Ihr mit Euch selbst?«

Die Stimme des Dominikaners schnitt durch die Nacht wie ein Säbelhieb. Florint geriet ins Stottern, was seine Reaktion ungewollt glaubwürdiger machte.

»Was ist? Wer hat ... was soll das? Wer seid Ihr?«

»Schon gut. Ich dachte nur, ich höre Stimmen. Hauptmann!« Mit dem Schuh stieß er dem leise vor sich hin murmelnden Soldaten in die Seite. »Stellt eine Wache auf. Ich will nicht, dass der Geselle hier nachts Geheimnisse ausplaudert. Selbst wenn er es unfreiwillig tut.« Brüsk drehte er sich um, während sich der Hauptmann der Schweizer ohne Murren hinsetzte und die erste Wache übernahm.

Florint verschränkte die Hände hinter dem Kopf und betrachtete den Himmel, der wie ein Tintenmeer wirkte, in das eine ganze Schar Glühwürmchen eingetaucht war. Irgendwo über ihm im Baum musste sich der Rottfleck befinden und dahinter wieder die Unendlichkeit, die ihn Nacht für Nacht berührte.

KAPITEL 8 Das Gebäude war eher unscheinbar, nicht wie die Palazzi, auf die sie am Eingang zum Canal Grande einen Blick hatte werfen dürfen. Schmalbrüstig zwängte es sich zwischen weitere Häuser, als brauchte es die seitliche Stützung durch die Nachbargebäude. Das Wasser leckte an den Fundamenten und hatte dort Kuhlen ausgewaschen. Die Dalben ragten schief und halb vermodert aus der Lagune. Drei Treppen führten zu einer Tür, die das salzige Meerwasser mit weißen Krusten gesprenkelt hatte. Über dem Sturz ragte das Halbrelief eines Löwen in den Kanal hinein.

Im Inneren roch es scharf nach einem Gemisch aus dem Kot von Tauben, den Nestüberresten von Ratten und Mäusekötteln. Katrin nahm es beinahe den Atem.

»Willkommen in meinem Zuhause«, begrüßte sie Maria, die vorausgegangen war und die Arme ausbreitete.

Die Dunkelheit im Haus verdeckte die Tatsache, dass hier sicherlich seit mehr als einem Jahr nicht gewischt und gesäubert worden war und die Tierwelt Venedigs sich dieses Domizil zurückerobert hatte. »Es wird ein wenig dauern, doch wir werden uns unser Wohnrecht zurückholen.« Maria reagierte dabei auf ein schrilles Pfeifen, das eine Ratte ausstieß, die anschließend in einem faustgroßen Loch in der Scheuerleiste verschwand.

Gaßner nickte nur und folgte wie Katrin der Frau in die Tiefe des Hauses, das sich innen als größer erwies, als es von außen wirkte.

Zuletzt öffnete Maria die Tür zu einem Kabinett, das Katrin zu einem erstaunten Ausruf veranlasste.

»Wundervoll!«, entfuhr es ihr.

Die Wände des Raumes standen voller Regale, die bis unter die Decke reichten. In jedem der Regalschränke lagen und standen erstaunliche Dinge. Es war eine Sammlung wissenschaftlicher Instrumente, wie Katrin noch niemals eine gesehen hatte.

»Ihr wisst, worum es sich hier handelt?«, fragte das Mannweib.

»Ein Astrolabium«, flüsterte Katrin und trat näher. »Mit arabischer Umschrift.«
»Ja«, lachte Maria. »Ein wenig umständlich in der Handhabung. Dafür rührt es niemand an. Alle haben Angst, es könnte sich um Hexenzeichen handeln. Aberglaube ist ein sicherer Schutz. Dabei steht nur darauf, dass Allah der einzige Gott ist und Mohammed sein Prophet.«
»Ein Jakobsstab, ein Winkelmessgerät, eine …« Katrin fiel der Name nicht ein. Man konnte mit Hilfe des Sonnenstandes den Winkel einstellen, den die Sonne über dem Horizont einnahm und damit die Zeit bis hin zur Tag- und Nachtgleiche bestimmen und so berechnen, wie lange man vom Sommerpunkt entfernt war.
»Es ist ein Instrumentum parallacticum«, stillte die Mannfrau stolz Katrins Neugier.
»Man kann damit die Parallaxen messen, natürlich«, murmelte Katrin.
Sextanten standen und lagen in den Schrankfächern, ein Arcus biparitus fand sich neben weiteren großen und kleinen Quadranten. Es handelte sich um eine Sammlung astronomischer Geräte, die ihresgleichen suchte. Selbst ihr Vater hätte ehrfürchtig vor all diesen Kostbarkeiten gestanden. Über den Instrumenten türmten sich Reihen voller Bücher, deren dunkle Ledereinbände aussahen wie die ernsten Gesichter der Menschen, die daran geschrieben hatten.
»Ihr habt das alles gelesen?«, fragte Katrin schüchtern.
»Nicht nur das«, antwortete Gaßner. »Sie hat es auch verstanden.«
Katrin verstummte. Sie wusste nicht recht, was sie darauf sagen sollte, und beschloss, einfach zu schweigen.
Maria öffnete einen Fensterladen auf einen schmalen Innenhof hinaus, und ein wenig Licht flutete in den Raum, der anscheinend von allen Mäuse- und Rattenattacken verschont geblieben war, was sicherlich an der Ausstattung lag, denn die

Wände hinter den Büchern waren mit einem Netz aus Eisengeflecht überzogen, sodass kein Rattenzahn sich hätte durchnagen können.

»Stell den Apparat hierher«, entschied Maria und räumte einen Sternenatlas von einem Nussbaumtisch. Erst jetzt wurde Katrin sich wieder bewusst, dass Gaßner die Maschine die ganze Zeit mit sich getragen hatte. Der Lederbeutel um ihren Bauch begann wieder zu drücken.

Gaßner nahm seine Kraxe vom Rücken, band den Apparat ab und stellte ihn auf den Tisch. Dann öffnete er die Umhüllung und legte die Maschine frei. Das Messinggehäuse glänzte und wirkte wie ein in sich geschlossener Kubus.

Maria umrundete das Instrument und prüfte es von allen Seiten. »Wie funktioniert das?«

Gaßner verzog das Gesicht und hob die Schultern.

»Das weiß keiner«, brach Katrin das Schweigen. »Das Manuskript, nach dem es gebaut wurde, ist verschwunden. Übrig sind nur Zeichnungen, die jedoch von Florints Vater stammen und von ihm verschlüsselt wurden. Nur er kann womöglich ihr Rätsel lösen.«

»Wenn wir die Manuskripte hätten«, murmelte Gaßner.

Katrin zögerte. Von Augsburg bis nach Venedig hatte sie die Manuskripte mit sich herumgetragen. Niemand hatte sich dafür interessiert, weil niemand davon gewusst hatte. Sollte sie dieses Geheimnis jetzt preisgeben? Was wusste sie von Gaßner und Maria? Die Rolle des Kaufmanns in der ganzen Angelegenheit war ihr immer noch nicht geheuer, und Maria kannte sie nicht, auch wenn sie sich irgendwie zu ihr hingezogen fühlte. Ihr vertraute sie, konnte dieses Vertrauen jedoch nur auf ihre weibliche Intuition gründen. Andererseits gab es im Augenblick keinen Grund, die Manuskripte weiter zu verbergen. Florint war nicht da, und die Maschine funktionierte nicht. Was also hatte sie zu verlieren?

»Ich weiß, wo die Manuskripte sind«, sagte sie leise.

Gaßner, der in die Maschine vertieft gewesen war, drehte sich zu ihr um. »Was habt Ihr gesagt, Jungfer Katrin?«

Nur Maria lachte bereits übers ganze Gesicht. »Ich wusste, Ihr seid eine Widdergeborene.«

»Woher …?«, wollte Katrin fragen, doch Maria schüttelte nur den Kopf.

»Später. Wo habt Ihr sie verborgen, Kind?«, drängte Maria vorsichtig.

»Ihr müsst mir erst versprechen, dass wir Florint suchen!« Katrin sah Gaßner und Maria trotzig ins Gesicht.

Gaßner seufzte und wechselte mit dem Mannweib einen langen Blick.

»Wenn er noch lebt, Jungfer Katrin, wird man ihn nach Venedig bringen. Der Dominikaner will die Maschine – ich vermute, im Tausch gegen Florint. Wir werden versuchen, was möglich ist.« Marias Stimme klang beruhigend.

»Lasst uns die Manuskripte ansehen«, drängte Gaßner.

»Ihr versprecht mir, Florint zu suchen?« Katrin blieb standhaft. Sie würde kein Blatt preisgeben ohne eine Zusage der beiden. Wieder tauschten Maria und Gaßner Blicke, dann nickten sie, als hätten sie sich verabredet.

Gespannt warteten Maria und Gaßner, was Katrin als Nächstes tun würde, doch diese sah nur zu Boden.

Erst Maria löste die Spannung. »Gaßner, wenn Ihr so nett wärt und uns für einige Minuten verlasst. Das Kind hat die Manuskripte unter ihrem Kleid. Es würde sich nicht geziemen, wenn Ihr als Mannsbild …«

Gaßner begriff, ging aus dem Raum und schloss die Tür hinter sich.

»Danke!«, flüsterte Katrin. »Woher wusstet Ihr …«

»Ich bin eine Frau«, lächelte Maria.

Katrin hob ihr Kleid über den Kopf und legte es neben dem Horoskopapparat ab. Dann schlüpfte sie aus dem Unterkleid, und schließlich begann sie die Riemen zu lösen, mit dem sie

den Lederbeutel, in dem die Papiere verschnürt lagen, an ihren Körper gebunden hatte.
Seit Augsburg hatte sie die Knoten nicht mehr gelöst. Das Leder war an der Stelle durchlöchert, an der das Messer aus dem Überfall in den Beutel eingedrungen war und das Papier beschädigt hatte. Mit Wachs hatte sie es notdürftig abgedichtet; an manchen Stellen bröselte es bereits. Die Haut hinter der Tasche war rot und etwas aufgerieben. Verlegen betrachtete sie ihre Nacktheit, dann schlüpfte sie schnell wieder in ihr Hemd und streifte das Kleid über.
Maria hatte ihr während der gesamten Zeit den Rücken zugewandt. Jetzt drehte sie sich um. Nach einem Augenblick des Zögerns nahm sie das Päcken, das Katrin ihr reichte.
»Florint könnte etwas damit anfangen«, sagte Katrin. »Er hat bereits in Augsburg damit begonnen, die Seiten zu entziffern. Weder Gaßner noch ich selbst können die Zeichen lesen.«
Maria nickte. »Gaßner! Ihr könnt wiederkommen.«
Maria legte das Päckchen auf den Tisch und entnahm dem Regal hinter ihr ein Federmesser. Sie schnitt die Lederbänder ab und öffnete den wachsgetränkten Beutel. Sie zog fünf Bogen leicht vergilbten Papiers heraus, die von einem Messer zerstochen waren: Zeichnungen, Bemerkungen, Berechnungen. Daneben erklärte eine unlesbare Schrift die Ergebnisse.
»Wir müssen Florint unbedingt schnell hierherbringen«, sagte Gaßner. »Katrin hat Recht.«
»Schnell? Wie soll das gehen?«, spottete Katrin. Sie konnte sich diese Bemerkung nicht ersparen; schließlich wusste keiner, wo der Geselle sich befand.
Gaßner ignorierte ihre Frage, nahm einige der Seiten in die Hand und betrachtete sie genau. »Das hier habe ich gesucht, Katrin. Euer Vater hatte mir diese Aufzeichnungen versprochen. Als Ersatz für das verschwundene Pergament.«
Katrin stampfte auf. »Habt Ihr nicht gehört, was ich gesagt habe?«

Gaßner blickte auf und lächelte.
»Florint wird hier auftauchen. Der Dominikaner wird es sich, wie Maria gesagt hat, nicht entgehen lassen, ihn gegen die Maschine einzutauschen. Wenn wir Florint haben und diese Zeichnungen, können wir ihm die Maschine getrost überlassen.« Er lachte. »Ihr habt uns einen unschätzbaren Dienst erwiesen.«
In diesem Augenblick dröhnte ein Klopfen durch das gesamte Haus.
Gaßner und Maria warfen sich einen überraschten Blick zu.
»Ich hätte nicht erwartet, dass sie so rasch auftauchen.«
»Hat uns der Gondoliere verraten, Gaßner?«
»Möglich wäre es. Die Herren der Nacht haben überall ihre Finger im Spiel. Ihr Ohr belauscht die gesamte Stadt. Sie hören die Mäuse husten.«
Maria nickte. Sie trat an das Regal hinter ihr, legte einen Hebel in Form einer Verzierung um und löste damit den Verschluss einer Tür. Ein Regalteil öffnete sich und gab eine schmale Kammer frei. »Die Manuskripte und die Maschine dort hinein!«, befahl Maria. Dann drückte sie die Tür wieder ins Schloss und machte sich auf nach unten. »Ihr wartet hier.«
Wieder erfüllte Klopfen das Haus bis unters Dach.
»Die Signoria hat ihre Augen überall. Nichts entgeht ihr. Buchstäblich nichts«, sagte Gaßner.

KAPITEL 9

Florint roch die Stadt bereits.
Der Dominikaner befahl den Schweizern, das Nachtlager in einem Zitronenhain aufzuschlagen, und schickte einen der Männer weiter. Dann trat er an Florint heran.
»Ihr werdet Euren Vater bald wiedersehen!« Der Mönch lächelte Florint an und legte ihm eine Hand auf die Schulter. »Es wird eine Last von Euch genommen werden, glaubt mir.«
»Und Ihr könnt mir garantieren, dass mein Vater noch lebt?«,

rutschte es Florint heraus. Er musste an die Worte des Rottflecks denken.

»Habt Vertrauen! Morgen werden wir die Stadt betreten.«

Florint suchte sich einen Platz direkt unter einem starken Ast einer mächtigen Zitrone. Der herbe Duft von Früchten und Blüten, die beide gleichzeitig gediehen, betäubte ihn fast. Warum war der Dominikaner nicht bis zum Ufer geritten? Warum hatten sie die Stadt nicht im letzten Licht des Tages betreten? Die einzige Antwort, die Florint dafür fand, war die Furcht davor, entdeckt zu werden.

Florint wickelte sich in eine Decke und versuchte nach einem abermaligen kargen Mahl aus Hirsebrei zu schlafen. Was gäbe er für ein Stück Brot oder Käse! Doch die kleine Truppe um den Geistlichen hatte jegliches Dorf gemieden. Eine gelbe Zitrone hatte er sich gegönnt. Zwar hatte es ihm den Mund zusammengezogen, als er vom Mark der Frucht gekostet hatte, doch die erfrischende Wirkung hatte vieles vergessen gemacht.

Florint starrte durch das grüne Blätterdach auf den azurfarbenen Himmel, der sich mit hereinbrechender Nacht immer dunkler färbte, bis die Farbe von einem tristen Schwarzweiß gelöscht wurde, auf das wie von unsichtbarer Hand mehr und mehr Sternenpunkte gesät wurden.

Wenn der Rottfleck die Wahrheit gesagt hatte, dann würde er heute wieder auftauchen. Florint wollte die Augen offen halten … und musste dennoch eingeschlafen sein, denn ein Stoß gegen die Hüfte ließ ihn auffahren.

Um ihn her standen die Schweizer, Fackeln in der Hand. Hinter ihnen der Dominikaner; sein Habit schimmerte rötlich im Licht der Flammen.

»Auf«, fuhr ihn der Hauptmann an, und Florint glaubte ein heimliches Grinsen in dessen Gesicht zu entdecken. »Wir müssen zu den Booten.«

Florint war verwirrt. Hatte er den Rottfleck verpasst? Ein kurzer Blick in die Gestirne sagte ihm, dass die Mitte der Nacht bereits überschritten war. Er rappelte sich auf und folgte den Männern, die sich auf ihre Pferde schwangen und vor und hinter ihm her ritten.

Die Sichel des abnehmenden Mondes beleuchtete den Pfad kaum noch, der sich durch den Zitronenhain schlängelte, und verlieh der Szene eine geisterhafte Düsternis. Der schwere Duft der Früchte legte sich nicht nur auf die Lungen, sondern schien alle Geräusche zu dämpfen. Im Gänsemarsch trotteten die Pferde mit ihren Reitern der Lagune zu. Eine gute Stunde schlängelten sie sich zwischen Bäumen und Feldern hindurch, bis Florint die glatte Wasserfläche der Lagune zu sehen bekam und ihm der Ton einer Glocke ans Ohr schlug. Zweimal hallte sie über die See, und weitere Glocken begannen zu antworten, bis eine Klangwolke über dem Wasser schwebte und wieder verrauchte.

Brackwassergeruch drang in die Nase. Das Schnauben der Pferde kündigte an, dass sie sich dem Ufer näherten, denn auch die Tiere witterten die salzige Feuchtigkeit. Ein halblaut gebellter Befehl ließ den Zug anhalten. Die Männer stiegen ab. Florint folgte ihrem Beispiel. Während des gesamten Wegs hatte er Ausschau gehalten nach dem Rottfleck. Kein Zeichen hatte er bemerkt, keinen Ton vernommen. Vermutlich hatte der Freund einfach den Mund zu voll genommen. Wie hätte er ihn auch aus den Klauen dieses Dominikaners befreien wollen, während ein halbes Dutzend schwer bewaffneter Schweizer ihn bewachte?

Der Hauptmann führte sie an eine seichte Stelle am Ufer. Dort dümpelten im Licht des Mondes drei Boote im Wasser, Gondeln, soweit Florint das sehen konnte, und ein Dickicht aus krummen Dalben, die zwischen Wasser und Land Wache hielten. Neben den Schiffen standen drei Männer im Wasser und hielten die Boote fest.

»Steigt in das linke Schiff, Florint Deroubaix«, befahl der Dominikaner und deutete auf die Boote.

Florint begann ins Wasser zu stapfen, das angenehm warm um seine Schenkel spielte. Er musste beinahe bis zur Hüfte hineinwaten, bevor er die Gondel erreichte. Er stemmte sich an der Bordwand hoch, der Gondoliere half ihm ins Innere. Die Schweizer waren noch damit beschäftigt, die Packsäcke von den Pferden zu nehmen und in den beiden anderen Booten zu verstauen, als Florints Gondoliere sich in das Boot schwang und sein Ruder packte. Mit drei schnellen Schlägen des Heckruders schnellte es wie ein Fisch im Wasser in die Lagune hinaus. Florint wollte aufstehen, als er von einem harschen Befehl niedergehalten wurde: »Bleib sitzen!« Florint befolgte die Weisung augenblicklich, denn das Boot neigte sich sofort auf die Seite und schwankte bedenklich.

Rufe folgten ihnen. Florint vernahm, wie sich die Schweizer und wohl auch der Dominikaner, der vom Ufer aus die Vorbereitungen zum Ablegen verfolgt hatte, ins Wasser warfen, um in die beiden verbliebenen Boote zu klettern und ihnen zu folgen.

»Was soll das?«, fragte Florint, der unruhig wurde. »Was wird hier gespielt?«

»Fangen!«, kam prompt die Antwort vom Heck des Schiffs. »Mein Lieblingsspiel.«

Verblüfft musterte Florint die Gestalt, die mit gleichmäßigen schnellen Ruderschlägen die Gondel vorantrieb. »Rottfleck, du?«, stieß er endlich hervor.

»Ich sagte doch, dass wir uns wiedersehen werden.«

Florint konnte trotz der Dunkelheit und der Tatsache, dass er das Gesicht des Rottflecks nicht erkennen konnte, dessen Grinsen sehen.

»Woher wusstest du, dass wir kommen würden?«

»Sagen wir, ich habe den Boten getroffen, der die Gondeln bestellt hat.«

»Du bist ein Verrückter. Wieso kannst du diese merkwürdigen Gebilde hier rudern?«

Jetzt lachte der Rottfleck und hielt kurz mit dem Schlagen des Ruderblatts inne. Sie hatten einen ziemlichen Vorsprung herausgefahren.
»Habe ich niemals erwähnt, dass ich auch in Venedig gelebt habe?« Hinter ihnen wurden die Zurufe lauter. »Wir haben später mehr Zeit zum Plaudern«, beendete er das Gespräch. »Jetzt müssen wir unseren Hintern retten.«
Wieder legte er sich ins Zeug und stieß das Boot vorwärts, das für Florints Gefühl zu stark schwankte. Das Gefährt schoss geradeaus wie ein Pfeil. Es steuerte auf eine dunkle Erhebung im Wasser zu, die sich als Stadtsilhouette herausstellte.
Es war eine endlose Fahrt. Wie eine Nebelbank zeichnete sich Venedig am Horizont ab, schien jedoch in der ersten Zeit kaum näher zu kommen. Der Rottfleck begann schwerer zu atmen, und Florint empfand es als beschämend, weil er nicht eingreifen, nicht helfen konnte. Ihn beruhigte nur der Gedanke, dass es den Insassen der anderen Boote ebenso erging. Dennoch wurde das Plätschern hinter ihnen lauter. Er hörte, wie sie sich langsam an sie heranschoben. Offenbar gelang es den Verfolgern, die Entfernung zu ihrem Boot zu verkürzen. Gegen das Schwarz des Landes waren die beiden Boote jedoch nicht zu sehen.
»Verflucht!«, schimpfte der Rottfleck keuchend. »Mir fehlt die Übung. Gott sei Dank habe ich eines der schwarzen Boote genommen. Die farbigen wären zu gut zu sehen gewesen.«
Florint klammerte sich mit beiden Händen an die Bordwand. Noch nie war er über ein Meer gefahren. Einzig Flussfähren hatte er schon einmal benutzt, um über den Rhein überzusetzen und die Donau zu überqueren. Das Unruhige des Wassers, der unsichere Untergrund, all das Schwanken und Schaukeln verunsicherten ihn. Ihm wurde bewusst, dass er nicht einmal schwimmen konnte. Ein Druck lastete auf dem Kehlkopf, den er als Angst wahrnahm.
Im Licht des Mondes, der seine Sichel über den Himmel schob

und dessen Widerschein auf dem Wasser sie durchfahren hatten, konnte er die Verfolgerschiffe erstmals erkennen. Sie waren bereits auf Bolzenschussweite herangekommen, und am Bug der vordersten Gondel konnte Florint den Hauptmann sehen, der eben seine Armbrust spannte.

»Sie werden schießen!«, warnte Florint den Rottfleck – und schon zischte ein Bolzen zwischen ihnen hindurch und platschte mit einem hellen Spritzen außerhalb ihrer Sicht ins Wasser.

»Wir haben es gleich geschafft«, verkündete der Rottfleck – und tatsächlich war vor ihnen, von Florint unbemerkt, der Schatten der Stadt in den Himmel gestiegen. Als würden sie hinter einen Theatervorhang schlüpfen, nahm der Schattenwurf Venedigs sie auf und verbarg sie. Von einem Augenblick auf den anderen waren sie unsichtbar. Sie hörten die Männer in den beiden Verfolgerschiffen fluchen.

»Siehst du eigentlich was?«, flüsterte Florint.

»Halt den Schnabel!«, gab der Rottfleck grob zurück. »Das Wasser trägt unsere Stimmen weit. Außerdem müssen wir uns in der Mitte der Fahrrinne halten, sonst knallen wir gegen die Pfähle.«

Wie zur Bestätigung schrammten sie mit dem Boot gegen eine der Duckdalben, und hinter ihnen rief sofort ein Schweizer in seinem harten Dialekt: »Dort sind sie!« Gleichzeitig hörte man, wie die Boote in ihre Richtung einschwenkten. Als hätte der Rottfleck das geahnt, gab er der Gondel einen Schlenker mit, und sie entfernte sich entlang der Häuserzeilen von ihren Verfolgern.

Stumm glitten sie entlang einer schwarzen Wand durchs Wasser. Unwirklich erschien Florint diese Fortbewegung, als überquerten sie den Styx, den Unterweltfluss. Allein das Plätschern des Wassers, das am Gemäuer der Bebauung schwappte, gab die Richtung an. Plötzlich glaubte er, rechts von sich eine Stille zu vernehmen, als der Rottfleck die Richtung des Schiffes erneut änderte. Zuerst meinte Florint, sie würden mit den

Häusern kollidieren, bis er begriff, dass die kurzzeitige Stille der Hinweis auf einen Kanaleingang gewesen war, in den sie eben einfuhren.
»Jetzt haben sie verloren«, verkündete der Rottfleck. »Den Eingang finden sie erst, wenn das Tageslicht anbricht. Bis dahin sind wir untergetaucht.«
Florint schloss die Augen und versuchte einfach an nichts zu denken.

KAPITEL 10 Mit allem hatte Katrin gerechnet, nur damit nicht.
»Jungfer Katrin!« Der Ankömmling, den Maria in die Kammer führte, machte eine Verbeugung, die allerdings ein wenig steif ausfiel. Das Bein schien ihm noch nicht recht zu gehorchen. »Ich bin Euch verbunden. Wenn Ihr mich auch nicht geheiratet habt, so habt Ihr mir doch das Leben gerettet. Vielleicht kann ich Euch im Gegenzug behilflich sein.«
»Wolfhart!« Katrin verschlug es die Sprache. »Was ...?« Ihre Augen hatten sie auf dem Weg hierher demnach nicht getäuscht.
»Ihr seid spät dran, Wolfhart!«, hörte sie hinter sich Gaßner sagen. »Ich glaubte Euch schon verloren. Habt Ihr Euch um den Jungen gekümmert?«
Katrin wandte sich zu Gaßner um. Der Geselle und der Kaufmann schienen voneinander zu wissen.
»Was wird hier gespielt, Gaßner?«, fauchte sie den Kaufherrn an.
Gaßner seufzte. »Für eine Antwort ist es noch zu früh. Wir müssen wohl oder übel einem Mann unsere Aufwartung machen, der für all diese Abenteuer zuständig zeichnet, Jungfer Katrin. Und?«, bohrte er noch einmal bei dem Gesellen nach, und der nickte. »Ich warte hier, während Ihr Euch zu Serenissimus Leonardo Loredan begebt. Ich hoffe, Ihr habt, was wir benötigen!«

Gaßner blickte zu Boden und dann zu Maria, die bislang stumm dagestanden hatte. Katrin bemerkte, wie diese unmerklich den Kopf schüttelte, als wolle sie Gaßner signalisieren, etwas nicht zu tun oder zu sagen.

»Das hoffe ich auch«, murmelte Gaßner.

Wolfhart deutete hinter sich, und Katrin sah erst jetzt, dass im Gefolge des Gesellen drei ganz in dunkle Gewänder gekleidete Gestalten den Raum betreten hatten. Jede von ihnen trug einen Degen in der Hand.

»Folgt den Männern«, befahl Wolfhart und humpelte in die Ecke zu einem Sessel, in den er sich fallen ließ. Seine Gesundheit schien noch nicht wiederhergestellt zu sein. Die Bewegung strengte ihn an. Katrin verkniff sich die Fragen. Sie wollte Gaßner allein sprechen. Der Kaufmann und das Mannweib gingen voraus. Als Katrin durch die Tür wollte, hielt sie ein Anruf Wolfharts zurück.

»Jungfer Katrin! Auf ein Wort!« Katrin blieb stehen, ohne sich zu dem Gesellen umzudrehen. »Schön, Euch unversehrt wiederzusehen.«

Katrin legte den Kopf schief. Wolfharts Worte klangen ehrlich gemeint.

»Ich hätte mir gewünscht, Euch nie mehr zu sehen!«, fauchte sie ihn dennoch an.

Wolfhart grinste. »Ihr werdet noch erfahren, wozu alles gut war. Jetzt geht. Der durchlauchtigste Doge wartet ungern.«

Hinter ihm und Maria her folgte sie den Männern die Treppe hinab. Was hatte Wolfhart gesagt? Der Doge? Hieß das, sie waren zum Dogen von Venedig bestellt? Sie? Eine Instrumentenbauerstochter und ein Kaufherr aus Augsburg und dieses Mannweib? Sie musste sich verhört haben.

Am Fuß der Treppe warteten ihre beiden Reisegefährten und die dunkel gekleideten Männer. Ohne ein Wort zu verlieren, begleitete sie sie hinaus auf eine der Calle, der Straßen, bis zu einer Anlegestelle.

Dort stiegen sie in eine größere Gondel, die von zwei Männern gerudert wurde, einem am Heck, einem am Bug des Bootes, die sie ein paar Windungen später hinaus auf den Zentralkanal brachte. Durch ein Gewimmel an kreuz und quer fahrenden Booten fuhren sie entlang bis an dessen Ende. Dort weitete sich der Kanal zu einer großen Wasserfläche, die nur von einem Daubenwald begrenzt schien. Wind griff nach ihrem Boot und legte es schief. Die Dünung wurde stärker. Linker Hand fand sich eine Mole, die sie ansteuerten. Ein gutes Dutzend Schiffe lag dort vertäut, dicht nebeneinander, sodass kaum eine Lücke blieb, ihr eigenes Boot anzulanden. Ein buntes Gemisch aus gelben und blauen und roten Farben, das den Augen fast Schmerzen zu bereiten schien. Doch die beiden Gondoliere arbeiteten geschickt und brachten ihre Passagiere zum Landungsplatz.
Die dunklen Männer, die bislang kein Wort gesprochen hatten, sprangen als Erste an Land und halfen Maria und Katrin auszusteigen. Eine Doppeltreppe führte auf die Mole hinauf. Gaßner schien den Wechsel zwischen schwankendem Schiffsboden und festem Land gewöhnt zu sein und kletterte ohne Hilfe über eine der Treppen auf die Mole. Er streckte sich und schien den Odem des Ortes in sich einzuatmen.
Katrin betrachtete den Ort ebenfalls ehrfürchtig. Er strahlte Macht und Herrschaftlichkeit aus. Er atmete Freiheit und durch die strenge Form seiner Gebäude Disziplin und Strenge. Vor ihr weitete sich der Platz.
»Auf den beiden Säulen«, flüsterte ihr Gaßner zu, »stehen links der heilige Theodor und rechts der Markuslöwe. Das Wahrzeichen der Stadt. Der Platz ist die Piazzetta Ducale mit dem Dogenpalast rechts von Euch. Dahinter liegt die Markuskirche.«
Mehr Gespräch ließen die dunklen Männer nicht zu. Bereits jetzt bildete sich eine Traube Neugieriger, die zu gern gewusst hätten, wer hier angelandet wurde. Die Männer drängten die kleine Gruppe weiter. Freiwillig öffnete sich eine Gasse, die sich hinter ihnen wieder schloss.

Die Piazzetta und der Platz dahinter wimmelten von Menschen in unterschiedlichster Kleidung. Am auffälligsten waren schwarze Umhänge, die beinahe den gesamten Träger verbargen und nicht verrieten, ob der Körper darunter männlichen oder weiblichen Geschlechts war. Katrin fühlte sich unwohl unter so vielen Passanten, die sie anstarrten und sich gegenseitig anstießen und auf sie deuteten.
Die Männer führten sie über einen Durchgang ins Innere des Dogenpalastes zu einer Freitreppe, deren oberstes Ende zwei riesige Statuen bewachten.
»Die Scala dei Giganti«, flüsterte ihr Gaßner ins Ohr. »Die beiden Riesen am Kopf der Treppe sind Mars und Neptun.« Er machte eine kleine Pause, als wolle er ihr Zeit geben zu verdauen, dass sie es erneut mit dem Wandelstern Mars zu tun hatte. Er verfolgte sie. »Außerdem wurde hier dem Dogen Marino Falier das Haupt abgeschlagen. Direkt auf der Treppe!«
Katrin schauderte es. Mit gesenktem Kopf stieg sie die Treppe hinauf und versuchte, nicht an das schreckliche Geschehen zu denken. Oben angelangt bemerkte sie, dass die dunklen Männer am Fuß der Treppe stehen geblieben waren. Empfangen wurden sie von einem Diener, der sie mit einer Geste einlud. Sie gingen die Treppen weiter hinauf, unter einem überdimensionierten Bogen hindurch, und gelangten ein Stockwerk höher. Dort durchquerten sie mehrere Gänge, bis sie endlich vor einer Tür hielten, die von zwei Garden bewacht wurde. Ihr Führer klopfte, dann öffnete er die Tür, senkte den Kopf und ließ sie eintreten.
Katrin ließ ihren Blick durch das Zimmer schweifen, das größer war als ihr gesamtes Haus in Augsburg, ja größer als die Werkstatt mitsamt ihrem Innenhof. Es war ausgemalt mit Bildern, die sie in der hereinbrechenden Dunkelheit nur schemenhaft wahrnahm, die jedoch Szenen der griechischen und römischen Antike darstellten. All das war eingefasst von einer dunklen Holztäfelung, über der vergoldetes Stuckrankenwerk prangte.

Am anderen Ende des Saales, durch das Gegenlicht der untergehenden Sonne ganz in Schwarz getaucht, stand ein Mann, der sie offenbar erwartet hatte. Ohne Umschweife und Floskeln kam er zum Thema.
»Seid gegrüßt, Gaßner. Ich hatte eigentlich befohlen, Eure Leiche hierherbringen zu lassen, um sie zu vierteilen und der Lagune zu überantworten. Das ist nun nicht geschehen. Meine Männer erzählten mir, Ihr könntet noch wertvoll für die Republik werden. Der Serenissima Venedig habt Ihr jedenfalls den höchsten Schaden zugefügt, Gaßner. Ihr habt Euch über unsere Gesetze erhoben und einen Frevel begangen, der Euch den Tod auf den Hals schickte. Ihr habt fünf Sätze, mir das Gegenteil zu beweisen.«
»Oberster Fürst, Serenissimus Loredan.« Gaßner ließ sich auf ein Knie nieder. Katrin musste über diese Begrüßung schlucken. Nur Maria schien das alles nicht zu stören. Sie verschränkte die Arme vor ihrer mächtigen Brust und fixierte den Mann, der sich keinen Schritt auf sie zubewegte, sondern eine Distanz hielt, bei der sie schreien mussten, damit sie sich unterhalten konnten. »Ich habe Euch hier dieses Mädchen mitgebracht …«
Eine harsche Geste unterbrach den Kaufherrn. »Habt Ihr das Pergament? Habt Ihr die Maschine?«
Gaßner schluckte hörbar. »Ja. Und nein.«
»Haltet mich nicht zum Narren, Gaßner. Das ist Euch einmal gelungen. Die Zeiten sind nicht mehr so. Die Liga von Cambrai hat gesiegt, wie Ihr erfahren haben dürftet. Venedigs Heer ist geschlagen. Fremde Truppen besetzen die Terra ferma. Maximilian will Venedig aufteilen. Flüchtlinge strömen in die Stadt und bereiten uns Probleme. Wir müssen diese Schwierigkeiten angehen. Haltet mich also nicht auf, Kaufmann.«
Noch niemals hatte Katrin einen Mann gesehen, der so ruhig und überlegt solche Schreckensmeldungen von sich gab. Er wirkte, als würden ihn die Schwierigkeiten, die auf ihn zukamen, stärken und nicht schwächen.

»Nehmt Euren Mund nicht so voll, Leonardo!« Maria griff in das Gespräch ein. »Hatte ich Euch nicht gewarnt? Habt Ihr nicht alle Warnungen in den Wind geschlagen und mich aus der Stadt verbannt? Ihr wärt vorbereitet gewesen, wenn Ihr auch nur einen Augenblick zugehört hättet.«

Man sah, wie die Kiefer Loredans mahlten. Die steilen Falten, die von den Nasenflügeln aus links und rechts schräg abwärtsführten und auf die Verlängerungen des Strichs trafen, der von schmalen Lippen gebildet wurde, vertieften sich. Er winkte die Gruppe zu sich her und setzte sich an einen Schreibtisch.

»Seid froh, Maria Foscari, dass wir ohne Zeugen sind, dass Ihr aus einer der ältesten Familien Venedigs stammt und – dass Ihr Recht habt, sonst hätte Euch Eure Despektierlichkeit bereits in die Bleikammern geführt.« Mit einer Geste, die müde wirkte, bot er den Besuchern einen Platz an. »Jetzt zu Euch, Gaßner. Die Maschine. Habt Ihr sie oder nicht?«

Loredans Blick glitt lauernd über Gaßners Gesichtszüge. Mit jedem Moment, der in Stille verstrich, verzerrten sie sich mehr, weil sich die Muskeln darin spannten.

Dann schüttelte Gaßner den Kopf. »Nein. Eure Männer kamen zu spät. Florint Deroubaix und die Maschine sind in die Hände Pater Eginalds, des Dominikaners, gefallen.«

Der Doge sprang auf und lehnte sich weit über seinen Schreibtisch. So viel Energie und Emotion hatte Katrin dem alten Mann gar nicht zugetraut.

»Ihr spielt mit Eurem Leben, Gaßner!«

Beinahe hätte Katrin den Kaufherrn einen Lügner genannt und die Wahrheit erzählt, doch eine schwache Geste mit der Hand hielt sie zurück. Welches Spiel trieb der Kaufmann da?

»Dafür habe ich eine Person mitgebracht, die sich mit Horoskopen ebenso gut auskennt wie Maria. Hier, dieses Mädchen. Die Tochter des Instrumentenbauers Meister Buschmann aus Augsburg.«

»Was soll ich mit ihr anfangen?«, knurrte der Doge.

»Stellt ihr eine Aufgabe. Stellt auch Maria eine Aufgabe. Unabhängig voneinander, und vergleicht das Ergebnis. Und lasst mich warten, bis meine Leute die Maschine zurückgeholt haben.«
Leonardo Loredan, der Doge von Venedig, drehte ihnen den Rücken zu und sah hinaus auf die Lagune. Die Finger seiner auf dem Rücken verschränkten Hände begannen einander zu kneten.
»Ich will es akzeptieren. Dieses Mal noch, Gaßner. Sie sollen sofort beginnen.«
»Womit sollen wir beginnen?« Katrin rutschte die Frage einfach heraus. Der Doge sah sie mit einem verschleierten Blick an. Die Amtskappe mit dem Horn am Hinterkopf wippte leicht.
»Stellt ein Horoskop!«
»Was wird mir dafür zur Verfügung gestellt?« Katrin klang jetzt eher geschäftlich.
Den Dogen schien das zu amüsieren. »Ihr bekommt Papier, Tinte, die Tabellen, die Ihr benötigt, und einen Schreiber, wenn Ihr wollt.«
Katrin nickte. »Welchem Menschen soll das Horoskop die Zukunft deuten?«
Der Doge hob eine Augenbraue, dann trat er an den Schreibtisch, holte Papiere daraus hervor und legte sie vor Katrin hin. »Keinem Menschen. Einem Ereignis. Und die Person ist die Serenissima Venedig selbst. Traut Ihr Euch das zu? Ich möchte wissen, ob sie leben darf oder zum Tode verurteilt ist.«
Katrin sah flüchtig auf das Blatt, das vor ihr lag. Nur ein Datum konnte sie sofort entziffern: 3. August 1492. Was immer das zu bedeuten hatte.

KAPITEL 11 Das Mondlicht reichte nicht bis in die Tiefen der Kanäle. Pechschwarz lag das Wasser darin, pechschwarz stiegen die Häuserwände auf, pechschwarz glitt die Gondel durch die Finsternis wie durch Tinte.

Florint spürte, wie sie unter Brücken hindurchfuhren, weil sich die Temperatur plötzlich abkühlte, er hörte links oder rechts auf schmalen Gehsteigen Menschen an ihnen vorüberhuschen, horchte auf das Rascheln von Stoff und auf das Pfeifen der Ratten, auf das Atmen von Passanten und auf das Trippeln und Flattern des Nachtgetiers, das sich mit dem allgegenwärtigen Glucksen des Wassers vermischte. Ihn beschlich in dieser Schwärze das Gefühl, in eine andere Welt eingetreten zu sein.

Der Rottfleck fluchte immer wieder, weil ihm die Dunkelheit die Orientierung beinahe unmöglich machte.

»Wohin geht es?«, fragte Florint, nachdem sie mehrmals die Richtung gewechselt hatten und er glaubte, sie würden sich in den verschlungenen Wasserwegen der Lagunenstadt verlieren. Ging womöglich der brackige, faulige Geruch, den der Ort verströmte, von den Verwesenden aus, die nicht mehr an ihre Zielorte gefunden hatten? Er überließ sich dem Rottfleck, verlor jedoch mit jedem Ruderschlag an Zutrauen zu dessen Orientierungskünsten.

»Für mich gibt es nur einen Ort, an dem wir uns verbergen können. Der Unterschlupf einer alten Freundin. Das Haus dürfte leer stehen.« Der Rottfleck verstummte erneut und stoppte gleichzeitig die Gondel. »Jetzt kommt der gefährlichste Teil unserer Flucht«, murmelte er. Florint konnte erkennen, dass sich vor ihnen eine breite Wasserstraße befand, die im Licht des halben Mondes glitzerte.

»Müssen wir da rüber?«, erkundigte er sich beim Rottfleck.

»Leider«, murmelte der wieder. »Man könnte uns sehen. Leg dich ins Boot, damit ein zufälliger Beobachter glaubt, ich sei allein.«

Florint gehorchte, und der Rottfleck schob mit wenigen Ruderschlägen das Boot aus dem engen Kanal in die Hauptwasserstraße. »Drüber über den Canal Grande«, feixte er spöttisch und trieb die Gondel vorwärts. Außer ihnen waren noch ein gutes halbes Dutzend Boote unterwegs, alle mit einer Laterne am Bug, die sich den Kanal hinauf- oder hinuntermühten. Am Rand des Kanals dümpelten Gondeln wie schwarze Särge auf dem Wasser, und die Molenstangen ragten wie die vergessenen Wanderstäbe des Schnitters Tod ins Dunkel.

Florint spähte über den Bootsrand. Niemand rief sie an, keine Stimme erhob sich, und dennoch hatte er das Gefühl, als würden zwei Gondeln in ihrer Nähe in ihre Richtung einschwenken. Doch sie waren weit entfernt, und der Rottfleck stahl sich rascher über die Wasserstraße, als sie folgen konnten.

»Geschafft«, stieß der Rottfleck einen Seufzer aus, als sie in das Dunkel der gegenüberliegenden Seite eintauchten. »Jetzt ist es nicht mehr weit.«

Florint lag im Boot auf dem Rücken und starrte zum Himmel empor. Direkt über ihm strahlte der Mars rötlich am Firmament und sandte Entschlossenheit und Tatkraft zu ihnen herab. Selbst hinein in die engen Kanäle, die sein Führer wählte, begleitete er sie eine ganze Weile. Seine Anwesenheit beruhigte Florint etwas, und er dachte an Katrin, die ihm erklärt hätte, was genau sich hinter dieser Führung durch den Roten Planeten verbarg: eine kämpferische Natur, die sich nicht unterkriegen ließ. Er hoffte nur, dass das den Tatsachen entsprach.

Endlich ließ der Rottfleck die Gondel ausgleiten und griff nach einer Halterung aus Metall, die den Eingang zu einem schmalen Haus markierte. Dann band er die Gondel an den Eisenring und half Florint aus dem Boot heraus auf eine dreistufige, glitschige Treppe. Licht sickerte wie feiner Sand durch alle Ritzen und Öffnungen der Stadt. Der Morgen brach langsam durch, hellte die Wände auf und zeichnete vorerst mit Grautönen auf dunklen Karton. Florint drehte sich zum Haus. Vor ihm lag ein hölzernes Tor, das etwas schief in den Angeln hing und vom Meerwasser blättrig aufgequollen war und Risse zeigte.

Der Rottfleck zögerte etwas, bevor er ebenfalls aus dem Boot stieg. Er sah sich vorsichtig um, doch auf diesen Teil des Kanals reichten wenige Fenster hinaus, und sie waren alle verschlossen.

»Auf denn«, sprach er sich Mut zu, langte in eine Nische zwischen den Steinen nahe der Tür und zog daraus einen alten Schlüssel hervor. Er wollte eben das Schloss aufsperren, als Florint einfach die Klinke drückte und das schwere Holztor aufschwang.

»Es ist offen«, verkündete er verblüfft.

»Sei vorsichtig!«, zischte der Rottfleck und legte den Schlüssel wieder an seinen Platz. »Man kann nie wissen.«

Ein Geruch schlug Florint entgegen, dem er ansonsten mit einem Naserümpfen begegnet wäre, jetzt jedoch, wieder auf vertrautem, festem Boden, als Landgeruch willkommen hieß: Taubendreck und Rattenkot mischten sich zu einem Gestank, der ihm den Atem verschlug.

Sie drangen in das Haus ein und stiegen in den ersten Stock hoch. Das Gebäude ragte tiefer in den Raum, als es breit war.

»Es besitzt sogar einen Innenhof, der den Räumen im Inneren Licht spendet«, sagte der Rottfleck. »Wir suchen uns ein Zimmer, in dem wir uns ausruhen können.«

Im ersten Stock führte nur eine Tür vom Gang weg. Sie betraten einen Raum, der Florint sofort faszinierte. Er war vollgestopft mit Instrumenten und mit Regalen voller Bücher. Von der Decke baumelte eine doppeltkopfgroße Armillarsphäre aus braun angelaufenem Messing, in die alle Himmelskörper eingebaut waren. Breite Bänder liefen um das Gittergestell, auf die Zahlenreihen eingraviert waren: die Stellungen der Wandelsterne zu bestimmten Jahreszeiten. Er trat an die Regale heran und las die Buchtitel, die sich allesamt mit den Gestirnen beschäftigten und zum Teil in Griechisch oder Arabisch verfasst waren.

Während Florint von einem Instrument zum anderen ging, trat der Rottfleck ans Fenster.

»Es war jemand hier«, verkündete er. »Und es kann nicht allzu lange her gewesen sein. Der Laden ist geöffnet, und vor dem Fenster sind die Abdrücke von nassen Schuhen zu sehen.«
Langsam erst begriff Florint, was sein Kamerad da eben gesagt hatte.
»Du meinst, wir sind hier nicht allein?«
»Richtig!«, betonte plötzlich eine Stimme, die aus dem Nichts zu kommen schien.
Florint stutzte. Die Stimme kannte er. Gut sogar. Und sie war ihm nicht in bester Erinnerung.
Mit flinken Augen suchte er den Raum ab. Tatsächlich hockte in einem Ledersessel, der im dunkelsten Winkel des Kabinetts stand, eine Gestalt.
»Wolfhart?«
Florint war wie vom Donner gerührt, doch dann wusste er, was zu tun war. »Weg hier!«, rief er und stürmte zur Tür. Doch der Rottfleck trat dazwischen.
»Nicht so hastig, mein Freund.« Er versperrte ihm den Weg und schloss die Tür vorsichtig. »Wir sind endlich in Venedig angekommen. Jetzt müssen wir das Spiel zu Ende spielen.«
Florint erstarrte. Der Rottfleck stand in Verbindung mit diesem … diesem Subjekt? Langsam begriff er gar nichts mehr. Wollte der Rottfuhrwerker, Artist und neu ernannte Gondoliere ihm helfen, oder hatte auch er seine Naivität nur ausgenützt, sein Vertrauen zu eigennützigen Zwecken missbraucht? Welches Spiel wurde hier gespielt?
Florint traute jedenfalls seinen Ohren nicht, als der Rottfleck Wolfhart begrüßte, als würden sie sich seit Jahren kennen.
»Schön, Euch zu sehen, Wolfhart. Sind die anderen hier?« In der Stimme des Rottfleck lag eine Mischung aus Neugier und Vorsicht.
»Alle brav eingetrudelt und bereits vor den Dogen gebracht.«
»Ihr habt mich hintergangen«, zischte Florint. »Ihr habt Euch mein Vertrauen erschlichen und mich verraten.«

Der Tag schickte sein Licht in das Kabinett und hellte die Gesichtszüge auf.
»Nicht so voreilig, Florint.« Der Rottfleck verschränkte die Arme vor der Brust. »Ihr solltet langsam besser zwischen Freund und Feind unterscheiden lernen. Wenn ich es genau betrachte, haben wir Euch das Leben gerettet – und das mehr als einmal. Ohne uns würdet Ihr vermutlich in den Kerkern der Inquisition ein eher bescheidenes Dasein fristen, glaubt mir.«
Florint verstummte, weil er nicht glauben konnte, was er hörte.
»Pater Eginald«, fuhr der Rottfleck fort, »ist nicht mit allzu großen Skrupeln belastet, wenn es um ketzerische Lehren geht. Er hätte Euch in den nächstbesten Kanal gestoßen, wenn er das Manuskript in der Hand gehalten hätte, nach dem Euer Vater und Meister Buschmann die Horoskopmaschine gebaut haben. Ihr seid ein Wissender. Und Wissende sind in kirchlichen Kreisen höchst unbeliebt.« Er wandte sich an Wolfhart. »Wann werden sie zurückkommen?«
»Ich weiß es nicht. Was ich allerdings weiß, ist, dass sie die Horoskopmaschine nicht bei sich hatten.«
»Unmöglich«, entfuhr es dem Rottfleck. »Sie müssen sie mitgebracht haben. Der Dominikaner hat sie nicht besessen. Und den Fuhrwerker, den Beitel, habe ich überprüft. Auch er hatte sie nicht.«
Ein lautstarker Fluch schwebte im Raum, als die Tür unten schlug und schwere Schritte die Treppe hinauf hörbar wurden.

KAPITEL 12 Wolfhart stand vom Sessel auf und trat hinter die Tür. So konnte er von eintretenden Besuchern nicht sofort gesehen werden. Die Tür schwang auf, und im Rahmen stand Gaßner und hinter ihm Maria. Sie stutzen, als sie Florint und den Rottfleck entdeckten. Gaßner erholte sich am schnellsten. Er schlug sich auf die Schenkel und sah sich um.

»Wolfhart. Rottfleck. Wunderbar. Ihr seid jeden Gulden wert, den ich in Euch gesetzt habe.«
Florint war verblüfft. Standen wirklich beide im Sold des Kaufherrn?
»Wo habt Ihr meinen Vater, Gaßner?«
Der Kaufherr blickte auf. »Ich habe ihn nicht. Warum fragt Ihr?«
»Der Dominikaner hat mir erzählt, er lebe und sei in der Stadt. Wisst Ihr davon? Wo ist Katrin?«
Gaßner seufzte. »Später. Ihr müsst mir zuvor helfen. Ihr müsst vor allem Katrin …«
»Hört, Gaßner«, fiel ihm Florint ins Wort. »Ich bin es leid, immer nur mit Halbwahrheiten abgespeist zu werden. Ich helfe Euch, wenn ich erfahre, wo Katrin und mein Vater sind und was all dieses Getue um die Horoskopmaschine, diesen Gesellen hier und den Rottfleck soll.«
Florint verschränkte die Arme und ließ sich in den Sessel fallen, in dem zuvor Wolfhart gesessen hatte.
Maria hatte die ganze Zeit unterm Türsturz gestanden und trat jetzt mitten unter die Männer.
»Es ist Zeit, einiges zu erklären. Messer Gaßner handelt mit griechischen Manuskripten. Er kauft sie von Galeerenkapitänen, die sich damit ihre Fahrten nach Konstantinopel, nach Zypern oder ans Schwarze Meer bezahlen lassen. Viele gebildete Gläubige fliehen aus Kleinasien, seit die Türken die Herrschaft dort angetreten haben, und bringen ihre Bibliotheken mit. Gaßner nimmt ihnen die Texte ab und verkauft sie an Humanisten wie den Augsburger Konrad Peutinger oder Augsburger Mönche.«
»Natürlich illegal!«, warf Florint dazwischen.
Jetzt übernahm Gaßner den Bericht. »Natürlich illegal. Die Signoria hat den Handel längst auf Betreiben der hiesigen Druckereien verboten. Doch das Geschäft ist einträglich. Letztes Frühjahr allerdings habe ich Messer Matteo vertraut. Ich habe ein Blatt gekauft, auf dem eine Maschine gezeichnet war. Ein

Pergament von Aristarchos von Samos. Messer Matteo bat mich, das Gerät in meiner Heimatstadt von einem Instrumentenbauer nachbauen zu lassen. Was ich leider nicht wusste, war, ich hielt damit ein Staatsgeheimnis in Händen. Messer Matteo hatte das Manuskript bereits der Signoria angeboten, doch die stufte es als unverkäuflich ein und wollte ihm nichts dafür bezahlen. Als der Doge das Manuskript einforderte, konterte Messer Matteo damit, dass die Signoria die fertige Maschine kaufen sollte. Sofort ließ der Doge Nachforschungen anstellen, wo sich das Manuskript befand. Das führte Wolfhart nach Augsburg. Doch davon erfuhr ich erst später. Offenbar enthält das Manuskript mehr als nur die Pläne für eine Horoskopmaschine. Wenn auch nur in den Augen des Dogen.« Gaßner atmete tief durch. »Zuerst wusste ich nur, dass es Geld dafür geben würde, viel Geld. Und Messer Matteo köderte mich damit, dass die Signoria die fertige Maschine bezahlen würde. Also gab ich Meister Buschmann den Auftrag.«

Langsam dämmerte Florint, was hier gespielt wurde. »Die Maschine wurde deshalb nicht in Venedig gebaut, weil es zum einen hier die dazu fähigen Instrumentenbauer nicht gab und weil zum anderen Messer Matteo um sein Geld fürchtete. Die Signoria hätte ihm das Pergament weggenommen. Ohne einen Dukaten dafür zu bezahlen.«

»Was spielt Ihr darin für eine Rolle, Maria?« Florints Neugier war entfacht.

»Eine untergeordnete. Messer Matteo hatte vor Loredan geprahlt, dass die Maschine eine Entdeckung sei, eine Horoskopmaschine der Griechen, die jegliche Zukunft sicher voraussagen könnte.«

»Damit wärt Ihr nicht mehr gebraucht worden, oder?« Florint versuchte sie zu provozieren.

»Nein. Es kam anders. Die Liga von Cambrai sammelte sich und machte Venedig das Leben schwer. Der Doge bat mich, für die Auseinandersetzung mit Papst und Kaiser ein Horoskop zu erstellen. Ich tat es und kam zum Ergebnis, dass ein Krieg das Ende Venedigs als Macht im Mittelmeer bedeuten würde. Daraufhin erhielt ich Hausarrest. Um nicht vor Langeweile zu sterben, beschloss ich, eine Voraussage für unsere Truppen zu erarbeiten, die wiederum deutlich zeigte, dass eine Schlacht im Frühjahr diesen Jahres verloren gehen würde und mit ihr das Festland Venedigs. Das Ergebnis kennt Ihr. Man verwies mich aus der Stadt.«

»Als die Niederlagen absehbar waren, wollte der Doge die Maschine haben, nicht wahr?«

»Ich hatte den Auftrag, sie zu stehlen«, gestand der Rottfleck, »was mir leider nicht gelungen ist. Dafür hast du eine Platzwunde am Kopf abbekommen.« Der Rottfleck kicherte. »Tut mir leid. Ich wollte nicht so fest zuschlagen, und das Holzscheit hatte an der Stelle einen Ast. Das kann passieren.«

»Dann warst du der Schleicher in Meister Buschmanns Innenhof?«, unterbrach Florint nachdenklich.

»Allerdings nicht lange. Ich wurde verhaftet, weil ich angeblich gestohlen hatte. Es stimmte nicht, doch man fand Werkzeug bei mir, das ich niemals zuvor gesehen hatte.«

Jetzt wurde auch Gaßner neugierig.

»Dann hat dich jemand verraten? Weißt du, wer das gewesen sein könnte?«

Der Rottfleck schüttelte den Kopf. »Zuerst dachte ich an Meister Buschmann selbst, doch als Florint in die Hexenlöcher kam und ich hörte, der Instrumentenbauer sei ermordet worden, gab es nur noch Gaßner oder …«

»… den Dominikaner. Pater Eginald«, ergänzte Florint den Satz. »Jetzt fehlt mir nur noch die Rolle, die mein Vater darin gespielt hat.«

»Wir sollten uns zuerst die Maschine ansehen, Florint. Ich glaube, ich weiß, wie wir damit Euren Vater finden werden.«

Florint lehnte den Kopf zurück und starrte an die Decke des Raumes. Allmählich begann sich das Dunkel zu lichten, das ihn seit Augsburg begleitete. Langsam schien er zu begreifen, was hier geschah und dass er nur eine Figur in einem viel größeren Spiel war, ohne in dieses eingreifen zu können.

Die Decke des Kabinetts zeigte eine Freskomalerei: Helios, der mit seinem Sonnenwagen über den Himmel zog und von Apollon, dem Gott der Dichtkunst, besungen wurde. Eine Hälfte des Bildes erstrahlte bereits im Licht des Tages, die andere zeigte noch das dunkle Blau der Nacht, auf dem zwei Sternzeichen zu sehen waren, Orion und der Stier und mitten in diesem ein Lichtfleck aus einer Ansammlung von Sternen: die Plejaden. Überall waren sie zu finden, die Töchter des Atlas.

Maria zog seine Aufmerksamkeit auf sich. Sie war an eines der Regale getreten, hatte dort eine Verriegelung gelöst und ein Nebenzimmer geöffnet. Die Tür gab den Blick auf einen eher schmalen Raum frei. Alle Wände waren mit Regalen bedeckt, in denen Bücher, Manuskripte und mit Alkohol gefüllte Flaschen standen, in denen präparierte Tierkadaver lagerten. Mitten im Raum stand ein Tischpult und auf ihm der Horoskopapparat. Als würde er davon magisch angezogen, erhob sich Florint und folgte Maria in das kleine Kabinett. Dabei besaß er keinen Blick für die Maschine, sondern für die Ausstattung des Raumes. Sie erinnerte an die Werkstatt Meister Buschmanns. Überall waren Blätter mit Skizzen an die hölzernen Wände geheftet, Horoskopzeichnungen, Tagesvorschauen, Geburtsstundenberechnungen, Häusertabellen, Zeichnungen. Der für ihn faszinierendste Gegenstand war jedoch ein speckiges Flugblatt, kaum quartgroß, direkt oberhalb der Maschine. Mit Nadeln hatte man es gegen die rohen Holzbohlen zwischen die beiden Regalschränke gesteckt.

Florint trat näher und besah sich das Blatt genau. Es enthielt acht Kreise, die wie Zwiebelschalen einer im anderen lagen. Die Kreisbögen waren nummeriert und beschriftet. Sie begannen außen mit der »I« und dem Zusatz »Stellarum Fixarium Sphaera Immobilis«. Die nächsten Kreise waren beschriftet mit »Saturni«, »Jovis«, »Martis«, danach kamen die Erde mit der Mondbahn, die Venus und schließlich mit der Nummer »II« der Merkur. Der letzte Kreis in der Mitte ließ ihn tief einatmen. Er besaß das Zeichen der Sonne, ein Kreis mit einem Punkt, und war mit »Solis« beschriftet.

Florint musste zweimal hinsehen, bevor er glaubte, was er sah. Langsam wandte er sich zu Maria um, die ihn genau beobachtete.

»Woher habt Ihr das Blatt?«, entfuhr es ihm.

»Dieses Diagramm?« Sie deutete auf das Blatt an der Wand. »Ich habe es gezeichnet. Es gehört mir.«

»Das meine ich nicht«, zischte Florint. »Woher habt Ihr die Idee dafür bekommen?«

Maria runzelte die Stirn. »Ich sagte es bereits: Ich habe es gezeichnet.«

Florint hörte nur mit einem halben Ohr hin. Überall suchte er nach einem Zeichen, nach dem Zeichen der Plejaden auf dem Blatt. Doch die Signatur seines Vaters fehlte.

»Ihr wollt dieses Blatt entworfen haben? Das ist doch lächerlich!«, schnaubte er.

Maria wandte sich an Gaßner. »Ihr habt mir falsche Hoffnungen gemacht, Gaßner. Bedauerlich.«

»Nicht so vorschnell. Der junge Deroubaix ist etwas verwirrt. Bis gestern war er ein Galeerensklave in Venedigs Diensten. Diese Drohung und die Anstrengungen der langen Reise lassen den Verstand zuweilen verkümmern. Wartet, bis er weiß, womit er es zu tun hat, dann sehen wir weiter.«

Maria presste die Lippen zusammen.

»Warum müssen wir Weibsbilder uns immer rechtfertigen? Warum müssen wir uns gegenüber den ›Herren dieser Schöpfung‹ beständig erklären? Weil der Herrgott vergessen hat, seiner Schöpfung so etwas wie Gerechtigkeit und Gleichheit einzuschreiben. Beim Schöpfungsakt sind ihm diese beiden Werte verloren gegangen, oder er hat sie einfach vergessen.«

Sie nahm die Horoskopmaschine und trug sie in das große Kabinett. Dabei schob sie Florint unwirsch beiseite. Florint trat einen Schritt zurück, musste sich jedoch an der Tischkante festhalten, sonst hätte das wütende Mannweib ihn umgeworfen. Dabei griff er in einen Stapel Blätter und warf diese auf den Boden. Er bückte sich und wollte sie aufheben, als er innehielt.
»Das sind die Aufzeichnungen meines Vaters!«
Alle im Raum drehten sich zu ihm um.

KAPITEL 13 Katrin saß, die Hände im Schoß verborgen, allein in einem Raum, der so groß war, dass sie sich davor ängstigte. Dunkle Fresken bedeckten Decke und Wände. Alles war mit Gold übersät, dass es in den Augen schmerzte. Vor ihr lagen Tabellen und ganze Bögen mit Papier. Man hatte ihr einen Krug mit Wein auf einen eigenen Tisch neben das Pult gestellt, daneben Tinte und ein Dutzend Federkiele, Streusand, Federmesser zum Radieren und zum Spitzen der Kiele sowie diverse Instrumente, Lineale, Winkelmesser. Wenn sie hustete, hörte sie ihr eigenes Echo. Sie getraute sich nicht einmal die Füße auf den Boden zu stellen, weil sie fürchtete, ihr eigener Tritt würde als Geräusch zu ihr zurückkehren.
Maria und Gaßner hatten sie dem Dogen übergeben, wie man ein Geschenk übergibt. Mit herzlichem Lächeln und eisigem Gefühl. Dann waren sie gegangen. Weder den Kaufmann noch Loredan hatte sie noch einmal gesehen. Nur ein kleines Heer von bärtigen alten Männern war aufgetaucht und hatte ihr das Handwerkszeug gebracht. Alle mit spöttischen Augen, alle mit dem überheblichen Lächeln der Wissenden. Das Angebot, ihr einen Schreiber zu stellen, hatte sie dankend abgelehnt. Dann hatte man sie allein gelassen.
Vor der Tür stand eine Wache, so viel wusste sie. Der einzige helle Fleck in der Düsternis dieses Saals war das Papier, das vor ihr lag und auf dem ein Datum stand: 3. August A.D. 1492.

Wenn sie nur wüsste, was es mit diesem Datum auf sich hatte. Darunter hatte die Hand Leonardo Loredans noch eine Uhrzeit gesetzt. Acht Uhr. Katrin wusste genau, was von ihr erwartet wurde. Sie sollte ein Horoskop zeichnen, sie sollte dieses Datum mit den Kraftprinzipien der Wandelsterne füllen, sollte ihre Einwirkung auf diesen Tag, auf den Ort versuchen, sollte das alles beschreiben und deuten.

Dabei konnte sie noch nicht einmal eine der Federn berühren, weil sie aus allen Winkeln des Raumes die Kiele kratzen und rascheln hörte, weil sie glaubte, mit einem halben Dutzend Menschen in einem Raum zu sitzen, in dem sie mutterseelenallein war.

Sie starrte auf das Blatt, auf das Datum und dachte an Florint, der irgendwo in den Händen dieses verrückten Dominikaners war, und hoffte, wenigstens ihm gehe es gut. Gleichzeitig grübelte sie darüber nach, was Gaßner und Maria damit bezweckten, sie hier dem venezianischen Dogen zu überantworten.

Katrin schreckte auf, als sich die Tür öffnete und die merkwürdige Kappe auftauchte, die den Dogen auswies. Er schlurfte langsam und vorsichtig auf sie zu. Doch Katrin wusste, dass es sich dabei nicht um ein Altersgebrechen handelte. Er bewegte sich deshalb nicht schneller, weil man auf diesem Parkettfußboden Gefahr lief auszurutschen, wenn man sich nicht gemessen bewegte.

»Ihr habt noch nicht begonnen, Jungfer Buschmann?« Die Stimme des Dogen klang ruhig, und dennoch schwang in ihr eine Fülle an Macht und Forderung mit, die sie zu erdrücken schien. Sie konnte kaum glauben, dass eine solche Stimme in einem derart zarten Manneskörper wohnte. Loredan lächelte schmal. Man sah nur die äußeren Ränder, Teile seiner Lippen, die mit einer kleinen Wulst in die Gesichtshaut übergingen. »Wir haben nicht alle Zeit der Welt, leider.« Er ging an ihr vorüber und trat an eines der Fenster. Es blickte auf einen Innenhof hinaus, den Innenhof der Giganten, den Katrin bereits kennen gelernt hatte. »Jeden Tag strömen Hunderte von Soldaten in unsere Lagunenstadt, Hunderte von Kaufleuten, Handwerkern, Bauern. Sie fliehen vor der Liga und ihren Grausamkeiten. Venedig ist besiegt. Ich weiß nicht, ob wir dieses Wunder auf dem Wasser, das uns der Heilige Markus geschenkt hat, werden verteidigen können, Jungfer Buschmann. Doch ich möchte wissen, ob dieser Stadt noch eine Zukunft beschert ist oder nicht.« Seine Stimme besaß den tiefen, vollen Klang des geborenen Erzählers. »Macht Euch an die Arbeit. Für Venedig. Für Eure Freunde. Für die Zukunft dieser Stadt.« Er drehte sich zu Katrin um und lächelte sie an.

»Das Datum, Serenissimus. Wofür steht es?« Katrin hatte fragen müssen.

Der Mund des Dogen verzog sich zu einem schiefen Grinsen. »Findet es heraus. Wenn Ihr die seid, für die Euch Gaßner hält, ist es für Euch kein Problem.« Er schlurfte an ihr vorüber, ohne sie weiter zu beachten. Erst an der Tür blieb er stehen und wandte sich erneut an sie. »Ein Wort noch, Jungfer Buschmann. Wenn Venedig nicht überlebt, werdet Ihr das Festland ebenfalls nicht mehr betreten.«

Loredan wartete die Antwort Katrins nicht ab, sondern klopfte nur gegen die Tür, die wie von selbst aufschwang und den Mann mit seiner Hornmütze und dem Mantel mit den riesigen Knöpfen regelrecht aus dem Raum saugte.

Katrin legte sich zurück, zog die Beine auf den Stuhl und schloss die Augen. Was wollte dieser Doge für ein Horoskop? Ein gefälliges Papier oder die Wahrheit? Der Gedanke machte sie wütend, dass sie diesem Menschen, der sogar Macht in seiner Stimme versammelte, die Lüge als Wahrheit verkaufen sollte. Er sollte sich täuschen.

Entschlossen griff sie zu den Tabellen, die vor ihr auf dem Tisch lagen, nahm sich ein leeres Papier und begann sich die Stände der Planeten für den 3. August des Jahres 1492 herauszusuchen.

Je länger sie daran arbeitete, desto aufgeregter wurde sie. Die Planetenpositionen dieses Tages, dieser Stunde erwiesen sich als ungewöhnlich. Äußerst ungewöhnlich. Sonne und Saturn standen sich direkt gegenüber. Ein ungünstiger, ja gefährlicher Gegensatz schien sich hier zu entwickeln. Das Bedürfnis nach Anerkennung lag in Opposition zur schöpferischen Verwirklichung der Möglichkeiten. Katrin spürte etwas Hemmendes, Bremsendes. Hinzu kam die Sammlung von Planeten im 10. Haus: Sonne, Merkur, Jupiter. In der Nähe, im 9. Haus, hielt sich Mars im Zeichen der Fische auf und schob mit seinem Drängen die Sachlage an. Katrin fühlte eine starke Veränderung, eine Verlagerung der Stärken und Schwächen. Das Datum besagte eine Änderung der Stellung. Wenn sie den Ausgangspunkt Saturns im Wassermann betrachtete, dann musste es sich bei diesem Luftzeichen um die Stadt handeln, die wie ein Nebel auf dem Wasser der Lagune lag, um Venedig selbst, weil es vom Wasserzeichen der Fische begleitet wurde. Es lag im 4., einem absteigenden Haus, im Gegensatz zur Opposition, dem 10. Haus, das im Zeichen des Löwen stand. Dies war ein Feuerzeichen, und es stieg auf, verkündete Gefahr, brachte Kampf, enthielt Jupiter und Merkur und die Sonne und – Katrin blickte sich für einen Moment um, weil sie diese Erkenntnis nicht eintragen durfte, ohne Gefahr zu laufen, auf den Scheiterhaufen zu landen – beherbergte selbst Lilith, den magischen schwarzen Mond. Was den Gegensatz weiter verstärkte.

Als Katrin zum ersten Mal wieder aufblickte, umstanden sie Leuchter mit halb abgebrannten Kerzen, was sie verwirrte. Jemand musste sie hereingetragen, die Lichter angezündet haben. Sie hatte davon nichts bemerkt. Ihr Gesicht glühte. Ihre Augen brannten fiebrig, dennoch fühlte sie sich nicht krank, sondern geradezu übernatürlich hellwach. In diesem Zustand konnte sie Dinge erkennen, die sie niemals zuvor gesehen hatte. Sie betrachtete ihr Blatt mit all den Einzeichnungen und spürte die Unruhe, die davon ausging. Eine Bedrohung enthielt die Anordnung der Sterne, eine Warnung vor einem Ereignis, das von eben diesem Tag ausging und eine sicher geglaubte Welt zerstören würde.

Katrin strich sich mit beiden Händen über ihr Gesicht. Mit dieser Stundenschau hielt sie ein Wissen in der Hand, das tödlich sein konnte. Tödlich für sie, für ihre Freunde, für die Lagunenstadt. Wer war sie? Eine Pythia, die ein Orakel zu verkünden hatte?

Sie begann darüber nachzugrübeln, ob sie nicht besser ein Lügengespinst entwerfen sollte. Ob sie nicht besser andere Aspekte und Konjunktionen mit einbeziehen sollte, die nichts mit der tatsächlichen Situation zu tun hatten.

»Ihr seid unzufrieden, Jungfer Buschmann«, tönte es vom Fenster her.

Katrin ließ den Federkiel fallen, auf dem sie herumgekaut hatte. Sie sah nichts, da die Kerzen ihr den Blick aus ihrem Lichtkreis heraus verwehrten. Um sie her hatte sich eine Blase aus Dunkelheit gebildet, in der sie schwamm.

»Wer ist da?«, fragte sie in die Weite des Raumes hinein.

»Ihr werdet doch meine Stimme nicht vergessen haben?«, murmelte es. Natürlich, diese Stimme vergaß man nicht. Niemals.

»Wie kommt Ihr hierher?«

»Wie, glaubt Ihr, habe ich erfahren, dass das Manuskript nach Augsburg transportiert worden war? Ihr unterschätzt unseren Einfluss, Jungfer Katrin. Nur dann sind wir in der Lage, dem Glauben die nötige Geltung zu sichern, wenn wir Augen und Ohren an den entscheidenden Stellen haben.« Die Stimme lachte, als sei sie mit sich und der Entwicklung durchaus zufrieden. »Die Menschen helfen uns, damit wir ihnen helfen. Im Jenseits werden wir vergelten, was wir im Diesseits an Hilfen erhalten haben.«

»Was habt Ihr mit Florint gemacht? Wo ist er?«, fragte Katrin eine Spur zu hastig.

»Ich wollte ihm helfen, doch er hat es vorgezogen, die Seiten zu wechseln. Schade um ihn. Schade für seinen Vater. Ich glaube nicht, dass er ihn lebend wiedersehen wird.«
Die Stimmung verdüsterte sich; es schien kälter zu werden im Raum. Katrin versuchte, mit ihren Augen die Nacht um sie her zu durchdringen, doch die Kerzen trennten sie von der Welt ab. Nur ihren Stimmen gelang es, die Barriere zu überschreiten.
»Nun, eine Möglichkeit besteht doch, dass die beiden wieder zusammenkommen. Ihr übergebt mir die Horoskopmaschine, und ich gebe Meister Deroubaix frei.«
»Ich habe die Maschine nicht«, flüsterte Katrin. »Gaßner hat sie und diese Maria ...« Sofort verstummte sie. Hatte Pater Eginald sie gehört? Sie zweifelte bereits daran, dass sie mit dem Dominikaner sprach. Wie sollte er in diesen Raum gefunden haben? Das war doch unmöglich.
»Oh, Maria ist wieder in der Stadt. Wie wunderbar!«
Katrin verfluchte sich und ihre Unvorsichtigkeit.
»Gaßner hat sie. Nur dieser Gaßner, sonst niemand. Ich kenne keine Maria«, versuchte sie zu retten, was zu retten war.
Der Dominikaner lachte leise vor sich hin. »So sei es. Noch haltet Ihr die Maschine nicht in Händen. Doch sie wird in den Palast gelangen, davon bin ich überzeugt. Und Ihr werdet sie mir übergeben.«
Katrin wollte »Niemals« sagen, doch das Wort kam nicht über ihre Lippen. Es blieb ihr regelrecht im Halse stecken.
»Wie soll das gehen? Wie wollt Ihr davon erfahren?«
Sie hörte keine Antwort. Stattdessen wehte ihr ein Hauch von Weihrauch und Körperschweiß entgegen und berührte sie eiskalt. Sie stieß einen kurzen Schrei aus, schlug mit der Hand aus, traf einen der Kandelaber und warf ihn dabei um. Er knallte auf das Dielenparkett, und die Kerzen erloschen. Den Raum füllte ein schwefliger Geruch, als wäre der Teufel höchstpersönlich vorübergeweht.
Die Tür öffnete sich. Neugierige Köpfe ließen sich blicken.

Kerzenhalter wurden hereingetragen. Eine ganze Lakaienschar flutete in den Saal.
Katrin sah sich um. Niemand befand sich sonst im Zimmer. Keine Menschenseele. Sie hatte sich getäuscht, war einer Halluzination erlegen, hatte mit sich selbst gesprochen.
»Wie weit seid Ihr, Jungfer?«, fragte eine der dienstbaren Seelen, während sie den Kerzenleuchter aufrichtete.
»Lasst den Dogen kommen!«, sagte Katrin. Solch eine Vision wollte sie nicht noch einmal erleben. Sie setzte sich, ordnete ihre Blätter und erstarrte. Auf dem Tisch lagen Kreuz und Perlen eines Rosenkranzes.
Pater Eginald war also doch hier gewesen.

KAPITEL 14

»Könnt Ihr die Schrift lesen, Florint?«
»Es ist die Handschrift meines Vaters.«
»Es sind geheime Zeichen«, murmelte Gaßner. Er beugte sich über Florints Schulter und beobachtete, wie dieser mit dem Finger die Zeilen gegen die Leserichtung entlangfuhr.
»Es sind keine geheimen Zeichen. Mein Vater ist Linkshänder. Ein Teufelshänder, wie manche glauben. Er schreibt spiegelverkehrt. Seht her.«
Florint nahm ein Blatt und hielt es gegen die polierte Oberfläche einer der Winkelscheiben. Tatsächlich konnte man darin eine ganz normale Schrift entziffern.
Gaßner nickte und klopfte Florint auf die Schultern. »Lest, Junge, und sagt mir dann, ob Ihr in der Lage seid, diese Maschine in Gang zu setzen. Wir haben sie gegen Katrin gesetzt. Sie muss funktionieren.«
Florint schluckte. Katrin als Pfand für die Horoskopmaschine?
»Der Doge glaubt keinem der Horoskope mehr, die angefertigt werden. Die Maschine soll ihm die Zukunft der Lagunenstadt entschlüsseln«, erläuterte Maria, die offenbar den Zweifel in seinem Blick bemerkt hatte.

»Ich werde es versuchen.«

Er hatte die Maschine auf einen der Tische gehievt, hatte sie aus ihrem Holzkasten genommen und die Papiere danebengelegt, und dann begann er sie zu studieren. Sie stand vor ihm, geheimnisvoll golden schimmernd und doch verschlossen. Nur die Zapfen ragten daraus hervor, an die man die Sphären anklemmen konnte, die fehlten. Einige Öffnungen, in die man Stifte einstecken konnte, hatte er schon untersucht. Sie führten nicht ins Innere, und mit ihrer Hilfe ließ sich der Kubus nicht öffnen. Die Papiere mussten eine Lösung bieten ...

Florint versuchte sich auf den Inhalt zu konzentrieren, doch es gelang ihm nicht recht. Wolfhart und der Rottfleck hatten sich verabschiedet. Sie hatten ihm zugesagt, sich umzuhören. Wenn sein Vater sich in der Lagunenstadt aufhielt, dann würden sie ihn ausfindig machen. Sie hatten es ihm fest versprochen.

Sein Vater beschrieb die Maschine, erklärte, wie die Sphärenringe zu befestigen waren, erläuterte die Ausgangsposition, erzählte, wo welcher Ring einzufügen war, und setzte unvermittelt einen Satz an den Schluss des ersten Blattes. Florint musste ihn noch einmal und noch einmal lesen, da ihm der Sinn nicht recht in den Kopf wollte. »Stich Merope, die Schöne, und Plejone, die Veränderliche.«

Was sollte der Unsinn? Wurde sein Vater zum Poeten?

Verwirrt sah er vom Blatt auf den Kubus aus Metall, der so gefügt war, dass keine Messerspitze, kein Stichel eindringen konnte. Florint drehte das Gebilde in den Händen und hätte es eben wieder weggestellt, als er das Plejadenzeichen auf der Oberfläche entdeckte. Natürlich! Sein Vater hatte sein Zeichen eingraviert. Es war so geformt, dass die beiden Sterne, die Plejone und Atlas darstellten, an der linken Kante des Blocks lagen, Merope als unterster Stern an der unteren Kante. Er strich mit den Fingern über die Sternenkonstellation. Gerade Merope und Plejone fühlten sich anders an. Die Plejaden waren gepunzt. Ihre Form war weich, hügelig, gleichmäßig. Könnte es sein, dass ...?

»Gaßner, Maria, ich brauche feine Nadeln. Ich glaube, ich weiß, wie diese Maschine zu öffnen ist.«

Erneut betrachtete Florint das Sternzeichen von der Seite. Merope und Plejone waren nicht gepunzt. Sie waren gebohrt. Man konnte es sehen und fühlen, wenn man es wusste.

Maria brachte zwei Nadeln zum Annähen von Knöpfen, dicke, unregelmäßig gezogene Metallstifte mit Spitze. Florint rümpfte die Nase über diese dilettantische Arbeit. Kein Lehrling des Uhrmacherhandwerks hätte damit bestehen können.

»Ist das alles?«, fragte er.

Maria nickte nur.

»Wenn ich die Nadeln abbreche, werden wir nie ins Innere kommen – oder nur, wenn ich die Mechanik zerstöre.«

Florint hörte, wie Gaßner schluckte. »Dann dürfen sie eben nicht abbrechen.«

Der Geselle stach mit der ersten Nadel in Plejones Bohröffnung. Ein Wachspfropfen gab nach, und die Nadel glitt tiefer. Sie ließ sich erstaunlich leicht einführen. »Ich hatte Recht«, frohlockte Florint. Die Merope-Öffnung erwies sich als schwieriger. Die Nadel war zu dick. Florint befeuchtete sie mit der Zunge, doch es half nichts. »Ich brauche einen Schleifstein«, seufzte er und lehnte sich zurück.

»In der Küche muss einer liegen«, sagte Maria und war auch schon zur Tür hinaus.

»Was geschieht mit Katrin, wenn ich die Horoskopmaschine nicht in Gang setzen kann?«, fragte Florint beiläufig.

»Sie wird in eines der vielen Frauenklöster gesteckt werden. Und dort für immer verschwinden.«

Florint schluckte den Speichel hinunter, der sich in seinem Mund angesammelt hatte. »Ich mache Euch für die Sicherheit Katrins verantwortlich, Gaßner. Sollte ihr etwas geschehen, dann seht zu, dass Ihr Land gewinnt, oder Ihr endet in einem dieser Alkoholgläser – zu meiner Erbauung. Dann kann ich täglich Euer leeres Gesicht im Trüben schwimmen sehen.«

Maria kam zurück mit einem hellen Sandstein und einem Tuch. Beides übergab sie dem Gesellen. Florint spuckte auf den Stein, wickelte sich das Tuch um einen Finger und legte die Nadel in die feuchte Stelle, dann begann er das Metall gegen den Stein zu drücken und zu reiben. Ein Leder wäre ihm lieber gewesen, doch das schien es nicht zu geben. In einer Küche war ein Reibeleder auch unsinnig. Die Messer waren in der Regel groß genug, um sie mit der Hand zu halten. Es dauerte eine ganze Zeit, bis Florint mit dem Ergebnis zufrieden war.

Er trocknete die Nadel ab, die jetzt merklich an Umfang eingebüßt hatte. Dann steckte er sie vorsichtig in die Merope-Öffnung, die ebenfalls von einem Wachspfropfen verschlossen gewesen war. Sie ließ sich ohne große Schwierigkeiten einführen – doch nichts geschah. Kein geheimer Verschluss reagierte, keine Sperre wurde entriegelt, kein Klicken oder Klacken war zu hören.

»Verd…!«, fluchte Florint, der sich sicher gewesen war, dass es funktionierte. »In der Anleitung steht doch: ›Stich Merope, die Schöne, und Plejone, die Veränderliche.‹ Nichts anderes habe ich getan.«

Maria und Gaßner, die beide atemlos gespannt zugesehen und sich weit vorgebeugt hatten, richteten sich auf. »Ihr müsst einen Zugang schaffen, Florint. Und zwar bald.«

Florint zog die Nadeln aus der Öffnung. Plötzlich stutzte er. Warum hatte sein Vater nicht zwei Plejadentöchter als Verschluss verwendet, sondern Merope, eine Tochter, und Plejone, die Mutter? Nannte er sie nicht die Veränderliche? Sein Vater tat nie etwas ohne Grund. Jedenfalls nicht, wenn es sich um Verschlüsse handelte. »Ich glaube, ich weiß, welchen Fehler ich gemacht habe«, sagte er halblaut. Sofort herrschte absolute Stille im Kabinett. Florint lachte leise vor sich hin. »Mein Vater ist ein Schelm. Plejone, die Veränderliche! Ich hätte es mir denken können. Nur sie kann die Veränderung herbeiführen, die nötig ist.«

Er nahm die Nadeln erneut auf, reinigte sie und stach die erste in die Merope-Öffnung. Tatsächlich ließ sie sich tiefer einführen als eben. Florint glaubte auch ein helles Klicken zu hören. Dann führte er die zweite Nadel ein. Bereits sehr früh traf er auf einen Widerstand, der beim ersten Versuch nicht zu spüren gewesen war. Er überlegte kurz, dann drückte er vorsichtig dagegen. Die Nadel glitt ab und stach tiefer. Florint befürchtete schon, er hätte erneut einen Fehler begangen, doch da begann der Apparat zu surren, als sei eine aufgezogene Feder entsperrt worden und liefe jetzt ab. Er nahm die Finger vom Kubus. Zuerst hörte man nur dieses gleichmäßige Surren, dann klickte es viermal kurz hintereinander, und einige der Zapfen auf der Deckplatte begannen sich zu drehen. Mit einem lauten Knacken öffnete sich anscheinend ein Verschluss, denn gleichzeitig stieg der Innenteil des Kubus auf wie ein Pilz, der aus der Erde bricht.

»Ihr habt es geschafft, Florint!« Maria schlug ihm mit der Hand auf den Rücken. Die Freude schien tatsächlich echt zu sein.

Höher und höher stieg der Metallpilz, bis ein Auslaufen der Feder das Ende verkündete.

»Und was jetzt?« Gaßner stellte die Frage.

»Jetzt muss ich ins Innere. Ich muss wissen, wie mein Vater die Maschine aufgebaut hat, dann können wir weiterreden. Zuerst benötige ich Werkzeug.«

»Daran soll es nicht fehlen«, verkündete Maria, trat in den Nebenraum und holte von dort ein Lederbündel. Sie legte es neben Florint, der es neugierig öffnete. In Samt eingeschlagen enthielt der Packen Feinwerkzeug für Instrumentenbauer. »Woher stammen die Werkzeuge?«

»Sagte ich nicht, dass ich mehr kann als kochen und waschen?«, brummte Maria. »Dennoch werde ich jetzt etwas zu essen machen. Gaßner, Ihr könnt mir dabei helfen.«

Maria zog Gaßner mit sich, und Florint saß allein mit seiner Maschine. Zuerst atmete er tief durch, dann begann er den aufgestiegenen Pilz zu untersuchen. Tatsächlich entdeckte er zwei Hemmungen, die er mit einer Zange löste. Sofort stieg der Pilz weiter und eröffnete ihm den Blick auf die Mechanik im Inneren. Was er allerdings sah, ließ ihm den Atem stocken. Neben dem Räderwerk enthielt das Innere auch mehrere Hohlräume, in die Metallstreifen eingepasst waren. In diese Streifen waren in Gold und Silber Markierungen und Zeichen eingelassen, die jeglichen Zweifel an ihrer Funktion zerstreuten: Es waren die gesuchten Sphärenbänder. Doch daneben enthüllte der Kubus Florint ein weiteres Geheimnis.

»Vater, Vater«, Florint schüttelte den Kopf, »Ihr seid tatsächlich ein rechter Schelm!«

KAPITEL 15 »Das ist unmöglich!« Leonardo Loredan lief auf und ab. »Unmöglich, sage ich.«

Katrin konnte dem Dogen die Aufregung nicht recht abnehmen. Sein asketisches Gesicht, sein ins Jenseitige gerichteter Blick, alles das ließ bei ihr den Eindruck zurück, als störten ihn die Verwicklungen dieser Welt nur.

»Und doch ist es wahr. Oder habt Ihr mir das Kreuz und die Perle auf den Tisch gelegt?«

»Habe ich nicht. Warum sollte ich auch?«

Katrin hatte erreicht, was sie wollte. Der Doge war unsicher geworden, er war wütend, er war außer sich, soweit er außer sich sein konnte. Sie befanden sich allein im Saal. Er hatte alle seine Bediensteten, seine Lakaien, seine adligen Schranzen hinausgeschickt, nachdem sie ihm die Neuigkeit ins Ohr geflüstert hatte. Dann hatte er sich von ihr berichten lassen, den Blick hinaus auf die Treppe der Giganten in den Innenhof gerichtet. Katrin dachte daran, wie er Mars und Neptun, den Gott des Krieges und den Gott des Wassers, betrachtete, während sie

erzählte, und dass sie der Gott des Krieges, der Veränderung, wieder einmal begleitete.
»Sie durchtränken diese Welt wie Schimmel, der nicht mehr auszurotten ist, wenn er einmal ein Gemäuer befallen hat. Ich werde die undichte Stelle finden, glaubt mir.«
»Ihr solltet bald damit beginnen, denn das Datum, das Ihr mir gegeben habt, zeigt unheilvolle Auswirkungen, Serenissimus. Venedig ist bedroht.«
Leonardo Loredan, der bislang keinen Blick vom Fenster gelassen hatte, wandte sich um und setzte sich in den mitgebrachten Stuhl. »Es ist kein Geheimnis. Venedig birst vor Flüchtlingen. Es ist nur eine Frage der Zeit, wann die Heere der Liga eintreffen werden, wann wir Probleme mit dem Trinkwasser bekommen, wann uns die ersten Krankheiten heimsuchen werden. Ich lasse bereits jetzt ununterbrochen Messen in den wichtigsten Kirchen der Stadt lesen.«
»Ihr solltet vielleicht weniger Messen lesen lassen und vielmehr handeln. Mein Horoskop sagt den Untergang dieser Stadt voraus. Das Machtzentrum hat sich an jenem Tag verlagert, Serenissimus. Venedig wird in die Bedeutungslosigkeit versinken.«
Die schmalen Lippen Loredans verschwanden vollständig, und seine Wangenfalten vertieften sich.
»Es ist das Datum, an dem ein gewisser Cristoforo Colombo, ein Genueser in spanischen Diensten, nach Westen aufgebrochen und auf den offenen Atlantik hinausgefahren ist. Man hatte erwartet, ihn nicht wiederzusehen – doch nach einem Jahr war er zurück und hatte einen Seeweg nach Indien gefunden.«
Jetzt erst verstand Katrin die Ausmaße ihrer Horoskopdeutung.
»Meine Berechnungen zeigen, dass ...«
»Es ist mir egal, was Eure Berechnungen zeigen oder beweisen«, unterbrach sie der Doge und drehte sich zu ihr um. »Bereits Maria hat mich gewarnt. Vor sechs Jahren schon haben wir ein

Gremium ins Leben gerufen, das die Auswirkungen der neuen Atlantikrouten auf den Handel untersuchen soll. Die Zonta delle spezie hat mir damals geraten, Maria zu befragen. Ich habe nicht auf sie gehört, weder auf Marias Warnung noch auf die Ergebnisse der Zonta. Doch diesmal werde ich die Warnungen nicht in den Wind schlagen. Eure Berechnungen, Jungfer Katrin, sind wertvoll für mich. Sie sind jedoch zugleich gefährlich. In den Händen des Kaisers wie in den Händen des Papstes sind sie wie das schwarze Pulver in den neuartigen Geschützen. Explosiv. Sie könnten mein Reich hier sprengen. Niemand darf deshalb davon erfahren.«

Katrin sah dem Dogen in die grauen Augen. Ohne zu blinzeln, blickte er sie an, und Katrin wurde der Mund trocken. Was er gerade gesagt hatte, bedeutete ihr Todesurteil.

»Dieser Dominikaner … er geht über Leichen. Er hat … meinen Vater auf dem Gewissen. Da…, dafür möchte ich ihn zur Rechenschaft ziehen«, stotterte sie.

Dem Dogen kam kein Lächeln über die Lippen. Seine Miene blieb unbeweglich, als sei sie in Stein gemeißelt. Nur seine Hände zuckten, als wollten sie zugreifen und er müsste sie gewaltsam daran hindern.

»Ich brauche die Maschine. Es war ebenfalls ein Vorschlag der Zonta delle spezie, sie nicht in Venedig bauen zu lassen, sondern in Augsburg, unserem besten Verbündeten. Ich hatte mich dagegen gesträubt – und verloren. Messer Matteo, mit den besten Verbindungen zur Zonta und im Besitz des Manuskripts, das er Maria abgekauft hatte, hat es in deren Auftrag in Eure Heimatstadt schaffen lassen. Ohne mein Wissen. Ohne meine Billigung. Ich habe mich gefügt, obwohl Messer Matteo nicht ahnte, dass er weit mehr nach Augsburg gebracht hat als nur die Bauanleitung einer Maschine. Beides sollte ja rasch wieder zu uns zurückgelangen.« Die letzten Sätze hatte der Doge leise und nachdenklich gesprochen, eher zu sich als zu ihr. Mit einem Räuspern straffte er sich. »Doch jetzt brauche ich endlich die Maschine. Sie wird mir öffentlich ein Horoskop erstellen, das positiver ist als das Marias. Sie wird Venedig eine lange Zukunft voraussagen. Und Ihr werdet glaubhaft versichern, dass sie Eure Berechnungen bestätigt. Dann – und nur dann – dürft Ihr gehen, wohin Ihr wollt.«

Katrin beugte leicht den Kopf. Glaubte der Doge wirklich, sie würde ihm vertrauen? Hoffte er, dass sie nicht begriffen hatte, was er eben offenbar in einem Anflug von Unvorsichtigkeit ausgeplaudert hatte? Hätte sie nur nichts verlauten lassen! Schweigen hätte sie sollen und mit Pater Eginald diesen Palast verlassen.

»Was rede ich«, sagte der Doge, ohne seine Miene zu verziehen. »Ihr habt die Nacht durchgearbeitet. Ihr seid hungrig und müde. Ich werde Euch ein Zimmer geben lassen. Legt Euch ein wenig schlafen. Ich versichere Euch, niemand wird Euren Schlaf stören.«

Der Doge stieß mit dem Stock auf das Parkett. Das Pochen rief die Lakaien zurück. Mit befehlsgewohnter Stimme orderte Loredan ein Bett für Katrin und etwas zu essen.

»Lasst die Berechnungen liegen, Jungfer Katrin«, ordnete der Doge an, als sie ihre Papiere zusammenschieben und mitnehmen wollte.

»Natürlich«, lächelte Katrin in das leere Gesicht des Mannes. Es war so tot, wie sie es sein würde, fiele die Horoskopmaschine in die Hände des Dogen. Noch während sie die Papiere zurücklegte, dachte sie darüber nach, wie es ihr gelingen könnte, Kontakt mit Maria und Gaßner aufzunehmen. Sie durften die Maschine nicht aus der Hand geben.

Aus den Augenwinkeln heraus beobachtete sie den Dogen, der mitten im Raum stand und hinter ihr herblickte. Sollte sie davonlaufen? Vermutlich würde sie nicht einmal bis zur Treppe gelangen. Verzweifelt schloss sie sich dem Lakai an, der sie ein Stockwerk höher in ein Zimmer führte.

Dort ließ man sie allein. Die Tür wurde nicht verschlossen, doch

Katrin wusste ohnehin, dass sie nicht hinauslaufen und fliehen konnte. Zu deutlich hatte der Doge ihre Sicherheit betont.
Ihre innere Unruhe trieb sie von einer Ecke des Zimmers in die andere, ließ sie unter jedes Möbelstück sehen, hinter jeden Wandteppich blicken, jedes Bild auf eine doppelte Tür hin untersuchen. Wenn der Dominikaner hierhergelangt war, konnte sie womöglich auf demselben Weg fliehen. Doch sie fand keine verborgene Tür, keinen Geheimgang.
Resigniert ließ sie sich auf einem Stuhl nieder und betrachtete die Bilder an der Wand. Zwar sah sie die Gemälde, konnte sich jedoch nicht lange genug darauf konzentrieren, um zu verstehen, was sie enthielten. Alles verschwamm vor ihren Augen. Das Denken nahm merkwürdige Umwege und Spiralen und wiederholte unsinnige Satzteile. Übermüdung, war der Schluss, den sie daraus zog. Übermüdung und Hunger.
Als sich die Tür öffnete, wähnte sie bereits den Dominikaner zu sehen, doch nur der Lakai von eben besuchte sie. Er trug ein Tablett mit einem Krug, Brot und Früchten sowie mehreren Käsesorten, über die ein grünliches Öl gegossen worden war. Der Duft des Essens ließ ihren Magen knurren. Katrin roch am Krug. Er enthielt Wasser mit einem Schuss Essigwein. Sie probierte ihn. Er schmeckte ein wenig bitter, löschte jedoch den Durst sofort.
Sie genoss die wenigen Speisen und versuchte sich daran zu erinnern, wann sie das letzte Mal so gut gegessen hatte. Sie erinnerte sich an Abende in Augsburg, als Vater und Florint und Wolfhart am Tisch saßen, als sie in lebhafte Gespräche über die Einwirkung bestimmter Stellungen der Wandelsterne auf das Schicksal des Menschen verstrickt waren, als sie Florint heftig widersprochen hatte, weil dieser von ihren Künsten so gar nichts hielt. Sie fühlte eine Schläfrigkeit in sich aufsteigen; sie spürte, dass sie eine ganze Nacht über Tabellen und Zeichnungen gesessen hatte, und bemerkte, wie sie mit gesenktem Kopf an einem Stück Brot gekaut haben musste, denn sie schreckte

plötzlich auf und sah, wie das Öl ihr Kleid besudelt hatte, weil die Hand nach unten gesunken war. Sie sah den Lakaien, wie er ihr zulächelte, hörte, wie er zu ihr sprach. Doch alles schien so weit weg zu sein, so weit von ihr entfernt, dass sie sich nicht mehr die Mühe machen wollte, sich damit zu beschäftigen. Ihre Arme wurden schwer wie Blei und sanken ihr in den Schoß. Sie wollte aufstehen, wollte sich auf die Liege legen, die sich in einer Ecke befand, doch die Beine gehorchten ihr nicht mehr. Und erst jetzt erschrak sie, denn ihr Blick trübte sich.
Der Doge, dachte sie, und es fiel ihr schwer, allein über diesen Namen nachzudenken, dieser Hundsfott hatte Gift in ihr Wasser mischen lassen, hatte sie übertölpelt. Sie sah nur das Grinsen des Lakaien, der auf sie einredete, den sie jedoch nicht mehr verstand. Endlich begann sich ihr Gesichtskreis zu verengen. Schwarze Ringe legten sich um den Blick, und ein immer kleiner werdender Ausschnitt der Welt drang nur noch zu ihr durch. Zuallerletzt hörte sie die Stimme des Lakaien, fühlte sich hochgehoben – und dann war da nichts mehr …

KAPITEL 16 Florint griff zwischen die Mechanik. Dort, wo später die Sphärenbänder montiert werden mussten, steckte ein Schriftstück. Florint nahm es heraus, faltete es auf und wusste sofort, was er in der Hand hielt: Es war das Pergament, das Gaßner und der Dominikaner so dringend gesucht hatten. Hatte Meister Buschmann es dort verborgen, oder war es sein Vater gewesen? Florint lauschte in Richtung Küche. Maria und Gaßner unterhielten sich dort lautstark. Er hatte demnach Zeit, sich das Pergament genauer zu besehen. Tatsächlich fanden sich darauf dieselben Ideen, die er auf den Konstruktionszeichnungen des Vaters bemerkt hatte. Mit einer Ausnahme. Während sein Vater vermieden hatte, eine Reihenfolge der Sphären zu notieren, stand sie hier klar und deutlich: Saturn, Jupiter, Mars, Erde, Venus, Merkur, wenn man von außen nach innen las. Ganz in der Mitte der Zeichnung prangte unübersehbar die Sonne.

Florint ließ das Pergament sinken. Was er hier in der Hand hielt, war der Weg auf den Scheiterhaufen. Die Erde war aus dem Mittelpunkt der Welt verbannt und an deren Rand gedrängt worden. Ersetzt hatte man sie durch die Sonne.

Zuerst verwarf er den Gedanken völlig. Jedermann konnte mit eigenen Augen beobachten, wie sich die Sonne um die Erde drehte. Doch je länger er darüber nachdachte, desto klarer und eleganter erschien ihm diese neue Lösung. Er entzifferte am untersten Rand des Blattes einen Namen: Aristarchos. Hatte dieser Aristarchos die Entdeckung gemacht? Wenn ja, wusste die Menschheit seit Jahrhunderten darüber Bescheid. Wenn er zudem annahm, dass das Blatt aus dem Osten kam, aus Konstantinopel oder aus einer der Christengemeinden Kleinasiens, dann war anzunehmen, dass die Kirche das Wissen darum unterdrückt hatte.

War der Dominikaner deshalb so sehr an diesem Pergament interessiert? Hatte er deshalb so skrupellos gehandelt?

Stimmen näherten sich. Florint schreckte auf. Im Bruchteil eines Augenblicks bildete sich in seinem Kopf ein Plan. Die Maschine für Katrin, das Pergament für seinen Vater. Rasch faltete er das Blatt zusammen und steckte es unter sein Wams.

Maria und Gaßner betraten den Raum.

»Und? Habt Ihr es herausgefunden? Meint Ihr, Ihr bekommt die Maschine in Gang?«, fragte Gaßner.

»Es ist sogar noch besser als erhofft, Gaßner«, versuchte Florint von seiner kurzen Unsicherheit abzulenken, die sein überstürztes Handeln in ihm ausgelöst hatte. »Der Kubus enthält die Sphärenringe. Wir können die Maschine zusammenbauen.«

Maria grinste übers ganze Gesicht.

»Ich glaube, dafür haben wir alle eine kräftige Brotzeit verdient. Zuerst wird etwas gegessen, dann wollen wir uns der Mechanik widmen.«

Sie nahm das Gerät, stellte es auf den Boden, und Gaßner platzierte das Tablett mit den Köstlichkeiten der Küche auf den Tisch.
Maria beschrieb die kulinarischen Wunder in höchsten Tönen, dabei handelte es sich nur um ein wenig aufgewärmten Hirsebrei und ein paar eingelegte Tomaten und Oliven. Mehr war im Haus nicht vorhanden gewesen. Doch Florint langte zu, und es schmeckte ihm, wie ihm selten etwas geschmeckt hatte.
Die nächste Stunde verbrachten sie damit, die Sphärenringe anzuordnen und zu befestigen. Es war eine komplizierte und aufwendige Arbeit, die viel Feingefühl und eine sichere Hand erforderte. Auf dem Kubus wuchs ein Geflecht aus Metallbändern mit jeweils eigenen Bahnen der Wandelsterne.
Die Schließvorrichtung des Kubus war so sinnreich angeordnet, dass die Feder beim Ineinanderstecken der Gehäuse automatisch aufgezogen wurde. Solange diese nicht brach, würde sich die Maschine immer von selbst öffnen. Das Ausfahren des oberen Gehäuseteils hatte auch eine Öffnung freigelegt, in die ein Vierkantschlüssel eingeführt werden konnte. Mit dessen Hilfe konnte die Feder in der Maschine gespannt werden.
»Wir müssen nur noch herausfinden, wie sie geeicht wird«, sagte Florint, als er die letzte Schraube befestigt und mit dem Vierkant die Feder aufgezogen hatte.
»Wie lange wird sie laufen?«
»Wenn ich die Übersetzung ungefähr richtig geschätzt habe, dann hat sie eine Laufzeit von mindestens zwei Wochen. Sie bewegt sich äußerst langsam. Nur der Ring der Sternzeichen ist eine Ausnahme. Er wandert in der Geschwindigkeit einer Stundenuhr über die Planetenbahnen weg.«
Ein leises Surren füllte das Kabinett. Kaum dass man die Bewegungen der Sphärenmechanik bemerkte. Nur wer lange und genau die Stellung der Ringe beobachtete, konnte die Veränderungen erkennen.
Florint wunderte sich etwas, wie mit dieser Maschine eine

Vorhersage getroffen werden sollte. Wenn sich die Mechanik bewegte, surrte sie im Takt der bestehenden Planetenbewegungen. Weder konnte man das Gerät rückwärtsfahren noch schneller vorwärtsbewegen. Wenn es einmal eingestellt war, dann zeigte es das jeweilige Tageshoroskop an: die Stellung der Planeten zu einem bestimmten Augenblick gegenüber dem Tierkreis. Mehr nicht.

Florint hätte beinahe laut loslachen wollen. All die Heimlichtuerei, all das Geheimnisvolle um die Funktion der Horoskopmaschine fand ihren Ursprung darin, dass sie nicht erfüllen konnte, was man ihr angedichtet hatte. Sie war lediglich ein Instrument, das den momentanen Stand des Himmels wiedergab und womöglich auch tagsüber den exakten Stand der Wandelsterne anzeigte, ohne dass langwierige Berechnungen nötig waren.

Man hatte die Signoria Venedigs übers Ohr gehauen, hatte ihr Geld abgepresst für eine Maschine, die nur eines zweifelsfrei deutete: warum es beim Zug der Planeten über das Firmament scheinbare Rückwärtsbewegungen geben musste. Denn so viel sah Florint, wenn er die Bewegungen von Mars, Venus und Merkur von der jetzt aus dem Mittelpunkt vertriebenen Erde aus betrachtete: Ihr eigener Wandelstern unterlief immer wieder die Bahngeschwindigkeit der kleineren Planeten, sodass von der Erde aus, wenn sie sich Tag um Tag um ihre eigene Achse und um die Sonne drehte, eine Rückwärtsbewegung beobachtet werden konnte.

Mit einem gewissen Stolz und einer nicht unbegründeten Sorge betrachtete er sein Werk. Sein Vater hätte ihn sicher für würdig empfunden, den Meistertitel zu tragen.

»Was geschieht jetzt?«, fragte Florint, doch die Antwort wurde unterbrochen von einem Hämmern gegen das Eingangstor.

Maria horchte auf. Florint sah, wie sie die Augen zu Schlitzen zusammenkniff. Sie konnten im Augenblick alles gebrauchen, nur keinen Besuch. Sie wechselten besorgte Blicke.

»Ihr verschwindet zusammen mit der Maschine im kleinen Kabinett. Rührt Euch nicht! Ich befürchte nichts Gutes.«
Florint nahm die Sphärenmaschine und trug sie nach nebenan. Gaßner brachte ihm das Handwerkszeug und die Manuskripte nach. Maria schloss das Regal hinter ihm. Nur noch dumpf waren von der anderen Seite Geräusche zu hören. Licht fiel durch einige schmale Schlitze in der obersten Bücherreihe und durch einen kleinen Fensterspion im Mauerwerk. Zu wenig, um weiterarbeiten zu können.
Florint starrte auf das Blatt, das Maria gezeichnet hatte, während er auf das Geschehen vor der Geheimtür achtete. Der Inhalt der Zeichnung und die Skizzen auf dem Pergament ähnelten einander verblüffend. Er zog das einzelne Blatt aus seinem Wams und hielt es gegen das Licht, damit er überhaupt etwas darauf erkennen konnte. Tatsächlich gab Marias Papier sogar die weniger wichtigen Linien wieder, die auf dem Pergament einzelne Skizzenteile voneinander trennten. Hatte Maria das Pergament gekannt? Es musste wohl so sein, sonst wären die Zeichnungen einander nicht so ähnlich gewesen. Langsam verstand Florint nichts mehr. Wenn der Inhalt des Pergaments bekannt war, warum wollten der Dominikaner und Gaßner und der Doge dieses Schriftstück haben? Hatte er auf dem Pergament womöglich etwas übersehen? Er musterte es von allen Seiten, stellte es auf den Kopf – nichts Ungewöhnliches fiel ihm auf.
Ein Splittern von Holz ließ ihn aufhorchen und unterbrach seine Gedanken. Drei harte Schläge folgten, dann herrschte wieder Stille vor dem kleinen Kabinett. Florint lauschte aufmerksam, hörte jedoch nichts. Kein Mensch kam die Treppe herauf, keine Stimmen sprachen miteinander, keine Begrüßungen. Nur ein leises Knarren der Dielen war zu vernehmen, als schleiche jemand die Zimmerflucht entlang. Es konnte jedoch ebenso gut sein, dass sich die Bretter entspannten, wie es nachts geschah, wenn das Holz knackte und Laufgeräusche zu

hören waren, wo keine Personen gingen. Dämpfte die Bücherwand derart, dass er glaubte, allein im Haus zu sein? Was hatte den Krach verursacht? Wo waren Gaßner und Maria geblieben? Wer hatte am Tor geklopft?

Rasch faltete Florint das Pergament zusammen und steckte es wieder ein. Die Konstruktionszeichnungen des Vaters legte er auf das oberste Regal unter einen Lederband. Nur die Maschine konnte er nicht verstecken. Sie musste bleiben, wo sie war. Er setzte sich wieder und wartete ab.

Endlich vernahm er die kräftigen Schritte von Stiefeln. Kehrte Gaßner wieder ins Kabinett zurück? Florint stand auf, weil er vermutete, gleich werde die Wand zurückschwingen, doch nichts geschah. Die Person lief durch den Raum, schien sich umzusehen, nahm einige Bücher aus den Regalen, klopfte gegen das Holz und rief endlich nach unten:

»*Niente. Qui es nessuno.* Hier ist niemand.«

Florint glaubte zuerst, die Stimme zu kennen, doch die Barriere der Tür verzerrte sie zu sehr und ließ sie dumpf erscheinen. Nein, sie kam ihm doch nicht bekannt vor. Sofort schnürte sich ihm die Kehle zu. Die Tür unten war aufgebrochen worden. Nur das erklärte den Lärm.

Von unten antwortete eine andere Stimme: »Die beiden müssen irgendwo sein«, hörte er sie auf Italienisch miteinander reden.

Überrascht horchte Florint auf.

»*Nessuno traccia* … Keine Spur von diesem Mädchen«, antwortete der erste Kerl in einem Dialekt, den Florint kaum verstand. Erneut vernahm Florint auf der Treppe Schritte. Der zweite Mann stieg ebenfalls zu ihm hoch. Nur wenige Brocken konnte Florint entschlüsseln: Dominikaner, Gaßner, Maria, Komplizen …

Was ihn allerdings hellhörig machte, war die Tatsache, dass offenbar ein Mädchen aus dem Dogenpalast entführt worden war. Katrin womöglich?

»Das Mädchen aus dem Dogenpalast zu holen!«, konnte er sich übersetzen. »Eine reife Leistung, auch wenn das Gebäude von Geheimgängen durchlöchert ist wie ein Käse.« Der Fremde zog hörbar die Nase hoch und spuckte aus. »Er muss sich verflucht gut auskennen.«

Langsam trat Florint an die Wandtür und legte sein Ohr dagegen.

»*Si*«, bestätigte einer der Männer. »Und wem das gelingt, der kann sich in einem Haus wie diesem unsichtbar machen, das sag ich dir.«

Er hörte auf der anderen Seite die Männer auf und ab gehen, als suchten sie etwas. Wer waren diese Männer? Die Kerle durchstöberten den Raum, schauten in alle Winkel, klopften gegen alle Holzpaneele, bis sie schließlich aufgaben. Dann entfernten sich die Schritte die Treppe hinab. Er hörte die Männer weiter miteinander reden, verstand jedoch nichts mehr von ihrem Gespräch. Bald darauf herrschte wieder Stille im Haus.

Wo hatten sich Gaßner und Maria versteckt? Wenn sie den Männern entgegengegangen waren, mussten sie irgendwo abgeblieben sein. Er hörte sie nicht.

Florint getraute sich kaum zu atmen. Was hatten die Kerle erzählt? Wenn er sich die welschen Brocken zusammenreimte, die er verstanden hatte, dann war Katrin nicht mehr im Dogenpalast, und der Dominikaner hatte sie herausgeholt? Aus dem Palast? Eigentlich unvorstellbar. Doch er traute diesem Pater Eginald mittlerweile vieles zu.

Also hielt der Dominikaner sich bereits in Venedig auf. Doch wo würde er Katrin hinbringen, wenn er sie aus dem Palast entführt hatte?

Florint dachte nach. Hatte der Mönch nicht bereits einmal von einem Nonnenkloster gefaselt, in das er ihn hätte unterbringen wollen? Mit Blick auf den Dogenpalast? Er versuchte sich zu erinnern. Versuchte sich dessen Namen ins Gedächtnis zu rufen. Natürlich. Santa Croce.

Wieder lauschte er. Wie lange würde er warten müssen, bis er gefahrlos aus diesem Raum fliehen konnte?

KAPITEL 17 Santa Croce della Giudecca – der Name des Klosters spukte in seinem Kopf herum. Was Florint nicht bedacht hatte, war, dass er sich in dieser Stadt nicht auskannte. Wo lag dieses Kloster? Was sollte er unternehmen, wenn er dort keinen Erfolg hatte? An Letzteres wollte er erst gar nicht denken.

Florint suchte nach der Entriegelung, die die Geheimtür von innen öffnete. Er fand sie im selben Seilzug, der von außen durch eine Fingeröffnung bedient werden konnte. Der Riegel zog sich zurück, die Tür schwang auf. Vorsichtig schlüpfte er aus dem Raum und spähte umher. Die Männer hatten eine Unordnung hinterlassen, jedoch nichts mutwillig zerstört.

Einen Moment überlegte er, ob er die Horoskopmaschine mitnehmen oder hierlassen sollte, schalt sich dann jedoch einen Narren. Schließlich war das Ding unhandlich und viel zu groß. Wie sollte er es unbemerkt durch die Gassen transportieren? Er entschied sich dafür, die Maschine an diesem Ort zu belassen. Wenn er nicht gefunden worden war, würde sie ebenfalls niemand finden.

Vorsichtig schob er die verborgene Tür wieder zu. Er vermied es, Geräusche zu verursachen. Leise schlich er aus dem Kabinett und die Treppen hinunter. Er erinnerte sich daran, wie er von hinten in das Gebäude gelangt war. Denselben Weg nahm er zurück. Er roch den Kanal, der bis an die Hintertür reichte, und hörte, wie das Wasser gegen das Fundament schwappte, regelmäßig wie ein Uhrwerk.

Florint zog das Tor auf, das auf die Mole zum Kanal hinausführte, und steckte den Kopf durch die Öffnung. Die Gondel, mit der der Rottfleck und er hergekommen waren, war verschwunden. Schwimmen konnte er nicht, sonst hätte er das Boot von der anderen Kanalseite ausgeliehen, also musste er zur Vordertür, was ihm wenig behagte.

»Nicht so schnell, mein Freund!«, herrschte ihn eine Stimme an, die aus dem Himmel zu kommen schien.

Bevor er reagieren konnte, hatten sich zwei Beine um seinen Hals geschlungen, und die Knie drückten gegen seine Schläfen. »Was ist hier los? Erzähl, oder ich reiße dir jedes Ohr einzeln aus.«

Die Stimme kam ihm bekannt vor.

»Rottfleck?«, fragte er mit erstickter Stimme. »Bist du das?«

»Da brat mir doch einer einen Storch!«, verkündete der Rottfleck, bevor er losließ. Florint, der gerade zwischen Stehen und Fallen geschwebt hatte, sackte auf die Knie. »Florint Deroubaix. Ich glaubte dich bereits in den Bleikammern des Dogenpalastes.«

»In den Schraubstöcken deiner Schenkel ist es auch nicht viel besser!«, keuchte Florint und rappelte sich auf. »Wo kommst du so plötzlich her?«

Florint massierte seinen Hals und sah hoch. Über dem Tor war halbplastisch ein geflügelter Löwe in den Türsturz eingelassen, der für einen geschickten Artisten Platz genug bot.

Der Rottfleck folgte seinem Blick. »Bereits ein wenig verwittert, doch immer noch so kräftig von Statur, dass man als Artist dort leicht hochklettern und auf Kerle warten kann, die sich von mir in die Beinschere nehmen lassen.«

»Sei leise, Rottfleck«, versuchte Florint die Stimme des anderen zu dämpfen. Im Haus konnten sich noch Schergen der Signoria aufhalten. »Wir hatten Besuch von der Stadtregierung.«

»Was das Verschwinden Gaßners und Marias erklären würde«, murmelte der Rottfleck.

»Wo ist Wolfhart?«, fragte Florint.

»Das erzähl ich dir ein andermal. Jetzt müssen wir weg. Ich glaube kaum, dass sie das Gebäude unbewacht lassen, wenn sie eine Person darin vermuten. Wie bist du entkommen?«

Florint sah dem Rottfleck ins Gesicht. »Das erzähl *ich* dir ein andermal«, grinste er.
Der Rottfleck schien zu verstehen. »Sollen wir schwimmen, oder willst du ein Boot?«, fragte er schelmisch.
»Verflucht, du weißt, dass ich nicht schwimmen kann.«
»Gut, dann leihen wir uns eben einen schwimmenden Untersatz.« Der Rottfleck kletterte behände die Mauer des Gebäudes hoch. Dabei hielt er sich an Höhlungen und Stoßkanten der Steine fest. Auf mittlerer Höhe ragte eine Eisenstange von einem Ende des Kanals zum anderen, ohne dass sie eine sichtbare Funktion besaß. Womöglich sollte sie nur verhindern, dass die Mauern aufeinander zufielen. Daran hangelte er sich auf die gegenüber liegende Kanalseite und kletterte dort wieder herunter. Florint hatte solche Kunststücke bislang nur bei Mardern oder Eichhörnchen gesehen.
Der Rottfleck machte das Boot los, das auf der anderen Seite vertäut lag, und ruderte zu ihm herüber. »Jetzt haben wir eine Gondel.«
Stumm stieg Florint zu. »Glaubst du, sie sind noch im Haus?«
»Im Haus? Nein. Sie warten davor. Sie beobachten, wer aus- und eingeht, wenn das jemand tut.«
Florint wartete, bis der Rottfleck die Gondel gewendet hatte. »Warum haben mich Gaßner und Maria allein zurückgelassen?«
Der Rottfleck antwortete nichts, sondern steuerte das Boot den engen Kanal entlang. Florint saugte den Geruch der Lagunenstadt ein. Sie roch so anders als alle Städte, die er bislang kennen gelernt hatte. Straßburg und Augsburg oder Nürnberg stanken nach Verwesung, nach fauligen Blättern und nach Fäkalien. Venedig roch nach Tod. Hier hatte er sich in den Häusern eingenistet und schickte seinen Atem über die Plätze und durch die Gassen. Und weil es überall nach Tod roch, flirrte das Leben, denn Leben und Tod bedingten einander.
»Wo liegt Santa Croce della Giudecca?«, fragte Florint unver-

mittelt, nachdem er vom Rottfleck keine Antwort erhalten hatte.

»Das Kloster? Meinst du das Kloster?« Der Rottfleck tat erstaunt. Dann musste er lachen. »Was willst du? Einen netten Abend in den Armen einer Dame verbringen, die sich hinter den Mauern nach einem Liebhaber verzehrt, der sie in ihrer Zelle besucht?«

»Die beiden Männer, die nach mir gesucht haben, haben erzählt, Katrin sei von Pater Eginald aus dem Palast verschleppt worden.«

Der Rottfleck pfiff durch die Zähne. »Das hätte ich ihm nicht zugetraut. Mutig und ein wenig verrückt. Fanatisch, wenn du weißt, was ich damit sagen will. Er zeigt dem Dogen damit, dass die Exkommunikation Loredans wirkt. Die Feindschaft zwischen Venedig und Rom führt dazu, dass sich die Katholiken auf die Seite des Heiligen Vaters schlagen. Die Macht der Liga von Cambrai reicht bis ins Zentrum Venedigs. Jemand muss ihm geholfen haben, jemand, der die geheimen Zugänge zum Dogenpalast kennt. Ich verstehe noch nicht, was das mit Santa Croce della Giudecca zu tun hat.«

Florint kaute auf seinen Lippen. Einerseits wollte er nichts erzählen, andererseits brauchte er einen Verbündeten und vor allem einen Führer. Also entschloss er sich für die Wahrheit. Für einen Teil der Wahrheit zumindest. Während der Rottfleck das Wasser des Kanals entlangstocherte, erzählte Florint von der Bemerkung Pater Eginalds bezüglich des Klosters.

»Du meinst, dass er Jungfer Katrin dort eingesperrt hat? Es sähe unserem Pater Eginald ähnlich. Mich wundert ohnehin, dass der Dominikaner nicht Venedig abbrennt, um zu verhindern, dass die Horoskopmaschine ans Laufen kommt. Also auf zum Kloster der Benediktinerinnen von Santa Croce.«

Mit einem kräftigen Schlenker lenkte er die Gondel aus der engen Fahrrinne in eine größere hinaus und steuerte auf den Canal Grande zu. Aus der Stille des Nebenarmes platzten sie auf das sprudelnde Leben des Kanals hinaus. Florint war, als berste die Stadt regelrecht unter der Flut von Menschen und Schiffen, dem Gewirr unzähliger Gondeln und Frachtkähne, die unterwegs waren, dem Konzert aus Ruderschlägen und Matrosenrufen, aus dem Gesang der Gondoliere und aus dem Schimpfen und Fluchen der Lastenträger. Unmöglich war es, einen geraden Kurs zu halten, weil die Schiffe kreuz und quer über den Canal Grande fuhren oder an den Molenstangen ankerten, die wie die abgestorbenen Stämme eines Waldes aus dem Wasser ragten. Adlige ließen sich rudern, Frauen schauten hinter den Vorhängen der Aufbauten ihrer Gondeln hervor und schickten Florint heiße Blicke zu. Pfiffe ertönten, schrill und weit tragend, und der Vielklang der Kirchenglocken mischte sich in das fortwährende Plätschern und Klatschen des Lagunenwassers. Am liebsten hätte Florint die Augen geschlossen und sich ganz dem Teppich aus Geräuschen überlassen.

»Duck dich ins Boot! Drüben an der Mole stehen ein paar Schwarzgekleidete. Sie suchen den Kanal nach Subjekten wie dir ab.«

Florint beugte sich nach vorn und gab vor, etwas im Boot zu suchen. Der Rottfleck lenkte die Gondel aus dem Hauptfahrwasser heraus und in einen Kanal hinein.

Sie würden eine Abkürzung nehmen, verkündete er. Mit raschen Ruderschlägen trieb er das Boot die Wasserstraße entlang, unter einer Brücke durch und erneut hinaus auf einen Kanal. Florint wurde langsam etwas übel, vor allem deshalb, weil der Wellengang auf dem neuen Kanal die Gondel kräftiger schaukelte. Mit beiden Händen hielt er sich fest und versuchte das Schwanken auszugleichen.

»Dort drüben.« Der Rottfleck deutete auf eine Insel, die sich im Dunst des Mittags ein wenig verlor. Zwei Turmspitzen ragten über das Wasser hinaus. »Die Insel Giudecca. Das Kloster sieht direkt zu uns her. Der vordere Turm gehört zur Kirche.«

»Und wie kommen wir hinein?«

Der Rottfleck lachte. »Gar nicht. Es ist, wie gesagt, ein Frauenkloster. Niemand darf hinein, niemand hinaus. Wir können nur ins Besucherzimmer – und dann sehen wir weiter.«
Florint nickte. Ein Trommelwirbel lenkte die Aufmerksamkeit der beiden Männer ab. Der Blick reichte hinüber zum Dogenpalast. Eine Menschenmenge hatte sich auf der Piazetta versammelt. Zum Wasser hin war eine Lücke, die den Blick auf den Platz zwischen den beiden Säulen freigab. Dort stand, beinahe unsichtbar im Dunst, der Freimann der Republik Venedig, wie überall in Rot gekleidet.
»Eine Hinrichtung!«, erklärte der Rottfleck. »Die Signoria versucht den Zustrom von Spionen der Liga in den Griff zu bekommen. In diesem Zuge rechnet sie mit einigen unliebsamen Adligen ab.« Wieder wirbelten die Trommeln, und man sah den Henker mit dem Richtschwert ausholen. Gespenstisch wirkte, dass zwischen dem Niedersausen des Schwerts und dem Auftreffen auf dem Richtblock eine Zeit verstrich. Florint sah den Kopf fallen und hörte erst Sekunden später das Krachen des Richtschwerts.
Er dachte an Katrin und die Gefahr, der sie ausgesetzt war.
»Rasch, zum Kloster«, drängte er den Rottfleck.

KAPITEL 18 Katrin fasste sich an den Kopf. Ihr war schlecht, der Schädel schien ihr zu zerbersten, und sie fühlte sich wie gerädert. Sie erhob sich von ihrem Lager und sah sich um. Der Raum hatte sich verändert. Anstelle von Gold und Bildern beherrschten kahle Ziegelmauern und karge Strenge das Zimmer. Wo war sie? Hatte man sie in die berühmten Bleikammern des Dogenpalasts gebracht und dort inhaftiert? Sie versuchte sich daran zu erinnern, was geschehen war, wusste jedoch nichts mehr, außer dass sie aus diesem riesigen Raum geführt worden war. Dann brach ihre Erinnerung ab.
Ein helles Glockenläuten ließ sie aufhorchen. Mittagszeit.

Hatte sie so lange geschlafen? Sie besah sich den Raum. Er bestand aus einem rechteckigen Zimmer, in dem nur ein hölzernes Bett stand und sonst nichts. An der Wand hing als einzige Dekoration ein Kreuz. Eine Tür und ein Fenster lagen sich gegenüber.

Katrin trat an das Fenster, obwohl sie das Aufstehen und Umhergehen anstrengten, und blickte hinaus. Der Blick führte auf einen Innenhof hinaus, der mit Grabsteinen gefüllt war. Ein Friedhof. Sie musste schlucken. Die Glocken verstummten. Dafür erhob sich ein Gesang aus Frauenkehlen, der in der Luft zu schweben schien.

Sie befand sich in einem Kloster, stach die Erkenntnis zu wie der Stich einer Wespe, in einem Frauenkloster.

Katrin drehte sich um und ging zur Tür. Sie drückte die Klinke, doch die schwere Holztür rührte sich nicht. Sie war eingesperrt. Kraftlos schlug sie gegen das Türblatt, dann schlurfte sie zum Bett zurück. Auf dem Weg dorthin entdeckte sie den Nachttopf unter dem Schlaggestell und zog ihn darunter hervor. Sie raffte ihr Kleid und setzte sich darauf. Dabei wurde ihr erst richtig klar, dass sie in einem Habit steckte, in der schwarzen Tracht der Benediktinerinnen. Sie verrichtete ihre Notdurft, stellte den Topf zurück, deckte ihn mit einem hölzernen Deckel ab und sah an sich herunter. Man hatte sie als Nonne verkleidet! Selbst einen Schleier trug sie auf dem Kopf.

Katrin lief wieder zur Tür zurück und schlug mit den Fäusten dagegen. Sie schrie aus Leibeskräften, hämmerte wie eine Verrückte, doch nichts rührte sich. Sie blieb eingesperrt. Erschöpft ließ sie sich zu Boden sinken und blieb, den Rücken gegen das Holz gelehnt, sitzen. Sie atmete schwer und musste die Augen schließen vor Schwäche.

Wie war sie hierhergekommen? Verzweifelt versuchte sie sich daran zu erinnern, wusste jedoch nur noch, dass sie dem Dogen das Horoskop für den 3. August 1492 gestellt hatte. Sie war aus dem Raum geführt worden, die Treppen hoch … damit

endete ihre Erinnerung. Was war danach geschehen? Hatte sie der Doge in das Kloster verbannen lassen?
Katrin spürte die Kühle des Bodens mit ihren Händen, die flach auf den Dielen lagen. Was um alles in der Welt sollte sie hier? Sie horchte auf den Gesang der Nonnen, die einen Choral anstimmten, der sich leichtfüßig über das Gebäude verteilte.
Nur langsam drang ein feines Klopfen in ihr Bewusstsein. Hell und gleichmäßig. So ganz an das Engelhafte der Frauenkehlen angelehnt und doch ihm fremd, im Rhythmus der hellen Töne des Chorgesangs.
Katrin schlug die Augen auf und versuchte sich auf das Geräusch zu konzentrieren. Sie drehte den Kopf, bis sie sicher war, dass es vom Fenster herkam. Langsam stand sie auf und trat an die Lichtöffnung. Der Blick wurde von einem Gitter gebrochen. An die eisernen Stäbe schlug ein Schlüssel, der an einem wollenen Faden auf und ab tanzte. Überrascht betrachtete sie den Schlüssel, langte mit der Hand zwischen die Eisen und wollte ihn fangen, als er nach oben weggezogen wurde.
»Wer seid Ihr?«, hörte sie fragen. Die Stimme kam von oben.
Katrin rückte das Bett unter die Fensteröffnung, steckte den Kopf hinaus, soweit es ging, und versuchte nach oben zu sehen. Das Gitter bauchte etwas aus, sodass sie zum Fenster über ihr hochblicken konnte. Von dort starrte ihr ein Gesicht entgegen, das sie im ersten Moment den Kopf wieder zurückziehen ließ. Sie musste sich überwinden, erneut den Kopf in die Fensteröffnung zu stecken. Ein Mann sah auf sie herunter. Sein Kopf war von einem Bart überwuchert, sodass nur noch die Augen daraus hervorsahen. Seine Haut war von Schwären und blutigen offenen Stellen übersät, als wäre er ein Aussätziger.
War sie in einem gemischten Kloster gelandet? Undenkbar. Es gab keine gemischten Konvente in Venedig. Was also tat der Mann hier?
»Wer seid Ihr?«, versuchte sie nach oben zu rufen, stellte jedoch fest, dass Sprechen, Den-Kopf-Verdrehen und Durch-die-Öff-

nung-Schielen drei Dinge waren, die nicht gleichzeitig bewältigt werden konnten.

»Wer seid Ihr?«, hörte sie die Stimme zurückrufen. Ein heiseres Krächzen eher als eine menschliche Stimme.

»Katrin«, antwortete sie. »Katrin Buschmann!«

Der Kopf über ihr zog sich überraschend zurück. Katrin, enttäuscht über diese Reaktion, rief noch ein paar Mal hinauf, doch oben rührte sich nichts mehr. Wer war der Mann? War er dort oben womöglich wie sie eingesperrt? Einen Mann in einem Frauenkloster zu verbergen hatte etwas durchaus Interessantes. Niemand würde ihn je dort vermuten. Oder handelte es sich wirklich um einen Kranken? Auch Benediktinerinnen übernahmen Pflegeaufgaben. Womöglich lag sie in einer Art Spital.

»Wer seid Ihr? Oder darf man Euren Namen nicht erfahren?«, rief Katrin erneut zum Fenster über sich hinauf. Doch der Kopf erschien nicht wieder.

Mit den Schultern zuckend schlüpfte sie aus der Fensteröffnung, kletterte ins Zimmer zurück und stellte das Bett wieder gegen die Wand. Keinen Augenblick zu früh, denn im Gang vor ihr begann es lebhaft zu werden. Das Getrappel von Ledersohlen wurde hörbar, das Rascheln von Kleidung. Offenbar kamen die Bewohnerinnen zurück.

An ihrer Tür wurden Riegel aufgeschoben, die Tür wurde geöffnet. Katrin erwartete den Besuch sitzend. Eine Nonne erschien, die in ein Habit gekleidet war, das zu keinem Zeitpunkt als härenes Gewand durchgegangen wäre. Es schien vielmehr eine Mischung aus feinster Wolle und Seide zu sein, ein Tuch, wie es sich nur die reichsten Patrizier in Augsburg leisten konnten. Durchwirkt war es mit roten Abnähern, in die Silberfäden eingeflochten waren. Hätte sie nicht einen Schleier getragen, hätte Katrin sie für die Witwe eines reichen venezianischen Kaufmanns gehalten.

Als die Nonne Katrins Zelle betrat, erhob sich Katrin.

»Wer seid Ihr?«, fragte sie unumwunden. Dabei hatte sie das Gefühl, als hätte sie die Gesichtszüge der Frau schon einmal gesehen. Doch der Schleier verbarg so viele körperliche Merkmale, dass sie sich täuschen musste.

»Gelobt sei Jesus Christus«, antwortete die Klosterfrau daraufhin und schlug mit der Hand ein Kreuz über ihr. »Ich bin Suor Constanza, die Mutter Oberin unseres Konvents. Ihr seid mir anvertraut worden, Katrin Buschmann.«

»Von wem?«, blaffte Katrin. »Vom Dogen, diesem ausgemergelten und vergeistigten Loredan, der mehr im Jenseits als im Diesseits weilt?«

Die Nonne schlug erneut ein Kreuz, als hätte Katrin den Gottseibeiuns persönlich angerufen. »Sprecht diesen Namen nicht aus. Unser oberster Herr hat ihn exkommuniziert. Wir sind von allen Verpflichtungen ihm gegenüber entbunden.«

Und fühlen dennoch als Venezianerinnen, hätte Katrin gern ergänzt. Sie konnte sich nicht vorstellen, dass diese Frau, die sicherlich altem venezianischen Adel entsprang, im Sinne des Papstes gegen ihre Heimatstadt Venedig handelte.

»Wer hat mich hierhergebracht?«, fuhr sie die Mutter Oberin erneut an. »Ich habe ein Recht darauf, es zu erfahren.«

Suor Constanza atmete nur tief ein und wieder aus. Ein gequältes Lächeln umspielte ihre Lippen, als käme ihr die Nennung dieser Person ungelegen. »Ihr bleibt in unserer Obhut, bis über Eure Zukunft entschieden ist. Wenn Ihr wollt, dürft Ihr am Chorgesang teilnehmen und einmal die Woche die heilige Kommunion empfangen. Besuche sind untersagt, doch unter Aufsicht gewähren wir täglich einen kurzen Aufenthalt im Innenhof, den Ihr vom Fenster aus einsehen könnt. Essen erhaltet Ihr einmal täglich zur Nacht von Suor Francesca hier. Eure Notdurft dürft Ihr zweimal täglich ausleeren. Es kommt ein Kübel vorbei.«

Die Nonne winkte, und eine ihrer Begleiterinnen stellte ein Tablett mit Essen auf das Bett, dazu einen Krug Wasser. Die

Nonne war blutjung und lächelte ihr aufmunternd zu. Eine schwarze Haarsträhne stahl sich unter ihrem Schleier hervor. »Ich bin Suor Francesca!«, flüsterte sie ihr zu.
Katrin bemerkte, wie hungrig und durstig sie war. Ihre Zunge klebte im Gaumen. Sie wollte die Mutter Oberin fragen, wer der Mann in der Zelle über ihr sei, doch sie unterließ es.
Sie rührte sich nicht vom Fleck, als sich Suor Constanza mit einem feinen Lächeln umdrehte und ihre Mitschwestern aus dem Raum scheuchte. Dann fiel die Tür zu, und die Riegel schnappten ein.
In welchen Albtraum war sie hier geraten?

KAPITEL 19 Die Gondel legte an einer der Landungstreppen an, die für Venedig so typisch waren. Florint sprang an Land. Der Rottfleck band das Boot an eine der Molenstangen, während Florint das Kloster musterte. Vor ihm ragte der Turm der Kirche auf, der von zwei Gebäuden flankiert wurde. Links und rechts liefen hohe Mauern um ein Gelände, so nahe am Wasser, dass man nicht an Land gehen konnte.
»Die Mauer läuft um die gesamte Insel«, erklärte der Rottfleck und trat neben ihn. »Die Benediktinerinnen sind verwahrt wie in einem Gefängnis.«
»Wie lautet unser Plan?«, fragte Florint, in dem leise Zweifel aufstiegen, ob das, was er tat, wirklich sinnvoll war. Was würde geschehen, wenn er Katrin nicht fand? Schließlich hatte er nur einen vagen Verdacht und keinerlei sonstigen Anhaltspunkte. Wie sollte er auch das Glück haben, Katrin im Labyrinth dieser Stadt zu finden?
»Mein Freund, du kennst die Klöster von Venedig nicht. Es ist nicht das Problem, in sie hineinzukommen. Das Problem ist, wieder hinauszugelangen!« Dabei lachte er schelmisch.
Bereits in der Stadt waren Florint die Menschenmassen aufgefallen, die sich durch die schmalen Calle schoben und mit

ihren Booten die Kanäle zu verstopfen begannen. Selbst auf der Klosterinsel tummelten sich unzählige Menschen.

»Die Klöster der Stadt müssen vor allem als Auffanghäuser für überzählige Adelstöchter herhalten«, erläuterte der Rottfleck. »Kaum eine der Klosterfrauen lebt freiwillig hinter diesen Mauern.«

Tatsächlich waren es nicht Händler und Kriegsleute, die sich hier sammelten, es waren vor allem adlige Damen und Herren, die aus- und eingingen. Aus dem Gebäude links von ihnen drang Musik auf den Vorplatz hinaus. Vor dem Tor, zu dem ein halbes Dutzend Treppenstufen hinaufführten, tanzten in Schwarz gekleidete Jünglinge mit den schönsten Frauen, die Florint je gesehen hatte.

»Oft leisten die Brüder und Schwestern oder ehemalige Freundinnen mit ihren Ehemännern den Benediktinerinnen bei ihrer heiligen Gefangenschaft hinter den Mauern Gesellschaft«, erläuterte der Rottfleck und drängte sich durch die fröhlich lachenden und sich im Kreis drehenden Menschen. »Sie kommen und feiern Geburtstage, Namenstage, Ordenstage oder einfach so.«

Sie stiegen die Treppe hinauf und betraten einen Raum, der in Florints Augen eigenartig gestaltet war. Eine Seite bestand aus vier großen Fensterdurchbrüchen, die mit groben Gittern verschlossen waren. Gegenüber dem Eingang befand sich eine Tür, und die dritte Seite war mit Teppichen verhängt. Dort stand eine Puppenbühne, aus der ein ohrenzerreißendes Gebrüll ertönte. Handpuppen bekämpften und prügelten sich, beschimpften und verfolgten einander. Das Chaos auf der Bühne wurde von einem Gelächter begleitet, das auch aus dem Raum hinter den Gitterfenstern erscholl.

»Dahinter leben die Nonnen. Sie dürfen nicht nach draußen, also bringt man das Leben zu ihnen.« Der Rottfleck lief auf diese Gitter zu, drückte sich jedoch in die von der Puppenbühne am weitesten entfernte Ecke. Man konnte von dort aus das Spiel nicht verfolgen. Keine der Benediktinerinnen, die ihre Nasen durch das Gitter streckten oder von draußen Becher mit Wein und Leckereien gereicht bekamen, hatte sich in diesen Winkel verirrt.

»Was sollen wir da?«, flüsterte Florint, als der Rottfleck sich an das Gitter lehnte und die Besucher zu beobachten begann.

»Abwarten«, antwortete er nur und verschränkte die Arme. »Du wirst es gleich erfahren. Bei Klosterfrauen braucht man Geduld. Sie haben schließlich alle Zeit dieser Welt. Du wirst sehen, junge Burschen wie wir bleiben nicht lange unbeobachtet.«

Kaum hatte er geendet, als sich von der anderen Seite des Gitters eine Stimme vernehmen ließ. Sie gehörte einer jungen Frau, soweit ihr Schleier die Bestimmung des Alters zuließ. Nur ihre Augen redeten eine deutliche Sprache, dunkel und mit einem Hauch Traurigkeit überschattet, der sie besonders anziehend machte. »Was versteckt Ihr Euch in dieser unwirtlichen Ecke?«, hauchte sie.

Der Rottfleck drehte sich kaum zu ihr um. »Wir benötigen einen Beistand, wie er nur von Frauen Eurer Profession vermittelt werden kann«, antwortete er.

»Oh«, vernahm Florint von der anderen Seite. Die Nonne schlug die Augen nieder, und Florint glaubte sogar, sie erröten zu sehen.

»Warum, glaubt Ihr, findet Ihr diesen Beistand nur hier?«, hauchte es erneut durch die Gitteröffnung.

»Der Dienst am Herrn fördert den Hunger nach dieser Welt«, drängte der Rottfleck. »Eure Lieblichkeit würde verkümmern, würde man sie nicht gelegentlich genießen wie ein stilles Gebet.«

Die Nonne räusperte sich, dann gab sie Anweisungen. »Aus der Tür hinaus, dann rechts. Geht am Gebäude entlang. Nach gut dreihundert Fuß macht die Mauer eine Biegung, Dahinter liegt eine Pforte. Ich erwarte Euch dort.«

Der Rottfleck grinste und nickte. Dann nahm er Florint beim

Arm, der völlig überrascht wurde von der Schnelligkeit, mit der man sich handelseinig geworden war.

Sie verließen das Gebäude, wandten sich nach rechts, und tatsächlich trafen sie hinter einer leichten Biegung, die den Ort vor den Augen der Besucher verbarg, auf eine Pforte in der Klostermauer. Zum Wasser hin wurde sie von einem Feigenbau abgeschirmt.

»Als wäre er absichtlich hier gepflanzt worden«, stellte Florint fest.

»Er ist absichtlich gepflanzt worden. Schließlich wird der Durchlass hier häufig gebraucht.« Er deutete auf den Boden vor der Tür. Gras und Moos waren abgetreten, sodass die blanke Erde hervorschaute. Florint und der Rottfleck warteten. Sie sahen zum Dogenpalast hinüber, der sich im Licht der sich immer stärker durchsetzenden Sonne weiß leuchtete. Die Fenster und Bögen wirkten wie schwarze Augenhöhlen. Unzählige Augen eines Tieres, das sich hier niedergelassen hatte. Auf der Piazetta vor dem Palast wimmelte es von Menschen.

»Die Terra ferma schickt ihre Bewohner alle hierher. Venedig wird allein vom Gewicht seiner Flüchtlinge untergehen. Die Niederlage von Agnadello wird die Stadt in Menschen ertrinken lassen.«

Die Gedanken des Rottflecks wurden unterbrochen, als sie das Sperren eines Schlüssels vernahmen. Beide drehten sich wie auf Kommando um. Die Tür öffnete sich nach innen, ein Arm erschien, der in einem dunklen Habit steckte und ihnen winkte. Er wirkte wie der Flügel eines schwarzen Vogels, der verzweifelt damit schlug. Florint ließ dem Rottfleck den Vortritt. Sie schlüpften durch die Lücke und standen vor der Nonne, mit der sie eben noch gesprochen hatten. Dieselben schwarzen Augen blickten sie an.

»Ihr seid allein?«, entfuhr es dem Rottfleck.

»Glaubt Ihr, ich könnte Eure Wünsche nicht zufrieden stellen?«, kam die Gegenfrage so unvermittelt, dass Florint schmunzeln

musste. Das Geschöpf vor ihm schien nicht auf den Mund gefallen zu sein. »Folgt mir!«
Wie ein Geist schwebte die Nonne, die einen guten Kopf kleiner war als sie beide, vor ihnen her in eine der Lauben, die sich im Klostergarten befanden. Florint sah drei weitere, und aus einer in unmittelbarer Nähe drangen verdächtige Geräusche, um die sich jedoch niemand zu kümmern schien.
Die Laube, die sie betraten, war mit Weinranken umwuchert und von außen nicht einzusehen. Schattige Kühle umfing sie. Kaum waren sie zusammen im Dunkel verschwunden, drehte sich die Nonne zu ihnen um und streifte ihren Schleier ab. Schwarzes, leicht bläuliches Haar fiel ihr bis in den Nacken. Die Wimpern ihrer Augen berührten die Haut der Augenhöhlen. Florint stieg eine Beklemmung in die Kehle, die er nie zuvor gespürt hatte. Der Liebreiz dieses jungen Geschöpfes verkümmerte hinter Klostermauern, weil es ihr Vater so bestimmte. Dafür hielt die junge Frau sich schadlos, indem sie sich an Männer verschenkte.
Der Rottfleck beendete das unwürdige Schauspiel abrupt. Er trat hinter die Nonne, die darin eine besondere Spielart seiner Lust vermutete, weil sie ihm ihr Gesäß entgegenstreckte, griff ihren Arm, verdrehte ihn ihr auf den Rücken und presste ihr die Hand auf den Mund.
»Tut mir leid, Schwester, wir kommen ein andermal wieder, um mit Euch zu spielen. Jetzt drückt uns ein anderes Interesse.« Das Gesicht der Frau spiegelte das reine Entsetzen. Die Augen waren geweitet. Sie hätte geschrien, wenn es ihr möglich gewesen wäre. »Wenn Ihr schreit, steche ich Euch mein Messer in den Bauch. Ansonsten lassen wir Euch wieder laufen. Unversehrt, was bei Eurem appetitlichen Körper angebracht erscheint.«
Die Nonne nickte zur Bestätigung. Vorsichtig ließ der Rottfleck seine Hand los.
»Wie heißt Ihr?«, fragte Florint. Ihn schmerzte die Art, wie der Rottfleck mit der Frau umging, dennoch sah er im Augen-

blick keine Möglichkeit, wie sie anders an die für sie wichtigen Informationen gelangen sollten.

»Suor Francesca«, flüsterte die Nonne und stöhnte vor Schmerzen auf, weil sein Kumpan seiner Frage Nachdruck verlieh, indem er den Arm im Rücken etwas anhob.

»Suor Francesca, beherbergt Ihr im Augenblick einen Menschen in Euren Mauern, der, sagen wir, nicht freiwillig hier ist, sondern gezwungen wurde – von einem Priester gezwungen wurde?« Florint beobachtete aufmerksam die Reaktion der Benediktinerin. Ihm entging nicht, dass sie blass wurde wie die Wand und sofort die Augen niederschlug.

Sie schüttelte heftig den Kopf und versuchte sich zu befreien.

»Sie lügt«, sagte Florint, und der Rottfleck bestätigte ihm die Vermutung.

»Was sollen wir mit ihr machen? Einen Stein um die Beine und im Kanal versenken? Schließlich gilt die Lüge als Todsünde. Ein umso schlimmeres Vergehen, wenn man sich mit dem Herrn vermählt hat. Wir würden ihr nur büßen helfen.« Der Rottfleck sprach gelassen.

»Solange sie sich weigert, ist es unsere einzige Möglichkeit. Jetzt, da wir im Kloster sind, wird uns sicher eine Schwester über den Weg laufen, die nicht so versessen auf das Jenseits ist wie unsere Suor Francesca.«

»Bitte«, flüsterte die Nonne plötzlich. »Bitte, nicht ins Wasser! Ich kann es Euch nicht sagen. Der Dominikaner wird mich auf den Scheiterhaufen bringen, wenn er davon erfährt.«

Florint und der Rottfleck sahen sich an.

»Von uns erfährt er nichts«, versicherte ihr Florint.

»Wenn Ihr es uns nicht sagen dürft, führt uns zu dieser Person.« Der Vorschlag kam vom Rottfleck und fand die Zustimmung Florints. Langsam gewöhnte er sich an das Räuberleben.

»Die meisten Schwestern feiern im Besucherraum eine Hochzeit mit. Es wird also gehen – wenn Ihr mich loslasst«, bestätigte die Nonne.

Der Rottfleck lockerte den Griff. »Denkt daran, dass ich ein Messer in der Hand halte. Ein falscher Schritt, eine falsche Bewegung, ein Fluchtversuch, und Ihr seid – nicht tot, doch so verstümmelt, dass Ihr gerne in diesen Mauern bleiben werdet.«
Florint fand, dass der Rottfleck ein wenig zu abfällig lachte.
Die Nonne nickte, und sein Kumpan ließ los. Sie streifte sich ihren Schleier wieder über und versteckte ihr langes Haar darunter. Kurz schoss Florint der Gedanke durch den Kopf, ob Nonnen ihr Haar, ein Zeichen weiblicher Schönheit, überhaupt lang tragen durften. Vermutlich nicht. Er verbot sich, weiter darüber nachzudenken.
Zusammen schlichen sie aus der Laube, bewegten sich an der Mauer entlang zur Rückseite des Gebäudes. Sie kamen an dem Pavillon vorbei, der Florint eben schon aufgefallen war. Eindeutige Laute drangen daraus hervor. Dort beschäftigte sich eine der Schwestern in christlicher Nächstenliebe mit einem Gast. Suor Francesca senkte den Kopf, als Florint sie ansah.
Sie erreichten die rückwärtige Pforte. Die Schwester griff in ihr Habit und zog einen Schlüssel hervor. Mit ihm schloss sie eine nicht allzu häufig gebrauchte Tür auf, die sich nur schwer in den Angeln drehen ließ. Dann stiegen sie zwei Stockwerke hoch und gelangten in einen Gang, in dem links und rechts Zellentüren abgingen. Der Wohntrakt der Nonnen. Bislang waren sie keiner Menschenseele begegnet. Jetzt wurde es gefährlich. Schließlich brauchte nur eine der Schwestern ihre Tür zu öffnen und dem Trappeln, das sie verursachten, neugierig nachspüren.
»Wo?«, flüsterte Florint.
Die Nonne deutete auf die fünfte Tür vom Eingang weg. Der Rottfleck packte sie am Arm und zog sie mit sich. Vor der fünften Tür hielten sie an. Sie war mit Riegeln von außen verschlossen. Florint schob diese vorsichtig beiseite und öffnete den Zugang. Als er seinen Kopf durch die Öffnung steckte, erkannte er im Halbdunkel der Zelle einen Menschen auf einer Pritsche sitzen. Er hatte einen wallenden Bart und bloße Füße.

Seine Augen besaßen einen matten Glanz, der ihm entgegenleuchtete.

»Das ist nicht Katrin!«, sagte er zum Rottfleck, der hinter ihm den Raum betrat. »Wer seid Ihr?«, fragte er den Mann, der sich nicht vom Fleck rührte und sie mit angstgeweiteten Augen anstarrte. Seine bloßen Arme und das Gesicht waren mit Schwären bedeckt. »Seid Ihr ein Aussätziger?«

Der Mann stand langsam auf und machte einen Schritt auf Florint zu. Dann streckte er seinen Arm aus und sagte nur ein einziges Wort: »Florint!«

Florint zuckte zusammen. »Woher …?« Dann begannen seine Knie weich zu werden, und er musste sich an der Schulter der Nonne festhalten, die mit ihnen den Raum betreten hatte.

Er kannte diesen Mann.

»Vater?«

KAPITEL 20

Katrin hatte beschlossen, sich zur Wehr zu setzen. Wenn die Schwester Oberin wieder in ihrer Zelle erschien, würde sie ihr wehtun müssen. Dafür hatte sie sich ihren Nachttopf zurechtgestellt, der gefüllt war. Auch das Tablett, auf dem das Essen gestanden hatte, würde ihr nützlich sein. Und zu allem Überfluss hatte sie festgestellt, dass eines der Holzbeine des Bettes locker war und sich mit einem raschen Zug aus seiner Verankerung lösen ließ. So gerüstet wollte sie den nächsten Besuch abwarten.

Sie saß da, die Hände unter die Oberschenkel geklemmt, und hätte am liebsten ein Horoskop für den Ausgang ihres Abenteuers gestellt. Würde sie sich befreien können? Oder würde sie unterliegen? Lange musste sie so sitzen und warten, bis sich vor ihrer Tür wieder etwas regte.

Sie hörte eine Gruppe heranschleichen, hörte Stimmen miteinander flüstern, hörte, wie die Riegel vorsichtig zurückgeschoben wurden – und bekam Angst. Was geschah vor ihrer

Tür? Das waren nicht die Nonnen. Unwillkürlich griff sie nach dem Holztablett, das neben ihr lag. Sie würde es dem Erstbesten entgegenschleudern, der ihre Zelle betrat.

Katrin folgte gespannt den Geräuschen, bis sich der Eingang öffnete und ein Haarschopf in der Öffnung erschien.

»Katrin?«, flüsterte es.

Sie musste zweimal hinsehen, bis sie begriff, wer dort im Türspalt stand. »Florint?«

»Dem Herrn sei's gedankt!«, antwortete der. »Rasch. Wir müssen weg hier, bevor der Dominikaner zurückkehrt.«

Als wäre sie in einem Traum und könne das Geschehen nicht recht begreifen, ließ sie sich aus dem Raum ziehen. Florint schob sie vor sich her, während sie nebenbei bemerkte, wie der Rottfleck die Tür schloss. Wo kam der Rottfleck her? Was tat die Nonne bei ihnen, und warum schleppten sie den Aussätzigen mit sich, dessen Gesicht sie im Fenstergitter gesehen hatte? Ihr war, als wäre sie aus der Welt gefallen. Hätte sie nicht lachen müssen, geradezu schreien, Florint umarmen, ihn küssen und herzen? Keines dieser Gefühle stieg in ihr auf außer diesem grenzenlosen Staunen, mit dem sie sich wunderte, wie Florint sie gefunden hatte.

Sie schlichen sich durch den Gang, liefen eine Treppenwendel hinunter und hinaus in den Garten, ohne einer Menschenseele zu begegnen. Erst außerhalb des Gebäudes traten die ersten Probleme auf. Die Feierlichkeiten hatten die Lust auf persönliche Begegnungen offenbar gefördert. Mindestens vier Ordensfrauen wandelten am Arm einer galanten Begleitung durch die Anlage. Niemals würden sie unbemerkt aus dem Kloster gelangen. Schwester Francesca hielt sie zurück.

»Wir müssen uns etwas anderes ausdenken. Hier seid Ihr erst einmal sicher. Den Eingang benutzt normalerweise niemand«, meinte sie.

Es war dieselbe Schwester, die ihr das Essen gebracht hatte, wie Katrin jetzt erkannte. Zwar war sie freundlich gewesen, doch hatte sie die Oberin begleitet. Sie schien Angst zu haben, aber es war dennoch erstaunlich, dass sie ihnen half.

Ebenso erstaunlich war die andere Begleitung.

»Wer ist der Mann?«, flüsterte sie Florint zu, der geholfen hatte, den Aussätzigen auf die Treppe niederzusetzen.

»Ich glaube, Ihr kennt ihn, Jungfer Buschmann«, sagte Florint förmlich.

Ein wenig überrascht musterte sie den Mann, dessen eitrige Pusteln das Gesicht völlig entstellten. Doch die Nase und die Augen erinnerten sie an jemanden. Sie konnte nur nicht sagen, an wen, bis ihr die Erkenntnis wie ein Blitz durch die Gedanken schoss.

»Meister Deroubaix«, flüsterte sie.

Suor Francesca blickte überrascht hoch. »Ihr kennt den Mann?«, fragte sie unumwunden.

»Allerdings«, sagte Katrin. »Wir glaubten ihn auf den Galeeren hier in Venedig.«

»Dort wäre ich beinahe gelandet«, mischte sich der Aussätzige ein. Er sprach leise und stockend, als müsse er sich erst wieder an den Gebrauch seiner Stimme gewöhnen. »Doch meine Krankheit hat mich unverkäuflich gemacht. Außerdem hatte Pater Eginald keine Anweisungen gegeben, was mit mir geschehen sollte, wenn ich nicht auf die Galeeren komme. Also hat man mich hier versteckt. Ich bin offenbar nicht der Erste, den man hier weggeschlossen hat.«

»Der Dominikaner«, wiederholte Florint. »Er hat seine Finger überall.«

»Haltet euren Familienrat ein andermal«, unterbrach sie der Rottfleck. »Wir müssen hier schleunigst verschwinden, bevor sie entdecken, dass ihr alle nicht mehr in euren Zellen seid.«

Plötzlich grinste der Rottfleck über beide Wangen. »Ihr werdet uns dabei helfen, Suor Francesca. Streift Euer Habit ab.« Katrin sah, wie die Schwester tiefrot anlief. Noch begriff sie nicht recht, was der Rottfleck vorhatte.

»Das dürft Ihr nicht von mir verlangen«, widersprach die Nonne.

»Zwei hübsche Männer wie wir dürfen sich von zwei Gespielinnen in Klostertracht durchaus verwöhnen lassen. Oder liege ich da falsch?« Der Rottfleck lächelte spöttisch und wurde dann von einem Augenblick auf den anderen ernst. »Also her mit dem Pfortenschlüssel, und herunter mit der Kleidung!«

Zögernd reichte ihr die Nonne den Gartenschlüssel, den der Rottfleck an Katrin weiterreichte, und hob ihr Habit an. Katrin wusste sofort, warum sie sich so schamhaft gebärdet hatte. Sie war darunter völlig unbekleidet.

Der Rottfleck pfiff durch die Zähne, als er den alabasterweißen Leib der Klosterschwester zu Gesicht bekam. Verschämt bedeckte diese Scham und Brüste mit den Armen. »Ich schaue wieder vorbei, meine Süße, wenn dieses Abenteuer bestanden ist.«

Er warf das Habit Meister Deroubaix über. »Zwar ist es etwas zu kurz und lässt Eure Beine darunter hervorschauen«, kommentierte der Rottfleck, »doch die Geschmäcker sind verschieden. Ich mag es so!«

Suor Francesca kauerte auf der untersten Stufe und versuchte ihre Blöße zu verbergen. Der Rottfleck warf ihr eine Kusshand zu und zwinkerte mit den Augen. Florint bemerkte, dass sie seine Fröhlichkeit durchaus nicht böse aufnahm.

»Ich hole dich aus diesem Loch heraus, mein Schätzchen, wenn mein Auftrag erledigt ist. Warte auf mich.«

Dann griff er Meister Deroubaix unter die Arme und hängte sich bei ihm ein.

»Florint, du turtelst ein wenig mit Katrin. Wir laufen zum Tor, als wären wir mit unserem Geschäft fertig. Meister Deroubaix streift draußen sein Habit ab. Nur mit Katrin dürfte es ein kleines Problem geben, aber das werden wir lösen. Oder habt Ihr andere Kleidung darunter an?«

Katrin verneinte. Der Rottfleck nickte, als habe er das erwartet.

»Ihr verbergt Euch bei der Feige. Ich hole die Gondel, und dann suchen wir das Weite.«
Der Rottfleck beugte sich kurz zu Suor Francesca hinunter, die ihn überrascht ansah. Er nahm ihr Kinn in die Hand und gab ihr einen Kuss, den sie nicht verweigerte, wie Katrin bemerkte.
»Wir sehen uns!«, flüsterte er.
»Haben wir den Schlüssel für die Pforte?«, fragte er nach. Katrin zeigte ihm den Schlüssel, dann schob er sie und Florint aus der Tür. Er folgte mit Meister Deroubaix.
Zwar folgten ihnen misstrauische Blicke, doch sie erreichten unbehelligt die Gartenpforte. Dort mussten sie kurze Zeit warten, bis der Rottfleck herangekommen war.
»Verzeihst du mir, dass ich dir nichts von deinem Vater erzählt, und dich verdächtigt habe, meinen Vater …?«, fragte Katrin schüchtern. Florint legte ihr den Finger auf den Mund. Sie genoss die Berührung, getraute sich jedoch nicht, es ihm zu zeigen. Nach dieser Episode wusste sie, was ihr gefehlt hatte: seine Nähe.
Florint wandte sich ganz zu ihr um und lächelte ihr zu.
»Wenn du nicht gewesen wärst, hätte ich meinen Vater niemals gefunden.«
Katrin legte den Kopf auf Florints Schulter. Sie genoss es, sich an Florint zu schmiegen, und auch der schien mit einem Mal Gefallen an ihrer Nähe zu haben, denn er flüsterte ihr zu, wie sehr er sich freue, sie unversehrt wiederzusehen. Sie drückte seine Hand, während der Rottfleck aufschloss und nach draußen schlüpfte.
Katrin erschien es, als würde sie eine freiere Luft atmen, als sie vor den Mauern des Klosters standen. Der Rottfleck zog hinter ihnen zu, sperrte ab und gab dem Schlüssel einen kurzen Kuss, bevor er ihn einsteckte. Für später, schien er sagen zu wollen. Dann zogen sie gemeinsam Meister Deroubaix das Habit aus, legten es zusammen und stopften es unter den Feigenbaum. Katrin, Florint und sein Vater stiegen zum Wasser hinunter

und verbargen sich dort hinter Gebüsch, während der Rottfleck Florint sein Messer reichte und verschwand.

Katrin ließ Florint nicht los. Sie drückte sich eng an den Gesellen und fühlte erst jetzt, wie schwer ihr die Trennung von ihm gefallen war.

Doch Florint hatte im Moment kaum Augen für sie. Er musste sich vor allem um den Vater kümmern. Er stützte ihn, führte ihn und half ihm, sich zu setzen.

»Ihr müsst mir unbedingt erzählen, was Euch widerfahren ist, Vater«, sagte er. »Ich hätte Euch im Arsenale gesucht, bei den Galeeren.«

Der Mann neben ihm schloss die Augen. »Der Dominikaner hatte andere Pläne mit mir.«

»Er ist ein Scheusal, dieser Mönch«, geiferte Florint.

Doch sein Vater schüttelte nur den Kopf.

»Es ist nicht Pater Eginald selbst, der das Böse will. Es ist die Kirche. Die Kirche hatte schon immer ihre eigenen Methoden, die Menschen umzubringen, die ihr übelwollen. Sie glaubt, sich verteidigen zu müssen.«

Katrin warf ein, dass sie im Verhalten des Dominikaners nichts von der Botschaft Jesu erkennen könne, man solle seine Feinde lieben. Sie vermute sogar, dass Pater Eginald ihren Vater ermordet habe.

»Den Gelehrten tötet sie«, fuhr Meister Deroubaix fort, »indem sie seine Entdeckungen anzweifelt und ihn glauben macht, sie stünden im Gegensatz zur Bibel. Dabei sieht jeder Wissende weiter als ein Kleriker, der sich nur im engen Horizont seines einzigen Buches bewegt, der Bibel. Und wer dadurch nicht zu Tode kommt, den stürzt sie in Zweifel, bis er krank wird, weil er beide Seiten niemals im Leben miteinander aussöhnen kann. Wer daran immer noch nicht gestorben ist, der wird verfolgt und geächtet. Die Frauen enden auf dem Scheiterhaufen, weil sie vom Leben mehr verstehen als jeder vertrocknete Mönch oder Geistliche. Die Kirche glaubt, die Grundlagen ihres Glaubens retten zu müssen, weil sie nicht begreifen kann, dass unsere Anschauungen nichts daran ändern, dass die Welt göttlichen Atem enthält.«

Katrin presste die Lippen aufeinander. »Vermutlich habt Ihr Recht. Doch mein Vater musste sterben, weil er ein Abbild des Himmels gebaut hat und der Dominikaner das nicht zulassen wollte.«

Interessiert hob Meister Deroubaix den Kopf.

»Ihr habt die Maschine gesehen?«, fragte er mit einer Spannung in der Stimme, die ihm bislang gefehlt hatte.

»Ich habe sie zusammengebaut«, warf Florint in das Gespräch ein.

Sein Vater wandte sich ihm zu, völlig fassungslos. »Meine Sphärenmaschine ist in Venedig?«

»Ja«, antwortete Florint, »an einem sicheren Ort.« Er stand auf. »Wo nur der Rottfleck bleibt? Er müsste längst mit der Gondel hier sein.«

Sein Vater fasste ihn am Arm und zerrte ihn wieder zu Boden. »Ihr habt die Maschine mit nach Venedig gebracht? Du hast sie zusammengebaut?«

»Sie funktioniert, Vater. Und ich werde sie eintauschen. Gegen unser aller Freiheit. Soll die Signoria mit ihrer Hilfe die Zukunft Venedigs Jahrhunderte im Voraus kennen! Es wird an dem, was geschehen wird, nichts ändern.«

Während Florint gegen den Griff seines Vaters ankämpfte, stand Katrin auf und spähte die Mole hinauf. So lange durfte es nicht dauern, die Gondel herbeizurudern. Etwas musste geschehen sein.

Rechts von ihr dümpelten zwei Frachtboote im Wasser, einfache Schaluppen mit Doppelrudern. Plumper als die eleganten Gondeln und sicher weniger schnell. Sie trat aus ihrem Versteck und ging ein Stück die Mole entlang, bis sie den Platz vor der Landungstreppe einsehen konnte. Sie war noch nicht um die Landzunge herumgebogen, als sie innehielt. Soldaten hatten sich vor der Treppe versammelt. Sie sah den Rottfleck mit einem anderen Mann reden, dessen Statur ihr sofort bekannt vorkam. Es war Gaßner, zusammen mit den Schergen des Dogen. Über die Schulter hinweg deutete der Rottfleck zu ihrem Versteck.

Katrin duckte sich und huschte wieder zu ihrem Versteck zurück. Erstaunt hoben die beiden Männer den Kopf, als sie wieder zu ihnen stieß, völlig außer Atem.

»Wir müssen von hier verschwinden. Und zwar sofort. Der Rottfleck hat uns verraten.«

KAPITEL 21

Florint lag im Boot und zitterte am ganzen Leib. Katrin drückte sich an ihn. Sein Vater lag auf der anderen Seite, unter der Bugbeplankung, ebenfalls nur mit einer Plane zugedeckt. Einen Arm hatte Florint um Katrin geschlungen und betete inständig darum, nicht entdeckt zu werden.

Auf der Mole schrien die Soldaten Befehle. Sie suchten das Ufer ab. Ein Boot stieß an das ihre. Florint fühlte beinahe die Blicke, die ins Innere fielen. Doch unter die hölzernen Abdeckungen am Bug und im Heck des Lastkahns sahen sie nicht. Dafür hätten sie hinübersteigen müssen, was sie offenbar unterließen. Nur das Wasser hätte die Flüchtigen verraten können, das sie mit ins Boot gebracht hatten. Florint war im Leben noch nicht geschwommen und hatte auch nicht gewusst, dass sein Vater diese Kunst beherrschte. Zum Glück für sie, denn der alte Mann hatte sie trotz seiner Erschöpfung beide gepackt und zum Lastkahn hinübergebracht. Es waren zwar nur gut dreißig Fuß gewesen, doch Florint war die Strecke wie eine kleine Ewigkeit erschienen.

Er horchte auf die Stimmen und Flüche der Männer. Er glaubte sogar den Rottfleck herauszuhören. Wie lange würden sie nach ihnen suchen? Würde der Rottfleck sich in der Nähe verstecken, oder würde er den Soldaten folgen? Dieser Mann war nicht dumm; er ahnte sicher, dass sie ihm auf die Schliche gekommen waren. Und er wusste, dass sie sich in der kurzen Zeitspanne nicht allzu weit hatten entfernen können. Florint konnte sich noch immer nicht vorstellen, was den Rottfleck dazu bewogen haben konnte, sie zu verraten.

Die Dämmerung brach an und dämpfte den Lärm, der von der Besuchermole ausging. Die Menschen zogen sich zurück. Santa Croce della Giudecca versank in einen Schlaf der Erschöpfung. Die Zikaden begannen ihr abendliches Konzert. Mehr und mehr setzten ein, und bald lag ein Teppich aus schrillem Zirpen über der Lagune. Katrin schief in Florints Arm. Er selbst hatte das Gefühl, als seien Arme und Beine abgestorben und müssten erst eigens wieder geweckt werden.

Florint ließ einen weiteren Glockenschlag verstreichen, bis er sich regte. Er schlug die Decke zurück, bettete Katrins Kopf sanft auf die Planke, dann kroch er zu seinem Vater hinüber. Dabei versuchte er, das Boot so wenig zum Schaukeln zu bringen wie möglich.

Auch sein Vater schlief. Er rüttelte ihn wach. Übergangslos schien er zu sich zu kommen.

»Was ist?«, fragte er.

»Wir müssen hier weg«, flüsterte Florint. »Ich werde das Tau von der Stange lösen und das Boot treiben lassen. Wenn wir auf den Kanal hinausgetrieben sind, können wir beurteilen, ob wir verfolgt werden oder nicht.«

Sein Vater schlug die Plane zurück und schlüpfte aus der Abdeckung. »Ich bin noch immer völlig durchnässt«, sagte er.

»Ich auch«, flüsterte Florint. »Wir müssen uns trockene Kleidung besorgen.« Er spähte über den Bootsrand hinaus und musterte das Ufer. Im Finstern waren die Gebäude nur schwarze Schatten, die sich gegen den hellen Sternenhimmel abzeichneten. Alles lag in einem diffusen Dunkel, das jedoch nicht zu durchdringen war. Die spiegelglatte Lagune warf einen Widerschein gegen das Land, und Florint glaubte mehr als einmal vorne bei den Landetreppen die Körper zweier Soldaten gesehen zu haben.

Er tastete nach dem Seil, das das Boot an der Stange vertäute. Dann griff er nach dem Messer, das er vom Rottfleck erhalten hatte, als der das Boot hatte holen wollen. Er schnitt das Tau mit einem Ruck durch. Sofort schwenkte der Lastkahn in die Strömung ein, die sich an der Insel vorüberbewegte. Nur der Ankerstein hinderte es noch, sich ganz zu befreien. Florint kroch zurück und schnitt auch die letzte Verbindung durch.

»Hoffentlich treiben wir nicht auf die Lagune hinaus«, flüsterte es neben ihm. Katrin war wach.

»Such die Ruder«, gab Florint zurück. Erneut krochen sie im Boot umher, bis sie die Ruderblätter fanden. Florint spähte über den Bootsrand hinaus. Die Insel Giudecca war verschwunden.

»Los, jetzt gilt es zu rudern!« Er setzte sich auf die Ruderbank und hängte das Blatt ein. Katrin tat es ihm auf der anderen Seite nach. Mit leisen Befehlen legten sie sich möglichst gleichmäßig in die Riemen. Die Laternenlichter der Schiffe, die weiter den Canal Grande auf und ab fuhren, zeigten ihnen die Richtung. Doch Florint wurde bald klar, dass sie nicht Kraft genug entwickelten, um den schweren Lastkahn gegen die beständige Strömung zu steuern. Das Boot war zu groß.

»Wir müssen es gegen die Hauptinsel steuern und dort anlegen«, beschloss er, nachdem er festgestellt hatte, dass sie sich zwar in das Fahrwasser hinein-, jedoch keinen Fuß vorwärtsbewegten. So steuerten sie auf die Spitze der Halbinsel zu, die dem Dogenpalast gegenüber in die Lagune ragte. Florint hoffte, einen der Dalben zu erwischen, die direkt an der Punta della Dogana, der Spitze der Halbinsel, zum Festmachen der Boote aus dem Wasser standen.

»Ich kann nicht mehr!«, hörte Florint Katrin flehen. Sein Vater versuchte ihr zu helfen, doch bei der Dunkelheit und der Enge des Bootes war das nur schwer möglich. Wenn sie aufhörten zu rudern, würden sie auf die Lagune hinausgespült werden.

Je näher sie dem Land kamen, desto schwächer wurde die Strömung, bis sie direkt unter der Mauer völlig abriss und sie sich endlich vorwärtsbewegten. Florint schmerzten die Arme – und er wollte gar nicht wissen, wie es Katrin und seinem Vater erging.

Sie glitten langsam an der Mauer entlang, die die Halbinsel umgab, und gelangten endlich in einen der Seitenkanäle. Dort machte Florint das Schiff an einer der Dalben fest.

»Ich dachte, wir schaffen es nicht«, flüsterte Katrin.

»Wir sind dennoch entkommen«, sagte Florint, während er mit einer Hand das Seil umschlungen hielt, mit dem sie festgemacht hatten.

»Wir müssen zur Sphärenmaschine«, meldete sich Florints Vater. »Ich muss sie sehen. Unbedingt.«

»Wir sollten Venedig den Rücken kehren«, meinte Katrin, »bevor wir in den Fängen des Dominikaners landen oder in den Bleikammern der Signoria verschwinden.«

»Ich muss die Sphärenmaschine sehen«, wiederholte Florints Vater. »Außerdem brauchen wir trockene Kleidung.«

»Und Geld«, ergänzte Florint, dem der Gedanke zwar ebenfalls nicht behagte, der jedoch an die Zukunft dachte. »Wir könnten die Maschine an die Signoria verkaufen. Das würde für die Rückkehr nach Augsburg oder Straßburg genügen.«

»Dann mach los«, forderte Katrin Florint auf. »Wir fahren zu Marias Haus.«

Florint löste das Tau, und sie setzten sich wieder an die Riemen. Mit langsamen Schlägen trieben sie das Boot durch den Stichkanal. Die Dunkelheit der Stadt wurde durch wenige Fackeln erhellt, die ein diffuses Licht in den Kanal warfen. Überall wisperte und flüsterte es. Im Fackellicht sahen sie Menschen auf den Straßen und Gassen liegen.

»Die Stadt quillt über vor Flüchtlingen«, erklärte Katrin, »wegen der verlorenen Schlacht von Agnadello. Auch die Terra ferma erscheint ihnen nicht mehr sicher.«

»Wir kommen zum Canal Grande«, unterbrach Florint ihre Ausführungen. »Ich weiß nicht, ob ich den Weg im Dunkeln finde.«
Niemand sagte ein Wort. Was sollten sie ihm auch antworten, dachte Florint. Er steuerte das Boot auf den Kanal hinaus. Zwar herrschte auch dort Finsternis, doch die Laternen an den Schiffen und die Fackeln an den Molen gaben einen schwachen Schimmer, der sich auf das Wasser legte wie ein Nebelschleier. Mehr als einmal wurden sie beschimpft, weil sie keine Laterne an Bug und Heck ihres Bootes befestigt hatten. Doch im allgemeinen Durcheinander des Verkehrs entschlüpften sie allen Protesten und Nachstellungen.
Florint versuchte sich zu konzentrieren. War es tagsüber nicht leicht, sich die Strecke im Labyrinth der Kanäle zu merken, geriet es im Dunkeln zur Unmöglichkeit. Er konnte nur ungefähr ausmachen, an welcher Stelle des Kanals sie wieder in die Kanäle einmünden sollten.
»Wir müssen anlegen und auf die Morgendämmerung warten«, entschied Florint. »Wenn wir uns erst in den Kanälen befinden, verirren wir uns gänzlich. Wir binden das Boot hier am Canal Grande zwischen die anderen Kähne und legen uns aufs Ohr.«
Florint wartete nicht ab, ob ihm jemand widersprach, sondern ließ das Boot auf eine der Dalben zutreiben und machte es daran fest.
»Das ist keine gute Idee«, murrte sein Vater. »Die Herren der Nacht haben ihre Augen überall. Wenn sie von unserem Diebstahl erfahren haben, finden sie uns unter all den Booten.«
Florint wusste, dass sein Vater Recht hatte, dennoch hatte es keinen Sinn weiterzurudern.
»Du vergisst die Flüchtlinge, sie sind überall. Sie geben uns Deckung. Sobald es das Licht zulässt, suchen wir das Haus.«
Er zog das Ruder ein. Katrin tat es ihm nach und setzte sich dann zu ihm. Sie zitterte vor Kälte.
»Schlaft«, sagte Florints Vater, zog die Wachstuchplane der Ab-

deckung am Bug hervor und legte sie sich um die Schultern. »Ich wecke Euch beim ersten Morgenlicht. Ich konnte mich lange genug ausruhen.«
Florint nickte und kroch mit Katrin unter die Abdeckung am Heck. Wie gern hätte er sich mit seinem Vater unterhalten, ihn gefragt, was der Zettel zu bedeuten hatte, was er erlebt hatte. Doch bevor er einen Gedanken daran verschwenden konnte, was er den Vater alles fragen wollte, sackte ihm der Kopf auf die Brust.

KAPITEL 22

Katrin schreckte hoch. Eine Hand verschloss ihr den Mund. Florint kniete über ihr. Er legte den Finger auf seine Lippen, beugte sich über sie und flüsterte: »Stadtschergen!« Dann nahm er die Hand wieder weg. »Bleib, wo du bist.«
Sie nickte nur. Langsam kroch Florint zum Tau, das verhinderte, dass ihr Kahn auf den Canal Grande hinaustrieb. Ohne Hast löste er den Knoten. Sein Vater saß bereits am Ruder, und mit wenigen Schlägen hatten sie sich vom Ufer gelöst.
Florint setzte sich ebenfalls auf seine Ruderbank und begann mit schweren Schlägen das Boot den Kanal hinaufzurudern. Katrin sah auf die Mole. Dort hatten sich vier Männer in dunkler Kleidung versammelt, die alle Boote musterten, welche auf dieser Seite des Kanals in ihrer Reichweite vertäut lagen.
Es war noch dunkel, doch ein erster Hauch grauen Lichts huschte über das Wasser. Nebel versperrte die Sicht auf das andere Kanalufer. Die Schergen begannen zu rufen, als sie bemerkten, dass sich ihr Boot entfernte, doch bevor sie reagieren konnten, hatte der Morgennebel sie bereits verschluckt.
»Wir müssen versuchen, in die Nebenkanäle zu gelangen, bevor sich der Dunst hebt.«
Katrin erhob sich und setzte sich neben Florints Vater. Ihr knurrte der Magen; schließlich hatte sie seit zwei Tagen nicht mehr vernünftig gegessen. In ihrem Mund lag ein bitterer Ge-

schmack. Sie musste ausspucken; ihr Speichel war grau und klebrig.

»Da vorne geht es in die Kanäle.« Florint deutete auf eine Lücke zwischen zwei Palästen. »An den Steinbau kann ich mich erinnern.«

Sie schwenkten in den schmalen Kanal ein und wurden verschluckt. Zwischen den Häuserschluchten war es noch Nacht. Nur langsam drang das Licht bis in diese Tiefen. Katrin hoffte, dass sich Florint an den Weg erinnern konnte. Sie betrachtete ihn von der Seite. Er wirkte angespannt und keineswegs sicher. Mit den Zähnen kaut er auf seiner Unterlippe herum.

»Links!«, befahl er, dann wieder: »Rechts!«, dann erneut »Links«, bis er erschöpft gestand, sich nicht mehr genau daran zu erinnern, wo sie jetzt waren. Resigniert ließ er den Kopf hängen. »In diesem verfluchten Irrgarten finden wir das Haus niemals!«

Katrin erhob sich und legte ihm die Hand auf den Rücken. Mit einer energischen Bewegung fuhr sie ihm in die Haare und schüttelte ihn. »Versuch es, ich kann dir nicht helfen. Du hast dich schon in ganz anderen Städten zurechtgefunden.«

Florint setzte sich aufrecht hin und seufzte. Dann griff er wieder nach dem Ruder. »Weiter. Wir haben nicht den ganzen Tag Zeit.«

Eine Stunde verstrich und dehnte sich in ihrer Suche endlos zwischen zwei Glockenschlägen, während der sie durch die Kanäle vagabundierten, umdrehten, zurückfuhren, andere Abzweigungen nahmen, sich vor den Stadtschergen unter einer Brücke verbargen und zweimal bereits aufgegeben hatten, als Florint plötzlich aufstand. Katrin gab einen leisen Schrei von sich, weil sie glaubte, das Boot müsse umkippen. »Dort. Das ist es!«, sagte Florint und deutete auf einen Markuslöwen, der über einem Türsturz als Halbrelief eingelassen war. Dort oben hatte der Rottfleck auf ihn gelauert.

Er ließ sich auf die kleine Vortreppe zutreiben, griff nach dem Eisenring, der aus der Mauer ragte, und vertäute das Boot.

»Glaubt ihr, wir sind allein?«, fragte Florints Vater. Sein Gesicht wirkte grau. Die Pusteln hatten sich vermehrt. Manche eiterten stark.
»Einen Versuch muss es wert sein«, antwortete Florint. Er stieg als Erster an Land, half dem Vater und Katrin. Das Boot schwenkte auf das Wasser zurück. »Ich habe Hunger und Durst.«
Florint erinnerte sich daran, dass er die Pforte nur zugezogen hatte. Wenn niemand im Haus war, musste sie sich ohne Schwierigkeiten öffnen lassen. Er drückte gegen die Tür. Tatsächlich schwenkte sie nach innen. Lautlos huschte er hinein, sein Vater und Katrin folgten ihm. Zuerst lauschten sie auf Bewegungen und Geräusche, doch nichts rührte sich im ganzen Haus: keine Stimmen, kein Klopfen, kein Knarren von Dielen. Florint voraus schlüpften sie die Treppe hoch. Das Kabinett lag noch unberührt. Nichts war aufgeräumt. Bücher und Geräte bedeckten den Boden.
»Wo ist die Maschine?«, drängte Florints Vater.
»Wartet einen Augenblick. Sollten wir nicht zuerst etwas essen? Wir haben alle Hunger.«
Katrin sah Florint dankbar an. Auch er wirkte blass, und sein Magen knurrte hörbar.
»Also gut. Wir warten hier. Du besorgst etwas zu essen.«
Katrin begann die Stühle aufzustellen, räumte Bücher und Geräte zurück in die Regale. Im Nu war von den Verwüstungen nichts mehr zu sehen. Dann setzte sie sich zu Florints Vater an den Tisch.
»Was habt Ihr von Meister Buschmann, Eurem Vater, erzählt?«, fragte er. »Er lebt nicht mehr?«
»Vater ist tot«, antwortete Katrin und stützte das Kinn in beide Hände. »Ich glaube, der Dominikaner hat ihn der Sphärenmaschine wegen getötet.«
Meister Deroubaix fixierte Katrin eine ganze Weile, während er sich die Haut kratzte. »Euer Vater«, sagte er dann stockend, »hat mich an den Mönch verraten.«

»Das ist nicht wahr!«, fuhr Katrin auf. »Das hätte Vater niemals getan.«
»Er hatte Angst vor der Inquisition. Der Dominikaner hat ihm gedroht.« Deroubaix sah Katrin mitleidig an. »Er hat damit gedroht, Euch als Hexe den Prozess zu machen. Ihr konntet lesen, schreiben und rechnen, Ihr konntet ein Horoskop erstellen. Meister Buschmann musste Euch schützen.«
»Und hat Euch dafür geopfert.« Katrin schluckte, als sie begriff, was geschehen war.
Meister Deroubaix legte den Kopf schief. »Ihr braucht Euch deshalb keine Gedanken zu machen. Der Dominikaner hätte mich ohnehin aus dem Verkehr gezogen. Allerdings konnte ich ihm ein Schnippchen schlagen.« Er lachte rau.
»Wie seid Ihr nach Venedig gekommen, Vater?« Florint war zurück. Er trug etwas Brot und einen Krug mit Wasser auf. »Mehr war nicht zu holen. Leider.«
Sie teilten sich das Brot und schlangen es in großen Bissen hinunter. Katrin schmerzte der Magen, so sehr biss sie der Hunger.
»Zuerst wurde ich in die Hexenlöcher geworfen«, erzählt Meister Deroubaix mit vollem Mund. »Dann wollte mich der Dominikaner streng verhören, doch Gaßner ist es gelungen, mich in den letzten Transport nach Venedig zu stecken. Er hat Messer Matteo Geld dafür gegeben, dass er mich unbeschadet nach Venedig bringt.«
»Dann seid Ihr nicht den Weg der Galeeren gegangen?«, warf Florint ein.
»Offiziell schon, doch Messer Matteo wusste, dass ich an seinem Manuskript gearbeitet habe. Er hat mich mitgenommen. Nicht als Gefangenen, sondern als Instrumentenbauer.«
»Warum wart Ihr in Santa Croce della Giudecca eingesperrt?«
»Anfänglich war ich nicht eingesperrt. Ich wurde behandelt. Suor Constanza ist die Schwester Messer Matteos, und sie ist eine hervorragende Ärztin. Außerdem konnte er mich in diesem Frauenkloster gut vor der Signoria verbergen. Das Manu-

skript gehört nämlich eigentlich nicht Messer Matteo, sondern der Signoria. Oder vielmehr erhebt sie Anspruch darauf.«

»Dann seid Ihr nur zufällig über mir in der Zelle gewesen?«, fragte Katrin.

»Nein, nicht zufällig. Seit Messer Matteo tot ist, hat mich die Schwester Oberin als Geisel gehalten. Offenbar wollte sie mich gegen das Manuskript oder gegen etwas anderes austauschen. Und dass Ihr unter mir einquartiert worden seid, liegt einfach daran, dass der Dominikaner ebenfalls eine Schwester in diesem Kloster hat.«

»Ebenfalls eine Schwester?«, rätselte Florint, aber Katrin hatte die Lösung des Rätsels bereits erkannt.

»Suor Constanza! Deshalb kam sie mir so bekannt vor!«, antwortete sie an seiner Stelle. »Messer Matteo und der Dominikaner waren Brüder?«

»Halbbrüder!«, ergänzte Meister Deroubaix. »Mit unterschiedlichen Ansichten über die Welt und die Herrschaft über dieselbe.«

Langsam kam Licht in die Geschichte.

»Deshalb war Messer Matteo sofort bereit, Pater Eginald mit nach Venedig zu nehmen«, murmelte Florint halb für sich.

Katrin bedauerte, keinen weiteren Brocken Brot mehr zu haben. Rasch trank sie vom Wasser, damit zumindest die Flüssigkeit für eine gewisse Zeit das Leeregefühl im Bauch betäubte. Auch Meister Deroubaix hatte den letzten Bissen hinuntergewürgt.

»Wo ist die Maschine?«, fragte er erneut.

»Im Kabinett hinter den Regalen«, deutete Florint an.

Der Instrumentenbauer erhob sich und überprüfte die Regalwand. »Dahinter ist ein Raum?«

»Kaum zu glauben, nicht?«, sagte Florint. »Ich war im ersten Moment auch erstaunt.«

Katrin trat ebenfalls näher und legte eine Hand an die Bücherregale. Dann schnupperte sie in der Luft. Ein Geruch entströmte den Regalen, der ihr Unbehagen bereitete. Sie trat einen Schritt zurück.

»Was ist?«, fragte Florint besorgt.

»Ich weiß nicht«, antwortete sie ihm. »Hinter der Regalwand ...« Sie konnte ihr Unwohlsein nicht recht benennen, wollte auch keine Hysterie entfachen.

Florint griff zur Verriegelung, die unsichtbar an der Regalseite angebracht war, und ein leises Klacken sagte ihnen, dass die Sperrung aufgehoben war.

»Du hättest sie lieber geschlossen gehalten«, sagte sie. Plötzlich wusste sie, woran sie der Geruch erinnert hatte.

»Messer Deroubaix, die Jungfer Katrin und auch Ihr, Florint. Die gesamte Bruderschaft der Horoskopmaschine versammelt, so haben wir es gern«, scholl es ihnen aus der zurückschwingenden Regaltür entgegen. Vor den Bücherwänden erwarteten sie zwei Gestalten, die Katrin ebenso unwirklich erschienen wie die Wesen in den Alkoholgefäßen an der Rückseite der Wand. Florint zuckte mit den Mundwinkeln. Meister Deroubaix hatte im Augenblick nur Augen für die Maschine.

»Ich habe es geahnt«, war alles, was Katrin dazu einfiel.

»Ihr hattet schon immer ein vorausahnendes Wesen, Jungfer Katrin!«, antwortete ihr Wolfhart, der breitbeinig im Stuhl hinter dem Regal saß.

KAPITEL 23 »Es hat immer sein Gutes, zwei Eisen im Feuer zu haben!«, grinste Wolfhart Katrin und die anderen an.

Hinter ihm stand wie zur Bestätigung, eine Hand auf seiner Schulter, der Dominikaner. Ein schwarzer Engel. »Ich habe gewusst, dass Ihr wiederkommt.«

Im Raum herrschte eine matte Helligkeit, weil zwei Kerzen brannten. Die hatte Katrin gerochen, die und den käsigen Geruch, der aus den Kleidern des Dominikaners ausdünstete.

»Also doch. Ihr arbeitet mit diesem Kerl Hand in Hand.« Katrin

spuckte vor ihm aus und blickte düster und ungläubig vor sich hin.
Wolfhart zuckte mit den Schultern. »Ich arbeite für den, der mich bezahlt.«
Wolfhart deutete mit dem Kopf auf Pater Eginald, der aussah wie die Hohen Priester, die dreißig Silberlinge zur Ergreifung Jesu ausgesetzt hatten, zufrieden in der Fülle seiner Macht.
»Der Rottfleck hat es gewusst«, ging Florint ein Licht auf. »Deshalb hat er Euch nicht informiert, als wir das Haus durch den rückwärtigen Kanal verlassen haben.«
Meister Deroubaix, der bislang kein Wort gesagt und nur die Sphärenmaschine angestarrt hatte, bestätigte das ehrlose Verhalten des Gesellen. »Ihr habt nie selbstständig gedacht oder gehandelt, Wolfhart. Das war immer Euer Problem und wird es weiterhin sein. Ihr seid und bleibt ein Geselle, dem man mindere Arbeit anvertrauen muss, weil er niemals Geschick genug für das Besondere aufbringt.«
Wolfhart fuhr auf. Der Stuhl, auf dem er gesessen hatte, fiel um und polterte gegen den Tisch mit der Maschine.
»Ich hätte die Maschine selbst bauen können, aber Meister Buschmann hat mich nicht rangelassen.«
»Zu Recht, Wolfhart, zu Recht. Ihr hättet mehr zerstört als zuwege gebracht. Eure Gier, die Dinge zu erzwingen, die Euren Vorstellungen nicht gehorchen, hätte Euch zu Fall gebracht.«
Wolfhart baute sich vor Meister Deroubaix auf. Spöttisch grinste er. »Dafür hat Euer Nichtsnutz von Sohn einen kapitalen Fehler in die Konstruktion eingefügt«, lachte er. »Die Sonne im Mittelpunkt des Universums! Lachhaft.«
»Wo sind die Pläne, Deroubaix?«, unterbrach ihn der Dominikaner scharf. Ihn störte offensichtlich das Geschwätz des Gesellen.
Meister Deroubaix schien die Frage zu überhören, weil er sich direkt an Wolfhart wandte, dem die Wut das Gesicht zerriss.
»Eure Unwissenheit ist noch größer als Eure Dummheit, Wolfhart. Hat Euch der Dominikaner nicht eingeweiht? Hat er Euch

im Dunkeln darüber gelassen, dass dies die einzige richtige Darstellung der Himmelsmechanik ist? Hat er Euch nicht gesagt, dass er hinter ebendieser Darstellung her ist wie der Teufel hinter der Seele?« Der Meister der Plejaden lachte, was dem Gesellen die Zornesröte ins Gesicht trieb. »Leichtes Spiel hat der Gebildete mit dem Ungebildeten. Weich wie Wachs ist er in der Hand des Wissenden, weil er nichts versteht und dennoch nichts fragen kann. Ihm fehlen die Fragen, Wolfhart.«
Katrin bemerkte, wie unsicher der Geselle wurde, wie unstet sein Blick zwischen dem Dominikaner und Meister Deroubaix hin und her ging.
Doch der Mönch hielt die Zügel straff. »Wo sind die Zeichnungen? Ich brauche sie, bevor sie noch mehr Unheil anrichten.«
Jetzt war es Katrin, die dazwischenging. »Und Menschenleben kosten wie das meines Vaters, den Ihr ermordet habt, um an die Konstruktionen zu kommen?«
»Ich habe ihn nicht ermordet, ich habe ihn dem Urteil des Herrn übergeben. Er wird richten über die, die in diesem Leben gefehlt haben«, ereiferte sich Pater Eginald.
»So, dann übt Ihr Gerechtigkeit mit dem Messer?«, fuhr sie ihn an. Sie wollte nur eine Antwort von diesem aalglatten Kleriker, nur eine einzige Antwort.
»Wenn es nicht anders möglich ist, Jungfer Katrin, wenn die Einsicht nicht herrscht, dass wir zum Wohle der Kirche nichts ändern dürfen an der Erklärung der Welt, dann ja. Die Welt ist von Gott geschaffen. Sie bedarf keiner Erklärung!«
»Unsinn«, sagte Florint. »Wenn Gott gewollt hat, dass wir die Dinge dieser Welt verstehen, dürfen wir sie verstehen. Ihr rechtfertigt nur Euer Morden und die Einfältigkeit Eures Geistes!«
Mit einer Handbewegung wischte der Dominikaner die Einwände Florints beiseite.
»Ich frage Euch noch einmal: Wo sind die Pläne für die Maschine?«
Die Stimmung war hitzig und bedrohlich geworden. Wolfhart

hatte ein Messer gezogen, es jedoch auf einen Wink des Dominikaners wieder in die Scheide zurückgesteckt. Katrin sah am Blick, den Florint durch den Raum schweifen ließ, dass er sich selbst nach den Plänen umschaute. Waren sie nicht mehr hier? Sie hatte sie doch Gaßner und Maria übergeben. Wenn sie fort waren, wo waren sie dann?

Der Dominikaner griff plötzlich nach der Maschine und hob sie über den Kopf. Katrin sah ihm an, dass er selbst überrascht war von seinem Ausbruch. Jetzt konnte er allerdings nicht mehr zurück. Totenstille kehrte ein.

»Ich werde diese Horoskopmaschine zerschmettern, wenn Ihr mir nicht verratet, wo sich die Zeichnungen befinden.«

»Ihr werdet nichts dergleichen tun, Pater Eginald«, übertönte eine Stimme das »Nicht!«- und »Das könnt Ihr nicht machen!«-Geschrei der Anwesenden, das einsetzte. Alles drehte sich nach der Tür um, die ins große Kabinett führte. Dort stand, eine Armbrust im Anschlag, der Rottfleck. »Ihr stellt das Eigentum der Signoria auf den Tisch und tretet einen Schritt zurück.«

»Rottfleck!«, sagte Florint nur.

Hinter dem Rottfleck drängten drei Schergen in schwarzen Mänteln in den Raum. Und dahinter stand Gaßner.

Pater Eginald hielt die schwere Maschine noch immer über seinem Kopf. Er schien zu wanken, hielt sich jedoch aufrecht.

»Du hättest nicht davonlaufen sollen, Florint!«, sagte der Rottfleck, ohne den Mönch aus den Augen zu lassen. »Das hat alles kompliziert gemacht.«

»Du hättest uns nicht verraten dürfen, Rottfleck!«, warf Katrin ihm vor, so leise, dass ihr Einwand fast untergegangen wäre.

»Ich habe euch nicht verraten. Ich wollte euch in Sicherheit bringen, weil ich wusste, dass Wolfhart und der Dominikaner hinter euch her waren. Dass ihr zusammen hierherkommen würdet, hatte ich vermutet. Doch ich brauchte Unterstützung. Das hat alles etwas verzögert. – Verflucht, Pater Eginald, stellt die Maschine endlich ab.«

Katrin blies Luft durch die Nase, weil sie die Erläuterungen des Rottflecks nicht recht glaubte. Wie viele Unwahrheiten hatte er ihnen schon erzählt? Katrin, die Florint beobachtete, bemerkte, dass der wie gebannt auf eines der obersten Regale starrte. Versteckten sich dort oben etwa die Pläne? Unter einem in schwarzes Leder gebundenen Himmelsatlas lugte ein halbes Dutzend Blätter hervor, die ihr bekannt vorkamen. Schau weg, dachte Katrin, nimm den Blick davon weg, bitte! Doch Florint reagierte nicht auf ihre Gedankenbotschaften.

»Abstellen, sag ich!«, fauchte der Rottfleck erneut.

Alles drehte sich zu dem Dominikaner um, dem bereits der Schweiß auf der Stirn stand. Katrin sah ihm an, dass es im Kopf des Mönchs arbeitete. Er sah sich um den Erfolg seiner Nachforschungen betrogen. Endlich hielt er in der Hand, was er seit langer Zeit suchte, und jetzt sollte er es wieder loslassen?

»Die Maschine muss zerstört werden. Sie darf nicht in die Hände der Gottlosen fallen«, verteidigte sich Pater Eginald. Wieder wandte er sich an Florint. »Wo habt Ihr die Pläne, Florint Deroubaix? Hier in diesem Raum?« Der Mönch folgte dem Blick Florints und lächelte böse. Er hatte die Blätter entdeckt. »Wie ich es geahnt habe. Rottfleck«, wandte er sich an den Mann im Dienst der Signoria, »was uns beide unterscheidet ist, dass Ihr Eure Aufgabe des Geldes wegen erledigt, ich jedoch davon überzeugt bin, dass richtig ist, was ich tue, und Gott auf meiner Seite ist.«

Der Rottfleck schnaubte nur. »Ihr seid ein Schwätzer, Pater Eginald. Stellt endlich das Ding ab.«

Das Gesicht des Dominikaners gefror. Langsam senkte sich die Maschine. Vor ihm auf dem Pult standen die beiden Kerzen, die durch die Bewegungen der Menschen im Raum flackerten.

»Er soll mit der Maschine herkommen!«, redete Gaßner dazwischen, der noch unter dem Türsturz stand.

»Ich werde es allen recht machen«, säuselte plötzlich der Dominikaner, und Katrin war sofort alarmiert. So sprach niemand,

der keinen Ausweg mehr weiß, dachte sie. Doch was jetzt geschah, damit hatte sie nicht gerechnet. Schräg über den Kerzen standen vier Alkoholflaschen, in denen Spinnen und Schlangen eingelegt waren. Mit einer kraftvollen Bewegung, die man ihm nicht zugetraut hätte, schleuderte Pater Eginald die Maschine gegen die Flaschen, die sofort zerbrachen. Sogleich füllte Alkoholdunst den Raum, und Flammen fauchten an die Decke.
»Raus hier!«, schrie Florint und zerrte an Katrin, doch die rührte sich nicht.
Der Alkohol hatte sich an den Kerzen entzündet. Der Dominikaner stürzte auf das Regal zu und wollte den Atlas herunterreißen, unter dem er die Blätter vermutete, doch es gelang ihm nicht. Der Bolzen aus der Armbrust des Rottflecks bohrte sich in seinen Hals, riss ihn von den Beinen und warf ihn zu Boden, mitten hinein in die Flammen, die am Holz des Tisches und bereits an den Regalen fraßen. Sein Kopf wurde zurückgerissen, und Katrin beobachtete ein triumphierendes Grinsen auf den Lippen des Mannes. Die Bänder der Horoskopmaschine hatten sich im Regal verfangen, und sie baumelte dort auf halber Höhe über dem Boden. Als der Dominikaner niederstürzte und sich festhalten wollte, griff er nicht ins Leere, sondern in die Metallbänder der Maschine und riss diese mit sich. Eine Spitze des schweren Kubus bohrte sich in seinen Schädel.
Jetzt erst brach Furcht über Katrin herein. Blindlings stürzte sie zur Tür, riss Gaßner um und stieß den Rottfleck beiseite. Sie achtete nicht auf die Treppenstufen, nicht auf die Schergen, fegte durch die engen Gänge, die Räume und stand plötzlich hustend und würgend vor dem Kanal, ohne dass sie sagen konnte, wie das geschehen war. Neben ihr stolperte Meister Deroubaix heraus.
Jetzt erst kam sie zum Nachdenken, obwohl auch das durch ihre schnelle Atmung behindert wurde. Sie begann zu zittern. »Wo ist Florint?«, glaubte sie sich sagen hören, doch sie wusste, dass sie schrie, aus Leibeskräften schrie. »Ich muss zurück,

muss ihm helfen.« Als Florints Vater sie festhalten wollte, stieß sie ihn beiseite und schlüpfte wieder ins Haus.
Dunkler Rauch quoll aus dem oberen Stockwerk. Sofort musste sie husten. »Florint!«, hörte sie sich schreien, »Florint!« Doch niemand antwortete. Katrin legte sich einen Fetzen ihres Ärmels über die Nase und hastete zum Treppenhaus. Gerade als sie hochgehen wollte, stolperte ihr ein Mensch aus dem Qualm entgegen und schlug am Ende der Treppe auf. Es war einer der Schergen, die Haut rußschwarz verbrannt. War Florint noch oben?
Sie nahm all ihren Mut zusammen, holte tief Luft und sprang die Stufen hinauf. Hitze schlug ihr entgegen, Qualm. Das kleine Kabinett stand gänzlich in Flammen, und diese leckten auf das große Kabinett hinaus. Plötzlich tauchte vor ihr eine Gestalt auf: der Rottfleck. Er schleppte Florint mit sich.
»Nehmt ihn!«, schrie er Katrin an und legte ihn auf die Schwelle, dann wurde er zurückgerissen.
Wolfhart hatte sich auf den Rottfleck gestürzt und prügelte sich mit ihm. Katrin hatte keine Zeit, sich um die beiden Kontrahenten zu kümmern. Sie packte Florint, zerrte ihn zur Treppe und zog ihn einfach die Stufen hinunter. Sie bekam keine Luft mehr, und sie hatte das Gefühl, dass ihre Kräfte sie bald verlassen würden.
Sie stürzten die Stufen mehr hinunter, als sie gingen. Am Fuß des Treppenhauses sackte Katrin zusammen, und die Kräfte verließen sie. Sie fühlte noch, wie eine Hand sie am Kragen des Habits packte, das sie noch immer trug, wie sie grob über den Steinfußboden gezerrt und in die Bilge eines Bootes gelegt wurde. Dann erinnerte sie sich nur noch daran, dass sie in den Himmel über den Kanälen blickte und aus einem der oberen Fenster Flammen herausschlugen, die bis auf das gegenüber liegende Haus hinüberleckten. Sie hustete und schmeckte Ruß auf ihrer Zunge.
»Wo ist Florint?«, fragte sie noch, bevor sie das Schaukeln eines

Bootes spürte und in eine Dämmerung hinüberglitt, die von Höllenflammen umsäumt wurde.

KAPITEL 24 Katrin schreckte auf. Die Welt schaukelte. Für einen Augenblick glaubte sie, den Halt zu verlieren und über deren Rand hinauszustürzen, und streckte die Arme aus, um den Sturz aufzuhalten. Sie griff in weiche Stoffdecken. Wo war sie? Was war geschehen?

»Florint!«, schrie sie. Doch niemand antwortete. Sie fiel durch die Zeit. Auf dem Rücken ausgestreckt. Lag sie in einem Sarg? Wieder schrie sie, ohne es zu wollen, schlug um sich.

Plötzlich wurde eine der Stoffbahnen zurückgerissen. Licht blendete sie.

»Schrei nicht so!«, sagte eine ruhige Stimme. »Du weckst noch Tote auf.«

»Meister Deroubaix? Seid Ihr das?«

Stille. Sie hörte nichts, glaubte schon, sie hätte ihr Gehör verloren. Langsam gewöhnten sich ihre Augen an das grelle Licht. Der Schatten gewann Kontur, erhielt Gesichtzüge, Augen, einen Mund: »Florint!«, flüsterte sie und sah im nächsten Augenblick wieder nichts, weil ihr die Tränen in die Augen schossen. Sie musste husten, begann zu würgen. Jetzt erst wurde sie gewahr, dass ihr schwindlig war, dass sie nur schwer Luft bekam. Sie drehte sich zur Seite, krabbelte auf allen vieren aus dem Kajütenaufbau. Florint half ihr auf und drückte sie an sich. Wie elend sie sich fühlte, als wäre sie vom Pferd gestürzt oder hätte eine Nacht hindurch gefeiert. Er roch nach Rauch. An den Händen hatte er leichte Verbrennungen. Wieder schüttelte sie der Husten. Dann sah sie auf ihre Kleidung hinunter, auf ihre Hände.

»Das Gesicht sieht ebenso schwarz aus«, lachte Florint und drückte sie an sich. Katrin zitterte, fror. Sie blickte sich zum Boot um. Neben dem Meister der Plejaden, der ihr zunickte, saß der Rottfleck und ruderte.

Was tut der denn hier, dachte sie, aber sie kam nicht dazu, diesen Gedanken fortzuführen. Die Stadt lag mehrere Bogenschussweiten entfernt. Über ihrem Zentrum stand eine schwarze Wolke.

»Dort brennt Marias Haus«, erläuterte Florint.

Katrin betrachtete die Rauchfahne, die in den Himmel stieg und sich dort langsam auflöste. Ein Ausbruch von Feuer inmitten des Stadtteils Santa Croce bedeutete ein Unglück für die Stadt, die Gefahr einer Feuersbrunst. Wahrscheinlich war man dort mit allen Kräften dabei, das Feuer einzudämmen, was für die Fliehenden nur von Vorteil sein konnte.

»Die Horoskopmaschine …?«, fragte Katrin, brach jedoch ab, als sie sich daran erinnerte, dass sie vermutlich in den Flammen zerstört worden war, verbrannt oder geschmolzen.

»Die Maschine ist zerstört. Pater Eginald, Gott sei seiner Seele gnädig, hat sein Ziel erreicht«, erklärte ihr Florint.

»Er war ein Mörder!« Katrin drückte sich an Florint und legte den Kopf an seine Schulter.

»Ich weiß es nicht«, mischte sich der Rottfleck ein. »Wolfhart war sein Handlanger. Er hat die Drecksarbeit gemacht, wenn es nötig war …«

»Seid ruhig, Rottfleck«, fuhr Katrin auf. »Wolfhart kann meinen Vater nicht umgebracht haben. Er hätte fliegen müssen.«

Katrin schloss die Augen. Was sollte nur aus ihr werden? Sie hatte solche Hoffnungen in diese Reise gesetzt: keine Hofastrologin, kein Horoskop für den Dogen oder die Serenissima Venedig, keine Unabhängigkeit. Sie würde einen Meister heiraten müssen …

»Wohin fahren wir?«, fragte sie überraschend.

»Nach Mestre, ans Festland. Wir müssen meinen Vater behandeln lassen – und uns ebenfalls.«

Katrin blickte Florint an. Auch er war schwarz vor Ruß. Haare fehlten ihm auf einer Seite beinahe vollständig. Sie waren bis auf die Kopfhaut hinunter verschmort.

Er spürte ihren Blick und lächelte etwas mürrisch.
»Wir sehen alle nicht aus, als könnten wir am Schönheitswettbewerb des Paris teilnehmen. Keiner von uns würde auch nur beachtet werden.«
»Wird uns die Signoria nicht suchen?«, fragte Katrin. »Sie hat Geld für die Entwicklung der Maschine bezahlt.«
»Ja, das hat sie offenbar«, lächelte Florint. »Doch die Maschine gibt es nicht mehr – und die Manuskripte sind verbrannt. In den Wirren, die im Augenblick in dieser Stadt herrschen, fallen vier Gestalten, die Venedig verlassen, nicht auf. Hoffen wir. Man soll glauben, wir seien verbrannt.«
»Noch hat uns die Wahrheit nicht eingeholt, nicht? Ein Leben auf der Lüge aufzubauen, Florint, ist ein trügerisches Unterfangen.«
»Du hast Recht, Katrin. Doch im Augenblick verlängert es unser Leben zumindest. Oder willst du als Brandstifter in die Bleikammern?«
Katrin drückte sich wieder an ihn und legte eine Hand auf seine Brust. »Nein«, flüsterte sie. »Ich möchte mich niemals wieder von dir trennen müssen.« Unter seinem Wams erspürte sie ein Knäuel Papier. Rasch sah sie auf.
»Die …?«
Florint nickte und gab ihr mit den Augen zu verstehen, dass sie ruhig sein sollte. »Ja«, sagte er und drückte ihre Hand gegen seine Brust. Es waren die Blätter, die sie unter dem Himmelsatlas entdeckt hatte. Die Bauanleitungen des Meisters der Plejaden existierten also noch. »Für alle Fälle …«
Beinahe tonlos flüsterte er die Worte. Weder sein Vater noch der Rottfleck sollten davon wissen.
»Du traust ihm?«, fragte Katrin und deutete auf den Rottfleck, der mit der Gleichmäßigkeit eines Galeerensklaven ruderte.
»Nein«, antwortete Florint schmunzelnd. »Aber wir brauchen jemanden zum Rudern.«
Die Lagune lag ruhig und friedlich und ein wenig traurig vor

ihnen. Es war ein stiller Abend, der anbrach, wenn er in Katrins Augen nicht so falsch gewesen wäre. Das Feuer schien sich nicht beruhigen zu können, denn die Aschewolke begann mit der Dämmerung zu verschmelzen. Mit jedem Licht, das am Himmel entzündet wurde, flammte die Unterseite rötlicher auf, bis man hätte glauben können, es wäre die Pforte zur Hölle, die dort lockte. In einer langen Prozession querten Boote die Lagune in Richtung Stadt.

»Flüchtlinge«, stöhnte Katrin. »Hunderte sind es, Tausende. Wenn nur der Doge auf Maria gehört, wenn er ihrem Horoskop geglaubt hätte, wäre das alles nicht geschehen.«

»Wenn die Sterne unsere Zukunft in sich tragen, Katrin, können wir unser Schicksal wirklich verändern?« Florint legte einen Arm um sie.

»Jeder kann sein Schicksal ändern«, sagte sie, »wenn er stark genug dafür ist.«

»Dann hätte es die Niederlage von Agnadello nicht gegeben, Katrin?«

»Vermutlich. Wie wollen wir durch die zurückströmenden Massen gelangen? Sie werden von den Truppen der Liga von Cambrai bis auf die Lagune hinausgetrieben.«

»Es war die Idee des Rottflecks. Wir reisen im Schutz eines Fuggertransports«, mischte sich jetzt der Meister der Plejaden ein. »Florint, bitte«, setzte er hinzu.

Florint verstand sofort. Er stand auf und löste den Vater am Ruderblatt ab. Der setzte sich neben Katrin auf den Schragen.

»Fugger finanziert die Liga von Cambrai, und er unterstützt Venedig mit billigen Metallen. So verdient er an beiden Parteien und bleibt von beiden verschont. Wer unter der Fuggerlilie reist, reist sicher.«

Katrin nickte. Sie konnte den Blick nicht von den Gondeln wenden, die mit Flüchtlingen überladen an ihnen vorüberzogen. Erschöpft sahen sie aus, die Menschen, erschöpft und ohne Hoffnung. Was erwarteten sie von der Stadt auf der Lagune? Die Rettung vor den ihnen nachstellenden Reiterhorden der Liga? Dafür fielen sie in die Hände skrupelloser Kaufleute und wurden von den Klauen der Krankheiten zerrissen, die auf sie lauerten. Was war das nur für eine Welt?

»Wann reist ein Fuggertross nach Augsburg? Wisst Ihr davon?« Die Frage platzte regelrecht aus ihr heraus. Wenn sie Glück hatte, begleitete Sarahs Vater den Zug.

»In nächster Zeit, wenn man dem Rottfleck trauen darf«, flüsterte Meister Deroubaix.

»Übermorgen!«, drängte sich der Rottfleck dazwischen. Offenbar hatte er alles mitgehört.

»Übermorgen«, wiederholte Katrin die Zeitangabe. Übermorgen würde es also nach Augsburg zurückgehen.

KAPITEL 25 Mestre war überfüllt. Noch nie hatte Katrin so viele Menschen an einem Platz gesehen. Der Kai wurde belagert von Jungen und Alten, Gesunden und Versehrten, Männern und Frauen, einer Ansammlung von Lumpen und Krankheiten. Sie landeten unweit des Kais am Strand, weil ihr Boot sonst regelrecht gestürmt worden wäre. Als sie Anker warfen und ins Wasser sprangen, warfen sich Hunderte von Menschen ins Wasser, um zu dieser Lastgondel zu gelangen, und viele hasteten den Lido entlang.

Der Rottfleck zerrte sie beiseite und schob sie vor sich her in ein Pinienwäldchen und durch dieses hindurch zu einem Gasthaus. Auch hier erwarteten sie Legionen von Menschen, doch diesmal nicht der Geruch der Armut, sondern das vom Krieg seines Vermögens beraubte und an Mestres Strand gespülte Bürgertum der Terra ferma.

Der Rottfleck hieß sie unter einer ausladenden Pinie niedersetzen, er werde sich um ein Zimmer und um einen Bader kümmern. Mit diesen Worten verschwand er in der Menge, die in Zelten oder im Freien um das Gasthaus lagerten.

»Hört zu!«, forderte Florint ihre Aufmerksamkeit. Zuerst schaute er sich noch einmal um, dann senkte er seine Stimme. Der Lärm, der vor dem Gasthaus die Luft füllte wie das Zirpen der Zikaden, machte ihre Beratung für Außenstehende unhörbar. Florint, der offenbar darauf gewartet hatte, dass der Rottfleck sie für kurze Zeit allein ließ, griff unter sein Wams und zog die Papiere hervor. Katrin konnte erkennen, dass die Ränder angesengt waren.

»Ich habe die Papiere gerettet. Du, Katrin, hast es ja bereits erfahren.« Er lächelte sie an.

»Die Papiere sind nur bedingt wichtig«, mischte sich Florints Vater ein. »Das Originalmanuskript wäre wichtig. Doch es ist verloren gegangen.«

»Ihr seid zu voreilig mit Euren Schlüssen. Erinnert Ihr Euch? ›Der Himmel bewegt sich nicht‹, hieß es in Eurer Nachricht, Vater. Ich weiß, warum. Er war blockiert. Vom Manuskript des Aristarch von Samos.« Er nestelte an seinem Gürtel herum. »Ich habe es entfernt und verborgen.«

Der Meister der Plejaden klatschte in die Hände wie ein kleines Kind. »Wundervoll, mein Junge, wundervoll. Das Manuskript besitzt einen unschätzbaren Wert. Ich muss euch etwas zeigen.«

Mit einer Handbewegung forderte er das Blatt. Florint sah sich um, ob nicht der Rottfleck in der Nähe wäre, dann händigte er es dem Vater aus. Auch Katrin war neugierig darauf, was ihnen der Alte zeigen wollte.

Er faltete das Blatt auf und drehte es auf die Rückseite. Diese war leer. Kein Schriftzug, keine Zeichnung. Meister Deroubaix tippte auf ebendiese leere Seite. »Das ist der Grund, warum wir alle hier sind.«

Katrin sah überrascht auf und runzelte die Stirn. Hatten die Entbehrungen dem alten Herrn womöglich den Verstand verwirrt? »Ich sehe … nichts!«

»Das habe ich auch nicht, bis ich mich gewundert habe, war-

um Aristarch von Samos ein so wertvolles Pergament nicht doppelt beschrieben hat, auf der Vorder- und auf der Rückseite. Vor allem, weil der Text auf der Vorderseite abbricht. Und da ist mir eine Idee gekommen: Die Rückseite wurde abgeschabt. Sie wurde noch einmal verwendet. Von jemand anderem ... und ich weiß, was hier notiert wurde ...«
Der Meister der Plejaden brach abrupt ab. Florint nahm das Pergament unauffällig wieder an sich. Der Rottfleck mühte sich durch die Menge vor dem Gasthof.
Katrin bedauerte, dass ihr ungebetener Begleiter so früh gekommen war. Doch sie verstand den alten Meister. Auch sie würde niemandem mehr trauen – außer der eigenen Familie. Für einen Augenblick stockte sie, und dann musste sie schmunzeln. Zählte sie sich etwa selbst bereits dazu? Einer spontanen Eingebung folgend ließ sie sich an Florints Schulter sinken, und er stieß sie nicht zurück.
Der Rottfleck trat näher. »Der Tross steht bereit. Wir können in die Wagen kriechen. Zimmer gibt es keine mehr. Am Brunnen können wir Wasser holen, um uns zu waschen.«
Also erhoben sie sich und suchten sich ihren Weg durch die lagernde Menschenmenge. Katrin hörte Kinder schreien und Männer fluchen. Ein Geruch von Hunger lag in der Luft. Verzweiflung und Furcht mischten sich zu einer Atmosphäre der Bedrohung. Jeden Augenblick erwartete man das Heranpreschen einer Soldatenhorde oder das Brüllen der neuartigen Kanonen.
Hinter dem Gasthaus erwartete sie ein Tross aus sieben Wagen. Alle waren mit Planen bedeckt, die das Fuggerwappen trugen, und die Begleiter waren schwer bewaffnet.
»Wer einen Fuggerwagen aufbringt, der wird es in dieser Welt zu nichts mehr bringen, lautet eine der Devisen für die Soldaten der Liga«, erläuterte der Rottfleck. »Fuggers Hand reicht bis ans Ende der uns bekannten Welt, heißt es, und ein Stück darüber hinaus.«

Katrin sah, wie die Söldner mit gezogenen Schwertern und grimmigen Gesichtern jeden daran hinderten, sich den Wagen zu nähern. So ganz konnte es mit dieser Devise nicht funktionieren. Ansonsten wäre die Sorge um die Waren nicht so groß gewesen, dachte sie sich.

Auch sie wurden sofort angehalten, als sie auf den Tross zuliefen.

»Ist schon in Ordnung!«, rief eine dröhnende Stimme, die Katrin sofort erkannte. »Sie gehören zu mir.« Es war Gaßner.

»Wie kommt Ihr hierher?«, entfuhr es Florint.

»Wie Ihr, mit dem Schiff«, antwortete Gaßner eher fröhlich gestimmt. »In diesen unsicheren Zeiten sollte man sich nicht zu lange in einer Stadt aufhalten, deren Untergang so deutlich vor Augen liegt. Kaufleute betrachten sich diese Ereignisse von außen und greifen ein, wenn sie Gewinn versprechen.« Er lachte schallend. Auch ihm haftete noch der Geruch nach Rauch und Ruß an. »Ihr dürft Euch auf die letzten beiden Wagen aufteilen«, erläuterte er und zeigte auf den Küchenwagen am Ende. Katrin kam er bekannt vor.

Sofort lief sie darauf zu. Die Wachen ließen sie ungehindert passieren. »Meister Beitel!«, rief sie. Tatsächlich streckte der Fuhrwerker seinen Kopf aus dem Wagen.

»Die Sarah! Das ist ja eine Überraschung! Wo kommst du denn her?«, rief er zurück. »Oder muss ich jetzt wieder Jungfer Katrin zu dir sagen?«

Er stieg von seinem Karren und nahm sie in den Arm. Sein linker Oberarm schien verheilt zu sein. Als er dicht an ihrem Ohr war, flüsterte er ihr zu: »Ich habe das Geld noch. Für dich aufbewahrt!«

Katrin lachte. »Gut zu hören, Meister Beitel, und nennt mich, wie Ihr wollt. Schön, Euch gesund wiederzusehen.«

»Nun ja, gesund nenne ich etwas anders. Doch muss man in meinem Alter zufrieden sein, wenn man frühmorgens aufwacht und man fühlt die Schmerzen des Körpers. Wenn man

sie nämlich nicht mehr fühlt, mein Kind, ist man tot.« Er grinste. »Ihr begleitet uns?«
»Wir begleiten Euch zurück nach Augsburg!«, sagte Florint, während er an Katrin herantrat und ihr den Arm um den Leib legte. »Dürfen wir uns bei Euch einquartieren?«
Der Fuhrmann sah von Katrin zu Florint und von Florint wieder zu Katrin. In seinen Augen blitzte es aufgeräumt. »Wenn Ihr mir ab und zu das Bett zum Schlafen überlasst, gern!«
Katrin senkte verlegen den Blick. Florint räusperte sich. Sie lehnte sich gegen ihn, und er senkte seinen Mund in ihr Haar und gab ihr einen Kuss.
»So, jetzt komme ich zum Zuge«, löste eine weitere bekannte Stimme die Last des Fortgangs auf. »Katrin und Ihr müsst versorgt werden, Florint.«
Aus dem Wagen vor dem Karren Meister Beitels stieg Maria herab, das Mannweib. Sie hatte eine Beuteltasche umhängen, die schwer wog.
»Was macht Ihr denn hier?«, fragte Katrin erschrocken.
»Nachdem Ihr mein Haus niedergebrannt habt, muss ich irgendwo wohnen, oder findet Ihr nicht?« Sie stand vor Katrin und Florint und stemmte die Hände in die Hüften. Im ersten Augenblick konnte Katrin nicht feststellen, ob ihre Verärgerung gespielt oder echt war. Florint stellte sich vor sie. »Außerdem werden weise Frauen gerade jetzt gebraucht. Ihr seht aus, als wollte ich Euch fressen«, brummte Maria und strich sich über ihren dichten Damenbart, und weil niemand ihr antwortete, fuhr sie einfach fort: »Macht Euch nichts draus. Meine Familie besitzt acht weitere Häuser in Venedig. Irgendeines werde ich beziehen, wenn es so weit ist. Womöglich lasse ich das alte wieder aufbauen.« Sie senkte die Stimme. »Wenn der Dominikaner darin verbrannt ist, hat es seinen Zweck erfüllt.«
»Jetzt taucht Ihr wie aus dem Nichts auf. Wo seid Ihr gewesen?«, fragte Katrin barsch. »Gaßner und Ihr habt mich allein mit diesem Ungeheuer gelassen, diesem Leonardo Loredan.«

»Ich wollte Euch beistehen, doch der Doge hat es verboten. Sie haben zurzeit mehr zu tun, als sich Horoskope über Handelsrouten ausstellen zu lassen. Venedig kämpft ums Überleben. Wir mussten vor der Zonta aussagen.«
Katrin schwankte zwischen Glauben und der Furcht davor, wieder hintergangen zu werden.
»Der Doge muss die Verteidigung der Stadt und die Rückeroberung der Festlandsgebiete organisieren, Katrin. Er muss Männer anwerben, Gelder besorgen, Boten schicken, die Schmiede und Schiffsbauer im Arsenale antreiben. Ob sich die Handelsrouten verändern oder nicht, darauf wird er wieder zurückkommen, wenn er weiß, dass Venedig die nächsten hundert Jahre als Stadt weiterexistieren darf.«
Maria trat neben Florint und begutachtete seine Hände.
»Nikolaus«, rief sie in Richtung des Wagens. »Seht Euch das hier mal an.«
Ein schmal gewachsener Mann trat dahinter hervor. Auf dem Kopf trug er einen enormen Hut, der ihn beinahe gänzlich vor Regen schützen konnte, so breitkrempig war er. Sie hatte das Gefühl, als wäre die Kopfbedeckung viel zu schwer für den schmalen Kopf, weshalb er auch nicht ruhig zu stehen vermochte, sondern wie ein Schilfhalm im Wind hin und her pendelte. Auch sein Gesicht war wie in die Länge gezogen, seine Hände, sein Kinn, sein gesamter Wuchs.
»Er ist Arzt und wieder auf dem Weg nach Norden, nach Ermland«, erläuterte Maria. »Er sieht vorher kurz bei mir vorbei, damit wir uns über die Sterne unterhalten können.«
Nikolaus nahm Florints Hände und befühlte sie, dann besprach er sich mit Maria, die in ihren Beutel griff und einen Salbentopf hervorzog. Dessen Inhalt, ein fette gelbliche Creme, massierte sie mit sanften Bewegungen in Handflächen und Handrücken ein. »Hexenwerk«, sagte sie dazu, aber ihrer Stimme war anzumerken, dass sie sich selbst darüber lustig machte. »Es wird den Schmerz lindern und die Heilung fördern.«

Mit einem interessierten Blick musterte Katrin den Mann. Seine Augen versöhnten sie mit seiner Gestalt. Sie waren hellwach und musterten alle Mitglieder der Gruppe interessiert.

»Es gibt noch einen weiteren Kranken, den Ihr Euch ansehen solltet«, forderte sie Nikolaus auf. »Florints Vater, den Meister der Plejaden. Wir haben ihn aus der Gefangenschaft in einem Konvent in Venedig befreit. Vielleicht habt Ihr auch für ihn eine Salbe oder Tinktur, die sein Leiden lindert.«

Maria pfiff anerkennend durch die Zähne.

»Dann habt Ihr ihn also tatsächlich gefunden, Florint. Ich gratuliere Euch.«

Katrin suchte nach einer Hand Florints und hielt sich an ihr fest, während Maria und Nikolaus auf die Suche nach dem Meister der Plejaden gingen.

»Ich bin so müde«, sagte sie und lehnte sich gegen Florint. »Lass uns schlafen gehen.«

KAPITEL 26

»Doktor Nikolaus?«

Katrin hielt den Mann auf, der an ihr vorbeilaufen wollte. Sie saß im Gasthof an einem Tisch, der direkt in das provisorische Behandlungszimmers des Doktors führte und das er jetzt verließ, blass und übernächtigt. Die ganze Nacht hindurch hatte er Verletzte und Kranke behandelt. Jetzt, am Morgen, lag ihm die Müdigkeit als bläuliche Halbmonde unter den Augen. Dennoch schien er guter Dinge zu sein.

»Ich wollte Euch noch einmal danken für das, was Ihr für uns getan habt«, sagte Katrin. »Ihr seid auf der Durchreise, habe ich gehört.«

»Auf der Rückreise oder auf der Flucht, wenn Ihr so wollt. Ins Ermland.« In sein Gesicht stand eine traurige Sehnsucht eingeschrieben, die ihn Katrin sofort sympathisch machte.

»Was zeichnet Ihr da?«, fragte er und trat näher heran.

»Die Stellung der Wandelsterne für den heutigen Tag. Soll ich

Euch ein Horoskop stellen?«, fragte Katrin und freute sich über die Neugier des Doktors. »Weil Ihr den Meister der Plejaden behandelt habt.«

»Den Meister der Plejaden«, wiederholte der Doktor ein wenig verträumt. »Ja, er hat mir viel erzählt. Von einer Maschine und einer Entführung. Ich glaube, er hat lange mit keinem Menschen sprechen können, so redselig war er.« Beide lachten sie, weil auch Katrin festgestellt hatte, dass Meister Deroubaix desto redseliger wurde, je länger er seine Freiheit genoss. »Er ist Instrumentenbauer, nicht wahr?«

»Ja, einer der besten.« Katrin sah dem Doktor an, dass er etwas auf dem Herzen trug. Seine Hände zuckten und arbeiteten trotz fortgeschrittener Müdigkeit unablässig. »Wollt Ihr nun ein Horoskop?«

»Ich könnte es mir selber erstellen, Jungfer Katrin. Meine Passion sind die Sterne.« Er deutete auf das System, das Katrin aufgezeichnet hatte. »Habt Ihr nicht einen Fehler in Eurer Systematik? Die Reihenfolge der Wandelsterne kann so nicht stimmen.« Er senkte die Stimme und deutete mit einem Finger so mager wie ein Federkiel auf ihr Blatt.

»Wenn man annimmt, dass die Erde im Mittelpunkt der Welt steht, ist die Zeichnung allerdings falsch«, gab Katrin unumwunden zu.

Das Gesicht des Arztes verfinsterte sich. »Etwas anderes anzunehmen wäre Ketzerei!«

»Oder Wissenschaft. Habt Ihr schon einmal von dem griechischen Philosophen Aristarchos gehört?«, fragte Katrin leichthin.

»Der Meister der Plejaden hat von ihm gesprochen.«

Katrin wusste selbst nicht, warum, doch sie begann ihm von ihrer Reise zu berichten. Der Doktor holte sich einen Stuhl heran und setzte sich. Sie erzählte vom Manuskript des Aristarchos, von der zerstörten Horoskopmaschine, von den Plänen, die leider vernichtet worden seien, was nicht stimmte, und

was der Arzt ja nicht wissen musste. Und dann erläuterte sie, was sie selbst sich zur Rückwärtsbewegung der wandelnden Gestirne am Firmament erdacht hatte. »Nur berechnen müsste man es. Das hat noch niemand versucht«, ergänzte sie.
Katrin sah von ihrem Blatt auf, als sie geendet hatte. Der Doktor musterte sie mit leuchtenden Augen. »Ich hätte gerne ein paar männliche Studenten mit Eurem Geschick und Eurer Neugier, Jungfer Katrin. Ich glaube, Ihr habt mir da einen Gedanken eingepflanzt, der sich zu erwägen lohnt. Doch ich muss ins Bett. Gehabt Euch wohl, Jungfer.«
Doktor Nikolaus taumelte, als er aufstand. Ob vor Müdigkeit und Erschöpfung oder vor all den Schwindel bereitenden Gedanken, das konnte Katrin nicht entscheiden. Aber sie sah das Feuer, das in seinen Augen entzündet worden war.
Er verließ das Gasthaus, um sich in einen der Wagen zu legen und dort zu schlafen. Als Doktor Nikolaus die Stube verließ, kam Florint herein. Er schien sie zu suchen. Mit langen Schritten durchquerte er den Raum und kam direkt auf sie zu.
»Vater lässt nach dir fragen«, sagte er. »Erinnerst du dich? Er will uns zeigen, was auf dem Pergament steht. Gaßner schläft noch.« Katrin nickte und schob ihre Papiere zusammen. Florint legte kurz eine Hand auf die Horoskopberechnungen. »Was hast du gemacht, Katrin?«
Katrin legte den Kopf schief und sah Florint an. »Unser Horoskop berechnet. Ich wollte wissen, wann du mich fragst.«
Verwirrt sah Florint sie an. »Was fragst?«
Katrin zuckte mit den Schultern. »Das musst du wissen«, antwortete sie etwas verlegen.
Mit einem Kopfschütteln und schief verzogenem Mund und dem Murmeln: »Verstehe einer die Frauen«, zog er sie hinter sich her.
Sie traten in den Vorhof, und Florint schleppte sie in den rückwärtigen Teil der Ställe. Mit einem Blick sah Katrin, dass sich die Menschenmenge während der Nacht beinahe verdoppelt

hatte. Das Ufer konnte die Flüchtlinge gar nicht mehr fassen, und eine endlose Bootskarawane setzte nach Venedig über. Wie Perlen auf einer Schnur reihten sich die Fährgondeln, ohne die Menschenmassen bewältigen zu können.

Katrin riss sich vom Anblick des Elends los und folgte Florint.

»Wir müssen schleunigst weg, bevor die Wege gänzlich verstopft sind«, sagte er. »Meister Beitel flüsterte mir zu nachtschlafender Zeit zu, dass wir gegen die Mittagszeit aufbrechen werden. Deshalb lässt dich Vater rufen.«

Sie fanden den alten Mann unter einem Feigenbaum. Vor ihm glühte noch das Feuer, das die Nacht über gewärmt hatte. In einiger Entfernung lagen Fuhrwerker unter ihrem Wagen, in Planen gehüllt. Obwohl es bereits Anfang Juni war, bissen die Nachttemperaturen noch in die Haut.

Meister Deroubaix winkte sie zu sich her.

Er müsse es ihnen jetzt und sofort zeigen, eröffnete er ihnen ohne Umschweife. Wenn sie erst auf dem Weg nach Hause seien, wären sie nicht mehr allein. Und die Hitze des Feuers sei notwendig für das, was er ihnen jetzt zeigen wolle.

Der Instrumentenbauer verlangte von seinem Sohn das Pergament. Der überreichte es ihm, und Meister Deroubaix faltete es vorsichtig auf.

»Seht her«, flüsterte er und sah sich um. »Diese Seite hier ist beschrieben. Der Rest der Erklärung fehlt. Ein unwichtiger Teil vermutlich«, er schnaufte ein wenig, weil er seine Formulierung offenbar als unzureichend empfand, »ein für das Gesamtverständnis unwichtiger Teil«, ergänzte er. »Doch die Rückseite ist leer.« Er lächelte, während er mit vorsichtigen Bewegungen die Falten aus dem Pergament zu glätten versuchte. »Passt auf. Wenn ich das Blatt über die Glut halte ...«

»Vater«, fuhr ihn Florint an. »Das darfst du nicht. Du versengst das Blatt.«

»Man muss nur vorsichtig dabei vorgehen. Ich habe es entdeckt, als mir Meister Buschmann das Manuskript aushändigte, weil ich es zu entziffern vermochte. Einigermaßen jedenfalls. Der Fehler Eures Vaters, Jungfer Katrin, war allerdings, dass er Pater Eginald fragte, ob er ihm den Inhalt übersetzt. Hätte er es bleiben lassen, wäre er vermutlich noch am Leben. So erfuhr der Dominikaner nicht nur, was in diesem Manuskript steht, er erfuhr auch, wo es sich befand.« Während er erklärte, ließ er das Pergament über der Glut pendeln.

»Es verbrennt, seht her!«, rief Katrin empört und wollte nach dem Manuskript greifen.

»Lasst die Finger davon!«, herrschte sie der Meister der Plejaden an. »Das habe ich auch geglaubt. Ich hatte es zu nahe an eine Flamme gehalten, mit der ich zuvor Metallfedern zusammengeschmolzen hatte. Plötzlich erschienen diese Zeichnungen.« Wie von Zauberhand erschienen auf der freien Blattseite Striche und eine Schrift. Zeichnungen. »Das ist der eigentliche Grund, warum Meister Buschmann sterben musste. Der Dominikaner wusste, dass auf diesem Blatt ein weiteres Geheimnis verborgen lag.«

Katrin betrachtete sich die Aufrisse. Wirklich klug konnte sie daraus nicht werden.

»Erinnert Ihr Euch, Jungfer Katrin, Euer Vater trug einen Beryll in seinem Wams mit sich. Er hatte ihn zu einer Linse schleifen lassen.«

Die Schrift begann bereits wieder zu verblassen, weil das Pergament auskühlte. Florint nahm es entgegen, und plötzlich erhellte sich sein Gesicht.

»Wenn man mehrere dieser geschliffenen Steine hintereinanderstellt und durch sie hindurchsieht, dann haben sie eine vergrößernde Wirkung. Man kann Dinge, die weit entfernt sind, nahe heranholen.«

Seine Augen waren geweitet und glänzten wie der Beryll, den Katrin bei ihrem Vater gesehen hatte.

»Beispielsweise Planeten«, ergänzte Katrin.

»Oder Kriegsschiffe«, flüsterte der Meister der Plejaden.

»Wusste der Dominikaner von diesen Zeichnungen?«, wollte Katrin wissen. Sie sah sich jetzt selbst vorsichtig um. Was Meister Deroubaix ihnen hier eröffnete, war in einer Zeit, in der Kriegsvolk aufeinanderprallte, höchst gefährlich.

»Nein. Davon wusste er nichts. Ich hatte ihm nur erzählt, dass die Lösung für das Rätsel der Horoskopmaschine in ihr selbst stecke und nur ich in der Lage sei, es zu lösen. Er hat mir geglaubt.« Mit jedem Wort wurde er leiser, bis er nur noch flüsterte. »Er hat die Maschine nach Venedig gebracht – leider um einen hohen Preis.«

Die Schrift auf dem Pergament verblasste. Florint faltete das Manuskript und steckte es wieder unter sein Wams. Sie saßen um die Glut des Feuers und blickten auf die wenigen sich wie Tiere bewegenden Brocken, die langsam unter einer grauen Ascheschicht erstickten.

»Wir nehmen das Manuskript mit nach Norden«, brach der Meister der Plejaden endlich die Stille. »In den Niederlanden soll ein ganz neuer Staat entstehen, der Menschen wie uns braucht.«

Wieder schwiegen sie. Katrin rückte an Florint heran und legte ihren Kopf an seine Schulter.

»Nimmst du mich mit?«, fragte sie.

Florint nickte nur und legte den Arm um sie.

KAPITEL 27 Die Mittagshitze ließ die leicht ansteigende Ebene gegen Norden hin flimmern. Wie Feenschleier im Abendwind tanzte die Luft über den Pinienwäldern und Weizenfeldern. Der größten Hitze waren sie bereits entkommen – und doch ritten sie hinein in eine Gluthölle, wie sie die Nächte noch Lügen straften. Zwar hätten sie erst anderntags gegen Morgen losziehen sollen, doch eine Warnung über plündernde Horden der Liga von Combrai, die in der Nacht eingetroffen war und große Aufregung verursacht hatte, schlug in Eile um. Nie-

mand wollte es darauf ankommen lassen, ob die Fuggerschen Transporte auch vor solchen Marodeuren sicher waren.
Katrin, Florint, Meister Deroubaix, Maria und Gaßner sowie Doktor Nikolaus hatten sich auf die Wagen verteilt und sahen die Lagunenstadt hinter sich verschwinden. Im Quartier Santa Croce brannte es immer noch. Die Rauchsäule hatte an Größe abgenommen, Feuer loderten keine mehr auf, doch gelöscht war der Brand noch nicht. Er schwelte weiterhin auf den feuchten Grundmauern der Lagunenstadt.
Wie viele Häuser würden den Flammen noch zum Opfer fallen? Wie viele Menschenleben würde dieser Konflikt zwischen Macht und Herrschaft, zwischen Wissen und Glauben noch kosten? Würde er je beendet, würde er je zu schlichten sein?
Katrin drehte sich mit einem Ruck von der Lagunenstadt ab. Sie wollte nach vorne schauen. Wollte an ihrer Zukunft bauen. Sie drückte die Hand aufs Herz, dort, wo sie unter ihrer Brust einen gefalteten Bogen verbarg. Wieder einmal. Und wieder war es ein Geheimnis. Es war das Horoskop, das sie erstellt hatte. Eine mögliche Zukunft für sie und Florint – und sie war durchaus zufrieden mit dem Ergebnis gewesen. Ob sie Florint davon erzählen sollte? Wohl kaum. Oder vielmehr erst dann, wenn er den Ort entdeckte und erkundete, an dem sie es verborgen hielt.
Der Fuhrwerker trieb die Gäule an, die sich langsam nach Norden arbeiteten.
»Wir werden einen Umweg machen müssen«, brummte er. »Ein wenig länger, dafür sicherer.« Er schwieg, spuckte zwischen die beiden Pferde, dann wandte er sich an Katrin. »Hattest du Erfolg? Von solchen Reisen bringt man Geld mit oder einen Ehemann.« Katrin musste schmunzeln. Der Alte kniff neugierig die Augen zusammen. »Mir musst du es nicht sagen, doch du bist so gelassen. Wenn man aus einer brennenden Stadt fliehen muss, ist man nicht so gelassen, außer man ist verliebt.«
Wenn der Fuhrwerker wüsste, dachte Katrin. Gestern hatte

Florint die Frage gestellt. Gestern zur Nacht. Deshalb hatte sie nicht schlafen können, deshalb hatte sie erneut die Sterne befragen müssen – und sie hatte »Ja« gesagt. Im Morgengrauen, als die Feuchtigkeit noch in ihrem Haar gehangen hatte wie Spinnweben. »Ich weiß die Antwort, wenn der letzte Stern am Firmament verblasst ist«, hatte sie Florint geantwortet. »Komm im Morgengrauen.« Und er hatte vor Meister Beitels Karren gestanden, als das erste Tageslicht wie Mehlstaub auf den Blättern der Feige gelegen hatte.

»Nun«, sagte Meister Beitel, »dann habe ich heute in der Dämmerung doch richtig gehört, dass es sich um ein Ja gehandelt hat. So ein Ja sagt man nur einmal im Leben.«

Katrin drohte dem Fuhrwerker schelmisch mit dem Zeigefinger. »Ihr lauscht, Meister Beitel! Das hätte ich von Euch nicht erwartet.«

»Nun, was bleibt mir anderes übrig, wenn Ihr es mir nicht von selbst sagt, Jungfer Katrin.«

Beide mussten sie lachen, und Katrin umfing eine Welle momentanen Glücks, das bis hinein drang in ihren Bauch und dort warm und wohlig sich ausbreitete.

Ungetrübt blieb es nicht, als sie sah, wie zwei Wagen vor ihnen, vom Staub halb verdeckt, der von den Hufen und Rädern aufgewirbelt wurde, Gaßner aus der Plane kroch und sich streckte.

»Was macht der Kaufmann?«

»Gaßner?« Meister Beitel schüttelte langsam den Kopf. »Um den macht Euch keine Sorgen. Während Ihr Euch in Gefahr befunden habt, hat er das getan, was Kaufleute tun: Er hat Geschäfte gemacht. Seht Ihr den Wagen vor uns? Glas aus den Manufakturen von Murano. Eine ganze Ladung voll. Die Glasöfen von Murano schmelzen die besten Gläser Europas, aber die Glasbläser geben ihr Wissen nur innerhalb ihrer Familien weiter und leben wie Gefangene. Nur ihre Produkte verlassen die Insel. Gaßner hat sie im Gepäck: Vasen, Becher, Fensterbilder, Teller, Flaschen, Flakons. Es besitzt mehr an Wert, als ein ehrbarer Instrumentenbauer in seinem Leben verdienen könnte ...«

Während sie beim Dogen auf glühenden Kohlen gesessen hatte, war Gaßner auf der Insel Murano gewesen und hatte für ein kleines Vermögen Glas erhandelt. Mit dem richtigen Riecher für den richtigen Zeitpunkt. Wenn der Krieg andauerte, würde lange kein venezianisches Glas nach Norden gelangen, und die Preise würden steigen.

Sie blickte in die Pinienwälder und Obstbaumhaine, die vorüberzogen. Der Geruch von Zitronen mischte sich mit dem von Harz und Nadeln und den Geräuschen der lebendigen Natur, dem Brummen von Hummeln und dem Surren der wilden Bienenvölker. Wenn sie die Augen schloss, gaukelten ihr Ohren und Nase einen Frieden vor, der nur im Herzen existierte. Sobald sie die Augen öffnete, fand sie sich in einer Welt wieder, die nur für wenige Augenblicke Momente des Glücks zuließ, bevor eine Welle der Kümmernisse sie einholte und überspülte.

Mit einem Finger deutete Katrin auf drei Fußgänger, die sich von der Gruppe lösten und auf einen kleinen Hügel über dem Weg zusteuerten. Sie erkannte Florint und den Rottfleck sowie Doktor Nikolaus.

Der Rottfleck umarmte Florint und drückte dem Arzt die Hand. Danach drehte er sich um und winkte zu Katrin hinunter, die den Gruß zaghaft erwiderte. Unheimlich war ihr dieser Mann immer noch. Ein Mensch, der sich durch die Fährnisse der Zeit mogelte, indem er sich hier und dort an die Mächtigen anlehnte und ihre Aufträge übernahm. Zugeben musste sie, dass sie zu wenig über seine Beweggründe erfahren hatte, um ein Urteil über seine Art fällen zu können. Bestimmt wusste sie jedoch, dass sie ihm niemals wieder in ihrem Leben begegnen wollte. Nicht einmal als Retter in der Not. Er bog nach Nordosten hin ab, angeblich, weil er erneut einen Auftrag der Zonta delle spezie erhalten hatte. Katrin glaubte ihm nicht. Sie vermutete vielmehr hinter der Weigerung, sie zu begleiten, seine Furcht

vor dem Weg, den er über eine lange Strecke in Ketten zurückgelegt hatte.
Ein Blick hinauf zur Sonne gemahnte Katrin daran, auch dem Rottfleck, bei all der Undurchsichtigkeit seiner Handlungen, einen Segen mitzugeben. »Mögen Euch die Sterne behüten und Euren Weg beleuchten«, murmelte sie.
Mit Doktor Nikolaus kehrte Florint zurück. Im Laufschritt, weil die Wagen zügig vorankamen. Die Pferde waren frisch, ausgeruht und gut im Futter. Außerdem trieb sie die Furcht voran, den marodierenden Horden der Liga in die Hände zu fallen.
Bald darauf hörte sie den schweren Atem Florints neben dem Wagen. Der Karren wiegte sich, als er sich am Kutschbock einhielt und aufstieg. Er setzte sich neben Katrin und griff nach ihrer Hand.
»Der Fuhrwerker weiß es bereits«, flüsterte sie ihm ins Ohr. Auch deshalb, weil sie wieder den heißen Schauer über ihre Haut fließen fühlte, der sie kurz zuvor schon irritiert hatte.
»Dann wird es Zeit, dass alle es erfahren!«, sagte Florint und stand auf. Er formte die Hände zu einem Trichter und brüllte über das Krachen der Wagenräder hinweg:
»Sie hat Ja gesagt. Sie wird meine Frau werden!« Dabei deutete er an sich hinunter und auf Katrin. Diese zog an seinem Wams und zerrte ihn wieder auf den Kutschbock herunter.
»Bist du von Sinnen?«
»Ich glaube schon«, erwiderte Florint und schloss sie in die Arme.

NACHWORT DES VERFASSERS Die Geschichte Katrins und Florints ist natürlich fiktiv. Die Ereignisse, auf denen sie beruht, sind allerdings weitgehend authentisch.

1502 hatte der Rat der Zehn der Lagunenstadt Venedig tatsächlich ein neues Gremium, die Zonta delle spezie, eingerichtet. Es sollte speziell die Probleme untersuchen, die sich aus den neuen Atlantikrouten ergaben, die von den Portugiesen um Afrika herum und von Kolumbus nach Amerika entdeckt wurden. Es war der Lagunenstadt bewusst, dass die Bedrohungen von Osten durch die Türken, die 1453 Konstantinopel erobert und zur Hauptstadt ihres neuen Weltreiches gemacht hatten, sowie die Eröffnung neuer Handelswege im Westen nach Asien und der Neuen Welt für Venedig existenzbedrohend waren. Plötzlich kontrollierten andere die lukrativen Handelswege der Seiden- und der Gewürzstraßen. Jetzt lieferten Portugal und Spanien billig Pfeffer und Gold. Mit allen Mitteln versuchte man diesen Bedrohungen entgegenzutreten. Dazu gehörte auch die Vorhersage der Zukunft durch Sternbeobachtung.

Am 14. Mai 1509 fügten die zu einem Bündnis zusammengeschlossenen Truppen der Liga von Cambrai (beteiligt waren Papst Julius II., Kaiser Maximilian I., Ludwig XII. von Frankreich und Ferdinand II. von Aragonien) den Venezianern bei Agnadello eine vernichtende militärische Niederlage bei. Diese wirkte sich politisch negativ auf die Lagunenstadt aus, da sie nicht nur von Flüchtlingen überschwemmt wurde, sondern auch einen Großteil ihres Festlandbesitzes verlor. Allein ein schmaler Landstreifen im Norden verblieb bei Venedig.

Aristarchos von Samos (* um 310 v. Chr. auf Samos, † um 230 v. Chr.) war ein griechischer Astronom und Mathematiker. Er vertrat als einer der Ersten das heliozentrische Weltbild, wonach die Sonne und nicht die Erde im Zentrum des Weltalls steht. Er stieß mit seiner Theorie jedoch kaum auf Anerkennung. Seine Vorstellungen standen im Schatten der Arbeiten von Aristoteles und Ptolemäus. Erst zweitausend Jahre später wurden sie von Kopernikus erneut aufgegriffen. Nur ein einziges Werk des Aristarch ist erhalten geblieben. Dass er die Hypothese eines heliozentrischen Weltbildes vertrat, wissen wir durch spätere Zitate anderer Gelehrter wie Archimedes.

Von dem deutsch-polnischen Gelehrten Nikolaus Kopernikus ist bekannt, dass er Ende des 15. Jahrhunderts in Bologna studierte, wo er auch neuere Theorien zur Bewegung der Himmelskörper kennen lernte und 1499 in Padua den Grad eines Doktors der Medizin erwarb. Inwieweit er mit dem im Roman genannten Doktor Nikolaus gleichsetzen ist, sei in das Ermessen des Lesers gestellt.

Die erste astronomische Uhr, die mit dem neuen Weltbild arbeitete und die Sonne in den Mittelpunkt stellte, wurde in Straßburg gebaut, allerdings erst vierzig Jahre nach den Ereignissen dieses Romans, von einem Uhrmacher und Instrumentenbauer, der die Herkunft seiner Kenntnisse nie preisgegeben hat.

Das Fernrohr, dem in dieser Geschichte eine geheimnisvolle Rolle zukommt, kannte vermutlich der venezianische Maler Giorgione bereits einhundert Jahre vor Galileo Galilei, und damit genau zu der Zeit, zu der dieser Roman spielt. Er hat damit Jupitermonde entdeckt und sie – spiegelverkehrt und auf dem Kopf stehend, wie bei einem doppellinsigen Fernrohr üblich – heimlich in dem Bild »Die drei Philosophen« auf einem Pergament abgebildet, das einer der drei Männer in Händen

hält, wie der Ulmer Wissenschaftler F. Keim entdeckt hat. Wie die Kenntnis dieser Erfindung nach Norden gelangt ist, wissen wir nicht. Von dort jedenfalls begann das Instrument seinen Siegeszug als Mikroskop und als Fernrohr über Europa und begründete die moderne Wissenschaft der Astronomie. Galilei hat die Funktionsweise des Teleskops lediglich verbessert.
Unter Pius VII. wurde 1822 erstmals Imprimatur auf ein Buch erteilt, welches das Kopernikanische System als physikalische Realität behandelte. Für Nicht-Kleriker stand es zu diesem Zeitpunkt bereits seit langem außer Zweifel. Im Jahre 1992 hielt Johannes Paul II. eine Rede, die oft verkürzt als eine bloße Entschuldigung für den Fall Galilei dargestellt wird; tatsächlich ging es dem Papst darum, das gegenseitige Missverstehen von Wissenschaft und Kirche zu heilen. Am 2. November 1992 wurde auch Galilei von der römisch-katholischen Kirche formal rehabilitiert.

DANKSAGUNG Kein Roman entsteht ohne die Mühen und Entbehrungen der Menschen, die den Autor auf den labyrinthischen Wegen seines Schreibens begleiten.
Allein deshalb möchte ich mich bei meiner Frau Ingrid bedanken, die alle Manuskriptentwürfe gelesen und mit mir immer wieder über das unergründliche Wesen »Frau« gesprochen hat.
Ebenso gilt mein Dank meinem Bruder Gerhard, der als Zielpublikum Kritik und Anregungen für die Geschichte lieferte.
Ohne meinen Agenten Roman Hocke und dessen Einsatz für meine Arbeit als Schriftsteller gäbe es diesen und alle anderen Romane nicht. Dafür sei ihm herzlich gedankt.
Auch meinem Lektor Dr. Helmut Pesch bin ich zu Dank verpflichtet, denn seinem behutsamen Eingreifen und seinem Überblick verdankt der Roman viel von seiner Glaubwürdigkeit.
Daneben gibt es natürlich viele, die wissentlich und unwissentlich Ideen für mein Buch geliefert oder nur zugehört haben, wenn ich von meinem Roman gesprochen habe. Vielen Dank all denen.